国家出版基金项目
NATIONAL PUBLICATION FOUNDATION

总主编 吴俊
总校阅 黄静 肖进 李丹

本卷主编 李丹

第四卷 1977—1983

中国当代文学批评史料编年

华东师范大学出版社

本书为国家出版基金资助项目
国家"双一流"拟建设学科"南京大学中国语言文学艺术"资助项目
江苏高校优势学科建设工程"南京大学中国语言文学"资助项目
江苏省2011协同创新中心"中国文学与东亚文明"资助项目
南京大学中国新文学研究中心资助项目

编纂说明

文学批评史尤其是中国古代文学批评史，本是文学研究中的大宗。但从20世纪90年代开始，批评史退出了学科设置体系，由此对相关的教学和研究都有影响。较之于古代文学批评史，现当代文学批评史显然薄弱，或可说当代文学批评堪称发达，而当代文学批评史的研究却最弱。这从学术上看倒也是正常现象。只是所谓当代的时间范畴一直在无限扩展，恍惚间已达到了六十年，是一般概念中的现代文学时间的两倍。其他不谈，如果现代文学史、现代文学批评史方面的学术成果足以令人惊艳的话，当代文学批评的历史及内涵体量应该也完全能够支持当代文学批评史的研究开展。

或许受到20世纪80年代早期我在复旦大学读书时上过的现代文学文论课的影响，90年代末期我在华东师范大学开设过当代文学文论、当代文学批评史专题之类的课程，大概算是较早的同类课程教学和研究。调南京大学工作后，当代文学批评史方向的研究，我也一直在继续。2010、2011年间，我任首席专家的《中国当代文学批评史》项目竞标成功，立项为教育部重大课题攻关项目。这促使我必须在近年完成至少两项任务：一是结项项目《中国当代文学批评史》专著的撰写，二是原定计划中包括正在进行的《中国当代文学批评史料编年》等的文献整理及研究课题。在我看来，当代文学批评史的研究开展及其学术保障，必须依赖并建立在后者之类的专业史料和文献研究的基础之上。这可以说就是我从事这项具体工作的初衷。

感谢我的合作者多年来的精诚团结,终于完成了这套丛书的编纂。付梓之际,既感欣喜和放松,但也不乏遗憾和不安。毕竟凡事总不能做到尽善尽美。我视这套书为中国当代文学批评的历史图标集成,它应该是将历史的散点集合成而的一种逻辑系统。所以准确性和系统性是它的基本要求,也是它的基本特点。它对专业研究的学术价值也将视此而定。这套书的收录对象主要是狭义的文学批评史料,但也有与文学批评相关的一般当代文学理论史料,甚至包括了一些古代文学研究、外国文学研究等方面的史料;之所以如此,从宏观上简单说是因为中国当代文学批评的开展和理论建设往往与"古为今用,洋为中用"的思想指导相关,在古今、中外研究中,互相间的影响和互动互渗是一种历史的常态。这其实也就给这类套书的编纂带来了显见的困难,如何取舍既难轻断,且常易断错。另一方面,失之疏漏、错失的地方又几乎在所难免。尤其是在定稿成书之后,诚惶诚恐就是我现在的真实心理。不管怎样,作为总主编我须为这套书的质量和水平负责。希望学界同道不吝赐教。

  感谢丁帆教授慨赐墨宝为本书作书名题签。这套书除了已经署名的主编者、校阅者之外,还有我的研究生吴倩、郭静静参与了资料补充、核查工作,谨表感谢。对于华东师范大学出版社王焰女士、庞坚先生诸位多年来的宽容和照应,特别是他们为这套书的出版所付出的劳动,再次深表由衷的感谢。

吴　俊

2017年8月8日

写于南京东郊仙林和园

目 录

1	1977年	18	11月	48	8月
3	1月	20	12月	51	9月
4	2月			54	10月
6	3月	25	1978年	57	11月
9	4月	27	1月	61	12月
10	5月	30	2月		
11	6月	34	3月	67	1979年
13	7月	37	4月	69	1月
15	8月	39	5月	74	2月
16	9月	42	6月	80	3月
17	10月	45	7月	86	4月

91	5月	264	7月	444	9月
96	6月	270	8月	449	10月
102	7月	275	9月	454	11月
107	8月	280	10月	459	12月
112	9月	285	11月		
119	10月	291	12月		
126	11月				
132	12月	301	1982年		
		303	1月		
143	1980年	309	2月		
145	1月	317	3月		
151	2月	324	4月		
157	3月	332	5月		
164	4月	342	6月		
169	5月	351	7月		
175	6月	359	8月		
182	7月	367	9月		
188	8月	374	10月		
195	9月	381	11月		
202	10月	388	12月		
209	11月				
215	12月	399	1983年		
		401	1月		
227	1981年	406	2月		
229	1月	411	3月		
235	2月	417	4月		
240	3月	422	5月		
246	4月	428	6月		
252	5月	433	7月		
257	6月	439	8月		

1977年

1977年

1月

1日,《人民日报》发表《舞剧〈小刀会〉又将公演》。

《解放军文艺》第1期发表钟汉的《蚍蜉撼树谈何易——揭穿"四人帮"煽动"写与军内走资派作斗争的作品"的阴谋》;蒋守谦、马靖云的《"四人帮"反党面目的一次大暴露——批判"四人帮"扼杀〈园丁之歌〉的罪行》。

2日,《人民日报》发表赵燕侠的《从〈沙家浜〉的诞生看江青的摘桃派嘴脸》。

3日,《人民日报》发表《彩色影片音乐舞蹈史诗〈东方红〉重映》。

《文汇报》发表上海电影制片厂《大庆战歌》摄制组的《彻底清算"四人帮"扼杀〈大庆战歌〉的罪行》。

10日,《人民日报》发表《话剧〈豹子湾战斗〉重新演出》。

《天津文艺》第1期发表柯文平的《"四人帮"篡党夺权的自供状——评毒草影片〈反击〉》。

12日,《文汇报》发表《毛主席周总理观看并表扬过的豫剧〈朝阳沟〉与工农兵观众重新见面》;《〈豹子湾战斗〉得解放》。

13日,《文汇报》发表杨志杰、朱兵的《反革命狂想曲的幻灭》(讨论电影《反击》)。

《解放军报》发表朱兵、杨志杰、杜书瀛的《"四人帮"篡党夺权的一次"预演"——评反动电影〈反击〉》。

14日,《文汇报》发表上海歌剧院的《欢庆〈小刀会〉获新生》。

《解放军报》发表《绝不容许"四人帮"毁我长城——记五一〇三三部队指战员抵制拍摄反军乱军毒草影片〈千秋业〉的一场严重斗争》;《毛主席周总理亲切关怀的话剧〈南海长城〉再次公演》。

15日,《人民日报》发表人民文学出版社批判组、鲁迅研究室批判组的《鲁迅著作永放光芒》。

16日,《人民日报》发表中国话剧团的《周总理是革命话剧的辛勤培育者》。

17日,《人民日报》发表《毛主席周总理关怀的〈长征组歌〉深受欢迎》。

20日,《江苏文艺》第1期发表严迪昌、叶维泗的《万里征途靠领袖——赞话剧〈万水千山〉》；钟奋、圣平的《评"三突出"》。

《福建文艺》第1期发表练文修的《"四人帮"大搞资产阶级专政的一个铁证——评所谓〈创业〉的"十大罪状"》。

21日,《解放军报》发表沈阳部队政治部话剧团的《毛主席树立的英雄典型不容砍杀！——彻底清算"四人帮"及其死党扼杀话剧〈雷锋〉的罪行》。

23日,《人民日报》发表新华社武汉1977年1月22日电《驱散乌云见太阳 洪湖儿女放声唱——优秀歌剧〈洪湖赤卫队〉在武汉重演深受欢迎》。

25日,《人民日报》第二版整版发表一组批判电影《反击》的文章。

《解放军报》发表林荫宇、王一川的《"四人帮"策划写"走资派"是为了篡党夺权》；郑翼的《不许利用文艺乱军反党》。

27日,《人民电影》第1期发表张天民的《第一位的工作——〈创业〉剧本创作回顾》。

31日,《人民日报》发表《清算"四人帮"利用电影反党的滔天罪行》(报道文化部召开的故事片创作生产座谈会)。

《文汇报》发表《揭批"四人帮"利用电影反党的罪行》。

《解放军报》发表《愤怒揭批"四人帮"利用电影反党的罪行》；海南军区大批判组、广州部队理论组的《利用文艺反党的又一"发明"——揭露江青授意炮制诗报告〈西沙之战〉的罪恶阴谋》。

本月,湖北人民出版社出版《光辉的历史文件〈学习毛主席关于电影《创业》的批示 批倒批臭"四人帮"〉》。

云南人民出版社编辑、出版《围绕电影〈创业〉展开的一场严重斗争》。

广西人民出版社出版《创业——电影文学剧本和围绕〈创业〉的严重斗争》。

2月

2日,《解放军报》发表三门峡市人民武装部黄河大坝驻守部队的《事实不容歪

曲　历史不容颠倒——批判"四人帮"为篡党夺权制造舆论的毒草影片〈反击〉》。

3日,《文汇报》发表文化部批判组的《"四人帮"利用文艺篡党夺权的铁证——批判反动影片〈反击〉》。

4日,《文汇报》发表孟森辉的《一株反军乱军的大毒草——批判"四人帮"策划炮制的反动影片〈千秋业〉》。

5日,《人民日报》发表《红旗》杂志评论员的《大打一场揭批"四人帮"的人民战争》。

8日,《文汇报》发表李力的《江青从来就是无产阶级文化大革命的死敌——批判〈在文艺界大会上的讲话〉》。

《光明日报》发表上海歌剧院的《〈小刀会〉得新生》。

9日,《文汇报》发表上海电影制片厂文学创作组的《妖为鬼蜮必成灾——揭露"四人帮"控制电影剧目阴谋篡党夺权的卑劣行径》。

10日,《天津文艺》第2期发表苏宗和的《坚持党的"双百"方针,彻底批判"四人帮"的文化专制主义》；雷业洪的《评"四人帮"的"真人真事"观》；田化文的《从反动话剧〈红松堡〉出笼前后,看四人帮的篡党野心》。

11日,《解放军报》发表工农兵大批判组的《一出鼓吹"第二武装"的黑戏》(讨论戏剧《冲锋向前》)；中国电影公司批判组的《清算"四人帮"在电影发行工作中的罪行》。

13日,《人民日报》发表文化部批判组的《还历史以本来面目——揭露江青掠夺革命样板戏成果的罪行》。

《解放军报》发表文化部批判组的《还历史以本来面目——揭露江青掠夺革命样板戏成果的罪行》。

15日,《光明日报》发表乔山、俞起的《"三突出"是反马克思主义的文艺主张》。

16日,《人民日报》发表《歌剧〈白毛女〉在首都重演》。

《解放军文艺》2月、3月合刊发表宋华的《一发篡党夺权的罪恶炮弹——戳穿"四人帮"炮制反党影片〈反击〉的阴谋》；郑文的《〈千秋大业〉是"四人帮"乱军反党的黑标本》；鲁迅研究室的《鬼蜮的伎俩遮盖不住真理的光辉——批判"四人帮"破坏鲁迅书信出版的罪行》。

20日,《人民文学》第2期发表外国文学研究所批判组的《批判"四人帮"对待外国文艺的修正主义谬论》。

《江苏文艺》第2期发表卜仲康、董志翘、苏洪彪的《勃勃野心"千秋业" 忽忽一枕黄粱梦——评电影剧本〈千秋业〉》;江苏省扬剧团的《一出配合"四人帮"篡党夺权的丑剧——剖析反动剧本〈万柳村〉》,董健的《简论文艺创作和真人真事——驳"四人帮"的所谓"反对写真人真事"》。

23日,《文汇报》发表闸北区图书馆书评组的《"四人帮"疯狂反对周总理的铁证——批判反动影片〈反击〉》。

24日,《人民日报》发表《话剧〈霓虹灯下的哨兵〉春节重新上演》。

25日,《人民戏剧》第2期发表卢肃的《春风吹又生——祝歌剧〈白毛女〉重新公演》;于夫的《人民的戏剧——歌剧〈白毛女〉散记》;陈其通的《关于话剧〈万水千山〉的创作及排演问题》。

《文汇报》发表上海市电影局创作评论组的《玩火者必自焚——揭发批判"四人帮"一伙重拍〈年青的一代〉的鬼蜮伎俩》。

《解放军报》发表黄钢的《历史的真相与叛徒的谎言——痛斥"四人帮"伪造的所谓"无产阶级文艺的创业期"》。

27日,《人民日报》发表北京电影制片厂《海霞》摄制组的《实行资产阶级文化专制主义的铁证——揭发批判"四人帮"围剿电影〈海霞〉的罪行》。

本月,《世界文学》第1期(复刊号)发表刘白羽、曹靖华等人的《高举毛泽东思想的伟大旗帜,深入揭批"四人帮",努力做好外国文学工作》;茅盾的《向鲁迅学习》;冯至的《论"洋为中用"》。

《陕西师大学报(哲学社会科学版)》第1期发表中文系现代文学教研室批判组的《"四人帮"利用诗歌反党罪不容诛》。

本月,河南人民出版社出版《"四人帮"是破坏社会主义文艺的罪魁祸首》。

3月

2日,《人民日报》发表河南省委宣传部批判组的《〈朝阳沟〉何罪遭迫害》;李炳淑的《从〈龙江颂〉的诞生看江青的画皮》。

3日,《文汇报》发表过传忠的《彻底清算"四人帮"对抗毛主席文艺思想的罪行——从影片〈海霞〉被扼杀谈起》;晨林的《海霞似火 英姿飒爽——略谈彩色故事影片〈海霞〉的艺术特色》。

4日,《文汇报》发表孙逊的《利用"红学"进行反党的大阴谋——评"半个红学家"江青大谈"红学"的险恶用心》。

10日,《天津文艺》第3期发表市文化局批判组的《亦步亦趋的拙劣表演——揭发批判江青在天津的那个亲信在文艺领域的罪行》;滕云的《评姚文元的一本书》。

13日,《人民日报》发表张庚的《历史就是见证——忆歌剧〈白毛女〉的创作深揭狠批"四人帮"》。

15日,《文汇报》发表陈思和、陈关龙的《文坛流氓的自供状——评姚文元的黑文〈从拒绝放映"天仙配"想起的〉》;齐戈的《从〈苗岭风雷〉的"改编"看"四人帮"的扒手嘴脸》。

《甘肃文艺》第2期发表赵仁奎的《人民的心声 战斗的歌——痛斥"四人帮"践踏"花儿"的罪行》。

《广西文艺》第2期发表鲁原的《"三突出"是对"两结合"创作方法的反动》。

《解放军报》发表《"四人帮"围剿一篇文艺短论的险恶用心》(讨论高玉宝的《文艺创作不能凭空编造假人假事》);穆静的《"四人帮"大整〈海霞〉是为了篡党夺权》。

17日,《人民日报》发表海南军区批判组、广州部队理论组的《江青授意炮制〈西沙之战〉的罪恶阴谋》;李锡赓的《"三突出"与"露峥嵘"》。

18日,《文汇报》发表史文涛的《翻云覆雨 枉费心机——"四人帮"破坏评论〈水浒〉的丑恶表演》。

20日,《人民文学》第3期发表解胜文的《"三突出"是修正主义文艺的创作原则》;朱穗的《扼杀革命文艺的绞索》;思忖的《塑造典型必须从实际生活出发》。

《江苏文艺》第3期发表李训延、夏福民的《"四人帮"授意炮制的一株大毒草——评〈走出"彼得堡"!〉》。

23日,《人民日报》发表上海市戏曲学校的《"四人帮"利用电影反党的又一罪证——揭露"四人帮"炮制反动影片〈盛大的节日〉的罪恶用心》。

24日,《解放军报》发表郭放、弓攀的《深批"四人帮" 促进百花放》;张越男、马静茹、张海仑的《重看歌剧〈白毛女〉 文艺革命添力量》。

25日,《人民戏剧》第3期发表《奋起金棒驱迷雾 好锄大地种新花——戏剧工作者座谈纪念"百花齐放、百家争鸣"方针发表二十周年》。

26日,《光明日报》发表北京部队政治部理论组的《贪功篡权的鬼蜮伎俩——评"诗报告"〈西沙之战〉的出笼》。

27日,《人民电影》第2—3期合刊发表《坚决贯彻"百花齐放,百家争鸣"的方针》(2月7日编辑部邀请部分文艺和电影工作者举行座谈的发言纪要,参加者有马德波、崔嵬、郑洞天、张连文、冯牧、黄宗江、王朝闻等)。

28日,《解放军报》发表《山东文艺》大批判组的《哪个阶级的需要?——戳穿"四人帮"反"写真人真事"的反动本质》。

29日,《文汇报》发表上海电影局大批判组的《"四人帮"抛出"三突出"的"原则"是为了"改朝换代"》。

《解放军报》发表晓阳的《围绕〈水浒〉展开的尖锐斗争》。

30日,《文史哲》第1期发表佟雪的《试论鲁迅前期的思想——兼驳瞿秋白、姚文元对鲁迅的歪曲》。

本月,《广东文艺》第4期发表欧阳山的《一个个的拖出尾巴来》(回复北京鲁迅研究室、武汉师院中文系关于鲁迅1936年与其通信的问题)。

《武汉文艺》第2期发表曾胜如的《〈沙家浜〉的创作是对"三突出"的否定》。

《福建文艺》第2期发表剑雨的《"四人帮"篡党夺权的自供状——评反动影片〈反击〉》;福建师范大学中文系理论组的《创作与生活的关系不容割裂——评"四人帮"的所谓"反真人真事"》。

本月,甘肃人民出版社出版《围绕电影〈创业〉展开的一场严重斗争》。

江苏人民出版社出版《万众一心征腐恶——文艺评论集》。

浙江人民出版社出版《"四人帮"是扼杀革命文艺的罪魁祸首》。

甘肃人民出版社出版《彻底批判反动影片〈反击〉》。

4月

5日,《文汇报》发表林莉的《向隅狂吹绝命曲——评短篇小说〈闪光的军号〉》;斯和的《为了谁家的明天——评短篇小说〈为了明天,向前〉》;虞伟民的《反军乱军阴谋的艺术写照——评短篇小说〈前线〉》。

《解放军报》发表北京部队司令部办公室理论组的《投降派的反噬》。

8日,《文汇报》发表《"四人帮"一伙为何禁锢〈大浪淘沙〉——访影片〈大浪淘沙〉作者》;上海沪剧团的《剥去假面　揭露真相——揭穿"四人帮"在沪剧〈芦荡火种〉中的鬼蜮伎俩》;陈达明的《"三突出"是扼杀革命文艺的大棒——揭露"四人帮"扼杀话剧〈边疆新苗〉的罪行》;董大月的《"三突出"与"四人帮"》。

9日,《解放军报》发表空军理论组、广州部队空军理论组的《凶鹰要飞向何方?——批判反动电影文学剧本〈飞吧,年青的鹰〉》。

15日,《河北文艺》第4期发表边平枢的《彻底批判所谓"真人真事论"》。

16日,《解放军文艺》第4期发表丁振海、杨志杰的《围绕评论〈水浒〉展开的严重政治斗争》。

20日,《人民文学》第4期发表李满天的《今朝更好看——歌剧〈白毛女〉观后随记》;姚雪垠的《谈〈李自成〉的创作》。

《江苏文艺》第4期发表南京市工人文艺评论组的《"四人帮"是破坏"双百"方针的罪魁祸首》。

21日,《解放军报》发表上海人民出版社批判组的《"四人帮"与胡风集团同异论》。

25日,《人民戏剧》第4期发表柯文平的《为坚持文艺的工农兵方向而斗争——批判"四人帮"背叛工农兵方向的谬论》。

29日,《人民日报》发表国家文物局理论组的《三十年代的张春桥》。

本月,《广东文艺》第4期发表欧阳山的《一个个的拖出尾巴来》。

《武汉文艺》第3期发表冯天瑜的《要抓意识形态领域里的阶级斗争——学习〈毛泽东选集〉第五卷部分著作札记》。

《南开大学学报(哲学社会科学版)》第 2 期发表田本相的《评石一歌的"鲁迅研究"方向》,柯文平的《评"新纪元论"》。

本月,湖南人民出版社出版《扼杀〈园丁之歌〉是为了篡党夺权》。

河南人民出版社出版《还历史以本来面目》。

福建人民出版社出版《光辉的历史文件——批判"四人帮"破坏文艺革命的罪行(一)》,《揭开狄克们的反革命嘴脸——批判"四人帮"破坏文艺革命的罪行(二)》。

5 月

1 日,《解放军文艺》第 5 期发表高玉宝的《为什么"围剿"一篇短论》。

5 日,《江苏师院学报》第 2 期发表《文艺"模式论"是扼杀创造性的桎梏——学习〈党的组织和党的文学〉札记》。

7 日,《文汇报》发表单熙今的《文痞姚文元三伎》。

11 日,《人民日报》发表上海师范大学批判组的《衣钵相传,同出一源——从姚文元与姚蓬子反革命的父子关系看他的反革命嘴脸》。

12 日,《文汇报》发表黄霖、晓东的《叛徒江青与叛徒戏》。

18 日,《人民日报》发表文化部批判组的《评"三突出"》。

15 日,《河北文艺》第 5 期发表冯健男的《关于表现无产阶级对走资派的斗争》。

《黑龙江文艺》第 5 期发表李庆西的《驾驭时代洪流的人们——评长篇小说〈咆哮的松花江〉》。

19 日,《文汇报》发表文化部批判组的《评"三突出"》。

20 日,《人民文学》第 5 期发表王子野的《促进文艺发展的正确方针》,唐弢的《"齐放"与"争鸣"》;陈登科的《回顾与展望》。

21 日,《解放军报》发表黄钢的《难忘的延安之夜——纪念毛主席〈在延安文艺座谈会上的讲话〉三十五周年》。

23日,《人民日报》发表社论《更高地举起毛主席革命文艺路线的伟大旗帜——纪念〈在延安文艺座谈会上的讲话〉发表三十五周年》。

《解放军报》发表杨志杰、朱兵的《把"四人帮"弄颠倒的文艺方向扭过来》;冯牧的《向大庆的文艺战士学习》。

25日,《人民戏剧》第5期发表张庚的《新秧歌运动是毛主席文艺路线的实践》;刘伍的《忆战斗剧社去延安学习前后》。

27日,《人民日报》发表向群的《知识分子是社会主义革命和建设的重要力量》。

31日,《文汇报》发表上海师范大学中文系鲁迅著作注释组的《张春桥是"国防文学"狂热吹鼓手》。

本月,《江西文艺》第3期发表余运才、聂达华的《切不可书生气十足——学习〈关于胡风反革命集团的材料〉的序言和按语》。

《武汉文艺》第3期发表冯天瑜的《要抓意识形态领域里的阶级斗争》。

《辽宁大学学报(哲学社会科学版)》第3期发表余金的《炮制电影〈占领颂〉是为了篡党夺权》。

《中山大学学报(哲学社会科学版)》第3期发表袁德金的《"四人帮"是胡风式的反革命阴谋集团——学习〈《关于胡风反革命集团的材料》的序言和按语〉》;杨学淡的《坚持革命文艺的多样化 正确贯彻"双百"方针》。

本月,上海人民出版社出版《"四人帮"反革命修正主义文艺路线批判集(一)》。

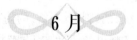

6月

1日,《解放军文艺》第6期发表蔡师勇的《假纪念 真反党——从初澜的三篇黑文看"四人帮"背叛〈讲话〉的反革命面目》。

2日,《文汇报》发表中共卢湾区大批判组的《姚文元是胡风反革命集团的忠实伙计》。

4日,《人民日报》发表《祝革命历史京剧〈逼上梁山〉重上舞台》。

《光明日报》发表杨匡满的《战士的抱负　壮美的歌声——读郭小川同志的遗作》。

7日,《文汇报》发表吴中杰的《彻底清算姚文元诋毁鲁迅的罪行——评〈鲁迅——中国文化革命的巨人〉》。

10日,《天津文艺》发表王德厚的《歪曲鲁迅,为"四人帮"篡党夺权服务的石一歌》。

12日,《光明日报》发表文化部批判组的《几声凄厉　几声抽泣——评初澜的〈坚持文艺革命,反击右倾翻案风〉》。

14日,《文汇报》发表施雄的《蒋家王朝的忠实卫道者——评张春桥的反动剧本〈匪区之夜〉》;俊绪的《一个特务剧作的黑标本——评张春桥的反动剧本〈秀兰〉》;周介人的《"走出'彼得堡'的奥妙"》。

15日,《河北文艺》第6期发表倪崇豪的《一个唯心主义形而上学的反革命"创作原则"——评"三突出"》。

17日,《文汇报》发表史实灏的《把批判唯心论的斗争进行到底——重读〈应当重视电影"武训传"的讨论〉》。

20日,《人民文学》第6期发表严文井的《童话漫谈——一个座谈会上的发言》。

《文史哲》第2期发表朱伯石的《江青攻击民歌的险恶用心》;朱鸿铭的《略论鲁迅对中医的态度》。

《贵州文艺》第3期发表贵州省话剧团创作组的《〈踏遍青山〉重见太阳》;钱理群的《竖蜻蜓·摆积木·垒宝塔》。

21日,《光明日报》发表文欣的《剥去〈春苗〉的伪装》。

《解放军报》发表卫生部批判组的《为"四人帮"篡党夺权服务的大毒草——批判反动影片〈春苗〉》;谢逢松、章柏青的《〈春苗〉的实质是极右》。

24日,《文汇报》发表上海市文化局大批判组的《一个煽动右派反党的动员令——评张春桥在上海剧协成立大会上的报告》。

25日,《人民日报》发表上海电影制片厂大批判组的《这笔账一定要清算——

从反党影片〈春苗〉的出笼看"四人帮"篡党夺权的罪恶阴谋》。

《人民戏剧》第6期发表金山的《〈初生的太阳〉的写作和演出》。

《光明日报》发表茅盾的《关于长篇小说〈李自成〉的通信——致姚雪垠》。

27日,《人民电影》5、6期合刊发表马德波的《评"新纪元"论》。

28日,《文汇报》发表边善基、陶玲芬的《评"四人帮"的文化专制主义》。

本月,《辽宁文艺》第6期发表思基的《从"三点一线"看狄克——评张春桥四十年的文学生涯》。

本月,内蒙古人民出版社出版《更高地举起毛主席革命文艺路线的伟大旗帜——纪念〈在延安文艺座谈会上的讲话〉发表三十五周年》。

湖南人民出版社出版《剥下伪装　还其本相——揭批"四人帮"破坏文艺革命的罪行》。

云南人民出版社出版《褫其华衮　示人本相——批判"四人帮"黑诗文及其它》。

广西人民出版社出版广西大学中文系编的《鲁迅批判假革命和投降派文选》。

北京人民出版社出版北京化工实验厂工人理论组等编注的《鲁迅论世界观改造》。

7月

1日,《人民日报》发表钢文、柯文平的《让"生活之树"长青——从京剧〈节振国〉看"三突出"的破产》。

《解放军文艺》第7期发表本社批判组的《一场乱军反党闹剧的破产——批判"四人帮"及其亲信炮制〈千秋大业〉、〈冲锋向前〉的罪行》;上海人民出版社批判组的《评姚文元的改文术》。

2日,《解放军报》发表第二炮兵理论组的《覆灭的"大业"　短命的"新松"——批判"四人帮"及其亲信炮制的毒草话剧〈千秋大业〉》。

11日,《人民日报》发表杨沫的《献上一颗炽热的心——为〈青春之歌〉的再版致青年读者》。

12日,《文汇报》发表上海话剧团大批判组的《究竟谁是暗藏在革命阵营内的反革命别动队——揭露"四人帮"陷害抗敌演剧队的罪恶阴谋》。

13日,《人民日报》发表新华社通讯员、新华社记者的《"四人帮"的一支反革命别动队——揭批原北京大学、清华大学"大批判组"的罪行》。

14日,《文汇报》发表万木春的《"四人帮"践踏党的文艺方针政策的漫画像》。

15日,《甘肃文艺》第3期发表刘庆章的《环境、性格、情节和场面——学习马、恩典型化理论的笔记》。

《河北文艺》第7期发表周申明、许桂良的《只有社会主义能够救中国——〈燕岭风云〉读后》。

20日,《人民文学》第7期发表秋耘的《关于文学特点的通信》。

《汾水》第4期发表郑笃的《从〈吕梁英雄传〉重新出版所想到的》。

22日,《文汇报》发表丘峰、蒋国忠的《一个篡党夺权的黑报告——评短篇小说〈一篇揭矛盾的报告〉和〈典型发言〉》。

25日,《人民戏剧》第7期发表王朝闻的《一样与多样——观众与戏剧之一》。

27日,《人民电影》发表张天民的《力求真实地再现典型环境中的典型人物——〈创业〉剧本创作回顾》。

本月,《福建文艺》第4期发表杨戈的《驰骋吧,"文学的轻骑兵"!》。

本月,人民文学出版社出版《打着"写走资派"的旗号为复辟资本主义开路》。

福建人民出版社出版《革命文艺是党的事业不是行帮的事业——批判"四人帮"破坏文艺革命的罪行(三)》。

江苏人民出版社出版《文艺评论集——纪念毛主席〈在延安文艺座谈会上的讲话〉发表三十五周年》。

山东人民出版社出版蓝海等著的《学习鲁迅文艺思想》。

8 月

1 日,《安徽师大学报(哲学社会科学版)》第 4 期发表姜秀珍的《为人民多编多唱》。

15 日,《黑龙江文艺》第 8 期发表张景超的《大抒无产阶级革命激情——从〈团泊洼的秋天〉谈起》。

18 日,《人民日报》发表《人民文学》编辑部的《〈人民文学〉复刊的一场斗争》。

《解放军报》发表郑磊的《"四人帮"反对"百花齐放"的铁证》(讨论《样板戏剧组文章若干提法的修改方案》)。

20 日,《江苏文艺》第 8 期发表谭冬梅的《先验的模式 热昏的胡话——"三突出"剖析》。

《贵州文艺》第 4 期发表卢惠龙的《评"四人帮"形而上学的文艺观》。

23 日,《人民日报》发表华国锋的《中国共产党第十一次全国代表大会上的政治报告》,在"形势和任务"一章第五节中专门谈到"一定要搞好文化教育领域的革命,大力发展社会主义的文化教育事业"。

25 日,《人民戏剧》第 8 期发表陈骢、黎明的《初澜的一份"劝进表"——揭批〈京剧革命十年〉》。

27 日,《人民电影》第 8 期发表张天民的《力求真实地再现典型环境中的典型人物(续完)——〈创业〉创作回顾》。

本月,《河南文艺》第 4 期发表杨旭村的《剥掉伪装,现其本相——批判所谓"三突出创作原则"》。

《陕西师大学报(哲学社会科学版)》第 3 期发表陕西师范大学大批判组的《必须正确对待知识分子——批判"四人帮"把知识分子同资产阶级划等号》;畅广元的《文艺创作必须坚持典型化原则——兼批"四人帮"否定和破坏典型化的卑劣伎俩》。

本月,江苏人民出版社出版《鲁迅——中国文化革命的主将》。

9 月

1 日,《解放军文艺》第 9 期发表济南部队政治部文化部理论组的《为什么狂叫"驳倒军队特殊论"》。

3 日,《光明日报》发表姜彬的《论"阴谋文艺"》;晓雪的《激荡人心的〈"八一"之歌〉》。

10 日,《人民日报》发表文化部理论组的《坚持"百花齐放、百家争鸣"的方针——纪念伟大的领袖和导师毛主席逝世一周年》。

《天津文艺》第 9 期发表佟雪的《从"防身的本领"到反党的"本领"——评胡适派的"红学"与"四人帮"的"红学"》。

15 日,《光明日报》发表张炯的《重评〈创业史〉的艺术特色》。

《汾水》第 5 期发表艾斐的《成长中的英雄不能写吗?》。

《河北文艺》第 9 期发表冯健男的《关于创造典型》。

20 日,《江苏文艺》第 9 期发表方全林的《写好成长中的英雄——从〈海岛女民兵〉的海霞形象谈起》。

25 日,《人民戏剧》第 9 期发表刘厚生、朱平康的《毛主席的光辉思想照耀着戏剧革命的道路》;何其芳遗作《毛主席在"鲁艺"的谈话永远鼓舞着我们》;白桦的《写在话剧〈曙光〉发表的时候》;李健吾的《合理性——写戏漫谈之一》。

27 日,《人民电影》第 9 期发表秦牧的《发展丰富多彩的革命电影艺术——漫谈电影的题材、风格多样化》。

《广东文艺》第 9 期发表华明的《要正确塑造科技人员的形象》。

《武汉文艺》第 4—5 期合刊发表郁源的《"根本任务论"是修正主义的谬论》;赵初的《拆穿"四人帮"的偷天换日术——驳"根本任务论"》;夏雨田的《砸烂"三字经",创作大解放》。

本月,天津人民出版社出版《"四人帮"阴谋文艺思想批判》。

上海人民出版社出版《文艺论丛(第 1 辑)》。

10 月

1日,《安徽师大学报(哲学社会科学版)》第5期发表陈文忠的《"不是闹革命穷人翻不了身"——重读〈王贵与李香香〉》;王政、张剑雄的《社会主义文艺画廊的一颗明珠——评〈创业史〉第一部中的梁生宝形象的塑造》。

《解放军文艺》第10期发表文化部批判组的《为什么"百花齐放都没有了"?》。

10日,《天津文艺》第10期发表卫建林的《评"三突出"的来龙去脉及其反动性》。

12日,《人民日报》发表曹禺的《从此旧剧开了新生面——赞京剧〈逼上梁山〉》。

15日,《河北文艺》第10期发表云千、郅捷的《彻底批判阴谋文艺——从大毒草〈欢腾的小凉河〉谈起》;苏庆昌、王惠云的《谈〈红菱传〉的艺术特色及其它》。

《黑龙江文艺》第10期发表周蒙的《也谈"愤怒出诗人"》。

20日,《人民文学》第10期发表王春元的《评"阴谋文艺"》;陈丹晨的《人民有权利享受真正的艺术》。

《江苏文艺》第10期发表吴调公的《如闻其声 如见其人——谈谈人物语言的个性化》。

22日,《光明日报》发表傅显文的《篡党夺权的狂想曲——评〈序曲〉》。

《解放军报》发表南京部队空军理论组、空军政治部理论组的《货真价实的阴谋文艺——批判〈胜利进行曲〉、〈闪光的军号〉、〈五月惊雷〉等三篇毒草小说》。

25日,《人民戏剧》第10期发表史朝华的《于会泳与阴谋文艺》;王朝闻的《"捆绑不成夫妻"——观众与戏剧之二》。

27日,《人民电影》第10期发表陈璁、任道的《阴谋文艺与于会泳》。

29日,《人民日报》发表郅捷、刘再复的《斥阴谋文艺》;杨益言的《叛徒江青为什么扼杀〈红岩〉》;赵增锴的《驳"主题先行"的谬论》。

30日,《江苏师院学报(哲学社会科学版)》第3—4期合刊发表苏萱的《彻底粉碎"四人帮"炮制阴谋文艺的理论体系》;潘颂德的《略评石一歌的"鲁迅研究"》。

《解放军报》发表兰州部队政治部理论组的《一把杀人不见血的刀——批判反党电影文学剧本〈主要战场〉》;天津市话剧团大批判组的《为江青张目的话剧〈红松堡〉》;中共郑州市委宣传部大批判组的《颠倒敌我关系的反动戏〈新松赞〉》。

本月,《河南文艺》第 5 期发表伍任的《在写重大题材的前提下,提倡题材多样化》。

《南开大学学报(哲学社会科学版)》第 5 期发表赵侃的《文艺战线上的一个大是大非问题》。

本月,贵州人民出版社出版《事实不容歪曲　历史不容颠倒(文艺评论选)》。

北京人民出版社出版北京无线电厂、语言研究所《鲁迅论文风》编辑组编的《鲁迅论文风》。

11 月

1 日,《江西大学学报(哲学社会科学版)》第 3—4 期合刊发表燕文的《鲁迅的光辉不容玷污——斥"四人帮"及其御用工具石一歌歪曲鲁迅的罪行》。

6 日,《文汇报》发表文化部批判组的《揭"四人帮"死党于会泳的老底》。

7 日,《文汇报》发表上海市电影局大批判组的《反革命政治纲领的拙劣图解——批判"四人帮"的阴谋电影》;陈朝玉的《于会泳的鬼蜮伎俩——剖析于会泳在一九七四年全国影片负责人会议上的黑讲话》;中国福利会儿童艺术剧院的《一打一捧　用心险恶——于会泳之流围剿〈园丁之歌〉的一次丑恶表演》。

9 日,《人民日报》发表北京鲁迅《坟》注释组的《驳"鲁迅批判民主派"》;上海师大批判组的《卑劣的篡改和歪曲——评石一歌的所谓"鲁迅评法批儒"》。

《中山大学学报(哲学社会科学版)》第 6 期发表孙克西的《正确塑造知识分子形象——谈〈创业〉中的章易之》。

10 日,《文汇报》发表江俊绪的《戏曲要有剧种特点和艺术特色——彻底批判

"四人帮"扼杀戏曲艺术的罪行》。

《天津文艺》第11期发表杨志杰、朱兵的《评"四人帮"的阴谋文艺》；张圣康的《阴谋文艺的标本——评毒草话剧〈红松堡〉》。

《光明日报》发表郭启宏的《艺坛增辉红灯照——兼谈历史剧的创作》。

11日，《人民日报》发表杨志杰、朱兵的《彻底批判"四人帮"的"阴谋文艺"——反党电影〈春苗〉是怎样攻击和丑化党的领导、为"四人帮"篡党夺权服务的》。

17日，《解放军报》发表矫石的《"四人帮"的反革命政治纲领与阴谋文艺——对"四人帮"炮制的几部反动影片的再批判》；庆辉、章贺的《阴谋篡党夺权的铁证——〈典型报告〉》。

18日，《文汇报》发表竣东的《略谈〈出山〉的艺术特色》；陈晓东的《喜读老作家的新作》（讨论巴金的《杨林同志》）；方仁工的《光辉的足印》（讨论任于的散文《秋收季节》）；董耀根的《真实感人的形象》（讨论赵乃炘的《真实感人的形象》）。

19日，《人民日报》发表《让文学创作迅速跟上抓纲治国大好形势——〈人民文学〉编辑部召开短篇小说创作座谈会》；本报评论员的《充分发挥短篇小说的战斗作用》。

《解放军报》发表张大明、桑逢康、沈斯亨的《驳"文艺黑线专政"论》。

20日，《人民文学》第11期发表刘心武的《班主任》；杜埃的《调整和贯彻好党的文艺政策》。

《文史哲》发表刘再复的《鲁迅对文艺唯心主义论的批判》；李衍柱的《人工制造理想人物的幻灭——学习鲁迅文艺思想札记》。

《江苏文艺》第11期发表本刊记者的《省小说、评论座谈会纪要》。

22日，《解放军报》发表《"四人帮"在文艺领域的反党罪行——揭批"四人帮"第三战役连队辅导材料之四》。

25日，《人民日报》发表《坚决推倒、彻底批判"文艺黑线专政"论——本报编辑部邀请文艺界人士举行座谈会》；茅盾的《贯彻"双百"方针，砸碎精神枷锁》；刘白羽的《从"文艺黑线专政"到"阴谋文艺"》。

《人民戏剧》第11期发表张庚等的《枫红季节话〈枫〉剧——在京戏剧工作者座谈讽刺喜剧〈枫叶红了的时候〉》。

27日，《解放军报》发表徐民和的《"是党给我的艺术新生命"——访作家姚雪垠》。

29日,《人民日报》发表中共湖北省委宣传部写作组的《澄清"四人帮"在题材问题上制造的混乱》。

30日,《人民日报》发表李季的《毛主席的革命文艺队伍是一支好队伍——斥"四人帮"对文艺队伍的诽谤和污蔑》。

本月,《广东文艺》第11期发表李冰之的《评浩然的〈西沙儿女〉》。

《内蒙古文艺》第6期发表周廷芳的《开在银峰玉岭上的红泉花——评长篇小说〈阿力玛斯之歌〉》。

《辽宁文艺》第11期发表曹延庆的《钢城春色正浓——关于报告文学的随想兼驳"反真人真事"论》。

《武汉文艺》第6期发表华思理的《马克思主义美学的胜利——论〈李自成〉的人物塑造》;王毅的《坚持"古为今用",反对"古为帮用"——读历史小说〈李自成〉札记》。

《福建文艺》第6期发表包恒新的《坚持倾向性和真实性的统一——学习恩格斯致敏·考茨基的信》;吴功正的《鲁迅的典型化论述不容歪曲》。

本月,广东人民出版社出版张竞的《鲁迅在广州》。

湖北人民出版社出版武汉大学中文系现代文学教研室、长江航运管理局宣传处编的《鲁迅及其作品》。

12月

1日,《文汇报》发表《深揭狠批"四人帮"炮制的"文艺黑线专政"论》。

《安徽师大学报(哲学社会科学版)》第6期发表谢昭新的《谈谈老舍的〈骆驼祥子〉》。

《解放军文艺》第12期发表本刊批判组的《一次阴谋文艺的大拍卖——评"四人帮"在军队文化部门那个党羽的一次黑讲话》;胡杰锋、陈世淳的《评帮刊

〈朝霞〉上的三篇反军小说》;孙犁的《关于散文》。

2日,《人民日报》发表贺敬之的《必须彻底批判"文艺黑线专政"论》。

《文汇报》发表中共上海市电影局委员会的《十七年电影战线成绩不容抹杀——彻底批判"文艺黑线专政"论》。

3日,《人民日报》发表山西省委宣传部邀集省级文艺机关、团体文艺工作者举行批判会的文章《批判"文艺黑线专政"论,埋葬"阴谋文艺"》;文化部批判组的《"四人帮"围剿〈海霞〉是一场严重的阶级斗争》。

《文汇报》发表《本市部分著名电影编导演员以铁的事实驳斥"文艺黑线专政"论,控诉"四人帮"摧残电影事业的滔天罪行》。

《光明日报》发表曲波的《为革命创作有何罪!》;张韧的《谈〈山呼海啸〉的人物形象塑造》。

4日,《人民日报》发表谢冰心的《对"文艺黑线专政"论的流毒不可低估》。

6日,《解放军报》发表《满园春色关不住——电影工作者怒斥"文艺黑线专政"论》;中共上海市文化局委员会的《于会泳和"四人帮"在上海的那个余党是搞阴谋文艺的急先锋》;罗荪的《历史猛打叛徒江青的耳光——驳"文艺黑线专政"论》。

7日,《人民日报》发表张光年的《驳"文艺黑线专政"论——从所谓"文艺黑线"的"黑八论"谈起》。

《解放军报》发表行人的《人民战争是克敌制胜的法宝——读曲波同志的长篇小说〈山呼海啸〉》。

10日,《天津文艺》发表伍远征的《狠批"文艺黑线专政"论》;滕云的《剖视阴谋文艺》;振海、之捷的《搬起石头砸自己的脚——揭穿"四人帮"假借〈水浒〉篡党夺权的政治骗局》。

《光明日报》发表蒋守谦、张家钧、章楚民的《十七年文艺的成就与"文艺黑线专政论"的破产》。

12日,《文汇报》发表陈强的《砸碎"黑线专政"论的精神枷锁》,丁是娥的《红太阳光辉始终照耀着沪剧舞台》;芦芒的《解放思想 繁荣诗歌创作》;张乐平的《推倒"黑线专政"论 百花齐放满园香》。

14日,《文汇报》发表邓牛顿的《评"四人帮"所谓反"真人真事"论》;吴琛的《"文艺黑线专政"论可以休矣》;草婴的《用心险恶的"洋为帮用"》;吴琛的《"文艺黑线专政"论可以休矣》。

15日,《人民日报》发表申涛声的《阴谋文艺的一股狂澜——评"四人帮"御用写作班子初澜》。

《河北文艺》第12期发表晓牛的《阴谋文艺的急先锋——批判"初澜"鼓吹"写走资派"的罪行》。

16日,《文汇报》发表申涛声的《阴谋文艺的一股狂澜——评"四人帮"御用写作班子初澜》。

17日,《光明日报》发表周林发、蔡国琪的《崎岖的道路 光辉的前程——重读〈青春之歌〉》;唐弢的《十七年》。

《解放军报》发表胡奇的《斩断在军内推行阴谋文艺的黑手》;八一制片厂的《"四人帮"扼杀〈创业〉的帮凶》;谷正雄的《居心险恶的"深度"》(讨论于会泳的指示"写与走资派作斗争的有深度的作品")。

18日,《文汇报》发表乐见的《"旧剧开了新生面"——喜看上海京剧团演出的革命京剧〈逼上梁山〉》。

20日,《人民文学》第12期以"彻底批判'文艺黑线专政'论"为总题,发表严文井的《"文艺黑线专政"论与阴谋文艺》;秦牧的《辨明大是大非,伸张革命正义》,峻青的《满腔怒火批黑论》;草明的《挥笔上阵》。

《江苏文艺》第12期以"彻底推翻'文艺黑线专政'论"为总题,发表黎汝清的《一条红线照征程》;陈瘦竹的《"文艺黑线专政"论的破产》;忆明珠的《诗人兴会更无前》;马春阳的《我是见证人》。

《贵州文艺》第6期发表单洪根的《阴谋文艺的极右实质》;钱理群的《"从路线出发"论剖析》。

26日,《人民日报》发表巴金的《除恶务尽,不留后患——揭批"四人帮"炮制"文艺黑线专政"论的罪行》。

27日,《人民日报》发表于伶的《把"文艺黑线专政"论彻底砸烂》。

《河南文艺》第6期发表郑州纺织机械厂业余文艺评论组的《革命人民和"四人帮"斗争的生动写照——评叶文玲同志最近发表的三篇小说》。

本月,《辽宁大学学报(哲学社会科学版)》第6期发表刘跃发、曾杞中的《人妖颠倒是非淆——评未出笼的毒草影片〈占领颂〉》。

《青海文艺》第5、6期合刊发表力章的《迎接"花儿"的春天》。

本年

《河北师大学报(哲学社会科学版)》第 3 期发表边平枢的《坚持毛主席的革命文艺路线——批判"四人帮"反对〈在延安文艺座谈会上的讲话〉的罪行》。

《河北师大学报(哲学社会科学版)》第 5 期发表边平枢的《"文艺黑线专政"是修正主义文艺路线的理论支柱》。

1978年

1978年

1月

1日,《解放军文艺》第1期发表《彻底批判"文艺黑线专政"论,打碎"四人帮"制造的精神枷锁——驻京部队部分文艺工作者座谈会发言摘登》。

2日,《文汇报》发表石方禹的《繁荣诗歌创作的光辉文献——学习〈毛主席给陈毅同志谈诗的一封信〉》。

6日,《文汇报》发表《沿着毛主席指出的方向繁荣诗歌创作》(讨论形象思维问题);周晓的《"恩来同志和我们同在"——中篇小说〈雾都报童〉读后致读者》。

7日,《光明日报》发表秦牧的《掌握语言艺术 搞好文学创作——学习〈毛主席给陈毅同志谈诗的一封信〉的感想》。

《解放军报》发表桑逢康的《形象思维是文艺创作的根本规律》;长玉的《诗要用形象思维——学习毛主席给陈毅同志谈诗的一封信》。

5日,《人民日报》发表草婴的《"黑线专政"论对外国文学工作造成的灾难》。

9日,《光明日报》发表余均的《大力提倡"两结合"的创作方法——兼驳"三突出"谬论》。

10日,《文汇报》发表文化部批判组的《一场捍卫毛主席革命路线的伟大斗争——批判"四人帮"的"文艺黑线专政"论》。

《天津文艺》第1期发表西樵的《篡党夺权的一个严重步骤——批判叛徒江青的"2·21"讲话》。

《北京文艺》第1期发表刘厚明的《十七年文艺成绩不可低估》;何文轩、杜书瀛的《"根本任务"论剖析》;林非的《〈王贵与李香香〉浅谈》。

《光明日报》发表文化部批判组的《一场捍卫毛主席革命路线的伟大斗争——批判"四人帮"的"文艺黑线专政"论》。

11日,《人民日报》发表文化部批判组的《一场捍卫毛主席革命路线的伟大斗争——批判"四人帮"的"文艺黑线专政"论》。

12日,《光明日报》发表常思延的《倡导马克思主义的文艺批评》。

13日,《文汇报》发表王家熙、过传志的《"三突出"的炮制与"四人帮"的阴谋》。

14日,《人民日报》发表中共清华大学委员会的《丰碑不可撼,人心不可侮——怒斥反党黑文〈大辩论带来大变化〉》。

15日,《山东文艺》第1期发表蔡师勇的《于会泳和"三突出"》。

《汾水》第1期发表刘金笙的《斥"四人帮"的所谓反"题材决定"论》;朱洪的《货真价实的阴谋文艺》,武毓璋的《深刻反映同"四人帮"的斗争——兼评〈顶凌下种〉等三篇小说》。

《河北文艺》第1期以"彻底批判'文艺黑线专政'论"为总题,发表田间的《历史之镜》;王玉西的《革命歌曲的成就不容抹杀》,张仲朋的《十七年是我们的》。

《黑龙江文艺》第1期发表周立波的《〈暴风骤雨〉的创作》;弘弢的《重读小说〈暴风骤雨〉》;汤学智的《谈谈文学的形象性》。

16日,《文汇报》发表上海电影制片厂大批判组的《"四人帮"用儿童题材猖狂反党的标本——评反动电影文学剧本〈金色的朝晖〉》;南英屏的《一幕围剿〈园丁之歌〉的反革命丑剧》。

17日,《人民日报》发表《华主席为〈人民文学〉题词》;本报评论员的《抓纲治文艺》;第三版整版发表讨论华国锋题词的文章,参加者有《人民文学》编辑部、周立波、王愿坚、周而复、徐迟、阮章竞等。

《光明日报》发表万弓的《摧毁阴谋文艺的"排炮"——揭批"四人帮"炮制〈春苗〉等四出京剧的罪行》。

《解放军报》发表《英明领袖华主席为〈人民文学〉题词》。

19日,《文汇报》发表包文棣的《诗要用形象思维——学习〈毛主席给陈毅同志谈诗的一封信〉的体会》;陈恭敏的《"'形象思维'第一流"》;邱明正的《形象思维理论是在斗争中发展起来的》。

20日,《人民文学》第1期发表本刊编辑部的《进军的号角 催春的战鼓——热烈欢呼华主席的光辉题词》和《中国作家协会主席茅盾同志的讲话》;本刊记者的《热烈欢呼华主席的光辉题词,向"文艺黑线专政"论猛烈开火——记本刊编辑部召开的在京文学工作者座谈会》;运生的《长篇小说的新收获——粉碎"四人帮"一年来长篇小说巡礼》。

《上海文艺》第1期发表邱明正的《"四人帮"篡党夺权的前奏曲——批"文艺黑线专政"论》;刘金的《浮想联翩话"双百"》;伍松的《袁州和尚与"虎皮文章"——读方耘〈革命样板戏学习札记〉的札记》;江俊绪的《"四人帮"的"评论

权"》。

《中山大学学报》第1期发表郭正元的《从〈创业〉的人物塑造看"四人帮"文艺谬论的破产》。

《江苏文艺》第1期发表郑乃臧的《〈红日〉是香花,不是毒草》。

《哈尔滨文艺》第1期发表本刊评论员的《彻底推倒"文艺黑线专政"论》;本刊记者的《彻底批判"文艺黑线专政"论　打好揭批"四人帮"第三战役》。

21日,《光明日报》发表顾骧的《驳"四人帮"的"题材决定"论》;刘东远的《读报告文学〈地质之光〉》。

24日,《人民日报》发表陈登科的《关于〈风雷〉的一封信》;李泽厚的《形象思维的解放》。

《解放军报》发表空军某机务学校评论组、空政宣传部理论组的《初澜是"四人帮"的御用工具》;八一电影制片厂的《未及出笼的阴谋影片——揭露"四人帮"及其亲信炮制反动影片的罪行》。

25日,《人民日报》发表本报评论员的《坚持知识青年上山下乡的正确方向》。

《河南文艺》第1期发表于黑丁的《必须彻底批判"文艺黑线专政"论》;李准的《〈大河奔流〉创作札记》。

《浙江文艺》第1期发表张光昌、郑择魁的《为阴谋文艺鸣锣开道的一面黑旗——批判"四人帮"的"根本任务论"》;金蕾芳的《阴谋文艺的两个黑标本——批判毒草剧本〈闹海〉、〈青山誓〉》。

26日,《解放军报》发表穆静的《调查研究　至为重要——重看昆曲影片〈十五贯〉想到的》;瞿琮的《从民歌中吸取养料和形式》。

30日,《人民日报》发表上海歌剧院张拓的《牢笼关不住革命文艺的春天——控诉"四人帮"对舞剧〈小刀会〉的迫害》;田间的《历史可以作证》。

《文汇报》发表徐俊西的《斥"题材问题不能百花齐放"》;姜彬的《繁荣诗歌的金钥匙——〈毛主席给陈毅同志谈诗的一封信〉学习笔记》。

本月,《人民戏剧》第1期发表本刊记者的《不因鹏翼展,那得鸟途通——记戏剧工作者学习〈毛主席给陈毅同志谈诗的一封信〉》;华焰的《不可磨灭的灿烂光辉——缅怀周总理对戏剧工作的巨大关怀》;文化部批判组的《评"四人帮"的反革命舆论工具——初澜》;曾铭的《"四人帮"法西斯专政的一个罪证》;肖甲的《谈历史剧》。

《广东文艺》第1期发表李冰之的《评浩然的〈百花川〉》;易征的《〈闹海记〉人物塑造的若干特色》;谢金雄、唐亢双的《文艺创作一定要从生活出发——〈闹海记〉的创作体会》。

《内蒙古文艺》第1期发表玛拉沁夫的《彻底批判"文艺黑线专政"论》。

《四川文艺》第1期发表《沿着毛主席指引的道路前进 迎接文艺界百花争艳的春天——本刊编辑部和〈四川日报〉编辑部邀请在成都地区的诗歌界、文艺界人士举行座谈会,畅谈学习〈毛主席给陈毅同志谈诗的一封信〉的体会》;唐正序的《批判"文艺黑线专政"论》;田原的《"我们的成绩是谁也否认不了的"》;曹廷华的《评"四人帮"的一个反革命文艺口号》。

《江西文艺》第1期发表毕文的《推倒极端反动的"文艺黑线专政"论》;邓家琪的《时代的歌手——读郭小川的诗》。

《江西师院学报(哲学社会科学版)》第1期发表李作凡的《从民歌的优点看新诗的努力方向》。

《吉林文艺》第1期发表刘淑明的《"四人帮"的垮台和"批判'吉林特殊论'的破产"》。

《延河》第1期发表李知的《粗议几个文学问题》。

《安徽文艺》第1期发表徐文玉的《连根铲除"黑线专政"论》;苏中的《阴谋文艺与"黑线专政"论》。

《湘江文艺》第1期以"彻底批判'四人帮'炮制'文艺黑线专政'论的罪行"为总题,发表周立波的《〈韶山的节日〉事件的真相》,秦牧的《〈韶山的节日〉一文的奇祸——从一个典型事例戳穿"文艺黑线专政"论的黑幕》,康濯的《斥"文艺黑线专政"论》。

2月

1日,《人民日报》发表姜鹰的《放开手脚,大胆创作》;杨志杰、仁钦、章楚民的

《大干,就是应该大赞!——评长篇小说〈阿力玛斯之歌〉》。

《解放军文艺》第2期发表廖代谦的《从名著中吸引养料和形式》。

2日,《文汇报》发表黄佐林的《"形象思维"得解放 文艺将会更兴旺》;沙叶新的《斥"不写走资派就是走资派"》;沪东工人文化宫文艺评论组的《"明枪"与"暗箭"——"四人帮"从"黑线专政"论演化出"黑线回潮"论的罪恶阴谋》;上海市工人文化宫大批判组的《一出小戏 一片杀机——评独幕话剧〈一月的汽笛〉》。

3日,《人民日报》发表陈原的《驳所谓"三十年代黑店"论》。

《文汇报》发表上海电影制片厂大批判组的《历史事实岂容篡改——斥"文艺黑线专政"论》;许锦根的《深刻的揭露 犀利的鞭笞》(讨论刘心武小说《班主任》);章兆丰的《喜读〈地质之光〉》。

4日,《解放军报》发表《愤怒声讨"文艺黑线专政"论》、《〈西沙儿女〉应该批判》;漠雁的《宜将剩勇追穷寇——再批"文艺黑线专政论"》;胡柏冰的《从写死与写活谈起》。

6日,《人民日报》发表中国人民解放军总政治部文化部评论组的《"文艺黑线专政"论的出笼和破灭》。

《文汇报》发表中国人民解放军总政治部文化部评论组的《"文艺黑线专政"论的出笼和破灭》。

《光明日报》发表中国人民解放军总政治部文化部评论组的《"文艺黑线专政"论的出笼和破灭》。

9日,《人民日报》发表《思想活跃、创作活跃、演出活跃——广东文艺界大步前进》。

10日,《天津文艺》第2期发表李庆成的《戳穿"四人帮"大抓"文艺评论"的阴谋——兼批反动舆论工具初澜》。

《北京文艺》第2期发表刘章的《学习民歌写新诗》;再捷、竹冰的《"四人帮"的"红"与"黑"》。

《南京师院学报(社会科学版)》第1期发表张留芳的《毛主席的文艺批示不容篡改——戳穿"四人帮"制造"文艺黑线专政"论的骗局》;王臻中的《论"两结合"的创作方法"》,王长俊的《关于诗歌特点的商榷》;吴调公的《评长篇小说〈李自成〉的历史依据和艺术加工》。

《解放军报》发表《一出反革命丑剧——揭穿"四人帮"制造所谓"陶钝事件"

的阴谋》。

11日，《解放军报》发表空军政治部文化部的《我军文艺工作的方向路线不容诋毁》；王培炎的《写"改造过程"就是抹黑吗？》。

14日，《文汇报》发表上海师范大学批判组的《"四人帮"的政治需要与石一歌的"鲁迅研究"》。

15日，《人民日报》发表陆贵山的《从塑造典型看阴谋文艺的极右实质》。

《甘肃师大学报（哲学社会科学版）》第1期发表孙克恒的《在革命征途上继续前进的歌》。

《世界文学》第1期发表张羽的《"文艺黑线专政"论与〈走出"彼得堡"〉》；戈沙的《〈基督山恩仇记〉与江青》。

《汾水》第2期发表韩钟昆、马作楫、董耀章、李让、于瑛、王连葆的《学习〈毛主席给陈毅同志谈诗的一封信〉》；侯文正的《形象思维不容否定》。

《河北文艺》第2期发表刘哲的《砸碎"文艺黑线专政论"的精神枷锁》；张庆田的《门外谈诗——略谈继承民歌的传统》；山志的《关于诗歌的"比兴"》；成志伟的《缺少文艺作品的根源何在？》。

《郑州大学学报（哲学社会科学版）》第1期发表刘济献、吉炳轩的《评石一歌的〈鲁迅传〉（上）》。

《黑龙江文艺》第2期发表杨治经的《漫谈〈严峻的历程〉的艺术特色》。

《解放军报》发表湖北省军区理论组的《翻云覆雨　为帮所用——批判"四人帮"唯心主义、形而上学的文艺批评》；顾工的《缴掉"四人帮"的狼牙棒》，施金根的《斥"主题先行"》。

17日，《人民日报》发表徐迟的《哥德巴赫猜想》。

18日，《光明日报》发表刘蓓蓓的《我们欢迎这样的〈班主任〉》。

20日，《人民文学》第2期发表《马克思、恩格斯、列宁、斯大林、毛泽东论题材》；《高尔基、鲁迅论题材》；林默涵的《关于题材》；罗晓舟的《"题材决定"论与阴谋文艺》；李大猛等《欢迎〈班主任〉这样的好作品》。

《上海文艺》第2期发表白桦的《"形象思维"管见》；孟伟哉的《从反动小说〈闪光的军号〉谈起——四人帮为什么反对形象思维？》；秦牧的《读长篇小说〈李自成〉》。

《江苏文艺》第2期以"学习《毛主席给陈毅同志谈诗的一封信》札记"为总题，发表佛雏的《文艺理论上的"拨乱反正"》、孙望的《律诗要讲平仄》、赵瑞蕻的

《形象思维与诗》;同期,发表杨志华的《一朵兰花——从昆曲〈十五贯〉公演谈起》。

《哈尔滨文艺》第2期发表本刊编辑部的《光辉题词照征程——欢呼华主席为〈人民文学〉题词》;本刊记者的《春风化雨润文坛　百花竞开春满园——本刊编辑部邀集部分专业和业余文艺工作者座谈〈毛主席给陈毅同志谈诗的一封信〉》。

《贵州文艺》第1期以"学习《毛主席给陈毅同志谈诗的一封信》"为总题,发表塞先艾的《学习浅谈》;同期,发表武光瑞的《肃清"文艺黑线专政"论的流毒》;袁锦华的《一个反马克思主义的认识论体系——批判"四人帮"炮制的"反形象思维"论》。

《解放军报》发表何洛、计永佑的《否定形象思维的跛脚论可以休矣》。

21日,《北京师范大学学报(社会科学版)》第1期发表梁仲华的《驳"四人帮"的"根本任务论"》。

23日,《文汇报》发表《贯彻"双百"方针　促进文艺创作》(报道上海市文联及所属各协会恢复活动);本报记者的《抖擞精神放手干　创出文苑新生面——上海市文学艺术界联合会主席团扩大会议侧记》。

25日,《文学评论》第1期发表王朝闻的《艺术创作有特殊规律》;蔡仪的《批判反形象思维论》;唐弢的《谈"诗美"——读毛主席给陈毅同志谈诗的一封信》;冯牧的《扫除帮风,发展马克思主义的文艺批评》;柯灵的《题材问题一解》;洁泯的《"题材决定"论还是题材多样化》;秦牧的《画地为牢与广阔天地》;贾芝的《扼杀民间文学是"四人帮"反马克思主义的一场疯狂表演——兼驳"文艺黑线专政"论》;本刊编辑部的《致读者》。

《河南文艺》第2期发表苏金伞的《学习毛主席谈诗的一封信》;王绶青的《诗坛春意格外浓——读〈毛主席给陈毅同志谈诗的一封信〉有感》;刘景亮的《谈形象思维》;叶文玲的《〈丹梅〉创作琐记》。

本月,《十月》创刊,北京出版社编辑出版,第1期发表茅盾的《驳斥"四人帮"在文艺创作上的谬论并揭露其罪恶阴谋》;杨沫的《遵守工农兵方向　坚持创造性劳动》;张国民的《论文艺和生活的关系——兼驳"四人帮"的反动谬论》,董学文的《略谈鲁迅创作与生活》。

《人民戏剧》第2期发表本刊记者的《乘东风　鼓干劲　戏剧战线战鼓催春——英明领袖华主席为〈人民戏剧〉题字庆祝大会记实》;胡絜青的《周总理对老舍的关怀和教诲》;杜书瀛的《试谈形象思维——学习毛主席给陈毅同志谈诗

的一封信》;刘厚明的《从写戏谈形象思维》,伍雍谊的《必须坚持批判地继承文艺遗产的方针》。

《广东文艺》第2期以"学习《毛主席给陈毅同志谈诗的一封信》"为总题,发表楼栖的《浅谈形象思维》,韦丘的《形象思维第一流》,黄天的《从民歌中吸取养料》,韦之的遗作《诗坛艺苑起春风》;同期,发表李冰之的《关于〈百花川〉的两个版本》;周而复的《谈〈白求恩大夫〉》;萧殷的《〈习艺录〉后记》。

《四川文艺》第2期发表席明真的《砸碎枷锁 解放川剧》;肖青的《一个文艺编辑的感想》;艾芜的《谈短篇小说》;何春生的《不凋敝的文学与文学的借鉴》;苏执的《烈士光辉照征途——重评小说〈红岩〉》。

《辽宁文艺》第2期发表卓宇、童玉云的《革命文艺队伍不容污蔑——斥"砸烂旧摊子,重新组建文艺队伍"的反动口号》。

《吉林文艺》第2期发表张松如的《在民歌和古典诗歌的基础上发展新诗》。

《延河》第2期发表钟平的《大起大落 波澜壮阔——读〈李自成〉的艺术结构》

《安徽文艺》第2期发表傅腾霄的《珍贵的文献,光辉的遗典——学习毛主席给陈毅同志谈诗的一封信》。

《南开大学学报(哲学社会科学版)》第2期发表宋帛的《篡党夺权的"梦幻曲"——批判〈小靳庄诗歌选〉》。

《湘江文艺》第2期以"毛主席给陈毅同志谈诗的一封信"为总题,发表胡青坡的《遵照毛主席指示的方向前进》,康濯的《马克思主义文艺论的新发展》,周健明的《掌握诗歌形式发展的规律》。

本月,上海教育出版社出版《十月长安街——散文选析》。

湖北人民出版社出版《学点文学(一)》。

3月

1日,《解放军文艺》第3期发表本刊评论员的《彻底推倒"文艺黑线专政"

论》;孙犁的《创新的准备》。

7日,《人民日报》发表《中华人民共和国第五届全国人民代表大会第一次会议关于政府工作报告的决议》。

10日,《天津文艺》第3期发表康闻的《妖为鬼蜮必成灾——批判"四人帮"利用小靳庄诗歌大搞反党活动的阴谋》。

《北京文艺》第3期发表甘霖、杨辛的《艺术创作要用形象思维——学习〈毛主席给陈毅同志谈诗的一封信〉》;以"关于反映同'四人帮'斗争(笔谈)"为总题,发表方顺景的《浓墨重彩绘英才——谈与"四人帮"斗争的英雄人物塑造》,闫纲的《谨防灵魂被锈损——兼评〈班主任〉》,梁仲华的《就〈取经〉谈"风派"人物的刻划》,刘树生的《略谈反面人物的塑造》,张钟的《歌颂·暴露·立场》。

11日,《光明日报》发表吴思敬的《读〈天上的歌〉——兼谈儿童诗中的幻想》。

15日,《山东文艺》第3期发表傅冰的《批判,还是奉行——揭露"四人帮"所谓批"写真实论"的政治骗局》。

《汾水》第3期发表何西来、田中木的《努力塑造领袖形象——从王愿坚同志最近的短篇小说谈起》;张利群、王凌云的《读短篇小说集〈我的第一个上级〉》;贺新辉、韩玉峰、曲润梅的《一幅农业学大寨运动的画卷——读长篇小说〈长虹〉》。

《河北文艺》第3期发表杜元明的《题材·形式·风格》;王子硕的《形象思维小议》;青野的《依靠人民群众 创造新体诗歌》,刘绍本的《民歌和新体诗歌》。

20日,《人民文学》第3期发表李冰之的《评浩然的〈西沙儿女〉》;李冰之的《评浩然的"新"道路》;何西来、田中木的《现实和理想的辩证统一——试谈革命现实主义和革命浪漫主义相结合的创作方法》。

《江苏文艺》第3期发表徐采石的《略谈林道静形象的典型意义》。

《哈尔滨文艺》第3期发表杨治经、王敬文的《漫谈形象思维》。

《福建文艺》第2期发表周溶泉、徐应佩的《从民歌中吸引养料和形式——重读大跃进民歌》;肖盼的《"无情未必真豪杰"——兼谈爱情描写》;林兴宅的《阴谋文艺与"骗子列传"》。

21日,《人民日报》发表中共北京大学委员会的《论梁效》。

22日,《人民电影》第2、3期合刊发表杨志杰、刘再复的《评"四人帮"对〈海霞〉的围剿》。

23日,《徐州师范学院学报(哲学社会科学版)》第1期发表雷欣的《评〈走出彼得堡〉》。

31日，《哈尔滨师院学报（哲学社会科学版）》第1期发表侯成言的《一把刺向"四人帮"的匕首——喜读短篇小说〈班主任〉》，孙清云的《试论小说〈创业〉中知识分子形象》。

本月，《人民戏剧》第3期发表薛宝琨的《悲剧的力量——看〈曙光〉想到的》；安葵的《把握特点　探求新意——谈几部戏剧作品中杨开慧形象的塑造》。

《广东文艺》第3期以学习《毛主席给陈毅同志谈诗的一封信》为总题，发表王季思的《略谈赋比兴》，陈芦荻的《开一代诗风，创一代诗体》等。

《内蒙古文艺》第2期发表吴松亭的《略谈人物形象的塑造——读王愿坚短篇小说札记》。

《四川文艺》第3期发表王朝闻的《创作、欣赏与认识》；左人的《从民歌中吸引养料和形式》。

《辽宁文艺》第3期发表陈聪、吴乾浩的《一切诬陷之词必须推倒——驳江天的〈铁案如山　岂容推翻〉》。

《延河》第3期发表刘建军的《反形象思维论与文化专制主义》；何文轩的《一个全面篡改无产阶级文艺性质和方向的理论口号——评初澜对"根本任务"论的鼓吹》；刘梦溪的《不准篡改文艺的根本任务》。

《安徽文艺》第3期发表宗廷、良凌的《披着左派外衣的反党杂文——〈朝霞随笔〉批判》。

《武汉文艺》第2期发表《陈丕显同志在湖北省第四次文学艺术界代表大会上的讲话》；陆耀东的《新诗发展的南针——学习毛主席〈给陈毅同志谈诗的一封信〉的一点体会》。

《武汉师范学院学报（哲学社会科学版）》第1期发表邹贤敏的《关于形象思维》；王敬文的《试金石　指南针——学习〈毛主席给陈毅同志谈诗的一封信〉的点滴体会》；王毅的《形象思维与赋、比、兴——读〈毛主席给陈毅同志谈诗的一封信〉》。

《湘江文艺》第3期发表《罗瑞卿同志关于〈韶山的节日〉事件的重要来信》；盛宇的《从浩然的"思考"谈起》；黄秋耘的《关于郭小川同志二三事——读〈郭小川诗选〉有感》。

本月，吉林人民出版社出版吉林师范大学中文系文选写作教研室的《现代文学作品选讲》。

四川人民出版社出版周红兴、李如鸾编写的《周总理与诗歌》。

广东人民出版社出版萧殷的《习艺录》。

4月

1日,《解放军文艺》第4期发表刘革文、张雷克、谢殿斌的《"根本任务"论是什么货色》。

2日,《解放军报》发表纪戈的《狂风吹不倒魏巍高山——批判"四人帮"利用阴谋文艺攻击周总理的罪行》。

7日,《文汇报》发表张成珊、金更的《艺术要求真实》。

8日,《光明日报》发表薛雨的《文艺领域也要批极"左"》;戈人的《题材三议——学习马、恩、列、斯关于题材问题的论述》。

9日,《光明日报》发表陈骏涛的《人物创造要有广阔天地》。

10日,《北京文艺》第4期发表姚飞岩、巴根汝的《评〈西沙儿女〉》;金涛的《为科学技术现代化挥笔上阵》;吴子敬的《白洋淀上抒情曲——孙犁的〈嘱咐〉》。

11日,《人民日报》发表袁良骏的《清算"四人帮"对文学教育的毒害》。

14日,《文汇报》发表王西彦的《骗子和打手——揭穿"四人帮"御用工具"石一歌"的"鲁迅研究"的骗局》。

《世界文学》第2期发表柳鸣九的《十九世纪批判现实主义的历史地位与"四人帮"文化专制主义的破产》;翟厚隆的《反动文艺史观的标本——"空白"论》。

《汾水》第4期发表王宗礽、屈秀玉的《人民战争的颂歌——重读〈吕梁英雄传〉》。

《河北文艺》第4期发表刘哲的《"要用形象思维方法"——学习札记》;艾斐的《应当理直气壮地描写成长中的英雄》;杨子敏的《说比兴——重读〈王贵与李香香〉〈漳河水〉有感》。

15日,《光明日报》发表叶子铭的《三十年代初期中国社会的画卷——重读茅盾的〈子夜〉》;洁泯的《文学苑林中的一股新鲜空气——读报告文学〈哥德巴赫猜想〉随感》;冯垒垒、沈太慧的《从不准写爱情看"四人帮"的假左真右》。

16日,《光明日报》发表杨玉玮的《烈火诗心——读〈杨朔散文选〉》。

19日,《光明日报》发表曹禺的《看话剧〈丹心谱〉》;刘宗明的《凝练　生动　个性化——略谈话剧〈丹心谱〉的语言》。

《解放军报》发表广州部队理论组的《地地道道的修正主义邪路——评〈西沙儿女〉及其作者的所谓创作道路》。

20日,《人民文学》第4期发表冯至的《取民歌之长,补新诗之短》;孙犁的《关于长篇小说》。

《上海文艺》第4期发表秦牧的《〈艺海拾贝〉新版前记》;王光祖、方仁念的《摈弃现实主义的一块样板——评浩然的〈三把火〉》;蔡仪的《再谈形象思维的逻辑特性》。

21日,《人民日报》发表胡絜青的《〈老舍剧作选〉再版后记》。

22日,《人民日报》发表《文化部为大批受迫害文艺工作者平反》。

《人民电影》第4期发表《人民电影》、《人民戏剧》、《人民音乐》、《美术》、《舞蹈》编辑部批判组的《"四人帮"是怎样利用五种艺术期刊搞阴谋文艺的》。

《光明日报》发表王世德的《生动的情节和鲜明的形象——漫谈〈红岩〉的人物塑造》;刘凯的《心中的"花儿"漫天开》。

24日,《人民日报》发表:曹禺的《看话剧〈丹心谱〉》;陈刚的《光彩夺目的话剧〈丹心谱〉》;苏叔阳的《努力学习,不断进步》(一组关于话剧《丹心谱》的评论文章)。

25日,《文学评论》第2期发表茅盾的《关于长篇历史小说〈李自成〉》;张大明的《三十年代左翼文艺界对马列主义文艺理论的宣传——兼驳"文艺黑线专政"论》;韶华的《文学创作实践中遇到的几个理论问题——创作通信》;林志浩的《批评"四人帮"发动的围攻歌剧〈白毛女〉的谬论》。

《河南文艺》第4期发表李悔吾的《农民革命战争的英雄颂歌——介绍长篇历史小说〈李自成〉第一、二卷》。

《南京文艺》第2期发表刘金的《在"反无冲突论"的背后》。

27日,《解放军报》发表黄柯的《盛赞〈丹心谱〉　话剧庆复苏》。

29日，《光明日报》发表郭志刚的《谈孙犁的〈白洋淀纪事〉》；李元洛的《万紫千红总是春——诗歌多样化片谈》。

本月，《人民戏剧》第4期发表吴野的《不拘一格　各尽其妙》（讨论戏剧《枫叶红了的时候》）；凤子的《有深刻现实意义的主题——赞〈他们特别能战斗〉》；王朝闻的《你中有我　我中有你（观众与戏剧之三）》。

《广东文艺》第4期以"学习《毛主席给陈毅同志谈诗的一封信》"为总题，发表李约的《民歌和七言》。

《四川文艺》第4期发表王朝闻的《谈川剧改革》。

《辽宁文艺》第4期发表本刊记者的《中共辽宁省委召开盛大文艺工作座谈会　并正式宣布恢复省文联的活动》；马加的《拨乱反正　繁荣创作——在省文艺工作座谈会上的发言》；思基的《镇压文艺工作者的镣铐和枷锁——批判"文艺黑线专政"论》；白刃的《林彪勾结江青再三砍杀〈兵临城下〉的罪恶目的》。

《延河》第4期发表沈太慧的《繁荣创作的重要课题》；冯日乾的《理直气壮谈艺术》；孙豹隐的《文艺批评要抓住作品的特色》；韦昕的《"高大完美"论必须批判》。

《安徽文艺》第4期发表潘孝琪的《评故事影片〈决裂〉》。

《浙江文艺》第4期发表丁凡的《生活是基础——从短篇小说不短谈起》；余之的《〈王贵与李香香〉的比兴手法》。

《湘江文艺》第4期发表金尧如的《读罗瑞卿同志关于〈韶山的节日〉事件的一封信有感》；李元洛的《高吟肺腑走风雷——读贺敬之新作兼谈政治抒情诗的创作》；胡青坡的《绝不止我一个人在纪念》（纪念蒋牧良）。

5月

1日，《长江文艺》本期（第5期）始复刊，发表本刊编辑部的《为〈长江文艺〉复刊致读者》；刘安海的《浩然创作"新"路的实质是什么？》。

《社会科学战线》(季刊)创刊,吉林省哲学社会科学研究所、吉林省哲学社会科学学会共同主办。

《解放军文艺》第5期发表石国仕的《这是谁家的"儿女"——评中篇小说〈西沙儿女〉》。

2日,《文汇报》发表江俊绪、崔衍的《战斗的青春红似火——重评长篇小说〈战斗的青春〉》;《这是一条什么新的创作道路?——各地报刊相继批判浩然的毒草作品》。

10日,《文汇报》发表云翼的《〈竹笋〉讨论是一场政治骗局》。

《北京文艺》第5期发表童怀周的《批判毒草小说〈严峻的日子〉》;李准的《写作电影剧本的一些体会》;王树梁的《我是怎样写〈山林支队〉的》;颜振奋的《话剧舞台的新收获》。

《新疆文艺》发表陆建华的《学习周总理的光辉榜样　坚持毛主席的文艺方向》。

14日,《文汇报》发表上海大屯煤矿业余文艺评论组的《〈战地春秋〉为谁写"春秋"?》

15日,《山东文艺》第5期发表林雨的《疏流开源》。

《河北文艺》第5期发表朱兵、国贞的《肩挑五岳　胸罗百川——谈李自成谷城之行》。

《青海民族学院学报》第1期发表祝宽的《民歌,创造新体诗歌的基础和摇篮——学习〈毛主席给陈毅同志谈诗的一封信〉》。

18日,《文汇报》发表朱光潜的《美学是一门重要的社会科学》;范民生、吕兆康的《〈虹南作战史〉的创作过程说明了什么?》

20日,《人民文学》第5期发表林默涵的《解放后十七年文艺战线上的思想斗争》;任白戈的《坚决批判林彪江青一伙对三十年代文艺的污蔑》;王瑶的《扫除污蔑,澄清是非》;钟惟的《评〈严峻的日子〉》。

《上海文艺》第5期发表桑城的《为新时期放声歌唱》;蒋守谦、刘士杰的《创作要上去　作家要下去》;王鸿宾、张景超的《评"四人帮"的"三结合创作"》;高凤胜、吴文边的《评〈虹南作战史〉的所谓"新尝试"》。

《四川文艺》第5期发表周克芹的《关于生活的通信》;梁恩明、陈颖的《评〈评"高高的山上"〉等几篇文章》。

《江苏文艺》第5期发表凌焕新的《漫谈诗歌创作中的形象思维》。

《南京大学学报(哲学社会科学版)》第2期发表胡若定的《浅谈〈红日〉的艺术特色》；王继志的《试论形象思维与逻辑思维的区别与联系》。

《贵州文艺》第3期发表蹇先艾的《短篇小说小议》；简讯《贵州省文联及各协会恢复活动》。

《福建文艺》第2期发表刘锡诚的《谈土地革命歌谣》。

21日，《解放军报》发表黄镇的《迎接社会主义文化建设的新高潮》。

22日，《人民电影》第5期发表张明的《多年沉冤 一旦昭雪——文化部党组决定为受"四人帮"迫害致死的张海默、罗静予同志恢复名誉 张海默、罗静予同志骨灰安放仪式在京举行》。

23日，《人民日报》发表社论《为繁荣文艺创作而奋斗》。

《南京师院学报(社会科学版)》第2期发表郁炳隆的《〈百花川〉批判——兼评浩然在我院中文系的一次"讲话"》；赖先德的《形象思维三题》，王若川的《形象思维与逻辑思维》。

25日，《河南文艺》第5期发表王先霈的《形象思维随谈》。

《浙江文艺》第5期发表肖荣、陈坚的《左翼文艺运动的历史功绩不容抹煞——斥"四人帮"鼓吹"文艺黑线专政"论的谬论》。

本月，《人民戏剧》第5期发表冯牧的《丹心似火 斗志如钢——看话剧〈丹心谱〉》；苏叔阳的《从实际生活出发塑造人物——创作〈丹心谱〉的几点体会》；简讯·报道《首都戏剧界盛赞新上演的两出好戏——记话剧〈报童〉和〈丹心谱〉座谈会》；《经华主席、党中央批准 文化部决定恢复所属艺术表演团队原建制和名称》。

《广东文艺》第5期发表黄培亮、沈仁康、梁梵杨的《一篇颠倒黑白的反面教材——评"上海革命大批判写作小组"的一篇黑文〈为错误路线树碑立传的反动作品〉》；欧阳山的《〈三家巷〉、〈苦斗〉再版前记》。

《江西文艺》第3期发表陈彬的《一个篡党夺权的反革命理论——批判"四人帮"的"根本任务论"》；赣水、大木的《斥"主题先行"论》。

《延河》第5期发表柳青的《生活是创作的基础——在〈延河〉编辑部召开的短篇小说创作座谈会上的发言》；本刊记者的《探讨当前文艺创作中的几个问题——本刊编辑部召开短篇小说创作座谈会纪要》；畅广元的《形象思维不能否

定——对〈文艺领域里必须坚持马克思主义的认识论〉一文的批评》。

《安徽文艺》第 5 期发表陈育德、严云受的《不能走那条路——评李希凡同志〈红楼梦评论集"三版后记"〉及其它》;梁长森的《典型共名、"三突出"原则及其它——为何其芳同志挨棍子鸣不平》;章新建的《小谈形象思维的特征》。

《武汉文艺》第 3 期发表姚雪垠的《致文学青年的一封信》。

本月,上海文艺出版社出版秦牧的《艺海拾贝》(第 2 版)。

6月

1日,《长江文艺》第 6 期发表本刊记者的《一个报告文学作者谈报告文学》(徐迟1978年4月26日在湖北省文学艺术创作座谈会上的发言摘录);本刊记者的《武师举行〈李自成〉讨论会》。

《解放军文艺》第 6 期发表《本社召开短篇小说创作座谈会,举办文艺评论学习班》。

2日,《解放军报》发表沈明的《谈谈调整党内文艺政策》。

3日,《光明日报》发表行之的《作品的生命和力量——读老舍剧作〈龙须沟〉断想》。

4日,《人民日报》报道《老舍先生骨灰安放仪式在京隆重举行》。

6日,《光明日报》发表《组织一支浩浩荡荡的文艺大军——祝中国文联全委会扩大会议召开》。

《解放军报》发表《中国文联全国委员会举行扩大会议》。

《文汇报》发表郭沫若的《衷心的祝愿——在中国文艺界联合会第三届全国委员会第三次扩大会议上的书面讲话》。

7日,《人民日报》发表本报评论员的《祝贺中国文联和各文艺协会恢复工作》。

《文汇报》发表《我们的队伍向太阳——中国文联全国委员会扩大会议侧

记》。

8日,《人民日报》发表《文联第三届全委会第三次扩大会议决议》;《大会师、大声讨、大进军——中国文学艺术界联合会全国委员会扩大会议侧记》。

10日,《天津文艺》第6期发表杜康三的《要建立什么样的"文学大厦"——评浩然在天津的一次讲话》。

《北京文艺》第6期发表张书芳、杨喜顺的《一部"帮性"十足的毒草小说——评〈西沙儿女〉》;刘心武的《有根花才香》。

《新疆文艺》第6期发表浩明的《华主席与民歌》。

13日,《人民日报》发表文化部理论组的《认真调整党的文艺政策》;林默涵的《关于〈李自成〉的一封信》。

《文汇报》发表俞汝捷的《根植在作者心中的形象——读历史小说〈李自成〉随笔之二》。

15日,《人民日报》发布郭沫若于6月12日逝世的消息。

15日,《山东文艺》第6期发表阎纲的《学习周总理的文艺辩证法》;石兴泽的《评浩然的〈百花川〉》;王培增的《哪家政治倾向的代表——〈西沙儿女〉的阿宝形象剖析》。

《汾水》第6期发表李国涛的《短篇小说的新收获——谈一年来反映同"四人帮"斗争的短篇小说》。

《河北文艺》第6期发表田雨、李松的《评"文艺黑线专政"论的反动实质》,王玲的《从〈西沙儿女〉看到了什么?》,田间的《雷——在散文座谈会上的发言》。

16日,《文汇报》发表《文艺创作的题材要多样化 本报编辑部举行座谈会就题材问题展开热烈讨论》。

《光明日报》发表邢贲思的《关于真理的标准问题》。

18日,《人民日报》发表周扬的《悲痛的怀念》(纪念郭沫若)。

20日,《人民文学》第6期发表本刊记者的《努力为两亿小读者写作——记在京儿童文学作家座谈会》。

《上海文艺》第6期发表夏衍的《生活 知识 技巧——在中国文联全委会扩大会议上的发言》,尚文华的《文坛蠹虫 帮派打手——评红长缨、方耘》,蒋凡、王安国、骆玉明的《看"风"落笔成书难——评修订版〈中国文学发展史〉第二册》,陈丹晨、吴泰昌的《评"文艺创作都要写阶级斗争"》。

《四川文艺》第 6 期发表张继楼的《从儿歌不"儿"谈起》,温靖邦的《漫话保尔与冬妮娅之恋》。

《江苏文艺》第 6 期发表潘仁山的《题材三议》。

22 日,《人民日报》发表《在毛主席革命文艺路线指引下,为繁荣社会主义文艺创作而奋斗——黄镇同志在中国文学艺术界联合会第三届全国委员会第三次扩大会议上的讲话》。

《人民电影》第 6 期发表高歌今的《中国电影工作者协会恢复活动 影协第四次常务理事会扩大会议在京举行》。

23 日,《文汇报》发表夏衍的《关于〈李自成〉的一封信》,王西彦的《更多样些,也更深刻些》,徐振辉、沈志冲的《文艺要不要娱乐性》;沈永宝的《谈作家的生活根据地》。

25 日,《人民日报》发表《拨乱反正,明辨是非——批判反党黑文〈否定文艺革命是为了复辟资本主义〉》。

《文学评论》第 3 期发表周柯的《拨乱反正,开展创造性的文学研究评论工作》;朱寨的《从生活出发——评话剧〈丹心谱〉》;吴强的《谈〈红日〉的创作体会》;韶华的《文学创作实践中遇到的几个理论问题》(续);陈宝云的《关于短篇小说的主要人物》。

《辽宁文艺》第 6 期发表马加的《〈开不败的花朵〉新版前言》;朱悦宁的《为谁冲锋 为谁创作——评浩然的〈西沙儿女〉》。

《河南文艺》第 6 期发表许可权的《李贺与民歌》。

《南京文艺》第 3 期发表陈辽的《题材问题上的拨乱反正》;董健的《为啥没味道——重提文艺作品的审美特点》。

27 日,《文汇报》发表黄佐林、黄矛彤的《艺术的魅力在于真实——赞话剧〈童心〉》;李准的《生活和电影创作》。

29 日,《人民日报》发表陈模的《郭老和孩子剧团》;吴泰昌的《〈女神〉的修改本》。

本月,《人民戏剧》第 6 期发表本刊记者的《戏剧座谈会在京召开》;上海市文化局的《抗拒毛主席批评的一个罪证——批初澜〈中国革命历史的壮丽画卷〉》;周扬的《重看予剧〈朝阳沟〉》;郭汉城的《十年重话〈朝阳沟〉》;张庚的《〈丹心谱〉观后》。

《广东文艺》第6期发表关振东的《一幅色采鲜明的织锦画——重读陈残云同志的〈沙田水秀〉》；以"冲破'禁区'正确描写爱情"为总题，发表杜埃的《冲破禁区，摆好题材位置》，陈残云的《砸碎"爱情禁区"》，曾敏之的《文艺作品可以描写爱情吗？》，黄培亮的《肃清"帮八股"批评的流毒》，黄茵的《请将英雄的生活告诉读者》，梁梵杨的《爱情不是生活的调味剂》，欧阳翎的《关于描写英雄人物的爱情》。

《延河》第6期发表王汶石的《思想境界及其它——在〈延河〉编辑部召开的短篇小说座谈会上的发言》；本刊记者的《探讨诗歌创作问题——〈延河〉编辑部诗歌创作座谈会讨论综述》；徐应佩、周溶泉的《诗国新疆土　大可立汉帜——从陈毅同志的诗词谈诗歌新形式的创造》。

《安徽文艺》第6期发表本刊编辑部的《荡涤文艺领域的极"左"流毒》。

《青海文艺》第3期发表刘凯、任丽璋的《"花儿"对形象思维的运用——浅谈"花儿"的比和兴》。

《南开大学学报》第3期发表叶一木的《推倒"不许英雄人物死去"的帮规》。

《湘江文艺》第5期发表《坚持毛主席革命文艺路线　繁荣社会主义文艺事业——湖南省文学艺术界联合会及所属协会正式恢复》；盛宇的《试论"四人帮"的反革命修正主义文艺路线》。

本月，河南人民出版社出版李准的《情节、性格和语言》。

7月

1日，《长江文艺》第7期发表徐迟、伍献文的《作家、科学家要紧紧结合在一起——湖北省文联召开作家、科学家座谈会纪要》；郁沅的《阴谋文艺的理论基础——批判"反形象思维"论》；李季的《〈菊花石〉重版后记》。

《解放军文艺》第7期发表本刊编辑部的《繁荣部队文艺创作，为提高我军战斗力服务》。

5日，《河北文艺》第7期发表李剑的《怒放吧，红蕾！——读描写地质斗争生活的长篇小说〈朱蕾〉》；刘哲的《否定过去和独霸现在——文化专制主义的反动实质》。

9日，《光明日报》发表郭玲春的《〈班主任〉的作者和读者》。

10日，《北京文艺》第7期以"怀念老舍同志"为总题，发表吴伯箫的《作者、教授、师友——深切怀念老舍先生》，端木蕻良的《怀念老舍》。

13日，《人民日报》发表本报评论员的《积极、慎重地上演优秀传统剧目》。

15日，《文艺报》第1期"中国文学艺术界联合会第三届全国委员会第三次扩大会议专辑（一）"发表茅盾的《开幕词》；郭沫若的《衷心的祝愿》；黄镇的《在毛主席革命文艺路线指引下，为繁荣社会主义文艺创作而奋斗（在中国文学艺术界联合会第三届全国委员会第三次扩大会议上的讲话）》；《中国文联第三届全国委员会第三次扩大会议的决议》；周扬的《在斗争中学习》；巴金的《迎接社会主义文艺的春天》；胡絜青的《党的阳光温暖着文艺界》。

《山东文艺》第7期发表李先锋的《钢刀插在敌胸膛——重评长篇小说〈铁道游击队〉》；齐芳的《阴谋必须揭穿 是非定要澄清——揭批"四人帮"扼杀话剧〈不平静的海滨〉的罪行》。

《汾水》第7期发表桑逢康的《谈赵树理小说的艺术特色》。

17日，《人民日报》发表新华社评论《拨乱反正，开展创造性的文学研究评论工作——〈文学评论〉杂志发表文章，对当前文学研究和评论工作提出了一些值得注意的意见》。

《文汇报》发表《〈文学评论〉杂志发表文章——提倡开展创造性文学研究评论工作》；余丹的《百昌苏醒晓风前——读报告文学〈接力〉想起的》。

20日，《人民文学》第7期发表茅盾、傅钟、夏衍、刘白羽、冰心、曹禺、郑伯奇、徐迟等的纪念郭沫若（6月12日逝世）的文章。

《人民日报》发表吴强的《〈红日〉二次修订本前言》；徐民和，谢式丘的《在人民中生根——记作家柳青》。

《上海文艺》第7期发表于伶的《怀念郭沫若同志》；杜宣的《忆郭老》；秦牧的《我们需要传记文学》；阎纲的《〈创业史〉艺术谈——在"对立"中刻划人物》；复旦大学《文学概论》教材组作、蒋孔阳执笔的《典型、典型化、典型环境》。

《江苏文艺》第7期发表毓璜、宏梁的《"改朝换代"的狂想曲——评反动小说

〈我们这一代〉》；圣平、同之的《"三突出"反动模式的产物——李菊珍》；以"提高短篇小说质量　繁荣社会主义文艺创作"为总题，发表方之的《不要轻视短篇》，陆文夫的《在实践中提高》，何晓鲁、江奇涛、肖平的《关于作品典型化的一点体会》，孙剑影的《要回答社会关心的问题》，孙超的《纸糊的花不香》(本刊5月15至23日在镇江举行的短篇小说座谈会发言摘要)。

《江苏师院学报(社会科学版)》第1期发表张云朋的《撕掉假左派伪装，揭开极右本相——评反动小说〈我们这一代〉》。

《福建文艺》第4期发表蔡诗仁的《试论作家的思维活动》。

22日，《人民日报》发表本报评论员的《多出好影片》。

25日，《河南文艺》第7期发表杨匡汉、匡满的《郭小川的创作道路》。

《浙江文艺》第7期发表庞瑞垠、刘静生的《拂钟无声——读徐迟同志的报告文学〈哥德巴赫猜想〉》。

28日，《文汇报》发表《〈彼岸〉在战斗》

29日，《人民日报》发表晓雪的《别具特色的科学诗篇——读徐迟的报告文学集〈哥德巴赫猜想〉》；袁文姝的《光荣传统的真实再现——影片〈豹子湾战斗〉观后》。

本月，《人民戏剧》第7期发表曹禺的《郭老给予我们的教育》；《拨乱反正　继往开来——中国文联全委会扩大会议其间剧协常务理事会举行扩大会议》；《中国戏剧家协会第二届常务理事会第三次扩大会议决议》；曹禺的《团结全国戏剧工作者，高歌猛进！》；康濯的《华主席对文艺的关怀和爱护　鼓舞我们继续长征》；本刊记者的《繁荣戏剧创作，为新时期的总任务服务——本刊召开全国戏剧创作座谈会》；林默涵的《几点意见》；顾尔镡的《执行"放"的方针　搞好戏剧创作》；白桦的《生活、思索和创作》；金振家、王景愚的《〈枫叶红了的时候〉的创作和演出》；白刃的《围绕〈兵临城下〉展开的一场路线斗争》；关守中的《揭发"四人帮"扼杀话剧〈松涛曲〉的罪行》。

《广东文艺》第7期始改名《作品》，发表编辑部的《为〈广东文艺〉改名〈作品〉致读者》；欧阳山的《题材多样化与人物多样化》，萧殷的《赶快建立文学队伍》。

《内蒙古文艺》第4期始恢复旧名《草原》，发表《尤太忠同志在内蒙古文联全体委员(扩大)会议上的讲话》；黄志冲的《纤毫藏奸——析〈百花川〉的一段细节描写》。

《四川文艺》第7期发表艾芜的《你放下的笔,我们要勇敢地拿起来》(纪念郭沫若);唐㧑的《诗人的对话——关于陈毅同志的一首诗》;杨益言的《无产阶级的革命战歌——喜读再版〈囚歌〉》;陈泽远的《肃清"四人帮"的流毒　正确坚持推陈出新的方针》。

《外国文艺》创刊,第1期以"高举毛泽东思想的伟大旗帜,深入揭批'四人帮',做好现代外国文艺的介绍和研究工作"为总题,发表巴金、沈柔坚、草婴、谭抒真、周煦良、任溶溶、李俍民的文章。

《辽宁文艺》第7期始改名《鸭绿江》。

《延河》第7期发表白描的《豪迈悲壮的英雄颂歌——读杜鹏程的〈历史的脚步声〉》;雷达学的《人民的心声——谈几篇与"四人帮"斗争的短篇小说》。

《安徽文艺》第7期发表李汉秋的《"修正主义红学派统治"论必须批判》。

《武汉文艺》第4期发表《顾大椿同志在武汉市第五次文代会上的讲话》;郁沅、邹贤敏的《艺术的生命在于真实——从"四人帮"对〈白毛女〉的围剿谈起》;胡德培的《威武雄壮的一曲战歌——"商洛壮歌"剖析》。

《黑龙江文艺》恢复原刊名《北方文学》,第7期发表本刊编辑部的《编后记》;晓培的《揭的什么"矛盾"　树的什么"新人"——评帮刊〈朝霞〉上的两篇短篇》。

《湘江文艺》第7期发表康濯的《迎冰斗雪报春来——肖育轩短篇小说集〈迎冰曲〉序》;康濯的《哀念声中遵榜样——痛悼郭沫若同志》。

本月,人民文学出版社出版本社编辑部编的《"阴谋文艺"批判》。

河南人民出版社出版辛毅的《谈谈写通讯人物》。

人民文学出版社出版夏衍的《写电影剧本的几个问题》。

8月

1日,《长江文艺》第8期发表黄曼君的《"愈老愈是红彤彤"——悼念郭老,敬读〈沫若诗词选〉》;孙子威、王先沛的《典型塑造与形象思维》。

5日,《河北文艺》第8期发表江啸、振远的《努力反映伟大的革命战争——澄清在革命战争题材的创作问题上被江青搞乱了的路线是非》;陈丹晨的《生活·激情·创造性》;郭超的《"必须找出自己来"》;高篷洲的《诗在山程水驿中》;禾青的《让人"思而得之"》;周哲民的《冲破爱情禁区》;吴城的《繁荣新民歌创作的良好开端——河北省民歌座谈会综合述评》。

8日,《人民日报》发表张雨生的《正反面人物的比例是文艺批评的标准吗?》。

10日,《大兴安岭文艺》第3期发表古远清、高进贤的《民歌万千皆吾师——浅谈新诗吸取养料和形式问题》;鲍雨冰的《革命的战士 宏伟的诗篇——〈郭小川诗选〉读后》。

《北京文艺》第8期发表丛声、舒风的《以谁为"敌",为谁"擒敌"——批判毒草故事〈天安门广场擒敌〉》;何镇邦的《情真辞切 一唱三叹——读贺敬之的〈回延安〉》。

《甘肃师大学报(哲学社会科学版)》第3期发表张明廉的《大胆而成功的探索——评报告文学集〈哥德巴赫猜想〉》。

11日,《人民日报》发表人民文学出版社古典文学编辑室、本报文艺部的《"评〈水浒〉运动"到底是怎么一回事?》;庚言的《鲁迅在五四运动前夕写的四篇佚文新近发现》。

15日,《文艺报》第2期发表郑汶的《从围剿〈三上桃峰〉谈起》;"中国文学艺术界联合会第三届全国委员会第三次扩大会议专辑(二)"发表茅盾的《关于培养新生力量》,刘白羽的《创作与生活》,金山的《揭露"四人帮"迫害周总理、残杀孙维世同志的罪行》,周而复的《"四人帮"扼杀〈上海的早晨〉的阴谋》,李若冰的《悼念柳青同志》,张志民的《怀金镜》;同期,发表若湘的《关于题材问题的一种独特论点》;董代的《"德先生、赛先生"的传统不能丢》;刘梦溪的《彻底解放文艺的生产力》;以洪的《是"暴露文学吗?"》;洁珉的《革命的现实主义力量——读近来的若干短篇小说》。

《山东文艺》第8期发表刘知侠的《为革命发奋创作——在全国文联扩大会议上的发言》;雁翼的《谈谈〈紫燕传〉的创作》,消息《山东省文联已开始恢复工作》。

17日,《文汇报》发表申文军的《高举毛主席文艺路线的伟大旗帜奋勇前进》。

19日,《光明日报》发表周而复的《"四人帮"扼杀〈上海的早晨〉的阴谋》。

20日,《人民日报》发表巴金的《衷心感谢他——怀念何其芳同志》。

《上海文艺》第8期发表李俊民的《永不消逝的春天——悼念郭沫若同志》;戈宝权的《忆郭老》;林雨的《漫谈主题思想》;徐葆煜的《短篇小说要短》;曹文轩的《为什么短篇不短?》;复旦大学《文学概论》教材组、蒋孔阳执笔的《典型、典型化、典型环境(续一)》。

《江苏文艺》第8期发表吴奔星的《"今诗"、"古典"及其它》。

《甘肃文艺》第8期发表阎纲的《〈从创业史〉看"三突出"的破产》。

《哈尔滨文艺》第8期发表栾振国的《谈短篇小说的构思与提炼主题》。

《福建文艺》第5期发表杨匡汉、杨匡满的《战士的歌远远没有唱完——怀念郭小川同志》;蔡海滨的《美的形象,美的文学——读孙犁的〈白洋淀〉纪事》。

22日,《南京师院学报(社会科学版)》第3期发表凌焕新、张留芳的《漫谈文学的轻骑兵——报告文学》;常根荣、王震理的《假左真右的模式图——批判反动小说〈我们这一代〉》。

23日,《人民日报》发表杨易晨的《拨乱反正必须解放思想》。

25日,《文学评论》第4期发表周忠厚的《形象思维和马克思主义的认识论》;姚雪垠的《关于〈李自成〉的书简》;张炯的《报告文学的新开拓——读〈哥德巴赫猜想〉》;艾芜的《艾芜短篇小说集》后记;《上海文艺界热烈探讨题材多样化问题》。

《河南文艺》第8期发表艾若的《谈〈创业史〉(第一部)的艺术特色》;王先霈的《诗不能直说》。

《浙江文艺》第8期发表吕洪年的《人民理想的艺术结晶——喜读〈西湖民间故事〉》。

28日,《人民日报》发表章柏青的《英雄人民的嘹亮颂歌——赞罗马尼亚电影周上映的〈橡树,十万火急〉等三部彩色影片》。

31日,《人民日报》发表纪青山的《不废江河万古流——读彭湃烈士遗诗想到的》。

《光明日报》发表柯繁的《评〈三上桃峰〉事件》。

《解放军报》发表本报评论员的《打好揭批"文艺黑线专政"论的战斗》。

本月,《人民戏剧》第8期发表夏衍的《从广州会议谈起——在全国戏剧创作座谈会上的发言》;文化部理论组的《"初澜"是"四人帮"推行文化专制主义的鹰犬》;翟剑萍的《"四人帮"推行文化专制主义的一个罪证》;所云平、史超的《愿望与探索——话剧〈东进!东进!〉创作体会》。

《北方文学》第8期发表《省委书记王一伦同志在省文联一届四次全委扩大会议上的重要讲话》;《省委书记李剑白同志在省文联一届四次全委扩大会议上的重要指示》;延泽民的《拨乱反正　繁荣文艺——黑龙江省文联一届四次全委扩大会议上的讲话》;经百君的《烧向哪个阶级的"三把火"——评反党小说〈百花川〉》。

《包头文艺》第3期发表魏泽民的《无产阶级传统永放光辉——彻底批判"四人帮"炮制的"空白"论》;马逵英的《主题·生活及其它——批"四人帮"的"从路线出发"、"主题先行"论》;艾思的《要正确地描写知识分子》。

《作品》第8期发表曾敏之、翁光宇的《诗歌创作与形象思维》。

《延河》第8期发表刘长风、刘可风、刘晓风的《重返皇甫——怀念敬爱的爸爸——柳青》;《延河》编辑部的《柳青同志和〈延河〉》。

《安徽文艺》第8期发表陈骏涛的《话剧又挺起了胸膛——首都通信》。

《安徽师大学报（哲学社会科学版）》第2期发表刘普林、郑华堂的《谈徐迟最近的几篇报告文学》。

《贵州文艺》第4期发表王灼的《努力塑造党的领导干部形象》（讨论电影《创业》）。

《湘江文艺》第8期发表叶德政的《揭批"四人帮"歪曲和利用〈阿Q正传〉进行反党的罪行》。

本月，浙江人民出版社出版杭州大学中文系文艺理论教研室编《"四人帮"反动文艺思想批判》。

9月

1日,《人民日报》发表文化部理论组的《为〈三上桃峰〉平反》。

《长江文艺》第 9 期发表郁源、邹贤敏的《报告一个历史新时期的到来——〈评徐迟的报告文学集"哥德巴赫猜想"〉》；丁力的《重温〈诗要四化〉》。

《解放军报》发表朱洪的《〈三上桃峰〉事件是一个政治阴谋》；水工的《发扬艺术民主》。

3 日,《人民日报》发表卢继传的《一本少年儿童喜爱的读物——推荐科学小说〈"北京人"的故事〉》；荒煤的《阿诗玛,你在哪里?》。

5 日,《边疆文艺》第 9 期发表舒英、张成觉的《为"四人帮"效劳的作品与道路——评浩然的〈西沙儿女〉及其创作"新道路"》；本刊记者的《解放思想　繁荣创作——云南省文联、作协昆明分会邀请陈荒煤同志举行文学创作座谈会、报告会》。

《河北文艺》第 9 期发表杜元明的《郭老——我国新诗的伟大奠基者》；冯健男的《关于写英雄——驳"高、大、全"》；洪景森、田间的《来信和复信——关于〈淀上新章〉》；陈景春的《个性——艺术形象的生命》。

10 日,《天津文艺》第 8、9 期合刊发表天津人民出版社大批判组的《评〈新型的农民崭新的诗篇〉及其它》。

《北京文艺》第 9 期发表白钢的《围绕〈豹子湾战斗〉展开的一场严重斗争》；封敏、胜捷的《谎言必须戳穿——评〈走出彼得堡〉》；古远清的《支撑祖国万里江山的钢骨铁梁——读短篇小说〈延安人〉》。

11 日,《人民日报》发表臧克家的《毛主席的诗教——捧读毛主席诗词三首》。

12 日,《文汇报》发表上海市文化局批判组的《阴谋文艺的霸头于会泳》。

15 日,《文艺报》第 3 期发表戚方的《坚决贯彻"放"的方针》；朱寨的《对生活的思考——谈刘心武的〈班主任〉等四篇小说》；本刊记者的《鼓足干劲,解放思想,把电影创作搞上去——记本刊召开的电影创作座谈会》；张澄寰的《诗歌史上的一座丰碑》；召珂的《重评〈红旗谱〉》；徐迟的《文艺与现代化》。

《光明日报》发表《打好第三战役　繁荣文艺创作》。

《汾水》第 9 期发表红石的《评长篇传记小说〈刘胡兰〉》。

17 日,《光明日报》发表茹志鹃的《时代的足迹——百合花后记》。

20 日,《人民文学》第 9 期发表宋振庭的《关于写教育战线斗争题材的一封信》；刘心武的《根植在生活的沃土中》。

《人民日报》发表本报评论员的《文艺工作者的历史职责》；李之华的《话剧

〈杨开慧〉观后感》。

《上海文艺》第 9 期发表本刊评论员的《一个反革命的共同纲领——批林彪、"四人帮"合谋抛出的"文艺黑线专政"论》;李荣峰的《为一批长篇小说恢复名誉——批判〈批判毒草小说集〉的反动观点》;何忌的《及时回答了现实生活提出的问题——赞〈我们的军长〉〈延河水〉〈茅山下〉等短篇新作》;复旦大学《文学概论》教材组、蒋孔阳执笔的《典型、典型化、典型环境(续完)》。

《江苏文艺》第 9 期发表中国作家协会江苏分会评论组的《泼向文化大革命的污秽》;方全林的《试论徐迟的报告文学新作》;王球的《谈〈创业〉中的知识分子形象》。

《哈尔滨文艺》第 9 期发表杨治经、王敬文的《漫谈短篇小说的艺术风格》。

22 日,《人民电影》第 9 期发表《郑君里同志骨灰安放仪式在沪举行》;《冯喆同志骨灰安放仪式在成都举行》。

25 日,《南京文艺》第 5 期以"反动小说《我们这一代》必须批判"为总题,发表校新的《一个蛊惑人心的口号》,袁冰西的《典型的阴谋家,道地的走资派》等;发表王臻中的《评〈丹心谱〉的艺术特色》。

《江苏师院学报(社会科学版)》第 3 期发表卜仲康、陈一明的《和新中国一起成长——关于李准的生活与创作》。

《浙江文艺》第 9 期发表方牧的《胸中波澜　笔底风雷——读〈西去列车的窗口〉兼谈政治抒情诗的写作》。

26 日,《解放军报》发表闻岩的《文艺作品要由群众来评定》;穆静的《〈上海的早晨〉是一部好书》;戴碧湘的《说说〈抓壮丁〉》。

28 日,《文汇报》发表上海人民出版社批判组的《阴谋文艺的"序曲"》。

29 日,《光明日报》发表肖地的《一篇值得重视的好作品——读〈伤痕〉》。

本月,《人民戏剧》第 9 期以"为晋剧《三上桃峰》平反"为总题,发表本刊编辑部的《〈三上桃峰〉事件是一大政治阴谋》,贾克的《"四人帮"是怎样利用〈三上桃峰〉事件对我们进行政治迫害的》,杨孟衡的《我们是怎样创作晋剧〈三上桃峰〉的》;同期,发表育生的《霜叶红于二月花——从〈枫叶红了的时候〉的讨论得到的启示》。

《四川文艺》第 9 期发表任白戈的《深切地怀念郭沫若同志》;阎纲的《英雄忠且烈　〈红岩〉血更红——读〈红岩〉第二十四版记》。

《西北大学学报》第 3 期发表薛迪之的《试论〈李自成〉中"两结合"创作方法

的运用》;董丁诚的《谈马健翎的革命现代剧作》。

《作品》第 9 期发表李冰之的《评李希凡的〈要塑造典型〉》。

《延河》第 9 期发表胡采的《提几个问题来研究——在中国文联全国委员会扩大会议上的发言》;张继芳的《春风得意诗花稠——喜读"墙头诗选"》。

《武汉文艺》第 5 期发表《中共武汉市委召开大会,为错定为"程云反革命黑帮"的革命同志彻底平反》。

《草原》第 6 期发表奎曾的《"叛国文学"论必须彻底批判》;陈清漳的《关于〈嘎达梅林〉及其整理》。

《湘江文艺》第 9 期发表《促进我省文学创作繁荣的盛会——记一九七八年湖南省文联创作会议》。

本月,百花文艺出版社出版杨志杰、刘再复的《横眉集》。

河南人民出版社出版《开封师院学报》编辑部编的《学习鲁迅 狠批"四人帮"》。

10 月

1 日,《长江文艺》第 10 期发表吴元钊的《谈科技报告文学的写作》。

《解放军文艺》第 10 期发表故乡的《〈三上桃峰〉事件与文艺上的假左真右》。

5 日,《河北文艺》第 10 期发表田间的《重发〈红旗歌谣〉记》;石剑芳的《要坚定不移地贯彻"百花齐放、百家争鸣"的方针》;刘哲的《"放"和"斗"——学习百花齐放、百家争鸣方针札记》;茹志鹃的《读铁凝的〈夜路〉以后》。

8 日,《人民日报》发表袁良骏的《读〈看镜有感〉有感》。

10 日,《北京文艺》第 10 期以"北京市文学艺术界联合会第三届理事会第二次扩大会议特辑"为总题,发表曹禺的《北京市文联第三届理事会第二次扩大会议开幕词》,项子明的《为实现新时期总任务努力发展社会主义文艺事业——在北京市文联第三届理事会第二次扩大会议上的讲话》,《在北京市文联第三届理事会第二次扩大会议决议》;同期,发表梁仲华、张维安的《略论"辛文彤"》;李德君的《危险的道路　严重的教训——评〈西沙儿女〉作者的变化》;辛文彤的《我们的严重错误和沉痛教训》;本刊编辑部的《汲取教训　振奋精神　继续前进》;谢冕的《迟到的第一名——评〈从深林里来的孩子〉》。

《新疆文艺》第10期发表阎国忠的《熟悉而又陌生的人——谈王蒙小说的人物塑造》。

11日,《人民日报》发表杨文林、王家达,余斌的《〈红河激浪〉何罪之有?》;周春令的《对作品的评价要坚持两点论》;章楚民,蒋守谦的《假左的理论　杀人的刀子——斥丁学雷围剿〈上海的早晨〉的两篇文章》。

12日,《文汇报》发表上海京剧团批判组的《一发未出膛的反党炮弹——揭露于会泳炮制京剧〈春苗〉的罪恶行径》。

13日,《解放军报》发表董学文的《喜读〈爱情的位置〉》。

15日,《文艺报》第4期发表本刊记者的《短篇小说的新气象、新突破——记本刊在北京召开的短篇小说座谈会》;本刊记者的《解放思想、冲破禁区,繁荣短篇小说创作——记本刊在上海召开的短篇小说座谈会》。

《山东文艺》第10期发表《山东省文联召开文艺界座谈会学习新发表的毛主席三首诗词》;郑凤兰的《象诗一样的醇美——读杨朔的散文》。

《汾水》第10期发表贾克的《控诉"四人帮"制造〈三上桃峰〉事件的罪行》;张福玉,顾全芳的《〈三上桃峰〉与"四人帮"的棒子》;以"纪念作家赵树理同志"为总题,发表王中青的《全心全意为群众服务——回忆作家赵树理》,孙谦的《思念赵树理同志》,韩文洲的《继续向赵树理同志学习》。

《徐州师范学院学报(哲学社会科学版)》第3期发表企侯的《胡风的"写真实"和"四人帮"的"高于生活"》。

16日,《人民日报》发表韩舞燕的《晚秋红叶正浓时——访几位老文艺家》。

17日,《人民日报》发表陈荒煤的《关于〈阿诗玛〉的一封信》。

20日,《人民文学》第10期发表《本刊举办一九七八年全国优秀短篇小说评选启事》。

《上海文艺》第10期发表拾风、何慢的《彻底围剿〈三上桃峰〉的流毒》;刘剑青的《在生活的激流中——谈粉碎"四人帮"以来的短篇小说》;王永生的《"不应该这样狭窄,它广泛得多"——学习鲁迅题材问题札记》;吴欢章的《从〈取经〉到

〈分歧〉——略谈贾大山的短篇小说》；程德培的《短小精练　清新自然——读〈第一堂课〉〈满月儿〉〈第五十三个……〉》。

《文汇报》发表桑城的《评"四人帮"的帮刊〈朝霞〉》。

《江苏文艺》第 10 期恢复原名《雨花》，发表夏阳的《从恢复〈雨花〉名称谈起》；庞瑞垠的《恢复党的文学的真实性原则》；黄政枢的《争妍竞秀的姊妹花》；曾华鹏的《评〈雨花石〉》，赵健的《关于题材的时代感问题》。

《贵州文艺》第 5 期发表陈立浩的《别出蹊径——读报告文学〈哥德巴赫猜想〉等随感》；俞百巍的《肃清索隐术的流毒——读〈为"三上桃峰"平反〉有感》。

《福建文艺》第 8 期发表魏拔的《为所谓"批判现实主义"的作品辩护》；谢冕的《北京书简——关于诗意》。

22 日，《人民日报》发表川岛的《弟与兄》（关于鲁迅）。

《光明日报》发表荒煤的《忆何其芳》。

25 日，《文学评论》第 5 期发表本刊记者的《为文学创作的健康发展扫清道路——记〈班主任〉座谈会》；本刊记者的《青年工人和中学生谈〈班主任〉——座谈纪要》；冯牧的《打破精神枷锁，走上创作的康庄大道——在〈班主任〉座谈会上的发言》；刘心武的《生活的创造者说：走这条路》；西来、蔡葵的《艺术家的责任和勇气——从〈班主任〉谈起》；王俊年的《春蚕到死丝方尽——回忆何其芳同志》；刘士杰的《生命的烈火——忆何其芳同志》。

《浙江文艺》恢复原刊名，《东海》，发表本刊编辑部的《希望与展望——〈东海〉复刊致读者》，第 10 期（10 月号）发表本刊记者的《振奋精神　大干快上——记全省文学艺术创作大会》。

31 日，《人民日报》发表本报评论员的《努力写好革命人民同林彪、"四人帮"的斗争》。

《解放军报》发表吴泰昌的《"此是人民心底花"——读天安门革命诗词》；许显卿的《平凡而伟大的英雄——谈长篇小说〈东方〉中的郭祥形象》。

本月，《人民戏剧》第 10 期以"努力塑造领袖人物形象"为总题，讨论话剧《杨开慧》，发表本刊评论员的《戏剧创作的重要课题》，曹禺等人的《话剧〈杨开慧〉座谈》，乔羽的《写在话剧〈杨开慧〉演出以后》；同期，发表《本刊明年改版、〈剧本〉明年复刊启事》。

《四川文艺》第 10 期发表陈朝红的《根深叶茂——谈农民作者周克芹的创作》。

《包头文艺》第 4 期发表程城、茂林的《读〈哥德巴赫猜想〉想到的题材问题》。

《北方文学》第 10 期发表弘弢的《彻底批判鼓吹唯心史观的〈虹南作战史〉》；李邦媛的《"四人帮"围攻"别、车、杜"的用心何在？》。

《作品》第 10 期发表李冰之的《论李希凡之自我"解剖"》；朱若坚的《评长篇小说〈牛田洋〉》；斯宁的《谢惠敏形象的启示》。

《延河》第 10 期发表徐民和的《一生心血即此书——柳青写作〈创业史〉漫忆》；丁永淮的《不肯使人不知，未肯使人全知——关于诗歌的含蓄》。

《安徽文艺》第 10 期发表陈育德、严云受的《关于文艺真实性的几个问题》，张纯道的《驳反形象思维论的"理性中介"小说》；匡汉、匡满的《寄希望于未来——郭小川与青年》。

《青海文艺》第 5 期发表青海省文化局艺术处的《把新民歌运动推向一个新高潮》；朱仲禄的《编唱"花儿"的点滴体会》；杨正荣的《"花儿"格律小议》。

《草原》第 7 期发表张凤铸的《流韵遗风　长在人间——读纳·赛音朝克图同志的诗》。

《鸭绿江》第 10 期发表吴功正的《赋予典型人物以鲜明的个性特征——读王汶石〈新结识的伙伴〉》。

《湘江文艺》第 10 期发表王驰的《繁荣文学创作，努力为新时期总任务服务》；桑逢康的《可敬、可爱、可信——评〈湘江一夜〉的人物塑造》。

本月，人民文学出版社出版孙犁的《文学短论》。

广西人民出版社出版易征的《诗的艺术》。

上海文艺出版社出版杨匡汉、杨匡满的《战士与诗人郭小川》，本社编的《文艺论丛(第 4 辑)》。

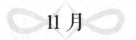

11 月

1 日，《解放军文艺》第 11 期发表长石的《批判林彪、"四人帮"关于写革命战争的一些谬论——兼谈王愿坚同志的部分作品》；朱磐的《从〈红日〉对敌人的描写谈起》。

3日，《光明日报》发表向彤的《文艺要不要反映社会主义时期的悲剧——从〈伤痕〉谈起》。

4日，《光明日报》发表本报特约评论员的《革命文艺的神圣使命——从〈神圣的使命〉谈起》。

5日，《人民日报》发表《光明日报》特约评论员的《革命文艺的神圣使命——从〈神圣的使命〉谈起》。

《边疆文艺》第12期以"为《五朵金花》平反及其他"为总题，发表晓雪的《美好的生活美好的人——再看优秀喜剧影片〈五朵金花〉》，赖静的《"金花"重开欣喜异常》。

《北京文艺》第11期发表胡德培的《震撼人心的战斗诗篇——读天安门革命诗歌》。

《河北文艺》第11期发表王凌的《反动的面目 荒谬的逻辑——批判"四人帮"对〈三上桃峰〉、〈红旗谱〉的污蔑》；刘章的《花从诗人心上开——喜田间同志诗集〈清明〉问世》。

《解放军报》发表《激情似火唱东方——访长篇小说〈东方〉的作者魏巍同志》；白桦的《冷静的回顾——话剧〈曙光〉修改重演随想》。

8日，《人民日报》发表赵文英的《谈日本影片〈望乡〉》；欧阳山的《剥去假左的外衣》。

10日，《光明日报》发表赵寻的《戏剧舞台上的一声惊雷——评话剧〈于无声处〉》。

《甘肃师大学报(哲学社会科学版)》第4期发表陈自仁的《文艺创作与生活逻辑——兼论"四人帮"在此问题上制造的混乱》。

11日，《解放军报》发表穆静的《出鞘的利剑 滚动的惊雷——赞话剧〈于无声处〉》。

13日，《人民日报》发表金山的《欢迎话剧〈于无声处〉来北京》。

15日，《山东文艺》第11期发表傅冰的《推倒诬陷，还其光辉——批判初澜的〈评晋剧"三上桃峰"〉》；夏放的《艺术必须真实》，刘增人的《删夷枝叶，绝对得不到花果》；同期，刊登《作协山东分会举行电影剧本座谈会》。

《文艺报》第5期发表茅盾的《作家如何理解实践是检验真理的唯一标准》；巴金的《要有个艺术民主的局面》；沙汀的《创作也要接受实践的检验》；李春光的《谈社会主义文化民主问题》；苏叔阳的《从社会实践中来，受社会实践检验》；费振刚的《从讨论真理标准所想到的》；刘晓江的《实践与文学批评》；周扬的《〈逼上梁山〉序》；林林的《民歌的养料及其它》；袁良骏的《鲁迅研究中值得注意的几个问题》；黎之的《发扬延安诗风》；邹荻帆的《生活之歌——读贾平凹的短篇小说》；陈登科的《忆念赵树理同志》；柯灵的《怀傅雷》。

《光明日报》发表苏双碧的《评姚文元〈评新编历史剧"海瑞罢官"〉》。

《汾水》第11期发表史纪言的《回忆赵树理同志》；西戎的《怀念作家赵树理》；韩玉峰、杨宗的《浅谈赵树理小说的语言艺术》。

16日，《人民日报》发表本报特约评论员的《人民的愿望　人民的力量——评话剧〈于无声处〉》；曹禺的《一声惊雷——赞话剧〈于无声处〉》。

《解放军报》发表《人民日报》特约评论员的《人民的愿望　人民的力量——评话剧〈于无声处〉》。

17日，《人民日报》发表童怀周的《革命人民的呐喊——〈天安门诗抄〉前言》

18日，《人民日报》发表《〈权力和真理〉——一部发人深省的影片》；宗福先的《写在〈于无声处〉发表的时候》；社论《努力做好少年儿童读物的创作和出版工作》。

19日，《人民日报》发表徐民和的《献给中华民族的子子孙孙——访问〈天安门诗抄〉编者童怀周》。

《光明日报》发表《献给中华民族的子子孙孙——访问〈天安门诗抄〉编者童怀周》。

《解放军报》发表《献给中华民族的子子孙孙——访问〈天安门诗抄〉编者童怀周》。

20日，《人民日报》发表《创作要上去　作家要下去——作家学习访问团通过学习访问，呼吸到抓纲治国进行新长征的时代气息》。

《人民文学》第11期发表夏衍的《杂谈解放思想》；沙汀的《发挥文学创作"轻骑兵"的作用》；荒煤的《解放思想，相信群众》；孙犁的《奋勇地前进、战斗》。

《上海文艺》第11期发表本刊评论员的《艺术与民主》；冯英子的《江山代有才人出——读〈我相信党〉等八篇新人新作》。

《北京大学学报》第3期发表严家炎的《〈李自成〉初探》。

《甘肃文艺》第12期发表本刊记者的《〈中国少数民族文学作品选〉教材编写及学术讨论会在兰州召开》；钟敬文的《重建我国民族民间文学》；杨亮才的《大力发掘搜集民族民间文学》。

《哈尔滨文艺》第11期发表李琦的《诗意的追求——读杨朔同志的散文》。

《南京大学学报》第4期发表董健的《姚雪垠的历史观和他塑造的李自成》。

22日，《人民电影》第10、11期合刊发表于敏的《放谈》；苏叔阳的《电影文学剧本写作杂谈》；张暖忻的《让历史真实回到银幕》。

24日，《人民日报》发表《坚决贯彻"双百"方针　认真实行文艺民主——参加〈文艺报〉、〈人民文学〉、〈诗刊〉三个刊物编委联席会议的同志认真讨论怎样才能更好地发展和繁荣社会主义文艺》。

《解放军报》发表《坚决贯彻"双百"方针　认真实行文艺民主——〈文艺报〉等三刊物编委会座谈讨论怎样使文艺工作为实现四个现代化服务》。

25日，《人民日报》发表本报评论员的《谁是文艺作品最权威的评定者？》。

《东海》第11期发表肖荣的《必须重视主题的独创性——从短篇小说〈信念〉〈春天〉谈起》。

《光明日报》发表王永生的《从生活出发，揭示深刻的社会矛盾》（讨论话剧〈于无声处〉）。

《雨花》第11期发表羽平的《借批"红马"、保护"天马"、打击"骏马"——批〈三上桃峰〉的恶浪在江苏》；郑乃臧、唐再兴的《从〈李有才板话〉看赵树理的语言特色》。

《南京文艺》第6期发表潘震宙的《真实地再现同"四人帮"的斗争》；周凡、应丘的《妙在似与不似其间——从生活真实到艺术真实》。

《南京师院学报（社会科学版）》第4期发表常征的《试议新悲剧文学的特点》。

《河南文艺》恢复原刊名《奔流》，第11期发表《为〈河南文艺〉恢复〈奔流〉刊名致读者》；叶鹏的《论文艺批评》。

本月，《人民戏剧》发表本刊记者的《戏剧也要接受实践的检验——中国戏剧家协会组织讨论"实践是检验真理的唯一标准"问题》；赵寻的《为什么心有余悸》；本刊记者的《晋剧〈三上桃峰〉在首都——中国戏剧家协会为晋剧〈三上桃峰〉平反、演出举行座谈会》。

《四川文艺》第 11 期发表任白戈的《谈谈创作——在四川省文联委员会扩大会议上的讲话（摘要）》；李亚群的《心有余怒——悼念李宗林、草荻秋、陈同生同志》。

《江西文艺》第 6 期发表本刊记者的《诗歌要为新时期的总任务而歌唱》。

《吉林文艺》恢复原刊名《长春》，第 1、2 期合刊（第 10、11 月号）发表《为〈长春〉复刊致作者读者》；金钟鸣的《历史的审判——评林彪、江青一伙的"文艺黑线专政"论》。

《延河》第 11 期发表《从〈伤痕〉谈到题材人物悲剧等问题——本刊编辑部召开的文艺评论工作者座谈会纪要》；徐岳的《要多样化，也要鼓励作家写重大题材》；牛玉秋的《我对"重大题材为主"的几点看法》；陈深的《题材对作品并非无关紧要》；李星的《题材多样化的障碍必须扫除》。

《安徽文艺》第 11 期发表张民权的《"反真实"论批判》。

《武汉文艺》第 6 期发表程云的《解放思想　繁荣创作——一九七八年十月二十六日在武汉市文联委员扩大会议上的讲话（节录）》；史川人的《发挥文艺的战斗作用——从〈班主任〉等短篇新作谈起》。

《鸭绿江》第 11 期发表梁家温的《立在谁家的涛头之上？——评"四人帮"的死党亲自操纵的文班子——涛头立》。

本月，辽宁人民出版社出版赵博的《评书写作知识》。

湖北人民出版社出版郭华的《小戏曲创作漫谈》。

陕西人民出版社出版安旗的《探海集》。

人民文学出版社出版本社编《茅盾评论文集》。

上海文艺出版社出版本社编《文艺论丛（第 5 辑）》。

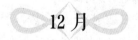

12 月

1 日，《长江文艺》第 12 期发表吉学沛的《珍藏的往事——怀念柳青同志》；邹贤敏、郁沉的《论报告文学的真实性》。

《解放军文艺》第12期发表思忖的《评林彪、"四人帮"的"非常政治化"》。

5日,《人民日报》发表李德润的《前事不忘　后事之师——访话剧〈曙光〉的编导、演员及观众》;《〈于无声处〉给人教益引人深思——中国戏剧家协会召开座谈会,与会者畅谈感受》;茅盾的《作家如何理解实践是检验真理的唯一标准》。

《江苏师院学报(社会科学版)》第4期发表浦伯良的《战斗的历程——建国三十年报告文学发展的回顾》。

《河北文艺》第12期发表《河北省文联召开三届三次扩大会议　宣布文联及所属八个协会恢复活动》,田间致《开幕词》。

8日,《光明日报》发表林克欢的《艺术属于人民》。

9日,《解放军报》发表杨志杰、朱兵的《惊雷必将带来喜雨——评话剧〈于无声处〉》;顾工的《向"四人帮"设置的文艺"禁区"挺进——给话剧〈于无声处〉作者的信》;莫文征的《泪水和怒火筑成的史诗——出版〈天安门诗抄〉札记》。

10日,《大兴安岭文艺》第5期发表高进贤的《秋歌未尽诗人意——读〈郭小川诗选〉有感》。

《北京文艺》第12期发表方顺景的《动人心魄　发人深省——〈于无声处〉的启示》;红烛的《文艺创作要敢于突破禁区——也对〈兰英的婚事〉谈一点意见》;成志伟的《〈兰英的婚事〉符合六条标准》。

《解放军报》发表《〈决裂〉这株毒草应当铲除》。

11日,《解放军报》发表宁干的《〈保卫延安〉——人民战争的一曲颂歌》;古灵的《文艺创作要坚持一分为二的辩证法》;水工的《充分发挥作家创作上的自由》。

12日,《人民日报》发表《〈保卫延安〉——人民战争的一曲颂歌》。

15日,《文艺报》第6期发表本刊特约评论员的《"百花齐放,百家争鸣"方针和艺术民主——纪念毛主席诞辰八十五周年》;郑汶的《学习天安门诗歌的彻底革命精神——祝贺〈天安门诗抄〉编辑出版》;童怀周的《用战斗精神写英雄》;白桦的《"四五"精神万岁！——赞话剧〈于无声处〉》;李稼蓬的《谈"样板"》;以《〈东方〉五人谈》为总题,发表刘剑青的《东方革命人民的历史画卷》,王春元的《浅谈〈东方〉英雄人物的个性化》,陆柱国的《东方巨人的颂歌》,韦君宜的《活生生的英雄形象》,吴振录的《革命战争题材的新成就》;同期,发表张天翼的《不能辜负孩子们的期望》;本刊记者的《百年大计　当务之急——记全国少年儿童读物出版工作座谈会》；苏中的《漫谈文艺的真实性》；王西彦的《生活真实和艺术生命》；冰心的《追念振铎》。

《山东文艺》第12期发表本刊评论员的《坚持实践标准 繁荣文艺创作》；大可的《"主题先行"论批判》，王善忠的《浅谈报告文学》。

《汾水》第12期发表张仁健的《〈赖大嫂〉何赖之有？》。

16日，《光明日报》发表丁振海、朱兵的《不经一番寒彻骨 那得梅花扑鼻香——为〈保卫延安〉昭雪》。

19日，《人民日报》发表郭玲春的《〈阿诗玛〉回来了！》；罗荪的《"双百"方针和艺术民主》；张光年的《驳"文艺黑线"论》。

《光明日报》发表刘宗明的《天欲堕，赖以拄其间——评话剧〈市委书记〉》。

20日，《上海文艺》第12期发表夏征农的《从实践是检验真理的唯一标准说起》；刘金的《香花还是毒草，让实践来检验》；吴世昌的《读毛主席诗词三首管见》；冯牧的《光荣归于为真理而斗争的战士——看〈于无声处〉有感》；袁鹰的《民心——读〈天安门诗抄〉》；陈恭敏的《"伤痕"文学小议》；孙逊的《"真"与"假"——文艺创作的典型化原则》；《〈收获〉〈电影新作〉〈上海戏剧〉〈上海歌声〉将于明年一季度先后复刊和创刊》。

《光明日报》发表《加快落实政策步伐 彻底解放文艺生产力》。

《雨花》第12期发表陈瘦竹的《剧中有诗——〈沫若剧作选〉学习札记》。

《哈尔滨文艺》第12期发表李激扬的《千古不朽的革命壮歌——读天安门革命诗词》；安洁的《真实·生动·感人——导演话剧〈于无声处〉漫记》。

《福建文艺》第10期发表海滨的《作家的生活热情与责任感——从〈于无声处〉、〈班主任〉等几篇作品想到的》。

23日，《人民日报》发表《文苑百花盛开离不开适宜的民主气候——〈上海文艺〉论艺术和民主》；郑定，华献的《彭德怀同志的光辉形象永留人间——推倒对〈保卫延安〉的攻击和诬蔑》。

22日，《人民电影》第12期发表李基凯的《关于歌颂与暴露——要正确理解"以写光明为主"的原则》；孙竞男的《应云卫同志骨灰安葬仪式在上海举行》。

25日，《文学评论》第6期发表周柯的《文艺批评与双百方针》；辛宇的《要按艺术规律办事》；朱寨的《把"文艺黑线专政"论提到实践法庭上》；蔡仪的《实践也是检验艺术美的唯一标准》；杜清源、李振玉的《悲壮的颂歌 战斗的艺术》；刘梦溪的《革命现实主义是两结合创作方法的基础——评"四人帮"对"现实主义深化"论的批判》;牧原的《题材问题浅谈》;郭志刚的《人物、描写、语言——〈白洋淀纪事〉阅读札记》。

《河南文艺》第12期发表钟声的《革命青年的道路——看话剧〈于无声处〉有感》;叶之余的《文艺的歌颂与暴露问题》;耿恭让的《文艺批评必须实事求是》。

29日,《光明日报》发表高治的《震动全国的大冤案——姚文元〈评新编历史剧"海瑞罢官"黑文出笼前前后后〉》。

30日,《人民日报》发表《外国文学研究工作规划会议在广州举行》。

《解放军报》发表赵寰的《为毛泽东同志的伟大实践唱颂歌——写在话剧〈秋收霹雳〉公演的时候》;高振河的《究竟谁是颠倒历史的罪人——从〈红河激浪〉的上映谈起》;董学文的《文艺就是要真实地反映现实》。

本月,《十月》第2期发表严文井的《〈儿童文学·短篇小说选〉序》;曹明的《致青年作者刘心武》;谢冕的《北京书简——论诗的形象》;张国民的《论文艺和生活的关系(续完)》;《热烈的反响——广大群众评论〈爱情的位置〉》。

《人民戏剧》第12期发表金紫光的《毛主席关于〈逼上梁山〉的信必须恢复原貌》;欧阳山尊的《肃清舞台上的"帮风"、"帮气",塑造革命领袖的光辉形象》;胡叔和的《惊雷的回响——本刊编辑部和中国剧协先后召开话剧〈于无声处〉座谈会》;曹禺的《于有声处赞惊雷——评话剧〈于无声处〉》。

《文史哲》第6期发表漆侠的《读〈李自成〉——论农民的革命民主主义》。

《四川文艺》第12期发表松鹰的《"长官意志"与群众评定》;晓梵的《十年禁锢话〈红岩〉——写在罗广斌同志骨灰安放仪式之后》。

《戏剧艺术》第4期发表吴瑾瑜的《壮怀激烈 慷慨悲歌——向〈于无声处〉学习再学习》。

《戏剧学习》复刊,总第10期发表李伯钊的《祝贺〈戏剧学习〉复刊》;金山的《树雄心 立壮志》;冯牧的《解放思想 正视现实 开拓眼界 面向生活——在编剧进修班的讲话》;刘运辉的《彻底批判"文艺黑线专政"论》;以"话剧《杨开慧》特辑"为总题,发表树元的《写戏杂感》等文章。

《作品》第12期发表杨嘉、江萍的《论〈北山记〉的人物塑造及其他》。

《安徽师大学报(哲学社会科学版)》第4期发表刘普林的《〈丹心谱〉的艺术构思》。

《草原》第9期发表陈寿朋的《草原鲜花开不败——重评〈花的草原〉》。

《鸭绿江》第12期发表思基的《九年的灵魂写照——看〈于无声处〉有感》。

《湘江文艺》第12期发表谢侯和的《文艺不能不受实践检验》；王亨念、谭冬梅的《正视现实生活　反映人民心声》。

本月，中国社会科学出版社出版《文学评论》编辑部编的《文学评论丛刊(第1辑)》。

上海文艺出版社出版郭小川的《谈诗》。

甘肃人民出版社出版孙克恒的《谈诗和诗歌创作》。

本年

《天津师院学报》第3期发表山川的《战士的心，战斗的歌——读郭小川的后期诗歌》。

《辽宁大学学报(哲学社会科学版)》第4期发表中文系评论组的《一本鼓吹"文艺黑线专政论"的坏书——评〈修正主义文艺路线代表性论点批判〉》。

《辽宁大学学报(哲学社会科学版)》第5期发表聂振斌的《试论文艺的政治性与真实性的一致》。

《辽宁大学学报(哲学社会科学版)》第6期发表刘效炎的《根据实际生活创造各种各样的人物》。

《武汉师范学院学报(哲学社会科学版)》第2、3期合刊以"长篇历史小说《李自成》讨论"为总题，发表本刊评论员的《积极开展学术研究活动》，姚雪垠的《给〈李自成〉讨论会的一封信》，张国光、李悔吾的《"深入历史"和"跳出历史"——谈李自成形象的历史真实和艺术真实》，阳涛平、洪昶的《人民群众是历史的主人——浅谈〈李自成〉一、二卷中人民群众形象的成功描写》，邱胜威的《试论李自成的性格特征》，汪伯嗣、郭农声、葛楚英的《革命英雄主义的颂歌——试谈刘宗敏形象的塑造》，周颐厚、黎敏茜的《浅谈张献忠的形象》，王毅的《深刻的反面典

型 成功的艺术创造——试论〈李自成〉一、二卷中的崇祯》,杨建文的《诗歌的艺术形式与小说的人物塑造——〈李自成〉民族风格管窥》,熊德彪的《妙手传神落笔细 金针绣像摄魂深——谈〈李自成〉的细节描写》;同期,发表郁源、邹贤敏的《报告一个历史新时期的到来——评徐迟的报告文学集〈哥德巴赫猜想〉》。

《南开大学学报(哲学社会科学版)》第 6 期发表陈山的《诗歌艺术的巨大财富——试论天安门诗歌在我国诗歌发展史上的伟大意义》。

1979年

1979年

1月

1日,《广西文艺》第1期发表谭绍鹏的《南方土改运动的生动描绘——重读长篇小说〈美丽的南方〉》;陈肃的《〈刘三姐〉是出好戏》;谢敏的《彻底肃清"四人帮"在文艺批评上的流毒影响》。

《长江文艺》第1期发表徐迟的《四个现代化与文艺》;李建纲的《记老作家徐迟》;曾令鹏的《打掉头上的"紧箍咒"》,刘富道的《也谈从假字开刀》;周勃的《打倒瞒和骗的文艺》;彭秉玉的《要反映生活真实》;冯捷的《亿万人民的心声》(讨论1978年8月《长江文艺》小说专号上翼南、严谨的小说《严峻时刻的音乐会》)。

《解放军文艺》第1期发表范咏戈的《诗言"四化"志　歌抒解放者——读〈天安门诗抄〉》。

《人民日报》发表本报特约评论员的《完整地准确地理解党的知识分子政策》;新华社记者述评《话剧为人民说了话》;叶剑英的《告台湾同胞书》。

3日,《解放军报》发表《希望文艺界为现代化唱出最强音》;《伟大的革命转变　英明的战略决策——把全党工作重点转移到社会主义现代化建设上来的讲话之一》。

5日,《边疆文艺》第1期发表黄镇海的《谈〈边疆文艺〉一九七八年的短篇小说》。

《河北文艺》第1期以"向《天安门诗抄》学习什么"为总题,发表韦野的《抒真情　叙实感》等四篇文章,并加编者按;同期,发表本刊记者的《冯牧同志谈当前文艺问题》;石剑芳的《推倒"四人帮"对〈红旗谱〉的污蔑》;李霁野的《漫谈诗歌写作——与工人业余作者座谈时的发言摘要》。

6日,《人民日报》发表《一个惊心动魄的政治大阴谋——揭露姚文元〈评新编历史剧"海瑞罢官"〉黑文出笼经过》。

7日,《解放军报》发表《抓纲治国取得巨大胜利　重点转移时机已经成熟——把全党工作转移到社会主义现代化建设上来讲话之二》。

10日,《人民日报》发表谢逢松的《影片〈决裂〉是什么货色?》;萧殷的《领导思想要再解放一点》;周先慎的《要让人还手——关于百家争鸣的一点感受》。

《北京文艺》第 1 期发表刘锡诚的《把艺术财富还给人民》；盛祖宏的《"长官意志"与文艺创作》；张全宇的《从"双百"方针与资产阶级自由化谈起》；樊庆荣、傅之的《让文艺幼苗更快地成长》；高进贤的《努力反映社会主义现代化建设——本刊举行小说、诗歌业余作者座谈会》。

《诗刊》第 1 期发表本刊记者的《学习〈天安门诗抄〉 发扬"四五"精神 促进社会主义诗歌创作的繁荣》（座谈纪要）。

《贵州文艺》恢复原刊名《山花》，第 1 期发表本刊编辑部的《待到山花烂漫时——致读者、作者》。

12 日，《人民日报》发表《"老赵是咱社里的人！"——追记作家赵树理农村生活片段》。

《文艺报》第 1 期发表本刊评论员的《解放思想 迅猛前进》；祁宣的《加快落实政策的步伐 彻底解放文艺的生产力——本刊和〈文学评论〉召开的文艺作品落实政策座谈会简记》；陈丹晨的《碧血哀痛总能消——重读陶铸同志的两本书》；丁峤的《为十七年电影平反昭雪》；赵岳的《"文艺黑线"论必须推倒》；刘梦溪的《题材问题与社会主义文艺的性质——重议"写十三年"问题》；赵寻的《牢记周总理教导 发扬"广州会议"精神》；林琅的《〈陈毅出山〉和〈东进！东进！〉浅谈》；张光年的《热情而细致的园丁——〈侯金镜文艺评论选集〉序》；胡可的《怀念侯金镜同志》；威方的《艺术是属于人民的——谈天安门诗歌运动的历史意义》；邵燕祥的《斗争需要诗歌——读一批诗歌新作后的点滴感想》。

《文汇报》发表蒋星煜的《"清官"的成为及其概念、属性》。

《解放军报》发表《解放思想鼓足干劲 团结一致大搞四化——把全党工作重点转移到社会主义现代化建设上来的讲话之三》。

15 日，《山东文艺》第 1 期发表朱恩彬的《爱的大纛 憎的丰碑——赞〈天安门诗抄〉》；陈宝云、王佃基的《做人民的忠实代言人——看话剧〈于无声处〉有感》；本刊通讯员的《解放思想 繁荣文艺创作——省文联、省文化局召开座谈会盛赞话剧〈于无声处〉》。

《北方论丛》创刊，哈尔滨师院《北方论丛》编辑部编辑出版，第 1 期发表《编者的话》。

《曲艺》复刊，第 1 期发表本刊编辑部的《光荣的使命——复刊致读者》，《评弹工作在前进——记江苏、上海、浙江最近召开的评弹艺术座谈会》；以"陈云同志谈评弹工作"为总题,发表《陈云同志对当前评弹工作的几点意见》、《评弹座谈会纪要》、《陈云同志给吴宗锡同志的信》。

《汾水》第1期发表陈丹晨的《文艺创作的试金石》;赵廷鹏的《姚文元是怎样批判写"中间人物"的》;朱宝真的《使人物多样化的主张——谈"写中间人物"》;茹辛的《关于工农兵方向》。

《新港》复刊,第1期发表本刊编辑部的《我们的希望——为〈新港〉复刊致读者》;童怀周的《人民性和战斗性是作品的生命》;嘉明的《伟大的革命 不朽的诗章》(讨论《天安门诗抄》);滕云的《文艺创作与文艺民主》;雷加的《泥土的气息——忆柳青》;鲍昌的《漫话"伤痕文学"》。

《解放军报》发表方牧的《一切为了群众 时刻想着群众——读〈天安门诗抄〉有感》;张钟的《时代的最强音——赞〈天安门诗抄〉》;八一电影制片厂评论组的《〈怒潮〉是一部革命影片》;广州部队理论组的《为影片〈逆风千里〉恢复名誉》。

18日,《人民戏剧》第1期发表本刊编辑部的《戏剧要为社会主义现代化服务》;以"为《海瑞罢官》彻底平反"为总题,发表《是"文化大革命的序幕",还是篡党夺权的序幕?——本刊编辑部举行座谈会批判姚文元的〈评新编历史剧"海瑞罢官"〉》、黎澍的《江青破坏文化大革命的一个阴谋》、郭汉城的《两个欺骗 一条棍子》、王汶、王江的《从〈评新编历史剧"海瑞罢官"〉谈起》;同期,发表曹禺、赵寻、宗福先的《〈于无声处〉三人谈》。

20日,《人民文学》第1期发表萧殷的《关于典型环境中的典型人物》;黎之的《"文艺黑线"论与江青一伙的阴谋》。

《大众电影》复刊,第1期发表茅盾的《为〈大众电影〉复刊题诗》;袁文殊的《祝〈大众电影〉复刊》;《上官云珠同志追悼会最近在沪举行》;夏衍的《悼念应云卫同志》。

《上海文学》第1期发表本刊评论员的《投入伟大的转变》;姚雪垠的《关于〈忆向阳〉诗集的意见——给臧克家同志的一封信》;夏征农的《从实践是检验真理的唯一标准说起》;刘宾雁的《文学要议政、议经、议文》;顾小虎的《话剧〈于无声处〉人物座谈会》。

《民间文学》复刊,第1期发表《复刊词》;周扬的《〈中国歌谣选〉序》;肖华的《大力提倡民歌》;田恒江的《让"花儿"开得更加鲜艳——谈甘肃康乐县的封山禁歌》;贾芝的《喜赞的莲花山的新"花儿"》。

《布谷鸟》第1期以"解放思想　繁荣创作　为实现"四个现代化"擂鼓助威"为总题,发表王一武的《创作思想要跟上新的形势》,刘柏杨的《文艺创作要抓到社会的痒处》,段志华的《寓教育于娱乐之中》(1978年12月2日—9日在武昌召开的小型工农兵业余作者座谈会上的发言)。

《外国文学动态》创刊,中国社会科学院外国文学研究所编,中国社会科学出版社出版,第1期发表冯植生的《国外对卢卡契的颂扬》。

《甘肃文艺》第1期发表孙克恒的《壮歌催开神州花——读天安门诗抄》;吴月的《鸡蛋里的骨头、匕首及其它》;王缵叔的《向"笑话"取点经》。

《学术研究》第1期发表吴世枫、谭志图的《一个假左真右的图解式人物——评〈牛田洋〉中的赵志海形象》。

《哈尔滨文艺》第1期发表春茂的《勇于实践　繁荣创作》;刘相如的《作家的忠实和勇气》。

《福建文艺》第1期发表厉海清的《人民的心声,时代的呐喊——欢呼〈天安门诗抄〉编辑出版》。

21日,《人民日报》发表彭宁、何孔周的《电影为什么上不去——谈文艺民主与电影艺术》。

23日,《光明日报》发表洁泯的《现实·时代·时代的最强音》(讨论刘心武小说《班主任》);郑汶的《解放思想与"作家要下去"》。

25日,《人民日报》发表赵寻的《史诗树丰碑——从话剧〈西安事变〉谈塑造领袖人物的艺术形象》。

《文汇报》发表刘岚山的《人民的正气歌——〈天安门诗抄〉编辑随想》;张云义的《评判作品的权威究竟是谁?》;胡德培的《读魏巍的长篇新书〈东方〉》。

《电影创作》复刊,第1期发表本刊编辑部的《复刊致读者》;夏衍的《一定要提高电影艺术的质量》;林涵表的《揭"理论家"的"批修"阴谋——从〈早春二月〉事件汲取教训》。

《收获》复刊,第1期发表本刊编辑部的《复刊辞》;荒煤的《篇短意深　气象一新》(讨论1977—1978年的优秀短篇小说选集);罗荪的《三个〈收获〉》;巴金的《关于〈春天里的秋天〉及其他》;沙汀的《生活是创作的源泉》。

《南京文艺》第1期发表包忠文的《阶级论、血统论和悲剧》。

27日《文汇报》发表上海市出版局理论组的《〈评"三家村"的反动本质〉——

兼及党内两条战线斗争的历史教训》。

28日,《光明日报》发表苏双碧的《切中时弊的两部好书——驳姚文元对〈燕山夜话〉、〈三家村札记〉的诬蔑》。

《剧本》复刊,第1期发表本刊编辑部的《新的长征,新的使命——复刊致读者》;荒煤的《惊雷一声迎新春——看〈于无声处〉后的一点感想》;于伶的《〈七月流火〉重新出版小记》。

本月,《广州文艺》第1期发表陈一民的《解放思想　大胆创作》。

《长春》第1期发表巴金的《〈往事与随想〉译后记》;姜念东的《深入批判"四人帮"的反动文艺思想体系　写好同"四人帮"作斗争的作品》;方晴的《文学创作要及时地反映千百万人关心的社会问题》。

《四川文学》第1期发表本刊记者的《真实反映人民的心声——记省、市文艺工作者〈于无声处〉座谈会》;以"文艺也要受实践的检验"为总题,发表李敬敏的《实践标准与文艺批评》,王世德的《群众、作者与领导》,吴野的《从生活中来的艺术花朵》(讨论《班主任》等短篇小说)。

《北方文艺》第1期发表汤学智的《现实主义与"暴露文学"及其他》。

《辽宁群众文艺》第1期发表刘英男的《去粗取精　顺理成章——从经过整理的二人转〈包公赔情〉想到的》。

《延河》第1期发表本刊评论员的《文艺要为四个现代化服务》;胡采的《论〈保卫延安〉的艺术特色》;孙犁的《近作散文的后记》;蘋果的《读〈领夯的人〉》;胡义成的《试论悲剧》。

《作品》第1期发表黄伟宗的《装点此关山,今朝更好看——重读〈三家巷〉〈苦斗〉》;楼栖的《如何评价〈开门红〉》;易准的《有感于创作上的"悟"》;范怀烈的《"长官意志"一瞥》;张奥列的《有胆无权与有权无胆》;李冰之的《还有一个"滚珠工厂"》。

《安徽文学》第1期发表冯能保的《踏碎专制　文艺要民主》;《关于〈解瑛瑶〉的讨论》(综合报道)。

《武汉文艺》第1期发表郁源的《生活、思想、主题、题材——重读〈不能走那条路〉》。

《雨花》第1期发表顾尔镡的《简论文艺工作重点的转移》;刘静生的《惊雷颂——评话剧〈于无声处〉》;凌焕新的《敢于提出人们关切的社会问题》;马莹伯

的《"中间人物"论辨析》。

《星火》第 1 期发表吕星海、熊安安的《阴谋文艺的活标本——批判反动影片〈决裂〉》；吴志昆的《生活与诗》；李如澍的《积累生活，作生活的有心人》；涂吉安的《生活培养作家》；渊耀的《胆识两具备　才力方纵横》；贺光鑫的《成百个与一个》。

《战地》增刊第 1 期发表巴金的《一颗红心——悼念曹葆华同志》；康濯的《忆赵树理同志》；唐弢的《〈海山论集〉序》；柯灵的《从〈秋瑾传〉说到〈赛金花〉》；刚主的《〈柳如是别传〉及其他》。

《草原》第 1 期发表方凌的《重评〈金鹰〉——斥所谓"另踏道路"的谬论》。

《说演弹唱》复刊，第 1 期发表本社编辑部的《复刊词》；群文的《彻底拨乱反正　发展群众文艺》。

《鸭绿江》第 1 期发表文斌的《紧紧跟上历史的伟大进程》；阿红的《〈天安门诗抄〉的启示》，吕真的《关于话剧〈市委书记〉的通信》，孙犁的《一封关于学习的信稿》。

《新疆文艺》第 1 期以"《司机的妻子》及其讨论应该平反"为总题，发表丁子人的《春兰是可信的人物形象——重评短篇小说〈司机的妻子〉》，余开伟的《新疆文艺界一个必须昭雪的冤案——从一九六六年对〈新疆文学〉和〈司机的妻子〉及其讨论的围剿谈起》。

本月，人民文学出版社出版张骏祥的《关于电影的特殊表现手段》。

2月

1 日，《人民日报》发表黎澍的《一个围歼知识分子的大阴谋——评姚文元对〈海瑞罢官〉的批评》。

《广西文艺》第 2 期发表杨戈的《把颠倒了的是非颠倒过来——为短篇小说〈故人〉平反》；王一桃的《不能把香花当毒草——重评〈元宵夜曲〉》；宋郡的《胆子

再大一点,写得再深一点》。

《山西群众文艺》第2期发表群文的《简谈故事创作》;雪琼的《到群众中去向群众文艺学习》,

《文汇报》发表唐振常的《有鬼皆害辩》。

《长江文艺》第2期发表本刊评论员的《抓紧落实政策 促进繁荣文艺》;陈荒煤的《发扬民主 拨乱反正 繁荣文艺创作》;向彤的《倾向性 形象性 真实性》。

《解放军报》发表雷达学的《翻案的背后——读〈翻案〉》;所云平、史超的《赞青松 学陈总——话剧〈东进!东进!〉的创作缘由》;刘尚雅的《把〈刘志丹〉定为反党小说是一大冤案》。

2日,《文汇报》发表苏双碧的《试论海瑞精神》;郭非的《从〈海瑞〉谈争鸣》;俞为民的《重新评价〈海瑞罢官〉》。

《光明日报》发表韶华的《谈谈繁荣文艺创作的几个问题》。

3日,《人民日报》发表秦牧的《一份宝贵的革命遗产——重读陶铸同志的〈理想,情操,精神生活〉》;红耘的《介绍高士其的〈你们知道我是谁?〉》;晓风、陈荒煤的《请为我们打开闸门吧》(讨论新人新作发表出版问题);同期,发表《为四个现代化的伟大进军谱写雄壮的进行曲——〈诗刊〉召集全国诗歌创作座谈会》。

《人民日报》重新发表1961年6月19日周恩来的《文艺工作座谈会和故事片创作会议上的讲话》。

5日,《边疆文艺》第2期发表李丛中的《试论云南民族民间文学作品中的爱情问题》;《再不抢救,更待何时?——云南民族文学遗产劫后记》;本刊记者的《阿诗玛故乡的人民热爱〈阿诗玛〉》。

《河北文艺》第2期以"向《天安门诗抄》学习什么"为总题,发表丁国成的《胆与识》等三篇文章。

《解放军报》发表周恩来1961年6月19日的《文艺工作座谈会和故事片创作会议上的讲话》。

7日,《解放军报》发表虞棘的《今朝花烂漫 永怀育花人——学习周总理〈在文艺工作座谈会和故事片创作会议上的讲话〉》;黎汝清的《强扭的瓜不甜——读周总理讲话的感想》。

8日,《文汇报》发表孙焕英的《评所谓〈语录歌〉》。

9日,《文汇报》发表王若望的《感慨万端读〈讲话〉》。

10日,《山花》第2期发表何大堪的《重要的是人物的命运》。

《北京文艺》第2期发表胡絜青的《写在〈我热爱新北京〉前面》;萧伯青的《老舍在北碚》;曲六乙的《扫尽阴霾刚峰现 揪来文痞祭晗翁——痛斥姚文元的〈评新编历史剧《海瑞罢官》〉》。

11日,《文汇报》发表胡从经的《一丛猩红如火的榴花——贺〈收获〉复刊》。

12日,《广西大学学报(哲学社会科学版)》第1期发表金万之的《惊雷震长天——评话剧〈于无声处〉》;向彤的《文艺要不要反映社会主义时期的悲剧》;鲁原的《试论王晓华的悲剧性格——读短篇小说〈伤痕〉》。

《文艺报》第2期发表吴繁的《如沐春风,如润春雨——记本刊与〈电影艺术〉编辑部举行的学习周总理一九六一年重要讲话的座谈会》;区维的《在伟大的转变中繁荣文艺事业——记本刊在上海举行的学习周总理一九六一年重要讲话的座谈会》;阳翰笙的《学习周总理的民主作风》;本刊特约评论员的《文艺为实现四个现代化服务》;何西来、田中木的《革命变革时期的文学——谈一九七八年的短篇小说创作》;宋遂良的《秀丽的楠竹和挺拔的白杨——漫谈周立波和柳青的艺术风格》;姚雪垠的《漫谈历史的经验》;韦君宜的《由昆曲〈李慧娘〉冤案所见》。

15日,《山东文艺》第2期发表本刊评论员的《文艺要转向为现代化建设服务》;《解放思想 开动机器——省文学研究所召开文艺评论座谈会,就"实践是检验真理的唯一标准"问题展开热烈讨论》。

《文汇报》发表钟城的《再谈史与论——回顾六十年代史学界两个口号之争》。

《文史哲》第1期发表吴富恒的《文科工作要有一个大的转变》。

《曲艺》第2期发表胡絜青的《老舍和曲艺》;王亚平的《赵树理——卓越的说唱文学家》。

《汾水》第2期发表本刊记者的《贯彻"双百"方针 促进四化建设——本刊编辑部召开文艺理论及短篇小说创作座谈会,就当前文艺理论及创作上的一些问题展开热烈讨论》;王政明的《文艺需要充分发扬民主》;董静如的《真实是艺术的生命》。

《新港》第2期发表秦牧的《〈巨手〉后记》;康文的《歌颂新长征 描绘新英雄》。

18日,《人民戏剧》第 2 期以"学习周总理讲话　繁荣社会主义戏剧"为总题,发表本刊评论员的《破除迷信　解放思想》,黄佐临的《艺术领导的领导艺术》,刁光覃的《让人民听到优美的舞台艺术语言》;同期,发表《撕破那个"理论家"的画皮　驱散戏曲领域的迷雾》;以"为《海瑞罢官》彻底平反"为总题,发表张梦庚的《姚文元〈评新编历史剧"海瑞罢官"〉造成的重重冤狱》,李泽厚的《从〈海瑞罢官〉谈起》;同期,发表夏淳的《写在重排话剧〈茶馆〉之时——纪念老舍先生八十诞辰》;顾骧、郗辉的《"帝王将相、才子佳人"辨析》;张真的《鬼话·神话·人话——从昆曲〈李慧娘〉平反谈起》。

《文汇报》发表俞汝捷的《〈李自成〉读后》。

20日,《人民日报》发表本报特约评论员的《无产阶级文艺和社会主义民主——学习周恩来同志〈在文艺工作座谈会和故事片创作会议上的讲话〉》。

《人民文学》第 2 期发表茹志鹃的《剪辑错了的故事》;丹晨的《表现思想解放的时代》;齐戈的《时代、生活和人民》。

《大众电影》第 2 期发表本刊评论员的《亲切的教诲　巨大的鼓舞——学习周总理一九六一年在文艺工作座谈会和故事片创作会议上的讲话》。

《上海文学》第 2 期发表巴金的《作家要有勇气,文艺要有法制》;吴强的《关于"棍子"和"长官"之类》;柯灵的《文艺需要民主》;王纪人的《姚文元的"左"及其教训》;荒芜的《关于译后记》;冯英子的《爱情和政治》;唐振常的《解放思想一题》;郑荣来的《不能苛求》。

《北京大学学报(哲学社会科学版)》第 1 期发表谢冕的《人民的心碑——论〈天安门诗抄〉》;张钟的《小说创作的新开拓——评刘心武的短篇小说近作》;严家炎的《〈李自成〉初探(续)》。

《外国文学动态》第 2 期发表刘若端的《1962 年以来法国"新小说"的动向》;王逢振的《英〈伦敦杂志〉载文评述西方现代戏剧的变迁》。

《民间文学》第 2 期发表本刊编辑部的《为藏族史诗〈格萨尔〉平反》;金楚的《〈小靳庄诗歌选〉出笼的前后》。

《布谷鸟》第 2 期发表浠水、周正藩的《文艺创作要敢于讲真话》;英山、马大泉的《要敢于写悲剧》。

《甘肃文艺》第 2 期发表《闻捷同志骨灰安放仪式在上海举行》(原载 1979 年 1 月 23 日《甘肃日报》);杨文林、于辛田、曹杰、刘传坤、师日新的《怀念闻捷同志》；支克坚的《现实主义三题》。

《社会科学战线》第1期发表金钟鸣的《评"样板戏"》；刘再复、楼肇明的《论文艺作品中英雄人物的"悲剧结局"》；杜书瀛、何文轩的《生活的教科书——评刘心武同志的短篇小说》；方殷的《痛怀老舍》；舒济的《老舍传略》；舒济的《老舍著译目录》。

《哈尔滨文艺》第2期发表牛乃文的《文艺要为社会主义现代化建设服务》；弘弢的《气壮山河的革命英雄史诗——谈长篇小说〈保卫延安〉》。

《南京大学学报（哲学社会科学版）》第1期发表裴显生、张超的《论茹志鹃创作的艺术风格》。

《福建文艺》第2期发表王西彦的《活的传统——在一个座谈会上的发言》；李汉秋的《〈于无声处〉的艺术构思》；柯文溥的《共产党人的"正气歌"——驳对〈小城春秋〉的污蔑不实之词》。

22日，《人民日报》发表任文屏的《一桩触目惊心的文字狱——为〈三家村札记〉、〈燕山夜话〉恢复名誉》；周扬的《关于社会主义新时期的文学艺术问题——一九七八年十二月在广东省文学创作座谈会上的讲话》。

25日，《文学评论》第1期发表陈荒煤的《一个重要的历史文献——学习周总理在新侨会议的讲话》；洁泯的《文学是真实的领域》；狄遐水的《写"中间人物"主张的再评价》；樊骏的《论〈骆驼祥子〉的现实主义——纪念老舍八十诞辰》；周舟、安凡的《杂谈"左"比"右"好》；郝兵的《"影射"问题小议》；本刊记者的《本刊邀请文学研究所部分同志座谈总结经验问题》。

《电影创作》第2期发表《真实性：当前电影创作的首要问题——电影导演谢铁骊答本刊记者问》。

《奔流》第2期发表龚依群的《怎样完整地，准确地掌握和运用毛泽东文艺思想》；李怀发的《我们不愿听这样的鼓声》（讨论1976年后臧克家的诗歌）。

《解放军报》发表刘白羽的《努力学习　勇敢实践》（讨论周恩来《在文艺工作座谈会和故事片创作会议上的讲话》）；魏巍的《实行周总理遗教　加速新的长征》；李英儒的《青山证古今　教诲铭心怀》。

28日，《剧本》第2期以"学习周总理关于文艺工作的讲话"为总题，发表曹禺的《几点随想》，丁一三的《天地广阔了》，树元的《"放"则兴，"禁"则衰》，赵寰的《寓教育于娱乐之中》。

本月,《广州文艺》第2期发表杨群的《"文艺黑线"论必须根本推倒》;饶芃子的《谈社会主义时期的悲剧》。

《长春》第2期发表本刊记者的《解放思想,繁荣创作,为新时期的总任务服务——记全省小说、评论座谈会》;赵云龙的《文艺创作要转上四化轨道》;王册的《真实反映生活　大胆干预生活》。

《四川文学》第2期发表谭国兴的《文艺与民主》;唐正序的《实践检验与"双百"方针》;田原的《请给小人物落实政策——给编辑部的一封信》;刘福荣的《给李伏珈同志的作品辩诬》;李庆信、竹亦青的《真实·生活·人物——戏剧创作漫谈》。

《包头文艺》第1期发表李准的《关于〈耕云记〉的几点体会》;李兰、田坷的《试谈〈耕云记〉的思想与艺术》;王重尧、刘贵辰的《谈"放"——学习"双百"方针札记》。

《辽宁群众文艺》第2期发表寒溪的《野火烧不尽　春风吹又生——为〈大刚与小兰〉重新发表而作》;贾恩溥的《民歌体式也要百花齐放》。

《电影艺术》复刊,第1期发表夏衍的《前事不忘　后事之师——祝〈电影艺术〉复刊并从中国电影的过去展望将来》;柯灵的《实践向我们提出了什么问题》,彭宁、何孔周的《文艺民主与电影艺术》;艺军的《揭示心灵的战斗历程——反映与"四人帮"斗争的电影创作的一个问题》。

《延河》第2期发表谷方的《〈保卫延安〉重见天日——中国作家协会西安分会、〈延河〉编辑部召开座谈会为〈保卫延安〉及其作者平反》;胡采的《为〈保卫延安〉平反昭雪——在为〈保卫延安〉平反昭雪会上的发言》;魏钢焰的《颠倒不了的历史》;李若冰的《发扬艺术民主——祝贺〈保卫延安〉重见天日》;霍松林的《彻底解放文艺生产力》;权宽浮的《战士喜欢〈保卫延安〉》;畅广元的《这是为什么——从〈保卫延安〉的遭遇谈起》;李星的《从〈保卫延安〉的遭遇所想到的》。

《作品》第2期以"在广东省文学创作座谈会上的发言"为总题,发表欧阳山的《为恢复革命现实主义的传统而斗争》,杜埃的《不能留尾巴》,陈残云的《批判"黑线"论　实现文艺民主》,萧殷的《彻底推倒"文艺黑线"论》,于逢的《谈谈领导文学创作问题》,韦丘的《解放思想,为迎接一场伟大的历史性转变而创作》;同期,发表本刊作者的《春风桃李灿若火——记广东省文学创作座谈会》。

《安徽文学》第2期发表江流的《"在真理面前人人平等"随感》;柏木的《从

"放"想到的》;闻山的《繁荣创作的一个关键问题》。

《武汉大学学报(哲学社会科学版)》第 2 期发表吴高福的《革命现实主义的胜利——评刘心武〈班主任〉等六篇短篇小说》。

《雨花》第 2 期发表裴显生的《创业攀登谱史诗——重读〈创业史〉札记》;顾永芝的《关于题材的价值及其他》。

《青海文艺》第 1 期发表陈思的《文艺创作必须勇于冲破禁区》。

《星火》第 2 期发表贺光鑫的《作家应当是人民的喉舌》。

《鸭绿江》第 2 期发表马加等的《学习周总理〈讲话〉笔谈》;本刊评论员的《"现实主义深化"是正确的文学主张——为大连小说会议辩白》;白晓朗、黄林妹的《两代人的控诉——小说〈静夜〉读后》;端木蕻良的《从"望乡"到〈望乡〉》。

《湘江文艺》第 1、2 期合刊发表《为受迫害的作家戏剧家和错批了的作品彻底平反——省委宣传部召开省直文化系统落实政策座谈会》(原载 1978 年 1 月 18 日《湖南日报》);谭冬梅、李震之的《农业合作化的壮丽史诗——为〈山乡巨变〉昭雪》;洪炼、楚里的《大江日夜向东流——推倒"四人帮"对〈怒潮〉的污蔑不实之词》;叶颖的《赞话剧〈于无声处〉》;郑荣来的《谈何为形象的塑造》;刘炜的《壮美的野菊花——谈康濯同志解放后的短篇小说创作》。

《新疆文艺》第 2 期发表刘南的《荒漠古林有忠魂——喜读电影文学剧本〈向导〉》。

本月,上海文艺出版社出版《文艺论丛(第 6 辑)》。

中国社会科学出版社出版王伯熙的《文风简论》。

广东人民出版社出版黄火兴的《谈谈客家山歌》。

3月

1 日,《广西文艺》第 3 期发表秦似的《铭记和感勉——学习周总理关于文艺问题讲话的札记》;李英敏的《思想再解放些,步子更迈大点》;戈丁的《要说真话》。

《山西群众文艺》第3期发表张雨生的《关于民歌的一点感想》;肖文苑的《诗人与歌词》;胥云的《谈谈关于人物思想转变的描写》。

《长江文艺》第3期发表刘锡诚的《党的领导和文艺的规律》;本刊记者的《坚决为批错的作品和受迫害的作者平反》。

《解放军文艺》第3期发表王愿坚的《要敢于写无产阶级的人性》;梁信的《文艺规律与敢做》;辛冶的《"革命强中强"——话剧〈陈毅出山〉漫话》;钟汉的《心潮起伏话〈东方〉》。

《解放军报》发表《文化部党组决定彻底平反"旧文化部"、"帝王将相部、才子佳人部、外国死人部"大错案》。

2日,《光明日报》发表高缨的《由〈达吉和她的父亲〉所想到的》。

3日,《解放军报》发表沈默君的《慷慨畅言艺文事——忆陈毅同志领导文艺创作》;苏元的《必须推倒"文艺黑线"论》。

5日,《边疆文艺》第3期发表左玉堂、刘允褆的《对我省少数民族民歌整理工作的一点探讨》。

《河北文艺》第3期发表郭超的《略谈田间诗歌风格形式的演变》;冯健男的《新人新作新意——谈贾大山的短篇创作》;方犁的《文艺批评要坚持两点论》。

《南京师院学报(社会科学版)》第1期发表吴调公的《试论反面典型》;凌焕新、裴显生的《关于诗歌特点的再商榷》;唐纪如的《读杨朔四十年代的短篇小说》。

6日,《光明日报》发表夏康达的《"写中间人物辨"——读〈李双双小传·后记〉所想到的》;李慰蚀的《思考,但别忘了文学——谈〈爱情的位置〉和〈醒来吧,弟弟〉》。

10日,《山花》第3期发表本刊记者的《实事求是地评价文艺作品,彻底解放我省的文艺生产力——贵州日报、贵州人民出版社、〈山花〉编辑部联合召开落实文艺作品政策座谈会简记》。

《北京文艺》第3期以"学习周总理《在文艺工作座谈会和故事片创作会议上的讲话》"为总题,发表洪明的《发展社会主义文艺的强大思想武器》,刘心武的《该哭就哭 该笑就笑》,臧克家的《新的长征路万千 诗人兴会更无前》,王琦的《永难忘怀的纪念》。

《诗刊》第3期发表本刊记者的《要为"四化"放声歌唱——记本刊召开的诗歌创作座谈会》；白桦的《五点和诗有关的感想》；徐迟的《新诗与现代化》；杨子敏的《文艺园地的春风——学习周总理〈在文艺工作座谈会和故事片创作会议上的讲话〉》。

《黑龙江戏剧》第1期发表丛深的《出好戏的新时期开始了》。

《福建文艺》第3期发表锦襄的《探索的历程——论柳青的人物塑造》。

12日，《文艺报》第3期以"学习周总理讲话　繁荣社会主义文艺"为总题，发表艾青的《要造成一种民主风气》、李陀的《解除精神上的重负》、陈涌的《一个学习笔记》、蒋孔阳的《严格按照"文艺规律"办事》等文章；同期，发表丹晨的《评大连会议和"中间人物"论》；戚方的《坚持唯物史观，塑造革命领袖的光辉艺术形象》；刘梦溪的《澄清"四人帮"在六条标准上制造的混乱》；吕远的《歌曲应抒发人民的思想情感》；李乔的《怀巴人同志》；吴祖光的《"巧妇能为无米炊"——浅谈曹禺新作〈王昭君〉》；屠岸的《土地一样质朴的风格——读沙汀同志的新作〈青枫坡〉》；石泉的《正确对待生活　正确反映生活——人民文学出版社部分中长篇小说作者座谈会侧记》。

15日，《山东文艺》第3期发表本刊特约评论员的《学习周总理讲话　繁荣文艺事业》；陆建华的《从梁生宝和徐改霞的恋爱说起——谈情节与性格的关系》；高进贤的《秧歌未尽诗人意——读〈郭小川诗选〉有感》。

《北方论丛》第1期发表施承权、王振声、王宝大的《天安门诗歌礼赞》；乔山、俞起的《英雄肝胆亦柔肠——破除"四人帮"对爱描写的禁锢》。

《曲艺》第3期发表《曲艺事业大有可为——周扬同志在首都曲艺界迎春茶话会上的讲话》。

《汾水》第3期发表丁玲的《致一位青年业余作者的信》；方绪源的《推倒"黑八论"文艺大解放》；徐漫之的《谈三篇农村题材的小说》。

《新港》第3期以"学习周恩来同志《在文艺工作座谈会和故事片创作会议上的讲话》笔谈"为总题，发表方纪的《不沐春晖暖　焉知寸草心》，林呐的《为工农兵服务的道路是广阔的》，杨润身的《坚决反对乱打棍子》，高介云的《牢记周总理教导　繁荣戏剧创作》，柯舟的《关于总结三十年文艺工作经验的一点想法——兼评"'左'比'右'好"论》，端木国贞、朱兵的《不竭的源泉　不拔的毅力——访问作家杜鹏程同志》。

16日,《光明日报》发表程代熙的《关于悲剧问题——与董学文同志商榷》;范培松的《也谈悲剧成因——与向彤、王西彦同志商榷》。

18日,《人民戏剧》第3期发表霍大寿的《按照文艺规律领导文艺的典范——学习周总理关于文艺工作的教导》;吴祖光的《周公遗爱 程派千秋——追记拍摄电影〈黄山泪〉》;王育生记录整理的访谈《曹禺谈〈雷雨〉》;邓兴器的《为民请命何罪之有——为田汉同志的〈谢瑶环〉平反》。

19日,《人民日报》发表杜鹏程的《〈保卫延安〉的写作及其他》(《保卫延安》重印后记)。

20日,《人民文学》第3期以"学习周总理关于文艺工作的讲话"为总题,发表黄宗英的《沧桑之间》,白刃的《感想和回忆》,管桦的《艺术民主和法制》,邓友梅的《掩卷遐想》,林林的《从民主说到专家》,侯立军的《泪水不污英雄面》。

《大众电影》第3期以"认真学习周总理一九六一年在文艺工作座谈会和故事片创作会议上的讲话"为总题,发表王家乙的《恰如春温上笔端》,张天民的《造成民主的风气》,刘心武的《观众为什么进电影院》,沈宇基的《周总理与"百花奖"》;同期发表闻鸣的《崔嵬同志逝世》。

《上海文学》第3期发表姜彬的《轸悼芦芒同志》;刘宾雁的《关于"写阴暗面"和"干预生活"》;张葆莘的《聂华苓二三事》。

《光明日报》发表王蒙的《作家应有真知灼见和真情实感》;冯立三的《文学中的思考——谈〈爱情的位置〉兼与李慰饴同志商榷》。

《民间文学》第3期发表本刊编辑部的《牢记总理教导 发扬文艺民主》;马捷的《春风吹动百花开——〈民间文学〉编辑部就学习周总理〈讲话〉召开座谈会》;钟敬文、段宝林、陈子艾、屈育德、张紫晨、吴超的《学习周总理〈讲话〉》(笔谈);臧克家的《大跃进的歌声——读新版本〈红旗歌谣有感〉》;田间的《最美好的回忆——祝贺〈红旗歌谣〉再问世》。

《布谷鸟》第3期发表陈振唐的《业余作者也有个平反昭雪问题》。

《外国文学动态》第3期发表陈光孚的《拉丁美洲当代小说一瞥》。

《哈尔滨文艺》第3期发表杨角的《繁荣文艺必须发扬民主》。

25日,《宁夏文艺》第2期发表于继增的《该不该给犯错误作者的作品落实政策?》。

《电影艺术》第2期发表张俊祥的《澄清是非,解放思想》(在《文艺报》和电影艺术召开的学习周总理讲话的座谈会上的发言）；杨沫的《哀念——回忆和崔嵬同志相处的日子》；聂晶的《披肝沥胆献丹心——沉痛悼念崔嵬同志》。

《电影创作》第 3 期发表汪洋的《火一样的文艺战士——悼无产阶级艺术家崔嵬同志》；陈怀皑的《深切怀念崔嵬同志》；本刊记者的《崔嵬同志追悼会在北京举行》；王云缦的《寓情于理 以情动人——漫谈〈激流余波〉的特色》。

《收获》第 2 期发表从维熙的《大墙下的红玉兰》。

《南京文艺》第 2 期发表顾宜林的《让文学艺术大胆地干预生活吧》。

26 日，《人民日报》发表武培真的《回答青年关心的迫切问题——话剧〈爱情之歌〉、〈让青春更美丽〉和柳琴戏〈小燕和大燕〉观后》。

27 日，《人民日报》发表《全国优秀短篇小说评选发奖大会在京举行——二十五篇短篇小说得奖》。

28 日，《剧本》第 3 期发表胡叔和的《略论曹禺的戏剧艺术》；龚义江的《一幅颂扬民族和睦的壮丽画卷——谈曹禺新作历史剧〈王昭君〉》。

29 日，《文汇报》发表曾文渊的《政治方向的一致性与文学风格的多样性——读刘白羽、杨朔和秦牧的散文》。

30 日，《光明日报》发表刘锡诚的《谈当前小说创作中的几个问题》。

本月，《广州文艺》第 3 期发表严承章的《文艺民主必须有法律保障》。

《长春》第 3 期发表赵云声的《艺术民主与"五子登科"——学习周总理关于艺术民主的论述》；本刊记者的《学习周总理讲话 为被打成"毒草"的作品平反——省文联邀请省直文艺工作者举行座谈会》。

《中山大学学报（哲学社会科学版）》第 1 期发表谢作的《扬眉剑出鞘 热血写诗篇——读〈天安门诗抄〉》。

《四川文学》第 3 期发表王朝闻的《谈独创性》；本刊评论员的《加快落实政策 发扬艺术民主》；田原的《把颠倒了的是非颠倒过来——重读马识途同志的讽刺小说》；吴野的《"双百"方针不可战胜——从李亚群同志的平反想到的》；王辛的《红的终究说不成黑的——为沙汀同志文化大革命前关于文学创作问题的两次发言辩》；钟翔的《政论杂文的一簇香花——重读张黎群同志的〈夜谈〉、〈巴山漫话〉有感》。

《辽宁群众文艺》第 3 期发表金禾的《深刻·细腻·感人——喜看传统二人转〈杨八姐游春〉》；阿红的《漫话生活感受的独特性——谈新民歌创作》。

《辽宁戏剧》创刊,中国戏剧家协会辽宁分会《辽宁戏剧》编辑部编辑,第1期发表本刊编辑部的《致读者》;庆虎、景山的《话剧〈兵临城下〉重新上演》;《导演艺术问题(连载一)——焦菊隐同志在辽宁省话剧导演艺术座谈会上的报告》。

《外国文学报道》创刊,上海社会科学院学术情报研究所、上海师范大学外语系文学教研室主办。

《西北大学学报(哲学社会科学版)》第2期发表刘建军的《开展创作方法理论研究上的百家争鸣——兼谈〈现实主义——广阔的道路〉》;李旭东的《永远面对人民——从柳青的一份建议谈起》。

《戏剧学习》第1期以"塑造领袖舞台形象表演艺术座谈会特辑"为总题,发表林默涵的《从真理标准问题说起》,周扬的《崭新的领域 艰辛的探索》,李伯钊的《首先要有优秀的剧本》等文章。

《延河》第3期发表《著名老作家郑伯奇同志逝世》;杜鹏程的《〈保卫延安〉的写作及其它》;阎纲的《史诗——〈创业史〉》。

《作品》第3期发表周扬的《关于社会主义新时期的文学艺术问题——一九七八年十二月九日在广东省文学创作座谈会上的讲话》;以"学习周总理《在文艺工作座谈会和故事片创作会议上的讲话》笔谈"为总题,发表周敏的《文艺工作者的严师和诤友》,胡希明的《真"敢"了吗》,肖玉的《遵人民之命 说心里的话》。

《安徽大学学报(哲学社会科学版)》第1期发表兴云的《〈三月的租界〉中的"有人"是周扬吗?》。

《安徽文学》第3期发表《中共安徽省委作出决定,推倒"文艺黑线专政"论 为安徽省文联彻底平反》;《彻底清算极左路线对文艺界的摧残迫害——安徽省文联召开的文艺座谈会纪实》;梁长森的《必须肃清"左"的流毒——学习周恩来同志〈在文艺工作座谈会和故事片创作会议上的讲话〉的体会》。

《安徽师大学报(哲学社会科学版)》第1期发表方可畏、陈文忠的《"唯我彭大将军"——〈保卫延安〉中彭总的形象》。

《武汉文艺》第2期发表邹贤敏的《漫谈风格——读〈百合花〉有感》。

《陕西师大学报(哲学社会科学版)》第1期发表王志武的《试谈"创业史"表现手法上的几个特点》。

《雨花》第3期发表潘仁山、郑曰焕的《社会主义文艺要为人民大众服务——学习周总理〈讲话〉札记》;陈辽的《唱出时代的进行曲——谈文艺为现代化建设服务的几个问题》。

《星火》第3期发表吴海的《关于现实主义问题的随想——读〈班主任〉等短篇小说之后》;渊耀的《略论社会主义时期悲剧作品的特点》。

《草原》第3期发表玛拉沁夫的《谈创作的准备——在内蒙古青年文学创作会议上的发言》。

《鸭绿江》第3期发表本刊评论员的《关于所谓"写中间人物"问题——为大连小说会议的再辩白》;殷晋培的《也谈社会主义的现代化文艺》;陈淼的《〈春雨集〉重版后记》。

《厦门大学学报(哲学社会科学版)》第1期发表杨健民的《试论〈于无声处〉的戏剧冲突》。

《湘江文艺》第3期发表杜高、董洪全、李桑牧、谭冬梅等人的湖南省文学评论座谈会笔谈《文艺与伟大的转移》;穆扬的《继续澄清是非,努力繁荣创作》;傅本全的《谈〈"迷胡"外传〉》;胡代炜的《小议〈迟开的蔷薇〉》。

《新疆文艺》第3期发表张如贤的《重评〈多浪河边〉》。

本月,广东人民出版社出版周扬的《关于社会主义新时期的文学艺术问题——一九七八年十二月在广东省文学创作座谈会上的讲话》。

河南人民出版社出版本社编的《创作谈》(刘心武、杨沫、姚雪垠、张天民等)。

人民文学出版社出版本社编的《文艺界拨乱反正的一次盛会——中国文学艺术界联合会第三届全国委员会第三次扩大会议文件、发言集》。

陕西人民出版社出版胡采的《从生活到艺术》。

4月

1日,《广西文艺》第4期发表何邦泰的《要有艺术民主》;张辛的《让孙悟空从"紧箍咒"下解放出来》;刘名涛的《这叫文艺批评吗?——对〈文学常识〉一书提些意见》;王正春的《计划生育的赞歌 文艺园地的新花——评喜剧〈甜蜜的事业〉》;剑文的《此是人民心底花——读〈天安门诗词五百首〉》。

《山西群众文艺》第4期发表闻震的《从〈小二黑结婚〉学习故事创作的艺术技巧》。

《解放军文艺》第4期发表本刊编辑部的《祝贺自卫还击作战的重大胜利 歌颂新一代的"最可爱的人"》;思忖的《讴歌新长征的先锋战士 探索大转移的崭新课题》;潘仁山、郑曰焕的《艺术民主与集中》。

2日,《人民日报》发表黄伟宗的《"写中间人物"是资产阶级的文学主张吗?》。

3日,《光明日报》以"短篇小说艺术风格探讨"为总题,发表陈思和的《思考·生活·概念化》,任广田的《关于议论与形象》,张厚林的《给读者讲点故事吧!》;同期发表林默涵的《读〈窗户〉》。

5日,《文汇报》发表楼乘振的《意料之外 情理之中——谈〈家庭悲剧〉、〈含羞草〉的结尾处理》。

《边疆文艺》第4期发表云民的《为实现四化做好民族民间文学工作》;张振军的《充分发扬民主 解放文艺生产力——学习周恩来同志〈在文艺工作座谈会和故事片创作会议上的讲话〉》;岳文志的《必须为〈生活的牧歌〉彻底平反》。

10日,《山花》第4期发表刘智祥的《民歌的养料》。

《北京文艺》第4期以"学习周总理《在文艺工作座谈会和故事片创作会议上的讲话》"为总题,发表邓友梅的《艺术规律小议》,从维熙的《吸取教训 面向未来》,林斤澜的《短讯》,刘迅的《春天的信息》;同期,发表孙钧政的《漫谈老舍的文学语言》。

《诗刊》第4期发表晓雪的《实事求是,解放思想,打开诗歌工作的广阔天地》。

12日,《人民日报》发表吕正操的《评文艺"源于生活,高于生活"》。

《文汇报》发表雷一瓯的《发挥作家的个人创造性——读〈党的组织和党的文学〉》。

《文艺报》第4期发表李业的《总结经验,把文艺理论批评工作搞上去!——记文学理论批评工作座谈会》;冯牧的《文学创作上的丰硕成果——从群众评选活动谈短篇小说的新成就》;草明的《给张洁同志的信——关于〈从森林里来的孩子〉》;程代熙的《文艺必须真实地反映生活——读书札记》;艾芜的《悼邵荃麟同志》;塞先艾的《忆曹葆华同志》;缪俊杰的《从奴隶到战士——谈梁信笔下几个英雄人物的塑造》;雷达的《"春光唱彻方无憾"——访作家王蒙》。

《解放军报》发表《实现四个现代化是最大的政治》。

13日,《光明日报》发表林亚光的《"干预生活"是修正主义的文艺主张吗?》。

15日,《山东文艺》第4期发表《王众音同志在落实作品政策座谈会上的讲话》;余修的《学总理光辉讲话　话山东文坛沧桑》;高思国的《春风拂面暖人心——学习周总理讲话的体会》;刘小衡的《坚持实事求是,发扬艺术民主》;李锡庚的《由事见人　因人写事》。

《光明日报》发表洁泯的《文学苑林中的一股新鲜空气——读报告文学〈哥德巴赫猜想〉随感》;冯陛垒、沈太慧的《从不准写爱情看"四人帮"的假左真右》。

《汾水》第4期发表曲润海的《给作家以民主》;阎风梧、高仲璋、郭振有的《改善党对文艺事业的领导——学习周恩来同志〈在文艺工作座谈会和故事片创作会议上的讲话〉的体会》;陈国亮的《关于爱情描写》。

《新港》第4期发表蔡葵、丁振海的《政治方向的一致性和文学艺术的多样性——学习周总理关于文艺问题的讲话》;孙振《夜读琐记——学习周总理关于文艺问题的讲话》;孙犁的《方纪散文集序》;黄泽新、方敬伯的《中国人民反帝爱国运动的英雄颂歌——读长篇历史小说〈义和拳〉》;姜东赋的《"文学是人学"》。

17日,《光明日报》发表钟明的《文艺创作不能写中间人物吗?——批判"四人帮"关于写中间人物问题的谬论》;王先霈的《思考是时代的特点》。

《解放军报》发表侯立军的《新长征的序曲——近两年来全国优秀短篇小说漫评》。

18日,《人民戏剧》第4期发表马彦祥的《永远铭记周总理的亲切教诲》;刘厚生的《戏曲必须永远推陈出新》;龚义江的《赋传统以生命》;曹禺的《戏剧工作者的良师益友——怀念田汉同志》;赵寻的《暴雨飘风总不移——忆田老》;杜近芳的《深长的思念》(回忆田汉);林克欢的《要重视反面形象的塑造——略谈庄济生形象》。

《文汇报》发表周尊攘的《思考与探索——一九七八年获奖短篇小说作者座谈会侧记》。

19日,《文汇报》发表陈加林的《一出感人的抒情剧——话剧〈泪血樱花〉观后》。

《光明日报》发表曹禺的《看话剧〈丹心谱〉》;刘宗明的《凝炼　生动　个性化——略谈话剧〈丹心谱〉的语言》。

20日，《人民文学》第4期发表茅盾的《在一九七八年全国优秀短篇小说评选发奖大会上的讲话》；《一九七八年全国优秀短篇小说当选作品篇目》；《一九七八年全国优秀短篇小说评选委员会名单》；沙汀的《祝贺与希望》；荒煤的《衷心的祝贺》；草明的《可喜的收获》；魏巍的《我们的事业是大有希望的》；袁鹰的《第一簇报春花》，冯牧的《短篇小说——文学创作的突击队》；唐弢的《短篇小说的结构》；本刊记者的《报春花开时节——记一九七八年全国优秀短篇小说评选活动》。

《大众电影》第4期发表杨沫的《让青春发出绚丽的光彩》。

《上海文学》第4期发表本刊评论员的《为文艺正名——驳"文艺是阶级斗争的工具"说》；赵自的《师表永存——悼魏金枝先生》；楼适宜的《痛悼傅雷》；李国权、汪剑光的《致姚雪垠同志的一封公开信》。

《民间文学》第4期发表钟敬文的《"五四"前后的歌谣学运动》。

《外国文学动态》第4期发表杨熙龄的《略谈美国现代诗歌》。

《北京师范大学学报（社会科学版）》第2期发表刘谦、丁芳云的《希望在于人民——读〈天安门诗抄〉》。

《雨花》第4期发表本刊编辑部的《"探求"无罪　有错必纠》；本刊评论员的《打开被堵塞的道路》；潘震宙的《禁区、胆识与文艺生产力》。

《哈尔滨文艺》第4期发表赵连城的《把艺术民主贯彻在文艺批评中》。

25日，《人民日报》发表《一颗燃烧的心——访作家巴金》。

《文学评论》第2期发表毛星的《关于文学的阶级性》；吴元迈的《略论文艺的人民性》；张超的《关于我国社会主义文学的服务对象》；钱中文的《繁荣文艺百花园地的雨露阳光——学习周恩来同志有关文艺问题的讲话》；柯岩的《漫谈儿童诗》；姜东赋的《"形象大于思想"漫议》，李兰、杜敏的《文艺应该有鲜明的爱和憎》；赵碧宇的《从杨度入党谈起》；阎纲的《神学·人学·文学》；柯舟的《文学研究工作要适应四个现代化的需要——全国文学学科研究规划会议略记》。

《安徽戏剧》第2期发表林涵表、李振玉的《戏曲界的一段公案》；苏中的《〈毒手〉——江青祭旗的牺牲品》；徐中玉的《彻底批"左"》；梁长森的《"要干涉少些！"》。

《电影创作》第4期发表马德波的《银幕上的徘徊者——重评〈早春二月〉》；本刊记者的《为迈向"四化"的人们歌唱——座谈〈爸爸妈妈和我们〉》；谢逢松的《写人，写完整的人》。

《语文战线》第 2 期发表钟肃的《浅谈〈普通劳动者〉》；何寅太的《重读〈七根火柴〉》；丁茂远的《王愿坚研究资料》。

28 日，《剧本》第 4 期发表陈瘦竹的《杰出的戏剧艺术家——田汉》。

29 日，《光明日报》发表李元洛的《万紫千红总是春——诗歌多样化片谈》。

30 日，《人民日报》发表朱磐、思忖的《浅谈〈东方〉的艺术成就》。

本月，《广州文艺》第 4 期发表谢家因的《要有人民的民主 要有人民的自由》；曾敏之的《悼念黄谷柳》。

《长春》第 4 期发表朱晶的《诗花如火映长白——读吉林三十年部分诗作》。

《四川文学》第 4 期发表陈朝红、何同心的《艺术民主与自由讨论——从〈达吉和她的父亲〉的讨论谈起》。

《世界文学》第 2 期发表袁可嘉的《结构主义文学理论述评》。

《北方文艺》第 4 期发表王铁仙的《试谈短篇小说情节的提炼》。

《延河》第 4 期以"热烈庆祝作协西安分会第二次代表大会的召开"为总题，发表《中国作家协会西安分会召开第二次会员代表大会》，王汶石的《开幕词》，丛一平的《团结起来，繁荣社会主义文艺创作》，胡采的《解放思想，总结经验，更好地为四个现代化服务》，杜鹏程的《闭幕词》，王德芳的《我控诉——在作协西安分会会员代表会上的发言》，李小巴的《从五六年何直的文章谈起》，王汶石的《探索者的新收获》。

《辽宁群众文艺》第 4 期发表袁力的《文情并茂的鼓词〈送金匾〉》。

《作品》第 4 期发表林默涵的《总结经验 奋勇前进——在广东省文学创作座谈会上的讲话》；以"学习周总理〈在文艺工作座谈会和故事片创作会议上的讲话〉笔谈"为总题，发表梁信的《艺术家要面对人民》，华嘉的《认真学习，解放思想》。

《安徽文学》第 4 期发表韩照华的《繁荣文艺必须反"左"》；沈敏特的《新春杂识——关于"双百"的杂感数则》；冯可的《"爱情至上"及其他》。

《河北文艺》第 4 期发表杜元明的《高举艺术民主的旗帜——学习周恩来同志〈在文艺工作座谈会和故事片创作会议上的讲话〉》；《发扬艺术民主 按艺术规律办事——河北省文联工作座谈会座谈周总理讲话》；远千里的《谈刊物的风格》；《远千里同志平反追悼会在石家庄举行（消息）》；本刊记者的《文学创作要为四个现代化建设服务——河北省文联召开文学创作座谈会》；刘永典的《从一份〈纪要〉的命运谈起——谈文艺创作容不得"长官意志"》。

《青海文艺》恢复《青海湖》刊名,改为月刊,4月号发表林锡纯的《首先做忠实的读者——对诗歌评论作者的一点希望》。

《星火》第4期发表庞瑞垠的《归来兮　艺术民主》;郑荣来的《观众掌声与"长官意志"》。

《草原》第4期发表张志彤的《正艺术之本　清创作之源》;肖犁的《要表现无产阶级的人性美和"人情味"》;李赐的《春风吹又生——对〈嘎达梅林〉批判的批判》。

《说演弹唱》第4期发表郭凡的《东风一笑春蕾绽——喜读〈说演弹唱〉复刊号》。

《读书》第1期发表李洪林的《读书无禁区》;王蒙的《〈组织部来了个年轻人〉琐谈》。

《鸭绿江》第4期以"短篇小说《失去了的爱情》的讨论"为总题,发表梁雨风的《失去的爱情的启示——评〈失去了的爱情〉》,陈荣廷的《我们得到了什么?——评〈失去了的爱情〉》;同期,发表单复的《高洁的灵魂　无华的颂歌——〈老头子回来吧,我们想你!〉读后》;赵恒昌的《评〈上访者〉》,吴庆先的《反面人物塑造小议》。

《新疆文艺》第4期发表邢煦寰的《按照艺术规律办事》;刘定中的《大胆地描写无产阶级人性和人情》;雷茂奎的《历史的明镜光照古今——评刘效芜同志的历史剧〈解忧〉》;刘南的《在新的生活轨道上前进评故事影片〈绿洲凯歌〉》。

《花城》创刊,花城出版社主办,第1期发表曾敏之的《港澳及东南亚汉语文学一瞥》,最早提出关注香港、澳门和海外的"汉语文学"。

本月,上海文艺出版社出版王朝闻的《王朝闻文艺论集(第一集)》。

四川人民出版社出版王朝闻的《创作、欣赏与认识》。

5月

1日,《广西文艺》第5期发表《社论:发扬革命文学的光荣传统——纪念"五四"六十周年》;以"纪念张曙"为总题发表周畸的《忆张曙》,冯明洋的《英魂莫散喊杀声——纪念张曙诞生七十周年》。

《山西群众文艺》第 5 期发表本刊编辑部的《公社文化站工作答问》。

《长江文艺》第 4、5 期合刊发表杉沐的《民主、科学与文艺——纪念五四运动六十周年》;本刊编辑部的《纪念〈长江文艺〉创刊三十周年》;孟起的《从"左"的禁锢中冲出来——为长篇小说〈我们的力量是无穷的〉平反而想到的》;李元洛的《金鼓·枪刺·繁花》。

《解放军文艺》第 5 期发表本刊编辑部的《部队文艺要大力宣扬革命英雄主义》。

2 日,《复旦学报》第 3 期发表潘旭澜的《报告文学的新里程碑——论〈哥德巴赫猜想〉集》。

5 日,《边疆文艺》第 5 期发表秦家华的《怎样认识民族民间文学与宗教的关系》。

8 日,《光明日报》发表周扬的《三次伟大的思想解放运动——在中国社会科学院召开的纪念五四运动六十周年学术讨论会上的报告》。

10 日,《山花》第 5 期发表秦家伦、钱理群的《蹇先艾和他的创作》。

《北京文艺》第 5 期以"学习周总理《在文艺工作座谈会和故事片创作会议上的讲话》"为总题,发表刘绍棠的《让我从二十一岁开始》,苏叔阳的《艺术规律与民主》,姚雪垠的《关于典型问题的一封信》。

《诗刊》第 5 期发表杜元明的《五四运动与早期新诗》;敏光的《发扬新诗传统,促进新时期诗歌创作——记部分老诗人、评论家漫谈"五四"时期诗歌的座谈会》。

《福建文艺》第 4、5 期合刊发表俞元桂的《五四时代散文的特色与评价问题》;谢冕的《北京书简——关于散文诗》;曾华鹏的《谈冰心散文的人物描写》;林非的《现代散文六十家札记(五)》。

12 日,《文艺报》第 5 期发表本刊评论员的《坚持文艺的社会主义方向,为完成新时期的伟大人物而奋斗——纪念"五四"运动六十周年》;以"悼念杰出的革命戏剧家和无产阶级文化战士田汉同志"为总题,发表陈白尘的《哭田汉同志》,金山的《写在田汉同志追悼会前夕》;同期,发表止戈的《山雨欲来风满楼——〈茶馆〉重演漫品之一》;杨天喜的《从〈犟队长〉事件说起》;陈瘦竹的《论悲剧精神》;

肖地的《前辈的启示——介绍〈外国短篇小说〉》。

15日,《山东文艺》第5期发表蓝澄的《春天来了——学习周总理〈讲话〉有感》;周坚夫的《广阔天地——题材问题漫谈》。

《北方论丛》第3期发表高云雷的《谈杨白劳之死》

《汾水》第5期发表陈新、茹辛的《试论"写中间人物"》;韩玉峰的《围绕"写中间人物"的一场斗争》;张承信、武建中、刘琦的《解放思想　繁荣我省诗歌创作——〈汾水〉编辑部召开全省诗歌创作座谈会》;成一的《负起责任来——参加全国短篇小说评奖归来》;梅叶的《"春兰秋菊不同时"》。

《新港》第5期发表玛拉沁夫的《"没有春天,咱们会去创造!"——忆老舍》;李厚基的《从为文艺作品落实政策想起的》;陈丹晨的《他们是真金——略谈长篇小说〈东方〉》;晓宁的《感情描写浅谈》。

18日,《人民戏剧》第5期发表本刊评论员的《发扬五四精神　努力为"四化"服务》;胡宁容、王永德的《继承和发扬"五四"戏剧的战斗传统》;《田汉同志追悼会在北京隆重举行》;《在田汉同志追悼会上茅盾同志的致悼词》;廖沫沙的《回忆田汉师》;郑振瑶的《我难忘的严师——忆田汉老师》;常青的《怀念我们的老院长欧阳予倩》;樊放的《戏曲艺术实验室里培育的〈人面桃花〉——记欧阳予倩老师晚年一次表、导演艺术实践》;仲呈祥的《戏曲是否要以现代戏为主?》;许瑾忠的《只有推陈出新才能保留传统剧目》;陈默、田野的《真正爱情的赞歌——〈爱情之歌〉观后》;胡絜青的《值得记载的演出》。

20日,《人民文学》第5期发表沙汀的《忆邵荃麟同志》。

《大众电影》第5期发表达式彪的《〈于无声处〉的电影化》;孙瑜的《英魂应化狂涛返——怀念田汉同志》。

《上海文学》第5期发表童怀周的《从五四文学到四五文学》;李国涛的《我们文艺的政治标准——学习毛主席和周总理关于文艺问题的两个讲话》;吴龙宝的《新时期的新人形象——读〈独特的旋律〉》;黄政枢的《论杨朔散文的比兴》;许锦根的《重视反面人物形象的塑造》;晴遇的《〈于无声处〉留下的启示》;吴士余的《学经》,周良沛的《诗与生活》;周泉生的《不平则鸣》。

《民间文学》第5期发表汪玢玲的《民俗学运动的性质和它的历史作用》;鲁桓的《〈歌谣〉周刊读后》。

《布谷鸟》第5期以"关于小戏《'研究研究'》"为总题发表山鸥的《触及现

实 服务四化》、黄德恩的《〈"研究研究"〉的主题和人物》，刘佳的《〈"研究研究"〉的典型意义何在?》。

《甘肃文艺》第5期发表季成家的《关于文艺工农兵方向的一些认识》。

《雨花》第5期发表本刊记者的《春风又绿江南岸——江苏省文学创作会议纪实》；以"在省文学创作会议上的发扬"为总题，发表顾尔镡的《解放思想 冲破禁区 为四化服务》，方之的《几点"四平八稳的意见"》，叶至诚的《"探求者"的话》；同期发表巴金的《一点不成熟的意见》；丁柏铨的《"人性论"乎？棍子乎？》

《南京大学学报(哲学社会科学版)》第2期发表包忠文、高志青的《文艺偏至论——评建国以来文艺理论中"左"的倾向》；王继志的《"现代迷信"和悲剧——谈〈枫〉的思想意义》。

21日，《人民日报》发表缪俊杰的《大力反映在斗争中成长的年轻一代——从近年来部分短篇小说创作谈起》。

23日，《文汇报》发表徐开垒、徐仙藻的《钢铁与作家——写在〈讲话〉发表三十七周年的日子里》。

25日，《电影艺术》第3期发表许南明的《继承和发展三十年代革命电影的传统——兼驳丁学雷对〈中国电影发展史〉的诬蔑》；张暖忻、李陀的《谈电影语言的现代化》。

《电影创作》第5期发表金紫光的《祝郭老名剧〈蔡文姬〉上银幕》；颜振奋的《诗·戏剧·电影——谈谈影片〈蔡文姬〉》。

《收获》第3期发表吴泰昌的《阿英的最后十年》。

《奔流》第5期发表杨匡汉的《读郭老的诗论》；施建伟的《使人警醒和感奋的文学——谈社会主义时代悲剧作品的特点》。

《南京文艺》第3期发表甘竞存的《从〈组织部新来的年青人〉谈起》；陈辽的《为民请命，何罪之有》；吴调公的《关于反面人物的个性化问题》。

28日，《剧本》第5期发表《沈雁冰同志在田汉同志追悼会上致悼词》；张庚的《怀念田汉同志》；陈默的《中国革命戏剧的瑰宝——重读田汉的话剧〈丽人行〉和〈关汉卿〉》；《田汉同志追悼会在京举行》。

30日，《社会科学战线》第2期发表李准的《文艺创作要坚持唯物主义反映论》；周勃的《禁区·荒区·闹区——对文艺研究的一点看法》；钱谷融的《曹禺戏剧语言艺术的成就》。

31日，《文汇报》发表《文艺创作主题如何"行"？——来稿综述》。

本月，《长春》第5期发表刘锡诚的《实事求是、历史主义及其他》；金钟鸣的《艺术属于人民》；芦萍的《作家应是创作的主人》；陈日朋的《儿童文学满园春》。

《四川文学》第5期发表任白戈的《发扬"五四"运动的革命精神》；苏恒的《大家都来研究艺术规律——学习周总理〈在文艺工作座谈会和故事片创作会议上的讲话〉》；范国华的《"五子登科"与艺术民主》。

《延河》第5期发表毛黎村的《艺术民主与艺术独创》；文致和的《寓教育于娱乐》；商子雍的《从胡适遗著的公开发表谈起》；陈深的《重读〈现实主义——广阔的道路〉》。

《作品》第5期发表陈炳的《关键在哪里？——谈文艺为"四化"服务》；秋耘的《"文艺法庭"刍议》；黄树森的《从剧本"烫手"说起》；韦祺的《"审查"补议》。

《安徽文学》第5期发表智杰的《"长官意志"与"文艺批评"》；潘孝琪的《斥"样板戏"》；李鹏飞的《鞭挞黑暗有理有功》。

《河北文艺》第5期发表朱兵、丁振海的《为青年一代塑像——谈近期短篇小说中的青年形象的塑造》；陈映实的《恢复"真实性"的权威吧》；本刊记者的《为保定小说会平反——〈河北文艺〉编辑部邀请部分参加过保定小说会的同志座谈》。

《青海湖》5月号发表惜醇的《艺术领域的民主与法制——纪念五四运动六十周年》。

《战地》增刊第3期发表陶白的《怀邓拓同志》；李准的《艺坛大星的陨落——悼念崔嵬同志》；雷父的《曹辛之的装帧艺术》。

《星火》第5期发表贺光鑫、张波的《作品要有革命的人情味——从〈达吉和她的父亲〉谈起》；舒信波的《落实政策　繁荣创作》。

《武汉文艺》第3期发表李冰的《悼念崔嵬同志》；《武汉市文联致崔嵬同志治丧委员会唁电》；曾立慧的《珍贵的往事——回忆何其芳同志》；胡威夷的《面对严峻的现实生活——重读〈本报内部消息〉》。

《读书》第2期发表巴金的《〈巴金选集〉后记》。

《鸭绿江》第5期以"短篇小说《失去了的爱情》的讨论"为总题，发表邢富君、谢栋元的《为迎风雨的战士塑像》，张启范的《高尚的爱情　俊美的形象》。

《湘江文艺》第5期发表巴金的《向读者讲的心里话》；剑清的《空谷回音——

回忆邓拓同志》；胡代炜的《漫谈文艺创作思想上的"禁区"》。

《新疆文艺》第5期发表刘宾的《谈文艺作品的民族特色——读王蒙的几篇小说》。

《人民日报·战地增刊》第5期发表王央乐的《生活的考验——介绍於梨华和她的小说〈考验〉》。

本月，人民文学出版社出版本社编《侯金镜文艺评论选集》，唐弢的《海山论集》。

人民出版社出版周恩来的《关于文艺工作的三次讲话》。

百花文艺出版社出版茅盾的《夜读偶记》。

湖南人民出版社出版蒋风的《儿童文学丛谈》。

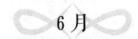

6月

1日，《广西文艺》第6期发表陆地的《在一次学习会上的发言》；鲁霖的《关于反面人物的描写——短篇小说〈桂花飘香的时候〉读后》。

《山西群众文艺》第6期发表赵荆的《从舞台上的帝王将相说起》。

《长江文艺》第6期发表邹贤敏的《报告文学要站在干预生活的前列》；唐明的《用民主的方法解决文艺是非》；陈振唐、周转运的《一出有苗头的好戏》（讨论话剧《研究研究》）；李华清的《值得"研究"》（讨论话剧《研究研究》）。

《解放军文艺》第6期发表刘川的《知人·知心·知文——回忆周总理对我们的关怀和教诲》。

2日，《文汇报》发表《话剧〈"炮兵司令"的儿子〉引起一场争论》。

4日，《人民日报》发表本报特约评论员的《创作天地广阔　志士大可作为》；林默涵的《〈三家村札记〉序》；严家炎的《厚实源于根深——读柳青〈创业史〉第二部（上卷）》。

8日，《文汇报》发表吴泰昌的《评所谓"大写十三年"》。

《光明日报》发表本报特约评论员的《解放思想　繁荣创作》。

9日,《文汇报》发表陆武的《只见鼻子　不见全体——对〈"炮兵司令"的儿子〉的一些不同意见》

10日,《山花》第6期发表社论《欢庆胜利,团结进军——热烈庆祝贵州省文学艺术工作者第三次代表大会的胜利召开》;本刊记者的《加强团结,繁荣创作,为社会主义现代化建设服务——贵州省文学艺术工作者第三次代表大会隆重召开》;艺光的《〈拾零〉的拾零》。

《北京文艺》第6期发表闫纲的《讽喻艺术之一例——读小说〈内奸〉》;何镇邦的《谈小说〈内奸〉民族化的艺术风格》;陆钊珑的《冲破题材问题上的禁区——评小说〈内奸〉》。

《诗刊》第6期发表雨竹的《勇敢地对时代作出回答——读〈现代化和我们自己〉》。

《黑龙江戏剧》第2期发表王山宗、经百君的《解放思想　繁荣戏剧创作——学习周恩来同志〈在文艺工作座谈会和故事片创作会议上的讲话〉》。

《福建文艺》第6期发表何云、马明泉等的《要正确对待"票房价值"》;杨知秋的《党的领导与艺术民主》。

12日,《文艺报》第6期发表本刊评论员的《广开文路　大有作为》;曹禺的《思想要解放　创作得繁荣》;赵丹的《题材禁区要打破》;张庚的《关于戏剧评论》;钱谷融的《文艺创作的生命与动力》;本刊记者的《作家在新长征中》;阎纲的《谈长篇小说的创作》;公木的《回忆与偶感》;以《"对澄清'四人帮'在六条标准问题上制造的混乱"一文的意见》为总题,发表赵勤轩的《什么是毒草——与刘梦溪同志商榷》,向阳的《贯彻"双百"方针必须坚持六条标准——兼与刘梦溪同志商榷》,并加编者按。

《光明日报》发表杜清源、李振玉的《历史题材创作大有可为》。

15日,《曲艺》第6期发表石光的《加强对农村曲艺活动的领导,更好地为农业现代化服务》。

《汾水》第6期发表《热情的关怀和支持——来稿综述》。

《新港》第6期发表敏泽的《关于艺术的真实》;张韧的《谈〈红红的山丹花〉的人物描写》;王玉树等的《文有新意断肝肠——评小小说〈等〉》;刘大枫的《领导干部要学点文学》;薛炎文的《似是而非的责难》(讨论小说《伤痕》和相声《霸

王别姬》);《天津市举行文联恢复活动大会》(据《天津日报》1979年5月8日讯)。

18日,《人民戏剧》第6期发表本刊评论员的《海阔凭鱼跃 天高任鸟飞》,曹禺的《道路宽广 大有作为》;以"关于话剧《有这样一个小院》"为总题,发表石丁的《"借灵堂,哭凄惶"的悲剧——写于两次看〈有这样一个小院〉的演出之后》,王雷的《发人深思的好戏》;同期,发表王朝闻的《你怎么绕着脖子骂我呢——看话剧〈茶馆〉的演出》。

20日,《人民文学》第6期发表臧克家的《剑三今何在》(回忆王统照);张莘如的《文艺工作者也应当学点自然科学》;童恩正的《谈谈我对科学文艺的认识》;楼栖的《应当幻想》。

《文汇报》发表《关于话剧〈"炮兵司令"的儿子〉的讨论——本报邀请本市文艺界部分同志座谈纪要》。

《上海文学》第6期发表王若望的《为"传统剧"辩》;许杰的《文艺批评首先应该是文艺》;包承吉的《对短篇小说〈重逢〉的异议》;张胜友、张锐的《谁之罪》(讨论本刊1979年第4期发表的金河的短篇小说《重逢》);唐代凌的《一篇实事求是的小说》(讨论短篇小说《重逢》);以"关于《为文艺正名》的讨论"为总题,发表王得后的《给〈上海文学〉评论员的一封信》,吴世常的《"文艺是阶级斗争的工具"是个科学的口号》。

《民间文学》第6期发表本刊记者的《纪念五四运动六十周年 中国民间文艺研究会召开座谈会》;汪曾祺的《"花儿"的格律——兼论新诗向民歌学习的一些问题》;肖甘牛的《民歌杂话》;刘鸿渝的《民间杂话》;张廷安的《〈中国歌谣选〉读后》。

《布谷鸟》第6期以"关于小戏〈'研究研究'〉"为总题发表钱宏山、陈东华的《我们需要这样的小戏》,谈祖应、易亭的《〈"研究研究"〉值得研究》。

《甘肃文艺》第6期发表雷达的《一篇锋芒未减的特写——重读〈在桥梁工地上〉》,支克坚的《现实主义又三题》。

《雨花》第6期以"在省文学创作会上的发言"为总题发表艾煊的《从队伍问题谈到创作问题》;忆明珠的《诗,更需要社会主义民主》。

22日,《文汇报》发表杜哉的《到底谁该受审判?——评短篇小说〈重逢〉》;楼乘振的《是一个"这个"——〈拉大幕的人〉读后》;钱国民的《看话剧〈三比〇〉》。

25日,《人民日报》发表王春元的《从〈李慧娘〉的重演谈到鬼魂戏》;郦苏元的《文艺批评应当重视艺术分析》。

《文学评论》第 3 期发表王保生、孟繁林的《发扬"五四"文学革命的优良传统》;王朝闻的《寓教于娱乐》(讨论周恩来有关文艺的讲话);秦兆阳的《学习与思索——读 25 个得奖短篇札记》;周修强的《关于〈李自成〉的几个主要人物及其他》;冯至的《〈陈翔鹤选集〉序》。

《广西大学学报(哲学社会科学版)》第 2 期发表王向彤的《从当前的创作谈两结合创作方法》。

《长城》创刊,石家庄长城文学丛刊编辑部出版,第 1 期发表《编者的话》;张树波的《谈创作自由和批评自由》;陈映实的《说"歪曲"》;孙犁的《我的自传》。

《电影创作》第 6 期发表吴祖光的《天下何人不识君——悼念田汉同志》,沈基宇的《田汉与电影》。

《安徽戏剧》第 3 期以"强烈的反响——由小戏《犟队长》引起的讨论"为总题,发表冯能保的《请放下这根棍子》,张纯道的《艺术·生活·政治》,洪非的《〈犟队长〉的启示》,田耕勤的《从〈犟〉剧里的骂谈起》,徐雷虹的《何罪之有?》,木子的《封建残余是艺术生产的桎梏》,隋书杰的《一出绝妙的戏外戏》,并加编者按。

《奔流》第 6 期发表周鸿俊的《时代需要治疗"创伤"的良医——读〈记忆〉、〈独特的旋律〉》。

27 日,《文汇报》发表徐俊西的《孙处长是"全权代表"吗?——从〈炮〉剧谈对艺术典型评价的两个问题》(讨论戏剧《"炮兵司令"的儿子》)。

28 日,《剧本》第 6 期发表本刊评论员的《坚持"双百"方针 繁荣戏剧创作》;剑雪的《努力描写我们时代的青年——本刊召开青年题材剧本创作座谈会》;崔德志的《谈〈报春花〉的写作》。

30 日,《湖南师院学报(哲学社会科学版)》第 2 期发表范昌灼的《杨朔散文的意境开拓》。

本月,《广州文艺》第 6 期发表舒大源的《也谈社会主义悲剧问题——与饶芃子同志商榷》。

《长春》第 6 期"诗增刊"发表匡汉、匡满的《"艾青还是艾青"——读艾青近作》;左正的《漫谈讽刺诗》;徐应佩、周溶泉的《诗的巧思》。

《长春》第 6 期"小说专号"发表卢湘的《"现实主义深化"漫议》;士德的《略谈赵树理同志的"问题小说"观》;胡德培的《勇于反映生活的真实面貌——从〈东方〉中调皮骡子的形象塑造谈起》;李海宽的《短篇小说的情节小议》;王荣伟的《"人心不同,各如其面"》;王汪的《新与深》,郑翔的《从"以不言言之"谈起》。

《北方文艺》第 6 期发表潘志豪的《魂兮归来"人情美"》;吴士余的《未成曲调先有情——再谈"人情味"》。

《辽宁群众文艺》第 6 期发表徐光荣、邱传贤的《要为四化唱新歌——读民歌小辑〈长征颂歌唱不够〉》。

《西北大学学报(哲学社会科学版)》第 3 期发表蒙万夫、吴予敏的《谈〈创业史〉矛盾冲突的典型化》。

《戏剧学习》第 2 期发表沈思的《戏剧干预生活的遭遇》。

《延河》第 6 期发表王琳的《"不到黄河心不甘"——痛悼柯仲平同志》;柳青的《在陕西省出版局召开的业余作者创作座谈会上的讲话》;贾平凹的《需要十二分的雄心和虚心》;李培坤的《要重视技巧——谈业余作者培养的一个问题》;韩梅村的《"含不尽之意,见于言外"》。

《作品》第 6 期发表廖沫沙、杜埃的《作家书简》;秦牧的《散文创作谈》;本刊记者的《当前文艺创作和理论批评中的一些问题——作协广东分会评论工作委员会会议讨论记实》;以"作品讨论"为总题,发表江励夫的《〈我应该怎么办?〉及其他》,咏华的《文艺作品必须坚持典型性和真实性——对〈我应该怎么办?〉的一些意见》。

《河北文艺》第 6 期"新长征号角"栏发表淀清的《歌颂与暴露》,李剑的《"歌德"与"缺德"》,戬雯的《生活与创作》,田间的《〈红柳诗话〉后记》;同期,发表李英儒的《我在抗日战争时期的写作经历》;行人的《略论〈将军河〉的艺术特色》。

《春风》创刊,春风文艺出版社主办,第 1 期发表《编者的话》;[日]井上靖作、文洁若译的《中国的文艺复兴》(原载《现代》1978 年 8 月号);曲六乙的《宋之的传略》;赖应棠的《谈悲剧》;胡德培的《气氛的渲染与艺术的魅力——〈李自成〉艺术谈》。

《星火》第 6 期发表周劭馨的《要引导人们向前看》;陈静的《彻底摈弃文艺批评中的左倾思想》;刘正东、刘国伟的《文艺必须"干预生活"》。

《草原》第 6 期发表周宗达的《再评〈茫茫的草原〉》;韦苇的《红路,真理的声音》。

《鸭绿江》第 6 期发表刘效炎的《一曲农业合作化的赞歌——为小说〈大地的青春〉平反》；赵增锴的《对立统一规律与文艺创作》；于成全的《文艺创作和"赶时髦"》。

《厦门大学学报(哲学社会科学版)》第 2 期发表张春吉的《历史真实与艺术真实的统一——评历史剧〈王昭君〉》。

《湘江文艺》第 6 期发表张文祥的《千秋壮志同河岳　一曲梨花泪两行——深切怀念田汉同志》；谭士珍的《春风吹开〈朝阳花〉》；张扬、李炳红的《关于〈第二次握手〉的通信》。

《新文学论丛》创刊，人民文学出版社《新文学论丛》编辑组编辑，人民文学出版社出版，第 1 辑发表黎之的《向社会主义现代化进军中的文学艺术》；何西来、田中木的《谈艺术的民主和专制》；王春元的《艺术民主和创作自由》；阎纲的《提出一个问题——以简代文》；杨志杰的《"文艺解放"杂谈》；刘建军的《为什么必须重视现实主义传统》；曲六乙的《艺术的生命在于真实》；杨佳欣的《路遇黄佳英》；周忠厚的《驳"四人帮"对所谓"全民文艺"论的围剿》；刘梦溪的《坚决推倒"四人帮"对我国文艺队伍的基本估计》；纪怀民的《四五文艺与文艺理论批评的新课题》；余飘的《艺术的观察、发现与概括》；李泱、邝璿的《勇闯"禁区"新意多——论刘心武的短篇小说》；胡德培的《读〈东方〉随感》；孙钧郑的《哲理・诗情・浪漫精神——读严文井的童话创作》；杨匡汉、杨匡满的《关于〈将军三部曲〉》；张紫晨的《回顾三十年新民歌创作》；郭志刚的《文艺随笔三则》；陈子伶的《作家要独立思考》；《茅盾同志在中、长篇小说座谈会上的讲话》；王蒙的《创作是精神生产力》；陆文夫的《几点体会》；本刊记者的《关于中长篇小说座谈会》。

《新疆文艺》第 6 期发表本刊记者的《团结起来向前看——自治区党委宣传部召开大会为新疆文艺界"反党黑帮"错案彻底平反》；周鸿飞的《简洁明快　广辟蹊径——读王蒙同志的〈快乐的故事〉》。

本月，人民文学出版社出版蔡仪的《文学概论》。

中国人民大学出版社出版中国人民大学语言文学系《文学论集》编辑组编的《文学论集》。

上海古籍出版社出版蒋和森的《红楼梦概说》。

上海文艺出版社出版张毕来的《红楼佛影——清初士大夫禅悦之风雨〈红楼

梦〉的关系》。

陕西人民出版社出版尹在勤的《新诗漫谈》。

中国少年儿童出版社出版《儿童文学》编辑部编的《儿童文学创作漫谈》。

7月

1日,《广西文艺》第7期发表刘名涛的《在实践的检验下——〈现实主义——广阔的道路〉辨》;潘健的《为〈楚汉春秋〉平反》;夕明的《要真、善、美》。

《长江文艺》第7期以"批透极左路线　贯彻双百方针"为总题,发表郁沉的《文艺为政治服务的辩证法》,刘纲纪的《全面地历史地理解文艺的社会作用》,蘅果的《从"歌德派"想到的》,肖友元的《窄路相"同"》;同期,发表陈骥的《不尽长江滚滚来——评长篇小说〈长江的黎明〉》。

《解放军文艺》第7期发表《我们时代英雄的塑像——从〈爱情的凯歌〉谈起》;钟汉的《文学创作与向前看》;段海燕、陈世淳的《英雄业绩的生动记录》。

5日,《文汇报》发表许锦根、朱文华的《春风吹又生——读〈重放的鲜花〉兼论"敢于生活"的口号》;宫常的《也评〈重逢〉——与杜哉同志商榷》;朱闻的《有些歌词太一般化了》。

10日,《北京文艺》第7期发表刘大新的《人物性格要有自己的行动逻辑》;吴功正的《意料之外和情理之中》。

《诗刊》第7期发表楼适宜的《诗人冯雪峰》;冯夏熊的《父亲留给我的》;汪静之的《回忆湖畔诗社》;公木的《发人深思的诗——读〈现代化和我们自己〉》。

《雨花》第7期发表高晓声的《李顺大造屋》;叶至诚的《喜读〈李顺大造屋〉》;鲍甸文、唐再兴的《"阿炳热"的混乱》;曹从坡的《读田汉同志的五首诗》。

《福建文艺》第7期发表魏拔的《短篇小说新作漫谈》;孙绍振的《英雄是人》。

11日,《光明日报》发表本报特约评论员的《加强文艺评论　繁荣文艺创作》。

12日,《文艺报》第7期发表洁泯的《人民不朽——读对越自卫还击战的若干报告文学》；李炳银的《宁受百折苦　愿持一寸丹——读〈正气歌〉、〈党的好女儿张志新〉》；丁玲的《我读〈东方〉——给一个文学青年的信》；以"作品讨论·《大墙下的红玉兰》"为总题，发表顾骧的《历史教训的探索》，沙均的《悲剧不悲》，郭志刚的《见真知深　新人耳目》；同期，发表刘征的《讽刺是非谈——话说内部讽刺诗》；本刊记者的《作家在新长征中(续一)》；胡余的《让"百家争鸣"的方针在文艺界开花结果——记几个文艺问题的讨论》。

15日，《山东文艺》第7期发表陈宝云的《文艺批评二题》；程德培的《漫谈林雨近几年的作品》。

《曲艺》第7期以"在中国曲协常务理事会扩大会议上的讲话"为总题，发表阳翰笙的《发挥文艺"轻骑队"的作用，为四个现代化服务》，林默涵的《充分发挥曲艺的战斗作用》，周巍峙的《进一步加强曲艺工作》，吕骥的《两个建议》，本刊记者的《解放思想，繁荣曲艺，为实现社会主义现代化而奋斗——记中国曲协常务理事会扩大会议》。

《汾水》第7期发表钟源的《解放了的笔——致〈总工程师和他的女儿〉的作者》，茹辛的《格调高亢　情趣盎然——读〈从前线回来的坦克兵〉》。

《新港》第7期发表盛英的《关于题材的多样化》。

16日，《人民日报》发表阎纲的《"现在还是放得不够"》；苏叔阳的《要奋斗才有希望——看话剧〈沉浮〉》。

《文汇报》发表贺征的《老作家的新收获——喜读〈上海的早晨〉第三部》；周晓的《读儿童小说〈野妹子〉、〈高高的苗岭〉》。

18日，《人民戏剧》第7期发表本刊记者的《话剧创作反映当代生活的新收获——〈未来在召唤〉座谈会纪要》；以"关于话剧〈有这样一个小院〉"为总题，发表所云平的《不应以极左的观点对待〈有这样一个小院〉》；同期，发表萧曼的《盛行西方的一个戏剧流派——荒诞派》；王朝闻的《你怎么绕着脖子骂我呢——看话剧〈茶馆〉的演出(续)》。

《文汇报》发表吕兆康的《推理电影和推理小说》。

20日，《人民文学》第7期发表蒋子龙的《乔厂长上任记》；张天翼的《从人物出发及其他》(1961年8月10日在北京市儿童文学座谈会上的发言)。

《上海文学》第7期以"关于《为文艺正名》的讨论"为总题，发表顾经谭的《文学的发展与"为文艺正名"》，张居华的《坚持无产阶级的党的文学原则——"文艺是阶级斗争的工具"不容否定》，崇实的《用实事求是的科学态度探求真理》，周宗岱的《"文艺是阶级斗争的工具"是个科学的口号吗？》；同期，发表群明、维劲的《民主空气与作家勇气》。

《光明日报》发表王若望的《春天里的一股冷风——评〈歌德〉与〈缺德〉》。

《学术研究》第 4 期发表黄培亮、沈仁康、陆一帆的《林彪、"四人帮""左"倾文艺路线及其教训》。

《中国出版》第 10 期发表季路的《介绍三位台湾作家（於梨华白先勇杨青矗）》。

23 日，《人民日报》发表刘梦溪的《终于补上了这一课——评话剧〈未来在召唤〉的演出及其意义》。

《文汇报》发表骆玉明、张新的《关于当前的爱情小说创作》。

25 日，《宁夏文艺》第 4 期发表潘自强的《象他们那样生活——读短篇小说〈霜重色愈浓〉》。

《电影艺术》第 4 期发表马德波的《艺术民主并非唾手可得——闻"艺术民主过头了"之声有感》。

《电影创作》第 7 期以"电影创作问题讨论——情与理"为总题，发表韦草的《电影要写情，敢于写人的情感》，庆无波、段成平的《青鸟传笺——就〈此恨绵绵〉漫谈创作》。

《收获》第 4 期发表夏衍的《悼念田汉同志》；黄裳的《过去的足迹》（讨论吴晗）；刘真的《怀念赵树理同志》

《南京文艺》第 4 期发表群飞的《从极左路线的枷锁中解放出来》；史景平的《思考与典型》（讨论刘心武的创作）。

《陕西戏剧》第 4 期发表本刊编辑部的《正确对待传统剧目的恢复上演工作》；秦燕的《至今桃李忆春风——悼念田汉同志》；钟较弓的《戏是哭出来的》；徐棻的《喜剧的真实》；刘一兵的《喜剧的生命在于真实》。

《奔流》第 7 期发表本刊记者的《省文联召开文艺工作者座谈会 贯彻落实五届人大二次会议精神》；张惠芳的《严冬过尽绽春蕾——访作家魏巍》；潘以骥的《关于典型的共性、个性与阶级性》。

25 日，《文汇报》发表王素心的《傲雪凌霜的新芽——记小说〈第二次握手〉及其作者张扬》；罗玉君的《谈谈〈红与黑〉》。

26日,《文汇报》发表黄安国的《再评〈重逢〉及其批评》;胡德培的《长篇小说〈云崖初暖〉读后》。

28日,《剧本》第7期发表雪英的《新的探索　新的突破——话剧〈未来在召唤〉座谈会纪要》;凤子的《时代的要求　人民的愿望——塑造老一辈革命家艺术形象读剧札记》;张真的《历史题材　大有可为》。

31日,《人民日报》发表王若望的《春天里的一股冷风——评"歌德"与"缺德"》;周岳的《阻挡不住春天的脚步》(讨论《"歌德"与"缺德"》)。

本月,《广州文艺》第7期发表谭福开的《左翼文艺运动中的瞿秋白同志》;曾敏之的《诗画之间——飞花时节访老作家曹靖华》。

《艺术世界》第1辑发表吴祖光的《我写闯江湖》;金紫光的《拨开云雾　重见光彩——祝昆剧〈李慧娘〉重新出版》;白桦的《初学写戏时的一个错觉》。

《长春》第7期发表刘淑明的《发扬文学的现实主义传统——回顾建国三十年来我省的短篇小说创作》;曲本陆的《要敢于写人民内部矛盾》;杨荫隆的《给中间人物一席地位》;田敬宝的《继续开扩题材领域》。

《四川文学》第7期发表林亚光的《真实　阴影　光明——兼评真实性问题上的一个公式》;李荣峰的《有勇气的典型塑造的见解——评"写中间人物论"》;苏鸿昌的《谈郭沫若的史剧原则和史剧创作》。

《北方文艺》第7期发表冯健男的《关于"写中间人物"》。

《辽宁戏剧》第2期发表《导演艺术问题(续二)——焦菊隐同志在辽宁省话剧团导演艺术座谈会上的报告》;宁殿弼的《谈话剧〈神圣的使命〉的改编》。

《当代》创刊,人民文学出版社主办,第1期发表《发刊的几句话》;严文井的《文学,应该像生活那样丰富多彩》;赵梓雄的话剧《未来在召唤》;萧乾的《未带地图的旅人》;同期,"台湾省文学作品选载"栏发表白先勇的小说《永远的尹雪艳》,是北京的报刊首次发表台湾省作家的作品。

《延河》第7期发表本刊记者的《当前文学创作的几个问题——记一次创作座谈会》;刘建军、蒙万夫、张长仓的《作家应是人民群众思想情绪和革命要求的表现者》。

《作品》第7期以"对揭批'四人帮'的小说创作的讨论"为总题,发表秦家伦的《子君悲剧的典型意义和真实性》,高哲民的《能这样写悲剧吗?——评〈我应该怎么办?〉》,冯华德的《创作上的两个问题——评〈我应该怎么办?〉》;同期,发表何锡洪的《评长篇小说〈无产者〉》。

《安徽文学》第 7 期发表眉间尺的《论题目的学问——〈"歌德"与"缺德"〉一文欣赏》。

《河北文艺》第 7 期发表冯健男的《社会主义新农村的生动写照——喜读短篇小说集〈代表〉》；苗得雨的《关于发展新诗的问题》；胡德培的《爱情描写的作用和意义——从长篇小说〈东方〉中的爱情描写谈起》。

《青海湖》7 月号发表函雁的《坚持党的文学的原则　繁荣社会主义文艺》。

《战地》增刊第 4 期发表了劳荣的《长工与园丁之间——天津〈大公报·文艺·大公园地〉琐忆》。

《星火》第 7 期发表刘锋的《深刻的思想　独特的构思——喜读短篇小说〈国际悲歌〉》。

《武汉文艺》第 4 期发表程云的《"双百"方针纵横谈——在市文联座谈会上的发言（摘要）》；蔡师勇的《"花环"与结尾》；济恩的《塑造具有独特个性的人物形象——重读〈潘虎〉札记》。

《鸭绿江》第 7 期以"短篇小说《失去了的爱情》的讨论"为总题，发表殷晋培的《对于争论的几点评论》，徐旭明的《艺术的生命在于真实》。

《湘江文艺》第 7 期发表董洪全、陈望衡的《试谈典型的美学实质》；谢望新、赖伯疆的《什么是今天作家的责任》。

《新疆文艺》第 7 期发表丁子人的《让短篇小说之花开得更艳——读〈新疆文艺〉"征文"小说想到的》；李梦泽的《塑造"四化"中涌现出的新人形象——读短篇小说〈归队〉》；陆建华的《"无情就是假　有情就是真"——从电影〈追鱼〉说到真假文学》。

本月，湖南人民出版社出版云珊的《文学小札》。

安徽人民出版社出版傅腾霄的《小说创作漫谈》。

长江文艺出版社出版李元洛的《诗歌漫论》。

山西人民出版社出版尹在勤的《新诗漫谈》。

江西人民出版社出版李元洛的《诗歌漫论》。

上海文艺出版社出版张紫晨的《民间文学基本知识》。

8 月

1日,《广西文艺》第8期发表济恩的《评反面人物的简单化》。

《山西群众文艺》第8期发表郭文的《继承和发扬现实主义文学的战斗传统》;梁衡的《读民歌有感》。

《南京师院学报(社会科学版)》第3期发表王长俊的《试论现实主义艺术的真实性》;常根荣的《真实是文艺的最高原则》。

《解放军文艺》第8期发表傅钟的《把歌颂新一代英雄的创作提高一步》,胡可的《时代的课题》;赵骜、李存葆的《努力描绘新一代英雄的风采》;杨金亭的《人民战士内心世界的诗意美》。

《解放军报》发表《争鸣之风在上海文艺界兴起》。

3日,《文汇报》发表冯岗的《"歌德派"手里的"魔杖"》;《全国文学研究空气活跃》。

《光明日报》发表苏庄的《论"写作家熟悉的"及其它》;曲六乙的《激流勇进意取尖新——评话剧〈未来在召唤〉》。

5日,《天津师院学报》第1期发表缪志明的《〈李白与杜甫〉异议》;辛宪锡的《致徐迟——关于你的"科学诗篇"》。

《民间文学》第8期发表张文的《义和团故事的继承与革新》;佟锦华的《谈谈藏族民间文学》;陈恪才的《大力挖掘抢救黎族民间文学》。

《解放军报》发表洪开的《如何看待描写爱情的影片》。

6日,《人民日报》发表陈克寒、李筠的《战斗在思想理论战线的最前线——悼邓拓同志》。

7日,《光明日报》发表金辉的《文学要正视现实》。

8日,《光明日报》发表叶冰的《理想与青春的赞歌——喜读〈飞向人马座〉》。

9日,《文汇报》发表浦知秋的《论"伤痕文学"》;张森的《寓教于形象之中——读〈五十大关〉》。

10日,《山花》第8期发表林钟美的《更好地把握短篇小说的艺术特征》;叶辛的《人物分析与作品》;张万明的《为〈拾零〉争鸣》。

《光明日报》发表郑汶的《进一步肃清〈纪要〉的极左流毒》。

《诗刊》第8期发表雷抒雁的《小草在歌唱》;陈泯的《血沃中原肥劲草——读〈小草在歌唱〉》;黄勇刹的《美妙的"不满"》(讨论骆耕野的《不满》);振甫的《读〈十老诗选〉》。

《雨花》第8期发表本刊记者的《继续解放思想　认真探讨问题　本刊编辑部召开文艺理论工作座谈会》;萧滂的"缺德"与"歌德"》;智杰、臻海的《是纯洁党　不是丑化党——谈两篇干预生活的作品》;叶至诚的《从〈二苗〉说起》。

《福建文艺》第8期发表练文修的《面对现实,深入思考》;"争鸣"栏发表包恒新的《一个束缚文艺生产力的口号》等文章,讨论"文艺是阶级斗争的工具"等问题,并加编者按。

12日,《文艺报》第8期以"人民代表的热望　文艺工作者的心声"为总题,发表夏衍的《文艺上也要搞点法律》,吕骥的《为实现四个现代化必须大力贯彻"百花齐放"方针》,江丰的《描绘伟大的历史性转变》,丁玲的《百家争鸣及其它》,黄药眠的《在文艺理论方面多做些有力的探索》,陈登科的《文艺创作必须继续解放思想》;同期,发表戚方的《文艺界要不要补真理标准讨论这一课?》;于晴的《如此"歌德"》;唐挚的《喜读〈追赶队伍的女兵们〉》;臧克家的《谈李松涛的诗》;林涵表的《〈未来在召唤〉观后随感》;王子野的《由话剧〈有这样一个小院〉谈起》;以"作品讨论·《大墙下的红玉兰》"为总题,发表方明的《从生活出发——也谈〈大墙下的红玉兰〉兼与顾骧同志商榷》,易准的《葛翎的性格及其悲剧结局——兼与沙均同志商榷》;同期,发表刘梦溪的《关于"双百"方针和六条标准问题——兼答两种不同意见》。

13日,《人民日报》发表闻山的《"养成一片颂扬之声,这对我们有什么好处?"——学习陈毅同志〈在全国话剧、歌剧、儿童剧创作座谈会上的讲话〉》。

15日,《文汇报》发表《重新评价"童心论""儿童文学特殊论"》。

《山东文艺》第8期发表益言的《这样的"时髦"赶不得》;宫琦的《推动文艺事业的一个轮子——文艺批评漫谈》。

《长江文艺》第8期发表姜弘的《现实主义还是教条主义》;以"关于文艺与政治的关系的讨论"为总题,发表何国瑞的《阶级的文艺总是阶级斗争的工具》,孙豹隐的《"工具"之说原无大错》。

《布谷鸟》第8期以"关于小戏《'研究研究'》"为总题,发表宋西的《典型问题杂谈》，少非、引玉的《反映同官僚主义斗争的一出好戏》，赵久玉的《这种说法与实际情况不符》。

《曲艺》第8期发表赵广建的《旧居门前——回忆我的父亲赵树理》；常任侠的《忆老舍》。

《汾水》第8期发表雷达的《农村新人形象的探索——谈韩石山的短篇小说》。

《新港》第8期发表方之中的《文坛又陨一巨星——悼念田汉同志》；杨志杰的《把文艺的重点转移到为创作服务上来》。

18日，《人民戏剧》第8期发表本刊评论员的《戏剧必须站在斗争的前列》；颜振奋的《话剧要大胆揭露生活中的矛盾和斗争——〈未来在召唤〉观后》；以"关于《有这样一个小院》的讨论"为总题，发表王正的《剧作者的艰辛和批评家的棍子——读〈借灵堂，哭凄惶〉有感》，聂海风的《思索，但别忘掉信念——当前戏剧创作上一个值得注意的问题》；同期，发表王朝闻的《你怎么绕着脖子骂我呢——看话剧〈茶馆〉的演出（续完）》。

20日，《人民日报》发表杜雨的《怎样看当前短篇小说的新发展》；郑汶的《繁荣社会主义文艺要严格实行"三不主义"》；聂荣臻的《〈邓拓诗选〉序》。

《大众电影》第8期发表问英杰的《你们在干什么？》；叶嘉的《一张封底照引起的对话》。

《上海文学》第8期发表金河的《我为什么写〈重逢〉》；李国权、汪剑光的《重放的鲜花仍然鲜艳》；以"关于《为文艺正名》的讨论"为总题，发表邱明正的《一个不精确的口号》，曾繁仁的《应该完整地准确地理解"文艺是阶级斗争的工具"理论》，程达深的《武器、工具和文学艺术》，肖平的《文艺理论也应随着实践发展》；同期，发表狄遐水的《减去负数 得到正数》（讨论"十七年文学"的历史评价）；叶久的《"遵命文学"议》；方仁念的《文学的哭与笑》。

《文汇报》发表陆寿钧的《评中篇小说〈永远是春天〉》。

《外国文学动态》第8期发表林旸的《哥伦比亚魔幻现实主义作家加西亚·马尔克斯及其新作〈家长的没落〉》；段若川的《墨西哥作家胡安·鲁尔弗和他的魔幻现实主义小说〈佩德罗·帕拉莫〉》；陈光孚的《智利政变后的文学概况》；罗婉华的《1977年拉丁美洲文学概况》。

《甘肃文艺》第8期发表蒋荫安的《广开"材"路》；刘锡诚的《道德理想的呐喊——评话剧〈大雁北去〉》。

21日,《光明日报》发表洁泯的《关于"向前看文艺"》。

23日,《文汇报》发表成谷的《一场有关思想路线的争论》(讨论"歌德"与"缺德"问题)。

25日,《文汇报》发表周恩来1962年2月17日《对在京的话剧、歌剧、儿童剧作家的讲话》。

《文学评论》第8期发表钟惦棐的《电影文学断想》;顾卓宇、胡叔和、陈刚的《革命现实主义的胜利——试论建国以来话剧创作的成就》;谢冕的《和新中国一起歌唱——建国三十年诗歌创作的简单回顾》;何西来、安凡、田中木的《重评〈现实主义——广阔的道路〉》;裘尚川的《关于"歌德派"的杂感》;陈骏涛的《文艺要勇于干预生活——从话剧〈未来在召唤〉的演出所想到的》;晋叔鄙的《从一个建议看柳青之为作家》。

《长城》第2期发表孟卓的《歌颂与暴露的基石——社会现实——兼评〈"歌德"与"缺德"〉》;鲍文廉的《历史的教训——也谈歌德与缺德》;何火任的《一个值得重视的创作课题——试谈文艺为加强社会主义法制服务》;周申明、邢怀鹏的《白洋淀里荷花香——谈孙犁创作的艺术特色》;孙犁的《耕堂书衣文录》;梁斌的《我的自传》。

《奔流》第8期发表本刊记者的《深批极左路线 活跃文艺评论——本刊编辑部召开的文艺评论座谈会纪要》;以"解放思想 开展争鸣"为总题,发表杨飏的《补上这一课》,王朴的《文学要忠实于生活——兼评〈"歌德"与"缺德"〉》,张兴元的《要努力塑造无产阶级英雄形象》,怀南的《夏日谈冰录——关于文艺的杂感》。

《南京大学学报(哲学社会科学版)》第3期发表朱月瑾的《〈北京人〉的戏剧冲突与艺术手法》;胡若定的《读杨朔的散文》。

26日《文汇报》发表陈毅1962年2月6日于广州的《在全国话剧、歌剧、儿童剧创作座谈会上的讲话》。

27日,《人民日报》发表袁文殊的《要放手搞电影创作》;张锲的《还它一个笑盈盈的王昭君——读曹禺同志新作〈王昭君〉的创作及其演出》。

28日,《文汇报》发表《〈文艺报〉和〈文学评论〉编辑部召开座谈会 深入批判江青勾结林彪炮制的〈纪要〉》。

《剧本》第8期发表罗荪的《未来在召唤,时代在前进》(讨论剧本《未来在召唤》);金辉的《〈初晴〉读后》;以"探讨当前戏剧创作的新问题"为总题,发表白桦的《我们创作的基点》、赵梓雄的《要敢于说真话》、张锲的《艺术家的勇气及其它》、苏叔阳的《要提高艺术质量》、李恍的《突破与创新》。

29日，《人民日报》发表邵小琴、邵小鹰、邵小鸥的《战斗者的一生——追念我们的父亲邵荃麟》。

30日，《社会科学战线》第3期发表秦牧的《学艺之花和阳光土壤》；曲本陆的《评写"中间人物"主张和对它的批判》；杨匡汉、杨匡满的《建国三十年新诗漫评》；张恩和的《不断地攀登艺术高峰——评郭小川的诗歌创作》；马畏安、于皿的《"走向亿万人的心里……"——评贺敬之的诗》；刘再复、楼肇明的《关于新诗艺术形式问题的质疑》；丰华瞻的《谈新诗格律》；吕树坤的《春日谈诗》；程毅中的《试谈中国诗体发展的一些历史经验》；张紫晨的《从五四时期民间文学工作所想起的》；木宗的《"改旧编新"论质疑》。

本月，《广州文艺》第8期发表本刊记者的《说实话　抒真情　表达人民的心声——本刊诗歌创作座谈会纪要》。

《长春》第8期发表邵静涛的《在伟大的转折面前》；延路的《这样的人物值得歌颂——读"红玛瑙"大战"五子登科"》；司马金的《吉林民间文学三十年》。

《四川文学》第8期发表谭兴国的《重读〈夜归〉》；陈朝红的《呼唤侦察兵》（讨论1978年全国优秀短篇小说）；金实秋的《且说文艺批评的雷同化》。

《北方文艺》第8期发表余丁明的《批判"四人帮"的一个谬论》（讨论典型问题）。

《世界文学》第4期发表陈焜的《索尔·贝娄——当代美国文学的代表性作家》。

《延河》第8期以"关于现实主义问题的讨论"为总题，发表王向峰的《文艺服务于政治的特点》，张兴元的《要坚持社会主义的文艺方向》，黄放的《对反映社会主义生活真实的一些看法》；以"诗歌笔谈"为总题，发表王德芳的《与人民共命运》，屈应超的《诗的天地应该广阔》等文章（均为1979年6月13日《延河》编辑部邀请西安地区诗歌作者召开诗歌座谈会的发言摘要），并加编者按。

《作品》第8期发表欧阳山的《三年文艺大见成效》；顾骧的《对〈向前看呵！文艺〉的意见》；邵云的《停播·通报·事件》；谢望新的《竞赛与"为主"》；同期，以"对揭批'四人帮'的小说创作的讨论"为总题，发表中山大学中文系中国现代文学教研室的《对〈我应该怎么办？〉等小说创作问题的座谈纪要》。

《百花洲》创刊,第 1 期发表杨世昌的《漫谈〈南国烽烟〉的人物塑造》。

《安徽文学》第 8 期发表陈子伶的《极左的招魂幡——评〈"歌德"与"缺德"〉》。

《河北文艺》第 8 期"读者中来"栏目发表陈良运的《关于歌颂领袖问题》;李远杰的《也谈"歌德"与"缺德"》。

《星火》第 8 期发表徐远略的《谩骂阻挡不了战斗的步伐——评〈"歌德"与"缺德"〉》;邓家琪的《略谈古典文学的人民性》。

《南开大学学报(哲学社会科学版)》第 2 期发表朱兵、端木蕻良的《收获与耕耘——柳青的创作道路(选登)》。

《鸭绿江》第 8 期发表朱兵、丁振海的《四化新里程　文艺吐新枝——谈近期反映社会主义现代化的一批短篇小说》;明卉的《还是说真话好——读〈"歌德"与"缺德"〉有感》;《省文联、省作协和辽宁日报编辑部联合召开座谈会　批驳〈"歌德"与"缺德"〉一文的错误观点》。

《湘江文艺》第 8 期发表本刊评论员的《评〈"歌德"与"缺德"〉》;曾敏之的《海外文谈》;许法新的《海外来鸿》;王亨念的《日理万机　运筹帷幄——评〈分秒值千金〉中的周总理形象》。

本月,吉林人民出版社出版《社会科学战线》编辑部编的《文艺学研究论丛》。

山西人民出版社出版山西省文学艺术界联合会编的《山西文艺评论选(1949—1979)》。

上海古籍出版社出版阿英的《小说三谈》。

北京出版社出版朱金顺的《散文写作常谈》。

安徽人民出版社出版方铭、阮显忠编著的《现代散文选析》。

少年儿童出版社出版《儿童文学研究》编辑部编辑的《儿童文学研究》(第 2 辑)。

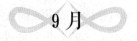

9 月

1 日,《人民日报》发表士枚、吴歌、行人的《猛士唱大风　诗魂壮国魂——〈十老诗选〉读后》。

《广西文艺》第 9 期发表穆仁的《文艺评论小议》；中仁的《办"国家公园"好不好？》。

《山西群众文艺》第 9 期发表赵恒举的《忻县行署文化局召开文化馆编印文艺材料经验交流座谈会》。

《解放军文艺》第 9 期发表阎纲的《铁窗关不住的光明——读〈看守日记〉之后》；《人物的描绘与对比——谈谈〈我们班的"党代表"〉和"喜期"》；孙绍振的《谈"五官开放"》。

2 日，《文汇报》发表陈沂的《对当前一些文艺问题的探索》。

3 日，《人民日报》发表宗杰的《四化需要这样的带头人——评短篇小说〈乔厂长上任记〉》。

《文汇报》发表文华、宪镛的《一篇揭示现实生活矛盾的好小说——读〈乔厂长上任记〉》；唐宗良的《文艺评论要有文艺科学性——〈王朝闻文艺论集〉读后》。

4 日，《解放军报》发表李硕儒的《锁不住的激流——介绍〈第二次握手〉及其作者》。

5 日，《民间文学》第 9 期王明达的《关于青姑娘的反抗性格及其它——与王寿春同志商榷》。

《边疆文艺》第 9 期发表公刘的《诗的构思》；郑福源的《驳〈"歌德"与"缺德"〉》。

6 日，《人民日报》发表《人民珍爱的作品任何力量也摧毁不了——访小说〈刘志丹〉的作者李建彤》。

《文汇报》发表郑义的《谈谈我的习作〈枫〉》；周介人的《不要笼统提"文艺是政治的反映"》。

10 日，《山花》第 9 期发表建安的《漫谈科学幻想小说》；何大堪的《政治与艺术的杂感》。

《北京文艺》第 9 期发表夏衍的《解放思想　勤学苦练》；于晴、苏中的《一个必须丢弃的荒诞公式——论关于歌颂和暴露》。

《诗刊》第 9 期发表刘湛秋的《评〈谈"飞"〉》；卞之琳的《徐志摩诗重读志感》。

《东海》第 9 期发表区英的《也谈"干预生活"》。

《雨花》第 9 期发表董健的《主仆的颠倒与悲剧的产生》；是翰生的《谁是真阿炳》；包忠文的《略谈人性和阶级性》；高晓声的《善跳者亦可以休矣》。

《福建文艺》第9期"争鸣"栏发表方汉的《不可忽视的错误思潮——评〈"歌德"与"缺德"〉》；鲁蛮的《对当前文艺方面问题的一点浅见》；傅鸣鸣的《可以进行民主讨论　不必"大动干戈"》；"广开言路"栏发表方璞的《写在鲜花重放的春天》，范方的《我们需要"时代镜子"》，戈明的《"问难"主客对》，刘霄的《真货与真话》，马明泉的《敢迈第一步》，并加编者按；同期，发表魏拔的《平淡无奇　发人深思——短篇小说新作漫谈》。

《读书》第9期发表刘炜的《朴实无华、自然逼真——读〈台湾小说选〉》。

《花城》第2集发表艾芜的《悼念华侨诗人翻译家黄绰卿》；曾敏之的《尊严与追求》。

11日，《人民日报》发表陈传才、周舟的《文学应当干预生活——评〈重放的鲜花〉》；曲六乙的《鬼魂戏都是宣扬封建迷信的吗？》

12日，《文艺报》第9期发表罗荪的《贯彻双百方针　必须批判〈纪要〉》；丁诺的《继续肃清〈纪要〉流毒　发展文艺界大好形势——〈文艺报〉〈文学评论〉联合召开文艺座谈会》；肖殷的《他们用的是什么武器？》；卫建林的《力求达到政治性和真实性的完全一致》；谭春发的《为活跃农村文化生活大声呼吁！》；秦牧的《三十年的笔迹和足印》；吴泰昌的《把文艺刊物办到人民心里去——记部分省市文艺期刊负责人座谈会》；王维玲的《在艰苦中磨炼　在斗争中成长——记〈第二次握手〉的写作和遭遇》；王季思、萧德明的《〈王昭君〉的历史风貌和时代精神》。

15日，《山东文艺》第9期发表高凤胜的《文艺必须反映生活的真实》；延山、西庭、毅然的《暴露文学的作用和地位》。

《长江文艺》第9期以"批透极左路线　贯彻双百方针"为总题，发表丹晨的《必须保证文艺创作的广阔天地》，凌梧的《革命文艺家的光荣职责——琐谈歌颂与暴露问题》，李长鸣的《"风"的考查》，李华清的《读〈"歌德"与"缺德"〉有感》，刘炳泽的《也谈"歌德"与"缺德"》，田野的《"新鲜"与"并不新鲜"》。

《布谷鸟》第9期发表童志的《为什么要这样分"派"——评〈歌德与缺德〉》；以"关于小戏《'研究研究'》"为总题，发表本刊编辑部的《艺术是要人民批准的》，本刊记者的《文艺要与党和人民同呼吸共命运（综合报道）》。

《曲艺》第9期发表李国春的《磨砺三十年——改编、演唱〈白毛女〉鼓书经过》。

《汾水》第9期以"纪念建国三十周年笔谈"为总题，发表马烽的《三十年创作小结》，冈夫的《回忆·感想·祝愿》，郑笃的《漫谈文艺刊物与编辑》，马作楫的

《学诗点滴》,李逸民的《尽情描绘　放声歌唱》。

《新港》第 9 期发表张白山的《死者也应该生存——写在陈翔鹤同志逝世十周年祭时》;秋耘的《借古讽今辩》;戈兵的《可贵的探索——重读〈晚餐〉、〈开会前〉》,滕云的《〈铁木前传〉新评》。

17 日,《人民日报》发表李超的《〈谢瑶环〉的复苏》;葛琼的《打破条条框框　放开手脚创作》。

18 日,《人民戏剧》第 9 期发表李门的《正确观测"推陈出新"方针的思想武器——回忆周总理在昆曲〈十五贯〉座谈会上的讲话》;以"关于《有这样一个小院》的讨论"为总题,发表郑汶的《"小院"风波和评论的倾向》;同期,发表王育生的《文苑春浓话昭君——记〈王昭君〉座谈会》;苏叔阳的《大森林的启示——看话剧〈哦,大森林〉》。

20 日,《人民文学》第 9 期发表刘宾雁的《人妖之间》;茅盾的《沉痛悼念邵荃麟同志》。

《大众电影》第 9 期发表本刊编辑部的《放则兴,收则衰——谈新中国电影三十年的基本经验》;白桦、叶楠的《关于当前文艺形势的一次通信》(二文并加编者按);以"由一封读者来信展开的讨论"为总题,发表金戈的《警惕呵,同志!》,邵牧君的《也谈文艺形势》,张维安的《首先要思想现代化》,都郁的《请你手下留情》;同期,发表沈通、长庆的《批极左思潮,放电影百花——〈电影创作〉举行当前文艺问题座谈会》。

《上海文学》第 9 期发表彭韵倩、杨志杰的《反对官僚主义是社会主义文学的重要使命》;以"关于《为文艺正名》的讨论"为总题,发表易原符的《认识生活——文艺的普遍职能》,王云缦、陈敦德的《"文艺是阶级斗争的工具"是个反科学的口号》,张怀久的《一点异议》,陆钊珑的《对讨论的讨论》,李方平的《真实性、公式化与文艺为阶级斗争服务》;同期,发表章世鸿的《作家要敢于接触社会问题》;李汝伦的《文学批评二题》;许锦根的《把深深的思索留给读者——读茹志鹃的〈草原上的小路〉》。

《学术研究》第 5 期发表李准的《从唯物主义反映论看文艺的真实性》。

23 日,《文汇报》发表杜宣的《朴实无华　和易近人——怀念邵荃麟同志》。

25 日,《人民日报》发表刘心武的《同人民的脉搏一起跳动》;刘宾雁的《扬帆在生活的海洋里》(讨论歌颂与暴露问题);孙子健的《谈"影射"及"赶时髦"——

评〈这样的"时髦"赶不得〉》。

《文学评论》第 5 期发表荒煤的《努力提高当代文学研究的科学水平》；艾青的《新诗应该受到检验》；张炯、杨志杰的《新中国长篇小说发展的几个问题》；蒋守谦的《一九四九——六六年短篇小说创作述评》；杜清源、李兴叶、李振玉的《谈三年来的文学创作》；董健的《试论一九五六年至一九五七年我国文艺运动中的几个问题》；王春元的《关于写英雄人物理论问题的探讨》；丁帆的《论峻青短篇小说的艺术风格》；刘心武的《从安全感谈起》；王蒙的《反真实论初探》。

《宁夏文艺》第 5 期发表汪宗元的《让回族文艺之花盛开——关于我区文艺民族特点的讨论》；胡德培的《〈李自成〉艺术结构琐谈》；刘佚的《文艺要敢于探索——读张贤亮小说想到的》。

《电影艺术》第 5 期发表中国影协艺术研究部的《回顾和展望》；李准的《谈文艺的社会作用》；陈恭敏的《撕下假面正视人生——浅谈文艺的政治性与真实性关系》；刘宾的《反映少数民族生活的影片创作中的几个问题》；邵牧君的《现代化与现代派》；黄健中的《电影应该电影化》；《本刊召开电影语言现代化问题座谈会》。

《电影创作》第 9 期以"关于当前文艺问题的讨论"为总题，发表郭亮的《〈纪要〉还魂记》，苏叔阳的《不要忘了痛苦和教训》，洪洲的《我所熟悉的》；同期发表汪洋的《目中有人——对电影怎样为"四化"服务的一点浅见》，白桦的《配合中心任务和形势及其他》，周忠厚、刘燕光、杨力的《重评〈林家铺子〉》，《夏衍同志与〈柳暗花明〉作者的通信》。

《外国文学动态》第 9 期发表陈焜的《"黑色幽默"，当代美国文学奇观》；王逢振的《黑色幽默和历史：六十年代初期的美国文学》；乌兰汗的《苏联对我近三十年文学现状的评论》。

《收获》第 5 期发表胡絜青的《悼亡友于立群》。

《奔流》第 9 期发表本刊记者的《省文联召开文艺座谈会批判江青勾结林彪炮制的〈纪要〉》；本刊记者的《十二省市文艺期刊座谈会在长春举行》；以"解放思想　开展争鸣"为总题，发表春岩的《典型化与索隐法》，翟葆艺的《歌颂与暴露》，耿恭让的《文艺创作必须从生活出发》，力建、光宇的《形象塑造别议》。

28 日，《剧本》第 9 期发表《陈白尘同志谈〈大风歌〉和历史剧——和中央试验话剧院〈大风歌〉剧组谈话》。

本月,《广州文艺》第9期发表丁福原的《"两结合"创作方法质疑》。

《长江》创刊,武汉《长江》文艺丛刊编辑部出版,第1辑发表李元洛的《诗品与人品——论郭小川诗歌(之一)》。

《长春》第9期发表欣春的《继续肃清文艺上极左思潮的流毒》;李改的《走向更高的阶梯——吉林省戏剧创作三十年》;《文艺期刊应该站在思想解放运动的前列——部分省市文艺期刊负责人座谈会在我省进行》。

《四川文学》第9期发表岳安的《香花毒草辨》;游藜的《漫谈歌颂和暴露——评〈"歌德"与"缺德"〉》;陈朝红的《〈找红军〉的艺术特色》。

《中山大学学报(哲学社会科学版)》第3期发表金钦俊的《在民歌和古典诗歌的基础上建立民族新诗体》。

《安徽文学》第9期发表吕剑的《忆何其芳同志》;于晴的《"长官意志"解》;陈辽的《"两结合"创作方法质疑》;贾文昭的《提倡革命现实主义和革命浪漫主义相结合的创作方法》;公刘的《理当为〈望星空〉恢复名誉》。

《平顶山文艺》第3期发表袁玉琪的《文艺是阶级斗争的工具浅议》。

《当代》第2期发表冯骥才的《雕花烟斗》;阎纲的《四访柳青》;陈荒煤的《漫谈"写作家熟悉的"和百花齐放》;贺敬之的《〈贺敬之诗选〉自序》。

《当代》第3期发表王蒙的《布礼》;莫应丰的《将军吟》;茅盾的《两本书的序》(茅盾《短篇小说集》、《散文速写集》);巴金的《〈爝火集〉后记》;蓝翎的《有感于杂文的兴废》;廖沫沙的《"歌德"与"缺德"的功过》。

《延河》第9期以"关于现实主义问题的讨论"为总题,发表艾菲的《一定要站在革命现实主义的"基点"上》,薛瑞生的《文学是真实的领域——关于现实主义之一》,王愚的《严峻的现实主义——从〈鸽子〉谈起》;同期,发表《无产阶级文学批评的战斗作用不容否定——驳〈"歌德"与"缺德"〉》,解洛成的《装腔作势吓谁来》,《继续解放思想,贯彻"双百"方针,发挥文艺期刊的战斗作用——部分省市文艺期刊负责人座谈会在长春召开》。

《作品》第9期发表本刊记者的《排除极左思潮,乘胜前进——作协广东分会部分会员座谈会纪实》;何世鲁的《回忆我的爸爸何家槐》;本刊记者的《部分省市文艺期刊负责人举行座谈会 探讨在社会主义新时期如何办好文艺期刊》;黄树森的《对实践的恐惧和反扑——评"歌德派"及其他》;以"对揭批'四人帮'的小说创作的讨论"为总题,发表刘星剑的《也谈文艺作品必须坚持典型性和真实性——与咏华同志商榷》，杨箭的《评〈作品〉发表的两部小说——〈我应该怎么办?〉和〈在小河那边〉》，任川的《春天里的又一股冷风》，严承章的《文艺的社会功能不容忽视——由〈我应该怎么办?〉结尾所想到的》。

《河北文艺》第9期发表冯健男的《排除阻力　团结向前——评〈"歌德"与"缺德"〉》；张仲朋的《从通风谈起》；居璞、辛振兴的《歌颂·暴露·批判·干预》，张志清的《我对歌颂与暴露的理解》(以上诸文讨论第6期李剑的《"歌德"与"缺德"》，并加编者按)；同期，发表杨曾宪的《要人物多样化　不要"唯英雄化"》，杉木的《发展科学的文艺批评》。

《陕西师大学报(哲学社会科学版)》第3期发表薛瑞生的《思想、形象和倾向——评刘心武同志小说中的议论》。

《战地》增刊第5期发表邹荻帆的《在艰难的日子里——怀念邵荃麟同志》；史纪言的《赵树理同志的青年时期》；《生活的考验——介绍於梨华和她的小说〈考验〉》，陈学昭的《两年的编辑生活》。

《星火》第9期发表俞林的《批透极左路线　繁荣社会主义文艺》；丁罗男的《努力开拓历史题材创作的新天地》；彭广丽的《读长篇小说〈霹雳〉》；康云山的《可喜的新收获——小说〈恨〉读后》。

《春风》第2期发表武戈的《把历史的内容还给历史——试谈曹禺历史剧〈王昭君〉的真实性》。

《青海湖》9月号发表本刊记者的《中共青海省委宣传部召开落实文艺作品政策会议》；本刊记者的《青海省作协、剧协就当前文艺界的争论召开座谈会》；林锡纯的《由一个有趣的"巧合"联想到的》(讨论《"歌德"与"缺德"》)；林国寅的《应该坚持什么？——与函雁同志商榷》；王浩的《花儿会漫笔》；刘凯的《传统"花儿"与爱情》；徐振辉、沈志冲的《从"无我"到"有我"》。

《武汉文艺》第5期发表李恺玲(目录作"李恺林")的《深思再深思,提炼再提炼——浅谈〈工地之夜〉的艺术构思》；泰东的《牧歌短笛唱新曲——谈管用和的诗歌艺术特色》。

《草原》第9期发表傅义正的《建国三十年来内蒙古小说创作一瞥》。

《读书》第6期发表张守白的《读书不能无禁区》；吴越的《禁锢不好,完全开放也行不通》。

《鸭绿江》第9期发表彭定安的《走出唯心主义胡同》(讨论《"歌德"与"缺

德"》);丁洪的《〈报春花〉与〈"歌德"与"缺德"〉》;韶华的《留下来的和筛下去的——建国三十年辽宁短篇小说选序言》;以"短篇小说《失去了的爱情》的讨论"为总题,发表宝藏的《也谈艺术的真实》;同期,发表阿红的《继续解放思想 繁荣文艺创作——部分省、市文学期刊举行编辑工作座谈会》。

《厦门大学学报(哲学社会科学版)》第3期发表锦襄的《重读〈创业史〉》。

《湘江文艺》第9期发表本刊记者的《进一步落实党的文艺政策 本刊召开作品平反座谈会》;魏猛克的《从两幅画谈起》;齐言的《松花江畔的盛会——记部分省市文艺期刊负责人座谈会》;张扬的《关于〈第二次握手〉的前前后后》;洛思的《从"文人多大话"说起》;朱日复的《写作家熟悉的与工农兵方向》;左瑾的《毁瓜与砍花》;刘平章的《"缺德"与"积德"》;谭冬梅的《为〈"歌德"……〉的作者"歌德"》。

《新疆文艺》第9期发表陈艰的《按他说的不"缺德"是何等世界——也谈"歌德"与"缺德"》;余开伟的《棍棒、帽子可以休矣——从批判〈"歌德"与"缺德"〉一文所想到的》。

本月,云南人民出版社出版张文勋的《形象思维散论》。

人民文学出版社出版郭沫若的《文艺论集》。

上海古籍出版社出版钱钟书的《旧文四篇》。

少年儿童出版社出版贺宜的《小百花园丁杂说》。

甘肃人民出版社出版本社编的《史诗树丰碑——话剧〈西安事变〉评论集》。

黑龙江人民出版社出版李安恒的《写戏漫谈》。

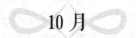

10 月

1日,《山西群众文艺》第10期发表丁海鹏的《戏从生活中来——〈云散月圆〉小议》;徐言的《喜读〈柳翠枝告状〉》;顾全芳、张福玉的《赵树理与群众文艺》;襄汾县文化馆的《利用调演形式抢救文化遗产》。

《戏曲艺术》创刊,第 1 期发表本刊编辑部的《戏曲艺术的历史使命(发刊词)》。

《解放军文艺》第 10 期发表南征的《关天雄形象的典型意义》;黄柯的《话剧〈向前!向前!〉的成就及启示》。

3 日,《光明日报》发表蒋孔阳的《谈谈文艺批评中的艺术标准》。

5 日,《天津师院学报》第 2 期发表秦牧的《谈谈文学创作的一些问题——一九七九年七月十二日在天津师院中文系作的学术报告》。

《民间文学》第 10 期发表本刊编辑部的《伟大的起点,光荣的使命——庆祝建国三十周年》;魏泉鸣的《别开生面的民歌演唱会——甘肃省莲花山"花儿会"调查报告》;王浩的《"花儿"的风格与流派——与〈花儿的格律〉一文商榷》。

《边疆文艺》第 10 期发表杨磊的《"双百"方针与四项原则》;杨知秋的《作家、医生、算命先生——也谈歌颂与暴露》;徐维良的《多一些思考的文学——读〈一个县委书记的失眠〉有感》。

《雨花》第 10 期发表姜文、黎忆轶的《艺术的生命在于真实——评广播剧〈二泉映月〉》;陈辽的《不能把文艺批评搞成批判运动》;庞瑞垠的《北行书简——寄自松花江》;吴松亭的《革命者是有人情的》;古流的《听"听说"想起》;陈忱的《齐"仿"、齐"防"、齐放》。

《解放军报》以"肃清《纪要》极左流毒　繁荣社会主义文艺"为总题,发表梁信的《模棱"两可"》,黎汝清的《党性原则、实事求是与歌颂暴露》,所云平的《我们的队伍向太阳》,严寄洲的《前事不忘　后事之师》。

9 日,《人民日报》发表郭汉城的《气势磅礴　深刻动人——试评新编历史剧〈大风歌〉》;启治的《积极干预生活　推动社会前进——推荐刘宾雁的特写〈人妖之间〉》;何西来的《反映人民的心声》(讨论话剧《有这样一个小院》)。

10 日,《山花》第 10 期发表虹闻的《关于文学真实性问题的探索》;雨佳、莫贵阳的《涧水清流化诗情——试论廖公弦诗的艺术特色》;张灯的《评中篇小说〈这也是战争〉》;谭继贤的《谁家的论调——评〈"歌德"与"缺德"〉的一些观点》;袁锦华的《一股值得注意的"纠偏风"》。

《北京文艺》第 10 期发表唐挚的《肃清流毒　继续战斗》;李基凯的《析"题材比例学"》。

《光明日报》发表星公的《文艺与政治管见》;刘锡诚的《向生活的深处开

掘——读若干反映农村生活的短篇小说》。

《诗刊》第 10 期发表吕远的《一首令人动情和深省的叙事诗——读〈湘江夜〉有感》；谢冕的《他的诗，由钻石和波涛组成——谈李瑛的诗》；《词刊》将于明年创刊》；《〈星星〉诗刊复刊》。

《福建文艺》第 10 期发表李联明的《试论作家的勇气和真诚》；"广开言路"栏发表啸马的《深批〈纪要〉　肃清流毒》，杨澜的《为所谓"腐朽的爱情"一辩》；"争鸣"栏发表闵应的《歌颂光明与暴露黑暗》，陈维敏的《不能各打五十大板》，鲁骚的《驳一种狭隘的"典型"论》，许耀铭的《是众人受骗　还是自己中毒》。

《解放军报》发表辛延、文平的《深入批判〈纪要〉的文化专制主义》；杨履方的《继续肃清〈纪要〉极左流毒》，曹欣的《论棍子》。

11 日，《文汇报》发表张成珊的《艺术典型应强调鲜明的个性——学习周总理讲话》。

12 日，《文艺报》第 10 期发表茅盾的《温故以知新》；雷达、刘锡诚的《三年来小说创作发展的轮廓》；陈默的《敢做群众代言人——赞三年来的话剧创作》；丁峤、徐庄的《思想解放的成果——写在庆祝建国三十周年献礼片展览之际》；郑伯农的《现实主义——曲折的道路》；吴强的《我的回顾》；方之、叶至诚的《也算经验》；管桦的《扯碎魔鬼网罗》；周立波遗作《祝第四次文代会召开》；戴不凡的《〈大风歌〉小赞》；黄裳的《江湖——读〈闯江湖〉》；黄培亮、黄伟宗的《可喜的第一步——读孔捷生的短篇小说》；丁玲的《悼念刘芝明同志》；胡余的《首都文艺界集会悼念荃麟同志》；梁信的《文学创作规律小释》；杜白的《关于"面折廷争"兼及文艺工作者的历史知识》。

15 日，《山东文艺》第 10 期发表狄其骢的《略论文艺真实性的特点》；马国雄的《现实主义是基础》。

《长江文艺》第 10 期发表本刊记者的《端正思想　肃清极左流毒——湖北省、武汉市文联召开座谈会深入批判〈纪要〉》；《深入批判〈纪要〉　办好文艺期刊——记部分省、市文艺期刊负责人座谈会》；王淑耘的《应该肯定的和应该批判的》；路钊珑、王健伦的《"工农兵"的妙用》；以"文艺与政治的关系的讨论"为总题，发表孟起的《从实践中总结经验教训》，向彤的《实践的回答》。

《曲艺》第 10 期发表本刊记者的《继续解放思想，广开文路，繁荣曲艺创作——记中国曲协在哈尔滨召开的曲艺创作座谈会》。

《汾水》第10期发表《汾水》编辑部、《交城山》副刊的《总结经验　深批〈纪要〉——为我省三十年来的文学作品落实政策》。

《语文战线》第5期发表本刊编辑部的《改刊告读者》，通告1980年起本刊改为月刊。

《南京文艺》改名为《青春》，由双月刊改为月刊，第10期发表本刊编辑部的《青春献辞》。

《新港》第10期发表毛星的《文艺和政治》；马献廷的《我见到的孙犁——为〈中国文学〉而作》；本刊记者的《一篇深受读者欢迎的小说——本刊编辑部召集部分业余作者座谈小说〈乔厂长上任记〉纪要》；蒋子龙的《写给厂长同志们》；马威的《漫话〈婚礼〉的艺术构思》。

16日，《解放军报》发表李锡赓的《这就是梁信》。

17日，《光明日报》发表李准的《这样的"条件和局势"必须铲除——读〈人妖之间〉所想到的》。

《解放军报》发表《第四次文代会胜利闭幕》；夏衍的《中国文学艺术工作者第四次代表大会闭幕词》。

18日，《人民日报》发表丁振海、朱兵的《推动四化建设的好作品——也评〈乔厂长上任记〉并与召珂同志商榷》。

《人民戏剧》第10期发表翌钟的《联系戏剧战线实际,继续开展真理标准的讨论》；郁声的《历史学家谈历史剧创作——〈大风歌〉座谈会侧记》；《风起云扬大气磅礴——中国文联和中国剧协召开〈大风歌〉座谈会》；郭汉城的《曹禺戏剧创作的新发展——喜看话剧〈王昭君〉》。

20日，《人民文学》第10期发表顾骧的《真实·人民·社会主义文学》；《一九七九年全国优秀短篇小说评选启事》。

《文史哲》第5期发表邢煦寰的《试论〈红岩〉的创作经验》。

《大众电影》第10期以"由一封读者来信展开的讨论"为总题，发表一组群众来信,并加编者按(讨论何英杰来信《你们要干什么???》)。

《上海文学》第10期发表陈沂的《端正思想路线,繁荣文艺创作》；夏征农的《新文艺理论的建设者——鲁迅》；罗竹风的《文艺必须正名》；成谷的《时髦·古董及其他(外一篇)》(与1979年《山东文艺》第8期益言的《这样的"时髦"赶不得》辩论)；方克强的《斥"养活说"》；石方禹的《忧愤之所为作——读〈将军,不能这样做〉》。

《外国文学动态》第 10 期发表范大灿的《对卢卡契文艺思想评价的质疑》；陈恕林的《西德著名作家京特·格拉斯介绍》。

《甘肃文艺》第 10 期发表雷达的《勇于探求　深入开掘——读十篇小说漫笔》；郑义的《〈沙浪河的涛声〉值得一读》。

《解放军报》发表周扬的《继往开来，繁荣社会主义新时期的文艺——在中国文学艺术工作者第四次代表大会上的报告(摘要)》。

22 日，《文汇报》发表《"到群众中去落户"——访丁玲》。

《解放军报》发表傅钟的《深入批判〈纪要〉　繁荣文艺创作——在中国文学艺术工作者第四次代表大会上的发言》。

23 日，《文汇报》发表伍文、言午的《从〈桥梁工地上〉到〈人妖之间〉》；曾文渊的《发展社会主义文学流派——兼谈六十年代对山西一些作家的所谓"批判"》。

25 日，《电影创作》第 10 期发表本刊编辑部的《关于当前文艺问题的讨论》；王靖的电影文学剧本《在社会的档案里》；本刊记者的《文艺作品应该通情达理——本刊举行"情与理"问题的讨论》。

《安徽戏剧》第 5 期发表郭因的《什么人在受罪——读剧驰思》(讨论《法官与逃犯》、《我的血也是红的》、《战士几时归》三个剧本)；乔国良的《人民要求我们呐喊——评〈法官与逃犯〉》；张纯道的《勇敢的探索——评〈战士几时归〉》；晓秋的《警惕〈纪要〉幽灵再现——兼评某"钦差"》；白榕的《放下你的鞭子》(讨论《"歌德"与"缺德"》)；龚维毅的《让事实来说话》(讨论《"歌德"与"缺德"》)；蔡同炜的《不做"神"的奴隶"》。

《奔流》第 10 期以"解放思想　开展争鸣"为总题，发表刘思谦的《生活真实是客观存在》，鲁枢元的《文学家的胆略》，吕有宽的《时代需要繁荣创作》，齐树德的《文艺应该为谁服务》；同期，发表《本刊编辑部召开诗歌创作座谈会》。

28 日，《文汇报》发表苗得雨的《作品感人之处》。

《剧本》第 10 期发表颜振奋的《老当益壮的剧作家曹禺》；田庄的《岁月流逝　来日方长——吴祖光话剧创作一瞥》；李钦的《白桦——多思、多才、多产的作家》；柏松龄的《为人民，拼命干——访丁一三》；雪英的《思考和斗争的新一代——访赵梓雄》；伯荣的《对历史剧的有益探讨——记〈大风歌〉座谈会》。

30 日，《文汇报》发表赵国青、郝怀民的《必须从作品的实际出发——也评〈乔厂长上任记〉》；黄柏的《辛辣的讽刺——谈谈讽刺"四人帮"的笑话》；赵耀堂、肖甦的《山菊飘香——喜读长篇小说〈山菊花〉》；曹维劲的《让人物走完自己的路》。

本月，《广州文艺》第10期发表谢望新、赖伯疆的《革命现实主义传统的恢复和发扬——"伤痕文学"辩》；杨匡汉的《把酒论长江——漫忆郭小川谈创作》；陈其光的《隽永的诗味 深邃的哲理——读杨朔的散文〈雪浪花〉》。

《四川文学》第10期发表方敬的《缅怀其人 珍视其诗文——〈何其芳选集〉序》。

《辽宁大学学报》第5期发表王吉友的《文学应肩负起"干预生活"的使命——重读〈组织部新来的青年人〉》。

《辽宁戏剧》第3期发表《导演艺术问题（续二）——焦菊隐同志在辽宁省话剧团导演艺术座谈会上的报告》。

《北方文艺》第10期发表于晴的《论文学的冲刺精神和战斗作用》；李龙云的《写给关心〈小院〉命运的朋友们》；艾若的《赞话剧〈有这样一个小院〉》；王昌定的《压迫不是批评——姚雪垠先生两封公开信读后感》；仲子翱的《文学是一种特殊的社会意识形态》。

《戏剧艺术》第3、4期合刊发表本刊编辑部的《驱散〈纪要〉阴魂 排除前进障碍》；熊佛西的《如何繁荣话剧艺术》（遗稿）；流泽、汪培、郁仁民的《上海戏改三十年》；曹一行、黄天汀的《〈西安事变〉创作体会》；胡昆明的《从〈于无声处〉的缺点谈起》。

《戏剧艺术论丛》第1辑发表金山的《导演探索点滴》（讨论话剧《于无声处》）；曲六乙的《"二〇〇〇，我爱你！"——话剧〈未来在召唤〉的创作新意》；胡叔和的《谈曹禺对王昭君形象的塑造》；同期，以"怀念杰出的无产阶级戏剧家田汉同志"为总题，发表田海南的《傲干奇枝斗霜雪——怀念我的父亲田汉》，朱琳、赵元、田野的《"愿将忧国泪，来演丽人行"——回忆〈丽人行〉的首次公演》，龚啸岚的《"精忠近已照人间"——追忆田汉老师在抗日战争期间的戏剧活动》，王行之的《剧作家之秋——兼论话剧〈关汉卿〉》，许之乔的《田汉同志戏剧、电影作品表略》；同期，发表冯其庸的《鬼戏纵横谈》。

《延河》第10期发表胡采的《当代我国文艺发展的一面镜子》；陈深的《文艺与政治关系三题》；商子雍的《前事不忘 后事之师》；王愚的《艺术民主及其它》；孙豹隐的《究竟是多还是少》；冯日乾的《从僵死的批评框子里解脱出来》；《王老

九诗社成立》(文学消息)。

《作品》第 10 期发表欧阳山的《文学生活五十年——在日本东京读卖大礼堂的演讲》;黄培亮、沈仁康、黄树森的《总结经验 批判极左 繁荣创作——对当前文艺问题的一些看法》;同期,以"对揭批'四人帮'的小说创作的讨论"为总题,发表杨群的《文艺批评不容再挥舞棍棒——评〈评"作品"发表的两篇小说〉》,梅冰华的《致杨箭》,范怀烈的《能说"忘记了工农兵"吗?——文艺书简》;同期,发表《〈我应该怎么办?〉发表以后——来搞来信摘登》。

《安徽文学》第 10 期发表戎坚的《也谈"我为人民鼓与呼"——兼论文艺中的"暴露"》;梁长森的《风向并未看准》;沈敏特的《"不满"小议》;胡永年的《"冷风"辨》。

《河北文艺》第 10 期发表本刊编辑部的《解放思想 打破禁忌》;本刊记者的《端正思想路线 繁荣文艺创作——河北省文联四单位联合召开文艺理论座谈会》;邢小群、丁东的《论暴露在社会主义文学中的地位》;纪桂平的《谈晋察冀边区的短篇小说》。

《青海湖》10 月号发表本刊记者的《作协、剧协召开座谈会讨论话剧〈未来在召唤〉》;陈宜的《为"暴露文学"正名》;正一的《文艺民主与粗暴批评——给姚雪垠同志的一封信》;冯育柱的《读陈士濂的几篇童话》;平叔乙的《评〈社会主义文学艺术坚强的信念〉》;任丽璋的《文艺要真实地反映生活——读话剧〈未来在召唤〉有感》。

《星火》第 10 期发表本刊记者的《解放思想 繁荣创作——全省文艺创作座谈会纪要》;庞瑞垠的《"收"乎?"放"乎?——漫谈"四个坚持"与文艺创作》;渊耀的《"但歌民病痛,不识时忌讳"——谈诗歌的议政议经》。

《读书》第 7 期发表子起的《读书应当无禁区》。

《鸭绿江》第 10 期发表乳原的《春风浩荡 百花竞放》;王亚平的《赵树理创作的几个特点》;以"作家答问"为总题,发表雷抒雁的《小草里的抒情》,丁晓翁的《致雷抒雁同志》。

《湘江文艺》第 10 期发表《批透江青一伙炮制的〈纪要〉——本刊编辑部邀请省文艺界部分同志举行座谈会》。

《新疆大学学报(哲学社会科学版)》第 3 期发表胡剑、雷茂奎的《解放初的文艺批评》(全国〔南方组〕高等学校协作教材《中国当代文学史》的第一编第二章)。

《新疆文艺》第 10 期发表黎辉、文怡的《试谈文艺要为"四化"服务——由〈"歌德"与"缺德"〉想到的》；张如贤的《必须肃清"纪要"的流毒和影响》。

《中国出版》第 10 期发表季路的《介绍三位台湾作家(於梨华白先勇杨青矗)》。

本月，湖南人民出版社出版龙华的《湖南曲艺初探》。

上海文艺出版社出版王朝闻的《王朝闻文艺论集(第二集)》，冯其庸的《春草集》，本社编的《焦菊隐戏剧论文集》。

中国电影出版社出版柯灵的《电影文学丛谈》。

内蒙古人民出版社出版曾铎的《诗谈：中国诗歌史略(上)》。

河北人民出版社出版公木的《诗要用形象思维——学诗札记》。

北京出版社出版高校中国现代文学研究会、北京出版社编的《中国现代文学研究丛刊(1979 年第 1 辑)》。

吉林人民出版社出版社会科学战线编辑部编的《形象思维问题论丛》。

11 月

1 日，《广西文艺》第 11 期发表伊萍的《试论共同美》。

《山西群众文艺》第 11 期发表糊迷的《试谈山东快书〈阎锡山搬兵〉中的写作技巧》；肖冬的《部分省、市一年一度的群众文艺刊物座谈会在安徽省举行》。

《布谷鸟》第 11 期以"深入开展关于真理标准问题的讨论"为总题，发表半夏的《必须补好这一课》，宋西的《真理不会忍受屈辱》。

《南京师院学报》第 4 期以"关于时代精神问题的再讨论"为总题，发表周谷城的《时代精神的解释》，金为民的《对时代精神问题的几点再认识——兼评姚文元的时代精神观》；同期，发表王臻忠的《试论文学作品中的人性描写》，周凡的《谈文学对人的精神世界的表现》。

《解放军文艺》第 11 期发表本刊记者的《坚持实践标准　肃清〈纪要〉流毒　争取部队文学创作的新繁荣》；丁一三、赵寰、金敬迈的《关于话剧〈神州风雷〉的通信》;张立云的《漫谈〈满山红〉的艺术特色》。

2日,《人民日报》发表《回顾社会主义文艺的战斗历程　阐明新时期文学艺术光荣任务——周扬同志在第四次文代会上作题为〈继往开来,繁荣社会主义新时期的文艺〉的报告》。

5日,《人民日报》发表黎之彦的《塑造站在时代前列的新人形象——评话剧〈报春花〉》。

《民间文学》第11期以"全国少数民族民间歌手民间诗人座谈会特辑"为总题,发表杨静仁的《开幕词》,贾芝的《歌手们,为四化放声歌唱吧——一九七九年九月二十五日在全国少数民族民间歌手民间诗人座谈会上的报告》,周巍峙的《闭幕词》,《全国少数民族民间歌手民间诗人代表倡议书》,本刊记者的《全国少数民族民间歌手民间诗人座谈会在京举行》,宝音德力格尔的《粉碎四人帮　歌声更嘹亮》,唐德海的《唱得四化遍苗乡》,《中国民间文艺研究会在京召开常务理事扩大会》。

《边疆文艺》第11期发表周良沛的《真与假——在一个座谈会上的发言》。

《雨花》第11期发表于晴的《假如我是一个评论家》;王臻中的《构思不寻常　探索有胆识——评〈李顺大造屋〉》;《我省短篇小说创作的新收获——作协江苏分会组织座谈〈内奸〉〈特别法庭〉〈李顺大造屋〉〈在深处〉》。

10日,《山花》第11期发表丹枫的《浅谈艺术真实的客观性》。

《北京文艺》第11期发表傅高的《应当重视和提倡报告文学——记一次座谈会》;葛洛的《悼念周立波同志》;孙钧政的《论老舍的语言风格》;马联玉的《塑造各种各样的人物形象——读〈北京文艺〉小说札记》。

《东海》第11期发表范民声的《重评巴人的〈论人情〉》。

《诗刊》第11期发表韩作荣的《霜叶红于二月花》(讨论少数民族诗歌问题);姜清河的《泥土里长出的辣椒棵——读〈辣椒歌〉》。

《福建文艺》第11期发表蔡海滨的《破土而出的雨后春笋——读〈福建文艺〉今年短篇小说新人新作》;孙绍振的《生活的真实与艺术的真实》;"争鸣"栏发表《关于当前文艺创作问题讨论》。

13日,《人民日报》发表白烨的《没有突破就没有文学》。

15日,《山东文艺》第11期发表任孚先的《歌颂与暴露管见》;朱恩彬的《揭发和批评正是为了前进》;李衍柱的《漫谈〈山菊花〉的艺术特色》。

《长江文艺》第 11 期发表吴山秋的《说救灾》(讨论 1979 年一批戏曲的被禁);以"关于文艺与政治的关系的讨论"为总题,发表汪名凡的《从绝对化的观念中解放出来》;胡水清的《与何国瑞同志商榷》(讨论 1979 年《长江文艺》第 8 期何国瑞的《阶级的文艺总是阶级斗争的工具》)。

《曲艺》第 11 期发表芳草的《中篇弹词〈白衣血冤〉的演出和引起的争论》。

《汾水》第 11 期发表黎声的《再谈文艺为政治服务》。

《青春》第 11 期发表本刊编辑部的《作家方之不幸逝世》;本刊编辑部的《悼念方之同志》;斯群、李克因、李纪的《留得清白在人间》;成正和的《秋夜悲思》。

《黑龙江戏剧》第 3 期发表吕福田的《"高潮"在哪里?——与李健吾同志商榷》。

《新港》第 11 期发表朱兵、臻海的《短篇小说创作的新突破——评〈乔厂长上任记〉》;朱文华、许锦根的《怎样看待〈乔厂长上任记〉的思想倾向和人物塑造——与召珂等同志商榷》;杨志杰、彭韵倩、王信的《"四化"的绊脚石为什么碰不得——也评〈乔厂长上任记〉中的冀申》;《工人日报》记者的《鼓励业余创作 端正文艺批评——〈文学评论〉和〈工人日报〉联合召开优秀短篇小说〈乔厂长上任记〉座谈会》;毛星的《文艺和政治(续)》。

17 日,《人民日报》发表新华社记者的《迎接社会主义文艺复兴的新时期——热烈祝贺中国文学艺术工作者第四次代表大会胜利闭幕》;夏衍的《中国文学艺术工作者第四次代表大会闭幕词》。

18 日,《人民戏剧》第 11 期发表本刊编辑部的《热烈庆祝中国文学艺术工作者第四次代表大会胜利召开》;崔德志、刘喜廷、贺昭、王景愚、肖琦、邓止怡、邢益勋、王培的《勇于干预生活 努力提高质量——〈报春花〉〈权与法〉〈撩开你的面纱〉〈未来在召唤〉编导谈话录》;吴荻舟的《写在〈中国话剧运动史料集〉再版之前》;陈骏涛、黄维钧的《重话"戏剧观"》。

20 日,《人民日报》发表周扬的《继往开来,繁荣社会主义新时期的文艺——一九七九年十一月一日在中国文学艺术工作者第四次代表大会上的报告》。

《人民文学》第 11 期发表茅盾的《解放思想,发扬文艺民主》;叶圣陶的《跟〈人民文学〉编辑谈短篇小说》。

《大众电影》第 11 期以"由一封读者来信展开的讨论"为总题,发表立荣的《寒流挡不住春天的脚步——读者来信综述》,刘梦溪的《要重视这股思潮》,王若望的《一封吓不倒人的挑战书》,《香港读者的反响》(本刊综合整理)。

《上海文学》第11期发表王元化的《创作行为的自觉性与不自觉性》;钱谷融的《〈木木〉与典型化问题》;李燕的《于冠群该不该免职——观话剧〈未来在召唤〉拾零》;以"关于《为文艺正名》的讨论"为总题,发表徐中玉的《文艺的本质特征是生活的形象表现》,陈超南的《关于文艺的定义》,文致和的《就"阶级斗争工具"说和王得后等同志商榷》。

《文汇报》发表周扬的《继往开来,繁荣社会主义新时期的文艺——在中国文学艺术工作者第四次代表大会上的报告》(1979年11月1日)。

《四川大学学报(哲学社会科学版)》第4期发表李保均的《文章千古事　得失寸心知——就对〈李白与杜甫〉的批评同萧涤非等同志商榷》。

《哈尔滨文艺》第11期发表刘锡诚的《文学是真实的领域》;杨治经的《一套发人深省的连环画——读连环画〈枫〉》。

21日,《人民日报》发表王首道的《毕生扎根人民中——怀念周立波同志》。

25日,《电影艺术》第6期发表本刊评论员的《解放思想　乘胜前进》;任殷、木子的《漫谈电影文学的新收获——读〈电影创作〉〈电影新作〉〈电影文学〉发表的剧本》。

《电影创作》第11期发表汪洋的《解放思想,坚持"双百"方针,为繁荣人民电影事业作出新贡献!——北京电影制片厂建厂三十周年的回顾和展望》;李克威的电影文学剧本《女贼》。

《收获》第6期发表巴金的《靳以逝世二十年》;罗荪的《怀念靳以》;王西彦的《回忆荃麟同志》。

《陕西戏剧》第6期发表张绍宽的《破"不得批评领导"的禁区》。

《奔流》第11期发表陈辽的《短篇小说艺术琐谈》;王先霈的《新的探索　新的收获》;黄培需的《耐读的碑文——读〈碑记〉》;孙传恒的《一个偏执狂的"眼力"——谈〈气球〉中火眼左三的形象塑造》。

27日,《文汇报》发表杜萌的《读新人新作〈春鸣〉》。

28日,《人民日报》发表童大林、吴明瑜、鲍彤的《关于知识分子问题的笔记》。

《剧本》第11期发表本刊编辑部的《迎接戏剧创作的新繁荣》;王正、李钦的《话剧创作纵横谈》;沈毅的《新长征路上的报春花》;竹亦青的《独标一格的四川谐剧》;鲁煤的《"我为人民鼓与呼"——读豫剧〈谎祸〉随感》;周明的《岁寒知后雕——记老作家陈白尘》;黄伟康的《决不放下手中的笔——记赵寰同志》。

30日,《广西大学学报(哲学社会科学版)》第3期发表王向彤的《社会主义文学的歌颂与暴露问题》;谭福开的《警惕"阴谋文艺"借尸还魂》。

《社会科学战线》第4期发表孙中田的《茅盾在延安》;刘锡诚的《谈〈暴风骤雨〉及其评价问题》;左振坤的《略论〈红旗谱〉情节的丰富性和生动性》;邓星雨的《"咬"辨——读杨朔〈雪浪花〉札记》。

本月,《广州文艺》第11期发表谭如海的《也谈歌颂与暴露》;止戈的《英雄气概儿女肠——漫忆与田汉同志相处的日子》;曾石龙的《不许拿"工农兵"当棍子》。

《长江》第2辑发表周良沛的《关于〈一个和八个〉》;董墨的《蛤蟆滩的回声——忆柳青》。

《长春》第10、11期合刊发表杨问政的《文艺解放的一个关键性问题》;高峰的《驳"染缸"说》;刘启林的《替"伤痕文学"辩诬》;金钟鸣的《评题材问题上的左倾思潮》;谭谦的《继续解放思想　繁荣文艺创作》;杨荫隆的《党性原则与艺术民主》;方晴的《春光万里任采撷——谈建国以来我省的散文创作》;高洪波的《歌自林海雪原来——读诗集〈北方〉》;郭久麟的《为〈望星空〉一辩》;魏心宏的《人民应当知道他们——读"吉林作家介绍"专栏想到的》;锡金的《海月庵里的贤夫妇——追忆穆木天和彭慧》。

《四川文学》第11期以"关于《香花毒草辨》一文的意见"为总题,发表竹亦青的《香花毒草辨析》,王世德的《为什么大批香花被打成毒草?》,严肃的《"废名"与"标准"》,田原的《在新的起点上前进——评〈四川文学〉今年一至九期的短篇小说》。

《北方文艺》第11期发表李佳的《飞絮篇——文艺欣赏断想》;蔡田的《生活的权利——小说〈爱的权利读后〉》;陈辽的《劝君莫做过于执　请把宗岱作楷模》;单复的《〈纪要〉必须继续批判》。

《外国文学报道》第4、5期合刊发表许贤绪的《苏联文艺界在一些重大理论问题上的争论简介》;陈和竹的《日本"战后派"作家简介》,愫石的《当前美国的越战文艺》。

《西北大学学报(哲学社会科学版)》第4期发表肖文苑的《读〈李白与杜甫〉》。

《译林》创刊,第1期发表本刊编辑部的《打开"窗口"　了解世界》;袁可嘉的《谈谈西方现代派文学作品》;"名词解释"栏发表袁可嘉的《意识流》,董衡巽的《迷惘的一代》,刘象愚的《表现主义》,张子清的《黑色幽默》,奇青的《愤怒的青年》。

《延河》第 11 期发表冯雪峰的《关于评论工作》(遗作);杜鹏程的《回忆雪峰同志》;曲维的《冯雪峰简历及著作》;《深批〈纪要〉恢复实践在文艺领域的权威——〈陕西日报〉文艺部、〈延河〉编辑部召开的文艺评论座谈会纪要》;路钊珑的《漫话百家争鸣》;凡克宁的《新时期的人物——读〈七彩飞霞〉》;钟较弓的《美哉人情——读〈七彩飞霞〉》;述怀的《被扭曲了的形象——读〈七彩飞霞〉》。

《作品》第 11 期发表易准的《打掉〈纪要〉的幽灵——斥'根本任务'论和反'写真实'论》;梁水台、余素纺的《大胆正确地表现人民内部矛盾》;陈也欢的《关于"不准"和"禁止"》。

《花城》第 3 期发表陈残云的《黄宁婴的生活道路和他的诗》;曾敏之的《新加坡汉语文学掠影》。

《安徽文艺》第 11 期以"继续批判极左思潮 彻底肃清《纪要》流毒"为总题,发表斤薪的《为"创作自由"正名》,梁长森的《正确对待〈讲话〉》,周祥鸿的《"染缸"内外》,张民权的《杂谈"作家要下去"》,辛有光的《再谈为文艺队伍"脱帽"》,却沛的《你在说些什么?——浅评〈你们在干什么???〉》,胡永年的《何谓"赶时髦"——与益言同志争鸣》,丹禾的《小议"排座次"》;同期,发表舒芜的《说"闻腥"》;段儒东的《文艺规律与编辑胆识——参加部分省市文艺期刊座谈会随想》。

《河北文艺》第 11 期发表周进祥的《豪情忆旧事 抱病语后生——忆崔嵬同志》;周宇哲的《〈纪要〉不批透 百花难齐放》;张庆田的《〈大山歌〉序》;陈映实的《诗贵探索——读诗集〈南国行〉》。

《青海湖》11 月号发表洪涛、流舟的《一点质疑》(讨论 1978 年 6 月号马光瑞的《社会主义文学艺术坚强的信念》)。

《星火》第 11 期发表毕必成的电影文学剧本《庐山恋》;仰民的《肃清〈纪要〉的流毒 坚持现实主义创作原则》;吴剑刃的《鲜花重放 前事不忘》(讨论小说集《重放的鲜花》)。

《战地》增刊第 6 期发表吴文焘的《师表——回忆同张闻天同志的接触》;柯蓝的《怀念之树长青——怀念老诗人柯仲平同志》;孟博的《我见到了爸爸——写于孟超同志昭雪之日》;冯亦代的《副刊·"姚式编排"·等等》。

《武汉文艺》第 6 期发表吴乙天的《喜剧要干涉生活》;朱璞的《本质、真实与粉饰——从对〈月兰〉的不同评价谈起》;济恩的《文艺创作要敢于切中时弊——

兼评小说〈卷角的帽徽〉〉；黄家雄的《细节描写与人物塑造——重读马烽的〈三年早知道〉》。

《草原》第11期发表周廷芳的《实践是检验文艺的唯一标准——为"揭露文学"正名》。

《鸭绿江》第11期发表晋江的《抑制不住的几句话——致〈信念〉的作者》；丁振海的《肃清〈纪要〉流毒，繁荣文艺创作》；以"短篇小说《失去了的爱情》的讨论"为总题，发表达理的《生活·构思·典型化——创作〈失去了的爱情〉的点滴体会》；同期，发表叶文福的《到底写的谁（答边毅和蒲葱同志）》。

《湘江文艺》第11期以"沉痛悼念周立波同志"为总题，发表康濯的《长长的忆念》，蒋燕的《深深怀念立波同志》，王剑清的《未完的续篇》，未央的《我们的楷模》；同期，发表王驰的《继续解放思想，努力繁荣创作》。

《新疆文艺》第11期发表阎国忠的《批判极左路线 促进文艺解放》；陆建华的《写好内部讽刺作品——短篇讽刺小说〈防疫〉漫谈》。

本月，上海文艺出版社出版复旦大学中文系文艺理论教研组编的《形象思维问题参考资料》（第2辑），《文艺论丛》（第8辑），《中国现代文艺资料丛刊》（第4辑），蒋成瑀的《故事创作漫谈》。

春风文艺出版社出版赖应棠的《创作与批评》，纪元的《相声写作知识》。

长江文艺出版社出版邵伯周的《茅盾的文学道路》。

上海古籍出版社出版红楼梦研究集刊编委会编的《红楼梦研究集刊（第一辑）》。

天津人民出版社出版吴恩裕的《曹雪芹佚著浅探》。

云南人民出版社出版晓雪的《浅谈集》。

江苏人民出版社出版陈瘦竹的《现代剧作家散论》。

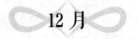

12月

1日，《布谷鸟》第12期以"深入开展关于真理标准问题的讨论"为总题，发表李华清的《倘若毛主席没有鼓掌》;袁在平的《这个框框非破不可》;陈炳章的《把刊物办到人民的心里》。

《徐州师范学院学报(哲学社会科学版)》第4期发表叶胥、庄汉新的《根植于沃野的鲜花——谈〈暴风骤雨〉、〈山乡巨变〉的人物形象塑造》。

《解放军文艺》第12期以"热烈祝贺第四次文代会圆满成功"为总题,发表本刊编辑部的《广阔的道路　灿烂的前景》、朱云谦的《在中国文学艺术工作者第四次代表大会上的祝词》,傅钟的《深入批判〈纪要〉　繁荣文艺创作》,魏巍的《解放思想　团结向前》,沈西蒙、胡可的《认真总结经验　繁荣戏剧创作》;同期,发表本刊编辑部的《关于落实作品政策的公告》。

2日,《人民日报》发表《人民文学出版社出版〈台湾小说选〉》。

3日,《人民日报》发表梅朵的《不能忘记这血的教训——赞影片〈曙光〉》;杜书瀛的《按照生活的本来面目描写生活》;边善兰的《现实主义的新探索——漫谈影片〈从奴隶到将军〉、〈吉鸿昌〉和〈傲蕾·一兰〉的艺术特色》。

4日,《文汇报》发表鲁人的《精神文明与文艺创作》;仲年的《小谈"意识流"》。

5日,《民间文学》第12期发表本刊记者的《中国民间文学工作者第二次代表大会在京开幕》。

《边疆文艺》第12期发表冉茂华的《〈清宫秘史〉不是卖国主义影片——驳戚本禹的〈爱国主义还是卖国主义?〉》。

《雨花》第12期以"深切悼念方之同志"为总题,发表《在追悼会的灵堂上》,叶至诚的《忆方之》,刘绍棠的《何期泪洒江南雨》,《方之给本刊编辑来信摘录》;同期,发表徐朝夫的《我们是真正的歌德派》。

10日,《人民日报》发表洁泯的《放手写各种生动的人物》;韩望愈的《红桃经雨更芳芬——为影片〈桃花扇〉平反》;刘白羽的《论〈第二次握手〉》。

《北京文艺》第12期发表本刊评论员的《信心百倍　继续前进》;邓友梅的《作家的职责——在中国作家协会第三次代表大会上的发言》;理由的《重视扶植后继者——在中国作家协会第三次代表大会上的发言》;孙钧政的《论老舍的语言风格(续)》。

《东海》第12期发表郑玲的《怎样才是美丽的人生——读〈工作着是美丽的〉》。

《诗刊》第12期发表柯岩的《为新诗和文艺队伍说几句话》;艾克恩的《说真

话抒真情是诗的生命》；钱光培的《新诗中的"绝句"》；张大明的《谈蒋光慈的诗》。

《福建文艺》第12期"广开言路"栏目发表马明泉的《文学与"气象学"》；傅萍的《"笔下流情"与"笔下留情"》；饶平的《绝不要抄起棍子打起来》；李绪茂的《要有求实的精神》；"争鸣"栏发表肖征的《民主所在与一分为二》，唐突的《也谈对当前文艺问题的一点看法》，傅子玖、黄后楼的《辩证地为文艺正名》；同期，发表方璞的《"我为人民鼓与呼"——喜读姚鼎生同志几篇新作》。

《青海民族学院学报》第3、4期合刊发表张建华的《读李准几篇作品偶感》。

11日，《文汇报》发表王建国的《"难道官就是真理的化身，权就是政策法律？"——看中国青艺来沪演出的话剧〈权与法〉》。

12日，《文艺报》第11、12期合刊发表邓小平的《在中国文学艺术工作者第四次代表大会上的祝辞》；茅盾的《中国文学艺术工作者第四次代表大会开幕词》；周扬的《继往开来，繁荣社会主义新时期的文艺——在中国文学艺术工作者第四次代表大会上的报告》；《中国文学艺术工作者第四次代表大会决议》；《文联名誉主席、主席、副主席名单》；夏衍的《中国文学艺术工作者第四次代表大会闭幕词》；刘白羽的《中国作家协会第三次代表大会开幕词》；巴金的《中国作家协会第三次代表大会闭幕词》；《中国作家协会第三届理事会理事名单》；《中国作家协会主席团名单》；《中国作家协会书记处书记名单》；刘宾雁的《时代的召唤》；王蒙的《我们的责任》；韶华、思基的《文学创作中的艺术和政治》；何达的《香港文艺活动的国际性》；胡余的《当代文艺史上的一个里程碑——第四次文代会侧记》；傅钟的《人民的胜利不可逆转——谈话剧〈神州风雷〉》；叶林的《天宫伎乐返人间——谈舞剧〈丝路花雨〉》；黄源的《谨以余年誓为四化而战斗来悼念雪峰同志》；菡子的《山花烂漫时——悼雪峰同志》；沙汀的《安息吧，立波同志》；孟伟哉的《有益的启示——读刘宾雁的特写〈人妖之间〉》；刘锡诚的《乔光朴是一个典型》；以"作品讨论·《大墙下的红玉兰》"为总题，发表孙犁、从维熙的《关于〈大墙下的红玉兰〉的通信》。

《文艺报》第11、12期合刊发表何达的《香港文艺活动的国际性》。

14日，《光明日报》发表余尚、洁芒的《历史性的功绩——谈曹禺同志新作〈王昭君〉》。

15日，《山东文艺》第12期发表本刊特约评论员的《欢呼文艺春天的到来》；鲁萍的《绝不辜负党和人民的殷切期望》；滕咸惠的《文艺上的现代迷信必须破除——批判江青勾结林彪炮制的〈纪要〉》。

《长江文艺》第12期发表徐迟的《文学与科学》；以"文艺与政治的关系的讨论"为总题，发表周介人的《也谈为文艺正名》，范福仁、马汝伟的《当前无需继续提倡工具说》。

《曲艺》第12期以"中国曲艺工作者第二次代表大会专辑"为总题，发表陶钝的《中国曲艺工作者第二次代表大会开幕词》，罗扬的《努力争取社会主义曲艺事业的更大繁荣——在中国曲艺工作者第二次代表大会上的报告》，侯宝林的《中国曲艺工作者第二次代表大会闭幕词》，《中国曲艺家协会第二届理事会理事、常务理事、主席、副主席、秘书长名单》，《中国曲艺工作者第二次代表大会建议书》，高元钧的《发扬优良传统　搞好部队曲艺》，齐榿的《职工业余曲艺队伍是社会主义文艺事业的一支不可忽视的力量》，吴宗锡的《发挥曲种特点　繁荣社会主义曲艺》，道尔吉的《丰富多采的内蒙古曲艺》，何红玉的《抢救遗产，为繁荣曲艺艺术贡献力量》，本刊记者的《同心同德，繁荣社会主义曲艺——中国曲艺工作者第二次代表大会在中国文学艺术工作者第四次代表大会期间隆重举行》。

《汾水》第12期发表林友光的《文学要大胆地看取人生——读〈山西短篇小说选〉》；陈新的《漫谈〈老二黑离婚〉》。

《青春》第12期发表忆明珠的《愿春雨重新滋润我吧》。

《新港》第12期以"贯彻文代大会精神　繁荣文艺创作"为总题，发表方纪的《迎接文艺的春天》；王林的《努力创作，向祖国和人民汇报》；陈洁民的《做安定团结的促进派》；万力的《热情帮助　严格要求》；蒋子龙的《塑造创业者的形象》；冯骥才的《坚持现实主义，为四化服务》；同期，发表腾云的《〈乔厂长上任记〉与现实主义》，丹晨的《鞭笞时弊的好小说——也评〈乔厂长上任记〉》，方今的《一个有启示意义的形象——谈谈〈乔厂长上任记〉中的郗望北》，彭少峰、王凤礼等的《关于〈乔厂长上任记〉的部分来稿摘登》，雷抒雁的《让诗歌也来点"引进"——给一位同志的信》，杨匡汉的《领导人物同是血肉之躯——文苑谈片》，毛星的《文艺和政治（续完）》。

17日，《人民日报》发表艾芜的《繁荣文艺必须肃清封建流毒》；张守仁的《人民公仆的崇高形象——读〈小镇上的将军〉》；陆贵山的《评长篇小说〈昨天的战争〉》。

18日，《人民戏剧》第12期以"第四次文代会、第三次剧代会胜利召开"为总题,发表《在中国剧协第三次代表大会上　曹禺、阳翰笙同志分别致开幕词与闭幕词》、《在中国剧协第三次会员代表大会上　赵寻同志作剧协工作报告》、《中国戏剧家协会第三届理事会、常务理事、主席、副主席、书记处书记、秘书长名单》、《中国剧协第三次会员代表大会胜利召开》,刘茗的《广开才路　广开文路——第三次剧代会散记》,夏衍的《我的期望——在中国剧协第三次会员代表大会上的讲话》,金山的《恢复和发展我国话剧表、导演艺术的现实主义传统》,黄佐临的《人气、仙气、志气——关于话剧的提高》;同期,发表卓宇的《还是要破禁区,讲真话——看〈报春花〉随想》、李健吾的《读〈闯江湖〉偶感》。

《文汇报》发表胡采的《关于贾平凹和他的作品》;方闻的《试谈〈堡垒〉的艺术特色》;任大霖、任大星的《儿童文学两题》。

20日,《人民文学》第12期发表本刊记者的《一九七九年优秀短篇小说评选近况》;《一九七九年全国优秀短篇小说评选启事》。

《文史哲》第6期发表朱恩彬的《"两结合"能成为独立的创作方法吗?》;蒋茂礼的《略论革命现实主义和革命浪漫主义的辩证结合》;刘光裕的《重新评价京剧〈龙江颂〉》。

《大众电影》第12期发表本刊记者的《遍地黄花秋色新——第四次文代会第二次影代会侧记》。

《上海文学》第12期以"文代会归来"为总题,发表柯灵的《散会后的沉思》、王西彦的《路子应该越走越宽》、孙瑜的《努力塑造社会主义新人》、陈恭敏的《集中精力于创作与研究》、宗福先的《滚烫的心》;同期,发表陈登科的《对文艺工作的几点意见》、刘心武的《向母亲说说心里话》、夏阳的《"坚持"与"解放"》。

《甘肃文艺》第12期发表李文瑞的《一切危害人民群众的黑暗势力必须暴露之》。

21日,《光明日报》发表翁睦瑞的《一个具有民族气质的将军——谈影片〈从奴隶到将军〉中罗霄形象的塑造》。

25日,《文学评论》第6期发表邓小平的《在中国文学艺术工作者第四次代表大会的祝辞》;以"第四次文代大会发言选登"为总题,发表艾芜的《繁荣文艺必须肃清封建流毒》、刘宾雁的《人是目的,人是中心——对在作协代表会上发言的补充》、康濯的《再谈革命的现实主义》、秦似的《随感三题》、叶文龄的《努力学习　努力探索》;同期,发表本刊评论员的《发展马克思主义的文艺理论和文艺批评》、黄式宪、文伦的《真实·诗情·独创性——看国情30周年上映的新片札记》。

《安徽戏剧》第6期发表沈敏特的《思考——人民的权利——读五幕话剧〈昨天与明天〉》；吴保和的《"两结合"创作方法质疑》；陈恭敏的《一要放心 二要放手——关于文艺的领导》；乔国良的《要坚持应该坚持的》（讨论话剧《于无声处》、《未来在召唤》）；公刘的《言者无罪 罗义无罪——读〈法官与逃犯〉有感》；王汝贵的《真实动人的一幕悲剧——谈〈我的血也是红的〉艺术特色》；王冠亚的《战士的悲剧——读〈战士几时归〉》。

《奔流》第12期发表阿红的《漫话用抒情诗反映人民内部矛盾》。

26日，《文汇报》发表陈沂的《〈救救她〉的主题思想和艺术成就》。

28日，《光明日报》发表杨景辉的《一个不容忽视的课题——评话剧〈救救她〉》。

《剧本》第12期发表曹禺的《迎接社会主义戏剧繁荣的新时代——中国戏剧家协会第三次会员代表大会开幕词》；赵寻的《坚持"百花齐放，百家争鸣"的方针 繁荣社会主义戏剧事业——中国戏剧家协会工作报告》；阳翰笙的《在新长征中作出更大的贡献——中国戏剧家协会第三次会员代表大会闭幕词》；剑雪的《从红小鬼到剧作家——记所云平》；曾铭的《他对生活满怀热情——记胡小孩》。

30日，《湖南师院学报(哲学社会科学版)》第4期以"关于文艺与政治、生活关系问题的讨论"为总题，发表邓超高的《〈为文艺正名〉异议两则》，汪名凡的《从绝对化的观念中解放出来——关于〈为文艺正名〉及其他》，汤龙发的《也谈工具论与反映论》，吴容甫的《是"全部"还是"一部"》，少功的《"文艺是阶级斗争的工具说"质疑》；同期，发表蒋静的《一个发人深思的悲剧评韩少功的〈月兰〉》。

本月，《广州文艺》第12期发表黄展人的《典型问题辨析》。

《长春》第12期发表金恩晖的《百足之虫 死而不僵》（讨论肃清《纪要》流毒问题）；郑有义的《为什么惧怕真实？》；朱晶、赵宝元的《敏锐的触角——读王宗汉的近作》；魏克信的《试谈短篇小说情节的容量》。

《四川文学》第12期发表子叶的《文艺为什么服务问题刍议》；畅游的《也谈香花毒草和六条标准》。

《北方文艺》第12期发表张景超的《在"要反映生活的本质真实"的幌子下》；易佳言的《"赶时髦"者的"愤慨"——也评〈这样的"时髦"赶不得〉》。

《辽宁戏剧》第4期发表《导演艺术问题(续完)——焦菊隐同志在辽宁省话

剧团导演艺术座谈会上的报告》；以"首都来稿"为总题，发表丁海鹏的《每个人都是典型——学习〈报春花〉的人物塑造》，冼济华的《一枝报春花》(以上二文评话剧《报春花》，并加编者按)。

《包头文艺》第6期发表《为刘宾雁叫好——特写〈人妖之间〉读后》。

《世界文学》第6期发表杨熙龄的《美国现代诗歌举隅》。

《戏剧学习》第4期发表李伯钊的《向前看——从苏区的文艺工作讲起》；李超的《艺术教育是党的重要事业》。

《延河》第12期以发表冯夏熊的《丁玲的再现》；《柯中平同志骨灰安放仪式在西安隆重举行》；魏钢焰的《创作——心灵震撼的记载——创作浅探》；刘建军的《"树碑立传"说质疑》。

《作品》第12期发表本刊编辑部的《文艺新长征的战斗纲领——学习邓小平同志在全国文代会上的祝词》；草明的《幸福的道路——〈草明小说选〉前言》；谢望新、李钟声的《篇短意赅——评杨干华的短篇小说》；黄雨、庆英的《杜桐和他的〈甘工鸟〉》；编者的《答读者问——关于白先勇的小说〈思旧赋〉》。

《安徽大学学报(哲学社会科学版)》第4期发表许钦文的《鲁迅和形象思维》；傅腾霄的《形象思维三议》。

《安徽文学》第12期发表江流的《漫话解放思想》；郭因的《赞美你，呐喊文艺》；李兴叶、李振玉、杜清源《文艺论争中的两个问题》。

《河北文艺》第12期发表康濯的《斗争生活的篇章——〈肖也牧作品选〉序》；张仲朋的《说唐僧——兼谈歌颂与暴露》。

《星火》第12期发表本刊编辑部的《新时期文艺工作者的历史使命》；周崇坡的《英雄人物是人而不是神——批判〈纪要〉关于塑造英雄人物的谬论》；毛礼镁的《一出撼人心魄的悲剧——评独幕话剧〈罪〉》。

《南开大学学报(哲学社会科学版)》第4期发表李何林的《〈近二十年中国文艺思潮论〉重版说明》。

《草原》第12期发表马逵英的《让社会主义民族文艺大放光彩——驳反对文艺民族化的谬论》。

《鸭绿江》第12期以"热烈庆祝中国文学艺术工作者第四次代表大会的召开"为总题，发表韶华的《要立一个法来保障艺术民主》，方冰的《欢呼中国社会主义文艺春天的到来》，谢挺宇的《保护文艺工作者的创造性劳动》，晓凡的《我们的事业需要新作家》;同期,发表蒋子龙的《生活和理想——乔厂长这个形象是怎样诞生的(答王炳麟)》,阎纲、孙犁的《关于〈铁木前传〉的通信》,宁殿弼的《历史的画卷,英雄的赞歌——评长篇小说〈沧海横流〉》。

《黑龙江戏剧》第 4 期发表常葵、廷钧的《"个人遭遇"与"时代缩影"——与石丁同志商榷》(讨论话剧《有这样一个小院》);仲呈祥的《思索,其中必有信念——对〈思索,别忘了信念〉一文的思索》。

《湘江文艺》第 12 期发表王驰的《为繁荣社会主义文艺贡献力量》;康濯的《为文艺的繁荣大显身手》;王庆章的《肃清极左流毒 繁荣社会主义文艺》;彭俐侬、范舟的《对繁荣戏曲事业的几点看法》;本刊记者的《乡亲作家、艺术家会面记》,胡代(火章)、张永如的《只为悲剧不重演》。

《新文学论丛》第 2 辑发表张毕来的《科学民主二百年——〈新文学史纲〉再版序》;徐中玉的《发扬艺术民主 促进创作繁荣——学习周总理关于文艺工作的讲话》;张炯的《论题材的多样化》;杨志杰、彭韵倩的《开不败的花朵——从〈重放的鲜花〉谈反官僚主义文学的历史命运》;顾骧的《新文学运动历史的简要回顾——"五四"六十周年祭》;倪墨炎的《陈独秀在五四新文学运动中的贡献》;易竹贤的《评五四文学革命中的胡适》;周谷城的《评〈文艺报〉特约评论员的评论》;王桐生的《"时代精神汇合"论辩》;吴云鹏的《致周谷城》(讨论姚文元《略论时代精神》);刘建军的《为〈现实主义——广阔的道路〉辩诬》;刘再复、楼肇明、刘士杰的《论赵树理创作流派的升沉》;陈丹晨的《写"中间人物"问题再讨论》;晓雪的《诗人的青春——喜读艾青近作》;本刊记者的《作家的心声——杜鹏程同志访问记》;唐挚的《散文三题——读〈杨朔散文选〉漫笔》;刘锡诚的《对新人物的探索——读几篇反映工业战线的短篇小说》;闻道的《都是"来真格儿的"了吗——也评刘心武的创作》;冯健男的《为了新社会的诞生——柳青剪影之一》。

《新疆文艺》第 12 期发表周政保的《身在现实,怎样离去?》;杨桂欣的《劝君莫学乌鸦噪》。

《文教资料简报》第 12 期发表周俟松的《许地山年表》;吴锦廉、姚春树的《许地山先生的家世及其他》。

本月,广东人民出版社出版中国戏剧家协会广东分会编的《小戏创作笔谈》。

四川人民出版社出版蒋风的《儿歌浅谈》。

山西人民出版社出版刘梦溪的《文艺论集》。

本年

《山东大学文科论文集刊》第2期发表刘波的《如何正确认识文艺与生活的关系》。

《山西大学学报(哲学社会科学版)》第1期发表马作楫的《试论〈一月的哀思〉的艺术特色》;高仲章的《学习毛泽东文艺思想的几点认识——兼论"四人帮"反对毛泽东文艺思想的罪行》;王政明的《略论文学发展中的思想继承——兼斥"四人帮"反对继承文学遗产的谬论》。

《广西师范学院学报(哲学社会科学版)》第1期发表黄绍清的《试论徐迟的报告文学》。

《戏剧艺术》第1期发表陈恭敏的《工具论还是反映论——关于文艺与政治的关系》;吴谨瑜的《长安街上话长安——〈西安事变〉观后》;钱谷融的《关于〈雷雨〉的命运观念问题——答胡炳光同志》。

《戏剧艺术》第2期发表沈西蒙、漠雁、吕兴臣的《〈霓虹灯下的哨兵〉创作回顾》;夏写时的《中国戏剧批评的产生和发展》。

《河北师大学报(哲学社会科学版)》第2期发表郭文静、倪宗武的《揭出病苦引起疗救的注意——谈刘心武短篇小说中灵魂受扭曲的人物》。

《河北师大学报(哲学社会科学版)》第3期以"批判极左思潮,促进文艺繁荣——中文系师生讨论《'歌德'与'缺德'》"为总题,发表陈慧的《高调必须少唱》,贾振华的《是谁不看事实》,杨景祥的《谈歌颂与暴露》,齐双塘的《也谈"歌德"》,王志耕的《何谓感情与想象》,韩进廉、李玉昆的《两种症候,一个病根》;同期,发表唐文斌的《浅谈郭小川对新诗形式的探索及贡献》。

《武汉师范学院学报(哲学社会科学版)》第1期发表姚雪垠的《李自成为什么会失败?兼论〈李自成〉的主题思想——在武汉师范学院举行的〈李自成〉学术报告会上的讲话》;冯天瑜的《革命的政治内容与完美的艺术形式的统一——评长篇历史小说〈李自成〉第一、二卷》;《我院成立"〈李自成〉研究小组"》。

《武汉师范学院学报(哲学社会科学版)》第2期发表杨江柱的《是什么拨动了亿万人民的心弦——试论徐迟报告文学作品的时代精神》;古远清的《郭小川

的前期诗作》。

《武汉师范学院学报》第 3 期发表徐迟的《关于报告文学问题的讲话》；邹贤敏的《一种独立的文学样式——再论报告文学的真实性》；杨江柱的《为报告文学正名——从报告文学的起源、移植与发展来看它的内涵与外延》；尹均生的《报告文学——无产阶级革命时代新型的独立的文学样式》；江柳的《两结合的创作方法与报告文学》。

《杭州大学学报(哲学社会科学版)》第 3 期发表李孝华的《徐迟报告文学的创作特色——〈哥德巴赫猜想〉报告文学集学习札记》。

《钟山》第 1 期发表陈瘦竹、沈蔚德的《读〈王昭君〉》；黄政枢、程远山的《文学作品需要"这个"——谈几个短篇小说创作的独特性》；吴中杰、高云的《重读峻青的短篇小说——写在〈黎明的河边〉再版的时候》；陈登科的《〈淮河边上的儿女〉再版的话》。

《钟山》第 2 期以"学习周总理关于文艺工作的讲话"为总题，发表顾尔镡的《学习·感受·思索》，包忠文、裴显生的《实践·规律·独创性》；同期，发表郑乃臧、唐再兴、杨杰的《关于瞿秋白》；陈辽的《艺海浮沉话〈柳堡〉——记〈柳堡的故事〉中的主人公李进一夕谈》；曼生的《论刘心武短篇小说的思想艺术特色》；张棣华的《曲艺对文学的影响及其应有的地位》。

《清明》创刊，中国作家协会安徽分会主办，第 1 期发表丁玲的《在严寒的日子里》。

《清明》第 2 期发表陈登科、肖马的《访丁玲》；李陀的《要多疑多问》；王蒙的《论"眼不见为净"》；白桦的《从唐·吉诃德斗风车谈起》；何孔周的《臀部上的"纹章"》；朱壁的《安徒生要我们想想》；陈喜儒的《眼泪》；陈允豪的《好了伤疤忘了痛》；《为办好刊物，繁荣创作　本刊编辑部在京召开座谈会》(有编者按，发言者有陈登科、李陀、陈允豪、吴泰昌、何孔周、孟伟哉、孔罗荪、秦兆阳、王蒙、韩瀚、陈荒煤、屠岸、白桦、刘心武、冯牧、赖少其等)。

《新苑》创刊，吉林人民出版社主办，第 1 期发表金钟鸣的《实践的检验——再评"样板戏"》；林元的《文如其人——谈杨朔散文风格》；朱晶的《艺术构思的独创性》。

《新苑》第 2 期发表方晴的《文学真实琐议》；易征的《细腻与真实——谈李劼人作品的人物描写》。

《海洋文艺》第 9 期发表叶如新的《欧阳子的心理描写》。

《海洋文艺》第 12 期发表叶如新的《王祯和的台语文学》。

1980年

1980年

1月

1日,《山花》1月号发表冀洲的《热情的鼓励 宝贵的建议——黔剧〈奢香夫人〉在京演出的一次座谈》。

《芙蓉》第2期发表张天翼的《与青年作者谈创作问题》;康濯的《浅谈当前的创作问题》;刘绍棠的《开始了第二个青年时代》。

《解放军文艺》第1期发表巴金的《〈爝火集〉后记》;周宝珊的《表现人民的优秀品质,赞美人民的伟大胜利——学习邓小平同志在第四次文代会上的〈祝辞〉札记》;丁隆炎的《就〈在彭总身边〉一书答读者》;高元钧的《发扬优良传统 搞好部队曲艺》。

2日,《人民日报》发表舒新的《带着"含泪微笑"的回顾——读高晓声的短篇小说〈李顺大造屋〉》。

3日,《山西群众文艺》第1期发表马作楫的《生活的花朵——读〈新民歌一百首〉》;嘉禾的《故事创作常识》。

5日,《民间文学》第1期发表贾芝的《团结起来,为繁荣我国的民间文学事业而努力——在中国民间文学工作者第二次代表大会上的报告》;《中国民间文艺研究会领导机构主要成员名单》

《宁夏文艺》第1期发表本刊评论员的《文艺的春天必将到来》;潘自强的《面对现实 干预生活》;胡蔚然的《继续狠批〈纪要〉,扩大文艺队伍》;晏旭的《歌颂与暴露要有主次》。

《江苏戏曲》复刊,第1期发表《复刊的话》;金毅的《要致力于"二百"方针的贯彻》;王平的《要提倡现代题材的戏曲创作》。

《河北文艺》第1期发表朱兵的《不问收获 但问耕耘——评贾大山同志的创作》;周哲民的《我们的力量就在于说真话——读〈乡风〉》;田间的《〈诗苑折枝〉序》;袁振声的《访作家孙犁》。

《雨花》第1期发表本刊评论员的《三十而立——热烈祝贺中国文学艺术工作者第四次代表大会胜利闭幕》;陈白尘等的《文代会归来》;王若望的《不要横加干涉》。

《解放日报》发表卢新华的《她是中国人:李黎》。

6日,《电影创作》第1期发表白桦、毛莉莲的《希望能有一个美丽的神话故事片——关于〈孔雀公主〉的通信》;李硕儒的《淡妆浓抹总相宜——与张杨同志谈〈第二次握手〉电影文学剧本》;张翠兰的《影片〈小花〉怎样成为"花"》。

7日,《解放军报》发表杨元魁的《积极引导　善于鉴别——如何看待放映外国影片和香港影片》

9日,《人民日报》发表苏一平、艾克思的《严冬过尽绽春蕾——长篇小说〈刘志丹〉出版随想》;卫建林的《人民的强烈呼声——话剧〈权与法〉观后》。

《光明日报》发表程代熙的《人学·人性·文学》。

10日,《大众电影》第1期发表本刊记者的《沿着春天的脚步前进》;《第三届"百花奖"评选办法》;丁雅琪、杨雨的《对电影评论的评论》。

《北京文艺》第1期发表刘锡诚的《一九七九年〈北京文艺〉短篇小说印象》;何新的《把想象的余地留给读者》;张韧、蒋守谦的《读〈北京短篇小说选〉》。

《东海》第1期以"笔谈全国第四次文代会"为总题,发表林淡秋、许钦文、谷斯范等的《繁荣文艺事业　促进四化建设》,唐向青的《丹枫霜重的时候》,史行的《盛会颂》。

《江苏师院学报(哲学社会科学版)》第1期发表徐迟的《为什么写？怎样写？》。

《诗刊》第1期发表臧克家的《且说自己的一首诗——答问:谈〈罪恶的黑手〉》;公刘的《诗与政治及其它——答:诗刊社问》;雁翼的《答诗歌信箱》;宋垒的《读〈在历史的法庭上〉》。

《读书》第1期发表《从〈戊戌喋血记〉谈历史小说(座谈记录)》;常任侠的《赠於梨华》、《赠聂华苓》。

《福建文艺》第1期发表郭风的《我们的文艺队伍是好的——参加全国四次文代会归来漫笔》;郑朝宗的《社会主义文艺复兴的前夕》;张惟的《作家的思考》;万里云的《艺术规律初探》;石文年的《文艺要写真实——驳"不可暴露"论》;吴永富的《正确理解"以写光明为主"》;卢善庆的《姚一苇的〈艺术奥秘〉读后》;林承璜的《海外女作家的深情——访於梨华》。

《新疆文学》第1期发表匡满的《豪情、奇想及其他》(讨论章德益的诗)。

12日,《文艺报》第1期发表冯牧的《对于文学创作的一个回顾和展望——兼谈革命作家的庄严职责》；唐挚的《更好地表现新时期的社会矛盾》；向川的《关于反映社会生活中新问题的探讨——记本刊召开的部分在京作家评论家座谈会》；黄秋耘的《关于张洁作品的断想》；李准、梁信、白桦、叶楠、张天民的《"文艺的社会功能"五人谈》；公刘的《新的课题——从顾城同志的几首诗谈起》；王铁成等的《中年文艺工作者的心里话》；崔德志的《干预生活，还要熟悉生活、爱护生活》；卫建林的《为社会主义新人讴歌——兼评〈船长〉》；雷达的《画出灵魂来——读〈小镇上的将军〉》；欧阳山的《〈邵子南创作集〉序》；杨晦的《怀念翔鹤同志》。

15日，《山东文学》第1期发表田仲济的《文艺必须象生活那样丰富多彩》；仲呈祥、杨志杰的《"文艺为政治服务"能作为创作的前提吗？》。

《北方文学》第1期发表本刊编辑部的《我们把一束鲜花献给读者——为短篇小说专号而作》；延泽民的《创作要上去，关键在领导》；以"第四次文代会归来"为总题，发表巴波的《一点教益》，关沫南的《十年离乱又重逢》，张浪的《我们怎么办？》，潘青的《让自由的笔生辉放彩》；以"关于塑造社会主义新人形象的讨论"为总题，发表艾若的《写新人漫议》，杨治经的《文学要为新人塑像》，侯成言的《关于塑造英雄人物问题》。

《北方论丛》第1期发表王振声的《回答今日世界——论贺敬之的政治抒情诗》。

《汾水》第1期专栏"赵树理研究"发表史纪言的《赵树理同志生平纪略》，邢晓寿的《赵树理的一副贺喜对联》；同期，发表本刊记者的《〈老二黑离婚〉引起热烈反响》。

《青春》第1期发表刘宾雁的《希望和祝愿》；王蒙的《当你拿起笔》；茹志鹃的《献给青年朋友》。

《新港》第1期发表冯健男的《认真创造艺术典型——学习周恩来同志关于文艺问题的讲话》；张学正、王淑贵的《"应该热心地招呼后面跟上来的人"——谈孙犁同志对青年作者的培养》；哲明的《漫评中篇小说〈园丁〉》。

16日，《人民日报》发表刘锡诚的《始终想着人民的利益——读中篇小说〈永远是春天〉》；高占祥的《把严冰化为春水——话剧〈救救她〉观后》；张盛良的《传记文学创作的有益探索——评长篇文学传记〈任弼时〉》。

《电影艺术》第1期发表夏衍的《在中国电影工作者协会第二次代表大会上的讲话》；苏叔阳的《"横加干涉"和"不干涉主义"》；陈立德的《探索和创新必须源

于生活——从影片〈小花〉的艺术倾向谈起》；倪震的《悲涛的回声——试谈音乐抒情片〈生活的颤音〉》；白桦的《失去了生活真实就失去了美——漫谈〈生活的颤音〉》。

18日,《人民戏剧》第1期发表叶林的《应该给李晓霞一种什么命运——从〈救救她〉的结尾谈起》。

《词刊》创刊,第1期发表晓星的《为提高歌词艺术的水平而努力(代发刊词)》；洪源的《我们有了园地》,乔羽的《〈林中的鸟声〉序》；邹荻帆的《给诗友的一封信》；金帆的《生活和形象》。

《语文教学通讯》第1期发表蒋子龙的《关于〈乔厂长上任记〉的通讯》。

20日,《人民文学》第1期发表刘宾雁的《关于〈人妖之间〉答读者问》；钟惦棐的《文学的执拗》(讨论方之小说《内奸》)。

《工人文艺》创刊,甘肃省总工会主办,《工人文艺》编辑部编辑,第1期发表《致读者(代发刊词)》；傅成励的《新长征的颂歌——〈工人文艺作品选〉读后》。

《上海文学》第1期发表洁泯的《在革命现实主义的道路上》；邓友梅的《文艺职能之我见》；刘绍棠的《转业到文艺界以后——给刘宾雁的信》；巴金的《悼方之同志》；陈辽的《浪头里的石头——悼方之》。

《甘肃文艺》第1期以"文代会归来"为总题,发表赵燕翼的《迎接文艺的春天》,刘让言的《文艺理论也需要发展》,汪玉良的《感受·思索·愿望》,苏平的《愿"花儿"唱得更有情》,郝苏民的《无边春色来天地——关于民间文学的回顾和遐想》；同期,发表《一九七九年部分报刊及简报上出现的文艺理论方面几个有争论的问题》。

《武汉大学学报(哲学社会科学版)》第1期发表陈守成的《论马雅可夫斯基对贺敬之诗歌创作的影响》。

《学术月刊》第1期发表艺声、田昂的《略论文学的人性与阶级性》。

《哈尔滨文艺》第1期发表林予的《文学领域没有避风港——参加全国四次文代会有感》；里栋、小石的《舒群小传》。

《南京大学学报(哲学社会科学版)》第1期发表王继志的《小说创作的现实主义深化——读七九年以来的部分短篇小说》。

21日,《四川大学学报(哲学社会科学版)》第1期发表胡德培的《〈李自成〉人物的出场艺术》。

23日,《人民日报》发表刘梦溪的《文学的命运和作家的责任》;刘思平的《淡中有浓——谈影片〈春雨潇潇〉的艺术特色》;谢明清的《读长篇小说〈骑兵之歌〉》;范咏戈的《爱国科学家的生动形象——话剧〈为了祖国〉观感》。

25日,《齐鲁学刊》第1期发表刘景清的《知识的长河 思想的浪花——评秦牧的散文集〈长河浪花集〉》。

《奔流》第1期发表于黑丁的《解放思想 繁荣创作》;苏金伞的《文艺和政治》;孙荪的《文艺家的眼睛》。

《陕西戏剧》第1期发表《陕西省戏剧创作座谈会纪要》。

《滇池》第1期发表周扬的《〈冼星海传〉序》。

30日,《人民日报》发表阎纲的《努力反映时代的真实面貌——评近年来的中篇小说》。

本月,《十月》第1期发表秦兆阳的《文学心潮录》;王蒙的《生活、倾向、辩证法和文学》。

《山丹》第1期发表布赫的《繁荣文艺创作,满足群众的文化需要》;雷成德的《"作者的见解愈隐蔽,对艺术作品来说就愈好"》(讨论刘心武的创作)。

《山西大学学报(哲学社会科学版)》第1期发表蒙树宏的《谈谈赵树理作品中的表现手法》。

《广州文艺》第1期发表胡絜青的《一位给人们带来美好的人——悼念焦菊隐先生》;黄伟宗的《关于悲剧的悲剧——悲剧讨论有感》;金之的《细致观察 认真探索——广州市文联、〈广州文艺〉编辑部举办短篇小说创作座谈会侧记》。

《长安》第1期发表畅广元的《完整、准确地理解党的文学原则》;姚虹的《"写真实"辨》。

《长春》第1期发表本刊编辑部的《迎接文艺繁荣的新时代》;公木的《坚持双百方针 自己解放自己》;何火任的《纵横诗笔见高情——读曲有源的近期诗作》;[日]田畑佐和子的《访重登文坛的丁玲》;赵云声的《一将成名万骨枯——读诗〈将军,不能这样做〉随想》。

《包头文艺》第1期发表周廷芳的《我读〈发卡〉》;昊明的《以什么标准检验〈发卡〉》;刘清的《典型·细节·结尾——谈〈发卡〉的艺术真实》;刘波的《我对〈发卡〉的看法》。

《江淮文艺》第1期发表白桦的《我们的太阳是人民——在安徽文艺界的讲

话》;潘孝琪的《一曲法制的颂歌——读小戏〈明天开庭〉》。

《西湖》第1期发表谢狱的《怀邵荃麟同志》。

《芒种》第1期发表黄益庸的《鲜花重放的启示》;解洛成的《在对比中塑造形象——略评小说〈白纱巾〉》。

《延河》第1期发表启治的《"基点"究竟在哪里?——评〈一定要站在革命现实主义的"基点"上〉》;白贵的《准确理解革命现实主义的含义——与艾斐同志商榷》;刘斌的《在歌颂与暴露之外》;肖云儒的《洗濯精神的污垢——读〈肥皂的故事〉》;冠勇的《载舟之水可以覆舟——读〈谁作结论〉》;张启范的《季书记又到哪里!——读〈自白〉》;季青春的《红杏一枝出墙来——赞〈没有绣完的小白兔〉》。

《作品》第1期发表楼栖的《应当重视文艺批评》;杨群的《"衙门作风"与文艺》。

《花城》第4期发表毕必成的《庐山恋》;杨越的《三十年文艺简论》;李汝伦的《关于〈李白与杜甫〉中对杜甫评价的商榷》;夏易的《爱荷华掠影》。

《武汉文艺》改名为《芳草》,第1期发表本刊编辑部的《还是为了战斗》;王蒙的《悲剧二题》;西来的《说"鉴"》;狄遐水的《"夺权"·"长官意志"·文艺创作》。

《青海湖》第1期发表程秀山、杨友德、田地的《畅谈文代会上的收获》;金成的《真的声音,要用心来回答——话剧〈未来在召唤〉为什么激励着观众》。

《星火》第1期发表俞林的《民主·团结·繁荣》(讨论全国第四届文代会);张涛的《进一步解放思想 努力繁荣文艺创作》;黄宗林的《继续批判极左思潮》;许明晶的《庐山啊,景美人更美——喜读电影文学剧本〈庐山恋〉》。

《星星》第1期发表永啸的《莫做王禹玉,学学宋神宗》;王明居的《含蓄》;罗康宁的《"写诗"和"做诗"》;丁永淮的《诗,请在散文门口止步》;李向阳的《石画屏琐议》。

《战地》第1期发表荒煤的《不能忘却的纪念——怀念齐燕铭同志》;叶文玲的《红叶落尘埃 莫谓红绝矣——怀念周立波同志》。

《草原》第1期发表查洪武的《情难容 理不该——对话剧〈蔡文姬〉处理古代民族关系问题的异议》;丁尔纲的《胆识论》;耕耘的《文学要干预生活》。

《海燕》第1期发表谢冕的《诗人对生活的感受》。

《鸿雁》复刊,第1期发表《鸿雁》编辑部的《复刊告白》;玛拉沁夫的《展翅金鹰关不住——重读邓拓同志的〈内蒙吟草〉》;奎曾的《鸿雁高飞发新声》;以"关于历史剧《蔡文姬》的讨论"为总题,发表阿都沁夫的《为民族团结正名》,舒振邦、马耀圻、吉发习的《〈蔡文姬〉的主题是"民族团结"吗?》,何守中的《〈蔡文姬〉的思想局限性》,查洪武的《是团结还是分裂》,何乃强的《重睹芳华和家破人亡》;同期,发表奥其的《谈民歌〈嘎达梅林〉的发端和尾声》。

《湘江文艺》第1期发表本刊评论员的《迎接八十年代 夺取文艺大繁荣》;本刊记者的《借得东风便 迎来百花开——记湖南省文联召开传达贯彻全国第四次文代会的会议》;夏衍的《悼念田汉》。

《湖南群众文艺》第1期发表严实的《出淤泥而不染——评小歌剧〈莲花〉》;陈望衡的《朗朗笑声扫鬼魅——评故事〈笑声〉》。

《群众文化》第1期发表李英敏的《要为农民文化生活着想——下乡随笔》;王驰的《把群众文化工作提到党委的议事日程上来》;胡笙桢、宋海泉的《农村群众文化非抓不可》;李敏生的《不要乱砍农村文化活动》;潜元兹的《放歌向未来——全国少数民族民间歌手、民间诗人座谈会侧记》;北京市东城区文化馆的《发展群众文化事业 为"四化"多做贡献——学习叶剑英同志重要讲话的体会》;《十二省、市群众文艺刊物座谈会纪要》;王允高的《我们用这种办法办公社业余文艺宣传队》;《九省编写〈群众文艺辅导丛书〉协作会议》。

本月,北京大学出版社出版本社编的《茅盾论中国现代作家作品》。

中国戏剧出版社出版会林、绍武编的《夏衍戏剧研究资料》。

安徽人民出版社出版郭因的《艺廊思绪》。

2月

1日,《贵阳师院学报(社会科学版)》第2期发表金观涛、刘青峰的《中国历史上封建社会的结构:一个超稳定系统》。

《解放军文艺》第2期发表韦国清的《在全军文化工作会议上的讲话》;刘白羽的《努力把部队文化工作提高到一个新的水平,为建设四化、保卫四化而奋斗!》;本刊评论员的《为社会主义新人放歌》。

2日,《解放军报》发表曾勋的《部队文艺要为提高战斗力服务》;汉雁的《人民的愿望与作家的责任》;李昂的《愿生活的美酒更加浓烈——读公刘同志的〈酒的怀念〉有感》。

3日,《山西群众文艺》第2期发表恒桦的《从群众的需要出发》;王一民的《省文化局召开业余文艺创作座谈会》。

5日,《民间文学》第2期发表钟敬文的《把我国民间文艺学提高到新的水平——在中国民间文学工作者第二次代表大会上的发言》;马学良、王尧的《民族民间文学与宗教——在中国民间文学工作者第二次代表大会上的发言》。

《宁夏文艺》第2期发表张贤亮的《邢老汉和狗的故事》;焦雨闻的《纸船明烛照天烧——〈纪要〉出笼十四周年"祭"》;潘旭澜的《量体裁衣——艺术断想》;弓柏的《暴露·转移·歌颂》;商子雍的《作家与政治家》。

《江苏戏曲》第2期发表刘川的《漫话真实》;李云初、常征的《为消灭悲剧而写新悲剧》。

《河北文艺》第2期发表殷白的《为什么只有一顶"青纱帐"——悼念刘星火同志》;陈景春的《注意塑造新时期的社会主义新人形象》;奚海的《大胆地看取人生 真实地反映现实——也谈歌颂与暴露》。

《雨花》第2期发表周舟、安凡的《假如谢惠敏是……》。

《郑州文艺》第1期发表宗慈的《从乔光朴立军令状说开去》;郑平的《"意识流"浅说》。

6日,《人民日报》发表本报评论员的《文艺是引导人民前进的灯火》;何孔周的《历史的潮流阻挡不住——谈〈天云山传奇〉中吴遥的形象》;晓梵的《发人深思的农村悲喜剧》。

《光明日报》发表缪俊杰的《写出人物独特的命运和性格——谈中篇小说〈天云山传奇〉的人物塑造》;阎纲的《贾平凹和他的短篇小说》。

《电影创作》第2期发表高时英的《谈谈〈乔厂长上任记〉的改变》;姚雪垠的《怀念崔嵬同志》。

10日,《大众电影》第2期发表马德波、戴光晰的《深刻的暴露 热情的歌颂——评影片〈泪痕〉》;本刊评论员的《我们需要这样的书记》(讨论电影《泪痕》)。

《北京文艺》第2期发表谢冕、陈素琰的《在新的生活中思考——评张洁的创作》;张恩荣的《论爱情在文艺作品中的地位——关于"永恒主题"论》。

《东海》第2期发表任青的《略谈写什么和怎样写》;李遵进的《试谈人性的相对独立性》。

《诗刊》第2期发表艾青的《答问十九题》;秋耘的《门外诗谈》;李元洛的《咫尺万里　以短胜长——谈抒情短诗的创作》。

《读书》第2期发表野艾的《读一个熟悉的陌生人的问候——向路翎致意》。

《福建文艺》第2期发表魏拔的《关于歌颂的断想》;以"关于新诗创作问题的讨论"为总题,发表周俊祥的《舒婷诗歌评赏》,王者诚的《为谁写诗》,范方的《感情真挚的歌声》。

《新疆文学》第2期发表郑兴富的《试谈周涛诗歌创作》;周政保的《关于题材问题及其他》。

12日,《文艺报》第2期发表吴泰昌的《大兴争鸣之风》;谢永旺的《独树一帜——评高晓声的小说》;阎纲的《从〈枫〉——〈将军吟〉》;夏耘的《布尔什维克的敬礼——读王蒙的〈布礼〉》;白晓朗的《历史的镜子——读冯骥才的〈啊!〉》;王愚的《有益的尝试——去年出版的几部长篇小说读后》;张炯的《新时期文学的又一可喜收获——兼评中篇小说的崛起》;袁鹰的《歌手·园丁·斗士——怀念陈笑雨同志》;王若望的《释"遵命文学"》;玛拉沁夫的《民族文学工作一议》;蒋孔阳的《典型问题与文艺创作》;武治纯、谷文娟的《〈台湾小说选〉浅评》。

13日,《人民日报》发表艺军的《谈〈泪痕〉的人物塑造》;兴叶的《"船长"精神赞》。

《光明日报》发表范咏戈的《军事题材短篇小说的新收获——评〈西线轶事〉》;曾文渊的《探求的成果——读陆文夫最近的几篇小说》。

15日,《山东文学》第2期发表竹冰的《阶级斗争扩大化对文艺界的危害》。

《汾水》第2期发表都郁的《〈泪痕〉摄制札记》;专栏"赵树理研究"发表李近义的《赵树理写〈焦裕禄〉的时候》,侯文正的《北海公园一席谈——忆赵树理同志与北大"五四文学社"社员的一次会见》。

《青春》第2期发表刘真的《文章甘苦事——在南京市文联座谈会上的讲话》;李培禹、杨小兵的《美,永远不会灭绝——记作家王蒙与文学青年的一次畅谈》。

《钟山》第1期发表罗荪、刘宾雁、陆文夫等的《贯彻"双百"方针　繁荣文艺创作》；夏阳的《重新学习　重新认识》（讨论《在延安文艺座谈会上的讲话》）；吴调公的《革命现实主义在前进》；陈素琰的《来自生活的诗情和美——读菡子的作品》；严迪昌的《评忆明珠的诗》；徐兆淮的《贵在真实　勇于创新——评高晓声近作的人物形象》。

《新港》第 2 期发表蔡葵、杨志杰的《对一个文艺理论问题的看法》（讨论"文艺为政治服务"问题）；金梅的《关于创作的准备和作者的修养——读孙犁〈晚华集〉随笔》；李炳银的《白慧给我们的启示——读〈铺花的歧路〉》。

16 日，《电影艺术》第 2 期发表刘梦溪的《关于文艺创作反映人民内部矛盾问题——从〈洞箫横吹〉和它的作者海默的遭遇谈起》；老军的《前行多踟蹰——一个电影编辑的感想》；张仲年的《一枝艳丽的红玫瑰——试论影片〈苦恼人的笑〉的艺术特色》。

18 日，《语文教学通讯》第 2 期发表沙叶新的《〈约会〉是怎样写出来的》。

20 日，《人民日报》发表林洪桐的《让形象说话——试谈影片〈归心似箭〉的艺术成就》；柯灵的《〈电影文学丛谈〉序》。

《人民文学》第 2 期发表高晓声的《陈奂生上城》。

《上海文学》第 2 期发表易原符的《"带头羊"与"替罪羊"》（讨论文艺作品的作用问题）；畅广元的《生活·政策·文学》；路钊珑的《文章公式纵横谈》；陈深的《改名换姓和艺术民主》；金梅的《文学上的雅量》；贺光鑫的《有感于一个宪兵将军对高尔基的关心》；周晓的《"草菅书命"及其他——编辑杂忆》（讨论侯金镜的《鼓噪集》）。

《光明日报》发表陆建华的《深情的歌颂　有益的尝试——散文集〈梅园的黎明〉读后》。

25 日，《人民日报》发表本报评论员的《党领导文艺的良好方法》（讨论"剧本创作座谈会"）。

《上海师范学院学报（社会科学版）》第 1 期发表冉忆桥的《带笑的葬歌——谈围绕〈茶馆〉争议的几个问题》。

《文艺研究》第 1 期发表刘厚生的《推陈出新十题》；张真的《谈谈戏曲工作的两大任务》；王朝闻的《推陈与出新》；郭汉城的《戏曲改革也要解放思想》；吴雪的《从"推陈出新"想到的》；萧甲的《关于京剧现代戏》；袁世海的《剧目不要单一化》；李紫贵的《艺术贵在创新》；郑亦秋的《关键是人才》；钮骠的《总结中国演剧

体系刻不容缓》；敏泽的《文艺要为政治服务》；王若望的《文艺与政治不是从属关系》；万里云的《艺术不只是政治的反映》；黄药眠的《关于文学中的人物、阶级性等问题试探》；袁可嘉的《略论西方现代派文学》；黄钢的《报告文学的时代特征及其必须严守真实的党性原则》；陈登科的《认识真理的代价》。

《戏剧界》第 1 期发表那沙的《领导方式及其他——漫谈抓好创作的几个问题》；林涵表的《改善戏剧评论的评论》。

《奔流》第 2 期发表王大海的《现实主义文学潮流不可逆转》；本刊记者的《未来在向我们召唤——本省部分作家、诗人、评论家畅谈八十年代》；《努力探索，让农村题材小说之花更加绚丽多彩——农村题材短篇小说创作座谈会纪实》。

26 日，《人民日报》发表《民主讨论文艺创作中争议的问题》。

27 日，《人民日报》发表吉翔的《简评〈台湾小说选〉》。

28 日，《人民日报》发表刘岚山的《台湾的心——〈台湾诗选〉读后》。

《上海戏剧》第 1 期发表本刊记者的《话剧问题三人谈》（参加者为罗毅之、伍黎、王啸平）；以"话剧《救救她》笔谈"为总题，发表张振民的《以情感人　受益更深》、陈体江、孙百群的《致观众——导演〈救救她〉的一点体会》、潇雨的《谈〈救救她〉演出的两种结尾》、李德的《向社会发出的呼吁——探讨话剧〈救救她〉的社会意义》等多篇文章；同期，发表叶工的《列车上的一席谈——再评"样板戏"》。

29 日，《人民日报》发表赵兰英的《"李晓霞得救了，我也得救了"——话剧〈救救她〉在上海演出拾零》。

本月，《广州文艺》第 2 期发表谭如海的《干预生活与干预文艺》；谢望新的《思想·形象·艺术生命力》。

《长安》第 2 期发表肖云儒的《要写作家熟悉的》。

《长春》第 2 期发表董速的《继续解放思想　同心同德为四化》；方晴的《沃土新苗壮——谈李健君的散文创作》。

《四川文学》第 2 期发表孙静轩的《诗的悲剧——写给诗人公刘的信》；林亚光的《〈清江壮歌〉漫评——兼谈小说修改本的得失》；刘福荣的《文艺创作的活力来自生活——李伏伽短篇新作读后》；以"小说《迷误》的讨论"为总题，发表余昌祥的《应当肯定的好作品》，应季才的《不值得同情的人物》。

《辽宁大学学报（哲学社会科学版）》第 1 期发表王建中的《〈暴风骤雨〉人物谈》。

《西北大学学报(哲学社会科学版)》第1期发表刘建军、薛迪之的《文学要表现时代精神——三年来文学创作的一个宝贵启示》。

《江淮文艺》第2期发表赖少其的《文艺应该代表人民的愿望》。

《芒种》第2期发表丁洪的《从现代迷信的束缚中解放出来》;秦雁的《寄给评论家的情书》;宁殿弼的《"能写什么,就写什么"》。

《延河》第2期以"关于现实主义问题的讨论"为总题,发表陈辽的《现实主义——探求的道路》,薛瑞生的《倾向性浅识——再谈现实主义》,黄桂骅的《王老九诗歌的比喻》,白描的《一个深刻的艺术典型——评短篇小说〈表姐〉》,李怀埙的《细腻的心理描写——谈小说〈夏〉》。

《作品》第2期发表欧阳山的《关于作家的立场及其他——在作协广东分会文学院创作座谈会上的发言》;张绰、关振东的《别具一格的历史画卷——读陈残云同志的〈山谷风烟〉》。

《青海湖》第2期发表程秀山、马桦、赵梓雄的《文代会代表畅谈收获》。

《星火》第2期发表方洪的《一个成功的艺术形象——谈谈〈小镇上的将军〉里将军形象的塑造》。

《星星》第2期以"重评《草木篇》"为总题,发表石去非的《略谈〈草木篇〉及对它的错误批判》,季元龙的《草木与〈草木篇〉》,戴明的《充满人生哲理的散文诗》,流沙河的《可悲的误会》;同期,发表《中国人民大学语文系部分师生座谈〈星星〉复刊号》。

《草原》第2期发表布赫的《振奋精神　勇攀高峰——为我区蒙古文学学会成立而作》;李蕙芳的《感情和责任的巨大冲突——历史剧〈蔡文姬〉主题浅见》;张长弓、杨啸的《建国三十年来内蒙古小说创作再瞥》。

《鸭绿江》第2期发表任仲夷的《继续解放思想,注意社会效果——在中共辽宁省委、省革委会招待〈报春花〉剧组等三个文艺演出团茶话会上的讲话》;单复的《勇于战斗　善于战斗》(讨论文学干预生活问题);王蒙的《关于"意识流"的通信——答田力维、叶之桦同学》。

《厦门文艺增刊》第1期发表郑朝宗、许怀中、林兴宅的《论艺术分析在文艺批评中的地位》;蔡师仁的《艺术分析与批评标准》;林彤的《对"政治标准第一,艺术标准第二"的质疑》。

《湖南群众文艺》第2期发表胡代炜的《与初学写作者谈创作——读〈艺海拾

贝〉笔记》;李元洛的《诗的绘画美——诗艺漫谈》;《湖南群众文艺编辑部》的《作品平反公告》。

《福建师大学报(哲学社会科学版)》第1期发表郑锹的《他歌唱红日和大江——漫谈刘白羽的散文创作》。

本月,人民文学出版社出版萧殷的《论生活、艺术和真实》。

上海文艺出版社出版胡絜青编的《老舍论创作》,余铨的《歌词创作简论》。

四川人民出版社出版任大星的《漫谈儿童小说创作》。

3月

1日,《太原文艺》第3期发表施平的《文艺要为四化服务》;文新的《"百花齐放"与"百花禁忌"》;董大中的《努力写出对四化有利的作品》。

《江西大学学报(哲学社会科学版)》第1期发表公仲的《谈〈小镇上的将军〉的人物塑造》。

《解放军文艺》第3期发表吕骥的《〈晓河歌曲选〉序》;雷达的《揭开了战士心灵的美——〈西线轶事〉的艺术特色》。

《解放军报》发表本报评论员的《文艺战士责任重》;秦基伟的《切实做好部队的文化工作》。

3日,《山西群众文艺》第3期发表韩玉峰的《一篇优美动人的故事——谈谈赵树理的故事〈登记〉》;雪石的《读诗与民歌杂记》;张学明的《他们是文化活动的主人——定襄县宏道公社文化站活动见闻》。

5日,《人民日报》发表黄式宪的《用笑来赞颂新生活的美——评影片〈小字辈〉和〈瞧这一家子〉》。

《光明日报》发表洁泯的《谈王蒙的近作》;郑汶的《关于文艺的社会效果问题》。

《民间文学》第3期发表姜秀珍的《牢记周总理教导,为人民多编多唱——在中国民间文学工作者第二次代表大会上的发言》；刘守华的《整理革命歌谣和传说故事要注意历史真实性》。

《宁夏文艺》第 3 期发表谢冕的《诗歌，写人民的真情》；荆竹的《暴露的对象应该转移》；陆士清的《我所知道的於梨华》。

《江苏戏曲》第 3 期发表顾尔镡的《暗礁、乌纱帽及其他——漫谈当前创作思想中的阻力》；钱璎的《江淮风雨拓新荒——忆父亲阿英在苏北解放区的戏剧活动》。

《河北文艺》第 3 期发表王红的《革命现实主义所向披靡》；长正的《植根于泥土之中——张荣珍和她的小说》；李玉昆的《生活·知识·构思——读〈大师妹〉所想起的》。

《雨花》第 3 期发表周锋的《神幡与鬼迹——"棍"术初探》；陈辽的《它们经受了时间的、群众的检验——评〈江苏三十年短篇小说选〉》。

《红旗》第 5 期发表张葆莘的《评〈台湾小说选〉》。

6 日，《电影创作》第 3 期发表林涵表的《现实主义·理想·美——当前文艺创作问题断想》；曲六乙的《一部干预生活的好影片——看〈泪痕〉的随想》。

10 日，《大众电影》第 3 期发表唐伽的《"投身革命即为家"——推荐影片〈归心似箭〉》；萧军的《〈归心似箭〉观后——为纪念李克异同志而作》；陶金的《当我走出人民大会堂时——回忆阳翰笙同志和文艺工作者在一起》；本刊记者的《著名电影艺术家蔡楚生同志追悼会在京举行》。

《北京文艺》第 3 期发表于晴的《引导国民精神的前途的灯火》；鲁歌的《诗卷长留天地间——〈老一辈物产阶级革命家诗词选注〉前言》；胡德培的《作家的信念和文艺的职责》；张全宇的《我看文艺与政治的关系》。

《诗刊》第 3 期发表贾芝的《〈少数民族诗人作品选〉序》；敏泽的《也谈诗的散文化问题》；吴开晋的《诗的风格》。

《读书》第 3 期发表木令耆的《王蒙的〈海的梦〉》；武治纯、梁翔踪的《台湾老作家杨逵及其作品》。

《福建文艺》第 3 期以"关于新诗创作问题的讨论"为总题，发表蒋夷牧的《用自己的歌声歌唱》，陈志铭的《几点看法》，俞兆平的《回顾与探索》；同期，发表林祁的《展开想象的翅膀——读〈山海情〉札记》。

《新疆文学》第 3 期发表王蒙的《短篇小说杂议》。

12日,《人民日报》发表本报评论员的《创造最适宜于文艺蓬勃发展的气氛》;伊默的《"真实"与"理想"——阅读琐记》(讨论《乔厂长上任记》)。

《文艺报》第3期发表孟丝萑的《培养社会主义的一代新人》;陇生、向川的《春天的信息——女作家近况一瞥》;丹戈的《探索与创新——漫评茹志鹃的新作》;易言的《为中年干杯——读谌容的〈人到中年〉有感》;罗荪的《朴素无华——序叶文玲的小说集〈无花果〉》;冯牧的《作黄金和火种的探求者——序〈刘心武短篇小说选〉》;夏耘的《愿不再被遗忘》(讨论张弦的小说《被爱情遗忘的角落》);陆文夫的《为读者想》;胡昭的《寄希望于编辑》;以"如何繁荣杂文创作"为总题,发表廖沫沙的《要搞百家争鸣,不要搞一家独鸣》、王子野的《要惜墨如金,多写短文章》、陶白的《创造一种新的杂文的文风》、曾彦修的《略谈杂文的功过》、胡思升的《多来点"温良恭俭让"》、姜德明的《希望杂文创作出现新的生气》、冯亦代的《杂文如何更好触及人民内部矛盾?》、叶至善的《读后要让人去想》、王春元的《要有一颗诚挚的心》;同期,发表魏巍的《怀念小川——〈革命风云录〉代序》。

《光明日报》发表赖应棠的《独特的形象 恰当的处理——读韶华新作》。

15日,《北方文学》第3期发表家兴、荣玉的《永远年青——至京组稿散记》。

《曲艺》第3期发表何迟的《从〈买猴儿〉谈起——对表现人民内部矛盾的相声创作的一些看法》。

《当代》第1期发表袁榴庄的《在周立波同志的家里》。

《汾水》第3期专栏"赵树理研究"发表方浴晓的《赵树理作品中的地方色彩》。

《时代的报告》(季刊)创刊,第1期发表本刊评论员的《〈在社会的档案里〉向我们提出了什么问题?》。

《青春》第3期发表方之遗作《我的创作体会——在南京大学中文系的讲话》。

《徐州师范学院学报(哲学社会科学版)》第1期发表叶余的《千淘万漉后彩贝更增辉——重评〈艺海拾贝〉》。

《新港》第3期发表郭凤岐、方敬伯、范红兵的《文艺不能脱离政治》。

《文学评论》第2期发表潘翠菁的《台湾省作家——钟理和》。

16日,《电影艺术》第3期发表鲁军的《泪痕中的希望》(讨论电影《泪痕》)。

17日,《解放军报》发表东方蝉的《大字报的兴亡》。

18日,《人民戏剧》第3期发表本刊评论员的《戏剧家的社会职责》;黄维钧的《贯彻百家争鸣方针的成功实践》;李庚的《对剧本〈假如我是真的〉的意见——在剧本创作座谈会上的发言》。

《光明日报》发表钟子硕的《别具声韵的生活之歌——浅探孔捷生三篇小说的艺术特色》。

《语文教学通讯》第3期发表田本相的《〈雷锋之歌〉的艺术特色》。

20日,《上海文学》第3期发表冯英子的《调门小论》;吴奔星的《"干预生活"一议》;王元化的《人性札记》;倪诚侃的《别一种战法》(讨论1980年1月26日《人民日报》的《照哈哈镜有感》);徐缉熙的《"创作方法"是一个科学概念》;黄秋耘的《致秦牧》。

《辽宁师范学院学报(社会科学版)》第1期发表尤龙的《文艺批评应该实事求是》。

《甘肃文艺》第3期发表何火任的《试论几个文艺创作问题》;《一九七九年文艺理论战线探讨的一些问题》。

《西藏文艺》第3期发表赤烈曲扎、蔡贤盛的《西藏民歌初探》。

《学术研究》第2期发表蒋国田的《文艺的人民性与阶级性初探》。

《哈尔滨文艺》第3期发表胡德培的《有缺点,但又十分可爱的英雄人物——关于〈东方〉中杨雪的形象塑造有感》。

25日,《齐鲁学刊》第2期发表吴周文的《论杨朔散文的艺术辩证法——杨朔散文研究之一》;胡德培的《描绘农民革命战争的壮丽史诗——谈长篇历史小说〈李自成〉的成就》。

《奔流》第3期发表丁琳的《为培养文学新人呼喊》;耿恭让的《漫谈文艺工作领导者的责任》;宋垒的《时代的声音》;夏放的《文艺欣赏和"共同美"》。

《滇池》第2期发表刘金的《刘澍德〈归家〉小引》。

26日,《人民日报》发表陈深的《人心向革命 百川归大海——简评长篇小说〈秦川儿女〉》。

《光明日报》发表丹晨的《一个平凡的新人形象——谌容新作〈人到中年〉读后》。

30日,《社会科学战线》第1期发表胡采的《从作家的生活创作道路谈起》;杜鹏程的《漫谈生活和创作》；王汶石的《我从事小说创作之前》。

《解放军报》发表石言的《革命军事文学大有可为》；李明天的《艺术的领导与领导的艺术》。

本月，《十月》第2期发表蓝翎的《飞檐上的单臂倒立——关于形式和风格的续想》；阎纲的《习惯的写法被打破了——谈〈小镇上的将军〉的艺术技巧》；陈荒煤的《"我爱巴山夜雨"——给叶楠同志的一封信》；唐人的《关于〈金陵春梦〉及其他》；陈世旭的《写人民之所爱——〈小镇上的将军〉创作的一点感想》；叶楠的《我希望着——关于〈巴山夜雨〉创作的回顾》。

《广州文艺》第3期发表陈平原的《悲剧人物杂谈》。

《长春》第3期发表于林的《在吉林省文学艺术工作者第四次代表大会上的祝辞》；董速的《总结历史经验，继续解放思想，为繁荣社会主义新时期的文艺而奋斗》；公木的《吉林省文学艺术工作者第四次代表大会开幕词》；高叶的《吉林省文学艺术工作者第四次代表大会闭幕词》；本刊评论员的《为人民创造高质量的精神食粮》；《吉林省文联第四届委员会主席、副主席、委员及各协会主席、副主席名单》；胡德培的《塑造多种多样的英雄典型》；易洪斌的《不要"净化"英雄形象》；田里林的《努力塑造革命英雄群象——读〈东方〉想到的》。

《四川文学》第3期发表李英敏的《我与文学》；雁翼的《创作前的准备——创作随笔》。

《包头文艺》第2期发表崔道怡的《寄语钢城花市》；肖月的《愿历史悲剧永不重演》（讨论肖月的小说《发卡》）；方燕妮的《也谈社会主义时期的悲剧——与马福宝同志商榷》（讨论肖月小说《发卡》）。

《北京广播学院学报》第1期发表万水的《试谈文艺广播的"三性"》。

《宁夏大学学报（哲学社会科学版）》第1期发表王明仁的《〈暴风骤雨〉注释中值得商榷的一些问题》。

《江城》3月号发表李挥的《端正思想路线　把群众文化工作活跃起来》；陈喜儒编译的《东瀛花海吐芬芳——中国作家代表团访日花絮》；上官缨的《从〈蜕变〉谈起》。

《戏曲艺术》第1期发表林涵表的《解放思想，努力提高戏曲现代戏的水平》。

《戏剧艺术》第1期发表吕钟的《论模式》。

《戏剧学习》第1期发表《金山排演〈于无声处〉纪实》；康洪兴的《气势磅礴含蓄深邃——〈大风歌〉导演艺术学习笔记》。

《沈阳师范学院学报(哲学社会科学版)》第 1 期发表王忠舜的《谈歌颂与暴露》;周刚的《奇伟壮丽的画卷——刘白羽散文中的写景》。

《译林》第 1 期发表戈宝权的《把"窗口"打开得更大些吧!》;"名词解释"栏发表赵启光的《存在主义文学》,刘锡珍的《超现实主义》,胡允恒的《象征主义》,胡承伟的《印象主义》,陈泉的《魔幻现实主义》,刘象愚的《荒诞派戏剧》;同期,发表本刊编辑部的《已有十九位翻译家应聘为本刊编委会委员》(戈宝权、卞之琳、王佐良、方重、方非、冯亦代、杨周翰、杨绛、吴富恒、陈原、陈嘉、陈冠商、杨岂琛、李芒、李伯悌、范存忠、周煦良、钱锺书、桂杨清)。

《延河》第 3 期发表王愚的《语重心长话创作——访孙犁同志》;韩映山、阎纲的《创作通信》(讨论孙犁作品评价问题);张绍宽的《文艺是认识社会的一种独特形式》;贾文昭的《文艺与政治断想》;文致和的《正确认识文艺与政治的关系》。

《作品》第 3 期以"八十年代第一春笔谈"为总题,发表陈残云、秦牧等人的笔谈,刘锡诚的《在新的课题面前——从反官僚主义的小说谈起》。

《芳草》第 3 期以"关于《藤椅》的评论"为总题,发表李蕤的《喜读〈藤椅〉》,杨江柱的《单纯而又丰富　含蓄而又尖锐——读〈藤椅〉》,曾卓的《关于〈藤椅〉的片感》,姜弘的《〈藤椅〉的长处和不足》(讨论叶文玲的短篇小说《藤椅》);同期,发表西来的《陀螺和陀螺文艺》;吴士余的《偏见·慧眼·胆识》。

《安徽师大学报(哲学社会科学版)》第 1 期发表石明辉的《论杨朔的散文艺术》。

《青海湖》第 3 期发表杨志军的《努力塑造具有时代精神的人物形象》。

《战地》第 2 期发表公刘的《被遗忘了的平反——〈阿诗玛〉琐忆》。

《星火》第 3 期以"文艺如何正确反映新时期社会矛盾"为总题,发表彭兆春的《勇敢地反映新的时代》,邓家琪的《必须正确对待歌颂与暴露问题》。

《科学文艺》第 1 期发表马识途的《解放思想,繁荣科学文艺创作》;叶永烈的《科学幻想小说的创作》。

《星星》第 3 期发表周红兴、张同吾的《艰辛的航程,长鸣的汽笛——艾青和他的诗》;高瑛的《在艾青身边》;林希的《"诗的散文化"浅见——就教于丁永淮同志》。

《草原》第 3 期发表仁钦的《略论我国少数民族文学的成就》;舒振邦、马耀圻、吉发习的《文姬归汉宣扬了民族团结吗?——从关于〈蔡文姬〉的争鸣谈起》;李赐的《从"我这一家人……"谈起——看〈蔡文姬〉有感》。

《鸭绿江》第 3 期发表杨子敏的《暴露——革命文艺的基本任务之一》;杜鹏程的《岁暮投书——答寇广生同志》。

《海燕》第 2 期发表刘长恒的《"源于生活,高于生活"辩》。

《黑龙江戏剧》创刊,黑龙江戏剧编辑部编辑出版,第 1 期发表本刊编辑部的《迎接新时期戏剧艺术的春天——致读者和作者》。

《湘江文艺》第 3 期发表凌焕新的《"补救时弊,泄导人情"——谈革命现实主义文学如何暴露人民内部问题》;龙海清的《不受岁月羁绊的人——访老作家沈从文先生》。

《湖南群众文艺》第 3 期发表黄起衰的《略论文艺与政治的关系》。

《群众文化》第 2 期发表胡耀邦的《要活跃农村基层文化活动》;军毅的《加强文化馆建设　为丰富群众文化生活服务》;广东省台山县冲篓公社文化站的《以文化养文化　办好公社文化站》;朱丹的《按业余文艺活动的规律办事——重钢抓业余文艺队伍的几点做法》。

《鸿雁》第 2 期以"关于历史剧《蔡文姬》的讨论"为总题,发表包明德的《为曹操翻案是〈蔡文姬〉的主题——同何乃强等同志商榷》,武少文的《翻案不足　贬斥有余——评〈蔡文姬〉中曹操的形象》。

《新文学论丛》第 1 期发表张葆莘的《旅居海外的台湾作家》。

《编译参考》第 3 期发表《於梨华谈三十年来台湾的文学与作家》。

本月,人民文学出版社出版哈尔滨师范学院中文系形象思维资料编辑组编的《形象思维资料汇编》。

北京出版社出版许嘉璐的《曲艺创作浅谈》。

地质出版社出版《地质报》编辑部编的《科普作家谈创作》。

江苏科学技术出版社出版黄伊主编的《作家论科学艺术》。

吉林人民出版社出版河北师范大学中文系写作教研室、河北师范学院中文系写作教研室合编的《短篇小说》(写作知识丛书)。

云南人民出版社出版杨明的《戏曲杂谈》。

百花文艺出版社出版林非的《现代六十家散文札记》,本社编的《笔谈散文》。

广西人民出版社出版十六所高等院校编的《中国当代文学作品选讲》。

河南人民出版社出版本社编的《周恩来陈毅论文艺》。

4月

1日,《山花》第 4 期发表林钟美的《摆正文艺和政治的关系》;王梧、杨思民的《评〈我们这一代年轻人〉》。

《解放军文艺》第 4 期发表李俊的《〈归心似箭〉导演创作中的几个问题》;佘树森的《博闻·卓见·妙笔——读散文札记》。

2日,《光明日报》发表佘树森的《黄钢报告文学的诗意美》;袁可嘉的《"意识流"是什么?》。

3日,《山西群众文艺》第 4 期改名《晋阳文艺》。

5日,《民间文学》第 4 期发表汪曾祺的《读民歌札记》;李平君的《关于民歌书写形式的一点看法》。

《宁夏文艺》改名《朔方》,第 4 期发表本刊编辑部的《文艺作品要美——代该刊词》;慕岳的《歌颂与暴露是对立的统一》;肖昊的《歌颂为主是时代的要求》;本刊记者的《团结友爱的文艺盛会——九个兄弟民族省区文艺期刊会议在昆明举行》。

《江苏戏曲》第 4 期发表陈瘦竹的《谈戏剧批评》。

《河北文艺》第 4 期发表李尔重的《在省文联、省文化局联合召开的省会文艺界迎春晚会上的讲话》;臻海的《现实主义与自然主义》;徐光耀的《高高挂起的红灯——读申跃中的〈挂红灯〉》;王黎的《以情感人》。

《雨花》第 4 期发表于杰的《没功夫叹息?——商榷〈没功夫叹息〉中的虚假因素》;黄毓璜的《为人而呼唤——评陆文夫的〈小贩世家〉》。

《南国戏剧》第 1 期发表《广东戏剧创作为什么上不去——座谈会纪要》;张悦楷、林兆明的《粤语话剧的遭遇为何如此坎坷》。

6日,《电影创作》第 4 期发表李文化、张翠兰的《新的课题　新的尝试——影片〈泪痕〉创作体会》;周传基的《漫谈西方电影中的意识流》。

9日,《人民日报》发表刘湛秋的《对生活的挚爱和思索——漫评当前的抒情诗创作》;吴光华的《简谈〈黄河东流去〉的思想和艺术特色》。

《光明日报》发表史乘的《评中篇小说〈调动〉》。

10日,《大众电影》第4期发表关新的《青年要学会鉴赏电影》。

《四川文学》第4期发表殷白的《题材选择作家——评〈许茂和他的女儿们〉》;沙汀的《有关创作的通信》;碧野的《起步艰难》;宁松勋的《看话剧〈救救她〉所想到的》;李士文的《议论纷纭中的预感》。

《北京文艺》第4期发表王蒙的《短篇小说创作三题》;刘绍棠的《我认为当前文艺创作中值得注意的几点》;雷达的《撩开农村新生活的帷幕——读〈绿色的山岗〉》;陆钊珑的《有感于创作中的讽刺和幽默》。

《诗刊》第4期发表杨匡汉的《春天来了,该换衣服了》;屠岸的《精微与冷隽的闪光——读卞之琳诗集〈雕虫纪历〉》。

《奔流》第4期发表雷达的《对生活的独特发现》;杨飏的《人民是文艺工作者的母亲》。

《读书》第4期发表蒋世枚、王建国的《"多难兴邦"的宏伟画卷(读长篇报告文学〈热流〉)》;凌力的《〈星星草〉写作断想》。

《鸭绿江》第4期发表安葵的《作家——要善于发现新人》;鲁坎的《纵横十万里　上下几千年——谈谈题材问题》;胡小胡的《从生活出发》;达理的《略谈"社会效果"》;殷晋培的《讴歌新人　促进"四化"》;柯岩的《〈船长〉的采访和写作——答吴伟同志问》。

《福建文艺》第4期以"关于新诗创作问题的讨论"为总题,发表孙绍振的《恢复新诗根本的艺术传统》,朱谷忠的《关于舒婷的诗及其他》;同期,发表彭一万的《高云览传略》;李万钧的《西方现代派文学纵横谈》。

《新疆文学》第4期发表石河的《带刺的花——谈谈内部讽刺诗》。

11日,《光明日报》发表宝慈的《聂华苓、"国际写作计划"中国周末》。

12日,《文艺报》第4期发表剧本创作座谈会办公室整理的《剧本创作座谈会情况简述》;戚方的《时代·作家·思想家》,周扬、沙汀的《关于〈许茂和他的女儿们〉的通信》;殷白的《题材选择作家——评〈许茂和他的女儿们〉》;韶华的《作家的"基本建设"》;宋遂良的《坚持从生活的真实出发——长篇小说创作问题探讨》;李戎的《略论"共同美"》;李季遗作《〈李季诗选〉编后小记》;于晴的《精神世界的探索——读冯骥才的几篇小说有感》;曲六乙的《艺术是真善美的结晶——对〈假如我是真的〉、〈在社会的档案里〉等作品的感想》;郑幼敏的《忆念我的父亲郑伯奇》。

《江苏师院学报(哲学社会科学版)》第 2 期发表张德明的《近年来报告文学的新发展》。

《中国青年报》发表蒋翠林的《聂华苓和〈台湾轶事〉》。

15 日,《山东文学》第 4 期发表傅冰的《还是不"透底"的好》(讨论"文艺为政治服务"问题);曾繁仁的《寓思想于形象》;《"清词丽句必为邻"——试谈新诗语言诗话的一条途径》。

《曲艺》第 4 期发表本刊编辑部的《编好演好中长篇书,加强社会主义文化阵地》。

《汾水》第 4 期专栏"赵树理研究"发表张万一的《怀念赵树理同志》,李国涛的《重读〈邪不压正〉》。

《青春》第 4 期发表刘绍棠的《被放逐到乐园里》。

《芙蓉》第 2 期发表雷声宏的《周立波的创作活动》;马焯、康濯的《我这三十年》;茹志鹃的《思想、技巧及其它》;胡代炜的《创作与生活漫谈》;王维玲的《谈〈第二次握手〉的爱情描写》;何达的《在聂华苓家里》。

《新港》第 4 期发表武培真的《希望却在光明的一边——浅谈文艺的暴露问题》。

16 日,《电影艺术》第 4 期发表荒煤的《提高创作水平,奋勇前进——在剧本创作座谈会上的讲话》;任殷、李正西的《从影片〈燎原〉的遭遇说起》;兴叶、梦学的《〈小花〉不是唯美主义的作品——与陈立德同志商榷》。

《光明日报》发表冯健男的《生活·政治·艺术——读贾大山的短篇小说》。

《人民日报》发表周镒的《如临其境,如闻其声——〈台湾散文选〉读后》。

18 日,《羊城晚报》发表吴其琅的《金桥——记聂华苓夫妇访穗》。

19 日,《人民日报》发表萧乾的《湖北人聂华苓》。

20 日,《人民文学》第 4 期发表巴金的《在一九七九年全国优秀短篇小说评选发奖大会上的讲话》;《一九七九年全国优秀短篇小说评选当选作品》;《一九七九年全国优秀短篇小说评选委员会名单》;本刊记者的《欣欣向荣又一春——记一九七九年全国优秀短篇小说评选活动》。

《上海文学》第 4 期发表罗竹风的《文艺三论》(讨论文艺与政治、歌颂与暴露、社会效果问题);刘金的《有感于火光和灯光》(讨论歌颂与暴露问题);王纪人的《注意效果　实事求是》(讨论歌颂与暴露问题);晓江的《"干预生活"的冷热谈》；黄秋耘的《从微笑到沉思——读茹志鹃同志的几篇新作有感》。

《甘肃文艺》第 4 期发表宝藏的《试论文学创作中的"暴露"问题》；《一九七九年关于部分短篇小说的争论》。

《哈尔滨文艺》第 4 期发表弘弢的《努力塑造具有时代特色的新人形象》。

《人民日报》发表於梨华的《我的留美经历》。

21 日，《四川大学学报(哲学社会科学版)》第 2 期发表陈昌渠的《关于李、杜研究中的两个问题——重读〈李白与杜甫〉》。

23 日，《人民日报》发表郑汶的《科学地看待文艺的社会效果》；钱谷融的《"真实"与"真诚"》；思忖的《他们的灵魂多么美丽——略谈〈西线轶事〉的心理描写》。

《光明日报》发表郑兴万的《选材好　开掘深——简评〈许茂和他的女儿们〉》。

25 日，《上海师范学院学报(社会科学版)》第 2 期发表徐中玉的《论当前文艺的歌颂、暴露与讽刺》；陈挺的《批判现实主义文学中的人道主义的历史作用》。

《文艺研究》第 2 期发表张庚的《谈现实与理想》(讨论《在社会的档案里》)；陈白尘的《"讳疾忌医"与讲究"疗效"》(讨论《假如我是真的》)；王文生的《真善美——文艺批评的标准》；黄海澄的《艺术美的来源》；杨沫的《有彩线才能绣出花朵》。

《戏剧界》第 2 期发表方萍的《社会效果及歌德与缺德》。

《散文》第 4 期发表刘剑青的《最后的闪光——记李季同志逝世前两天》。

29 日，《解放军报》发表《战争这块画布上》(徐怀中〈西线轶事〉创作谈)；水工的《积极引导　自觉抵制——关于手抄本的对话》。

《人民日报》发表聂华苓的《写在〈台湾轶事〉之后》。

30 日，《人民日报》发表本报评论员的《创作更多反映时代精神的文艺作品》；田中会的《评长篇小说〈漩流〉的人物塑造》。

《上海戏剧》第 2 期发表《民主讨论文艺创作中争议的问题》；本刊记者的《思考、探索、为四化繁荣戏剧创作——青年剧作家一九八〇年茶会迎春》；陈恭敏的《突破现状　大胆改革——也谈话剧怎么改？》。

《光明日报》发表章仲锷的《发掘民族的情操美——读〈黄河东流去〉》。

《社会科学战线》第 2 期发表姚雪垠的《无止境斋书简抄》；吕林的《关于文学艺术的真实性问题——为〈现实主义——广阔的道路〉的基本论点辩护》；闵开德、张剑福的《关于文学真实性的几个问题》；思基的《论杜鹏程的艺术独创性》；公木的《在民歌和古典诗歌基础上发展新诗》。

《社会科学》第 4 期发表费万龙《一九七九年台湾、港澳作家的作品介绍和发表》。

本月,《广州文艺》第 4 期发表姚散生的《不死的记忆——和田汉同志相处的日子》;黄伟宗的《提倡社会主义文艺创作方法的多样化》。

《山西大学学报(哲学社会科学版)》第 2 期发表程继田的《也谈艺术风格——与李国涛同志商榷》(讨论本学报 1979 年第 4 期李国涛的《论艺术风格》)。

《长安》第 4 期发表费秉勋的《试论思考和议论在〈创业史〉中的艺术地位》。

《长春》第 4 期发表彭嘉锡的《"政策尺码"辨》;金德顺、赵葆华的《艺术就是感情——〈永宁碑〉艺术风格札记》。

《江城》4 月号发表胡昭的《诗人在我们中间——艾青琐记》;宁宣成的《干预生活是作家的神圣职责》。

《江淮文艺》第 4 期发表陈辽的《为"写真实"张目——与李玉铭、韩志君同志商榷》;柏木的《谈评论的社会效果》。

《芒种》第 4 期发表马加的《从生活谈起》;吕林的《要正确理解"干预生活"这个口号》;顾工的《历史的风风雨雨》(创作谈);陶然的《名作家·IWP 主持人·聂华苓》。

《社会科学》第 2 期发表孙光萱、曾文渊的《努力塑造社会主义创业者的光辉形象——读杜鹏程的短篇小说》。

《延河》第 4 期发表王蒙的《漫谈文学的对象与功能》;王缵叔的《对文艺,人是唯一的点》;以"关于现实主义问题的讨论"为总题,发表畅广元的《发扬文学批评的现实主义传统》。

《青海湖》第 4 期发表张绍宽的《正确理解文艺配合政治的作用》。

《春风》文艺丛刊第 1 期发表谢冕的《北京书简——关于诗的韵律》;李作祥的《一篇有才气的小说——读胡小胡的〈"阿玛蒂"的故事〉》;刘明德的《题材·时代·人物——读韶华的长篇小说〈沧海横流〉琐谈》。

《星火》第 4 期发表黄方的《读〈小镇上的将军〉三题》;春潮、梅德生的《浔阳江畔一日谈——〈小镇上的将军〉座谈会纪要》;贺光鑫的《发现·培养·成长》;星海的《正视社会矛盾　正确反映生活》。

《俄苏文学》创刊,《俄苏文学》编委会(武汉大学、南开大学、吉林大学、四川大学、吉林师范大学、内蒙古大学、天津师范学院、武汉教师进修学院组成)编辑。

《星星》第 4 期发表雁翼的《哀痛忆李季》;高缨的《延安风骨——悼李季同志》。

《草原》第4期发表何守中的《〈蔡文姬〉的主题及其效果》。

《戏剧艺术论丛》第2辑发表龚义江、王浩然的《让京剧艺术繁荣起来——谈上海京剧界的争鸣》;马彦祥的《京剧向何处去?》;西戎的《回顾历史　正视现实——简谈戏曲舞台上演剧目现状》;张梦庚的《抢救问题之重新提出》;思忖的《继续解放思想　才能向前向前——从话剧〈向前!向前!〉谈部队现实题材的创作》;林琅的《看〈大风歌〉》;胡絜青的《关于老舍的〈茶馆〉》;濮思温的《老舍先生和他的〈龙须沟〉》;何延的《崔嵬同志的一生》;荒煤的《忆老崔——怀念崔嵬同志二三事》。

《湘江文艺》第4期发表黄伟宗的《论社会主义的批评现实主义》。

《厦门文艺增刊》第2期发表蔡厚示的《作为上层建筑的文学之特殊性》;郭启宗的《"两个标准"是辩证唯物主义的正确理论——和林彤同志商榷》。

《湖南群众文艺》第4期发表邓超高的《倾向、"工具"和政治》;吴容甫的《是"全部"还是"一部"?》。

本月,上海文艺出版社出版本社编的《王朝闻文艺论集(第三集)》、《文艺论丛(第10辑)》,范伯群、曾华鹏的《王鲁彦论》(中国现代文学研究丛书),李健吾的《戏剧新天》。

北京出版社出版高校中国现代文学研究会、北京出版社合编的《中国现代文学研究丛刊(1980年第2辑)》。

四川人民出版社出版尹在勤的《何其芳评传》。

吉林人民出版社出版郑州大学中文系、沈阳师范学院中文系写作教研室编的《散文》。

湖南人民出版社出版朱金顺编的《鲁迅演讲资料钩沉》。

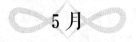

5月

1日,《山花》第5期发表本刊记者的《九省、区文艺期刊编辑工作者的一次盛会》;何积全的《从社会主义文艺的特点看文艺与政治的关系》。

《解放军文艺》第5期发表秦基伟的《发扬优良传统,切实做好部队文化工作》。

5日,《江苏戏曲》第5期发表金毅的《千秋功罪有定评　流毒为患待根除——略谈"四人帮"批判"刘少奇反革命修正主义文艺路线"的流毒》;王染野的《让京剧现代剧放出光彩》。

《河北文艺》第5期发表田间的《悼李季》,张庆田的《怀念李季同志》;阎豫昌的《梦绕魂飞念农乡——访老作家丁玲》;刘哲的《生活·思考·艺术——读肖波短篇小说的感想》;申跃中的《〈挂红灯〉的写作经过》;本刊记者的《文艺创作的新收获——〈挂红灯〉座谈会发言摘要》;《文艺与政治的关系问题(讨论纪要)》。

《雨花》第5期发表何祖文的《严肃地、科学地对待文艺作品的社会效果问题》。

《朔方》第5期发表唐金海的《字字如火　句句含情——论巴金解放后的散文》。

《福建日报》发表张默芸的《文情并茂、真切感人——读〈台湾散文选〉》。

《花溪》第4、5期合刊发表唐人的《我是怎样写〈金陵春梦〉的》。

《文学研究动态》第9期发表《萧乾同志谈台湾文学——一九八〇年三月十八日在文学研究所讲话摘录》。

6日,《电影创作》第5期发表李传龙的《论艺术典型的共性和个性(之一)》。

7日,《人民日报》发表郑汶的《对一种批评的反批评》。

《光明日报》发表谢冕的《在新的崛起面前》;盛英的《道德与诗情——试评张洁的作品》。

10日,《东海》第5期发表徐季子的《谈文学作品的美》。

《北京文艺》第5期发表杜黎均的《诸葛亮形象的创造方法》;贺光鑫、吴松亭的《尺水要兴波——短篇小说艺术片谈》;姜德梧的《墨水瓶里的"血肉"》;汪家熔的《略谈谴责小说》;梁仲华的《"永恒主题"论异议》。

《诗刊》第5期发表雷抒雁的《诗歌答问五题》;卞之琳的《〈戴望舒诗集〉序》。

《河北师范大学学报(哲学社会科学版)》第1期发表刘真的《关于〈长长的流水〉》;王黎的《创作必须从生活出发》;唐文斌的《革命传统的赞歌——试论刘真的短篇小说创作》;李杰波的《杏花春雨与铁马金戈——谈杨朔和刘白羽散文的

艺术风格》。

《奔流》第5期发表黄肃的《文艺,时代的声音》;叶鹏的《文学的价值》;凡尼的《深刻的教训——略谈诗歌评论中的极左思潮》;叶景贤的《从苏金伞同志天天写谈起》。

《福建文艺》第5期发表魏拔的《从〈悠悠寸草心〉想到的一些问题》;王惠廷的《涉笔成趣,寓庄于谐——漫谈赵树理作品的幽默》;李万钧的《西方现代派文学纵横谈(续)》。

《新疆文学》第5期发表晓明的《要继续解放思想,大胆创作》;阎国忠的《文艺要以描写今人为主——答周政保同志》;孟驰北的《挽回文艺批评的信誉》。

12日,《文艺报》第5期发表刘锡诚的《想着农民　记着农民》;顾骧的《要正确地理解和执行"放"的方针》;孙武臣的《文学,要关注八亿农民》;《汾水》编辑部的《重视农村题材》;高晓声的《希望努力为农民写作》;林斤澜的《送下乡》;阎纲的《小说史上光采的一页——一九七九年全国优秀短篇小说评奖》;洁泯的《开掘生活的美——读理由的报告文学》;刘白羽的《泥土气息与石油芳香——怀念李季》;专栏"讨论会"发表李希凡的《"倘若真有所谓天国"——阅读琐记》,晓立的《深刻细致,但也要宽阔——谈张洁的创作特色》(讨论《文艺报》1980年第1期黄秋耘《关于张洁作品的断想》),并加编者按;同期,发表程代熙的《现实主义的真实和作家的同情》;艺军的《〈在社会的档案里〉四题》。

13日,《解放军报》发表张守仁的《匠心独运的布局——读〈战士通过雷区〉》。

14日,《光明日报》发表肖林的《试谈〈爱,是不能忘记的〉的格调问题》;袁可嘉的《结构主义文学理论一瞥》。

15日,《人民日报》发表新华社的《全国文学期刊编辑工作会议强调把文学期刊办得更有生气》。

《山东文学》第5期发表李继曾的《扎根在生活的土壤里——读臧克家诗集〈今昔吟〉》;寒朗、牧天的《沂蒙春浓花烂漫——读苗得雨的诗集〈沂蒙春〉》。

《北方文学》第5期发表丁国成的《文艺批评要提倡以理服人》;以"关于塑造社会主义新人形象的讨论"为总题,发表张海珊的《赞美人民吧,英雄就在其中》,张景超的《新人,必须是有思想的人》,夏虹的《短篇小说创作的可喜收获——评我省作者去年得奖短篇小说》。

《汾水》第5期发表马烽的《继续解放思想　繁荣文艺创作　为四个现代化

服务——在陕西省文学艺术工作者第四次代表大会上的报告（摘要）》；李丽中的《创造优美的意境——读孙犁小说札记》。

《青春》第 5 期发表陈辽的《"大胆搞创作"》。

《钟山》第 2 期发表曾文渊、孙光萱的《在探求中前进——读陆文夫的短篇小说》；许祖良的《历史真实与艺术真实——兼评电影文学剧本〈江南一叶〉》；卜合士的《文学的恋歌——谈谈青年作者李潮和他的〈春寒〉》。

《新港》第 5 期发表行人的《挥起艺术的彩笔 描摹社会主义新人》；狄遏水的《"学术良心"与"批评道德"》；钟寒的《也谈诗歌的"引进"》。

16 日，《电影艺术》第 5 期发表陈剑雨的《电影中的人性和人情》；王愿坚的《人·命运·心灵——学艺笔记之一》；余倩的《独创是为了对生活真实的形象发现——谈〈苦恼人的笑〉的不足和创新问题》。

18 日，《词刊》第 3 期发表吕骥的《回顾"左联"，寄语〈词刊〉》；一丁的《"五四"时期的歌词创作》；梁茂的《音运先导 歌词大家——田汉》；肖苏的《爱情题材歌词浅谈》；段世光的《情歌的个性》。

20 日，《人民文学》第 5 期发表艾青的《和诗歌爱好者谈诗——在北京劳动人民文化宫》。

《上海文学》第 5 期发表吴欢章的《年青的歌手向我们走来》；顾骧的《文艺的路子要越走越远》；章仲锷的《镜子的争议》；黄安国的《文学这面镜子》；梅朵的《我热爱这颗星——读〈人到中年〉》。

《甘肃文艺》第 5 期发表《九个兄弟民族省区文艺期刊编辑工作会议在昆明举行》；谢昌余的《恢复社会主义现实主义的传统》。

《学术研究》第 3 期发表游光的《关于"文艺反映社会生活本质"的几个问题》。

《南京大学学报（哲学社会科学版）》第 2 期发表倪斌的《试论文学的人性、人道主义和阶级性》；苏必扬的《柳青小说的现实主义特色》。

《群众文化》第 3 期发表本刊记者的《文化部召开全国省、市、自治区文化局长会议》；本刊编辑部的《进一步搞好群众文化活动》；《人民日报》评论员的《重视八亿农民的文化生活》（原载 1980 年 4 月 9 日《人民日报》）。

《出版工作》第 7 期发表萧乾的《台湾文学——一九八〇年三月十八日在文学研究所讲话摘录》。

21日,《人民日报》发表陈荒煤的《文艺战线思想解放的丰硕成果——一九七九年文艺一瞥》;本报评论员的《振奋革命精神,办好文艺期刊》;纪怀民的《写人·写神·写英雄》。

25日,《长城》第2期发表曲六乙的《历史剧纵横谈》;刘哲的《从〈一盏抗旱灯下〉到〈挂红灯〉——漫谈申跃中的小说创作》;长正的《春风又绿园中草——写在〈夜奔盘山〉获奖之后》。

《陕西戏剧》第3期发表肖云儒的《戏剧的社会影响和社会对戏剧的影响》。

《滇池》第3期发表晓雪的《诗人和园丁——李季》。

26日,《人民日报》发表董健的《对生活和艺术的探求精神——读高晓声的短篇小说》;李定坤的《给人们以希望和力量——谈谈杨佩瑾的长篇小说创作》。

27日,《解放军报》发表栗瑞华的《爱祖国 恨敌人——读中篇小说〈爱与恨的边缘〉》。

30日,《历史教学》第5期发表陈碧笙的《"五四"与二十年代台湾文化启蒙运动》。

《河南大学学报》第3期发表中通的《美籍华裔女作家聂华苓来校讲学》。

本月,《十月》第3期发表张维安的《现实主义——艺术反映现实的客观法则——〈现实主义——广阔的道路〉一文的启示》;刘锡诚的《惟其真实,才有生命力——一九七九年中短篇小说创作的随想》。

《广州文艺》第5期发表谢望新、赖伯疆的《社会主义文学的反封建任务》;刘心武、冯骥才等的《关怀、鼓励与建议》;严承章的《两个"容许"引起的感慨》;钟恬棐的《文成于思》。

《长安》第5期发表张德明、范培松的《报告文学的真实性》;吴功正的《"放开眼光,自己来拿"——谈〈李自成〉对艺术创作传统经验的继承》。

《长春》第5期发表纪鹏的《挽着时代的洪流前进》;朱晶的《探索心灵的美——读杜保平的小说新作》,张万晨的《"自我"与诗歌创作的个性》。

《四川文学》第5期发表鄂华的《第九十九朵花——谈谈我的短篇小说集〈幽灵岛〉》;竹亦青的《〈迷误〉的得失》,谭兴国的《李劼人和他的〈大波〉》。

《包头文艺》第3期发表《关于〈刘志丹〉——李建彤同志在包头市文艺创作座谈会上的讲话》;玛拉沁夫的《人物·感情·创新——在自治区蒙文作者读书班上的发言》;陈景春的《〈调动调动〉读后杂感》。

《江城》5、6月号合刊发表刘心武的《与林斤澜书》。

《江淮文艺》第5期发表沈敏特的《政治·政治家·艺术家》。

《芒种》第5期发表高进贤的《林震的苦恼》；张万晨的《怒放吧，带刺的玫瑰——读曲有源的政治讽刺诗》；邓友梅的《从生活中汲取营养》；于宗信的《诗情不减　青春永驻——访诗人艾青》。

《延河》第5期发表宗杰、柳志的《文艺要伴随着时代的步伐前进》；金碧辉的《作家应在思考中》；韩望愈的《镌刻在人民心上的歌——评散文集〈神泉日出〉》；杨田农的《新时代儿童的新风貌——读徐岳、李凤杰的三本儿童文学集》；谢文华的《我对"表现'美'"的看法——读〈在歌颂和暴露之外〉一文》。

《作品》第5期发表吴南生的《在广东省文学艺术工作者第二次代表大会上的祝辞》；欧阳山的《挑起人类灵魂工程师的担子，为祖国社会主义文艺的繁荣作出贡献——在广东省文学艺术工作者第二次代表大会上的报告》。

《芳草》第5期发表李栋整理的《我们需要什么样的文学作品——武汉师范学院汉口分部中文系部分学生座谈》；叶文玲的《"殿堂"稚语》。

《花城》第5期发表黄永玉的《太阳下的风景——沈从文与我》；金介甫的《给沈从文的一封信》；沈从文手订的《从文习作简目》。

《青海湖》第5期发表程秀山的《在省青年文学创作会议上的讲话（摘要）》；王圭的《"花儿"随笔——兼评报刊登载的一些"花儿"》。

《战地》第3期发表杨渡的《我的爸爸　我的童年》（怀念杨朔）。

《星火》第5期以"文艺如何正确反映新时期的社会矛盾"为总题，发表陈俊山的《生活真实与艺术真实》，晏政的《浅谈塑造新时期的新人形象》。

《星星》第5期发表马立诚的《重评〈望星空〉》。

《草原》第5期发表特·达木林的《愿兄弟民族文学的花蕾迎春盛开》。

《鸭绿江》第5期发表张福高、陈静斐的《新蕾初绽——评达理的小说》；马加的《谈文学的语言——答刘榛之同志》；程怀周的《文艺与不安定因素》。

《鸿雁》第3期发表李治邦的《试谈曲艺唱词的创作》；奎曾的《群文观花录》，林斡的《文姬应该归汉》；舒振邦等的《历史上的蔡文姬及剧本〈蔡文姬〉的主题》。

《海燕》第3期发表《马识途同志的两封信》。

《湖南群众文艺》第5期发表王远泽的《略论文艺的真实性与政治性的辩证统一》；陈望衡的《文艺的真实性与倾向性》。

《福建师大学报(哲学社会科学版)》第 2 期发表李联明的《文艺与政治关系的再认识》。

《花城》第 5 期发表原甸的《香港诗坛一瞥》。

本月,人民文学出版社出版严家炎的《知春集——中国现代文学散论》。

百花文艺出版社出版孙中田的《论茅盾的生活与创作》。

吉林人民出版社出版徐波等编写的《中外文学名著简介》,北京师范学院中文系写作教研室编的《写作了论文选》,江苏师范学院中文系写作教研组、浙江师范学院中文系写作教研组合编的《报告文学》,《社会科学战线》编辑部编的《鲁迅研究论丛》。

上海教育出版社出版张煦堂的《怎样写新闻通讯》。

长江文艺出版社出版刘守华的《略谈故事创作》。

安徽人民出版社出版吴棣的《相声创作入门》。

上海文艺出版社出版中国民间文艺研究会上海分会、本社合编的《中国民间文学论文集(1949—1979)》,本社编的《茅盾论创作》,丁景唐的《学习鲁迅作品的札记》。

湖南人民出版社出版包子衍的《〈鲁迅日记〉札记》,[日]增田涉著、钟敬文译的《鲁迅的印象》。

春风文艺出版社出版李剑国的《诗苑漫步》。

天津人民出版社出版北京鲁迅博物馆鲁迅研究室编的《鲁迅研究资料》。

6 月

1 日,《山花》第 6 期发表卓钺的《繁荣民族文艺 促进四化建设》;陈锐锋的《浅说文艺的政治功能》。

《江西大学学报(社会科学版)》第 2 期发表王之兰的《文艺必须为政治服务,政治也要为文艺服务》。

《解放军文艺》第 6 期发表林绍纲的《"我要奋笔写下去"——从作家巴金在日本的演讲想到的》。

4 日,《人民日报》发表江枫的《领导文艺工作的一点体会》。

《光明日报》发表陈骏涛的《读〈正红旗下〉随笔》。

5 日,《云冈文艺》第 3 期发表赵捷的《冲破英雄人物结局描写的禁区》。

《民间文学》第 6 期发表王一奇的《关于民间传说中的帝王将相问题》;肖莉的《谈谈民间童话》;王德贤的《谈谈沙俄侵占伊犁时期的维吾尔族歌谣》。

《河北文艺》第 6 期发表李尔重的《在河北省文学艺术工作者第四次代表大会上的讲话》;田间的《河北省文学艺术工作者第四次代表大会开幕词》;路一的《解放思想　加强团结　为繁荣社会主义新时期的文艺而奋斗——在河北省文学艺术工作者第四次代表大会上的报告(摘要)》;梁斌的《河北省文学艺术工作者第四次代表大会闭幕词》;《省文联四届委员会名誉主席、主席、副主席、委员及各协会领导成员名单》;本刊编辑部的《关于落实作品政策的公告》。

《雨花》第 6 期发表李进的《团结起来,坚决执行百花齐放、百家争鸣的方针,为江苏社会主义文学艺术的繁荣而奋斗——在江苏省文学艺术工作者第四次代表大会上的报告》;以"在作协江苏分会第二次代表大会上的发言"为总题,发表高晓声的《争取更大的胜利》,顾尔镡的《坚信党的领导,帮助党改善对文艺工作的领导,以及对棍子的忠告》,甘竞存的《灵魂·国民性·希望》,邓海南的《为青年作者讲几句话》,本刊记者的《春风得意马蹄疾——江苏省第四次文代会、作协江苏分会第二次代表大会侧记》;《江苏省文联及作协领导机构名单》。

《南国戏剧》第 2 期发表李门的《有关作品社会效果的一些问题》;林涵表的《革命的现实主义和革命的功利主义》;葛芸生的《为戏曲现代戏说几句话》。

《朔方》第 6 期发表《关于歌颂与暴露——读者来稿摘编》;晏旭的《"框框"及其它》。

6 日,《电影创作》第 6 期发表叶永烈的《多给孩子们拍点"有劲"的电影》;兆梓雄的《透明的心》;萧军的《从〈归心似箭〉到〈杨靖宇〉》;德勒格尔玛、于中义的《妙笔与深情写下的讴歌》。

10 日,《东海》第 6 期发表秦亢宗的《真实性和文学的任务》。

《北京文艺》第 6 期发表杜黎均的《论文学的悲愤性和现实主义——从四篇获奖小说看到的》;孟伟哉的《我们期待着——读〈聚会〉有感》;张梦阳的《托尔斯

泰"画"马——读〈安娜·卡列尼娜〉随笔》。

《诗刊》第 6 期发表郑敏的《"……千万只布谷鸟在歌唱"——读〈新人新作小辑〉》;吴嘉的《深情与深思的诗——〈新人新作小辑〉读后》;谢冕的《南疆吹来的风——〈南方诗丛〉简评》;程萌的《是啄虫,并不是砍树——读诗〈请举起森林般的手,制止!〉所想起》;成平的《当代诗歌讨论会简况》。

《昆明师院学报》第 3 期发表刘宗德的《〈王贵与李香香〉教学三题》。

《奔流》第 6 期发表凡尼的《深刻的教训——略谈诗歌评论中的极左思潮(续)》。

《哈尔滨文艺》第 6 期发表吴翙南的《全面认识文艺和政治的关系》;子钧的《繁荣社会主义音乐艺术,抵制不健康的"流行歌曲"》。

《读书》第 6 期发表劳柯的《形象的思维(读〈人到中年〉)》;王东明的《"别忘记我们!"(读〈蝴蝶〉)》;李凡的《王拓的代表作——〈望君早归〉》。

《福建文艺》6 月号以"关于新诗创作问题的讨论"为总题,发表黄勇刹的《发现与创造》,郭启宗的《抒情诗要抒人民之情》,友本的《诗歌为何不能抒发个人的感情》。

《新疆文学》第 6 期发表茹志鹃的《〈草原上的小路〉的创作及其他》(原载《上海文学》编辑部内部学习资料);周非的《鼓励·指责·争鸣》;胡尔朴的《谈谈爱情题材的作品》。

《解放军报》发表张雨生的《也谈军事题材的创作》;石言的《从镜子说到思想改造——谈作家正确认识生活和反映生活》。

11 日,《人民日报》发表吴重阳、白崇人的《为社会主义文艺增添异彩——建国三十年少数民族文学发展漫笔》;匡满的《"边缘学科"对文艺创作的启示》;蒋翠林的《〈台湾轶事〉的艺术特色》。

《光明日报》发表李国涛的《论"问题小说"的现实主义含义》;马烽的《关于写农村生活》;雷达的《高晓声小说的艺术特色》。

12 日,《文艺报》第 6 期发表顾骧的《坚持和改善党对文艺的领导——学习少奇同志关于文艺问题的一些论述》;吴繁的《提高质量,把文学期刊办得更好——记全国文学期刊编辑工作会议》;郑汶的《不能左右摇摆》(讨论"双百"方针);贺嘉的《儿童文学创作的新成就——从全国第二次儿童文艺创作评奖谈起》;陈子君的《儿童文学要真实地反映现实生活》;周晓的《儿童文学札记二题》;孙犁的

《文学和生活的路——同〈文艺报〉记者谈话》；铁衣甫江的《努力促进少数民族文学的繁荣》；宋扬的《关于抒情歌曲的争论》；郭汉城、颜长珂的《戏曲传统剧目必须坚持推陈出新》；闻山的《向朝霞挺进——读雷抒雁的诗》；匡满的《为人民鼓与呼——读〈请举起森林般的手，制止！〉》；谢冕的《重获春天的诗歌》（评一九七九年的诗创作）；卞立强的《记旅日著名华侨作家陈舜臣》。

15日，《山东文学》第6期发表高凤胜的《文艺与政治的关系刍议》。

《北方文学》第6期发表刘湛秋的《个人创造性和个人爱好的广阔天地》；蒋守谦的《创造最凝炼的艺术结构》（讨论马烽的小说《三年早知道》）。

《当代》第2期发表张炯的《四五人民革命运动的忠实记录》。

《汾水》第6期发表尹世明的《加强文艺评论　繁荣文艺创作》；持重的《广阔天地　大有文章——读〈三凤告状〉和〈"尖"老头冒尖〉有感》；专栏"赵树理研究"发表杨森的《忆赵树理艺术生活片段》。

《青春》第6期发表陈白尘的《社会效果与责任感及其他》；臧克家的《甘苦寸心知》；刘绍棠的《被放逐到乐园里(续)》。

《徐州师范学院学报(哲学社会科学版)》第2期发表边谐的《一缕纯洁的诗魂——读杨朔散文〈雪浪花〉》。

《新港》第6期发表雷达的《灵魂奥秘的揭示——阅读获奖小说笔记》；傅树声、朱晶的《重读巴人的〈论人情〉》；黄泽新的《梁斌小说的语言特色》；胡德培的《巧合的艺术——〈李自成〉艺术谈》；如滢的《克服平庸之气》；姜东赋的《多研究创作的内部规律》；于长湖的《向古典小小说取点经》。

16日，《光明日报》发表史晓华的《作家应顾及作品的社会效果》；李宗涛的《小议〈救救她〉的爱情描写》。

《电影艺术》第6期发表黄镇的《努力创作出无愧于伟大时代的电影作品——在一九七九年优秀影片奖和青年优秀创作奖授奖大会上的讲话》；《文化部一九七九年"优秀影片奖"和"青年优秀创作奖"得奖名单》。

18日，《人民日报》发表戚方的《电视文艺和新时期文艺的发展——对文艺事业远景规划的一项建议》；傅活的《快把那丢失的爱找回来——读短篇小说〈月食〉》；严寄洲的《真善美的蓓蕾迎风绽开——影片〈今夜星光灿烂〉观后》。

20日，《上海文学》第6期发表王若望的《〈伤心沟〉代序》；以"关于短篇小说《唉……》的讨论"为总题，发表冬澜的《为何不能唱"唉"调——与旭东同志商权》、陈祥宝的《也谈短篇小说〈唉……〉》，周克家的《不要欣赏这类文章》，旭东的《为何唱"唉"调》(转载4月8日《文汇报》"文艺评论"第101期)。

《北京大学学报(哲学社会科学版)》第3期发表张钟的《当代文学问题纵论——〈当代文学概观〉前言》。

《社会科学》第3期发表刘景清的《文艺的歌颂与暴露问题——从一九七九年获奖短篇小说谈起》；戴平的《美学研究道路漫议——批判姚文元美学观所得》。

《郑州大学学报(社会科学版)》第2期发表卢菁光的《沙汀小说现实主义三题》；陈继会的《在现实主义道路上艰苦地探索前进——李准创作漫评》。

《广州日报》发表周林生的《性格化的一笔——评於梨华〈交换〉》。

25日，《文艺研究》第6期发表本刊记者的《学习和发展马克思主义文艺理论——马克思主义文艺理论问题座谈会综述》；钱谷融的《〈论"文学是人学"〉一文的自我批判提纲》；计永佑的《两种对立的人性观——与朱光潜同志商榷》；顾骧的《人性与阶级性》，曹廷华的《"文艺从属于政治"是不科学的命题》；林焕平的《文艺为社会主义服务》；刘志友的《就〈文艺和政治不是从属关系〉一文致王若望同志》；杜景华的《政治处于支配的地位》；吴组缃的《短篇和长篇小说创作漫谈》；杨柄的《汉语诗歌形式民族化问题探索》。

《光明日报》发表沙均的《镜子·人物·风采——从维熙小说创作艺术漫评》。

《甘肃文艺》第6期发表《关于"文艺是阶级斗争的工具"争论的综述》。

《戏剧界》第3期发表陈登科、鲁彦周的《写在〈柳暗花明〉放映的时候》。

《剧本园地》第6期发表黄镇的《努力创作出无愧于伟大时代的电影作品——在一九七九年优秀影片奖和青年优秀创作奖授奖大会上的讲话》；本刊记者的《文化部表彰和奖励优秀影片和创作人员》；王蕴明的《雄风长在　清白春秋——欣读电影文学剧本〈乌石彭将军〉》。

26日，《文汇报》发表史中兴、褚钰泉的《出色的"向导"——访於梨华》。

本月，《文学遗产》复刊，第1期发表本刊编辑部的《复刊词》；姚雪垠的《论〈圆圆曲〉——〈李自成〉创作余墨》；邓绍基的《建国以来关于继承文学遗产的一些问题》。

《四川文学》第6期发表刘心武的《此事无捷径——记与文学青年小G的一

次谈话》；蒋子龙的《回顾我走过的路》；陈培之的《斜阳冉冉春无极》(讨论近"双百"方针)；畅游的《关于社会效果问题的杂感》；钟文的《也谈真实性与倾向性》。

《长江》第2期发表李小为的《忆李季写作〈菊花石〉》；谢冕的《凤凰，在烈火中再生——新诗的进步》；谢大光的《从独创开始——读英武同志〈保姆的心〉及其他》。

《长安》第6期发表肖云儒、李健民的《踏实的步子——谈陈忠实创作的特色》。

《长春》第6期发表张天长的《"写本质"与创作规律》，孙里的《思想·知识·趣味——读郭大森的儿童文学近作》。

《北京广播学院学报》第2期发表张凤铸的《文艺广播漫谈》；陈醇的《播讲长篇小说的一些体会》。

《宁夏大学学报(哲学社会科学版)》第2期发表田美琳的《略论〈暴风骤雨〉的创作特色》。

《戏剧学习》第2期发表夏淳的《中国话剧的传统问题》；《金山排演〈于无声处〉纪实(续)》；李超的《田汉与〈关汉卿〉》。

《江淮文艺》第6期发表徐文玉的《干预生活的真实故事——评〈李二嫂出差〉》；陈敏的《忆芦芒》。

《西湖》第6期发表李德润的《人有尽时曲未终——记诗人李季》。

《芒种》第6期发表朱晶的《写人民内部矛盾二题》。

《延河》第6期发表王汶石的《亦云集》(创作谈，未完待续)；肖云儒的《乡情的抒写——谈邹志安的小说创作》；以"关于现实主义问题的讨论"为总题，发表王愚的《现实主义的厄运及其教训》。

《时代的报告》第2期发表陈乐民的《作家，首先是战士——回忆杨朔同志》；胡英远的《回忆海默同志刻苦学习两件事》；林非的《中国现代报告文学创作的一个轮廓》；佘树森的《魅力从何而来？——评杜宣〈我回来了，谢谢你们〉》；蒲永川的《挽救灵魂的诗篇是最美的——读报告文学〈请爱他〉》；李蕤的《让报告文学的鲜花遍地开放》；田均、梁康的《拨开用香烛编织的迷雾——评中篇小说〈飞天〉》。

《译林》第2期以"名词解释"栏目发表裘小龙的《唯美主义》；苏生的《新人文主义》；肖冬的《原样派》；张绪华的《九八年代》；象愚的《垮掉的一代》。

《芳草》第6期发表黄宗英的《追踪同时代不知名作家的脚步》；郁源的《略论典型的个性化》。

《安徽大学学报(哲学社会科学版)》第2期发表刘景清的《论李准小说的人物形象和艺术特色》。

《安徽师大学报(哲学社会科学版)》第2期发表蔡传桂的《丁玲的创作道路》。

《青海湖》第6期发表《九个兄弟民族省区文艺期刊编辑工作会议简况》。

《战地黄花》改刊为《柳泉》,第1期发表本刊编辑部的《写在前面的话》;田仲济的《纯淳朴的性格 凝炼的风格——〈王统照文集〉序言》;郭同文的《壮丽的征程——王统照先生生平简介》;刘增人的《王统照文学生涯剪影》。

《星火》第6期发表许明晶的《正确理解"干预生活"的口号》。

《科学文艺》第2期发表钱学森的《科学技术现代化一定要带动文学艺术现代化》。

《星星》第6期发表沙鸥的《读诗寄语——关于顾城、方晴、郭欣的诗》。

《鸭绿江》第6期发表韶华的《关于艺术构思——答刘新莉同志问》;刘效炎的《文艺批评二题》(讨论歌颂与暴露的问题、批评与反批评的问题)。

《黑龙江戏剧》第2期发表大彬的《总结和思索——谈戏曲反映现代生活》。

《湘江文艺》第5、6期合刊发表焦林义的《在湖南省文学艺术工作者第四次代表大会上的祝词》;康濯的《为新时期湖南文学艺术的繁荣而奋斗(摘要)》;《湖南省文联及各协会领导人名单》;本刊记者的《红杏枝头春意闹——记湖南省第四次文代会》;胡光凡的《"以动写静"和"化静为动"——读周立波短篇小说札记》;胡君靖的《童话创作漫谈三题》。

《湖南群众文艺》第6期发表叶圣陶等的《当代作家谈儿童文学》;胡代炜的《道路是宽广的》;韩少功的《也要为非政治的社会实践服务》。

本月,上海文艺出版社出版柳鸣九的《论遗产及其它》。

中国人民大学出版社出版中国人民大学中国语言文学系《文学论集》编辑组编的《文学论集(第三辑)》。

四川人民出版社出版本社编的《郭沫若研究论集》。

云南人民出版社出版杜东枝的《小说名篇鉴赏》。

湖南人民出版社出版萧殷的《谈写作》,马蹄疾的《读鲁迅书信札记》。

上海教育出版社出版复旦大学、上海师大中文系《写作知识漫谈》编写组的《写作知识漫谈》,本社编的《回忆鲁迅资料辑录》。

科学普及出版社出版叶永烈的《论科学文艺》。

7月

1日，《山花》第7期发表奔众的《为培养社会主义新人作出贡献——全省文艺、文化工作会议情况简述》；讯生的《文艺与政治关系我见》。

《延边大学学报》第2期发表郑判龙、许虎一的《试论文学中的人性、阶级性问题》。

《解放军文艺》第7期发表徐怀中的《创作准备三题——在军事题材短篇小说读书班座谈会上的发言摘要》；丁宏新、蒋萌安的《真切·细腻·感人——读冯德英的〈山菊花〉》（上集）。

2日，《人民日报》发表洁泯的《现实主义的新探索——1979年全国获奖短篇小说读后漫评》；周姬昌的《"一切景语皆情语"——读王蒙的短篇小说〈春之声〉》。

《光明日报》发表曾镇南的《爱的美感为什么幻灭？——也谈〈爱，是不能忘记的〉》；田山、王禾的《揭示了严肃的人生课题》（讨论张洁小说《爱，是不能忘记的》）。

《学术研究丛刊》第2期发表龙复的《访问作家王汶石》。

3日，《晋阳文艺》第7期发表高捷的《赵树理的"别扭劲儿"》。

4日，《光明日报》发表王新民的《话剧艺术要创新——从话剧〈屋外有热流〉谈起》。

5日，《辽宁大学学报》第4期发表彭放的《"大跃进"民歌与新诗道路》。

《河北文艺》改名《河北文学》，第7期发表鲍昌的《孙犁——一位有风格的作家》。

《雨花》第7期发表高晓声的《〈李顺大造屋〉始末》。

《朔方》第7期发表李震杰的《塞上文苑一枝春——试评〈霜重色愈浓〉》；杨建国的《发人深思的典型形象——读〈看"点"日记〉》；杨淀的《对动乱十年的暴露是否已经够了？》；长龙的《浅谈歌颂与暴露》。

《解放军报》发表汝捷的《〈李自成〉和〈第二次开封战役〉》。

6日，《文汇报》发表王振复的《独特的个性美——也评小说〈人到中年〉》。

《电影创作》第7期发表李传龙的《论艺术典型的共性和个性》（之三）。

7日,《文汇报》发表边善基的《壮歌响彻灿烂星空——看影片〈今夜星光灿烂〉札记》。

9日,《光明日报》发表邢力、白崇人、吴重阳的《奇葩溢香 明珠耀彩——建国三十年少数民族短篇小说漫评》;丁振海的《文学创作如何反映生活本质》。

10日,《大众电影》第7期发表袁文殊的《创造社会主义的民族新电影——在第三届电影"百花奖"授奖大会上的讲话》;白皑的《人民的奖赏——记第三届电影"百花奖"授奖大会》。

《北京文艺》第7期发表王蒙的《〈北京文艺〉短篇小说选(1979)序言》;何新的《他们象征着未来——试析王蒙短篇新作〈风筝飘带〉》。

《江苏师院学报(哲学社会科学版)》第3期发表吴周文的《论杨朔散文意境的创造——杨朔散文研究之一》。

《诗刊》第7期发表周良沛的《答问》,吕剑的《南行通信》。

《哈尔滨文艺》第7期发表牛乃文的《对当前文艺问题的几点认识》。

《读书》第7期发表刘心武的《读〈土地〉三部曲》;史乘的《浅谈文艺评论应加强艺术分析》;叶圣陶的《重印〈经典常谈〉序》;袁可嘉的《〈九叶集〉序》;王蒙的《〈冬雨〉后记》;楼适夷的《〈芥川十一篇〉书后》。

《新疆文学》第7期发表仲一的《浅谈短篇小说创作中的几个问题》。

12日,《文艺报》第7期发表周扬的《站好岗哨 当好园丁》(一九八〇年五月五日在全国文学期刊编辑工作会议上的讲话);《不应有一丝一毫的动摇——谈谈"双百"方针和党的领导》;何孔周的《不要横加干涉》;丁峤等的《关于电影民族化问题的探讨》;韦君宜的《谈谈"社会效果"》;滕云的《时代的脚步——近年间报告文学一瞥》;陈涌的《柯岩的散文作品》;陈骏涛的《军事题材文学创作的新突破——评〈西线轶事〉》;李基凯的《"改头换面的禁锢"》(讨论创作自由问题);古岳的《还是顾"实"思义为好》(讨论1980年4月8日《文汇报》旭东的《为何唱"咳"调》);周介人的《它在哪里失足——关于"本质论"的商讨》;薛宝琨的《笑的武器,更锐利些——谈当前相声创作的繁荣》;兴叶的《当我们凝望夜空的时候——影片〈今夜星光灿烂〉观后的遐想》;康濯的《"敢于正视淋漓的鲜血"——略论莫应丰的创作》;孙犁的《文学和生活的路——同〈文艺报〉记者谈话(续完)》。

《解放军报》发表陈大鹏的《百川汇海 殊途同归——试谈文艺方向的一致性和创作风格的多样性》;易莎的《从事创作的第一个课题——关于深入生活的

通信》；冠潮的《继续解放思想　提高作品质量——兼谈军事题材的戏剧创作》；孙岗的《上下关系的正气歌——推荐小说〈一个参谋和三个将军〉》。

15日，《山东文学》第7期发表张森的《质朴　真实　自然——浅谈〈雨过天晴〉的人物描写》。

《长安》第7期发表文致和的《文艺的现实主义方向不应否定——评一种奇特的现象》；孔淦的《保姆和"苦果"——顾城的诗读后感》。

《长春》第7期发表刘静生的《艰辛的探求者——记高晓声》；韩志君的《现代迷信的殉道者——评〈囚徒晚餐〉中的余忠老汉形象》。

《北方文学》第7期发表陈景春的《艺术家要面对人民》；钟子翱的《文学作品的题材》；蒋守谦的《要有自己独特的风格》。

《北方论丛》第4期发表白石、陈力的《刘心武小说中的青年形象》。

《曲艺》第7期发表本刊记者的《努力创作更多的好相声——记中国曲艺家协会召开的相声创作座谈会》；何迟的《相声创作的新课题（上）》。

《汾水》第7期发表孙钊的《读马烽〈结婚现场会〉三题》；康濯的《关于赵树理研究的通信》。

《青春》第7期发表秦兆阳的《给一位青年的公开信》；刘绍棠的《被放逐到乐园里》；孙五三的《一个普通的人——记女作家张洁同志》。

《春风》文学月刊第7期发表阿红的《漫话诗歌形象的构成与想象》；海风的《试谈文艺的真实性与倾向性》；愚氓的《也谈文艺的真实性与倾向性》。

《福建文艺》第7期发表卓钟霖的《和风·细雨·百花》；予闻的《今日风向如何？》；商子雍的《允许和提倡反批评》；以"关于新诗创作问题的讨论"为总题，发表方顺景、何镇邦的《欢欣与期望》，练文修的《抒情诗的"自我"及其他》。

《新港》第7期发表顾骧的《三十年人性论论争的简要回顾——文艺与人性浅识之一》；戈兵的《一条值得继续探索的路——〈方纪小说选〉编后语》。

《中国妇女》第7期发表宝书的《根生土长——访美籍华人女作家聂华苓》。

16日，《人民日报》发表冯牧的《大力发展和繁荣我国各少数民族的社会主义文学——在全国少数民族文学创作会议上的报告（摘要）》；杨炳的《要加强基础文艺理论的研究》；陈残云的《努力反映农村的新变化》；田中全的《"马列主义老太太"——谈〈人到中年〉里的秦波的形象》；丁永淮的《诗与"我"》（讨论雷抒雁的诗《小草在歌唱》）。

《光明日报》发表沙鸥的《当前新诗的几个问题》。

《电影艺术》第 7 期发表艺军的《为电影一辩》；高峡的《本刊召开人性和人情问题座谈会》。

18 日，《人民戏剧》第 7 期发表初晓的《重睹老市长的风采——评话剧〈陈毅市长〉》；黄维钧的《评〈屋外有热流〉》。

《词刊》第 4 期以"关于歌词艺术特征问题讨论"为总题，发表王照乾的《同源异流，同根异体——歌词与诗关系刍议》，滕新华的《歌词姓"歌"不姓"诗"》，巴音的《箭和弓——歌词小议》，黄吉士的《歌词中的口号与政治术语》。

19 日，《解放军报》发表行冰的《文艺倾向性和真实性的统一》；水工的《竹·眼睛·真善美》；黄柯的《真实与真理——也谈文艺的真实性》。

《中国出版》第 10 期发表季路的《出版港、台和外籍华裔作家著作，促进文化交流》。

20 日，《人民文学》第 7 期发表王蒙的《谈短篇小说的创作技巧》；王若望的《两篇小说 一点启示》(讨论王蒙的《悠悠寸草心》；茹志鹃的《草原上的小路》。)

《上海文学》第 7 期发表顾骧的《"双百"方针杂议》；缪俊杰的《新时期社会主义文艺的方向》；以"关于短篇小说《唉……》的讨论"为总题，发表肖仁吾的《"唉"调、"啊"调和"吗"调》，仲呈祥的《主题、格调及其它》；同期，发表亦木的《战法别一种》(回应 1980 年《上海文学》第 3 期冯英子的《调门小论》；倪诚侃的《别一种战法》)；许锦根的《作家应该对生活提出自己的见解》。

《文汇报》发表赵国青的《描写农村生活的新收获——高晓声的短篇小说读后》。

《民间文学》第 7 期发表钟敬文的《〈民间文学概论〉前言》；《关于"改旧编新"问题的讨论》；本刊记者的《记〈格萨尔〉工作座谈会》。

《甘肃文艺》第 7 期发表朱宜初的《再论少数民族民间文学的搜集和整理》。

《延河》第 7 期发表李炳银的《激情与诗意——谈谈魏钢焰的散文》；楼适夷的《为了忘却 为了团结——读夏衍同志〈一些早该忘却而未忘却的往事〉》；王汶石的《亦云集》(未完待续)；史京品的《社会效果和文艺欣赏》。

《学术研究》第 4 期发表管林的《试论我国当代文学的人民性》；刘锡诚的《论民间故事的幻想》。

《湖北日报》发表孙振华的《巧妙的形象对比》。

21日,《人民日报》发表蓝翎的《"看不懂"的推想》。

《羊城晚报》发表曾敏之的《於梨华在香港》。

23日,《人民日报》发表李炳银的《创建新生活需要这样的英雄——读报告文学〈励精图治〉》;高晓声的《生活和"天堂"》;邢沅的《历史小说的新收获——读歌颂捻军英雄的〈星星草〉(上卷)》。

《光明日报》发表张同吾的《生活的真实和诗画的情韵——读刘绍棠的〈蒲柳人家〉》;秦晋的《应该使文学批评的空气活跃起来》。

24日,《文汇报》发表丁玲的《赞〈陈毅市长〉》。

25日,《齐鲁学刊》第4期发表刘景清的《论李准小说的风格》;陈宝云的《关于歌颂与暴露的断想》;刘守安的《关于写人民内部的缺点和错误的两个问题》。

《社会科学战线》第3期发表张景德、宫苏乙的《论李季的石油诗》;曲六乙的《现实主义戏剧创作的新潮头——一九七九年戏剧丰收年的回顾》。

《晋阳学刊》创刊,陕西省社会科学研究所主办,《晋阳学刊》编辑部编辑,第1期发表马烽、西戎的《〈吕梁英雄传〉的写作经过》。

《新观察》第2期发表高缨的《与聂华苓、安格尔相处的日子》。

26日,《文汇报》发表聂华苓的《法治与爱情》。

28日,《武汉大学学报》第4期发表陆耀东的《谈柳青的早期创作》。

30日,《人民日报》发表傅钟的《象英雄们那样树立革命的人生观——为〈新一代最可爱的人〉出版而作》;戴明的《英雄垂青史 壮歌撼心弦——读〈新一代最可爱的人〉》。

《文汇报》发表余之的《散发着春天芳草的气息——新人新诗漫评》。

《光明日报》发表孙绍振的《诗与"小我"》。

《舞蹈》第4期发表本刊记者的《夏夜访聂华苓一家》。

本月,《十月》第4期发表王蒙的《蝴蝶》;张炯的《中华民族的壮歌——读长篇小说〈黄河东流去〉》;雁翼的《生活感受与创作》;李陀的《现实主义和"意识流"——从两篇小说运用的艺术手法谈起》。

《四川文学》第7期发表《全国文学期刊编辑工作会议强调 把文学期刊办得更有生气》;何火任、仲呈祥的《真实性、倾向性及其他——兼评短篇小说〈春夜〉》;何同心的《"画笔传神总是春"——兼评短篇小说〈春夜〉》。

《包头文艺》第4期发表王若望的《由〈发卡〉引出的争论》;艾荫、杜仲的《关于文艺与政治关系的学习札记》;周廷芳的《文艺欣赏与作家职责》。

《江城》7月号发表周良沛的《灵感及其它——学诗札记》。

《芒种》第7期发表单复的《关于"放"和"争"》;张抗抗的《找到"我"》。

《芳草》第7期发表姚雪垠的《七十述略(连载之一)》;谢宏的《评蒋子龙笔下的铁腕人物》;理由的《愿当小小的媒介——〈她有多少孩子〉后记》。

《江淮文艺》第7期发表刘兰芳的《说评书的点滴体会》;李汝森的《谈谈故事语言》。

《春风》文艺丛刊第2期发表冉欲达的《建设现代化的文艺理论体系》;鲁坎的《作家的责任与"干预生活"》;邓友梅的《从真善美谈起》;宝藏、成荃的《在现实主义的广阔道路上》。

《草原》第7期发表云照光的《同心同德,为繁荣自治区文艺事业而奋斗——在全区文艺期刊和文艺理论座谈会上的发言(摘要)》;焦雪岱的《浅谈文学民族形式的构成》。

《星火》第7期发表马继孔的《在江西省文学艺术工作者第四次代表大会上的讲话》;俞林的《江西省文学艺术工作者第四次代表大会开幕词》;李定坤的《团结起来 繁荣文艺 为促进四化建设作出更大贡献》;陈茵素的《江西省文学艺术工作者第四次代表大会闭幕词》;《江西省文学艺术工作者第四次代表大会决议》。

《星星》第7期发表周红兴、张同吾的《他的诗属于今天和明天——郭小川和他的诗》。

《鸭绿江》第7期发表殷晋培的《谈〈幽思〉和〈梨树下〉》。

《鸿雁》第4期发表阎新生的《加强领导 繁荣创作 大力开展群众文化工作——自治区文化局长会议侧记》;张富的《参加全区文化局长会议有感》;黎天的《创作辅导员工作漫谈》;杜艺的《视野要宽 取材要精——评快板书〈友谊的镜头〉》。

《海燕》第4期发表周恩惠、汪惟、张琳的《回忆与丁玲同志的几次会面》。

《湘江文艺》第7期发表陈望衡的《站不住脚的理论》(讨论《湘江文艺》第4期黄伟宗的《论社会主义的批评现实主义》);胡良桂的《有利于文学事业的发展》(讨论"社会主义的批判现实主义");何干的《五十年代编辑工作点滴》。

《湖南群众文艺》第7期发表铁可的《老调重弹——谈神话与迷信》;刘波的

《艳丽的山花——喜看湖南省农民业余艺术代表队演出》;张永如的《主题三议》;李伯松的《角色、作品与生活》。

《群众文化》第4期发表黄镇的《文化工作要为八亿农民服务》;浩然的《多给农村的孩子写点书》;周哲民的《极左路线是群众创作的大敌》。

厦门大学台湾研究中心(文学研究所)在厦门成立。

《编译参考》第7期发表《聂华苓谈台湾和海外文学(上)》。

《中山大学学报》第4期发表王晋民的《台湾现代文学和乡土文学述评》。

本月,上海教育出版社出版王永生的《小说〈青春之歌〉评析》。

四川人民出版社出版中国文学艺术界联合会编的《中国文学艺术工作者第四次代表大会文集》,李允经的《鲁迅笔名索解》。

湖南人民出版社出版湖南师范学院中文系文艺理论教研室的《文学理论基础(上)》,李霁野的《鲁迅先生与未名社》(未名小集〔1〕)。

中国人民大学出版社出版中国人民大学中国语言文学系《文学论集》编辑组编的《文学论集(第四辑)》。

上海文艺出版社出版陈荒煤的《解放集》,钟敬文主编的《民间文学概论》。

云南人民出版社出版谢冕的《湖岸诗评》。

北京大学出版社出版侯宝林等的《曲艺概论》。

山东人民出版社出版张彭等的《戏曲编剧初探》。

陕西人民出版社出版西北大学中文系现代文学教研室编的《〈创业史〉评论集》。

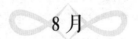

8月

1日,《文汇报》发表沙叶新的《〈陈毅市长〉创作随想》。

《解放军文艺》第8期发表华楠的《大力发展军事题材文艺创作》;刘白羽的《在"自卫还击 保卫边疆英雄赞"征文授奖大会上的讲话》(摘要);本刊记者的

《军事文学之春》;《"自卫还击　保卫边疆英雄赞"征文评奖获奖作品名单》。

3日,《文汇报》发表孙逊的《〈人到中年〉的思想艺术特色》。

5日,《河北文学》第8期发表郑士存的《"双百"方针与认识论》;康濯的《破晓的彩霞——刘绍棠早期中篇小说集〈运河的桨声〉序》;刘绍棠的《后记》(刘绍棠《运河的桨声》、《夏天》后记);克明的《读罢〈金鸡宴〉》。

《雨花》第8期发表包忠文的《所谓"政治学"的评论标准——谈对当代人形象评论中的一种偏向》。

《郑州文艺》第4期发表苏金伞的《新诗漫话》;杨飏的《真实·准确·正确——浅谈文艺的社会效果》。

《朔方》第8期发表黎平的《歌颂光明,暴露黑暗》;章仲锷的《略谈〈客人〉的人物形象》。

6日,《人民日报》发表广东人民出版社的《她们为文艺画廊添异彩——〈当代女作家作品选〉"编后记"》;陈荒煤的《应该回到世界中来——参加国际笔会散记》;王歌的《中国笔会中心简介》;武治纯的《纪念台湾乡土文学作家钟理和》。

《光明日报》发表张维安的《捕捉使人类世界变得更美的东西——评刘心武的〈如意〉》;唐挚的《也谈文学批评》;新华社的《台湾作家钟理和简介》。

7日,《人民日报》发表《解决"知识分子入党难"问题》;李春的《要热切关心知识分子的生活境遇》。

9日,《人民日报》发表黄柯的《一台动人的好戏——看话剧〈朋友〉》。

10日,《四川大学学报(哲学社会科学版)》第3期发表李保均的《〈红旗谱〉的语言艺术》。

《北京文艺》第8期发表康濯的《从维熙中篇小说集序》;李贵仁的《她捧出的是两颗纯洁的心——谈怎样理解〈爱,是不能忘记的〉》。

《东海》第8期发表唐向青的《总结经验　解放思想　为繁荣社会主义文艺而奋斗》;陈文锦的《接天莲叶无穷碧——省二次文代会侧记》;《省文联二届委员会主席、副主席及各协会领导成员》;朱汝瞳的《努力塑造四化建设中的新人形象》。

《诗刊》第8期发表柯岩的《远方来信》;以"问题讨论"为总题,发表章明的《令人气闷的朦胧》,晓鸣的《诗的深浅与读诗的难易》,同期,发表玛拉沁夫的《牧民中的诗人,诗人中的牧民——〈纳·赛音朝克图诗选〉前记》。

《昆明师院学报》第 4 期发表陈晓华的《再说新诗与旧诗》；杨本海的《略谈诗歌的百花齐放与发展道路——兼与陈晓华同志商榷》（讨论 1979 年第 5 期《昆明师院学报》陈晓华的《新诗与旧诗》）。

《奔流》第 8 期发表朱兵的《刻苦实践　不断探索——试谈张有德同志的小说创作》；劲草的《触目惊心的历史画面——读短篇小说〈看看谁家有福〉》；张锡侯的《一篇有严重缺陷的小说——评〈看看谁家有福〉》；杨晓杰的《工业题材短篇小说创作座谈会纪实》。

《读书》第 8 期发表王宏志的《吴晗和〈碧血录〉》；劳柯的《〈李将军列传〉的启示》；陶白的《〈林肯传〉读后》；邹荻帆的《送给你一枝紫丁香——读〈草叶集〉后给惠特曼》；董鼎山的《用英文写作的中国女作家》。

《新疆文学》第 8 期发表寒辉的《打消顾虑，大胆创作——复一位作者的信》；舒英、张成觉的《冲决束缚的诗，奔向未来的歌——浅谈杨牧的三篇新作》。

12 日，《文艺报》第 8 期发表铁依甫江的《全国少数民族文学创作会议开幕词》；冯牧的《大力发展和繁荣我国少数民族的社会主义文学——在全国少数民族文学创作会议上的报告》；高洪波的《一次"报春会"——全国少数民族文学创作会议侧记》；杜高、陈刚的《我们需要怎样的文艺批评——读〈时代的报告〉评论员文章有感》；钟惦棐的《论如何实际对待现实主义的偏颇和不足》；陇生的《关于〈爱，是不能忘记的〉》；陈白尘的《献给人民的笑（〈何迟相声集〉序）》；刘建军的《流贯作品的炽热的血液（漫谈中篇小说的革命人道主义精神）》；方顺景的《创造新的艺术世界》；荒煤的《对生活的认识和探索》；沙汀的《漫谈周健明同志的小说〈湖边〉》；丹戈的《一刻也不能没有理论思维——关于学习马克思主义文艺理论问题刍议》；金梅的《关于坚持文学真实性原则的两个问题》；叶君健的《中国参加了国际笔会》。

《解放军报》发表刘炜的《一次成功的尝试——长篇小说〈将军吟〉浅谈》。

13 日，《人民日报》发表晓江的《作品鉴赏的"正""反"观》；唐早生的《要发现和培养青年文艺理论工作者》；潘旭澜的《胆识与艺术创新——评中篇小说〈犯人李铜钟的故事〉》；章蔚的《对〈关于"今夜星光灿烂"〉的不同意见》。

14 日，《文汇报》发表章力挥的《正确认识和反映生活——评短篇小说〈唉……〉及有关争论》。

15 日，《人民日报》发表汝信的《人道主义就是修正主义吗？——对人道主义的再认识》。

《山东文学》第 8 期以"文代会专页"为总题,发表白如冰的《在省四次文代大会上的祝辞》,王众音的《动员起来,繁荣文艺创作,为促进四化建设做出新贡献》,《山东省文学艺术工作者第四次代表大会决议》,《省文联四届委员会主席、副主席、委员名单》,《省第四次文代会各协会选出领导机构》;同期,发表夏放、李衍柱的《嫩柳乍绿搬的艺术世界——略谈〈微山湖上〉的艺术特色》。

《长安》第 8 期发表刘斌的《关于诗的牢骚》;姚虹的《诗和时代的断想——兼谈青年诗人刁永泉的诗》。

《北方文学》第 8 期以"关于塑造社会主义新人形象的讨论"为总题,发表郑铁生的《给新人以丰富的人性》,蒋守谦的《在民族化群众化的道路上前进》。

《北京师范大学学报(社会科学版)》第 5 期发表陈丹晨的《真实、理想和小市民习气——几篇有争议的小说读后》(讨论 1979 年第 2 期《清明》发表的徐明旭的《调动》,1980 年第 2 期《北京文艺》发表的《聚会》,1979 年第 12 期《雨花》发表的徐乃建的《杨柏的污染》)。

《曲艺》第 8 期发表傅钟的《发扬相声艺术的战斗传统——在相声创作座谈会上的讲话摘要》;何迟的《相声创作的新课题(下)》。

《汾水》第 8 期发表艾斐的《浅谈典型化和倾向性》;王慧骐、王东明的《柳青的教训》;吕文幸的《眼界要宽　开掘要深——读〈汾水〉近期农村题材小说有感》。

《青春》第 8 期发表刘心武的《怎样架起这座桥——与文学青年小 B 的一次谈话》;杨如鹏的《理由访问记》;忆明珠的《落花水面皆文章——读高晓声〈七九小说集印象〉》。

《钟山》第 8 期发表郑乃藏、唐再兴的《不灭的火焱——论方之的小说创作》;叶亚东的《"集外集"的独特性——评〈不会忘却的山歌〉》。

《福建文艺》第 8 期发表马兴元的《在省文学艺术工作者第二次代表大会上的祝辞》;万里云的《团结起来,为繁荣我省社会主义新时期的文艺而奋斗》;《省文联主席、副主席、秘书长名单》;《省文联第二届委员会委员名单》;《省文联各协会、研究会主席、副主席名单》;以"关于新诗创作问题的讨论"为总题,发表雁翼的《抒情诗中的诗人个性》,徐华龙的《新诗应向古典诗歌和民歌学习》,田奇的《沉思的三棱镜》,复生的《对〈几点看法〉的看法》。

《新港》第8期发表滕云的《更坚实地开拓自己前进的路——评冯骥才的创作》;舒需的《生活美·心灵美·艺术美——再谈柯岩的儿童诗》。

16日,《电影艺术》第8期发表《本刊编辑部就现实主义问题举行座谈》。

17日,《文汇报》发表刘岚山的《关于爱情诗——现代诗片论之一》。

18日,《人民日报》发表萧殷的《发挥文艺编辑培养新人的作用》。

《人民戏剧》第8期发表《全国戏曲剧目工作座谈会在京举行》。

《语文教学通讯》第8期发表马烽的《〈我的第一个上级〉写作经过》。

20日,《人民文学》第8期发表何士光的《乡场上》。

《上海文学》第8期发表雷达的《深度与容量——读〈被爱情遗忘的角落〉所想到的》;李楚城的《高晓声和他的李顺大、陈奂生》;关林的《也谈〈唉……〉的讨论》。

《文汇报》发表杜清源、李振玉的《如何评价"帝王将相、才子佳人"作品》。

《光明日报》发表彭放的《爱情:严肃的主题——评〈男婚女嫁〉的爱情描写》。

《民间文学》第8期发表张弘的《关于"改旧编新"问题的讨论——民间文学发展的必由之路——"改旧编新论"之二》;敦岳的《两年来我国民间文学工作简况》。

《学术月刊》8月号发表刘再复的《论时代文学和趋时文学》。

《长城》第3期发表张炳元、马学鸿的《扎实的人物形象 悲壮的时代战歌——浅谈从维熙近年来的小说创作》。

《社会科学》第4期发表董德兴的《无产阶级的企业家——谈乔光朴》;张循的《值得"深省"的文学评论——读〈时代的报告〉评论员文章有感》;费万龙的《一九七九年台湾、港澳作家的作品介绍和发表》。

《延河》第8期发表王维玲的《柳青和〈创业史〉》;费秉勋的《试论贾平凹小说的艺术风格》;王汶石的《亦云集》(未完待续);杜鹏程的《敬致读者——为朝鲜文译本〈保卫延安〉重印而写》;以"关于《蜡做的翅膀》的意见"为总题,发表白雯、岩蔚的《一篇引人深思的作品——读〈蜡做的翅膀〉》,秦沪的《真实地描写生活——对〈蜡做的翅膀〉的非议》。

《贵阳师院学报(社会科学版)》第3期发表张静琴的《也谈文学与政治的关系》。

《南京大学学报(哲学社会科学版)》第3期发表刘宁的《陈白尘年表》。

21日,《光明日报》发表丁一三的《感慨和心得——看话剧〈陈毅市长〉之后》。

23日,《文汇报》发表丘峰的《引人深思的人物形象——评张抗抗中篇小说〈淡淡的晨雾〉》。

25日,《文艺研究》第4期发表本刊评论员的《实行"二百"方针是按艺术规律办事的必由之路》;阳翰笙的《谈谈戏曲的推陈出新　学习周恩来同志〈关于昆曲"十五贯"的两次讲话〉》;陈涌的《研究工作中的一个重要问题》;刘宾雁的《路子还可以更宽些》(讨论报告文学创作);刘淮的《真实性·倾向性·艺术性——兼评穆青等同志的报告文学》。

《文汇报》发表敦庸、志高的《人道主义简论》。

《戏剧界》第4期发表沈敏特的《让思路象生活一样宽广——也谈"同情骗子"》(讨论话剧《假如我是真的》)。

27日,《人民日报》以"关于文艺真实性问题的讨论"为总题,发表王蒙的《是一个扯不清的问题吗?》,丹晨的《"写本质"与"写光明"不能划等号》,李准的《对"本质真实"的一点理解》。

《文汇报》发表陈骏涛的《发掘人物的内心世界——王蒙新作〈蝴蝶〉读后》;《引人注目的探索——围绕王蒙同志小说创作开展的讨论》。

28日,《上海戏剧》第4期发表《话剧〈陈毅市长〉的成就与不足——上海剧协召开座谈会的发言记录》;司马文言的《剧本问题》。

《河南师大学报(社会科学版)》第4期发表聂华苓的《海外文学与台湾文学现状》。

《中山大学学报(哲学社会科学版)》第4期发表王晋民的《台湾现代文学和乡土文学述评》。

本月,《广西民间文学丛刊》第1期发表黄勇刹的《歌海漫记(选载)》;朱德亮的《喜看枯枝发新芽——烟竹歌会学习考查散记》;张守常的《一首近代农民革命歌谣的流传》。

《长春》第8期发表《〈生活从这里开始〉座谈会》;雷达的《人与情节断想——阅读获奖小说笔记》。

《四川文学》第8期发表杜心源的《在四川省文学艺术工作者第二次代表大会上的祝辞》;谭启龙的《在四川省文学艺术工作者第二次代表大会上的讲话》;马识途的《解放思想,加强团结,争取我省社会主义文艺事业的更大繁荣》;《四川省文联及作协机构人员名单》。

《江苏戏曲》第 8 期发表陈辽的《老调子还没有唱完》。

《吉林大学学报》第 4 期发表朱晶、傅树声的《论人性与文学艺术的解放》。

《江城》8 月号发表胡煦的《可贵的献身精神——读小说〈动力〉》。

《江淮文艺》第 8 期发表韩志君的《"写真实"是一个有缺陷的口号——兼答陈辽同志》。

《芒种》第 8 期发表马威的《一丛永开不败的鲜花——谈蒋子龙反映工业题材的小说》；刘效炎的《万万不可来回"折腾"》。

《作品》第 8 期发表陈善文的《一只翅膀飞不起来》（讨论文艺批评的提高问题）。

《芳草》第 8 期发表阎豫昌的《我心中的白洋淀——访作家孙犁》；武克仁的《简议"两百"方针》；金宏达的《关于刘心武短篇小说的艺术评价》。

《青海湖》第 8 期发表徐涛的《文艺的社会影响琐谈》；王德省的《借一斑略知全豹——读〈创业史〉札记》；唐燎原的《严峻人生的深沉讴歌——读王昌耀同志的诗歌》；王华的《一曲颂歌——评〈大山的囚徒〉》。

《草原》第 8 期发表廷懋的《在内蒙古自治区文学艺术工作者第三次代表大会上的祝辞》；云照光的《团结起来，为繁荣社会主义文艺而努力——在内蒙古自治区文学艺术工作者第三次代表大会上的报告》。

《星火》第 8 期发表毕必成的《生活·启迪·新路——〈庐山恋〉创作经过及点滴感受》；江升端的《努力反映农村现实生活——读〈星火〉发表的几篇农村题材小说》；陈鼎如的《透过"壳子"看灵魂》。

《鸭绿江》第 8 期发表寒溪的《不要戴着镣铐跳舞——论"文艺为政治服务"弊多利少》；厉风的《思索吧，如果你想正直地生活——读〈强者〉》。

《湘江文艺》第 8 期发表巍然的《真实性·逻辑性·独创性——评当前"惊险文学"的某些倾向》；洪源的《"坏处说坏，好处说好"论》。

《厦门文艺增刊》第 3 期发表傅子玖、黄后楼的《中国新诗自我形象的演进及其流派初探——与孙绍振同志商榷》；翁友本的《谈舒婷的诗》；林兴宅的《关于"政治标准第一"的几种论证的商榷——二论文艺批评的标准》。

《湖南群众文艺》第 8 期发表周健明的《多写反映农村生活的作品》；邵岩的《认真抓好街道群众文化活动》；朱日复的《传统戏曲推陈出新一议》。

《编译参考》第 8 期发表的《聂华苓谈台湾和海外文学（下）》。

《花城》第 6 集发表聂华苓的《浪子的悲歌——中篇小说〈桑青与桃红〉前言》。

《中国百科年鉴(1980 年)》发表费万隆的《台湾和海外作家作品的发表》。

本月,四川人民出版社出版中国文学艺术界联合会研究资料部编的《开辟社会主义文艺繁荣的新时期》。

上海文艺出版社出版朱光潜的《谈美书简》。

中国社会科学出版社出版《文学评论》编辑部编的《文学评论丛刊》。

河北人民出版社出版黄秋耘的《琐谈与断想》。

山东人民出版社出版山东师范学院中文系文艺理论教研室编的《中国现代作家谈创作经验》。

春风文艺出版社出版王敬文、杨治经的《漫谈小说创作》。

人民文学出版社出版艾青的《诗论》。

吉林人民出版社出版河北大学中文系写作教研室、上海师范大学中文系写作教研室编写的《戏剧》,中山大学、南充师范学院中文系写作教研室合编的《曲艺》。

少年儿童出版社出版贺宜等的《儿童文学讲座》,叶圣陶等的《我和儿童文学》。

9 月

1 日,《广州文艺》第 9 期发表了陈其光的《坚持从历史的真实出发——当代文学中实用主义倾向的批判》。

《光明日报》发表郑文光的《"用科学全副武装起来的文学"》。

《解放军文艺》第 9 期发表黄钢的《我国革命军事文学发展的新阶段——祝贺"自卫还击 保卫边疆英雄赞"征文获奖的报告文学作品的辉煌成就》;燕翰的《不要离开社会主义的坚实大地》。

3日，《人民日报》发表刘厚生的《话剧〈陈毅市长〉给我们的启示》；白桦的《一个作者的话》；韩瑞亭的《需要"真正的批评"——读高尔基给富曼诺夫的信有感》。

《晋阳文艺》第9期发表薛宝琨的《从老舍的〈茶馆〉谈起》。

5日，《河北文学》第9期发表周申明、邢怀鹏的《"一支唱不完的歌"——读〈乡情〉和〈花与山泉〉》。

《雨花》第9期发表邓海南的《试谈〈试谈"爱，是不能忘记的"的格调问题〉的格调问题》。

《福建文学》第9期发表陆士清的《无根寂寞的倾诉——〈又见棕榈，又见棕榈〉的思想和艺术》。

6日，《文汇报》发表寿钧、周泱的《情景交融 引人入胜——影片〈庐山恋〉观后》；金水的《〈庐山恋〉引起的思索》。

9日，《解放日报》发表费万隆的《台湾省的作家与作品》。

10日，《大众电影》第10期发表本刊编辑部的《展开自由讨论》；《一次关于〈不是为了爱情〉的讨论》。

《北京文艺》第9期发表敏泽的《关于文学创作中的现实主义问题——读一些短篇小说所想到的》；石天河的《理想的爱情与革命的道德》。

《东海》第9期发表钟本康的《人类灵魂工程师的职责》。

《光明日报》发表韦君宜的《〈将军吟〉的出世》。

《诗刊》第9期发表文过的《流沙河访问记》；以"问题讨论"为总题，发表李元洛的《鉴往知今一议》，孙绍振的《给艺术的革新者更自由的空气》，闻山的《美和诗的漫话》，杜运燮的《我心目中的一个秋天》；同期，发表任洪渊、张同吾的《发现时代的诗情》。

《奔流》第9期发表周志宏、周德芳的《略论文艺批评的标准》；《为落实作品政策告作者、读者》；刘锡诚的《在生活的激流里——评徐慎近年来的短篇小说》。

《哈尔滨文艺》第9期发表马威的《谱写向四化进军的英雄乐章——读蒋子龙近年来的短篇小说》。

《读书》第9期发表何庄的《读〈破壁记〉》；刘季星的《光明的使者（寄碧野同志）》；王学太的《从〈四世同堂〉谈到"国民性"》；裘小龙的《从〈献给艾米莉的玫瑰〉中的绿头巾想到的》；公盾的《一部引人入胜的科学探险小说——读〈鹦鹉螺

号的故事〉》;丁玲的《〈西江月〉序》。

《新疆文学》第 9 期发表谢冕的《让"自我"回到诗中来》;姚泰和的《"歌德文学"也该"注意社会效果"》。

12 日,《文艺报》第 9 期发表舒强的《真实·自然·动人——学习话剧〈陈毅市长〉》;刘剑青的《走创新之路——兼评一九八〇年上半年的几个短篇小说》;王春元、顾骧、张炯的《怎样反映新时期的社会矛盾(中篇小说〈人到中年〉笔谈)》;陈柏中的《带着草原芳香踏进文苑——介绍哈萨克族青年作者艾克拜尔·米吉提》;巴·布林贝赫的《绿叶的联想——漫谈蒙古族青年诗人查干的诗》;肖云儒的《为"土命人"造影——评介邹志安的短篇创作》;邢源的《凌力和她的〈星星草〉》;刘哲的《扎根泥土里的小树——介绍肖波及其短篇小说》;冯牧的《大力发展和繁荣我国各少数民族的社会主义文学——在全国少数民族文学创作会议上的报告》;何庄的《这种习惯不能改一改吗?》(讨论创作自由问题);游默的《批评要实事求是——读〈改头换面的禁锢〉》;运生的《似是而非——也谈"伤痕"和"火光"》;漠雁《迟发的稿件——评〈在社会的档案里〉》;《关于〈在社会的档案里〉等作品的争鸣》;以"文学表现手法笔谈"为总题,发表王蒙的《对一些文学观念的探讨》,李陀的《打破传统手法》,宗璞的《广收博采,推陈出新》,张洁的《文学艺术面临着一场突破》,靳凡的《科学·文学·形式》,李满天等的《艺术创新和民族传统——河北部分作家、业余作者在座谈会上的发言》。

15 日,《山东文学》第 9 期发表知侠的《漫谈拙作话当年》;哈华的《再谈文学上的轻骑兵》。

《长安》第 9 期发表费秉勋的《灵魂剖析的得和失——读贾平凹发表在〈长安〉的两篇新作》;李健民的《在探索中前进——评贾平凹的近作》。

《汾水》第 9 期专栏"赵树理研究"发表韩玉峰的《谈谈赵树理小说的人物塑造》,陈嘉冠的《赵树理的小说在日本》;同期;发表焦祖尧的《在艰难中行进——当前创作问题上的一点陋见》;马烽的《同外国专家一起讨论中国文学——参加巴黎"中国抗战时期文学讨论会散记"》。

《青春》第 9 期发表王若望的《〈黄金梦〉谈片》;顾工的《开采出心灵深处的矿藏》;曾绍仪的《胸中有座大"花城"——访散文作家秦牧》;聂华苓的《三十年后》;黎明的《保罗·安格尔和聂华苓夫妇在文学讲习所》。

《春风》第 9 期发表可知的《关于意识流》。

《福建文艺》第9期,以"关于新诗创作问题的讨论"为总题,发表杨匡汉的《愿新人们走向成熟》,傅子玖、黄后楼的《中国新诗自我形象的演进及其流派初探——与孙绍振同志商榷》。

《新港》第9期发表夏康达的《论蒋子龙的小说创作》。

《文学研究动态》第20期发表周青的《也谈台湾文学——对〈萧乾同志谈台湾文学〉一文的一些补充》;陈若曦的《迟开的写实主义花朵》。

16日,《电影艺术》第9期发表蔡师勇的《让思想冲破牢笼——谈电影的思想深度》;王愿坚的《人·人性·人情——学艺笔记之三》;梁晓声的《浅谈"共同人性"和"超阶级人性"——兼与陈剑雨同志商榷》;杨志杰的《就"干预生活"和于敏同志商榷》。

17日,《人民日报》发表傅佑、马秀清的《改善党对文艺的领导　把文艺事业搞活》;袁文殊的《发扬艺术民主　提高影片质量——关于影片〈今夜星光灿烂〉的评价问题》。

《文汇报》发表刘锡诚的《现实主义在深化——略析近期中篇小说创作》;赵振民的《缺少一代人及其它》(讨论电影〈庐山恋〉)。

18日,《人民戏剧》第9期发表霍大寿的《继承革新　稳步前进——全国戏曲剧目工作座谈会侧记》;舒强、胡思庆、魏启明、杜澎、英若诚、李丁的《仿佛忘记是看戏——话剧〈陈毅市长〉表演座谈会》。

《词刊》第5期以"关于歌词艺术特征问题讨论(之二)"为总题,发表刘楚材的《歌词语言艺术刍议》,张士燮的《群众歌曲歌词的艺术特点》,杨初春的《歌词必须克服标语口号化的倾向——兼与黄吉士同志商榷》,邓仁的《歌词的音乐性》。

20日,《上海文学》第9期发表夏衍的《也谈"深入生活"》;刘金的《对于"回答"的回答》;《关于小说〈唉……〉讨论的来稿综述》;章仲锷的《"上纲"与"何不食肉糜"》;丁芒的《晦涩之风不可长》;刘湛秋的《给诗的探索以生存的权利》。

《文汇报》发表嵇山的《使文艺与批评一同前进》。

《辽宁师范学院学报》第5期发表金梅的《对旧生活的批判和对新生活的歌颂——关于叶圣陶的散文创作》。

《甘肃文艺》第9期发表《一九八〇年上半年关于部分短篇小说的争鸣》。

《延河》第9期发表王愚的《二十五篇之外——〈黑旗〉等五篇小说漫评》;刘

宾雁的《历史的回声——评刘真的短篇〈黑旗〉》;王汶石的《亦云集》(未完待续);李星的《探索新生活　表现新农村——农村题材短篇小说座谈会综述》。

《徐州师范学院学报(哲学社会科学版)》第3期发表张远芬的《不真,美就失去了价值——评杨朔在三年困难时期的散文》。

《陕西戏剧》第5期发表姜良才的《戏剧与法制》。

21日,《文汇报》发表宋崇的《发扬民主和讲求艺术真实》;齐鲁的《"学下去,站起来"——由影片〈庐山恋〉的讨论想起的》。

24日,《人民日报》发表本报评论员的《总结经验　立志改革——谈谈当前的戏曲改革工作》。

25日,《文汇报》发表王若水的《文艺与人的异化问题》。

《齐鲁学刊》第5期发表瞿鸣恺的《关于武训和电影〈武训传〉的评论(来信来稿综述)》;李士钊的《对〈武训传〉问题应进行学术性的探讨》;嘉明的《生花妙笔巧绘时代风云——略论〈铁木前传〉的艺术》;凌迅、周脉柱的《试论〈山菊花〉中桃子形象的塑造》。

《河北大学学报(哲学社会科学版)》第3期发表朱家驰的《毛泽东诗词的语言艺术》;周申明、邢怀鹏的《孙犁的艺术风格(上)》;常敬宇《试论梁斌创作的民族风格》。

《晋阳学刊》第2期发表胡絜青的《老舍和赵树理》;王培民的《求实与献身——纪念赵树理逝世十周年》;阎纲的《〈创业史〉是怎样写成的》。

《滇池》第5期发表芷汀的《亡友肖也牧》;刘金的《刘澍德的短篇小说》;宋学知、姚善义的《刘澍德的人物塑造》,林斤澜的《关于小说创作》。

《群众文化》第5期发表贺敬之的《发扬群众文化　为社会主义现代化服务》;黄镇的《繁荣群众文艺　丰富群众文化生活》;许翰如的《扩大调演成果　积极发展群众文化事业》;李振玉的《贯彻"双百"方针　繁荣群众文艺创作》;高苦舟的《努力表现时代生活的新作》;张有万的《泥土味儿进京来　咋不叫人乐开怀》;《一九八〇年部分省、市、自治区农民业余艺术调演获优秀节目奖名单》;源流的《农民业余艺术调演在北京》;李荣民的《我是怎样坚持业余创作的》;程鹏的《用社会主义新文化教育农民》;解放军总政文化部文化处供稿的《怎样把歌咏活动开展起来》。

27日,《解放军报》发表丁国成的《正义之师必胜——诗集〈花的情思〉读后》,

谢大光的《深深植根于泥土的小说——读〈许茂和他的女儿们〉》。

28日,《文汇报》发表华然的《喜读〈茅盾论创作〉》;志国的《散发着泥土芬芳的好作品——读短篇小说〈乡场上〉》。

《光明日报》发表张钟的《王蒙的新探索——〈蝴蝶〉等六篇小说表现手法上的特点》。

本月,《十月》第5期发表刘梦溪的《王蒙的创作和新时期文学发展的趋向》;阮铭的《让理想放出更加灿烂的光芒——评〈公开的情书〉》;靳凡的《彷徨·思考·创造——致〈公开的情书〉的读者》;黄宗英的《科学地对待昨天、今天、明天》;刘再复、楼肇明、刘世杰的《中国农民恋爱和婚姻的悲喜剧——谈赵树理的小说〈登记〉》。

《中央民族学院学报》第3期发表吴重阳、陶立璠的《李乔和他的〈欢笑的金沙江〉》。

《长春》第9期发表刘锡诚的《走革命现实主义的路》;李改的《他热烈地歌唱春天——万忆萱部分诗作读后》;张灿全的《离奇不能忘记真实——评〈被红豆击毙的爱情〉》。

《四川文学》第9期发表沙汀的《祝贺与希望——在四川省第二次文代会上的讲话》;任白戈的《作家要认识人民熟悉人民——在作协四川分会第二次会员代表大会上的讲话》;高晓声的《曲折的路》;陈朝红的《赞美人民的人性——谈〈浓雾〉的构思和人物》。

《包头文艺》第5期改名为《鹿鸣》,发表本刊编辑部的《致读者》;敖德斯尔的《希望与祝愿》;王愿坚的《意念和意念的实现》。

《江西师院学报(哲学社会科学版)》第3期以"文艺与政治关系问题的讨论"为总题,发表郑光荣的《应当坚持文艺为政治服务的原则》,陈鼎如的《谈"文艺为政治服务"口号的演变与得失》,熊大材的《文艺不从属于政治也不脱离政治》。

《江苏戏曲》第9期发表林涵表的《历史剧与民族关系若干问题的探索》;不易的《"荒诞剧"在上海》。

《江淮文艺》第9期发表陈辽的《分歧究竟在哪里——再谈"写真实"》。

《芒种》第9期发表康耀华的《作家的职责和作品的社会效果》;臧克家的《甘苦寸心知——谈〈中原的胳膊〉》。

《戏曲艺术》第 3 期发表陈培仲的《漫谈戏曲与政治》。

《戏剧艺术》第 3 期发表余秋雨的《论文艺与政治的逻辑关系》。

《时代的报告》第 3 期发表刘白羽的《我们时代英雄的塑像——从〈爱情的凯歌〉谈起》；白舒荣的《揭开心头的濛濛的雾——记女作家草明早年的一段革命历程》。

《作品》第 9 期发表李孟昱的《灵魂雕塑的艺术探求——读陈国凯的〈代价〉及其它小说》；陈善文的《也谈〈警告〉》（讨论刘宾雁的小说《警告》）。

《芳草》第 9 期发表姚雪垠的《七十述略（连载之二）》。

《译林》第 3 期发表谢天振的《漫谈比较文学》；"名词解释"栏发表严非的《新小说派》，苏生的《未来主义》，象愚的《弗洛伊德》，严非的《达达主义》，王义国的《哥特小说》。

《陕西师大学报（哲学社会科学版）》第 3 期发表畅广元的《否定"写真实"是错误的——与〈对"写真实"说的质疑〉一文商榷》（讨论 1980 年第 4 期《红旗》发表的《对"写真实"说的质疑》）。

《青海湖》第 9 期发表程秀山的《文艺为政治服务与文艺为人民大众服务是一致的》；正风的《〈"花儿"随笔〉的随笔》。

《星火》第 9 期发表蒋天佐的《谈谈文艺和政治的关系问题》。

《星星》第 9 期发表钟文的《为探求美而自由地歌唱——读傅天琳的诗》；杜贵晨的《思想解放的鲜花》。

《草原》第 9 期以"内蒙古自治区文学艺术工作者第三次代表大会胜利闭幕"为总题，发表敖德斯尔的《开幕词》，周戈的《闭幕词》，《第三届委员会主席、副主席和全体委员名单》，《大会决议》，《各协会主席、副主席名单》，本刊记者的《北塞文苑花正开——文代会侧记》；同期，发表彦火的《速写抒情诗人蔡其矫》。

《戏剧学习》第 3 期发表《金山排演〈于无声处〉纪实（续）》。

《鸭绿江》第 9 期发表谢冕的《有趣而寓有深意——读胡世宗同志〈鸟儿们的歌〉》。

《湘江文艺》第 9 期专栏"争鸣探索"讨论"社会主义的批判现实主义"口号，发表董洪全的《一个片面的口号》，余开伟的《文学上存在"社会主义的批判现实主义"吗？》，杉沐的《现实主义与现实》，宋遂良的《一个容易引起误解和混乱的创作口号》，吴亦农的《谈社会主义现实主义》，黄新亮、易健的《正确理解社会主义现实主义》，江正楚的《社会主义批判现实主义辨》；同期，发表杨桂欣的《丁玲——经得起苦难和委屈的人》。

《清明》季刊第3期发表张禹的《忆杨逵》;李黎的《家书——给一位故乡的诗人》。

《中国现代文学研究丛刊》第2期发表张葆莘的《台湾现代文学一瞥》。

本月,人民文学出版社出版黄秋耘的《锈损了灵魂的悲剧》,阎纲的《小说创作谈》。

山东人民出版社出版田仲济的《文学评论集》,于占德等的《文学创作漫谈》。

中国社会科学出版社出版中国社会科学院文学研究所图书资料室编的《周恩来与文艺(下)》。

齐鲁书社出版牟世金的《文学艺术民族特色试探》。

河北人民出版社出版周申明、邢怀鹏的《孙犁的艺术风格》。

云南人民出版社出版朱宜初的《民族民间文学散论》。

江苏人民出版社出版郑乃臧的《诗苑折纸》。

吉林人民出版社出版山西大学中文系、四平师范学院中文系写作教研室合编的《诗歌》。

江西人民出版社出版曾铎的《诗谈(下)》。

长江文艺出版社出版饶学刚的《曲艺写作浅谈》。

湖南人民出版社出版陈漱渝的《鲁迅史实新探》(未名小集〔2〕),陈安湖的《鲁迅论稿》(未名小集〔3〕)。

天津人民出版社出版鲍昌、邱文治编的《鲁迅年谱(1881—1936)》。

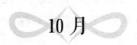

10 月

1日,《广州文艺》第10期发表刘克治的《欢快有益的聚会——全国十七家市办文学期刊小说编辑工作座谈会在长春召开》。

《解放军文艺》第10期发表魏巍的《我是怎样写〈东方〉的》;思忖的《透过硝

烟弥漫的帷幕——"自卫还击　保卫边疆英雄赞"征文获奖小说漫评》。

4日，《人民日报》以"改善党对文艺的领导，把文艺事业搞活"为总题，发表黄宗江的《文艺领域不能容忍官僚主义》，蓝光的《文艺体制一定要改革》，石羽的《领导要从多方面关心文艺工作者》，石联星的《把每个文艺工作者装在心里》，鲁军的《文艺要立法》，古元的《只强调经济规律来领导文艺行吗？》，林彬的《认真总结经验　改善领导方法》。

5日，《山茶》第2期发表钟敬文的《关于故事记录的忠实性问题》；黄惠焜的《云南民族民间文学研究三题》；杨知勇的《对民族民间文学几个问题的看法》。

《中国出版》第10期发表季路的《出版港、台和外籍华裔作家著作，促进文化交流》。

《河北文学》第10期发表韩映山的《我是怎样开始写作的》。

《雨花》第10期发表本刊评论员的《新松恨不高千尺》。

《郑州文艺》恢复原名《百花园》，第5期发表《本刊为恢复原刊名〈百花园〉告读者》；周启祥、谢励武的《青少年时期的魏巍同志》；《欢快有益的聚会——全国十七家市办文学期刊小说编辑工作座谈会在长春召开》。

8日，《人民日报》以"改善党对文艺的领导，把文艺事业搞活"为总题，发表赵丹的《管得太具体　文艺没希望》，何俊英的《放手支持改革　不要统得过死》；以"关于文艺真实性问题的讨论"为总题，发表郑伯农的《也谈"写真实"这个口号》，陆贵山的《不能只强调"怎么写"而忽视"写什么"》，计永佑的《要注重写我们的光明》。

《光明日报》发表黄秋耘的《一个值得注意的文学新人——读李玲修作品的随想录》；仲呈祥的《漫谈作家与文学批评》。

10日，《大众电影》第10期发表唐因的《怎样看待〈今夜星光灿烂〉》；本刊编辑部的《再谈展开自由讨论》；丁薮的《伊文思五十年电影回顾在我国举行》。

《江苏师院学报（哲学社会科学版）》第4期发表浦伯良的《正是山花烂漫时——学习新时期散文札记》。

《诗刊》第10期发表艾青的《与青年诗人谈诗——在诗刊社举办的"青年诗作者创作学习会"上的谈话》；冯牧的《门外诗谈——在诗刊社举办的"青年诗作者创作学习会"上的谈话（摘录）》；王燕生的《青春的聚会——诗刊社举办的"青年诗作者创作学习会"侧记》；以"问题讨论为总题"，发表张炯的《也谈诗的"朦胧"及其他》,顾工的《两代人——从诗的"不懂"谈起》,鲁扬的《从朦胧到晦涩》,苗得雨的《为什么写人们看不懂的诗?》;同期,发表张同吾的《自己的发现和发现自己》;楼适夷的《永远活在诗歌里——追怀诗人柯仲平同志》。

《奔流》第 10 期发表智杰的《反封建是当代文学的一个重要主题》;易准、谢望新的《关于敏感及"放"与"争"的思考》。

《读书》第 10 期发表胡靖的《欢迎这样的创新(读严家其的哲学政治幻想小说)》;何新的《独运匠心的佳作(评王蒙〈夜的眼〉)》;王炎的《绿叶·人·个性——〈我爱每一片绿叶〉读后随想》。

《新疆文学》第 10 期以"讨论短篇小说《三乘客》"为总题,发表吕项枫的《一篇背离生活真实的小说》,刘定中的《真实地反映现实生活中的矛盾冲突》;同期,发表大慧的《"敢笑,才是敢生活!"——试评王蒙小说〈买买提处长轶事〉》。

11 日,《解放军报》发表石杉平的《真实的记录 生动的教材——喜读〈星火燎原丛刊〉(第一期)》;徐恒进的《没有人物就没有小说——谈中篇小说〈覆灭〉的人物描写》;方闻的《借战火的闪亮写好人物——介绍长篇小说〈堡垒〉》;沐阳的《话说"意识流"与现实主义——从当前的一种文学现象谈起》。

12 日,《文艺报》第 10 期发表巴金、叶圣陶、夏衍、林默涵、贺绿汀、刘白羽、罗承勋、王朝闻、陈登科、谢铁骊的《怎样把文艺工作搞活》;李基凯的《要理直气壮地反对官僚主义》;蔡葵的《紧扣时代的脉搏——谈几篇反映新长征生活的短篇小说》;吴莉的《家庭与社会之间——评三位女作家反映两代人关系的短篇小说》;沙叶新的《扯"淡"》(讨论戏剧创作自由问题);吴晓邦的《雷同、流派和雄心》;李业的《北行书简》;江萍的《生活的创造者和生活的表现者(关于作家吴有恒)》;廉正祥的《公安干部执法违法,无理没收文学刊物》;公木、朱晶的《赤子之心(读曲有源的政治抒情诗)》;王蒙的《我们在寻找什么?》;杨井的《评一个选本(与李怡先生商榷)》;林斤澜的《写在读〈蒲柳人家〉之后》;《本刊改版启事》;蒋和森、胡经之、闻笛的《文艺界和读者对〈文艺报〉改版的意见》。

《福建日报》发表林承璜的《台湾青年的苦恼和希望——於梨华小说〈又见棕榈,又见棕榈〉评介》。

15 日,《人民日报》以"改善党对文艺的领导,把文艺事业搞活"为总题,发表《〈新华日报〉批评两起对文艺创作横加干涉现象》;韶华的《文艺作品由谁"审批"?》;伊阙的《横得出奇》。

《长安》第10期发表薛迪之的《〈山地笔记〉的艺术笔法》。

《北方文学》第10期以"关于短篇小说'夏'的讨论"为总题,发表马爱诗的《探索与创新》,刘伯奎的《应当忠于生活的本来面目》,谢万霖的《一朵绚丽多彩的鲜花——评长篇小说〈男婚女嫁〉》。

《汾水》第10期发表蔡毅的《想民所想　急党所急——读〈汾水〉反映干部生活的几个短篇》;王俊峰的《正确运用方言土语》。

《青春》第10期发表荒煤的《对青年作家的希望》;白桦的《作家这个职业》。

《福建文艺》第10期发表李联明的《关于文艺的社会效果二题》;以"关于新诗创作问题的讨论"为总题,发表宋垒的《诗歌问题浅见》,林云的《浅辨"人民之情"》,杨松霖的《"政治色彩"质疑——与方顺景、何镇邦二同志谈》。

《新港》第10期发表孙犁的《读作品记(一)》(讨论刘绍棠的小说《蒲柳人家》);陈辽的《又一个"之"字——谈我国新文学在反封建问题上的曲折道路》;晓逊的《再谈诗歌的"引进"》。

16日,《电影艺术》第10期发表陈涌的《文艺的真实性和倾向性》;王淑秧的《寓倾向于真实——革命现实主义枝谈》;徐庄的《我看〈庐山恋〉》;李锡赓的《评〈庐山恋〉所写的爱情》;李则翔的《伊文思的创作风格及影片特点——同伊文思一起工作的一点体会》。

18日,《南方日报》发表《台湾文坛近讯》。

《人民戏剧》第10期发表钟艺兵的《要正视当前话剧创作中存在的问题》;黄维钧的《美国之行——曹禺同志赴美讲学归来答本刊记者问》;汪曾祺的《从戏剧文学的角度看京剧的危机》。

《语文教学通讯》第10期发表竹林的《杂谈我怎样写〈生活的路〉》。

20日,《人民文学》第10期发表韩少功的《西望茅草地》。

《上海文学》第10期发表彭立勋的《创作方法的意义不应忽视——对〈"创作方法"是一个科学概念吗?〉一文的商榷》。

《四川大学学报(哲学社会科学版)》第4期发表曾绍仪的《论秦牧散文的诗意》。

《甘肃文艺》第10期发表赵一凡的《当代西方文学纵横观》;《近一年多现实主义理论探讨概述》。

《天津师院学报》第5期发表王如青的《试谈〈剪辑错了的故事〉的艺术手法》。

《社会科学》第5期发表李宁的《关键是探讨"暴露"的"尺度"——〈文艺的歌颂与暴露问题〉读后》。

《延河》第10期发表陈深的《生活的波涛与艺术的足迹——我省近年反映农村生活短篇小说漫评》；蒙万夫、曹永庆的《在现实主义的道路上——陈忠实小说创作漫谈》。

22日，《人民日报》以"改善党对文艺事业的领导，把文艺事业搞活"为总题，发表本报记者的《放心、放手、放下架子——中共辽宁省委领导文艺工作印象记》，易准的《思想分析不能代替艺术分析》。

《光明日报》发表费秉勋的《贾平凹新作浅议》。

24日，《人民日报》发表雷声宏的《百家争鸣实际上是"两家争鸣"吗？》。

《光明日报》发表新芳的《台湾艺坛续志》；张洪斌的《两鬓霜花照年华（著名香港作家唐人访问记）》。

25日，《文艺研究》第5期发表张庚的《当前戏曲工作的几个问题》；钱法成的《我们抓剧目创作的体会》；卫建林的《关于文学理论、文学批评方法中的几个问题》；艾青的《中国新诗六十年》，陈光孚的《"魔幻现实主义"评介》。

《河北师范大学学报（哲学社会科学版）》第3期发表何晓的《文学真实性泛议》；唐文斌的《当代政治抒情诗的两面旗帜——谈郭小川和贺敬之的诗歌风格》。

《戏剧界》第5期发表杜清源、李兴叶、李振玉的《话剧运动史上新的一页——难忘的一九七九年的话剧创作》。

《剧本园地》第7期发表苏叔阳的《生活的召唤——读电影文学剧本〈召唤〉》。

28日，《上海戏剧》第5期发表何慢的《"并举"则荣 "为主"则枯——论传统戏、历史戏、现代戏三并举》；李超的《要鼓励话剧探索新的表现形式——谈〈屋外有热流〉》。

29日，《人民日报》以"改善党对文艺的领导，把文艺事业搞活"为总题，发表李准的《领导要改善 体制要改革》；同期，发表薛浩的《评长篇小说〈将军吟〉》。

《光明日报》发表文海的《农民战争的壮丽画卷——评〈星星草〉上卷》；丹晨的《人情、风土和诗意——漫谈菡子新作》。

31日,《人民日报》发表韦君宜的《蜡炬成灰——痛悼杨述》。

《文汇报》发表孙文宪的《文艺要表现活生生的人》;言之的《没有生与爱的岁月——关于〈一个冬天的童话〉》。

本月,《长春》第10期发表闻山的《诗·时代·人民》;邓雁斌、陈日朋的《高士其的科学诗》;马畏安的《重开的玫瑰——谈胡昭近几年的抒情小诗》。

《四川文学》第10期发表马识途、周永年的《关于文学创作队伍建设问题的通信》;茹志鹃的《从声明谈起》;王西彦的《鱼儿只能在水里游》;晓雪的《天道酬勤》;李乔的《向现实主义大师学习!》。

《外国文艺》第5期发表[法]让-保罗·萨特作、周煦良译的《存在主义是一种人道主义》。

《华中师院学报(哲学社会科学版)》第4期发表杨世洪的《人物绰号里的是非——写在长篇小说〈我们的力量是无敌的〉重版的时候》。

《江苏戏曲》第10期发表管和琼的《关于发展现代戏的几个问题》;金石的《一个口号的教训》(讨论"文艺为政治服务");仲岳的《为〈大风歌〉辩》;吴保和的《动人不须多——评话剧〈陈毅市长〉》。

《江城》10月号发表魏明居的《努力描写和培养社会主义新人》;《交流经验,集思广益——全国十七家市办文学期刊召开小说编辑工作座谈会》。

《江淮文艺》第10期发表郭因的《何谓真实》;何道宏的《爱是不能离开生活的》;沈仁浪的《真实、准确、完整地记录民歌》。

《芒种》第10期发表杨志杰的《论文学干预生活》;公木的《谈"沈阳诗歌作者作品小辑"》。

《作品》第10期发表杜埃的《谈艺术民主——文艺领导问题片语》。

《戏剧艺术论丛》第3辑发表林生的《干扰自何方来——试论建国三十年戏曲工作的若干问题》;何慢的《今日红杏又出墙——试与马彦祥同志商榷》(讨论京剧发展方向问题);张艾丁的《要有生命力,就要演现代戏——也谈"京剧向何处去?"》;袁良骏的《夏衍剧论》。

《芳草》第10期发表贾平凹的《生活的感悟》;金宏达的《真实性、时代和其它》;陈辽的《倾向的流露——读〈李顺大造屋〉》。

《春风》文艺丛刊第3期发表彭定安的《关于发展马克思主义文艺理论的设想》;韶华的《祈望讨论的几个问题》;单复的《一个重要的前提》;钟林斌的《打破

"章句之学"的框框》。

《星火》第 10 期以"《长江文艺》《青春》《星火》青年作者小说创作讲习班特辑"为总题，发表荒煤的《对青年作家的希望》，俞林的《作家和时代》，高晓声的《生活、目的和技巧》，黄大荣、李潮的《努力培养文学新人》。

《星星》第 10 期发表辛心的《新诗五议》；左人的《诗歌，期待着新一代——读〈诗坛新一代〉》；杨匡汉的《生活·想象·真实世界——诗学谈片》。

《草原》第 10 期发表贾存的《文艺作品要首先是艺术品》。

《湘江文艺》第 10 期发表谭冬梅的《传神文笔足千秋——浅论〈山乡巨变〉的语言艺术》。

《湖南群众文艺》改名《文艺生活》，第 10 期发表《本刊改名〈文艺生活〉，扩大发行，欢迎订阅》。

《书林》第 5 期发表吉翔的《杨逵的"野菜宴"》；武治纯的《"小人物"的代言人——台湾作家黄春明》；吉翔的《台湾出版爱国文学作品》。

《中国建设》第 10 期发表丛培香的《清新华美、生动曲折——〈台湾散文选〉简介》。

本月，福建人民出版社出版《香港小说选》。

百花文艺出版社出版蒋孔阳的《形象与典型》。

中国社会科学出版社出版《文学评论》编辑部编的《文学评论丛刊（第七辑）》。

北京出版社出版高校中国现代文学研究会、北京出版社合编的《中国现代文学研究丛刊(1980 年第 3 辑)》。

四川人民出版社出版黄侯兴等的《三十年代作家作品论集》。

上海文艺出版社出版钱谷融的《〈雷雨〉人物谈》。

广东人民出版社出版本社编的《编余漫笔》。

少年儿童出版社出版《儿童文学》编辑部编的《儿童文学研究（第五辑）》。

广西人民出版社出版广西师范学院中文系中国现代文学教研室编的《鲁迅小说诗歌散文选讲》。

福建人民出版社出版徐怀中的《鲁迅创作思想的辩证法》。

陕西人民出版社出版高信的《鲁迅笔名探索》。

11 月

1日,《广州文艺》第 11 期发表马威的《工人作家蒋子龙剪影》。

《山花》第 11 期发表杜郁的《百尺竿头　更进一步——记何士光作品讨论会》;肖侃的《谈何士光的小说》。

《解放军文艺》第 11 期发表孟伟哉的《作家素养三题——在解放军文艺社军事题材短篇小说读书班的谈话》。

5 日,《人民日报》发表郭绍虞的《建立具有中国民族特点的马克思主义文艺理论》;以"关于文艺真实性问题的讨论"为总题,发表吴调公的《略谈真实性与倾向性》,《马克思主义与人道主义、人性论问题讨论综述》。

《河北文学》第 11 期发表谷裕的《一个作者的自述》。

《雨花》第 11 期发表刘静生的《并非争鸣》;李纪的《涤荡人物灵魂中的封建污垢——读高晓声〈79 小说集〉断想》。

8 日,《解放军报》发表尹均生的《继承发扬战斗传统——漫谈革命军事题材报告文学的创作》;于庆的《谁也挡不住前进的潮头——话剧〈左邻右舍〉漫评》;马畏安的《预言·现实·革命浪漫主义——从四年前的一首诗说起》(讨论《天安门诗抄》中的《向总理请示》);牛耕的《十年浩劫的一面镜子——读长篇小说〈血染的爱〉》。

10 日,《大众电影》第 11 期发表丁冬的《为民主和改革欢呼——电影界人大代表、政协委员和制片厂厂长座谈会旁听记》;成谷的《意境深邃　独具一格——我爱〈巴山夜雨〉》。

《中国社会科学》第 6 期发表刘再复的《论文艺批评的美学标准》。

《北京文艺》第 11 期发表王蒙的《探索断想》;林斤澜的《小说构思随感》;刘绍棠的《创作要有自己的特色》;李陀的《也谈吃蜗牛》;陆钊珑的《艺术地再现生活——略评陈建功的〈谈天说地〉》。

《光明日报》发表李庆成的《从"三不愿意"谈起——现代戏问题小议》

《东海》第 11 期发表曾文渊的《探索生活的真谛——读叶文玲的短篇小说》;谷斯范的《人性美和人情味——兼谈巴人的〈论人情〉》。

《诗刊》第11期以"问题讨论"为总题,发表先树的《关于所谓"朦胧诗"问题讨论的来稿综述》,阿红的《诗的机缘在哪里?》,胡德培的《介绍几本新诗评论集》。

《读书》第11期发表张仲锷的《大胆讴歌人性的优美(读刘心武的〈如意〉)》;陆晓禾的《怎样评价〈茶花女〉》。

《新疆文学》第11期以"自治区第三次文代会专辑"为总题,发表司马义·艾买提的《在自治区第三次文代会上的祝词》,贺绿汀的《在自治区第三次文代会上的贺词》,刘肖芜的《团结起来,同心同德,努力繁荣自治区多民族社会主义文艺——在自治区第三次文代会上的报告》,《自治区第三次文代会决议》,《自治区文联及各协会主席、副主席名单》,曹禺、袁文殊、田间、李庚、王蒙、碧野的《来自远方的祝愿》;同期,以"小说《三乘客》讨论"为总题,发表刘南的《能作弗洛依德主义的解释吗?》,张如贤的《好处要说好,坏处要说坏》,邓美萱的《"哪儿倒下,在哪儿爬起来!"》,张柔桑《写人,还是写问题?》。

12日,《人民日报》以"改善党对文艺的领导,把文艺事业搞活"为总题,发表邵燕祥的《肃清封建主义残余影响》,蔡天心的《对如何把文艺事业搞活的几点意见》,徐华根的《给文艺单位多一点独立的权力》;同期,发表蓝芒的《一部风格独特的小说——评长篇小说〈鹿衔草〉》;梁冰的《提倡有益的,避免有害的》。

《文艺报》第11期发表李准、黄苗子、雁翼、缪俊杰、秦晋、孟伟哉、梅朵的《怎样把文艺工作搞活》;丹戈的《改革文艺体制,刻不容缓》;荒煤的《为什么会这样呢?——悼念赵丹同志》;沐阳的《在严峻的生活面前——读张贤亮的小说之后》;李国涛的《马烽近作漫评》;竹蔗的《从阿Q到冯幺爸——读〈乡场上〉随想》;易言的《并非童话——评〈一个冬天的童话〉》;方晴的《通向生活深处的艺术途径》;辛建的《"高楼究竟在谁的手中"》;胡士平的《一种值得注意的创作现象》;陈辽的《也议"为民请命"》;王若望的《不要虚张声势》;易木的《莫让铜臭腐蚀艺术》;卢弘、张文、陈益南、马德波的《关于〈在社会的档案里〉》;张庆田的《闲扯真实》;叶子铭的《六十年文学实践的结晶》(推荐〈茅盾论创作〉);陆贵山的《选材要严 开掘要深》。

《光明日报》发表金宏达的《谈短篇小说的意境创造》;王行之的《关于〈我这一辈子〉的慨叹》。

15日,《山东文学》第11期以"诗歌座谈会发言选登"为总题,发表冯中一的

《探寻新诗现代化的踪迹》;孔孚的《"看不懂"与"难懂"》;王忆惠的《一个读者的希望》。

《长安》第11期发表畅广元的《提出了党必须马克思主义化的问题——对〈在社会的档案里〉等作品的思考并回答〈时代的报告〉评论员提出的问题》;孔淦的《"内因"和"乐观主义"——就〈在社会的档案里〉引起的争论与〈时代的报告〉商榷》;杨兴、西屏的《愿君多做育花人》(讨论业余作者问题)。

《北方文学》第11期以"关于短篇小说《夏》的讨论"为总题,发表卫岩的《富于创新精神的好作品》,李福亮的《〈夏〉,有待成熟的硕果》,于逸生的《生活在火热的夏天里》。

《北方论丛》第6期发表冯牧的《在一九八〇年全国〈红楼梦〉学术讨论会上的讲话》。

《曲艺》第11期发表钟惦棐的《〈何迟相声集〉序》。

《汾水》第11期发表贺新辉的《永难忘却的记忆——回忆我所见过的赵树理同志》;潘仁山的《社会主义文艺的正确方向——学习"两为"的体会》。

《社会科学研究》第6期发表吴野的《文艺的革新与意识流》;左人的《试论新诗的格律——兼与刘再复、楼肇明同志商榷》。

《青春》第11期发表丁玲的《写给女青年作者》;茹志鹃的《我写〈百合花〉的经过》;刘真的《创作漫谈——给青年作者的一封信》;史景平的《歌唱普通人的心灵美》;晓立的《从一角走向广阔的天地——致王安忆同志》;《方之创作道路报告会在宁举行》。

《钟山》第4期发表胡有清的《论老舍的〈正红旗下〉》;关鸿的《〈生活的路〉和竹林生活的路》;陆建华的《论黄宗英报告文学的思想和艺术》;季世昌的《充满泥土芬芳的农村写照——评马春阳短篇小说集〈双灯照〉》;[美]金介甫作、杨苡译的《沈从文论》;高鹏的《文学—友谊——记美国学者访问沈从文》。

《福建文艺》第11期以"关于新诗创作问题的讨论"为总题,发表边古的《从舒婷抒什么情说到"善"》,李更的《这条路行得通》,曹长青、赵振鹏的《愈是诗,愈是创造的》,翁友本的《外来形式及其他》,柴海涛的《关于"欧化"》。

《文学评论》第6期发表王晋民的《论聂华苓的创作》。

《福建文学》第11期发表王慧骐、潘宝明的《"思乡之心永不死灭"——读〈台湾散文小辑〉》。

16日,《电影艺术》第11期发表成谷的《重砌炉灶话创新》;方其行的《继续解放思想　排除横加干涉》;童道明的《关于现实主义的再思考——从于敏同志〈求真〉一文谈起》;王石的《反面人物形象琐谈——由影片〈海之恋〉所联想到的》;柯灵的《我的人生旅行——〈柯灵电影剧本选集〉序言》;邵牧君的《略论西方电影中的现代主义》。

18日,《人民戏剧》第11期发表赵寻、张锲、赵云声、方洪友、丁一三、刁光覃、陈颙、吴祖光的《话剧怎么办?》;林克欢的《美中不足——对话剧〈陈毅市长〉的几点意见》。

《词刊》第6期以"关于歌词艺术特征问题讨论(之三)"为总题,发表王生义的《歌词的音乐性》,王廷珍、王持久的《也谈歌词与诗》,赵小鸣的《历史的启迪》,吕美顺的《诗外无歌》,哈晓斯的《歌词姓"歌"又姓"诗"》,海风的《关于"姓歌"与"姓诗"》,宋桂新的《形象纷呈,主题统一》,周大风的《漫谈歌词》。

19日,《人民日报》发表雷达的《庄稼人的腰杆挺起来了——谈短篇小说〈乡场上〉》;阙道隆的《青年心灵的真实写照——〈我们这一代年轻人〉读后》;方晴的《为新时期生活潮流推波助澜——读张笑天的中短篇小说》;吴欢章的《花在阳光下盛开——谈近年来一批青年作者的诗歌创作》;焦勇夫的《"干预生活"一解——从柳青的一份建议谈起》。

《光明日报》发表梁光弟的《喜读〈乡场上〉》。

20日,《人民文学》第11期发表严文井的《听高晓声的"农民"组曲》。

《上海文学》第11期发表陈伯海的《破人性之禁域　探艺术之奥区——重读钱谷融〈论"文学是人学"〉》;林伟平的《也谈茹志鹃的沉思——读〈儿女情〉》;查志华的《对"深入生活"这个口号的再认识》。

《延河》第11期发表周忠厚的《"写真实"不容否定》;肖云儒的《李天芳散文散谈》;刘斌的《读〈我对"表现美"的看法〉》;王汶石的《亦云集》(未完待续)。

21日,《人民日报》发表《最高人民法院特别法庭开庭公审林江反革命集团十名主犯》。

22日,《人民日报》发表林毅的《革命与反革命的一场大决战——话剧〈九一三事件〉观后》。

25日,《长城》第4期以"《踏莎行》笔谈"为总题,发表田涛的《读〈踏莎行〉》,周哲民的《情长意深话瑞芸》,吴庚振的《有益的探索　可喜的成果》,周荫曾的

《象生活本身那样复杂》,孙振笃的《琴弦上的心声》,刘永典的《细微含蓄　真切动人》,汤吉夫的《绿叶的求疵》。

《甘肃文艺》第 11 期发表赵一凡的《存在主义文学——"当代西方文学流派讲话"之二》;岸波的《发人深省之作——读〈立身篇〉》;胡德培的《"单单属于我自己的一双眼睛"》;《怎样开展文艺批评?——关于〈档案〉的争议中提出的一个问题》。

《齐鲁学刊》第 6 期发表徐文斗、孔范今的《论〈创业史〉的结构——〈柳青研究〉之一》;邓星雨的《一篇值得赞颂的"怪"文章——读〈野茫茫〉有感》。

《陕西戏剧》第 6 期发表肖云儒的《"西战团"在西安——丁玲访问记》。

《群众文化》第 6 期发表本刊记者的《积极发展　稳步前进》(1980 年 9 月 15 日,文化部群众文化局负责人就文化部发出文件《关于加强群众文化工作的几点意见》答本刊记者问);王也的《总结经验　明确任务——在吉林省文化馆工作经验交流会上的讲话(摘要)》;乞发的《"极左路线"不是扼杀群众创作的根源》;以"农村业余剧团问题讨论"为总题,发表马凤超的《半职业剧团不能办得过多》,丁海鹏的《如何看待这些活动》;同期,发表陈作宏的《要为农民多编写现代戏》。

26 日,《人民日报》以"改善党对文艺的领导,把文艺事业搞活"为总题,发表刘宾雁的《认真总结历史的教训》,王献永的《对有争议的问题不匆忙做结论》,肖云儒、李星的《县委书记保护作者》;以"关于文艺真实性问题的讨论"为总题,发表钱中文的《一个曲解文学真实性的公式——评"难道……是这样吗?"》,陈望衡的《文艺的"真实性"就是合情合理》。

28 日,《武汉大学学报(哲学社会科学版)》第 6 期发表吴济时的《王汶石短篇小说的艺术特色》;吴肇荣的《在革命现实主义道路上不停地跋涉——试论周立波创作的发展道路》;郑传寅的《也谈马雅可夫斯基与贺敬之——与陈守成同志商榷》(讨论《武汉大学学报》1980 年第 1 期陈守成的《论马雅可夫斯基对贺敬之创作的影响》)。

30 日,《文汇报》发表溪雨的《爱情描写得失谈》;方翔的《心灵世界的歌——舒婷诗作小议》。

本月,《十月》第 6 期发表张维安的《地上的艺术与空中的批评——就〈飞天〉的评价与燕翰同志商榷》;鲍昌的《重新溢放出的泥土芳香——评刘绍棠的中篇小说〈蒲柳人家〉》；周良沛的《一个真实人的诗——序〈胡也频诗稿〉》。

《长春》第11期发表阎纲的《梦幻·批判·人才》；杨荫隆的《努力熟悉新生活、表现新生活》；高进贤的《山路坎坷终须上——访作家谌容》；吴甸起的《探索·追求·匠心——读王汪的小说近作》。

《江苏戏剧》第11期发表苏隽的《谈革命领袖人物的塑造》；洪民华的《要展示领袖人物的心灵——谈〈陈毅出山〉、〈东进！东进！〉中陈毅形象的塑造》。

《江城》11月号发表阎纲的《读蒋子龙的〈十字路口〉》；《广开言路，深入探讨，繁荣诗歌创作——东北地区诗歌座谈会在丹东召开》。

《江淮文艺》第11期发表刘静生的《也为"写真实"张目》；陈笑暇的《侯宝林与相声的学唱》；啸埃的《短篇小说情节小议》；孔令培的《不能重蹈历史复辙》。

《西湖》第11期发表肖荣的《在探索与勤奋中成长——评李杭育的短篇小说》；梅朵的《评论不要脱离作品实际》。

《芒种》第11期发表谢冕的《呼唤多种多样的诗——对于当代诗歌的探索之一》。

《作品》第11期发表梁水台、余素纺的《评"文艺要反映生活本质"的种种误解》；萧殷的《随感录》；谢常青的《荒诞派文学》。

《芳草》第11期发表杨江柱的《现实主义并未死亡，现代主义方兴未艾》。

《青海湖》第11期发表函雁的《一个拨乱反正的文艺口号》；王振华的《仓洋嘉错和他的情歌》。

《战地》第6期发表王美兰的《李六如和〈六十年的变迁〉》；袁鹰的《写在送赵丹远行归来》。

《星火》第11期发表陆文夫的《过去、现在和未来》（《长江文艺》、《青春》、《星火》召开的青年作者小说座谈会上的讲话）；陈辽的《文艺政策随想》。

《星星》第11期发表钟刃的《在争鸣中探求新诗的道路——记全国诗歌理论座谈会》。

《草原》第11期发表周廷芳的《关于文艺的"社会效果"问题》。

《鸭绿江》第11期发表本刊诗歌组的《诗苑民意测验（一）》；戴言的《艾米霞的爱恨——读〈女友〉》。

《鹿鸣》第6期发表玛拉沁夫的《动笔前后——答〈中国当代作家谈写作〉编辑部问》。

《湖南群众文艺》第 11 期以"传统戏曲道德问题笔谈"为总题,发表严实的《试谈传统戏的道德观问题》,梁承咏的《对传统戏中的道德观念要具体分析》,侯知文的《切莫让一粒老鼠屎弄坏一锅汤》;李学迅的《要重视对传统剧目的整理改编》。

《湖北青年》第 11 期发表章重的《盛誉海外的湖北女作家——聂华苓》。

本月,江苏人民出版社出版本社编的《钟山文艺论集》。

长江文艺出版社出版朱子南(执笔)、秦兆基、胡苏娅的《时代的脉搏在跳动——黄钢报告文学选评集》。

春风文艺出版社出版乌丙安的《民间文学概论》。

陕西人民出版社出版闻毅的《报春花开第一枝》。

云南人民出版社出版云南省戏剧创作研究室编的《云南戏曲曲艺概况》。

山西人民出版社出版舒聪选编的《中外作家谈创作》。

吉林人民出版社出版安徽师范大学、扬州师范学院编写的《文学评论》。

河北人民出版社出版本社编的《笔谈短篇小说》(春光文艺丛书)。

湖南科学技术出版社出版湖南省科普创作协会编的《科普创作漫谈》。

12 月

1 日,《山花》第 5 期发表杜郁的《我省少数民族作家的盛会——贵州少数民族文学创作会议侧记》;尹在勤、孙光萱的《"到延安去"——〈贺敬之和他的诗〉之一章》。

《解放军文艺》第 12 期发表《军人·历史·诗情——在解放军文艺社军事题材短篇小说读书班的发言》;蒋守谦的《写英雄 长志气 壮军威——喜读小说〈天山深处的"大兵"〉》。

2 日,《科学文艺》第 4 期发表萧建亨的《试论我国科学幻想小说的发展》。

《解放军报》发表戴惠安的《许茂——农村政策的试金石——读〈许茂和他的

女儿们〉有感》。

3日,《人民日报》发表胡永年的《努力探究生活的底蕴——读张弦的几个短篇小说》;范咏戈的《深入开掘当代军人的灵魂美——读短篇小说〈天山深处的"大兵"〉》。

5日,《河北文学》第12期发表陈景春的《生活丑与艺术美》;刘章的《我是怎样写起诗来的》;《探讨文学风格流派问题　本刊编辑部举行"荷花淀派"讨论会》;《关于"荷花淀派"的讨论》。

《雨花》第12期发表黄毓璜的《让理论扎根在坚实的大地——与燕翰同志商榷》(讨论小说《飞天》)。

《郑州文艺》第6期发表《又一次有益的聚会——全国部分市办文艺刊物召开诗歌座谈会》。

《朔方》第12期发表黎平的《邢老汉之死琐议》(讨论张贤亮的小说《邢老汉和狗的故事》);陈学兰的《有感于真实的力量——也谈邢老汉的形象》(讨论张贤亮的小说《邢老汉和狗的故事》)。

6日,《人民日报》发表王维玲的《不能忘却的爱和恨——王莹和她的长篇小说〈两种美国人〉》;胡德培的《扶植中青年评论家成长》。

《解放军报》发表王瑞昌、金辉的《反映新生活　表现新人物——从北京部队小戏调演谈军事题材的小戏创作》;洛笛的《社会主义农村的新景——读几篇反映农村新貌的短篇小说》。

10日,《人民日报》以"改善党对文艺的领导,把文艺事业搞活"为总题,发表谢晋华的《有所为与有所不为——从辽宁人艺抓剧目创作谈起》,苏子的《领导放手　文艺才能搞活》;同期,发表杨荫隆的《吉林省文艺界召开讨论会　探讨塑造社会主义新人形象问题》。

《大众电影》第11期发表白皑的《制片厂厂长再次呼吁尽快进行体制改革》;唐挚的《信念和情操在苦难中闪光——影片〈天云山传奇〉观后漫笔》。

《北京文艺》第12期发表易言的《短篇小说中的农村现实》;冯立三的《文学的社会效果与生活的本质特征》;余飘的《艺术观察是形象思维的起点》;何新的《艺术·天才·人情味——评〈空谷幽兰〉》;张同吾的《写吧,为了心灵——读短篇小说〈受戒〉》;钱光培的《以简代评——给〈傍晚,我们离别的时刻〉的作者》。

《诗刊》第12期以"问题讨论"为总题,发表吴嘉、先树的《一次热烈而冷静的交锋——诗刊社举办的"诗歌理论座谈会"简记》,丁力的《古怪诗论质疑》,谢冕的《失去了平静以后》,严迪昌的《各还命脉各精神——关于新诗的"危机"与生机的随想》,尹在勤的《宽容·并存·竞赛》,何燕平的《为青年诗人说几句话》,阿红的《1与10^9——我所想到的关于大我与小我的笨理》,黄益庸的《诗艺乱弹》,李洁的《"表现我"有罪?——就教于闻山同志》,丁芒的《谈晦涩》,钟文的《还想象与诗歌》,孙静轩的《诗,属于勇者》,刘祖慈的《借鉴、创新及其它》。

《青春》第12期发表英武的《思维的火花——访徐迟散记》;郑祥安的《突破惯例 独辟蹊径——读欧阳山的〈金牛和笑女〉》。

《奔流》第12期发表陈辽的《在"暴露"问题上的"文艺与政治的歧途"》;鲁枢元的《从冬天的树到春风里的绿叶——青勃诗歌艺术浅论》;朱德民的《这儿,首先看重的是事实——也谈〈看看谁家有福〉兼评对它的批评》;赵运通的《"两个标准"排除真实性吗?——与周志宏、周德芳二同志商榷》;贾锡海的《也谈文艺批评的标准》;刘善军、焦道芹的《应把"真善美"作为文艺批评标准》。

《哈尔滨文艺》第12期发表陈昊、杨角、吴翙南、丛深的《改革文艺体制 繁荣文艺事业》。

《读书》第12期发表柳鸣九的《〈红与黑〉和两种价值标准》;王贵秀的《友谊的探索(评〈说话写文章的逻辑〉)》;晓立的《在谎言与欺罔中寻求真理——读李黎〈西江月〉》。

《新疆文学》第12期以"小说《三乘客》讨论"为总题,发表王仲明的《要按文学的特点评价文学作品》,肖廉的《棍子、绳子及其他》,新疆师范大学中文系"学步文学小组"的《重新恢复同志间的友爱和信任》。

12日,《文艺报》第12期发表唐祈的《公刘近年的抒情诗》;谢庆山的《耐霜傲寒的山菊花——谈〈山菊花〉中桃子形象的塑造》,雷达的《天山寄语》;谢云的《"社会效果"漫笔》;荒煤的《并非闲话,而是期望》;凤子的《也谈〈扯"淡"〉》;唐挚的《赞〈受戒〉》;丁宏新的《写得巧 写得美(读〈在没有航标的河流上〉)》;光华的《可喜的尝试(读〈精明人的苦恼〉)》;张志民的《读〈带血丝的眼睛〉》;李元洛的《文锋未钝老犹争(读未央的诗〈假如我重活一次〉)》;黄式宪的《〈灰色王国的黎明〉得失浅议》;以"文学表现手法探索笔谈"为总题,发表李国涛的《新艺术手法和固有的文学观念》,任骋的《不要背离读者——兼和王蒙同志商榷》,小仲的《能这样"打破传统手法"吗？——就"焦点"问题和"继承"问题与李陀同志商榷》。

13日，《人民日报》发表秦康权的《也是一份起诉书——影片〈枫〉观后》。

15日，《山东文学》第12期以"诗歌座谈会发言选登"为总题，发表苗得雨的《从生物发展规律看诗歌的发展》，王希坚的《谈诗的民族化和现代化》，王牧天的《美的探求》；同期，发表任维清的《谈诗歌的"朦胧倾向"》；宋遂良的《在艺术表现手法革新的潮流面前》。

《长安》第12期发表王愚的《极左幽灵在徘徊——从〈时代的报告〉创刊号评论员文章的批评方法谈起》；文致和的《分歧在哪里？——评〈时代的报告〉评论员文章》；冯日乾的《从对比中表现人——读邹志安的小说〈水〉》；商子雍的《关于文艺作品的社会效果》。

《北方文学》第12期以"关于短篇小说《夏》的讨论"为总题，发表解洛生的《提炼主题是艺术构思的中心环节》，李福亮、于逸生的《爱的追求者》；同期发表周溶泉、徐应佩的《写出刻有社会印痕的人物灵魂》。

《当代》第4期发表韦君宜的《当代人的悲剧——悼杨述》；艾青的《〈白杨林风情〉序》。

《曲艺》第12期发表《全国优秀短篇曲艺作品评奖揭晓》；陶钝的《从评奖看曲艺的发展》。

《汾水》第12期发表李国涛的《剖析人物的灵魂——成一小说的艺术特色》；王子硕的《丁玲下种勤耕耘》；张成德的《文情并茂　胆识俱佳——读长篇小说〈爱与恨〉》；闻田的《写好新时期的农村生活——本刊召开农村题材短篇小说座谈会》。

《河北师范大学学报（哲学社会科学版）》第4期发表王惠云、苏庆昌的《建国以来短篇小说发展的几个问题》。

《徐州师范学院学报（哲学社会科学版）》第4期发表孙晨、徐瑞岳的《巴金、陈残云访问记》；邓星雨的《开拓了散文创作的新天地——论杨朔的散文》；陈辽、薛守固的《论柳青的长篇创作》；梁大志的《试谈徐迟科学诗篇的语言艺术》；徐荣街的《有感于新诗的"现代化"》；马啸、张建国的《诗，要开拓新的领域》。

《福建文艺》第12期以"关于新诗创作问题的讨论"为总题，发表刘登翰的《一股不可遏制的新诗潮——从舒婷的创作和争论谈起》，陈志铭的《开拓诗歌的新领域》,《八闽文讯:认真探讨新诗创作问题》;同期,发表陈纾的《把被颠倒了的人颠倒过来——读〈一九七九年全国优秀短篇小说评选获奖作品集〉》。

《新港》第12期发表卫建林的《文学的党性和文学家的自由》;何孔周的《打开人物心灵的钥匙——谈作家的体验》;以"关于诗歌'引进'问题的讨论"为总题,发表林希的《引进 借鉴 民歌》,张雪杉的《从"引进"的讨论谈起》。

《攀枝花》第6期发表石化的《关于於梨华》。

16日,《电影艺术》第12期发表余倩的《电影应当反映社会矛盾——关于戏剧冲突与电影语言》;本刊记者的《创一代之新——〈关于电影创新问题的独白〉座谈简记》;方闻的《对于爱情题材影片创作的看法——访团中央、〈中国青年〉报社和〈中国青年〉杂志社》;邵牧君的《略论西方电影中的现代主义(续完)》。

17日,《人民日报》发表任白戈的《〈徐懋庸杂文集〉序》;郭志刚的《为了不让历史的悲剧重演——评长篇小说〈破壁记〉》。

18日,《人民戏剧》第12期发表刘法鲁的《给剧院以自主权——对剧院体制改革的探求》;张颖的《重看〈上海屋檐下〉的联想》。

20日,《人民日报》发表曹禺的《〈老舍的话剧艺术〉序》;叶楠的《〈巴山夜雨〉为什么没写坏人》;高彬的《散发着泥土的芳香——读长篇小说〈不夜的山村〉》。

《人民文学》第12期发表刘宾雁的《从〈人妖之间〉引起的》。

《上海文学》第12期发表王元化的《文学的真实性和倾向性》;王纪人的《为"镜子"说辩护》;程代熙的《镜子·艺术真实·独创性》;周而复的《指着北斗星前进——回忆柯仲平同志》。

《民间文学》第12期发表钟敬文的《四年来我国民间文学事业的恢复和发展》;以"关于'改旧编新'问题的讨论"为总题,发表李景江的《民间文学的"旧"与新》,陈玮君的《对民间文学中一些问题的看法》,贺嘉的《改与编——也谈民间文学的"改旧编新"》。

《甘肃文艺》第12期发表彭放的《话说"新诗危机"》。

《延河》第12期发表胡采的《简论柳青》;陈登科的《文艺体制必须改革》;解洛成的《培养文学新秀 壮大创作队伍——〈延河〉编辑部召开小说、散文新作者创作座谈会》;王汶石的《亦云集》。

《湖南师院学报(哲学社会科学版)》第4期发表舒其惠的《革命现实主义与革命浪漫主义相结合的创作方法不容否定》;吴容甫的《"二革"的创作方法能结

合吗?》)。

《解放军报》发表周越的《我们都应具备这样的爱——读中篇小说〈彩色的爱〉》。

21日,《解放军报》发表叶楠的《我为什么写〈巴山夜雨〉》;叶一先的《歌唱空军生活的好诗——读宫玺的〈空军诗页〉》。

24日,《人民日报》以"改善党对文艺的领导,把文艺事业搞活"为总题,发表俞林的《注意改善领导 敢于积极领导》,李清泉的《读列宁文章引起的感想》;同期,发表单复的《说真话,表真情——才树莲和她的诗》,王元化的《关于阶级的局限性》。

25日,《文艺研究》第6期发表本刊评论员的《努力提高电影艺术质量》;本刊记者的《电影美学问题的探讨——电影美学讨论会综述》;冯牧的《关于文学的创新问题》,朱寨的《〈陈毅市长〉的艺术风格》;洪毅然的《形象、形式与形式美》,叶朗的《艺术形式美的一条规律》;向远的《政治标准不能成为文艺作品的客观尺度吗?》;田间的《街头诗札记》;简小滨的《对〈汉语诗歌形式民族化问题探索〉的质疑》;孙世文的《要探索新诗形式的规律》;郑敏的《意象派诗的创新、局限及对现代派诗的影响》。

《山茶》第3期发表李缵绪的《学习列宁两种文化学说的一点认识》。

《河北大学学报(哲学社会科学版)》第4期发表周申明、邢怀鹏的《孙犁的艺术风格(下)》;王德勇的《"两结合"的创作方法不能轻易否定》。

27日,《解放军报》发表洛笛的《深沉中透露出希望——浅评故事影片〈巴山夜雨〉》。

28日,《上海戏剧》第6期发表沙叶新的《关于〈假如我是真的〉——戏剧创作断想录之三》;以"戏曲与反封建笔谈"为总题,发表罗竹风的《传统戏曲是反封建的有力武器》,黄裳的《反封建与传统戏》,拾风的《现代戏在反封建斗争中的特殊作用》,唐振常的《虽有困难 并非不能》。

31日,《人民日报》以"关于文艺真实性问题的讨论"为总题,发表杨柄的《文艺创作如何掌握歌颂与暴露的关系?》,周介人的《艺术的真实与真实的艺术》;同期,发表梁光弟的《江船火独明——〈巴山夜雨〉观后》。

《文汇报》发表史中兴的《她点燃人们心头热情之火——评影片〈天云山传奇〉塑造的冯晴岚形象》。

本月,《中山大学学报(哲学社会科学版)》第 4 期发表王晋民的《台湾现代文学和乡土文学述评》。

《长江》第 4 期发表王又平的《对文艺从属于政治的思考》。

《长春》第 12 期发表栾昌大的《典型漫议》;孙里的《他在通过"路考"——评张天民三年来的小说》。

《四川文学》第 12 期发表田原的《〈潘家堡子〉漫评》;晓梵的《带着微笑观察生活——读榴红近作》;竹亦青的《艺术上的追求——谈贺星寒的几篇小说》;萧赛的《〈梨园谱〉作者的"梨园谱"》。

《北京广播学院学报》第 4 期发表朱宝贺、宋家玲的《浅谈广播剧》;关山的《理解·感情·技巧——谈谈小说播讲》。

《外国文艺》第 6 期发表[法]纳塔丽·萨罗特作、林青译的《怀疑的时代》。

《当代文学研究丛刊》创刊,《当代文学研究丛刊》编辑委员会编辑,中国社会科学出版社出版,编委会成员有张炯、毛承志、吴重阳、张钟、谢冕、郭志刚、郏瑢,第 1 期发表冯牧的《我的希望——代发刊词》;温小钰的《在丝幕前沉思——漫谈三年来话剧创作的收获》;翁睦瑞的《电影文学的新生机和新课题——评国庆三十周年首批献礼片》;刘锡庆、朱金顺的《评从维熙的近作》;韦思华、何西来的《关于〈乔厂长上任记〉及其作者》;张炯、杨志杰的《论新中国长篇小说发展的首次高潮》;陈丹晨的《"献出我的心,我的笔和我的全部力量"——〈巴金〉书稿第十三章》;朱寨的《渭河平原农村的新人新生活——评王汶石的短篇小说集〈风雪之夜〉》;胡德培的《李岩形象的性格刻画》;陈素琰的《我们时代的百合花——谈茹志鹃的创作》;封祖盛的《论白先勇的小说》;张化隆的《诗与情——王愿坚短篇小说谈片》;杨匡汉的《天上的鸿雁从南往北飞——略谈〈嘎达梅林〉》;董健执笔的《建国后老舍的戏剧创作》;佘树森执笔的《新中国三十年的散文》;陆一帆的《围绕〈现实主义——广阔的道路〉的一场论争》;端木国贞的《记柳青》;玛拉沁夫的《我的文学创作道路》;尹慧珉的《〈共产党中国小说中的正反面人物〉——西方研究我国当代长篇小说的一部专著》;高鹏的《台湾省文学简介(上)》。

《戏曲艺术》第 4 期发表林仲的《文学成就的高低决定京剧的兴衰吗?——与汪曾祺同志商榷》(讨论 1980 年第 10 期汪曾祺的《从戏剧文学的角度看京剧的危机》)。

《戏剧艺术》第4期发表吴瑜珑的《〈丰收之后〉再认识》；王东局的《评〈第二个春天〉的思想倾向》。

《江苏戏剧》第12期发表本刊特约评论员的《有胆有识　勇于创新——祝贺我省戏曲现代戏观摩演出》；胡若定的《也谈〈大风歌〉的主题思想——与谢愚同志商榷》；伟敏的《不要把孩子和污水一起倒掉——与漠雁同志商讨》（讨论《文艺报》1980年第9期漠雁的《迟发的稿件——评〈在社会档案里〉》）。

《江淮文艺》第12期发表余兆龙的《把生活真实放在第一位》；行之的《写自己熟悉的和了解的——读李景涵的两个短篇》。

《西湖》第12期发表叶锦的《我只是发出内心的声音——记艾青近况》。

《时代的报告》第4期发表田仲济的《我国报告文学历史发展中的几个重要问题》；朱子南的《丁玲陕北时期报告文学概述》；谢宏的《评蒋子龙笔下的铁腕人物》。

《作品》第12期发表李钟声、谢望新的《从唱兵歌到探求社会与人生——谈柯原的诗》。

《芳草》第12期发表袁符的《要大胆真实地反映青年一代》；陈泽群的《笔耕的文艺家们和他们的上司之间——漫议文艺与政治的分合》。

《安徽大学学报（哲学社会科学版）》第4期发表徐文玉的《文艺"写真实"三题》。

《延边大学学报（哲学社会科学版）》第4期发表任润德的《文艺与政治的基本关系》；王润田的《"干预生活"是革命现实主义文学发展的生命线》。

《春风》文艺丛刊第4期发表杨公骥的《"共鸣共赏"和"典型环境"——关于"建设现代化文艺理论体系"的通信》；张韧的《崛起与探索——读中篇小说札记之一》；徐刚的《新诗与新人》；张啸虎的《批评的标准与文学的命运》。

《星火》第12期发表吴强的《漫谈创作问题》；舒言的《改善党对文艺的领导三题》；陆建华的《完美么？不！——小议新版〈创业史〉中关于爱情部分的修改》。

《星星》第12期发表雁翼的《接受历史的检验——写在〈中国当代抒情短诗选〉前面》；吕进的《令人欣喜的归来——读艾青〈归来的歌〉》。

《戏剧学习》第4期发表《金山排演〈于无声处〉纪实（续完）》。

《鸭绿江》第12期发表本刊诗歌组的《诗苑民意测验（二）》；雷达的《"矛头"

辩——评〈迟发的稿件〉》；胡秉之的《要敢于登"毒草"——读〈省委第一书记〉〈带血丝的眼睛〉有感》；徐刚的《新诗是大有希望的——答赵永一同志的信》。

《湘江文艺》第 12 期发表臧克家的《甘苦寸心知——谈〈你们〉这首诗》。

《湖南群众文艺》第 12 期发表周介华的《浅谈相声的"包袱"艺术——兼评〈湖南群众文艺〉的相声创作》。

《书林》第 6 期发表武治纯的《台湾青年作家宋泽莱》；方劲戎的《香港的儿童文学》。

《花城》第 6 期发表聂华苓的《浪子的悲歌——中篇小说〈桑青与桃红〉前言》。

《新文学论丛》第 4 期发表张葆莘的《三十年来的台湾小说——兼论〈台湾小说选〉》；刘炜的《〈台湾小说选〉拾零》；莫文征的《信鸽传佳音——读〈台湾诗选〉》；叶维廉的《评〈失去的金铃子〉》。

《中山大学学报(哲学社会科学版)》第 4 期发表王晋民的《台湾现代文学和乡土文学述评》。

本月，上海文艺出版社出版以群主编的《文学的基本原理(修订本)》，鲁迅研究学会、《鲁迅研究》编辑部编的《鲁迅研究(1)》。

北京大学出版社出版北京大学中文系文艺理论教研室编的《文学理论学习资料》。

湖南人民出版社出版朱光潜的《朱光潜美学文学论文选集》，胡念贻的《关于文学遗产的批判继承问题》。

北京出版社出版高校中国现代文学研究会、本社合编的《中国现代文学研究丛刊(1980 年第 4 辑)》。

陕西人民出版社出版《现代文艺论丛》编委会主编的《现代文艺论丛》(第一辑(总 1))。

吉林人民出版社出版《社会科学战线》编辑部编的《现代文学论集》。

中国社会科学出版社出版《当代文学研究丛刊(1)》。

天津人民出版社出版北京鲁迅博物馆鲁迅研究室编的《鲁迅研究资料》。

四川人民出版社出版王志之的《鲁迅印象记》。

本年

《广西民间文学丛刊》第 2 期发表蓝鸿恩的《历史的脚印》；蓝鸿恩的《人的觉新——论布伯的故事》；黄勇刹的《试论民族民间文学的规范性和标本性》；曹廷伟的《如何评价〈娥并与桑洛〉》；肖玉笛的《搜集、整理、改编和创作是有分界线的》。

《长城》第 1 期发表周哲民的《革命现实主义的新花——简评〈长城〉一九七九年发表的短篇小说》。

《叠彩》第 3 期发表王晋民的《细腻入微——论白先勇的小说》。

《文汇增刊》第 4 期发表高缨的《作家书简——聂华苓》、《论聂华苓的三部小说》；聂华苓的《关于改编〈桑青与桃红〉》；陆士清的《星·心——旅美作家於梨华剪影》。

《文教资料简报》第 1、2 期合刊发表魏绍昌的《〈随想录〉读后随想》；郭春玲的《一颗燃烧的心（访作家巴金）》。

《外国文学报道》第 2 期发表何敬业的《超现实主义的形成与发展》，程晓岚的《谈谈超现实主义的若干理论》；春归译的《"意识流"文学》（选译自苏联《文学百科辞典》）；陆锦林的《美国科学幻想小说小史》。

《外国文学报道》第 3 期发表[美]约翰·巴思作、曹风军摘译的《后现代派小说》；阿琦译的《先锋主义——新版〈苏联大百科全书〉条目选译》，[苏]H·叶尔莫拉耶夫作、君智译的《关于苏联早期文学理论和社会主义现实主义》。

《外国文学报道》第 4 期发表吴定柏的《浅谈"科学小说"》；徐亮译的《"新小说"——新版〈苏联大百科全书〉条目选译》。

《外国文学报道》第 5 期发表刘军译的《黑色幽默——新版〈大英百科全书〉条目选译》。

《华中师院学报（哲学社会科学版）》第 2 期发表哈经雄的《戏剧创作中塑造

革命领袖形象的几个问题》。

《沈阳师范学院学报(哲学社会科学版)》第 4 期发表孙哲朴的《人性、人道主义和文学的命运》；赵廷举的《试谈文艺的真实性与倾向性的关系》。

《武汉师范学院学报(哲学社会科学版)》第 3 期发表冯天瑜、干朝端的《明清间民族斗争的艺术画卷——读〈李自成〉札记》；邹贤敏的《论〈创业史〉的结构艺术》；胡德培的《周克芹的长篇小说〈许茂和他的女儿们〉笔谈：反映农村生活长篇创作的新收获》；章子仲的《文学画廊的新人形象》(讨论周克芹的小说《许茂和他的女儿们》)；郁源的《论报告文学的时代精神》；涂怀章的《关于报告文学的写作》。

《武汉师范学院学报(哲学社会科学版)》第 4 期发表杨江柱的《美学书简——试论徐迟报告文学作品中的美学理想与美学观点》。

《学术研究丛刊》第 3 期发表冯为群的《论康濯的短篇小说创作》。

《学术研究丛刊》第 4 期发表关德富的《〈沙家浜〉主题深化质疑》。

《河南戏剧》第 1 期发表文化的《迎接中州剧坛的春天——河南省庆祝建国三十周年戏剧调演侧记》。

《河南戏剧》第 6 期发表牛廷林的《赵树理谈戏——纪念赵树理同志逝世十周年》。

《新苑》第 1 期发表周而复的《谈〈上海的早晨〉》；易洪斌的《力量在于真实地反映现实——学习话剧〈救救她〉札记》；桑逢康的《现实主义文学在写真实的道路上迅跑——评秦兆阳同志的新作〈女儿的信〉》；彭嘉锡的《辩证地对待作家深入生活》。

《新苑》第 2 期发表李炳银的《关于〈神灯〉的信》；金恩晖的《寒凝大地时发光的燧石》(讨论公木的诗《棘之歌》)。

《新苑》第 3 期发表夏南的《现实主义与细节真实》；段更新的《"不要粉饰现实,而要看到它的明天"——文艺的真实性、倾向性与作家的生活观点浅识》；康洪兴、丁海鹏的《略谈文艺创作反映新时期社会矛盾问题》；《本刊编辑部邀请部分外地作家举行座谈会》(发言人有林斤澜、邓友梅、刘绍棠、刘心武、谌容、孟伟哉等)。

《新苑》第 4 期发表萧离的《不倒的独轮车——沈从文侧面像》；孙瑞珍、尚侠、王中忱整理的《丁玲谈自己的创作》；《全国大型文学期刊举行座谈会》。

《厦门文艺增刊》第 4 期以"新诗创作问题讨论"为总题,发表陈志铭的《开拓诗歌的新领域》,谢春池的《新诗向何处去》,甘景山的《舒婷诗歌的显著特点——情》。

《出版工作》第 7 期发表萧乾的《台湾文学》。

《红旗》第 5 期发表张葆莘的《评〈台湾小说选〉》、《白先勇的文学生涯》。

《历史教学》第 5 期发表陈碧笙的《"五四"与二十年代台湾文化启蒙运动》。

《名作欣赏》第 1 期发表朱尚一的《台湾作家杨青矗及其代表作〈同根生〉》。

《青春》第 9 期发表黎明的《保罗·安格尔和聂华苓夫妇在文学讲习所》;聂华苓的《三十年后》。

《清明》第 3 期发表张禹的《忆杨逵》;李黎的《家书——给一位故乡的诗人》。

《社会科学》第 4 期发表《一九七九年台湾、港澳作家作品介绍》。

《新华月报(文摘版)》第 2 期发表王述的《台湾人民生活斗争的形象反映——读〈台湾小说选〉》。

《新华月报(文摘版)》第 8 期发表聂华苓的《"国"格与"人"格》。

中国社会科学院文学研究所世界华文文学研究中心在北京成立(1988年改称为台港及海外华文文学研究中心,2004 年 4 月新筹组"台港澳文学与文化研究室")。

暨南大学台港文学研究室在广州成立,后更名为台港暨海外华文文学研究中心。

1981年

1981年

1月

1日,《广西文学》第1期发表陆地的《谈谈写小说的体会——在文学创作讲习班的谈话》;中仁的《扎实的脚步——读蒋锡元的三篇小说随感》。

《山花》第1期发表刘锡诚的《深沉·浑厚——评何士光的短篇小说》;何士光的《感受·理解·表达——关于〈乡场上〉的写作》。

《上海文学》第1期发表高晓声的《创作思想随谈》;张弦的《惨淡经营——谈我的两个短篇的创作》;徐俊西的《一个值得重新探讨的定义——关于典型环境和典型人物关系的疑义》;宋耀良的《文学家的智能结构》;圣海的《不,他胜利了——读〈迷乱的星空〉》;田德茂的《不,他失败了——对小说〈迷乱的星空〉的看法》。

《太原文艺》第1期发表郭振有的《关于报告文学的断想》。

《布谷鸟》第1期发表徐迟的《话说通俗文艺——祝〈布谷鸟〉改版》。

《陇苗》第1期发表《十八省、自治区群众文艺刊物座谈会纪要》。

2日,《滇池》第1期发表晓雪的《新诗的春天》;严肃的《〈五朵金花〉给人的启示》。

3日,《小说选刊》第1期发表张贤亮的《从库图佐夫的独眼和纳尔逊的断臂谈起——〈灵与肉〉之外的话》;祝兴义的《〈杨花似雪〉创作断想》;叶文玲的《丝丝缕缕话〈心香〉》。

4日,《文汇报》发表郁惟刚的《永远是"龙"的传人——访旅美青年女作家李黎》。

5日,《边疆文艺》第1期以"关于小说《香客》的讨论"为总题,发表廖德润的《不容许歪曲和污蔑监狱管理人员》;傅媛的《梦醒后的呐喊》。

《雨花》第1期发表唐再兴、姜文的《解放思想 发展自己——关于"我"的断想》;王若望的《两种失误》(讨论文学作品评价标准问题);陆咸的《文学需要探索》,金燕玉的《为道德呐喊——读〈归宿〉》。

《电影艺术》第1期发表鲁彦周的《关于〈天云山传奇〉》;小鸥的《记住历史悲剧的教训——关于影片〈枫〉的座谈会简记》。

《春风》第1期发表刘绍棠的《创作漫谈剪辑》;金恩晖的《"几处早莺争暖树,谁家新燕啄春泥"——读〈春雨新花〉中的十篇小说》。

《福建文学》第1期发表刘心武的《艺术个性问题浅谈》。

《文学》第1期发表林承璜的《海外女作家的深情——访於梨华》。

6日,《电影创作》第1期发表方闻的《对于爱情题材影片创作的看法》。

7日,《文学报》发表古继堂的《千里海峡隔不断,万缕情牵织彩虹——〈台湾短篇小说选〉、〈月是故乡明〉评介》。

8日,《光明日报》发表李少白的《一部感人至深的影片——〈巴山夜雨〉观后》。

《汾水》第1期发表张春宁的《"要离政治远些"吗?——也谈柳青的教训》;高捷的《从流派的角度看赵树理创作的艺术特色》。

9日,《人民日报》发表胡平的《知识的价值和知识分子的历史命运》。

10日,《人民日报》发表建立的《多为国家着想——读小说〈三千万〉偶得》;夏峰的《从"禁区"到"闹市"——文艺作品中的爱情描写小议》;郭绍虞的《〈金瓯缺〉序》。

《四川大学学报(哲学社会科学版)》第1期发表王锦厚、伍加伦的《李劼人创作道路初探——兼谈关于李劼人的评价问题》;邓星雨、王家伦的《论何为散文的艺术风格》。

《北京文艺》第1期发表高晓声的《痛悼方之》;刘绍棠的《又为斯民哭健儿》(纪念方之);刘锡诚的《一九七九年〈北京文艺〉短篇小说印象》。

《北京文学》第1期发表冯牧的《新的年代赋予我们的庄严使命——对文学期刊的一点希望》;雷达的《文学的突破与形式的创新》;可人的《戒不掉的五欲六情——读小说〈受戒〉后乱发的议论》。

《诗刊》第1期发表卓如的《访老诗人冰心》;吕剑的《公刘印象》。

《奔流》第1期发表孙武臣的《震撼人心的思想艺术力量——读〈犯人李铜钟的故事〉后的断想》;雷达的《〈心香〉与美的发现》;黄培需的《探索·实践·突破——评段荃法的小说创作》。

《星火》第1期发表丁玲的《随谈》(创作谈);陈俊山的《反对官僚主义与文艺的任务》;曾铎的《漫谈新诗的发展方向》;朱安群的《谈朦胧诗及其讨论》。

《解放军报》发表范咏戈的《呼唤我们的乔军长、乔师长……》;彭荆风的《要正确表现将军和士兵的关系——评短诗〈将军和士兵〉》；王庆生的《革命英雄主义的光芒不灭——漫话军事题材的创作》。

《新疆文学》第1期以"讨论小说《三乘客》"为总题，发表周政保的《我们应当怎样使用"磨刀石"?》，胡秉中的《有真意，合情理，传声色》，曹天成、王庆汶的《是升华，不是丑化》；同期，发表陈艰的《略谈"成就跟着风险"》。

《文汇报》发表白崇义的《台湾诗坛掠影》。

14日，《人民日报》发表余飘的《美的力量来源于社会生活——学习周恩来同志关于作家深入生活的论述》；本报评论员的《坚持马克思主义的文艺批评》；刘茵的《是真实的，也是艺术的——读理由的报告文学选集〈她有多少孩子〉》。

15日，《山丹》第1期发表《回顾与展望——记全国部分市办文艺刊物诗歌座谈会》。

《山东文学》第1期发表李广鼐的《文学不做政治的奴婢》。

《长江文艺》第1期发表姜弘的《阿Q没有死——和李建纲同志谈〈牌〉、〈打倒贾威〉》；张道清的《新人灵魂美的赞歌——评郑赤鹰的小说〈穿行在蘑菇云里〉》；以"关于诗《请举起森林一般的手，制止!》的讨论"为总题，发表李准、丹晨的《要珍惜这样的激情》，高洪波的《感情和正义的力量》，申家仁的《反映"异化"的形象教材》，易亭的《是檄文，也是颂歌》，唯真的《有感于几个具体数目字》。

《长安》第1期发表薛瑞生的《现象·本质·真实——评〈时代的报告〉的两篇评论》；刘斌的《关于诗的随想》；王大平的《诗体·流派·竞争》；沈奇的《透过迷濛的雾气》；张书省的《新诗，在萧条中崛起》；胡贺军的《也谈"朦胧诗"》；李之实的《朦胧诗的断想》。

《文学评论》第1期发表丁玲的《我希望于文学批评的》；荒煤的《理解作家、人民和时代》；俞建章的《论当代文学创作中的人道主义潮流》；白烨整理的《三十年人性论争的情况》；丁振海的《也谈"文革"中的"评红热"》；刘建军、蒙万夫的《论柳青创作的现实主义特色》；吴欢章的《论闻捷的叙事长诗》。

《北方文学》第1期发表沙鸥的《春风得意马蹄疾——读贺平、李琦、张曙光的三组诗》；金梅的《让更多性格独特的人物来到我们中间》。

《光明日报》发表刘楚才的《一位有特色的作家——峻骧和他的创作与研究》。

《福建论坛》第1期发表林兴宅的《评流行的文学功用观》；吴亦文、曾斌的

《略论人性与文学》。

《新港》第1期发表王若水的《关于人道主义——在一九八〇年十月召开的全国马列文艺理论学术讨论会上的发言》；孙犁的《读作品记（二）》；晓宁的《可喜的收获——〈新港〉一九八〇年发表的部分短篇小说漫评》。

《词刊》第1期发表《繁荣创作，活跃理论，在京词作家座谈诗歌创作问题——塞克、晓星、邹荻帆、张士燮、王晓岭、凯传、刘薇、放平、金波、鸣戈、乔羽、吕骥发言摘要》。

《福建文学》第1期发表林承璜的《海外女作家的深情——访於梨华》。

20日，《艺丛》第1期发表杨江柱的《请走进这村庄——评〈走不进去的村庄〉》；黄钢的《时代的报告　瑰丽的史诗——〈中国报告文学丛书〉总序》；张韧的《值得注意的〈位置问题〉——读中篇小说札记》。

《甘肃文艺》改名《飞天》，第1期发表《飞天寄语——写在卷首的话》；李文衡的《一幅茫茫风雪图的社会本质——短篇小说〈风雪茫茫〉读后》；陈剑虹的《我们需要什么样的悲剧——评〈风雪茫茫〉兼与刘剑青、李怀埙同志商榷》；杰理、一丁整理的《〈在社会的档案里〉讨论续录》；裘小龙的《荒诞派戏剧——当代西方文学流派讲话之三》。

《西藏文艺》第1期发表张隆高的《奴隶的悲剧时代的葬歌——评长篇叙事诗〈雪乡〉》。

《延河》第1期发表肖云儒的《论陕西小说创作形势》；王愚的《大胆探索　促进诗歌创作的繁荣——记〈延河〉编辑部召开的诗歌创作座谈会》。

21日，《人民日报》发表本报评论员的《努力表现社会主义现代化建设的英雄业绩》；蒋守谦的《一个力挽狂澜的新人形象——评短篇小说〈三千万〉》；以"改善党对文艺的领导，把文艺事业搞活"为总题，发表陈伟远的《不是无所作为　而是大有可为》，程士荣、姚运焕的《建立平等的新型关系》。

25日，《社会科学战线》第1期发表赵毅衡的《诗歌结构主义研究方法举隅》。

《陕西戏剧》第1期发表张绍宽的《戏曲中的封建毒素和"四化"的矛盾》；杨启伦的《可贵的创新——看话剧〈陈毅市长〉》。

26日，《人民日报》发表《特别法庭判决林江反革命集团十主犯》。

28日，《人民日报》发表高晓声的《扎根于生活的土壤》；姜鹰的《到人民生活的海洋中汲取营养》；李玉铭、韩志君的《关于文艺与生活的两个问题》。

《光明日报》发表方冰的《我对于"朦胧诗"的看法》。

《剧本》第1期发表张庚的《建设现代剧目问题》；凤子的《为提高现代戏曲创作水平而努力——戏曲、歌剧现代题材剧本讨论会札记》。

本月，《十月》第1期发表于晴的《批评和量文的尺——从几篇对〈飞天〉〈档案〉的批评文章所感到的》；何西来的《公仆与主人之间——论新时期文学的一个潮流》；晓朗、林梅的《这是怎样一种道德观》；王若望的《〈步步设防〉续篇》；萧军的《历史小说〈吴越春秋史话〉和京剧〈吴越春秋〉的成因与过程》。

《工人创作》第1期发表东方素的《喜读上海工人的两本诗集》；曹晓波、刘培生的《热血精神赞——话剧〈血，总是热的〉观后》；叶孝慎的《美的生活、美的人、美学价值——评〈工人创作〉的报告文学》。

《文艺生活》第1期发表王驰的《谈谈群众的文艺生活问题》；陈望衡的《人的尊严是宝贵的——评〈流传在峒河边的故事〉》。

《长春》第1期发表金钟鸣的《"社会效果"的效果管窥》；秋白丁的《"写本质"浅论》；曲本陆的《个别现象也能成为艺术典型》。

《四川文学》第1期发表林雨的《我与文学》；林亚光的《"有争议的作品"名实议》。

《电影艺术》第1期发表鲁彦周的《关于〈天云山传奇〉》；小鸥的《记住历史悲剧的教训——关于影片〈枫〉的座谈会简记》。

《江城》第1期发表林斤澜的《文学作品的单纯与丰富——在吉林市文学报告会上的讲话》。

《江淮文艺》第1期发表徐文玉的《写真实是中外古今作家的经验结晶》。

《西湖》第1期发表杨桂欣的《从庐山到北京——文艺问题随想三则》。

《作品》第1期发表黄雨的《新诗向何处探索？》；于逢的《孔捷生和他的追求》。

《安徽文学》第1期发表舒永森的《当务之急——论文艺战线的改革》；刘克的《〈飞天〉作者谈〈飞天〉——刘克致本刊编辑部的信》；章圻的《文艺评论与政治鉴定——从对〈飞天〉的批评想到的》；白桦、刘祖慈的《关于王晓军诗的通信》；刘梦溪的《读〈杨花似雪〉》。

《青海湖》第1期发表沙鸥的《关于我写诗》；林焕平的《关于文艺和政治》；穆长青的《访丁玲》。

《星星》第 1 期发表公刘的《〈仙人掌〉勘余杂感》；吴思敬的《说朦胧》；丁永淮的《朦胧诗的过去与未来》；张放的《漫谈诗趣》。

《鸭绿江》第 1 期发表谢俊华的《总结经验，立志改革——剧本创作座谈会一周年断想》；金河的《话从"眼睛"说起》（创作谈）；李炳银的《在现实生活的潜流中勘探——读金河短篇小说三篇》。

《鹿鸣》第 1 期发表倪国章的《小说〈古堡女神〉读后》。

《海鸥》第 1 期发表王音的《巧与深——〈李更生嫁女〉读后》。

《鸿雁》第 1 期发表何守中的《旷达豪放的艺术风格——评〈东路二人台传统剧目选〉》；席子杰的《〈走西口〉的改编及其经验》。

《湘江文艺》第 1 期发表楚里的《文学创作的基石》；谢璞的《"乡土文学"随想》；孙健忠的《不应从属政治而应服从生活》；李元洛的《反封建是当前文学的重要任务》；孙武臣的《探讨如何反映新时期的社会矛盾问题——评介〈人到中年〉的讨论》；王福湘的《我希望五九年的历史不再重演——评〈倒春寒〉》；尹卫星的《谈〈将军的儿子〉》。

本月，广西人民出版社出版全国当代诗歌讨论会编的《新诗的现状与展望》，全国当代诗歌讨论会编的《新诗的现状与展望》（1980 年 4 月广西全国当代诗歌讨论会论文选编）。

上海文艺出版社出版十四院校《文学理论基础》编写组的《文学理论基础》，《文艺论丛（第 12 辑）》，冯牧的《耕耘文集》，丁景唐、瞿光熙编的《左联五烈士研究资料编目》。

江西人民出版社出版侯健等的《文学鉴赏知识》。

陕西人民出版社出版傅庚生的《文学鉴赏论丛》，仲真的《鲁迅作品试析》。

人民文学出版社出版中国社会科学院文学研究所现代文学研究室编的《"革命文学"论争资料选编》，丁玲的《生活·创作·修养》。

湖南人民出版社出版湖南省社会科学园文学研究室编的《情·真·美》，李允经等的《鲁迅作品教学研究》。

中国社会科学出版社出版霍松林的《文艺散论》。

安徽人民出版社出版徐文玉编著的《诗歌漫谈》，刘元树编的《沫若诗词选读》。

天津人民出版社出版鲍霁编的《现代散文百篇赏析》。

北京大学出版社出版段宝林的《中国民间文学概要》。

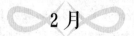

2月

1日,《广西文学》第2期发表侬易天的《评侗族琵琶歌——〈梅娟〉的翻译整理》;肇涛的《沃土里开出来的花朵——短篇小说集〈椰风蕉雨〉读后》。

《山花》第2期发表杜郁的《奋斗中的崛起——叶辛作品讨论会简记》;叶辛的《在创作的道路上》。

《上海文学》第2期发表吴亮的《变革者面临的新任务》;雷达的《"探求者"的新足印——从陆文夫的创作谈起》;周惟波的《陈村和他的小说》。

《陇苗》第2期发表刘建军的《草原风情和人物的实录——赵燕翼作品读后感》。

2日,《天山》第1期发表张福玉、顾全芳的《〈门面〉纵横谈》;阳虹、戈晓的《一个叫人心碎的悲惨形象——读小说〈门面〉》。

《光明日报》发表饶忠华的《科学幻想与文学幻想——试论我国科幻小说的流派与特色》。

《滇池》第2期发表从维熙的《也谈〈香客〉》。

3日,《小说选刊》第2期发表何士光的《同父老乡亲们共呼吸——写〈乡场上〉的一点体会》;汪曾祺的《关于〈受戒〉》。

《电影艺术》第2期发表梅朵的《胆识、勇气和责任感——评〈天云山传奇〉》;蔡权、林光的《对一部好影片的批评——谈〈天云山传奇〉的不足》。

《晋阳文艺》第2期发表胥云的《试析赵树理作品的社会主义现实主义特色》。

4日,《人民日报》发表本报评论员的《文艺要为建设精神文明作出贡献》;钟惦棐的《预示着矫健发展的明天——〈天云山传奇〉随笔》。

《光明日报》发表金梅的《也论蒋子龙的小说创作》。

5日，《边疆文艺》第2期发表刘锡诚的《从思想到艺术的突破——谈1980年的短篇小说》；晓雪的《诗人的职责和评论家的任务——兼评〈将军和士兵〉》；犁丛的《诗，要反映生活的本质——〈将军和士兵〉读后》；周鹄昌的《〈香客〉是一篇深刻感人的好作品——兼与廖润德同志商榷》。

《雨花》第2期发表吴调公的《关于胡风的现实主义文艺思想》；黄毓璜的《文学的使命和批评家的职责》；古流的《"三家村"与"盐"》，严迪昌的《胆气·朝气·奇气——风格随想录》。

《春风》第2期发表张笑天的《灵感的火花》（创作谈）；孙里的《生活的脚印 时代的心声——读〈春风〉一九八〇年小说》；丛杨、国成、于胜的《杜鹏程——作家笔名考释》。

《福建文学》第2期发表顾骧的《思想解放与新时期的文学潮流》；舒婷的《生活、书籍与诗——兼答记者来信》；孔捷生的《文坛学步杂谈》。

8日，《汾水》第2期发表蒋守谦的《"落红不是无情物 化作春泥更护花"——读〈赵树理文集〉随笔》；王继志的《给郑义——读〈秋雨漫漫〉》。

10日，《北京文艺》第2期发表谢冕、陈素琰的《在新的生活中思考——评张洁的创作》；张恩荣的《论爱情在文艺作品中的地位——关于"永恒主题"论》。

《北京文学》第2期发表吴野的《文学与革新——由王蒙近作讨论引起的思考》；孙犁的《读作品记》（讨论刘绍棠、林斤澜、刘心武的创作）。

《东海》第2期发表徐季子的《为浪漫主义说几句话》；牧知的《在追索生活脚步的时候——读周乃光同志的几个短篇小说》。

《百花园》复刊，第1期发表刘思、鲁枢元的《论"文学需要童贞"》。

《花城》第1期发表杨越的《论当前的文艺口号之争》；安铭新的《对战争年代的再思考——读中篇小说〈覆灭〉》。

《诗刊》第2期发表邹荻帆的《愿望——读胡耀邦同志〈在剧本创作座谈会上的讲话〉》；臧克家的《诗要三顺》；敏泽的《也谈诗与"我"》；胡昭的《创造个人的艺术风格——给青年诗友》；周红兴的《选择美的形象》。

《昆明师院学报》第1期发表陈晓华的《三说新诗与旧诗——兼答杨本海同志》。

《奔流》第2期发表若丁、朱可的《关键是端正对知识分子的政策》；吴士余的《爱情、人情及其它》。

《星火》第2期发表阎纲的《陈世旭的创作个性》;祖慰的《找路人的"意识流"》;周劭馨的《从时代的激流里汲取诗情——读郭蔚球的诗》。

《新疆文学》第2期以"讨论小说《三乘客》"为总题,发表郭澄的《人物的真实性和性格的多面性》,阎国忠的《也谈〈三乘客〉是否真实》,刘宾的《文学批评要有党性和真实性的统一》;同期,发表曾镇南的《有浓度和热度的幽默感——谈王蒙的三篇小说近作》。

11日,《人民日报》发表冯牧的《关于文学的创新问题》;西来的《劳动者的爱国深情——赞张贤亮的短篇小说〈灵与肉〉》。

《光明日报》发表陈朴的《一生负重征途远——读李锐〈龙胆紫集〉》;赵永晖的《改变现状需要工作——评短篇小说〈三千万〉》。

15日,《山东文学》第2期发表广礼的《可喜的第一步——读〈山东文学〉第一期的几篇新人新作》;以"关于诗歌问题的讨论"为总题,发表袁忠岳的《懂不懂与美不美》,吴开晋的《对"朦胧诗派"的浅见》,郭树荣的《"古怪诗"再议》;同期,发表张法银、孙克传的《沂蒙山人的歌——读长篇叙事诗〈山乡儿女〉》;武鹰的《文艺不能独立于政治之外——与李广鼐同志商榷》。

《飞天》第2期发表牟豪戎的《典型环境并不是整个社会的缩影——谈我对〈风雪茫茫〉真实性的看法》;路石的《她值得同情吗?》(讨论牛正寰小说《风雪茫茫》);荣夫整理的《中篇小说〈飞天〉引起争论》;赵一凡的《"垮掉的一代"——当代西方文学流派讲话之四》。

《长江文艺》第2期发表邹荻帆的《前进的轨迹——读高伐林的诗札记》;以"关于诗《请举起森林一般的手,制止!》的讨论"为总题,发表谢冕的《和人民站在一起》,程克夷的《真实——〈制止〉的生命》,陈振唐的《诗贵有激情》,田奇的《此地无银三百两》,陆钊珑的《假设术应用又一例》,《一位香港读者的来信》,《一张迟印的领袖像》。

《长安》第2期发表畅广元的《评〈飞天〉和"整体真实"说》;费秉勋的《徐岳小说创作漫评》。

《北方文学》第2期发表陆伟然的《沙鸥新近诗作的艺术特色》;胡德培的《艰难时世中的讽刺喜剧——读长篇小说〈精明人的苦恼〉》;刘亚舟的《和〈男婚女嫁〉的读者同志唠嗑儿》。

《钟山》第1期发表顾尔镡的《人材难得——读话剧〈秦王李世民〉有感》;包

忠文、裴显生的《时代漩涡与人物命运——评中篇小说〈漩涡〉》;方全林的《勤奋耕耘　丰硕成果——谈黎汝清同志的小说创作》;《全国大型文学期刊座谈会简况》。

《攀枝花》第 1 期发表严肃的《"三放"精神与"双百"方针》。

18 日,《人民日报》发表杜高、陈刚的《迎向新的时代生活——一九八〇年话剧创作一瞥》;马少波的《看老舍遗作〈王宝钏〉》;周晓的《儿童文学创作要有大的突破》;周先慎的《简笔与繁笔》。

《光明日报》发表秦晋、冯立三的《热流在中国的大地上滚动——评报告文学〈热流〉》。

《长江日报》发表陈家熔的《聂华苓的散文集〈三十年后〉》。

19 日,《光明日报》发表黄式宪的《闪烁着时代精神的火光——影片〈天云山传奇〉观后》。

20 日,《西北大学学报（哲学社会科学版）》第 1 期发表张孝评的《真实·纯朴·隽永——读雷抒雁近年来的诗》。

《延河》第 2 期发表李星的《农民命运的艺术思考——谈高晓声的四篇小说》。

24 日,《解放军报》发表《军内外报刊对短诗〈将军和士兵〉的批评》;刘伟的《努力塑造历史新时期的创业者典型——介绍中篇小说〈开拓者〉》。

25 日,《人民日报》以"关于文艺真实性问题的讨论"为总题,发表韩瑞亭的《文学真实二议》。

《光明日报》发表唐挚的《霜天晓角气如虹——重读〈黄山松〉》。

《文艺研究》第 1 期发表丁玲的《生活　创作　时代灵魂——与青年作家谈创作》;高晓声的《扎根在生活的土壤里》;刘心武的《我掘一口深井——生活问题随想》;马烽的《写自己熟悉的生活》;苏叔阳的《生活模式与现实生活》;刘厚生的《话剧何以繁荣》;夏淳的《现实主义旺盛的生命力》;于是之的《我们的道路走对了》;郑榕的《〈茶馆〉的艺术感染力》;邹贤敏的《谈报告文学兼与黄钢同志商榷》;戚方的《中国文学和中国现实——评李怡〈文艺新作中所反映的中国现实〉》。

《长城》第 1 期发表郭超的《漫谈政治讽刺诗创作》;李元洛的《时代的歌手——论郭小川的诗》;刘绳、刘波的《作家与冀中》;《全国大型文学期刊座谈会纪要》。

《民族文学》创刊,第 1 期发表《创刊词》;谢明清的《记丁玲同志同藏族作家的一次谈话》。

《陕西戏剧》第 2 期发表苏育生的《如何看待戏曲中的封建毒素——与张绍宽同志商榷》;费炳勋的《戏曲危机的根源》。

28 日,《剧本》第 2 期发表崔德志的《关于社会主义新人形象的思考》。

本月,《工人创作》第 2 期发詹瞻的《有感于"朦胧热"》;玛拉沁夫的《与青年同行谈心》。

《长春》第 2 期发表金恩晖的《改革文艺必须肃清封建流毒》;周良沛的《读艾青的〈鱼化石〉随笔》。

《辽宁群众文艺》第 2 期发表赵博的《为繁荣曲艺创作进一言》;杨微的《反映时代的社会生活中的本质方面——重谈"写中心"》;白万程的《认真鉴别、大胆增删——改编〈马寡妇开店〉的立意》。

《电影艺术》第 2 期发表梅朵的《胆识、勇气和责任感——评〈天云山传奇〉》;蔡权、林光的《对一部好影片的批评——谈〈天云山传奇〉的不足》。

《西北大学学报(哲学社会科学版)》第 1 期发表张孝评的《真实·纯朴·隽永——读雷抒雁近年来的诗》。

《芳草》第 2 期发表郑祥安的《似淡实浓,似冷实热——高晓声小说的艺术风格》。

《作品》第 2 期发表于逢的《意识流向何方?——致杨干华同志》;杨干华的《"山药蛋"与意识流》;林英男的《吃惊之余——就新诗的探索方向与黄雨同志商榷》;洪三泰的《晦涩·朦胧·觉醒》。

《安徽文学》第 2 期发表陈辽的《春城断想——文艺思想随感》;沈敏特的《门外哲理谈——兼谈重视文艺的作用》。

《星星》第 2 期发表尹在勤的《这里诗丛繁茂——"四川诗丛"巡礼》;胡开强、刘允嘉、魏知常的《激情·思考·哲理——读骆耕野的诗》。

《草原》第 2 期发表周廷芳的《关于"香花"与"毒草"的思考》。

《海鸥》第 2 期发表王震东的《盛开的新花——读尤凤伟小说集〈月亮知道我的心〉》。

《鸭绿江》第 2 期发表阎纲的《文学四年——一个讨论会上的发言》;焦祖尧的《生活的胜利——答潘仁山同志问》(创作谈)。

《湘江文艺》第 2 期发表刘锡诚的《小说创作中的反封建意识》；谢明德的《文学与人道主义》；潘吉光的《向生活的深处探索——浅谈张步真新作》；董寻的《艺术的文告——读报告文学〈瓷城血痕〉》；赵相如的《反映生活的真实——评〈一代又一代〉》。

《新地》创刊，第 1 期发表流沙河的《燕赵谈诗录》；专栏"习作者之友"发表叶圣陶的《湿冰的三篇小说》（原载 1962 年 3 月 17 日《大公报》），王默渢的《喜雨甘露》，李涌的《我写〈小金马〉的体会》，冯健男的《喜读一位老工人作者的两篇新作》。

《新剧作》第 1 期发表言行的《为繁荣戏剧创作做出更大的贡献——谈 1980 年上海戏剧创作、演出的状况和 1981 年的打算》；尚静桦的《进一步发扬勇于创新的精神——读 1980 年〈新剧作〉》。

本月，人民文学出版社出版谢冕的《北京书简》。

陕西人民出版社出版钟子翱的《论诗歌的创作》。

四川人民出版社出版黄中模的《郭沫若历史剧〈屈原〉诗话》，徐迟的《文艺和现代化》。

江苏人民出版社出版王郊天等编的《小说创作经验谈》。

中国少年儿童出版社出版锡金等主编的《儿童文学论文选(1949—1979)》。

3 月

1 日，《山花》第 3 期发表李发模的《我是怎么写〈呼声〉的》；李含凤的《鸿雁何日再飞来——评〈雁回飞〉》。

《上海文学》第 3 期发表蒋红的《批评·欣赏·再创造》；成柏泉的《批评家的责任及其他》；许锦根、宋永毅的《作家打逗号　评论家打句号》；许杰的《再谈文艺批评》；那沙的《赖少其同志的艺术观》。

《太原文艺》第 2 期发表华中煐的《社会效果杂谈》。

《布谷鸟》3第期发表李英敏的《建立农村文化中心，开展群众文化活动》；刘真的《过去和未来》(讨论农村文化建设)；禾兑的《农村文化事业的新发展》。

《雪莲》第1期发表张越的《大力开发青海民间文学的宝藏——在西宁市民间文学研究所年会上的发言》。

《广州文艺》第3期发表何慰慈的《我所知道的三毛》。

2日，《滇池》第3期发表吴锐的《一首坏诗》(讨论诗歌《将军和士兵》)；冯永祺的《在丁玲同志家里》。

《中山大学学报(哲学社会科学版)》第1期发表王晋民的《论白先勇的创作特色》。

3日，《小说选刊》第3期发表阎纲的《面对"现状"写人物——谈〈三千万〉中正面人物的刻画》；刘锡诚的《希望在人间——谈祝兴义的〈杨花似雪〉》；张抗抗的《让它生长——关于〈夏〉的写作》。

4日，《人民日报》发表马畏安的《用辩证的观点观察文艺现象》；林彬的《总结经验　提高质量——简评1980年的我国电影创作》。

5日，《辽宁大学学报(哲学社会科学版)》第2期发表刘跃发的《从实际出发研究艺术典型问题——何其芳的典型新论浅识》。

《边疆文艺》第3期发表孙凯宇的《要坚定地坚持四项基本原则》；田野的《战士不爱这样的诗》；文华的《你了解我们的将军、士兵和人民吗？——评〈将军和士兵〉》；周良沛的《令人深思的对比》。

《春风》第3期发表张智的《为时代谱写英雄之歌——读蒋子龙的小说想到的》。

《福建文学》第3期发表陈骏涛的《从舒婷的诗谈到王蒙的小说——文学随想》；夏文生的《略谈当前文学表现手法的创新》；石温莹、谢春池的《谈宋祝平散文的特色》；以"关于新诗创作问题的讨论"为总题，发表俞兆平的《诗，向着人的内心世界挺进》，丁力的《古怪诗论琐议——关于"五四"新诗革命和历史上的三次大讨论》。

6日，《电影创作》第3期发表本刊记者的《更好地为八亿农民服务——本刊与〈中国农民报〉联合举行农村题材电影创作座谈》；刘绍棠的《建立乡土电影》。

8日，《汾水》第3期发表侯文正的《人性美的探索——读孙谦〈南山的灯〉》，郭文瑞、王一民的《令人难忘的新人形象——评〈第28号人物〉》；以"农村题材创作笔谈会"为总题,发表西戎的《也谈深入生活问题》、杨茂林的《写自己感受最深的》、刘金笙的《题材特色与刊物风格》;同期发表王汶石的《风格与文采》(创作通信)。

10日,《北京文艺》第3期发表于晴的《引导国民精神的前途的灯火》;胡德培的《作家的信念和文艺的职责》;鲁歌的《诗卷长留天地间——〈老一辈无产阶级革命家诗词选注〉前言》;张全宇的《作家的信念和文艺的职责》。

《北京文学》第3期发表心文的《"深入生活"不容置疑》。

《奔流》第3期发表殷车的《为社会主义新人塑像》;萧殷的《随感录两则》(讨论生活真实与艺术真实、"双百"方针问题);陆荣椿的《做农民的贴心人、代言人——评高晓声的短篇小说》。

《诗刊》第3期发表李元洛的《诗歌问题片谈》;袁可嘉的《关于新诗与晦涩、新诗的传统——访美书简》;峭石的《从〈两代人〉谈起》;孙绍振的《新的美学原则在崛起》;苏金伞的《我是怎样写起诗来的》;成志伟的《辛勤栽培玫瑰的园丁——访〈蒺藜集〉的三位作者》。

《星火》第3期发表李基凯的《努力反映新的伟大时代》;黄益庸的《关于朦胧诗和新诗发展道路的断想》;胡德培的《我写作如同在生活》。

《新疆文学》第3期以"讨论小说《三乘客》"为总题,发表丁子人的《〈三乘客〉的讨论开扩了我们的思路》、本刊记者的《讨论〈三乘客〉部分来稿综述》。

11日,《人民日报》发表咸方的《科学家的精神和文艺家的责任》。

《光明日报》发表盛英的《高洁灵魂的抒情赞歌——读丁宁的散文》。

15日,《山东文学》第3期发表冯德英的《谈创作》;卢兰琪的《对文艺和政治的关系的几点浅见》;曾繁仁的《文艺与政治是平等的兄弟关系吗?——也谈文艺与政治的关系》。

《飞天》第3期发表张贤亮的《满纸荒唐言》;葛琼的《坚持唯物辩证法,文艺批评才能发展》;吴岳添的《法国新小说派——当代西方文学流派讲话之五》;祁渠的《它使人不忘记历史》(讨论小说《风雪茫茫》);李镇清的《关于金牛媳妇》(讨论小说《风雪茫茫》);王志明的《略谈〈风雪茫茫〉的真实性和典型性》;元鸿仁、陈家壁的《我们为什么不能这样写"悲剧"?——与陈剑虹同志商榷》;仲呈祥的《关于王蒙近作的讨论》。

《长江文艺》第3期以"关于诗《请举起森林一般的手,制止!》的讨论"为总题,发表本刊编辑部的《为〈制止〉一诗讨论告一段落敬致读者》,李元洛的《可贵的艺术探索》,肖云儒的《深刻地反映社会主义现实》,《信稿摘登》。

《长安》第3期发表李健民的《飞天形象的真实性及其悲剧成因——兼与燕翰等同志商榷》。

《文学评论》第2期发表裴斐的《个性化是精神生产必须遵循的客观规律》;任愫的《天风海山　气象万千——论郭小川诗歌的艺术风格》;叶至诚的《曲折的道路——关于〈方之作品集〉》;唐挚的《残虐灵魂的历史见证——略论冯骥才的中篇小说》;黄式宪的《探求银幕形象的深度——评一年来几部具有文学光彩的电影作品》。

《北方文学》第3期发表关沫南的《从无产者文艺的历史看》;黄益庸的《努力发展"多刀切"的文艺批评》;叶伯泉的《略谈王荣伟的几个短篇新作》;白舒荣的《爱工人　学工人　写工人——记草明》。

《时代的报告》第1期发表何国瑞的《"票房价值论"是错误的》;刘志洪的《读王若望如此"随笔"——对〈文艺报〉"随笔"专栏〈不要虚张声势〉一文的感想》;徐延春的《社会主义的光明本质与格瓦拉道路——评〈文艺报〉所载〈它在哪里失足?〉》;尹均生的《国际报告文学发展中的一瞥》;王庚南的《漫谈报告文学〈王守信贪污集团破获始末〉及其它》。

《河北师院学报(哲学社会科学版)》第1期以"关于'朦胧诗'问题的讨论"为总题,发表臧克家的《关于"朦胧诗"》,王亚平的《诗要为人民喜爱》,陈敬容的《关于所谓"朦胧诗"问题》,牛汉的《要理解和引导这些年轻人》,王洪涛的《一个诗歌作者的主张和追求》,刘章的《关于"朦胧诗"的浅见》,方殷的《写"朦胧诗"是没有前途的》,尧山壁的《也谈"朦胧诗"》。

《济南文艺》第2期发表张济和、徐中伟的《试谈〈弃儿〉》;庚言的《可喜的艺术探索——浅析〈小村口〉、〈沙滩〉》;晨风的《真实是艺术的生命——喜读小说〈默哀〉》。

《新港》第3期发表丁振海的《社会主义文艺必须由党来领导——学习周恩来同志关于文艺的部分论述和实践》;缪俊杰的《文艺要关注八亿农民——关于农村题材创作问题的一封信》;张家埠、方伯敬的《石榴花开火样红——读短篇小说〈开市大吉〉》。

18日,《人民日报》发表梁光弟的《引导人民提高精神境界——从电视剧〈凡人小事〉的创作谈起》;盛英的《探索"非常时代"人们的心灵——简评冯骥才的小说创作》;张韧的《从生活土壤中发掘新人的形象——谈中篇小说〈土壤〉》。

20日,《艺丛》第2期发表绍六的《寸步不离人——高晓声、陆文夫谈短篇小说创作》;长江文艺出版社的《党的十一届三中全会以来长江文艺出版社出版的中长篇小说》。

《辽宁师院学报(社会科学版)》第2期发表陆文采的《评〈第二次握手〉中的人情人性描写》。

《西藏文艺》第2期发表闻华的《格桑花开照眼明——评长篇小说〈格桑梅朵〉》。

《延河》第3期发表李士文的《关于〈创业史〉和极左思潮》;姚虹等的《关于真实性和倾向性的讨论》。

22日,《光明日报》发表哈华的《漫话〈萌芽〉》。

24日,《解放军报》发表杨国庆的《让热流奔涌于祖国大地——读报告文学〈热流〉》。

25日,《人民日报》发表周扬的《关于政治和文艺的关系》。

《山茶》第1期发表岩峰的《贝叶寄语——试谈傣族文学与佛教的关系》。

《光明日报》发表卫建林的《文学要给人民以力量》。

《齐鲁学刊》第2期发表刘建军、蒙万夫的《关于写"理想人物"问题》。

《陕西戏剧》第3期发表张翔、晏杰、梁枫的《重视现代戏　搞好现代戏》;谈家祐的《宝剑锋从磨砺出　梅花香自苦寒来——访著名剧作家陈白尘》。

28日,《人民日报》发表《沈雁冰同志在京逝世》;丁玲的《我也在望截流》。

《剧本》第3期发表陈白尘的《难关与希望　创新与继承》;风子的《总结经验　阔步前进——话剧剧本讨论会札记》;李兴叶的《试论文艺的社会效果》。

本月,《十月》第2期发表刘心武的《立体交叉桥》;谢冕、陈素琰的《她给我们带来了什么——评张洁的创作》;杨匡汉的《从幻影回到人间——读〈一个人和他的影子〉》;东方白、龚熙的《敢做搏风击浪人——读〈开拓者〉》;施咸荣的《从〈二十九条臆想〉谈起——兼谈"意识流"和"心理现实主义"》。

《攀枝花》第2期发表本刊评论员的《再论要跟上时代的步伐》。

《工人创作》第3期发表胡万春的《学艺"诀窍"》;肖夜的《培养自己队伍的事业——谈〈工人创作〉的一年》。

《文艺理论研究》第1期发表荒煤的《文艺与政治关系的历史教训》;敏泽的《论人性、阶级性和文学》;杨桂欣的《从林震到吕师傅——王蒙创作管窥》;王纪人的《对〈古怪诗论质疑〉的质疑——与丁力同志商榷》;骆宾基的《关于我的报告文学及其他——〈诗文自选集〉编后记》;以"文艺理论教学问题探讨"为总题,发表《本刊编辑部在上海举行关于当前文艺理论教学问题的座谈会》,董学文的《对改进文艺理论教学的几点意见》,王德勇的《文艺理论教材体系必须改革》,徐缉熙的《当前文学理论课的教学和教材编写问题》,孙乃修的《当前的文艺理论教学必须赶快改革》。

《天津日报·文艺增刊》第1期发表从维熙的《关于"观察生活"》;王朝垠的《康濯的文学生涯》;王振荣的《蒲柳人家蒲柳情——读刘绍棠的〈蒲柳人家〉》。

《长春》第3期发表高叶的《努力开展马克思主义的文艺批评》;李炳银的《文学创作中的爱情描写浅谈》;朱晶的《生活复杂性与艺术深度——读凌喻非的短篇小说》。

《中山大学学报(哲学社会科学版)》第1期发表王晋民的《论白先勇的创作特色》;封祖盛的《於梨体的探索》。

《四川文学》第3期发表丁玲、孙犁的《关于文学创作的通信》。

《西南民族学院学报》第1期发表季元龙的《现实·理想·文学——也谈对"两结合"的理解,兼与严家炎同志商榷》。

《江淮文艺》第3期发表乔国良的《对生活真谛的思考和探求——评〈江淮文艺〉一九八〇年发表的剧本》。

《芳草》第3期发表金宏达的《从〈眼睛〉到〈南湖月〉——谈刘富道的小说创作》。

《作品》第3期发表吕彦竹的《"再认识"的结论是什么——评〈对"深入生活"这个口号的再认识〉》;艾青的《首先应让人看得懂》;杨光治的《并不可取的"抗争"和"追求"——〈吃惊之余〉读后》。

《安徽大学学报(哲学社会科学版)》第1期发表傅腾霄的《略论文学与人性》。

《安徽文学》第3期发表舒永森的《活与乱》;以"关于《吉他的朋友》的讨论"为总题,发表刘庆渝的《探索当代青年的内心世界》,魏新的《〈吉他的朋友〉是一篇坏作品》。

《青海湖》第3期发表冉淮舟的《关于孙犁作品的几点印象》；高炎林的《杜鹏程谈短篇小说创作》；关水清的《诗的欢乐与悲哀》。

《星星》第3期发表冯中一、侯书良的《谈孔孚的山水诗》；陈淑宽的《为现代化歌唱——谈徐国志的〈银色的城〉》；戴左航的《诗贵"情"——读〈星星〉诗刊漫笔》；

《清明》第1期发表陈金荣的《"写真实"是产生自然主义的根源吗？》；唐再兴的《评论文艺不能用"政治标准"》；季元龙的《要画出这样沉默的国民灵魂来》；《全国大型文学期刊座谈会纪要》。

《鸭绿江》第3期发表谭兴国的《文学是不能任人打扮的》。

《福建师大学报(哲学社会科学版)》第1期发表练文修的《〈人到中年〉的思想和艺术》。

《湘江文艺》第3期发表张步真的《足踏坚实的大地》(创作谈)；谢璞的《飘香的"包谷酒"——喜读土家族作者蔡测海的散文》。

中国当代文学学会港台文学研究会在广州成立，曾敏之任会长。

本月，文化艺术出版社出版胡耀邦的《在剧本创作座谈会上的讲话》。

中国社会科学出版社出版《文学评论》编辑部编的《文学评论丛刊(第8辑)》。

广西人民出版社出版周红兴的《瞿秋白诗歌浅释》。

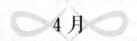

4月

1日，《人民日报》发表刘金的《〈"御用……"之类〉异议》。

《广西文学》第5期发表上官桂枝的《春回大地——读胡耀邦同志讲话随感》。

《广州文艺》第4期发表厉力的《文学青年谈孔捷生——孔捷生近作讨论会拾零》；张瑞龙的《可喜的新突破——在孔捷生近作讨论会上的发言》；许翼心的《别开生面的故事新编——谈刘以鬯和他的意识流诗体小说〈寺内〉》。

《上海文学》第4期发表桑城的《文艺要成为精神文明建设的劲旅》；王鸿生的《对生活的消化——给〈水泡子〉作者的信》；叶子铭的《〈茅盾文艺论杂集〉编

后记》。

《布谷鸟》第4期发表饶兴成的《地县群众文艺刊物一瞥》。

《陇苗》第4期发表陈光的《走专业化、知识化的路》。

2日，《滇池》第4期发表彭荆风的《写出新的边疆民族特色——在当代文学讨论会二次会议上的发言（摘要）》。

《文学报》发表曾敏之的《台湾文坛》。

《诗探索》第1期发表袁可嘉的《爱荷华的诗会（加州通讯）》。

3日，《小说选刊》第4期发表肖德的《在新的生活课题面前——兼谈迟松年的〈普通老百姓〉》；陈建功的《〈丹凤眼〉点滴》。

5日，《飞天》第4期发表雷抒雁的《熏陶·训练·追求》；立之的《关于心灵美》；何火任的《美，是不能忘记的——读小说〈风雪茫茫〉及有关评论》；沙平的《也谈〈风雪茫茫〉》；白烨的《两年来关于人性问题的论争》；赵启光的《黑色幽默——当代西方文学流派讲话之六》。

《云冈》第2期发表杨茂林、薄子涛的《文学作品要敢于表现人性》。

《边疆文艺》第4期以"学习小平同志讲话的体会"为总题，发表杜东枝的《文学艺术的崇高使命》，溥涛的《文艺创作与安定团结》；以"关于《将军和士兵》的讨论"为总题，发表黄忠信的《曲解了的关系》，叶祖荫的《读诗杂感》；以"关于《香客》的讨论"为总题，发表杨知勇的《从历史悲剧中解释生活真实》。

《延河》第4期发表张孝评的《本质·主流·光明及其它——与许永佑同志商榷》；杨桂欣的《不屈不挠　精益求精——谈杜鹏程对〈在和平的日子里〉的修改》。

《雨花》第4期发表秦兆基、李宁的《诗歌和自我》。

《春风》第4期发表锡金的《严峻而曲折的历程》；国成、丛杨、于胜的《草明——作家笔名考释》。

《福建文学》第4期发表蔡其矫的《读书与写作》；罗传洲的《心灵的净化与美的享受——读李栋的〈心心相印〉》；以"关于新诗创作问题的讨论"为总题，发表徐敬亚的《新诗——行进在探索之路》，左一兵的《也谈"朦胧"诗》，曾阅的《朦胧》。

6日，《电影创作》第4期发表谢飞的《真实性、现实主义及其他》。

7日，《光明日报》发表王杰强的《评肖平的创作特色》。

8日,《汾水》第4期发表闫田的《农村新生活的礼赞——读一九八〇年获奖小说札记》;以"农村题材创作笔谈会"为总题,发表马烽的《农村题材也应当广泛些》,艾斐的《要不断开拓新路》,林友光的《〈汾水〉小说杂议》;同期,发表小林荣著、张谦译的《日译本〈我的第一个上级〉序言》。

10日,《北京文艺》第4期发表王蒙的《短篇小说创作三题》;刘绍棠的《我认为当前文艺创作中值得注意的几点》;雷达的《掀开农村新生活的帷幕——读〈绿色的山岗〉》;陆钊珑的《有感于创作中的讽刺和幽默》。

《北京文学》第4期发表李国文的《作家的心和大地的脉搏》。

《百花园》第2期发表杨荣昌的《"写真实"不是社会主义文学的根本目的》;朱子南的《凝炼·传神·动情——读丁玲〈彭德怀速写〉》。

《诗刊》第4期发表程代熙的《评〈新的美学原则在崛起〉》;袁忠岳的《"朦胧诗"与"无寄托"诗》;郭宝臣的《曲有源和他的政治抒情诗》。

《新疆文学》第4期发表雷茂奎的《重新卷起的浪花——谈朱定同志的小说创作》;浩明的《谈诗歌的朦胧美》;刘定中的《深入生活,歌颂"四化"》。

《文汇月刊》第4期发表聂华苓的《关于改编〈桑青与桃红〉》;高缨的《谈聂华苓的三部小说》。

11日,《江汉论坛》第5期发表秦志希的《鲁迅和林语堂》。

14日,《光明日报》发表张炯的《时代前进的脉搏在跳动——评中篇小说〈土壤〉》。

15日,《人民日报》发表白烨的《努力表现时代的蓬勃生机——评莫伸的短篇近作》。

《山东文学》第4期发表王希坚的《总结经验,稳步前进——在〈山东文学〉一九八〇年优秀短篇小说和插图评奖授奖大会上的讲话》;任孚先的《〈山东文学〉一九八〇年小说获奖作品漫评》;马恒祥的《诗,应当振奋民族和时代精神——关于诗歌问题的通信》;宋德胤的《倾向性小议》;侯琪、侯林的《真实性问题随想》;王兆山的《朴素的诗 真挚的情——谈苗得雨诗集〈解放区少年的歌〉》。

《中国通俗文艺》创刊,第1期发表本社的《泥土·食盐〈《中国通俗文艺》发刊词〉》;茅盾的《欢迎中国通俗文艺》;夏衍的《祝愿》;周而复的《衷心的希望》;李英敏的《群众文化群众办》。

《长江文艺》第4期发表段更新的《北京命运 英雄性格——评中篇小说〈人

到中年〉》。

《长安》第 4 期发表薛瑞生的《要给读者一些"过剩题材"和"多余思想"》;李星的《朴素的美——读〈平淡的星期天〉》;村夫的《〈朦胧诗的断想〉的断想》。

《云南群众文艺》第 2 期发表范道桂的《民族古剧发新华——评白剧〈望夫云〉》。

《文学评论》第 3 期发表本刊编辑部的《沉痛哀悼茅盾同志逝世》;洁泯的《向现实深度开掘——评一九八〇年若干短篇小说》;杨忻葆的《探索生活意义的隽永诗篇——谈〈人到中年〉的结构艺术和典型创造》;杨志杰、彭韵倩的《论赵树理创作中的反封建主题》;王进的《试论社会主义文学中的普通人形象》;郑伯农的《心理描写和意识流的引进》;刘梦溪的《读〈也谈"文革"中的"评红热"书后〉》。

《北方文学》第 4 期发表张浪的《时代的号令与文学的使命》;谢万霖、李振滨的《近年来我省中篇小说创作杂谈》;甘雨泽的《当代外国文学流派述评》。

《新港》第 4 期发表马献廷的《我们的责任——给一位青年作家的信》;孙犁的《读作品记(四)》;汪宗元的《真并不就是美》;冉淮舟的《欣慰的回顾——〈论孙犁的文学道路〉后记》;滕云的《对生活与技巧的追求——漫议石英的创作及其它》;许锦根的《还是要有中国作风和中国气派》;宋玉柱的《从"老妪能解"谈起》。

18 日,《解放军报》发表黄浪华的《努力塑造当代战士的形象——记李斌奎和他的〈天山深处的大兵〉》;刘伟的《对电影文学剧本〈苦恋〉的意见》;孙亦文等的《一部违背四项基本原则的作品》(讨论《苦恋》);金辉的《爱祖国与祖国的爱》(讨论《苦恋》)。

20 日,《人民文学》第 4 期发表张光年的《一九八〇年全国优秀短篇小说评选发奖大会开幕词》;周扬的《文学要给人民以力量》;《一九八〇年全国优秀短篇小说评选委员会名单》;《一九八〇年全国优秀短篇小说评选当选作品篇目》;本刊记者的《第三个丰收年——记一九八〇年全国优秀短篇小说评选活动》。

《天津师院学报》第 2 期发表王传斌的《试谈〈李自成〉的艺术特色》。

《当代》第 2 期发表李景峰的《简评〈疯狂的节日〉》;峻青的《〈望海云〉跋》。

《解放军报》发表本报特约评论员的《四项基本原则不容违反——评电影文学剧本〈苦恋〉》。

《福建论坛》第 2 期发表卢善庆的《台湾美学研究的现状和基本特征》。

《当代文学研究参考资料》第 4 期发表封祖盛的《台湾乡土文学的来龙去脉

(一)》。

21日,《人民日报》发表周扬的《文学要给人民以力量——在一九八〇年全国优秀短篇小说评选发奖大会上的讲话》;张光年的《争取文学事业日益繁荣——一九八〇年全国优秀短篇小说评选发奖大会开幕词》。

《光明日报》发表冯牧的《漫话新诗创作》。

《济南文艺》改名《泉城》第4期发表田仲济的《从〈羞愧〉谈起》。

25日,《文艺研究》第2期发表贺敬之的《对当前文艺工作的几点看法》。

《社会科学战线》第2期发表峻青、姜彬的《对当前文学创作的几点浅见》;胡光凡、李华盛的《周立波在东北》;朱寨的《〈山乡巨变〉的艺术成就》。

《陕西戏剧》第4期以"关于戏曲艺术推陈出新的讨论"为总题,发表本刊记者的《大胆继承 敢于创新——戏曲艺术推陈出新讨论会综述》,金行健的《要推陈出新,不要全盘否定》。

《民族文学》第2期发表玛拉沁夫的《火光与灯火——读胡耀邦同志〈在剧本创作座谈会上的讲话〉》。

26日,《光明日报》发表《贺敬之指出新时期文艺创作的中心课题是 正确反映新时代 塑造社会主义新人形象》。

27日,《解放军报》发表杜哲明的《〈苦恋〉中的"苦"与"恋"》。

28日,《光明日报》发表崔道怡的《花胜往年红——一九八〇年获奖短篇小说巡礼》。

《剧本》第4期发表曹禺的《我对戏剧创作的希望》。

29日,《人民日报》发表程代熙的《评〈新的美学原则在崛起〉——与孙绍振同志商榷》;方顺景的《敲响人们心灵的钟声——略评陈建功的短篇小说》。

本月,《人民戏剧》第期发表黄维钧的《有进无退——看〈血,总是热的〉》。

《工人创作》第4期发表许国良、王周生的《真实性,新形象——读一九八〇年〈工人创作〉的小说》。

《长春》第4期发表夏南的《要善于表现人物性格的复杂性》。

《江城》第4期发表古远清的《谈诗的风格》。

《芳草》第4期发表吴兰的《两颗高洁的心——读短篇小说〈赴宴〉有感》。

《作品》第4期发表欧阳山的《牢记茅盾同志的苦口婆心,刻苦改造思想》。

《安徽文学》第4期发表刘建军的《在探索中前进——〈安徽文学〉八〇年小

说一瞥》;高洪波的《单纯与温暖的晶体——读梁小斌诗作随想》;潘军整理的《座谈短篇小说〈吉他的朋友〉》。

《青海湖》第 4 期发表许杰的《在文艺的春天里——〈许杰散文选集〉自序》。

《星星》第 4 期发表陈瑞统的《朦胧及其他》;杨大予的《学诗小议——关于所谓"朦胧"诗》。

《草原》第 4 期发表韩燕如、郭超的《爬山歌的语言艺术》。

《鹿鸣》第 4 期发表敖德斯尔的《人·知识·时代——在包头文学创作专修班的讲话》。

《鸭绿江》第 4 期发表张贤亮的《心灵和肉体的变化——关于短篇〈灵与肉〉的通讯》。

《湘江文艺》第 4 期发表龙长顺的《个性化的艺术——论孙健忠的创作》;胡代炜的《并非平常的故事——评〈满足〉》;丁楠的《真实的农村生活速写——评广播剧〈支票〉》。

《新地》第 2 期发表刘哲的《"你们需要什么样的稿件?"——编辑手记》;曹云华的《润物细无声——浅谈编辑工作》。

《科幻海洋》第 1 期发表杜渐的《台湾科幻小说的翻译与创作情况》。

本月,广东人民出版社出版易准的《创作随谈》,易征的《文学絮语》。

上海文艺出版社出版本社编的《中国现代文艺资料丛刊(第 5 辑)》,本社编的《文艺论丛(第 13 辑)》,李希凡的《〈呐喊〉〈彷徨〉的思想与艺术》。

人民文学出版社出版《邵荃麟评论选集》,晓雪的《生活的牧歌——论艾青的诗》。

四川人民出版社出版王朝闻的《开心钥匙》。

上海古籍出版社出版马茂元的《晚照楼论文集》。

山西人民出版社出版钟尚骏的《读诗与写诗》。

吉林人民出版社出版李葆瑞的《诗词语言的艺术》。

北京大学出版社出版谭霈生的《论戏剧性》。

中国社会科学出版社出版林非的《中国现代散文论稿》。

中国民间文学出版社出版贾芝的《新园集》。

中国少年儿童出版社出版第二次全国少年儿童文艺创作评奖委员会办公室编的《儿童文学作家作品论》。

陕西人民出版社出版李何林的《近二十年中国文艺思潮论(1917—1937)》，许杰的《鲁迅小说讲话》，邱文治的《鲁迅名篇析疑》，征农编的《珍贵的纪念》，张华的《鲁迅和外国作家》。

人民教育出版社出版顾明远的《鲁迅的教育思想和实践》。

中国青年出版社出版王士菁的《鲁迅传》。

5 月

1日，《广西文学》第5期发表黎的《应该正确地认识生活和表现生活——从几篇作品的读后印象感到的》(讨论诗歌《一个幽灵在中国大地上游荡》、《将军和士兵》，小说《奇怪的女厂长》)。

《广州文艺》第5期发表张绰的《以情感人　情中见理——读〈母女情〉》。

《山花》第5期发表奔众、易农的《让社会主义新人出现在作家笔下——读〈山花〉近两年发表的短篇小说》。

《上海文学》第5期发表赵自的《好一片郁葱葱的新树林——读〈上海青年作家小说专辑〉有感》；吴亮的《一种崭新的艺术在崛起吗？——一个面向自我的新艺术家和他友人的对话》；以"悼念茅盾同志"为总题，发表王西彦的《高大的拱桥》，茹志鹃的《二十三年这一"横"》。

2日，《人民日报》发表贺敬之的《总结经验　塑造新人——在〈作品与争鸣〉编辑部召开的"塑造社会主义新人问题"讨论会上的讲话》。

《滇池》第5期发表彭荆风的《可喜的新人新作——读1980年〈滇池〉几位青年的小说》。

3日，《小说选刊》第5期发表刘梦溪的《永远是主人——读王润滋的新作〈内当家〉》；柯云路的《展开广阔的社会风貌的图画——谈谈〈三千万〉的写作》。

5日，《飞天》第5期发表高平的《我是唱颂歌长大的》(创作谈)；卢新华的《关于〈伤痕〉及其他》；孙宪文的《也评〈风雪茫茫〉——兼与批评者商榷》；李克安的

《一篇失败之作》(讨论小说《风雪茫茫》);流云的《真而不美——也谈〈风雪茫茫〉》;褚雪整理的《关于"朦胧诗"的讨论》。

《边疆文艺》第5期发表陆万美的《战争中学习,建国时创造》;吴德辉的《坚持四项基本原则和创作自由》;葛代祥、赵荣玉的《官兵一致是我们的传家宝》;高洪勋的《一叶障目,不见泰山——评〈将军和士兵〉》;汪宗元的《确实是你的立场错了——致廖德润同志》;添培的《〈香客〉并非珍品,也有不足之处》。

《光明日报》发表张韧的《崛起·探索·突进——简谈一九八〇年的中篇小说》。

《雨花》第5期发表宋耀良的《绘画印象派和文学意识流》;阿红的《诗人,在生活的原野上》。

《福建文学》第5期发表李栋的《生活·灵魂·创新》(创作谈);练文修的《漫谈文学的突破和创新》;钟文的《让诗回到自己的轨道上来》;张春吉的《"简炼是才能的姐妹"》;郑宗群的《愿更多的处女作问世》。

《解放军报》发表蒋延庆的《文艺创作必须坚持四项基本原则——评电影文学剧本〈苦恋〉》;何洛的《我观〈苦恋〉》,武文的《创作不能背弃祖国的利益——评〈苦恋〉的创作倾向》。

8日,《人物》第3期发表林志浩的《林语堂述评——兼谈他同鲁迅的关系》。

《汾水》第5期发表洪亮的《作家的神圣职责》;程继田的《"写自己熟悉的"小议》;以"农村题材创作笔谈会"为总题,发表唐挚的《有感于赵树理精神》,王安邦的《几点希望》,刘文继的《要为青年农民着想》,姚子麟的《要坚持这个方向》,李德民的《农民想看"新"二黑》;同期,发表彭韵倩的《创作需要"卓见和勇敢"——读赵树理一九五八年后的创作》,董大中的《〈盘龙峪〉(第一章)的发现》。

10日,《北京文艺》第5期发表贺光鑫、吴松亭的《尺水要兴波——短篇小说艺术谈片》;梁仲华的《"永恒主题"论异议》。

《北京文学》第5期发表钱光培的《现实主义的深入发展——评1980年〈北京文学〉获奖小说》;孙犁的《关于"乡土文学"》。

《东海》第5期发表王西彦的《我怎样学习写作》。

《奔流》第5期发表韩戈的《绘时代风采 唱人民心声——试评张庆明的组诗〈路,就该这样走〉》;朱冰的《无花果——谈叶文玲同志的短篇小说创作》。

《诗刊》第5期发表敏泽的《关于继承和创新》;吴超的《从"风""骚"并称谈

起》(讨论民歌问题);丁国成的《到生活中汲取诗情——谈高伐林的部分诗作》。

《南京师院学报(社会科学版)》第2期发表童欣的《正确认识和深刻反映新时代——对〈也谈突破〉一文的异议》。

《新疆文学》第5期发表陈思的《从"惊恐症"谈起》,美萱的《"敢想敢干,百折不挠"》;如阳的、金保的《"芳"、"防"、"仿"、"放"》;陈艰的《从"推理小说"的"旺季"说开去》。

《读书》第5期发表武治纯、梁翔踪的《吴浊流及其作品》。

12日,《光明日报》发表肖云儒的《写出新时期老干部的新特点——谈张笑天的三部中篇小说》。

13日,《人民日报》发表黄泽新的《谱写时代乐章 塑造新人形象——评蒋子龙近年来的小说创作》;王慧敏的《新时代主人的形象——读短篇小说〈内当家〉》。

15日,《山东文学》第5期发表周佶的《就当前诗歌问题访艾青》;吕家乡的《诗从何来?诗归何处?——兼与孔孚、苗得雨同志商讨》。

《中国通俗文艺》第2期发表柯蓝的《茅盾同志对通俗文艺的关怀——沉痛的悼念》;丁玲的《鼓浪屿来信》,李英敏的《精神食粮和精神文明》。

《长江文艺》第5期发表杉沐的《艺术的美与精神文明》;陆文夫的《要有点新意》(创作谈);周迪苏的《生活的十足的真实——漫谈刘富道短篇小说的思想和艺术》;刘汉民的《读〈戏〉后漫谈》;罗学一的《怀念诗人李季》。

《长安》第5期以"关于《一个幽灵在中国大地上游荡》的讨论"为总题,发表董大勇的《疑义相与析》,和谷的《〈幽灵〉琐议》,梅炽的《它不过批判了封建主义》;以"关于文学现状及其发展的讨论"为总题,发表王愚的《选择正确的突破口》,薛瑞生的《现实主义走向深化》,李健民的《现实主义要继续深化》,李星的《一个值得注意的文学现象》,费秉勋的《形式与文学创新断想》。

《河北师院学报(哲学社会科学版)》第2期以"关于'朦胧诗'问题的讨论"为总题,发表丁力的《新诗的发展和古怪诗》,吴奔星的《旧诗的演变与新诗的创新》,冯健男的《明朗和朦胧》;傅丽英的《既非崛起也非逆流》;《中文系讨论"朦胧诗"》。

《钟山》第2期发表周而复的《散文小议》;谷新的《从三清殿上的如来佛到我的〈漩涡〉》;颜海平的《仅仅是开始——我写〈秦王李世民〉》;李杭育、李庆西的

《社会责任感:文学作品不可或缺的道德力量——我们写〈白栎树沙沙响〉》;杨匡汉的《辩证地看待诗的民族形式问题》;沈国芳、高虹的《高晓声小说的幽默风格初探》;陈辽的《长篇军事文学的新突破——评〈冀鲁春秋〉》。

《新港》第5期以"沉痛悼念伟大的革命文学家茅盾同志"为总题,发表李霁野的《悼念茅盾同志》,孙犁的《大星陨落——悼念茅盾同志》,姚雪垠的《老将殊勋青石在——浅谈茅盾同志在中国现代文学史上的贡献》;同期,发表万力的《我们的题材无比宽阔——学习胡耀邦同志的〈讲话〉札记》;洁泯的《真实、倾向性及其它》;《严文井冯骥才同志关于创作的通信》。

《解放军报》发表张澄寰的《〈苦恋〉的问题和教训》。

18日,《词刊》第3期发表何镇邦的《光未然歌词艺术浅探》;秋平的《同浇甘露水,词坛春意浓——歌词内刊读后》;一读者的《关于"两代人鸿沟"的质疑》。

20日,《人民日报》发表王惠云、苏庆昌的《时代的音响——评工人作者张学梦的诗》;陈运祐、邓生才的《浓郁的泥土芳香——谈农民作家黄飞卿短篇小说集〈莲塘夜雨〉》;焦勇夫的《走向生活 扩大题材》。

《人民文学》第5期以"沉痛悼念沈雁冰同志"为总题,发表傅钟的《鲜红的党旗覆盖在他身上》,丁玲的《悼念茅盾同志》,欧阳山的《悼念倡导革命现实主义的茅盾同志》,荒煤的《拿起笔来,为了共产主义的理想而战斗》,赵朴初的《沈雁冰同志挽诗》,臧克家的《书到眼前》,唐弢的《侧面》,罗荪的《在最后的日子里》,叶君健的《"我的心向着你们"》;同期,发表缪俊杰的《着力刻画农村社会主义新人的形象》;陈骏涛的《新人形象塑造谈片》。

《文史哲》第3期发表马威的《试论新时期戏剧文学中的人物塑造》。

《西北大学学报》第2期发表薛瑞生的《论典型的个性化道路及其他》。

21日,《光明日报》发表贺敬之的《对当前文艺工作者的几点看法》。

《泉城》第5期发表赵耀堂的《当前文艺创作的一个重要课题》(讨论反封建问题)。

22日,《光明日报》发表杰理的《全国文艺期刊达六百多种》。

23日,《解放军报》发表水工的《坚持四项基本原则与贯彻双百方针》;陈窗的《〈苦恋〉在"求索"什么》;傅汝吉的《儿嫌母丑,恋从何来?——评〈苦恋〉中的凌晨光形象》。

25日,《人民日报》发表钱海、李言的《文学的繁荣和作家的责任——对四年来文学创作发展情况的回顾与探讨》。

《长城》第 2 期发表张韧的《简评一九八〇年中篇小说》；金梅的《〈山水情〉——浩然小说创作上的一个新发展》；周申明的《略谈刘章的诗歌创作》。

《陕西戏剧》第 5 期以"关于戏曲艺术推陈出新的讨论"为总题，发表韩又新的《从看戏说起》、白浪的《戏曲改革门外谈》，苏育生的《秦腔要有艺术美》。

26 日，《人民日报》发表巴金的《文学的激流永远奔腾——在全国优秀中篇小说、报告文学、新诗评选发奖大会上的讲话》。

《光明日报》发表罗荪的《我们需要什么样的批评》；贺熹的《塑造新时期少年儿童的形象》。

28 日，《剧本》第 5 期发表李龙云的《小井胡同》；陈恭敏的《戏剧观念问题》；谭沛生的《社会矛盾与性格冲突》；温广鲤的《读〈小井胡同〉》。

本月，《十月》第 3 期发表罗荪的《"我们需要中篇小说"》；刘锡诚的《从崛起到繁荣——一九八〇年的中篇小说》；顾骧的《革命现实主义的艺术力量——读从维熙的中篇小说》；雷达的《让境界更开阔些——〈燃烧〉和〈马龙来访〉的启示》；从维熙的《创作与生活——致青年习作者》。

《四川文学》第 5 期以"关于小说《花工》的讨论"为总题，发表邓仪中、仲呈祥的《爱情小说与文明道德》，李庆信的《作品倾向与形象真实》。

《辽宁群众文艺》第 5 期发表宫钦科的《从编三十年〈曲艺选〉谈起》。

《江城》第 5 期发表郭峰的《可喜的收获——欣读中篇历史小说〈醉卧长安〉》。

《西湖》第 5 期发表钟本康的《什么母爱值得歌颂——对〈母爱的颂歌〉的异议》。

《芳草》第 5 期发表朱璞的《"生活的本来面目"与文艺的真实》。

《花城》第 2 期发表安铭新的《透过心灵的战场——谈短篇小说〈老头〉》；舒大沅的《无名花——读〈白色的风衣〉》；聂华苓的《中国大陆小说在技巧上的突破——〈剪辑错了的故事〉》；许翼心的《陈映真和他的〈云〉》；易征的《序原甸的〈香港风景线〉》；戴云的《顾往瞻前——"香港文学三十年座谈会"大要》。

《作品》第 5 期发表黄雨的《评现代派诗论中文版》；蔡运桂的《在四个坚持中贯彻"双百"方针》。

《安徽文学》第 5 期发表那沙的《作家的责任及其他——在省小说创作座谈会上的发言》；舒永森的《坚决在政治上同党中央保持一致》；刘智祥的《自己的眼

睛——谈公刘的诗》;吴章胜、林森等的《关于〈吉它的朋友的讨论〉(四则)》。

《星星》第5期发表梁上泉的《处女作的诞生——谈谈诗集〈喧腾的高原〉》;建之的《顾城的〈远和近〉及其他》。

《草原》第5期发表阎纲的《风格·评论·真实》。

《鸭绿江》第5期发表谢俊华的《真实地艺术地反映社会生活——漫议〈鸭绿江〉一九八○年的短篇小说》。

《湘江文艺》第5期发表王福湘的《和党中央保持一致——关于新时期文学的政治倾向》;孙健忠的《文学与乡土》;黄益庸的《姜亚芬夫妇的出国和许灵均的不出国》。

本月,河南人民出版社出版张静的《文学的语言》。

人民文学出版社出版蔡仪的《探讨集》,许广平的《欣慰的纪念》,川岛的《和鲁迅相处的日子》。

百花文艺出版社出版胡洁青编的《老舍写作生涯》。

青海人民出版社出版吴欢章、孙光萱的《抒情诗的艺术》。

湖南人民出版社出版钟敬文的《民间文艺谈薮》。

上海文艺出版社出版天鹰的《中国民间故事初探》。

陕西人民出版社出版闵抗生的《地域边沿的小花——鲁迅散文诗初探》。

天津人民出版社出版北京鲁迅博物馆鲁迅研究室编的《鲁迅研究资料(8)》。

四川人民出版社出版曾庆瑞的《鲁迅评传》。

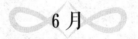

6月

1日,《广西文学》第6期发表樊笑云的《从〈小兵张嘎〉到〈苗苗〉——漫谈写给儿童的作品》。

《山花》第6期发表于意、谢德风的《努力塑造新时期的少年儿童形象》;何士光的《要有一颗赤子之心》;雨煤的《生活,美——创作随想》;何彩孝的《农村新人的赞歌——记雨煤同志作品讨论会》。

《上海文学》第 6 期发表鲁枢元的《文学,美的领域——兼论文学艺术家的"感情积累"》;何新的《关于"典型"创造的断想》;毛时安、洪善鼎的《文艺批评漫谈》;王纪人的《批评要继续与创作一起前进》;华然的《关于培养业余文艺评论家的杂感》。

《青年作家》第 6 期发表仲呈祥的《新星,是怎样冉冉升起的?(续完)——记青年作家叶辛的成长道路》;以"关于小说《一个星期六的晚上》的讨论"为总题,发表小舟的《"她"是典型吗?》,吴信训的《一篇歪曲大学生形象的小说》,王国庆、刘界鲜的《一个值得深思的问题》,章邦鼎的《真实性·倾向性·责任感》,唐晓的《崛起的前夜》,张建华的《复杂·真实·可爱》,刘继安的《应该讲究"美"》。

《津门文学论丛》第 1 期发表张学敏的《真善美的执意追求——关于孙犁小说审美特点的一些思考》;楚大江的《情真意切——读孙犁作品有感》;《近期文艺论争摘抄》。

《雪莲》第 2 期发表安旗的《谈谈诗的特性——在陕西省电影文学讲习会上的讲话》。

3 日,《小说选刊》第 6 期发表行人的《命运的风筝随时代的风云而升沉——读短篇小说〈峨眉〉》;胡德培的《写出新人的精神美和性格美——谈谈〈女御史〉中社霞形象的塑造》;韩少功的《留给"茅草地"的思索》;迟松年的《〈普通老百姓〉创作札记》。

5 日,《飞天》第 6 期发表本刊记者的《坚持四项基本原则 继续解放思想 促进文艺更加发展和繁荣》;本刊编辑部的《悼念文学巨人茅盾》;冯牧的《艺评书简》;舒婷的《和读者朋友说几句话》;《关于〈风雪茫茫〉讨论的来稿综述》;《一九八〇年以来关于部分作品的讨论》。

《山茶》第 2 期以"关于傣族文学与佛教关系的讨论"为总题,发表杨知勇的《傣族文学与佛教的关系初探》,方峰群的《浅谈阿銮故事与佛教的关系》,朱宜初的《宗教"经书"与民间文学的关系》,秦家华的《佛经与傣族文学》。

《边疆文艺》第 6 期发表陈伯吹的《〈松树姑娘〉序》;彭国樑的《一种值得注意的创作倾向——兼评〈将军和士兵〉》。

《延河》第 6 期发表杜鹏程的《知识分子的伟大典型——悼念茅盾大师》;王汶石的《哀悼茅盾导师》。

《雨花》第6期发表金宏达的《谈小说的间接内心语言》。

《春风》第6期发表叶辛的《三个开头和三个结尾》(创作谈)。

《福建文学》第6期发表本刊编辑部的《反映新时代 描写新人物》;魏拔的《成绩可观 还要努力——〈福建文学〉一九八〇年获奖小说读后》;徐荆的《谈文学创新的思想武器》,沈仁康的《散文创作断想》;李元洛的《郭风散文诗的意境美》;以"关于新诗创作问题的讨论"为总题,发表郭启宗的《把最好的精神食粮贡献给人民》;同期,发表傅萍的《写出孩子的特色和情趣——读长篇小说〈在一个夏令营里〉》;山风的《〈福建文学〉一九八〇年短篇小说评选授奖大会在福州举行》。

6日,《解放军报》发表魏巍的《无产阶级文艺毫不褪色的旗帜》(讨论《在延安文艺座谈会上的讲话》);田间的《读〈骆驼草〉——一本战士风格的诗集》。

8日,《汾水》第6期发表郑荣来的《教育"寓于娱乐之中"——读周总理关于文艺问题的论述札记》;李永生的《短篇小说的"开窗"》;郭灵声的《韩石山和他的短篇小说》;白修文的《老生常谈并不老——追忆赵树理同志的一次讲话》。

9日,《光明日报》发表张炯的《一九八〇年长篇小说一瞥》。

10日,《人民日报》发表张光年的《发展百花齐放的新局面——在全国优秀中篇小说、报告文学、新诗评选发奖大会上的开幕词》;张韧的《探求乡土美的诗篇——谈刘绍棠的中篇小说〈蒲柳人家〉》。

《北京文艺》第6期发表杜黎均的《论文学的悲愤性和现实主义——从四篇获奖小说看到的》;孟伟哉的《我们期待着——读〈聚会〉有感》。

《北京文学》第6期发表葆成的《忠诚于人民——革命文学的灵魂》。

《百花园》第3期发表王远的《为四化建设的创业者塑像》。

《奔流》第6期发表本刊记者的《"我们的文学题材无比宽阔"——今年第四次双周文艺评论座谈会纪要》;叶文玲的《痴迷是追求的开始》(创作谈)。

《诗刊》第6期发表洁泯的《读〈新的美学原则在崛起〉后》;宋垒的《追求什么样的心灵美》;李准的《理论探讨要注意概念的科学性和明确性》;刘勇的《让新诗深入到群众中》。

《星火》第6期发表郑光荣的《要在创造典型上下功夫》。

《新疆文学》第6期发表翟旭、刘有华的《为红柳婚礼干一杯——读短篇小说〈红柳婚礼〉》;伏琥的《喜读〈山民〉》;牛常兴的《可爱的新人形象——读〈风从小林子里吹来〉有感》。

15 日,《山东文学》第 6 期发表马畏安的《"家好赖自个儿当了"——评〈内当家〉中的内当家》;孙长熙的《美的心灵探索——读〈卖蟹〉》;赵耀堂、周脉柱的《浅谈王润滋的短篇小说》;孙福学的《为冲破了"左"的束缚叫好——读〈冲击波〉》;余中伟、张济和的《心灵在逆境中闪光——赞〈道士的儿子〉》;丁振家的《此身愿化杜宇鸟　报春沥血死方休——访峻青》。

《中国通俗文艺》第 1 期发表任健的《〈大众读物社〉与〈大众习作〉》。

《长江文艺》第 6 期发表本刊评论员的《坚持三中全会路线,坚持四项基本原则》;杉沐的《为着人民大众》。

《长安》第 6 期以"关于《一个幽灵在中国大地上游荡》的讨论"为总题,发表段国超的《诗人,你的这些思想至少是胡涂的》、杨小一的《一首有严重缺点的诗》,刘斌的《站在事实的面前》;同期,发表沙鸥的《凝固的泪珠——读牛汉的诗〈悼念一棵枫树〉》;薛迪之的《热烈的爱,冷静地写——读〈苦瓜花〉》。

《云南群众文艺》第 3 期发表《社会主义新人的赞歌——看省农民业余文艺调演的几处小戏有感》;郑福源的《评书浅谈》。

《北方文学》第 6 期发表丰田的《四项基本原则不能突破》。

《新港》第 6 期发表雷达的《短篇创作深化的若干特点——谈一九八〇年部分获奖小说》;孙犁的《读作品记(五)》;李基凯的《根深才能花叶茂》(讨论"深入生活"问题);夏峰的《略谈文学创作与语言美》;高维晞的《可贵的献身精神——评〈山林深处〉》。

《攀枝花》第 3 期发表陈朝红的《"在悲壮的泪眼中见出崇高的美"——评〈勿忘草〉的思想艺术特色》。

16 日,《光明日报》发表曾镇南的《感应着时代的节奏——评陈祖芬的报告文学》。

17 日,《人民日报》发表洁泯的《在时代的声浪面前——评 1977—1980 年的若干报告文学》;刘湛秋的《诗歌中现实主义的新开拓——简评 1979—1980 年获奖的新诗》。

20 日,《人民文学》第 6 期发表张光年的《发展百花齐放的新局面》;巴金的《文学的激流永远奔腾》;《全国优秀中篇小说、报告文学、新诗评选获奖篇目》。

《当代》第 3 期发表严文井的《给孔捷生的信》(附孔捷生给严文井的两封

信》;雷达的《一卷当代农村的社会风俗画——略论〈芙蓉镇〉》;绿原的《〈白色花〉序》。

21日,《泉城》第6期发表李先锋的《选取角度的艺术——短篇名作欣赏》;高凤胜的《生活是文艺创作的基础》。

24日,《人民日报》发表周扬的《按照人民的意志和艺术科学的标准来评奖作品——在全国优秀中篇小说、报告文学、新诗评选大会上的讲话》。

25日,《文艺研究》第3期发表周扬的《进一步革新和发展戏曲艺术》;陆梅林的《马克思主义与人道主义》;马畏安的《发展马克思主义的文艺批评》;蒋子龙的《跟上生活前进的脚步——创作笔记》;滕云的《工人创作的新声 工业文学的新页——谈蒋子龙的创作》;金梅的《试论蒋子龙的小说艺术》。

《光明日报》发表许涤新的《社会主义改造的生动画卷——评周而复的长篇小说〈上海的早晨〉》。

《陕西戏剧》第6期以"关于戏曲艺术推陈出新的讨论"为总题,发表王烈的《戏曲反映现实生活二三事》、白江波的《谈秦腔艺术的继承和发展》、张林的《应当省略不必要的表演程式》。

《民族文学》第3期发表费孝通的《在诗人的社会里》,崔道怡的《映日荷花别样红——全国获奖短篇小说中的少数民族作品》。

28日,《剧本》第6期发表马少波的《谈历史剧创作》;黄祖培的《儿童剧琐议四题》;刘宾雁的《闪闪发光的〈金子〉》。

30日,《工人文艺》第4期发表吴长奇、吕发成的《两代人的追求——评电影文学剧本〈飞天〉》。

本月,《工人创作》第6期发表张德明的《报告文学的主要特征——报告文学创作漫谈之一》。

《广州文艺》第6期发表蔡运桂的《对比烘托 形真情深——读〈火红的枫叶〉》;叶辛的《从失败中迈出步子去》。

《文艺生活》第6期发表铁可的《不能因噎废食——漫谈加强改善党对文艺的领导》。

《文艺理论研究》第2期发表罗竹风的《当前文艺界的战斗任务》;以"文艺理论教学问题讨论"为总题,发表李敬敏的《文艺理论教学改革刍议》,何洛的《我对改进文艺理论教学的管见》,阮国华的《改革文艺理论教学必须加强教师队伍的建设》,吴德铭的《改进文艺理论教学的关键在于密切联系实际》,《一些大学生、研究生对改进文艺理论教学的建议(摘编)》。

《天津日报·文艺增刊》第 2 期以"从工人到作家"为总题,发表滕鸿涛的《回首沧桑三十年》,董乃相的《我是怎样开始写作的》,阿凤的《散文习作二题》。

《长春》第 6 期发表高蹈的《作家的责任感和使命感——读获奖小说随感》。

《四川文学》第 6 期以"关于小说《花工》的讨论"为总题,发表蒋守谦的《生活真实、道德规范和爱情描写》,慕月的《应当注意倾向性》,肖晓的《美、道德及其他》。

《宁夏大学学报(社会科学版)》第 2 期发表刘维俊、曹作芬《也评〈李白与杜甫〉》。

《西湖》第 6 期发表蒋风的《这份礼物比什么都珍贵——诗人袁鹰谈儿童诗》;高映的《正确理解文艺作品的社会效果》。

《沈阳师范学院学报(哲学社会科学版)》第 2 期发表康平的《伟大的时代 光辉的形象——略论雷加的〈潜力〉三部曲》;周刚的《对生活的深刻思索——读王蒙近作札记》;高志茹的《从〈红豆〉到〈弦上的梦〉——女作家宗璞及其小说创作》。

《花城》第 3 期发表余振纲、黄荣新的《第一个吃"螃蟹"的人——读短篇小说〈选举〉》。

《作品》第 6 期发表李天平的《也谈周炳》。

《安徽文学》第 6 期发表胡永年的《丰收的年景——1980 年安徽省短篇小说泛评》;张颐武等的《关于〈吉它的朋友〉的讨论》。

《星星》第 6 期发表罗良德的《新农村的赞歌——读两组写农村生活的诗》。

《草原》第 6 期发表周廷芳的《努力塑造社会主义新人——评短篇小说〈竞争者〉》。

《青海湖》第 6 期发表石治宝的《评长篇小说〈罪孽〉》,陈平的《一个不真实的形象》;温尔平的《读〈罪孽〉》。

《唐山文艺》第 3 期发表肖军的《我与文学》。

《淮阴师专学报》第 2 期发表陆钦南、杜正堂的《略论当前文学创作的题材、人物等问题》。

《清明》第 2 期发表王宗法的《十年浩劫的一面镜子——评〈破壁记〉的思想艺术成就》。

《鸭绿江》第 6 期发表黄毓璜的《心的歌——读高晓声的〈79 小说集〉》;刘绍

棠的《我与中篇小说》；刘效炎的《文艺批评与"双百"方针》。

《湘江文艺》第6期发表黄起衰的《努力表现新的人物，新的世界——读谢璞小说的一些感受》；张盛良的《坚持文学性和历史真实性的统一——试谈传记文学创作的倾向性》。

《新剧作》第3期发表本刊编辑部的《为八亿农民写戏》；石凌鹤的《在党的领导下发展人民戏剧》；章力挥的《重温〈讲话〉有感》。

《新疆大学学报（社会科学版）》第2期发表郭澄的《一九五八年新民歌运动再评价》。

《齐齐哈尔师范学院学报（社会科学版）》第3期发表陈漱渝的《台湾省、香港地区中国现代文学作品集研究著作要目（连载）》。

本月，人民文学出版社出版蔡仪主编的《文学概论》。

云南人民出版社出版《新时期文学探索（中国当代文学研究会第二次学术讨论会文选）》。

山东人民出版社出版李衍柱等编的《文学理论基础知识》。

湖南人民出版社出版艾芜的《文学手册》，朱正的《鲁迅手稿管窥》。

北京出版社出版中国现代文学研究会及本社编的《中国现代文学研究丛刊（1981年第二辑）》。

上海文艺出版社出版《茅盾文艺杂论集》。

人民文学出版社出版冯雪峰的《冯雪峰论文集》。

四川人民出版社出版张恨水的《我的写作生涯》。

福建人民出版社出版《中国当代文学研究资料》编辑委员会编的《秦牧专集》，复旦大学中文系《赵树理研究资料》编辑组编的《赵树理专集》。

中国民间文艺出版社出版中国民间文艺研究会研究部编的《民间文学论丛》。

浙江人民出版社出版卫建林的《〈呐喊〉〈彷徨〉和它们的时代》。

北京师范大学出版社出版北京师范大学中文系编的《文学论文集及鲁迅珍藏有关北师大史料》。

中国社会科学出版社出版鲁迅研究学会《鲁迅研究》编辑部编的《鲁迅研究》，王士菁的《鲁迅创作道路初探》。

7月

1日，《人民日报》发表《关于建国以来党的若干历史问题的决议》。

《广西文学》第7期发表本刊评论员的《文艺繁荣的保证——纪念中国共产党成立六十周年》；邓生才、陈运祐的《浓郁的泥土芳香——读〈莲塘夜雨〉有感》；肇涛的《评〈莲塘夜雨〉——兼谈短篇小说的深度》；黄飞卿的《生活，还是生活——创作的感受》。

《广州文艺》第7期发表蔡运桂的《对比烘托　形真情深——读〈火红的枫叶〉》；叶辛的《从失败中迈出步子去》。

《上海文学》第7期发表本刊编辑部的《党领导着文学事业不断前进》；程德培的《"雯雯"的情绪天地——读王安忆的短篇近作》；冯英子的《读上海青年作家小说专辑》；刘湛秋的《勇于追求自己的风格——寄语〈百家诗会〉》。

《太原文艺》第4期发表马烽的《文艺创作的基本问题》；展弓的《尝新与期待》（讨论柯云路的小说《三千万》）；池茂花、温幸的《春雨应时来——记作家西戎培养青年作者》。

《四川大学学报（哲学社会科学版）》第3期发表吴蓉章的《学习何其芳关于民间文学的论述》。

《青年作家》第7期发表马友仁、蔡晓华、林樱等的《关于小说〈一个星期六的晚上〉的讨论》（18篇）。

2日，《滇池》第7期发表冯牧的《序〈在深山密林中〉》。

3日，《小说选刊》第7期发表杨世伟的《精细的观察　巧妙的构思——读〈卖驴〉》；张石山的《为"小人物"立传——回顾〈镢柄韩宝山〉的写作》。

5日，《飞天》第7期发表本刊记者的《自觉肩起建设精神文明的历史重任》；赵燕翼的《我怎样写文学笔记》；高天白的《走向春光明媚的大地——评〈爱在心灵深处〉》；杰理整理的《关于几个短篇小说的争论》（包括张抗抗的《夏》，郭绍珍的《三乘客》，孙步康的《感情危机》，雨煤的《啊，人……》）。

《山花》第7期发表何大堪的《塑造新人随想》；李发模的《诗与诗人的职责》；季泉的《爱情描写中的几个问题》。

《辽宁大学学报(哲学社会科学版)》第 4 期发表方浴晓的《赵树理创作的现实主义特征》。

《边疆文艺》第 7 期发表黄天明的《开掘人物的心灵美——谈〈微笑〉中的若干人物塑造》；范林清的《充满革命激情的赞歌——略谈杨苏短篇小说的感情色彩》；晓万的《这是什么样的文艺批评？》(讨论 1981 年《电影文学》1 月号陈立德的《关键在于有生活》)，维良的《事实胜于雄辩》(讨论 1981 年《电影文学》4 月号赵固良、张洪星、郭大愚的《不要做时髦作家》)。

《春风》第 7 期发表王我的《漫谈文学的真实性问题》。

《福建文学》第 7 期发表丁玲的《文学创作的准备》；朱先树的《开展实事求是的争鸣》；周书文的《尽到"扳道夫"的责任》；杨知秋的《"删削些黑暗,装点些欢容"》；沈宏菲的《思想·感情·气魄——评蒋夷牧的部分诗作》；山风的《我省召开青年文学作者座谈会》。

6 日，《电影创作》第 7 期发表胡海珠的《赞对新社会怀着痴情的王老大——读电影文学剧本〈笨人王老大〉有感》；胡惠玲的《电影美学在文学剧本中的体现》。

7 日，《文艺报》第 13 期发表何西来的《为千千万万劳动人民服务的文学》；张劲夫的《为繁荣社会主义新时期的文艺而努力》。

《光明日报》发表金宏达的《关于主题——兼与高晓声同志商榷》。

《唐山文艺》第 4 期发表邹荻帆的《邹荻帆致张学梦的信》；张学梦的《张学梦致邹荻帆的信》；张学梦的《现代化和我们自己》；白冬的《从生活出发,坚持正确的创作道路》(讨论小说《日全蚀》、《竞折腰》、《醉入花丛》)。

8 日，《人民日报》发表杨志杰的《塑造社会主义新人问题浅议》；刘建军、蒙万夫的《作家要自觉地深入到生活中去》；周良沛的《诗就是诗——读艾青〈归来的歌〉有感》。

《汾水》第 7 期发表郑笃的《革命文艺的伟大组织者——为党的六十诞辰而作》；方浴晓的《关于"山药蛋"派的通信》。

10 日，《北京文艺》第 7 期发表本刊评论员的《坚持"双百"方针　推动文艺创作的不断繁荣——向北京市第四次文代会致意》；曹禺的《北京市文学艺术工作者第四次代表大会开幕词》；林乎加的《在北京市文学艺术工作者第四次代表大会开幕式上的讲话(摘要)》；《中国文联及各协会致北京市第四次文代会的贺信》；《北京市文学艺术工作者第四次代表大会决议》；《北京市文联正副主席暨各协会正副主席名单》;王蒙的《〈北京文艺〉短篇小说选(1979)序言》;何新的《他们象征着未来——试析王蒙短篇新作〈风筝飘带〉》。

《北京文学》第7期发表成志伟的《努力塑造社会主义新人》;曾镇南的《诚挚的礼赞——读陈祖芬的报告文学》。

《诗刊》第7期发表张光年的《发展百花齐放的新局面——在全国优秀中篇小说、报告文学、新诗评选发奖大会上的开幕词》;艾青的《祝贺》(在1979—1980年中青年诗人优秀新诗评选发奖大会上的祝辞);《全国中青年诗人优秀新诗获奖作品篇目并作者简介》;白航的《东风吹开花千树——1979—1980新诗评选漫记》;本社评奖办公室的《众手浇灌新诗花》;先树的《在获得了荣誉的时候——新诗评选发奖大会侧记》;朱晶的《"自我"与人性》(讨论孙绍振《新的美学原则在崛起》)。

《奔流》第7期发表刘锡诚的《一九八〇年全国得奖短篇小说漫评》;理由的《金芍药》(创作谈)。

《星火》第7期发表蒋天佐的《诗歌创作杂谈》。

《新疆文学》第7期发表王仲明的《文学作品要给人民以前进的力量》;姚泰和的《谈文学这面镜子》;丁子人的《彩绘丹心照汗青——重读〈红岩〉有感》;苇青的《"推理小说"也是文学——与陈艰同志商榷》。

《读书》第7期发表晓立的《白先勇短篇小说的认识价值》。

《文汇月刊》第7期发表张葆莘的《陈映真的世界》。

15日,《人民日报》发表唐挚的《在绿色河流上的断想——中篇小说〈在没有航标的河流上〉漫评》;杜埃的《对"深入生活"问题的再认识》。

《山东文学》第7期发表柏明的《谈党的领导与创作自由》;王润滋的《要有自己的艺术追求——〈卖蟹〉创作断想》;刘光裕的《文学与宣传——兼谈高晓声的小说〈水东流〉》;殷勤的《注意防止新的公式化——读稿有感》;有令峻的《一个血肉丰满的英魂——关于〈英魂颂〉的通信》。

《北方文学》第7期发表蒋守谦的《文学的真实性和作家的忠诚》。

《长江文艺》第7期发表苏群的《谈几篇小说中的共产党员的形象》。

《长安》第7期发表顾言的《开展健全的文艺评论》;高洪波的《思索与诗情——谈雷抒雁的诗》;雷抒雁的《追求,我的诗》。

《文学评论》第4期发表陆方的《学习、坚持和发展马克思主义的文艺理论——纪念党的六十周年诞辰》;彭立勋的《论文艺的真实性与倾向性》;蔡葵、西来的《扎根在现实生活的泥土里——谈近年来中篇小说的人物塑造》；陆贵山的《塑造新人形象和反映社会矛盾》；郭志刚的《在两代沉思的作家们之间》；胡光凡的《革命现实主义的烂漫山花——周立波农村题材短篇小说的艺术风格》；高国藩的《〈大风歌〉的历史唯物观点及其主题思想的探讨》。

《新港》第 7 期发表万力的《努力发展党的文艺事业——纪念建党六十周年》；敏泽的《关于社会主义新人形象的塑造》；曹禺的《给苏予同志的一封信》；孙犁的《读作品记（六）》；以"《母国政短篇小说选》的代序和后记"为总题，发表林斤澜的《代序：在女神和魁星前面》，母国政的《后记》；同期，发表仇润喜、刘琦的《他有一颗闪光的党员之心——〈开拓者〉中车篷宽形象试析》；胡德培的《对照艺术的运用——冯骥才创作谈》。

《作品与争鸣》第 3 期发表恩真的《浅谈海外武侠小说》。

18 日，《人民日报》发表魏传统的《前事不忘　后事之师——话剧〈北上〉观后》；黎之彦、苏伟光的《表现人物的心灵美——话剧〈重任〉观后》。

20 日，《人民文学》第 7 期发表邓颖超的《创作更多好作品献给人民——在全国优秀中篇小说、报告文学、新诗获奖作者茶话会上的讲话》。

《学术研究》第 4 期发表潘翠菁的《疾首贬时弊、挥泪书民情——评台湾省作家杨青矗》。

《文汇月刊》第 7 期发表张葆莘的《陈映真的世界》。

21 日，《光明日报》发表叶鹏的《美的探索——读〈心香〉和〈井旁的柚子树〉有感》。

22 日，《人民日报》发表王一诚的《从五百九十八枚金牌想到电影艺术的质量问题》；丁尔纲的《时代感·诗情·民族色彩——评玛拉沁夫的短篇新作》；金钟鸣的《真理探求者的生动剪影——短篇小说集〈盗火者的足迹〉读后》。

《文艺报》第 14 期发表张天翼的《谈谈刘厚明的创作——〈刘厚明小说剧本选〉序》；曾镇南的《陈建功和他的短篇小说》；王春元的《关于马克思主义的"新人"说》；苗得雨的《重要的是认识文艺工作的特点》。

23 日，《福建日报》发表张默芸的《台湾乡土文学评介》。

24 日，《厦门日报》发表夏钟的《台湾新文学的"奶母"——赖和》。

25 日，《人民日报》发表冯牧的《文艺工作者要增强责任感和使命感》。

28 日，《光明日报》发表范咏戈的《反映对越自卫还击作战文学的回顾》；钟晓阳的《给历史人物注入新的生命》。

《齐鲁学刊》第 4 期发表徐文斗、孔范今的《论梁三老汉》。

本月,《十月》第 4 期发表张洁的《沉重的翅膀》(连载);王春元的《老干部的新形象》;荒煤的《心灵的探索 时代的颂歌——〈理由小说报告文学选〉读后感》;理由的《美的憧憬》。

《电影艺术》第 7 期发表汪芷的《建设高度精神文明 培养社会主义新人》;林杉、李准等的《农村题材电影创作座谈》。

《工人创作》第 7 期发表孙光萱、尹在勤的《诗人贺敬之四十年创作道路纵论》;张德明的《报告文学的题材选择——报告文学创作漫谈之二》。

《广西民间文学丛刊》第 3 期发表农学冠的《壮族歌圩的源流》;覃建真的《也谈壮族民歌种种》;覃桂清的《广西童谣初探》;覃昌平的《略谈靖西山歌》;韦殿英的《瑶族九九歌初探》;韩家照的《色彩斑斓的北海民歌》;胡仲实的《青取于蓝而胜于蓝——评壮族长歌〈马骨胡之歌〉》;马振桓的《人民愿望的独特再现——壮族长歌〈唱秀英〉欣赏一得》;谭达先的《民间文学的珍奇——评〈广西情歌〉》;方士杰的《从荆钗到柚刺钗——长诗〈十朋和玉莲〉后记》;谭达先的《民间文学指导人民生活的直接作用——学习随笔》;杨通山、过伟的《侗族民间故事简论》;过伟的《两种出发点和两道杠杠——学习搜集、翻译、整理民间文学作品的二、三想法》;苏长仙的《试谈革命故事的搜集、整理及编写》;郑光松的《浅谈搜集整理》;黄本升的《民间文学搜集、翻译、整理工作笔谈》。

《四川文学》第 7 期发表川涛的《作家的热情、思考和追求》;彭长卿的《提倡写革命传记文学》。

《西湖》第 7 期发表吴纪椿的《生活给了他一支笔——访作家王西彦》;钟本康的《回到主人的地位——评〈第一次选举〉》;洪治的《天涯芳草——读〈邂逅〉》。

《延河》第 7 期发表刘建军的《倾向性寓于真实性之中——兼谈几部中篇小说》。

《作品》第 7 期发表杜埃的《党与文艺——中国共产党诞生六十周年断想》。

《安徽文学》第 7 期发表鲁彦周的《我的几点思考——在省小说创作座谈会上的发言》;拙木的《新论,还是老调——评亦木的一篇文章》(讨论 1981 年 4 月 23 日《解放日报》亦木的《抽象肯定与具体否定——评王若望同志关于党领导文艺的一些言论》);吴国琳、王新民的《也谈〈"御用……"之类〉》(讨论 1981 年 4 月

1日《人民日报》刘金的《"御用……"之类》)。

《百花洲》第3期发表施蛰存的《重印〈边城〉题记》。

《青海湖》第7期发表本刊记者的《团结起来,为繁荣青海的社会主义文艺事业而共同奋斗——青海省文学艺术工作者第二次代表大会胜利召开》;李兴旺的《努力反映时代精神　繁荣我省文艺事业——在青海省文学艺术工作者第二次代表大会上的讲话》;《青海省文联第二届委员会正副主席及委员名单》;秦雯的《坚持党的路线　繁荣文艺创作》;丽璋、耀才的《揭示人物的灵魂美——评〈伐木人〉〈路漫漫〉〈亲爱的小姨子〉》。

《泉城》第7期发表宋垒的《诗歌评论要进行真理标准的补课》;于占德的《忠诚于社会主义现实生活》。

《草原》第7期发表敖腾的《思考的文学与文学的思考——读汪浙成、温小钰近期小说创作》;奎曾的《民族特点与地区特点再探讨》。

《鸭绿江》第7期发表殷晋培的《"新人"问题断想》;刘效炎的《社会主义新人是各种各样的》;刘茵、理由的《话说"非小说"——关于报告文学的通讯》。

《湘江文艺》第7期发表王驰的《悼念伟大的革命文学家茅盾同志——兼谈学习茅盾同志的创作道路》;月明《表现时代　讴歌新人》;谢璞的《为人民幸福耕耘》;李定坤的《沁透人情美的芬芳——读小说〈月亮升在葡萄架上〉》;《一首美妙的田园牧歌——浅谈〈相知〉的语言特色》。

《新文学论丛》第1期发表钱光培的《论文艺是怎样影响社会的》;郑朝宗、许怀中、林兴宅的《论艺术分析在文艺批评中的地位》;孙绍振的《新诗的民族传统和外国影响问题》;白崇义的《不做无根的纸花——读冯雪峰的文艺论著札记:关于文艺与政治的关系》;钱谷融的《关于〈论"文学是人学"——三点说明〉》;龙世辉的《重评〈代价〉》;王鸿谟的《〈一个女囚的自述〉和它的作者》;冯健男的《延安精神——柳青剪影之五》。

《新疆民族文学》创刊,第1期发表张越的《新疆少数民族文学漫步》。

《当代文学研究参考资料》第7期发表封祖盛的《台湾乡土文学的来龙去脉(二)》。

《中国百科年鉴(1981年)》发表武治纯的《台湾乡土文学的奠基人——钟理和》。

本月,吉林人民出版社出版吉林大学中文系文艺理论教研室编著的《文学概论》。

江苏人民出版社出版《中国当代文学研究资料》编辑委员会编的《巴金专集

(1)》。

宁夏人民出版社出版刘滋培编写的《周恩来诗讲析》,《爱国主义的赞歌》(丁玲等评《灵与肉》)。

广东人民出版社出版黄海章的《中国文学批评简史》。

天津人民出版社出版张恩和集解的《鲁迅旧体诗集解》,薛绥之编的《鲁迅生平史料汇编》。

湖南人民出版社出版鲁迅博物馆鲁迅研究室编的《鲁迅诞辰百年纪念集》。

中国社会科学出版社出版鲁迅研究学会《鲁迅研究》编辑部编的《鲁迅研究(4)》。

上海人民出版社出版齐一的《鲁迅思想探索》。

上海文艺出版社出版平心的《人民文豪鲁迅》。

陕西人民出版社出版戈宝权的《鲁迅在世界文学上的地位》。

人民文学出版社出版冯雪峰的《回忆鲁迅》。

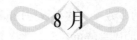

8月

1日,《广西文学》第8期以"关于文学的民族特色和地方特点的讨论"为总题,发表程万里的《关于文学的民族特色的随想》,梁超然的《琐谈文学作品的民族特色问题》,本刊记者的《关于文艺的民族特色——座谈会报导》。

《上海文学》第8期发表徐俊西的《一种必须破除的公式——再谈典型环境和典型人物》;谢冕的《孔雀已经归来——论白桦的诗》。

《布谷鸟》第8期发表王佳的《智慧与生命的树——访作家徐迟》。

《陇苗》第8期发表《〈牧马人〉诞生在甘肃——访李准、谢晋》。

《青年作家》第8期发表艾芜的《怎样创造典型人物》;以"关于小说《一个星期六的晚上》的讨论"为总题,发表陈朝红的《准确反映当代青年的精神面貌》,曹天成的《"她"是一个什么人呢?》,钟文的《从真实到真理》,许谈的《也谈〈一个星期六的晚上〉》。

2日,《滇池》第8期发表李乔、王松、晓雪、洛汀、张长、张昆华、李钧龙、王伟、杨明渊的《评一篇奇文》;公浦的《要尊重事实》(讨论1981年第4期《电影文学》赵固梁、张洪星、郭大愚的《不要做时髦作家》)。

3日,《小说选刊》第8期发表黄益庸的《崭新的角度　深刻的启示——读马烽的〈典型事例〉》;王润滋的《写民族之魂——〈内当家〉创作断想》。

5日,《人民日报》发表刘谈夫的《向群众学习　为人民写作——有感于〈赵树理文集〉的出版》;霍清安的《给人以力量的歌——读李瑛近几年的诗作》。

《飞天》第8期发表陈国凯的《深入生活片段》;萧殷的《给赵启强同志的信》;李功国的《坚定社会主义文学创新的正确方向》;李伦整理的《一九八〇年关于艺术典型问题的探讨》。

《山花》第8期发表本刊记者的《认真学好〈决议〉　繁荣文艺创作》;阳发的《少数民族新人的生动形象》。

《边疆文艺》第8期发表洁泯的《新时代的风习——一九八〇年短篇小说评述》;范道桂的《民族文学的报春花——谈〈边疆文艺〉民族作者的作品》。

《雨花》第8期发表王同书的《新政策光芒中的人情美、人性美——读〈喜悦〉》;朱子南、秦兆基的《在平凡的现象中发现美——评许德咏散文诗近作》。

《福建文学》第8期发表庄钟庆的《学贯中外,别成一体》;沈文元、丘峰的《努力塑造多样化的新人形象》;以"关于新诗创作问题的讨论"为总题,发表陈瑞统的《告别迷雾,走向人民》,吴思敬的《新诗讨论与诗歌的批评标准》,温祖荫的《漫话名作家的创作》;同期,发表夏文生的《我省召开文艺评论座谈会》。

6日,《电影创作》第8期发表本刊记者的《北影新片〈许茂和他的女儿们〉座谈侧记》。

7日,《文艺报》第15期发表白烨的《对于文艺批评中某些现象的看法》;赵萌的《由〈庐山恋〉获奖想到的》;尤异的《谈谈科学幻想小说》;彭钟岷、彭辛岷的《中国科学幻想小说的崛起》;陈美兰的《悲剧力量从何而来(评周克芹塑造的许四姐形象)》。

10日,《北京文艺》第8期发表《团结起来,建设繁荣的社会主义文艺　赵鼎新同志在北京市文学艺术工作者第四次代表大会上作报告》;康濯的《从维熙中篇小说集序》;李贵仁的《她捧出的是两颗纯洁的心——谈怎样理解〈爱,是不能忘记的〉》。

《北京文学》第 8 期发表陆建华的《动人的风俗画——漫评汪曾祺的三篇小说》；杉沐的《"写真实"与自然主义》。

《百花园》第 4 期发表沈力行的《浅谈诗的"朦胧"》。

《诗刊》第 8 期发表谢冕的《时代召唤着新的声音》；李元洛的《呼唤新诗的黄金时代》；张万舒、流沙河、张学梦、骆耕野、林子、李发模、熊召政、傅天琳的《感想与希望——部分获奖作者笔谈》；傅子玖、黄后楼的《认清方向，前进!》；陈志铭的《为"自'我'表现"辩护》；《〈文汇报〉发表艾青谈"朦胧诗"的文章并就此展开讨论》。

《星火》第 8 期发表彭广丽的《生活·创作·工业题材——访女作家草明》；宋爽的《起步矫健 丰收有望——略谈〈星火〉一九八〇年农村题材的短篇小说》。

《新疆文学》第 8 期发表浩明的《赤子心曲 诗苑新葩——评杨牧的政治抒情诗〈我是青年〉》；翟旭、刘有华的《吹奏一支绿色的曲调——读〈新疆文学〉的〈边塞新诗〉》；吴寿鹏的《团结的花儿最美丽——评儿童剧〈友谊的百灵鸟〉》；以"对小说《春风吹又生》的反应"为总题，发表杨强敏的《热情的歌》，陆建华的《夸大了人性的作用》。

12 日，《人民日报》发表晓江的《好人与新人——也谈社会主义新人形象问题》。

15 日，《山东文学》第 8 期发表刘锡诚的《再唱一曲赞歌——谈尤凤伟的短篇小说》；于广礼、王震东的《在探索的道路上——读尤凤伟短篇小说集〈月亮知道我的心〉》；陈宝云的《看〈喜盈门〉碎想》。

《中国通俗文艺》第 5 期发表朱自清的《论通俗化》。

《中央民族学院学报》第 3 期发表李德君的《谈包括少数民族文学的〈中国文学史〉的建设问题》。

《长安》第 8 期发表陈深的《一个青年探索者的印辙——王晓新小说创作浅谈》；康伊的《文学，要有鲜明的民族特色》。

《钟山》第 3 期发表颜海平、陈辽等的《历史剧的创新——座谈〈秦王李世民〉》。

《北方文学》第 8 期发表温起丰、于俊赋的《镂刻人的灵魂美——略谈张林的短篇小说》。

《新港》第 8 期发表鲍昌的《关于〈庚子风云〉二三语》；王蒙的《给吴若增同志的信》；张韧的《"写人生"、"写社会问题"及其它——读冯骥才同志两封书信所想到的》；王向峰的《真实性与典型性》；贾平凹的《语言——人道与文道杂说之五》；杨志杰的《新人与凡人——关于小说〈师兄弟之间〉的对话》。

19日,《人民日报》发表唐先田的《希望就在眼前——读短篇小说〈黑娃照相〉》。

《光明日报》发表雷达的《新的角度　新的开拓——谈孟伟哉的两部中篇近作》。

20日,《人民文学》第8期发表阎纲的《写"新"乱弹》;马畏安的《"家好赖自个儿当了"——评〈内当家〉中的内当家》。

《当代》第4期发表丁玲的《文学创作的准备》;秦兆阳的《漫谈"格调"(答蒋子龙同志)》;楼肇明的《搏动着赤子之心的诗篇——读巴金〈随想录〉一、二集》;洁泯的《表现新时期和新人物——评〈当代〉的报告文学》;张同吾的《乡土风俗画　田原抒情诗——读刘绍棠的〈瓜棚柳巷〉》;章仲锷的《新一代心灵的探索——读〈年轻的朋友们〉》。

《社会科学》第4期发表吴亮的《从乔光朴到傅连山》。

21日,《光明日报》发表光群的《关于组织创作的建议》。

25日,《文艺研究》第4期发表林默涵的《文艺的作用》;汪白的《开展文艺评论　注意批评方法》;钟惦棐的《中国电影艺术必须解决的一个新课题:电影美学》;郑雪来的《对现代电影美学思潮的几点看法》;刘厚明的《导思·染情·益智·填趣——试谈儿童文学的功能》。

《长城》第3期发表张同吾的《生活剪影和田园牧歌——刘绍棠短篇小说漫评》;冯健男的《读长篇小说〈决战之前〉》。

《民族文学》第4期发表王蒙的《热爱与了解——我和少数民族》;李鸿然的《清末社会矛盾和民族关系的艺术画卷——读老舍的〈正红旗下〉》。

《武汉师院学报》第3期发表范际燕的《电影〈武训传〉批判的意义和经验》。

28日,《厦门日报》发表夏钟的《台湾新文学的"摇篮"——〈台湾民报〉》。

30日,《文学研究动态》第16期发表高鹏的《日本对台湾现代诗的评论》。

本月,《工人创作》第8期发表张德明的《报告文学的结构剪裁——报告文学创作漫谈之三》。

《长春》第8期发表何火任、王子红的《有这样一位园丁——访文学评论家阎纲》;阳古春的《文学期刊与时代》。

《四川文学》第6期以"关于小说《花工》的讨论"为总题,发表潘仁山的《一个被扭曲的灵魂》,吴若萍的《真实的和不真实的》,梅地的《〈花工〉的出格和出格的

〈花工〉评论》。

《东方》第 8 期发表杜萌的《新的追求　新的突破——读叶文玲 1980 年的短篇小说》。

《辽宁大学学报（哲学社会科学版）》第 4 期发表方浴晓的《赵树理创作的现实主义特征》。

《电影艺术》第 8 期发表任殷的《现实主义精神的恢复和探索——近四年电影文学之管见》；何志云的《心灵的歌　朴实的美——评〈迟到的春天〉》。

《汾水》第 8 期发表郭振有的《蒋韵和她的小说》。

《芳草》第 8 期发表曾卓的《更高地飞吧——读〈美人儿〉》；金宏达的《文学的多样化、创新和读者群》。

《安徽文学》第 8 期发表梁长森的《走向突破的路——评〈鲁彦周小说散文选集〉》。

《草原》第 8 期发表白海珍的《"愚"字之中见性格——读短篇小说〈哀愚〉》；丁尔纲的《论文艺的民族特点与地区特点的关系》。

《鹿鸣》第 8 期发表阎纲的《小说在争鸣中前进》；景昱的《努力探索一代新人的精神世界》；珂敏的《文艺应该有批评》。

《鸭绿江》第 8 期发表吴山的《仲夏情语——从白桦的诗获奖想到的》。

《湘江文艺》第 8 期发表李启贤的《生活强者的诗篇——试谈〈在没有航标的河流上〉与〈甜甜的刺莓〉主人公的艺术形象》；王正湘的《真实者的风骨——读李岸短篇小说集〈第二次爱情〉》；陈雷、沈默的《漫谈散文诗》，周应节的《诗的胜利——读未央的诗〈假如我重活一次〉》；丛杨、国成、于胜的《中国作家笔名探源——周立波》；李开富的《剧团要到农村去》；罗守让的《喜读〈我们正年轻〉》。

《新地》第 4 期发表张凤洪的《做美的探求者——读员淑华的几篇小说》。

本月，内蒙古人民出版社出版孙耀煜的《文学基本知识》。

花城出版社出版《作家谈创作》编辑组编的《作家谈创作》。

中国人民大学出版社出版中国人民大学中国语言文学系《文学论集》编辑组编的《文学论集（第五辑）》。

天津人民出版社出版张大明的《踏青归来——读现代文学创作笔记》。

浙江人民出版社出版丁景唐、陈长歌编著的《诗人殷夫的生平及其作品》。

河北人民出版社出版陈丹晨的《巴金评传》。

上海文艺出版社出版阎纲的《〈创业史〉与小说艺术》,刘建军的《论柳青的艺术观》,陈鸣树的《鲁迅小说论稿》,上海鲁迅纪念馆编的《鲁迅著译系年目录》。

山西人民出版社出版韩玉峰等的《赵树理的生平与创作》。

江苏人民出版社出版淮阴师范专科学校中文系等编的《鲁迅杂文选讲》,吴奔星的《鲁迅旧体诗新探》。

新疆人民出版社出版陆维天编写的《中学鲁迅作品详析》。

中国社会科学出版社出版马良春的《鲁迅思想研究》。

四川人民出版社出版正一的《鲁迅思想发展论稿》,赁常彬的《鲁迅治学浅探》。

人民文学出版社出版黄源的《怀念鲁迅先生》。

浙江人民出版社出版朱忞等编著的《鲁迅在绍兴》。

上海教育出版社出版上海鲁迅纪念馆编的《鲁迅在上海》。

河南人民出版社出版刘增杰的《鲁迅与河南》。

北京出版社出版林志浩的《鲁迅传》。

9 月

1日,《太原文艺》第5期发表宋培贤的《科学文艺展奇葩——读中篇科学幻想小说〈飞碟上的险遇〉》。

《布谷鸟》第9期发表《十五省、市、自治区群众文艺刊物介绍》。

《青年作家》第9期发表畅游的《这是反封建道德吗——也谈〈玫瑰梦〉的主题》;冯根胜的《为什么会酿成悲剧——谈〈玫瑰梦〉的主题》;杨岳鹏的《半生生活活生生 动笔未免也动情——高晓声谈创作杂记》。

《雪莲》第3期发表王孙的《"推理文艺"小议》;张新的《朦胧的"朦胧"》。

《解放军报》发表章明的《反映自卫还击作战的一部力作——谈中篇小说〈三饮三蛇酒〉》。

2日,《人民日报》发表钟艺兵的《反映时代脉搏　振奋革命精神——话剧〈金子〉、〈天山深处〉、〈理想还是美丽的〉、〈保尔·柯察金〉观后》;孙犁的《文集自序》。

《解放军报》发表《克服涣散软弱状态是当前思想战线的重要任务》。

3日,《小说选刊》第9期发表雷达的《奋斗者的警钟与赞歌——谈〈飘逝的花头巾〉的主题开掘》;古华的《木屋,古老的木屋——关于〈爬满青藤的木屋〉》;航鹰的《〈金鹿儿〉写作拾零》。

5日,《飞天》第9期发表叶蔚林的《给一位青年作者的信》;李文衡的《漫谈若干新人形象的时代内容》;白烨的《关于文艺真实性的讨论》。

《山花》第9期发表李印堂的《〈降压灵〉得失浅议——兼谈对它的批评》;宛鸣的《从〈降压灵〉的缺欠谈起》。

《雨花》第9期发表陈辽的《发现·表现·显现——读〈胡'司令'赴宴〉》;丁慨然的《早春,黎明的歌声——读赵恺的〈第五十七个黎明〉》。

《福建文学》第9期以"关于新诗创作问题的讨论"为总题,发表费振刚、方克强的《时代精神与表现自我》,陈祥耀的《理性·个性·形象性》。

《解放军报》发表本报评论员的《提高思想政治工作战斗力　克服涣散软弱状态》。

6日,《电影创作》第9期发表汪流的《电影从文学中学到什么》。

7日,《文艺报》第17期发表仓涟的《坚决改变文学领导工作的涣散软弱状态——中国作家协会党组、书记处联席会议简讯》;刘茵的《唯其真实,才有力量——漫谈报告文学的真实性》;吴欢章的《孙犁的散文美》;冉忆的《要关心长篇小说的创作——近期一些长篇小说读后随笔》;陇生的《读近期一些短篇小说的思考》;李星的《艰苦的探索之路——谈路遥的创作》;林志浩的《历史悲剧的艺术再现——评彩色故事影片〈伤逝〉》。

《文汇报》发表刘歇的《也评〈甲申三百年祭〉——与姚雪垠先生商榷》。

9日,《人民日报》发表罗扬的《评中篇山东快书〈武功山〉》。

10日,《人民日报》发表《加强对文艺的领导　改变涣散软弱状态》。

《文汇报》发表《加强思想领导才能繁荣文艺》;《首都文艺界讨论改变涣散软弱状态问题　造成批评和自我批评风气》。

《北京文艺》第9期发表敏泽的《关于文学创作中的现实主义问题——读一

些短篇小说所想到的》;石天河的《理想的爱情与革命的道德》。

《诗刊》第9期发表蔡其矫的《诗选〈生活的歌〉自序》;吕剑的《〈诗集〉自序》;孙绍振的《怎样让想象展开翅膀》。

《星火》第9期发表黄秋耘的《"杂家"自述》。

《新疆文学》第9期发表丁子人的《生活和文学呼唤着新人——〈新疆文学〉若干短篇小说读后》。

《读书》第9期发表丁玲的《〈西江月〉序》。

《湘潭师专学报》第3期发表康咏秋的《"语堂是我的老朋友,我应当以朋友待之":论鲁迅和林语堂》。

15日,《山丹》第3期以"关于《第九尊"神"像》的讨论"为总题,发表李长贵的《一篇政治倾向不好的作品》,邓小青的《读〈第九尊"神"像〉》。

《山东文学》第9期发表夏放的《文艺批评与文艺欣赏》。

《文汇报》发表滔珍的《"把歌颂人民放在中心"——陈世旭和他的创作》;汪晓峰的《文艺需要加强党的领导——评王若望同志的一个观点》

《中国通俗文艺》第6期发表乔羽舟、陈允豪的《鲁迅是怎样评说通俗文艺的》;敏泽的《如何正确对待传统章回小说》。

《文学评论》第5期发表刘剑青的《鸟瞰春潮起涨——略评1977—1980年获奖的报告文学作品》;贺光鑫整理的《中国当代文学学会1981年庐山年会讨论综述》。

《齐齐哈尔师范学院学报(社会科学版)》第3期发表陈漱渝的《台湾省、香港地区中国现代文学作品集研究著作要目(连载)》。

《新港》第9期发表马献廷的《在过去与未来之间——与文艺界友人谈谈学〈决议〉的问题》;茹志鹃的《〈茹志鹃散文选〉后记》。

16日,《人民日报》发表周巍峙的《农村题材大有作为》;马畏安的《作家应当多听听群众意见》。

20日,《光明日报》发表李准、于振海的《马克思主义认识论在文艺领域的创造性应用——试论毛泽东文艺思想中关于文艺和生活关系的论述》。

《西藏文艺》第5期发表张耀民的《社会主义藏族文学的新起点——读〈幸存的人〉所想到的》;杨兆振的《藏族文学的可喜收获》(讨论益希单增的长篇小说《幸存的人》)。

22日,《人民日报》发表本报评论员的《对优秀知识分子要敢于委以重任》。

《文艺报》第18期发表鲁煤的《全社会都来"想一想"——评话剧〈天山深处〉》;凌力的《写在〈星星草〉下卷出版之前》。

《文汇报》发表张志国的《对美好理想的追求——评张抗抗的中篇小说〈北极光〉》;《怎样写好当代青年的形象》;曹坚平的《陆苓苓的追求值得赞美吗?》。

25日,《河北大学学报(哲学社会科学版)》第3期发表黄建国的《从〈小二黑结婚〉看赵树理小说的语言艺术》。

27日,《光明日报》发表汪晓峰的《文艺需要加强党的领导——评王若望同志的一个观点》。

28日,《人民日报》发表周扬的《坚持鲁迅的文化方向 发扬鲁迅的战斗传统——一九八一年九月二十五日在鲁迅诞生一百周年纪念大会上的报告》。

《剧本》第9期发表本刊记者的《认真开展批评和自我批评,办好戏剧刊物》;陈惠方的《〈天山深处〉观后》。

本月,《十月》第5期发表刘思谦的《向"人学"攀登——谈刘心武的小说创作》;谢望新整理的《文学的特性和为"四化"服务——萧殷谈创作》。

《工人创作》第9期以"学习六中全会《决议》"为总题,发表唐克新的《党的生命力来自光辉的毛泽东思想》,胡万春的《总结经验 团结前进》,刘月枫的《立足钢厂展未来》;同期,发表张德明的《报告文学的人物刻划——报告文学创作漫谈之四》。

天津日报《文艺增刊》第3期发表冯健男的《淀上作画 斐然成章——谈韩映山的小说创作》。

《文艺生活》第9期发表锋芒的《电视剧题材浅析——简评几个电视剧的取材特点》。

《文艺理论研究》第3期以"文艺理论教学问题探讨"为总题,发表余秋雨的《〈艺术概论〉课教学一得》,吴立昌的《教学联系实际的一点想法》,龚济民的《对改进文艺理论教学的几点意见》。

《北京广播学院学报》第3期发表宋家玲的《从自己的艺术规律出发——广播剧创作谈之一》。

《宁夏大学学报(社会科学版)》第3期发表丁集思的《谈〈李白与杜甫〉——对〈郭沫若与杜甫〉一文的补白》。

《电影艺术》第9期发表陈荒煤的《谈谈农村题材的电影创作》；许南明的《塑造社会主义新人浅谈》。

《花城》第4期发表刘思谦的《"实话文学"一例——读〈三回香港〉》；王光明的《叶笛与短笛——谈郭风、柯蓝的散文诗》；李青石的《南朝鲜的汉学与汉文学》。

《陕西师大学报（哲学社会科学版）》第3期发表奇效斌的《谈谈蒋子龙小说中的人物个性化问题》。

《星星》第9期发表谢冕的《面对一个新的世界——一批青年诗人作品读后》。

《鸭绿江》第9期发表单复、刘鹏越的《一部人生的"变奏曲"——关于〈五瓣丁香〉的通讯》。

《福建师大学报（哲学社会科学版）》第3期发表王耀辉、姚春树的《试论我国报告文学的产生及其在现代的发展》。

《湘江文艺》第9期发表李岸的《在感情世界里漫游》；周颂喜的《真理探求者的赞歌——读报告文学〈彭大将军回故里〉、〈从青工到副教授〉》；余开伟的《提倡正常的健康的文艺批评》。

本季，《当代文学》第1期发表萧乾的《〈王谢堂前的燕子〉读后感》；陆士清的《笑留下的——於梨华来访印象记》；曾文渊的《为了新的明天——读李黎的短篇小说集〈西江月〉》；汪静文的《海峡两边文学的桥樑——美国爱荷华海内外华人作家的两次盛会简况》；聂华苓的《一九八〇"中国周末"开场白》；许翼心的《唐人笔下的香港迷梦——读阮朗的中短篇小说》；阮朗的《小说：十年一觉香港梦》；一新的《暨南大学台港文学研究室开展科研与交流活动》。

本月，四川人民出版社出版刘德重等的《文学概论》，中国戏剧家协会研究室编的《剧本创作座谈会文集》。

春风文艺出版社出版王向峰的《文学的艺术技巧》。

江苏人民出版社出版黄修己的《赵树理评传》。

天津人民出版社出版黄侯兴的《郭沫若的文学道路》。

陕西人民出版社出版尹在勤的《新诗漫谈》。

中国戏剧出版社出版吴琼的《戏曲语言漫论》。

花城出版社出版高行健的《现代小说技巧初探》。

人民文学出版社出版蒋和森的《红楼梦论稿》,戈宝权的《〈阿 Q 正传〉在国外》,赵家璧的《编辑生涯忆鲁迅》,鲁迅博物馆鲁迅研究室编、李何林主编、王积贤等撰稿的《鲁迅年谱(第一卷)》。

百花文艺出版社出版《散文》月刊编辑室编的《散文的艺术》。

浙江人民出版社出版周振甫的《鲁迅诗歌注》。

辽宁人民出版社出版倪大白编著的《鲁迅著作中方言集释》。

宁夏人民出版社出版王永生的《鲁迅文艺思想初探》。

中国电影出版社出版刘思平、邢祖文选编的《鲁迅与电影》。

10 月

1 日,《广州文艺》第 10 期发表黄伟宗的《艺术的节制——评孔捷生的"第二步",兼论"意识流"》。

《广西文学》第 10 期以"认真学习《决议》健全文艺批评　繁荣文艺创作"为总题,发表林焕平的《积极开展思想战线上的批评与自我批评》,秦似的《社会主义祖国的利益高于一切》,包玉堂的《文艺事业健康发展必不可少的一环》;同期发表涂克的《儿童文学创作随想》。

《津门文学论丛》第 2 期发表黄泽新的《谈孙犁小说的形象塑造》;张学敏的《小说与诗——孙犁小说的诗的意蕴》;王树人的《方纪文学著作年表》。

《青年作家》第 10 期以"关于小说《玫瑰梦》的讨论"为总题,发表吴红的《正确反映爱情和婚姻离异问题——谈小说〈玫瑰梦〉的错误倾向》,苏恒的《爱情不是纸和泥》;同期,发表潘仁山的《漫评〈一个星期六的晚上〉》。

2 日,《滇池》第 10 期发表丁一的《意识流与小说创作》。

3 日,《小说选刊》第 10 期发表陇生的《有感于"小小说"》;陈骏涛的《〈金鹿儿〉读后漫笔》;闻水的《从生活中发掘新的人物关系——〈竞争者〉写作的前前后后》;邓九蝉的《为新时代的能人歌赞——〈能媳妇〉发表后的随想》。

5日,《飞天》第10期发表水运宪的《〈祸起萧墙〉的前前后后——复给热心读者的一封信》;于何生整理的《一九八〇年关于部分中篇小说的争论》(包括谌容的《人到中年》,靳凡的《公开的情书》,刘心武的《如意》)。

《山花》第10期发表王鸿儒的《〈降压灵〉与现实主义问题》;朱先树的《光明是永远遮不住的——读组诗〈被黑布蒙住眼的人〉》。

《延河》第10期以"学习六中全会决议笔谈"为总题,发表胡采的《实事求是的典范》,王汶石的《认真学习,团结前进》,邹志安的《实事求是精神的发扬》,李若冰的《在新的航道上》,魏钢焰的《昂起头来唱》,峭石的《学习"决议"增强信心》,毛锜的《诗歌应该给人以鼓舞和力量》。

《雨花》第10期发表吴亮的《传统岌岌可危了吗?》。

《春风》第10期发表赵宝康的《为幼苗萌生而艰难呐喊——读〈在厚厚的土层下〉随笔》;石冕的《努力开掘生活中的美——评小说〈光棍部队的兴衰〉》。

《福建文学》第10期发表傅萍的《文艺批评与文艺繁荣》;林兴宅的《感情的诗化》;汪政、三义的《不可忽略形式及其规律——兼谈新诗的"朦胧"》;康林《海外华工生活的历史画卷——评长篇小说〈异乡奇遇〉》。

《解放军报》发表韩伟、李哲的《谈批评资产阶级自由化倾向的几个问题》。

6日,《泉城》第10期发表李奎元的《文艺必须有批评》;赵鹤翔的《时代新人心灵美的赞歌——李延国两篇报告文学的艺术特色初探》。

7日,《文艺报》第19期发表周巍诗的《关于目前文化艺术工作的一些情况和问题》;唐因、唐达成的《论〈苦恋〉的错误倾向》;陈子伶的《崇高的献身精神——谈四篇关于知识分子的报告文学》。

10日,《东海》第10期发表本刊评论员的《开展文艺批评　改变涣散软弱状态》。

《奔流》第10期发表穆木的《文艺工作者的历史使命》;耿恭让的《文艺应该高于生活》;叶蔚林的《第一步和第二步之间》(创作谈);刘心武的《我走了三步》(创作谈)。

《诗刊》第10期发表罗洛的《险拔峻峭　质而无华——谈昌耀的诗》;王朝闻的《读诗漫记(一)》;《座谈:诗集的出版与发行》。

《读书》第10期发表苏叔阳的《沙漠中的开拓者——读〈香港小说选〉》。

14日,《人民日报》发表贺敬之的《〈李季文集〉序》;胡代炜的《开掘生活里的美——读中篇小说〈山道弯弯〉札记》。

《解放军报》发表《总政召开全军文化部长座谈会　开展文艺批评　繁荣文艺创作　搞好文化活动　进一步贯彻落实全国思想战线问题座谈会精神》。

15日,《山东文学》第10期发表王希坚的《浅谈〈苦恋〉》;王忠林的《对〈梦〉的几点意见——兼与广礼同志商榷》;苗得雨的《略论一种"暴露文学"》。

《长江文艺》第10期发表邹荻帆的《从〈木厂〉想起的》;高进贤的《诗人的心与大地的脉搏——访诗人邹荻帆》。

《长安》第10期发表郦洋的《〈一个幽灵在中国大地上游荡〉的主旨是什么?》。

《新港》第10期发表夏康达的《"问题小说"和小说的问题》;孙犁的《〈澹定集〉后记》;吕剑的《给孙犁同志的信》。

《攀枝花》第5期以"关于小说《月照春水潭》"为总题,发表夏然的《一个不值得赞美的艺术形象——试评短篇小说〈月照春水潭〉》,光雨的《一颗金子般的心——浅谈〈月照春水潭〉春水的形象》。

《重庆师范学院学报(哲学社会科学版)》第4期发表曹文彬的《从〈论"费厄泼赖"应该缓行〉谈到林语堂》。

16日,《厦门日报》发表夏钟的《一支压不扁的玫瑰花——杨逵》。

20日,《社会科学》第5期发表柴兆民的《思考的文学——读王蒙新作〈深的湖〉》。

21日,《光明日报》发表朱兵的《两个熟悉的陌生人——评〈赤橙黄绿青蓝紫〉中的解净和刘思佳》;林默涵的《文艺的歌颂与暴露》。

22日,《文艺报》第20期发表魏易的《积极开展马克思主义文艺批评》;杰理的《部分省市文艺界积极开展批评和自我批评》;段更新的《略谈近年文学创作中的爱国主义精神》;李竹君的《创作的歧路》(讨论李剑的小说《醉入花丛》);吴松亭的《时代光明的礼赞——谈黄宗英的报告文学创作》。

24日,《长江日报》发表李剑虹的《赤子之心,跃然纸上——读聂华苓〈三十年后〉》。

25日,《文艺研究》第5期发表《陈云同志对当前评弹工作的一些意见》;罗扬的《曲艺要坚持走正路》;刘建军、蒙万夫的《柳青深入生活的道路》;以"新时期农村题材创作问题讨论"为总题,发表马烽的《在现实生活面前》,西戎的《学习老赵,为农民写作》、孙谦的《反躬自问》、李束为的《同群众一起前进》、胡正的《农村题材和农村政策》、郑笃的《深刻地认识生活　艺术地反映生活》、杨茂林的《研究"农民性"》、郑义的《"山药蛋派"要发展》、成一的《要占领农村这块阵地》。

《文艺情况》第16期发表晓含的《台湾话剧史料略辑》。

《北京师范大学学报(社会科学版)》第6期发表郭志刚的《作品的境界与作家的责任——谈〈立体交叉桥〉等中篇小说》。

《社会科学战线》第4期发表徐文斗、孔范今的《论〈创业史〉的艺术成就》。

《陕西戏剧》第10期发表王世德的《历史剧创作的若干问题》。

《民族文学》第5期发表邹荻帆的《万方奏乐——读〈诗刊〉近几年少数民族诗歌札记》；张承志的《诉说——踏入文学之门》，汪承栋的《我的创作生活回顾》。

《贵州日报》发表辰雨的《思念故乡盼望统一的心声——读〈台湾爱国怀乡诗词选〉》。

28日，《人民日报》发表胡沙的《喜看川剧开新花——看川剧现代戏〈四姑娘〉和〈易胆大〉》。

《剧本》第10期发表韦启玄的《颜海平和她的〈秦王李世民〉》；以"正确运用批评的武器"为总题，发表谭霈生的《"意在复兴,意在改善"》、王颖的《用保护人民、教育人民的满腔热情来说话》、刘敏庚的《应注意批评的分寸》、木生的《批评的目的在于纠正错误》、韩勇的《不要为暴露而暴露》，并加编者按。

30日，《人民日报》发表杨沫的《〈台湾和海外华人女作家作品选〉序》。

本月，《人民戏剧》第10期发表本刊评论员的《积极开展戏剧战线的批评和自我批评》。

《工人创作》第10期以"学习六中全会《决议》"为总题,发表周嘉俊的《坚持真理,当建设者》、李根宝的《为社会主义创业者高歌》、边风豪的《成绩与本源》；同期发表张德明的《报告文学的意境创造——报告文学创作漫谈之五》。

《文艺生活》第10期发表铁可的《文艺评论与艺术民主》。

《长春》第10期发表丁玲的《还是要人、文并进》(1981年8月4日下午在长春作家讲学班上的讲话)；姜念东的《坚持毛泽东文艺思想——重读〈在延安文艺座谈会上的讲话〉》；《刘绍棠、陆文夫、张弦谈创作》。

《当代文学研究丛刊》第2期发表徐敬亚的《复苏的缪斯——三年来诗坛的回顾及断想》；吴德安、戴锦华的《生活要求作家深沉思索——近三年短篇小说思想初探》；李拔的《"挽悼散文"的新收获》；孙绍振的《争取高度的精神文明——试评张洁对美的探求》；洪子诚的《在生活矛盾中发现自己——王蒙近作漫评》；杨桂欣的《一个人物的塑造突破了一个理论禁区——读方之的〈内奸〉所想到的》；潘仁山、郑曰焕的《十年浩劫的一面镜子——评中篇小说〈代价〉》；胡德培的《从〈许茂和他的女儿们〉看文艺创作的规律性》；梁化群、汪景寿、王卫国的《只有社会主义才能救她——略谈话剧〈救救她〉的创新》；万平近的《建国后十七年小说发展概述——十院校编写的〈中国当代文学史稿〉之一节》；刘建军、蒙万夫、张长仓的《典型环境中典型性格的创造——〈论柳青的艺术观和艺术创造〉》；晓雪的《给人民以最好的东西——再谈艾青近作》；杨义的《在画山绣水之中——读杨朔的散文》；孙克恒的《讴歌生活的美和诗意——论闻捷的诗》；吴功正的《论〈李自成〉的艺术风格》；赵曙光的《真理的光辉——读〈燕山夜话〉》；《艾芜同志关于〈百炼成钢〉与黄祖良同志的通信》。

《百花洲》第4期发表卞之琳的《〈西窗集〉修订版引言》；以"庐山谈"为总题，发表李国文的《文学需要不断地突破》，叶文玲的《在山道上"竞走"》，莫应丰的《使心健全起来》；同期，发表张贤亮的《欢迎从党和人民利益出发的文艺批评》；罗旋的《写自己所有》；张步真的《也谈塑造新人》；叶之蓁的《我愿意是一棵健康的树》；铁凝的《丛林中的遐思》；俞林的《感想与期望》。

《作品》第10期发表杨奎章的《告别过去　面向未来——学习〈关于建国以来党的若干历史问题的决议〉》。

《安徽文学》第10期发表张民权的《交织着隐痛和思索的欢歌——谈陈所巨的农村生活诗》。

《西湖》第10期发表赵大昕的《杨沫印象记》。

《星星》第10期发表刘士杰的《疏笔淡墨动人心——读〈故园六咏〉》；竹亦青的《"雄豪"有之，"自然"不足——从〈呵！大坝〉谈熊远柱的诗》；顾城的《关于〈小诗六首〉的通信》。

《鹿鸣》第10期发表郁德尹的《她唱出了心灵的歌——试谈茹志鹃新作中几个青年形象塑造的艺术特色》。

《湘江文艺》第10期发表易洪武的《让多棱形的金刚石在文学中闪光——关于社会主义新人形象的塑造》；张扬的《在小说创作领域进行美学探索——从〈第二次握手〉谈到〈金箔〉》；谭仕珍的《平淡见新奇　通俗寓新意——喜读孙南雄的

散文》。

《新文学论丛》第 2 期发表王愚的《艺术真实是再现了的生活真实——关于文学真实性的探索》；何满子的《马克思主义的艺术一元论——关于现实主义的一次讲话的改写稿》；蒋守谦的《从"现实主义的真实性"到典型性——重读恩格斯致玛·哈克奈斯的信》；石天河的《文学现实主义的哲学基础》；耿庸的《关于现实主义的书简》；罗君策的《有益的回顾 实践的思考——读〈文学：回忆与思考〉札记》；阎纲的《千树万树梨花开》（讨论 1979 年的中篇小说）；王春元的《社会主义的自由文学和文学的悲剧性》；沙均的《社会主义新人的颂歌——重读〈红桃是怎么开的〉》；唐晓渡的《高晓声笔下两个农民形象的典型性》；晓朗、秦沪的《谈李顺大的另一面》；王如青的《孙犁小说的诗意》；盛英的《冯骥才笔下的人物形象》；李元洛的《吸引民歌的清泉》；陈艰的《谈"朦胧"之类》；金宏达的《台静农小说简论》。

《江汉论坛》第 5 期发表秦志希的《鲁迅和林语堂》。

《当代文学丛刊》第 2 辑发表高鹏的《台湾省文学简介(下)》。

《当代文学研究参考资料》第 10 期发表封祖盛的《台湾乡土文学的来龙去脉(三)》。

本月，人民文学出版社出版钱谷融的《论"文学是人学"》，茅盾的《我走过的道路(上)》。

四川人民出版社出版欧阳文彬的《赏花集》，臧克家的《诗与生活》。

山西人民出版社出版刘彦钊的《培花集》。

百花文艺出版社出版陈辽的《叶圣陶评传》。

山东人民出版社出版张军编写的《山东快书的创作与演唱》。

花城出版社出版王蒙的《夜的眼及其它》。

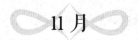

11 月

1 日，《太原文艺》第 6 期发表俞静芬的《情深意长写农村——读郑惠泉的短篇小说》；麦群忠的《要重视科学童话》。

《广州文艺》第 11 期发表张绰的《〈不准收场的正经玩笑〉读后》。

《广西文学》第 11 期发表石榕的《壮族文学的民族特色浅谈》。

《陇苗》第 11 期发表本刊评论员的《为一千六百万农牧民着想》；陈光的《重视农村文化建设　活跃群众文化生活》。

《青年作家》第 11 期以"关于小说《玫瑰梦》的讨论"为总题，发表唐早生的《蒙萍——悲剧的制造者》，马友仁的《一场不能令人信服的悲剧》，徐伯荣的《它告诫人们不要那样》，张世钟的《杀害洁晶的两把钝刀》）。

《解放军报》发表范硕的《是"花环"，还是"枪刺"？》（讨论叶文福的《将军，好好洗一洗》）；方全林的《壮阔多姿的战争画卷——读反映淮海战役的三部长篇小说》（寒风的《淮海大战》；孟千、苏茹的《决战》；夏宁的《淮海大战》）；姚成友的《正确描绘新中国的形象》。

2 日，《光明日报》发表李元洛的《时代·诗情·创新——且说中国当前的新诗创作》；从维熙的《寓浓情于淡雅——喜读短篇小说〈白头翁〉》。

3 日，《文汇报》发表艾夜的《什么是"马克思主义的人道主义"——评〈人啊，人！〉的主题》；欧阳平华的《生动的人物形象》（讨论戴厚英的小说《人啊，人！》），尹明的《一个图解的人物形象——奚流》。

《小说选刊》第 11 期发表崔道怡的《作家知道——读〈山月不知心里事〉》；郑兴万的《慧眼和匠心——读〈黑娃照相〉有感》；刘忠立的《写〈觉醒〉的一点觉醒》。

4 日，《人民日报》发表本报评论员的《认真讨论一下文艺创作中表现爱情的问题》；邢沅的《〈星星草〉的创作特色浅谈》；李竹君的《创作中的歧路》（讨论李剑的小说《醉入花丛》、《竞折腰》、《女儿桥》、《古堡女神》、《花间留晚照》）。

5 日，《飞天》第 11 期发表本刊评论员的《对文艺批评要有一个正确的态度》；叶辛的《时间不是空白的》；一知整理的《关于几个短篇小说的争鸣》（包括李保均的《花工》；古华的《爬满青藤的木屋》；张弦的《挣不断的红丝线》；刘树华的《吉它的朋友》；邵兰生的《罪孽》；蔡通海的《月光是朦胧的》）。

《山花》第 11 期发表龙炘成的《应该再现历史的真实——评〈降压灵〉》。

《山茶》第 4 期发表王松的《团结起来，为发展我省社会主义民族民间文学事业而奋斗》。

《上海文学》第 11 期发表梅朵的《她在振翅飞翔了——读〈北极光〉》；杨朴的

《关于"典型环境"和"典型人物"》；秦邦雍的《〈城市姑娘〉的问题在哪里?》；文致和的《真实·典型·时代风貌》；易海泉的《环境与人物的典型性不一定一致》；赵祖武的《关于把人物"放"到环境中去》。

《边疆文艺》第 11 期发表孙凯宇的《文艺将随着时代潮流奔腾向前》。

《吉林大学社会科学学报》第 6 期发表徐陆英、姚莉的《社会主义新人是真人、活人——谈近年来文艺作品中新人形象的塑造》。

《延河》第 11 期发表蒲惠民、李兴武的《深沉的思考　真挚的感情——读毛锜的诗歌新作》。

《雨花》第 11 期发表本刊编辑部的《总结经验　振奋精神　办好刊物》；辛善夫的《评所谓"突破"》。

《福建文学》第 11 期发表蔡师勇的《关于性格描绘的断想》；曾文渊的《政治风云、思想深度和艺术形象——读几部描写悲欢离合的中篇小说》；俞兆平的《挺秀的新竹——评黄文忠的诗》；林锡潜的《浸透爱国深情的含泪歌声——谈舒婷的〈祖国呵,我亲爱的祖国〉》；斯然的《似曾相识的乡土语言——读〈台湾小说选〉》。

6 日,《厦门日报》发表夏钟的《一颗掠过台湾文坛的彗星》。

7 日,《文艺报》第 21 期发表石泉的《如何深刻反映农村生活?——在长沙召开的农村题材小说创作座谈会纪要》；林涵表的《喜剧冲突中的悲剧命运——评陈白尘改编的〈阿Q正传〉》；张暧忻的《挖掘普通人的心灵美——〈沙鸥〉创作中的一些想法》。

《解放军报》发表丘立的《巍巍昆仑屹立人心》(讨论电影文学剧本《巍巍昆仑》)；袁厚春的《追踪着时代的脚步——小议李延国的报告文学》；陆羽的《虚幻的真相与臆造的危机——评〈将军,好好洗一洗〉》。

9 日,《光明日报》发表王春瑜的《李岩·〈西江月〉·〈商雒杂忆〉》。

10 日,《北京文艺》第 11 期发表王蒙的《探索断想》；林斤澜的《小说构思随感》；刘绍棠的《创作要有自己的特色》；李陀的《也谈吃蜗牛》；陆钊珑的《艺术地再现生活——略评陈建功的〈谈天说地〉》。

《北京文学》第 11 期发表杨沫的《血和泪的凝集——我是怎样走上文学道路的》。

《诗刊》第 11 期发表卞之琳的《〈李广田诗选〉序》；臧克家的《周嘉堤同志和

他的诗》;周良沛的《诗,就是诗——读胡昭近年的诗作有感》;王朝闻的《读诗漫记(二)》;雁翼的《诗的美——诗学札记》;高行健的《谈诗意——文学创作杂记》。

《奔流》第10期发表杨志杰的《重提大众文化》。

11日,《人民日报》发表《提高社会责任感　正确描写爱情——〈作品与争鸣〉编辑部召开座谈会讨论文艺创作如何表现爱情的问题》。

12日,《光明日报》发表蔡洪声、武兆强的《一部群众喜闻乐见的好影片——评〈喜盈门〉》。

14日,《文汇报》第3版专题讨论《人啊,人!》,发表一批读者来信。

15日,《山东文学》第11期发表宋遂良的《左建明和他的短篇小说》;王昌定的《谈长篇小说的密度》。

《山丹》第4期以"关于《第九尊"神"像》的讨论"为总题,发表葛萌的《从父辈的悲剧中挣脱出来》,石钧的《绝不应该成为"神像"》。

《文学评论》第6期发表张炯的《关于人性、人情及其它——文学问题通信》;仲呈祥的《他呼唤生活的强者——简评陈建功小说中的青年形象》;王晋民的《论聂华苓的创作》;罗源整理的《关于"文革"中"评红热"问题讨论的来信综述》;严迪昌的《他们歌吟在光明与黑暗交替时——评〈九叶集〉》;王晋民的《论聂华苓的创作》。

《北方文学》第11期发表杨沫的《我是怎样走上文学道路的》;张洁的《帮我写出第一篇小说的人——记骆宾基叔叔》;李家兴的《时代风貌的真实再现——读〈骆宾基短篇小说选〉》。

《新港》第11期发表马威的《大胆的探索——谈航鹰短篇小说的戏剧性》;李炳银的《有感于报告文学的创作》;佘树森的《"心有灵犀一点通"——谈散文的寓意》;邢富君的《走向宽阔　走向成熟——"写人生"末议》。

17日,《解放军报》发表谷泉的《诗人的感情》(讨论叶文福的诗);《长诗〈一个幽灵在中国大地上游荡〉作者孙静轩认真作自我批评》。

18日,《词刊》第6期发表《邓力群同志谈"代沟"问题》;龚言的《就"代沟"问题与张士燮同志商榷》。

19日,《文汇报》发表《如何评价〈人啊,人!〉——复旦大学分校中文系部分师生座谈纪要》。

20日,《西北大学学报》第4期发表周健的《论柯仲平的创作道路》;赵俊贤的《〈保卫延安〉的结构艺术》;方兢的《论现代诗歌节奏的形成》。

《西藏文艺》第6期发表夏川的《在西藏自治区首次文代会上的祝辞》;拉巴平措的《团结起来,为繁荣我区社会主义民族文艺而奋斗——在西藏自治区首次文代会上的报告》。

《学术研究》第6期发表张仲春的《黄谷柳和他的创作》。

22日,《文艺报》第22期发表胡余的《请把目光注视着今天》;金丘的《坚定地走革命现实主义的路》;杨天喜的《戏曲现代戏大有可为》;李振玉的《戏曲现代戏三个问题的讨论》;滕云的《写历史,也是写生活——读长篇历史小说〈庚子风云〉(第一部)》;游冰的《细研史实真讹 深究兴衰前鉴——读〈金瓯缺〉第一、二册》。

《新文学史料》第4期发表王西彦的《我所认识的黎烈文》。

24日,《文汇报》发表嵇山的《从一段引文说起——兼谈某些爱情描写和评论》;陈思和的《农民的爱情——简评〈"狐仙"择偶记〉》;《爱情题材和爱情描写评论综述》;群明的《"爱情啊,你是什么?"》。

25日,《长城》第4期发表王惠云、苏庆昌的《从昨天走到今天——汤吉夫短篇小说漫评》;山川的《田间新作艺术风格谈》。

《民族文学》第6期发表王文平的《少数民族短篇小说的新收获——读〈民族文学〉第六期的短篇小说》。

《科学与文化》第6期发表林承璜的《魂牵梦绕寄相思——台湾作家林黎及其〈萍踪识小〉》。

26日,《光明日报》以"关于文艺创作如何表现爱情问题的讨论"为总题,发表陈文锦的《创作意图与作品实际倾向的矛盾——评〈北极光〉》,林毓熙的《皎皎明月 耿耿丹心——谈〈明月初照人〉中的方若明的形象塑造》,王喜山的《究竟要宣扬什么?——看话剧〈明月初照人〉的一点感想》,《对〈北极光〉中爱情描写的不同看法》,《禁区·闹区·文明区——〈作品与争鸣〉编辑部举行文艺创作如何表现爱情问题座谈会》。

27日,《解放军报》发表《八一厂座谈讨论文艺创作中表现爱情的问题》。

28日,《剧本》第11期发表胡小孩的《生活·典型·戏剧——创作现代戏的一些甘苦》。

《解放军报》发表周鹤的《危险的变化》(讨论叶文福的诗);于庆的《不要疏忽了人生要义》(讨论爱情描写问题)。

本月,《十月》第 6 期发表黎生的《从艺术表现看〈苦恋〉的政治倾向》;阎纲的《清词丽句画出灵魂——读古华的〈爬满青藤的木屋〉》;徐怀中的《透过弥漫的硝烟——答陈骏涛同志》(讨论徐怀中小说〈阮氏丁香〉);陈骏涛的《关于〈阮氏丁香〉——致徐怀中同志》。

《广州文艺》第 11 期发表张绰的《〈不准收场的正经玩笑〉读后》。

《文艺生活》第 11 期发表胡代炜的《为所谓"写本质论"一辩》。

《长春》第 11 期发表董速的《积极开展文艺批评　加强党对文艺工作的领导》;李玉铭的《关于塑造社会主义新人的几个问题》;徐陆英的《从零开始的雄心——女作家谌容获奖之后》。

《辽宁群众文艺》第 11 期发表长青的《从〈开不败的花朵〉谈起——介绍作家马加》。

《芳草》第 11 期发表徐景熙、钱勤来的《文艺批评三题》。

《花城》第 5 期发表姜弘的《你找到了你自己——和周翼南同志谈〈珊妹子〉》。

《安徽文学》第 11 期发表亦木的《也不过是老调重弹——答亦木同志》;刘金的《再谈"御用"和歌颂问题——答〈也谈"御用……"之类〉》。

《汾水》第 11 期发表茹歆的《正确展开文学批评》;李国涛的《赵树理艺术成熟的标准——读〈盘龙峪〉(第一章)札记》;林晓明的《试谈马烽短篇小说的结构艺术》。

《青海湖》第 11 期发表黎辉的《道是有情却无情——简评小说〈他在我心里永驻〉》。

《草原》第 11 期发表敖德斯尔的《创作漫谈》。

《唐山文艺》第 6 期发表刘绍棠的《建立冀东的乡土文学》。

《剧坛》创刊,第 1 期发表本刊编辑部的《发刊词》。

《鹿鸣》第 11 期发表温小钰的《关于〈土壤〉中人物的探索及其它》。

《鸭绿江》第 11 期发表周红兴的《用色彩谱写美的歌声——诗人艾青访问记》;高洪波的《〈鸟儿们的歌〉及其它——漫谈胡世宗的诗》。

《湘江文艺》第 11 期发表陈树立的《克服文艺领域的不正之风》;伍振戈的《读农村题材中、短篇小说随想》;丁永淮的《哲理诗的理趣》;江正楚的《形象鲜明耐人寻味——短篇小说〈父亲的忏悔〉读后》。

《新文学论丛》第 3 期发表陈辽的《评〈中国当代文学史初稿〉》；张景超的《钱谷融文学评论的特色》；熊德彪的《"果决地走向人性和人情"——读王愿坚的小说》；林平的《谈许秀云的自杀》；方顺景的《可以预见的未来——谈陈建功和他的创作》；董健的《对〈红旗谱〉思想和艺术的再认识》。

《当代文学研究参考资料》第 11 期发表封祖盛的《台湾乡土文学的来龙去脉》(四)。

本月，人民文学出版社出版冯牧的《新时期文学的主流》。

广西人民出版社出版谢敏的《文艺随笔》，兰鸿恩的《广西民间文学散论》。

商务印书馆出版钱锺书等的《林纾的翻译》。

天津人民出版社出版秦亢宗选析的《郭沫若代表作赏析》。

青海人民出版社出版孙克恒的《现代诗话》。

湖南人民出版社出版刘锡诚的《小说创作漫评》，丁锡根等执笔的《鲁迅研究百题》。

宁夏人民出版社出版胡德培的《〈李自成〉人物谈》。

上海文艺出版社出版中国民间文艺研究会上海分会编的《民间文艺集刊(第一集)》。

陕西人民出版社出版李何林的《鲁迅〈野草〉注解》。

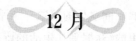

12 月

1 日，《文汇报》发表何满子的《没有人啊，没有人！——评小说〈人啊，人!〉兼说艺术创新》。

《广州文艺》第 12 期发表行人、石湾的《记蒙族作家玛拉沁夫》；杨羽仪的《意境是散文的生命——散文创作座谈会侧记》。

《广西文学》第 12 期发表杨戈的《坚持毛泽东文艺思想才能繁荣创作》；易彬

的《〈唱吧，琴键〉读后漫笔》；秋水的《取材新　构思巧——〈乌纱巷春秋〉读后》。

《雪莲》第4期发表燎原的《大山的儿子——昌耀诗歌评介》。

2日，《文汇报》发表苏锷的《李岩问题仍宜存疑——兼与姚雪垠先生商榷》。

3日，《小说选刊》第12期发表范咏戈的《以兵取胜——读〈女炊事班长〉随想》；王海鸰的《为青年唱一首奋斗者之歌——关于〈她们的路〉》。

《光明日报》发表《关于文艺作品表现爱情问题的讨论——北京部分青年工人、学生、团干部座谈纪要》。

4日，《文汇报》发表孙武臣的《长篇小说要有"革新手"》；纪人的《与一位文学青年谈创新》。

5日，《飞天》第12期发表孔捷生的《也谈创作苦闷期》。

《山花》第12期发表本刊记者的《让文艺创作和文艺批评一道前进》；廖公弦的《马蹄答答的诗情——读田兵的组诗〈出击中原〉》；以"关于小说《降压灵》的讨论"为总题，发表杨麒麟的《〈降压灵〉是"真实、生动的画卷"吗？》，周凤毛的《环境不够典型》，李含凤的《对〈降压灵〉及其结尾的意见》，沈太慧的《坏处说坏　好处说好》，辰雨的《〈降压灵〉与真实性、倾向性》。

《上海文学》第12期发表吴亮的《艺术使世界多元化了吗？——一个面向自我的新艺术家和他友人的对话》；吴欢章的《论黄宗英的报告文学》。

《边疆文艺》第12期发表李印堂的《谈黎泉的小说创作》。

《延河》第12期发表陈元方的《正确开展文艺批评　努力繁荣文学创作》；黄植的《出更多更好的作品　出更多更多的人才》；白描的《论路遥的小说创作》。

《雨花》第12期发表萧兵的《时代哲理的寻觅——评赵恺的诗》；黄桥的《在画灵魂上下功夫》；赵光德的《一曲欢乐的短歌——评〈老古板上街〉》。

《春风》第12期发表孙里的《开掘平凡生活的诗意美——漫谈〈送信的姑娘〉等四篇小说》。

《福建文学》第12期发表李联明的《从生活的散文中提炼生活的诗》；王光明、姚文泰的《关于〈戒烟〉的通信》；陈抒的《"真正的艺术是忽视艺术的"》。

《羊城晚报》发表傅真的《香港文苑奇才——唐人》。

6日，《泉城》第12期发表于广礼的《爱情和社会生活——简评近期〈泉城〉爱情题材小说》。

7日，《文艺报》第23期发表魏易的《一个严肃的问题——有感于文艺作品中的爱情描写》；余林的《美好心灵世界的探索——话剧〈明月初照人〉观后》；周申明的《从〈将军，好好洗一洗〉看叶文福的创作倾向》；叶橹的《谈〈晚霞消失的时候〉创作上的得失》；蔡葵的《评长篇历史小说〈风萧萧〉》。

8日，《文汇报》发表管桦的《光荣的使命——祝贺〈青年文学〉创刊》；费万龙的《努力塑造农村中的新人形象》；蔡毅的《科学和诗的结合——〈飞吧，科学之鸟〉读后》。

10日，《文汇报》发表梁星明的《我写工人》。

《北京文艺》第12期发表易言的《短篇小说中的农村现实》；冯立三的《文学的社会效果与生活的本质特征》；张同吾的《写吧，为了心灵——读短篇小说〈受戒〉》；钱光培的《以简代评——给〈傍晚，我们别离的时刻〉的作者》。

《北京文学》第12期发表吕晴飞、俞长江的《谈现实主义文学与典型化——兼与王蒙同志商榷》；陈骏涛的《开拓者的足迹——初论陈建功的创作》。

《光明日报》发表顾骧的《爱情与文艺断想》；郑日焕的《莫把"小乡亲"引向迷途——评中篇小说〈初恋〉》。

《奔流》第12期发表古远清的《关于"愤怒出诗人"》。

《星火》第12期发表邵业鹏的《着力表现英雄人物的情操——访老作家峻青》；吴海的《问题的症结何在？——读〈谁酿的苦酒〉有感》。

《新疆文学》第12期发表黎辉的《关于文艺批评标准的问题——读马列经典作家文艺论著札记》。

15日，《山东文学》第12期发表马国雄的《个性化琐议》。

《中国通俗文艺》第9期发表《虚心接受读者意见　深入生活　扎根群众》；武淑芳的《工人、农民读者座谈会纪要》。

《长安》第12期发表《〈幽灵〉作者认真作自我批评》；本刊编辑部的《教训和认识——编发〈一个幽灵在中国大地上游荡〉的自我批评》。

《北方文学》第12期发表叶伯泉的《也谈文学的真实性与倾向性》；李福亮的《人情的潜流——谈〈瑟瑟江中〉和〈在拥挤的车厢里〉》。

《新港》第12期发表马献廷、方伯敬的《读〈赤橙黄绿青蓝紫〉》；顾传菁的《读孙犁的〈读作品记〉》；张圣康的《历史小说之花　现实主义之路——评〈庚子风云〉第一部》；张少敏的《深刻的，又是艺术的——读成一的部分短篇小说》；沈太慧、何火任的《关于"写人生"和"写社会问题"的讨论——也谈"写人生"和"写社会问题"》;辛宪锡的《宽广的创作路子在哪里》。

《攀枝花》第6期以"关于小说《月照春水潭》的争鸣"为总题,发表罗良德的《一个应该肯定的艺术形象》,云峰的《〈月照春水潭〉的得失》,肖翔的《封建礼教的再现》。

16日,《文汇报》发表秦瘦鸥的《记唐人》。

18日,《文汇报》发表奚必安等的《并非空山不见人——谈〈人啊,人〉的艺术创新与何满子同志商榷》;白烨的《评论之评论偶感》。

20日,《北京大学学报(哲学社会科学版)》第6期发表洪子诚的《论郭小川五十年代的诗歌创作》。

《光明日报》发表艾青的《迷幻药》(讨论"朦胧诗")。

《当代》第6期发表阎纲的《评京夫的〈娘〉》;沙均的《东风绽开的一朵新花——喜读短篇小说〈能媳妇〉》;杨佳欣的《新人唱了一曲志气歌——评短篇小说〈生命〉》;马畏安的《描画心灵的色调——评〈在人海里〉》;王颖的《军事题材的新探索——中篇小说〈茶花艳〉读后》。

《河北师院学报(哲学社会科学版)》第4期发表赵连甲的《谈谈曲艺唱词的创作问题》。

22日,《文艺报》第24期发表孔周的《努力塑造光采动人的社会主义新人形象——记本刊召开的一次座谈会》;胡乔木的《关于提高文化修养问题的一封信》;俞斌的《新人的概念与文学中道德主题的出现》;陆广训、王文俊的《此弦别奏一支曲——评张弦的小说》。

23日,《人民日报》发表岳平的《文艺评论是党领导文艺的重要方法》。

《解放军报》发表白桦的《关于〈苦恋〉的通信——致〈解放军报〉、〈文艺报〉编辑部》。

24日,《文汇报》发表成谷的《作品要显出思想的"亮色"——我读〈人啊,人!〉》。

《光明日报》发表曾镇南的《爱的追求为什么虚飘?——也谈〈北极光〉》;陈刚的《对方若明形象的几点看法》(讨论话剧剧本《明月初照人》)。

25日,《文艺研究》第6期发表本刊评论员的《让戏曲现代戏大放异彩》;吴雪的《大力提倡和扶植戏曲现代戏——在戏曲现代戏汇报演出开幕式上的讲话》;张庚的《戏曲现代戏三题》;阿甲的《谈谈京戏艺术的基本特点及其相互关系——为了研究现代京戏的改革》;马少波的《创新与借鉴》;刘厚生的《繁荣戏曲现代戏的前提和措施》;杨兰春的《现代戏创作随笔》;黄药眠的《人性、爱情、人道主义与当前文学创作倾向》;刘梦溪的《文学与人性问题管窥》;崔永生的《八亿农民急需精神食粮》;杜文远、许墨林、陶伯华的《在现实主义的探求道路上》。

28日,《剧本》第12期以"关于爱情描写的讨论"为总题,发表王正的《爱情和爱情描写》,林毓熙的《爱情描写中的滥、浅、白》,焦勇夫的《三点意见》,任萍的《应该写和如何写》,杜清源的《表现爱情要写出新意》,艾长绪的《作家要有强烈的责任感》,并加编者按;同期,发表陈刚的《评话剧〈明月初照人〉》;刘正心的《〈明月初照人〉发人深思》。

29日,《文汇报》发表张蜀君的《题旨深远　别具风貌——评陈建功的小说〈飘逝的花头巾〉》;华然的《心里没有隐秘的角落——读〈丰子恺散文选集〉》。

30日,《人民日报》发表《积极反映四化生活　正确表现社会矛盾——首都文艺界人士座谈话剧〈谁是强者〉》。

31日,《重庆师范学院学报(哲学社会科学版)》第4期发表曹文彬的《从〈论"费厄泼赖"应该缓行〉谈到林语堂》。

本月,《工人创作》第11、12期合刊发表雁翼的《工人与诗》;张德明的《报告文学的采访艺术——报告文学创作漫谈之六》;李根宝的《划不断的千丝万缕》(讨论新民歌)。

《文艺生活》第12期发表胡光凡、李华盛的《"真正的作家,真正的人"——严文井谈周立波》。

《文艺理论研究》第4期发表钱谷融的《谈文艺批评问题》;童庆炳的《评当前文学批评中的"席勒化"倾向》;高松年的《理念·形象·艺术魅力——兼谈〈开拓者〉在艺术创造中的得失》。

《天津日报·文艺增刊》第4期发表孙犁的《读柳荫诗作记》;梁斌的《"南下"前后》;石坚的《将军作家一夕谈》。

《外国文学季刊》第2期发表李文俊的《意识流、朦胧及其他——介绍〈喧哗与骚动〉》。

《芳草》第12期发表米得的《〈三千万〉的得失和创作思想之间》。

《花城》第6期发表舒大沅的《关于中篇小说〈你在想什么?〉》;张葆莘的《赖和其人其文其时代》。

《安徽文学》第12期发表田辰一的《他,奋然一跃——从〈大杂院轶事〉谈王兴国的创作》。

《星星》第12期发表艾青的《谈雷抒雁〈夏天的小诗〉》；古继堂的《台湾诗刊介绍》。

《草原》第12期发表一孺的《"民族的眼睛"注视着现实——文艺民族特点地区特点探讨》。

《淮阴师专学报(社会科学版)》第4期发表梁春华的《王愿坚作品中的人性美和人情美》。

《清明》第4期发表冯锡刚的《读刘宾雁的三篇近作》；苗振亚、邹正贤的《试评曹玉模的小说》。

《鸭绿江》第12期发表阎纲的《我与文学评论》。

《湘江文艺》第12期发表李定坤的《作家的灵魂》(讨论"'歌德'与'缺德'"问题)；钟鼓的《来自新生活的新人——浅谈〈新来的团委书记〉的典型塑造》。

《绿原》第四辑发表陈深的《这里，蕴藏着希望——谈几部中篇小说对党风问题的艺术思考》；何锐的《新诗要在自身的基础上发展》；丁芒的《谈新诗的抒情结构》；柏平、王西平的《王汶石短篇小说艺术探微》。

《新文学论丛》第4期发表段更新的《论感情在文艺欣赏中的地位和作用》；张炯的《从莎菲到杜晚香——论丁玲同志的创作》；裴显生、凌焕新的《论方之的小说》；曾镇南的《对一个严峻的时代的沉思——评李国文的长篇小说〈冬天里的春天〉》；陈业劭的《深厚的基础 广阔的道路——新诗发展问题浅议》；周良沛的《生活、时代与诗——序邵燕祥的诗集〈在远方〉》；陈良运的《评香港诗人何达的〈长跑者之歌〉，兼谈新诗发展的方向问题》。

《新地》第6期发表孙振笃的《生活将怎样解决这个课题？——评中篇小说〈课题〉》；均耕、林午的《从"苦酒"中走出来——评〈谁酿的苦酒〉》。

本季，《当代文学》第2期(冬季号)发表曾敏之的《台湾现代派和乡土派文学的论争》；潘翠菁的《凛然的民族正气，峻峭的书生傲骨——论台湾作家吴浊流》；封祖盛的《简论杨青矗》。

《牡丹江师院学报(哲学社会科学版)》第4期发表黄万华的《"我欲乘风归去"——谈台湾当代文学的回归》。

本月，春风文艺出版社出版北京师范大学中文系文艺理论教研室编的《文学理论学习参考资料(上)》。

花城出版社出版梁晓声的《创作谈》，蓝翎的《断续集》。

湖南人民出版社出版萧殷的《给文学青年》,《鲁迅研究论丛》(第三辑)。

贵州人民出版社出版中国作家协会贵州分会文学理论委员会编的《耕耘集》(文艺评论集)。

内蒙古教育出版社出版屈正平等的《现代作家作品论》。

文化艺术出版社出版中国艺术研究院戏曲研究所《戏曲研究》编辑部编的《戏曲研究》(第四辑)。

中国戏剧出版社出版王行之编的《老舍论剧》,田本相的《曹禺剧作论》。

江西人民出版社编辑出版《短篇小说创作技巧漫谈》。

山东人民出版社出版《鲁迅研究论文集》。

中国社会科学出版社出版林非、刘再复的《鲁迅传》。

本年

《广西大学学报(哲学社会科学版)》第 2 期发表罗启业的《浅谈文学批评标准问题》;向彤的《无产阶级文学的人性和人道主义》。

《广西民间文学丛刊》第 4 期发表贺学君的《一九八〇年民间文学研究概括》;骆藜的《〈广西各族民间文学丛书〉第一批五种即将出版》;京友的《京族民间文学搜集整理工作取得初步成果》;曲一日的《全国民间文学刊物介绍》;杨通山的《对搜集整理民间文学的一些看法》;杨光富的《桂西苗族民歌初探》;陈漠的《从韦其麟、黄勇刹的语言探索,看壮族民歌形式的局限》。

《天山》第 1 期发表《全国大型文学期刊座谈会纪要》。

《天山》第 2 期发表雷达的《关于战争文学的通信——致孟伟哉同志》;孟伟哉的《致雷达同志》;杨兴芳、黄秉荣的《文艺批评是一门艺术科学——兼论文艺评论应该是艺术品》。

《天山》第 3 期发表刘建军、蒙万夫的《文学是愚人的事业》(讨论柳青的创作)。

《天山》第 4 期发表晓江的《关于"暴露"的思考》;高行健的《现代技巧与民族

精神——文学创作杂记》；余开伟的《文艺家的一项光荣职责》；叶冰的《挣脱羁绊的呼喊——评中篇小说〈巴黑拉〉》。

《艺丛》第4期发表高进贤的《梅花香自苦寒来——女作家李惠薪、张洁、谌容印象记》；杨江柱的《归元寺中的遐想——报告文学作家理由剪影》；谢冕的《不会衰老的恋歌——序〈中国现代爱情诗选〉》。

《艺丛》第6期发表李华章的《振奋人心的报告文学——喜读〈追赶时间的人〉》。

《华东师范大学学报（哲学社会科学版）》第1期发表毛时安的《现实主义的局限和现代主义的崛起——关于创作方法"百花齐放"的探讨》。

《华东师范大学学报（哲学社会科学版）》第4期发表何敬业、张寅德的《文学创作不能丢弃现实主义传统——"新小说"初探浅得》。

《江苏师院学报（社会科学版）》第3期发表张德明的《论报告文学的时代精神》。

《江苏师院学报（社会科学版）》第4期发表洪正的《理由报告文学的艺术美》，范培松的《论报告文学的想象》。

《武汉师范学院学报（哲学社会科学版）》第1期发表周勃的《人的精神世界的探索——〈"漏斗户"主〉〈陈奂生上城〉读后》。

《学术研究丛刊》第2期发表张弘的《发扬民间文学的革命传统——"改旧编新论"之三》；李士德的《赵树理思想发展初探》。

《学术研究丛刊》第4期发表关德富的《"更接近戏剧"的小说——对王汶石短篇小说艺术特征的一点理解》。

《厦门大学学报（哲学社会科学版）》第3期发表丁玲的《文学创作的准备》。

《湘潭大学学报（哲学社会科学版）》第2期发表李华盛的《历史地评价"文艺是阶级斗争的工具"说》。

《重庆师范学院学报（哲学社会科学版）》第4期发表曹文彬的《从〈论"费厄泼赖"应该缓行〉谈到林语堂》。

《夜读》第2期发表华石的《台湾，我对你更了解了——台湾小说漫评》。

《海峡》第1期发表王斯瑶的《台湾女作家琼瑶》。

《海峡》第2期发表陆士清的《台湾乡土作家王拓的小说创作》。

《黄石师院学报（哲学社会科学版）》第4期发表田野的《论台湾乡土文学作家钟理和》。

《科幻海洋》第 1 期发表杜渐的《台湾科幻小说的翻译与创作情况》。

《名作欣赏》第 5 期发表张成德的《显示出灵魂的深来——读台湾作家陈映真的〈夜行货车〉》。

《牡丹江师院学报(哲学社会科学版)》第 4 期发表黄万华的《"我欲乘风归去"——谈台湾当代文学的回归》。

《诗探索》第 1 期发表袁可嘉的《爱荷华的诗会(加州通讯)》。

《花城》第 4 期发表李青石的《南朝鲜的汉学与汉文学》。

1982年

1982年

1月

1日,《上海文学》第1期发表陈骏涛的《谈一种简单化的文学观念——从〈挣不断的红丝线〉谈起》;陈思和的《关于性格化的通信》;袁鹰的《〈天涯〉后记》。

《山西文学》第1期发表马烽的《〈远天远地〉序》;西戎的《〈镢柄韩宝山〉序》。

《长春》第1期发表张骥河的《评〈为了明天的回想〉及其他》;杨荫隆的《评曲有源同志两首诗的错误倾向》;成刚的《繁荣社会主义文学的保证》;胡昭的《艺术个性与自我膨胀》;阿红的《诗,心灵都要美——读谢梁成同志近年诗作记感》;孟繁华的《热情的信念与渴望——评钱璞的组诗〈沙漠的旺族〉》。

《陇苗》第1期发表赵万堂的《银幕上的〈许茂和他的女儿们〉》。

《青春》第1期发表王西彦的《飞翔和大地——关于创作问题答〈青春〉编辑部问》;叶永烈的《奇特的道路》(创作谈)。

《解放军文艺》第1期发表行人的《试论高元钧山东快书的文学特色》。

《新疆文学》第1期发表刘宾的《〈香岛除夕〉是成功之作吗?》;周政保的《从珊珊到玲玲——读〈香岛除夕〉的随想》;杨牧的《在迷纷中寻觅和发现自己》。

《江苏青年》第1期发表邱灵的《绵绵不绝的怀乡之情——读两篇台湾小说》。

3日,《人民日报》发表《繁荣农村文化艺术 文化部门负有重任 周巍峙提出加强农村文化艺术工作的四点意见》。

《小说选刊》第1期发表阎纲的《他画出了"画儿韩"——〈寻访"画儿韩"〉观赏记》;杨子敏的《歌赞力排"路障"的奋斗者》(讨论小说《路障》);尤凤伟的《开掘求深 反映求真——关于〈爱情从这里开始〉》。

4日,《光明日报》发表邢莉的《诗境·画境·心境——〈台湾散文选〉随笔》。

5日,《飞天》第1期发表鲁彦周的《我与文学》;《一九八一年关于部分短篇小说的讨论》。

《个旧文艺》第1期发表朱敏之的《紫万红千次第开——访作家周而复》。

《广西文学》第1期发表陆地的《"故人"何在?——创作余谈》。

《山花》第1期发表陈锐锋的《评短篇小说〈人啊、人〉》;卓廉操的《彩笔谱写英雄史——漫谈〈天国恨〉的人物塑造》;洪威雷的《报告文学的想象》。

《长江文艺》第1期发表凌梧的《激流中的浪花——读〈长江文艺〉几篇反映农村生活的小说》；吉学沛的《也谈深入生活》。

《文汇月刊》第1期发表张韧的《从泥土深处发掘农民的典型形象——谈短篇小说〈老霜的苦闷〉》；张志国的《主观臆断与文艺批评——评陈文锦对〈北极光〉的批评》。

《边疆文艺》第1期发表晓雪的《田间作〈云南行〉序》；徐维良的《开拓农村题材创作的新境界》；饶阶巴桑的《在文学的河床上》；基默热阔的《接过党给我的金芦笙》；饶阶巴桑的《序杨伊达诗集〈山情集〉》。

《牡丹》第1期发表老建的《文学要有时代和民族的风格——作家梁斌谈创作》；叶鹏的《在"朦胧诗"的旋风中——兼与董应周同志榷商》。

《延河》第1期发表陈深的《生活的喜剧与悲剧——读〈红十字〉》；《深入农村 勤奋耕耘——农村题材小说座谈会纪要》；肖云儒的《生活·感情·笔墨——谈京夫的三篇小说》；路遥的《关于作家的劳动》。

《花溪》第1期发表赵庭的《时代的要求　人民的呼声》（讨论"党的文学"问题）；边平恕的《现实主义与真实》；李印堂的《爱的追求与幻灭——谈〈心的召唤〉中的爱情描写》。

《陕西戏剧》第1期发表蓝玉金的《从人物形象出发——谈〈凤凰飞进光棍堂〉的选材角度》。

《星火》第1期发表吴泰昌、冯骥才的《关于"文学与生活"问题的通信》；刘洪元的《一个行贿者灵魂的暴露与觉醒——读〈田螺湾趣事〉》。

《福建文学》第1期发表余如的《漫话编故事与写人生》；许耀铭的《更多更好地反映当代青年的生活》；阿红的《诗艺，点点滴滴——西窗诗话》；辛予的《〈湖畔人家〉人物谈》；张默芸的《台湾新文学的先驱者——赖和》。

7日，《文艺报》第1期发表《总结经验，改进工作，为人民提供更多更好的精神食粮——中国文联主席团扩大会议、中国作家协会第三届理事会第二次会议在京举行》；南林的《文艺界认真学习胡乔木同志的重要讲话》；基凯的《文艺的春天常在》；李一氓的《新春寄语》；赵寻的《党的文艺方针政策的一致性和一贯性——一页学习笔记》；张骏祥等的《创造出影坛上一个群星灿烂的年代——上海部分电影工作者座谈"提高影片质量"问题》；白桦的《关于〈苦恋〉的通信——致〈解放军报〉、〈文艺报〉编辑部》；方菲的《要勇于揭示现实中的矛盾》；黎之的

《读〈冬天里的春天〉》;李国文的《我的歌——谈〈冬天里的春天〉的写作》;张韧、肖德的《行进在四化建设道路上的新人形象》;杨匡汉的《轻蔑暗夜和扑向春晖的笑——评张志民近期诗作》;胡余的《略谈人性描写中的几个问题》;郑伯农的《"爱情"的"位置"》;蓝宇的《〈水滴石穿〉命运曲》;李炳银的《复兴散文——散文创作座谈会侧记》;聂振斌的《独到的建树——李泽厚〈美的历程〉评介》。

《瞭望》第1期发表郭客的《红楼何处海西东》。

8日,《电视文艺》第1期发表黄维钧的《着眼于写人——评〈龙的传人〉》;程世鉴的《朴实含蓄 真挚动人——记本刊〈新岸〉座谈会》;双白的《真诚的力量——读〈我该怎么办?〉》。

10日,《小说林》第1期发表王蒙的《漫话小说》;张勉之、艾力的《老干已成铁 逢春又着花——记秦兆阳》。

《北京文学》第1期发表钱光培的《在生活的急流下——评陈建功的两篇新作》;艾克恩的《构思巧妙 寓意深刻——读〈寻找〉》;方顺景的《"乔迁"喜志——读〈乔迁〉》。

《奔流》第1期发表阎纲的《文学艺术的新阶段》;苏金伞的《我与新诗》;理由的《蓝色的梦》(创作谈)。

《津门文学论丛》第3期发表楚大江的《也来谈陈奂生》;郭武群的《天津市工人业余创作活动的调查》。

《钟山》第1期发表王蒙的《漫话小说创作》;夏阳的《论歌颂和暴露》;石萧的《忠于生活 思考生活——评王蒙近作的艺术手法》。

12日,《文汇报》发表徐芜白、许锦根的《"文学"有余 "报告"不足——谈当前报告文学创作中的一种倾向》;陈子伶的《从一篇作品看"代沟"之说》。

《解放军报》发表杨柄的《别把爱情写作"虚幻的共同体形式"——评文艺创作对爱情描写的一种倾向》。

13日,《人民日报》发表吴重阳的《可喜的新收获——五年来少数民族长篇、中篇小说漫笔》;白崇人的《优美动人的歌唱——几年来少数民族叙事长诗巡礼》;刘再复的《笔分五彩写风云——评蒋和森的长篇历史小说〈风萧萧〉》;王愚的《西安召开〈创业史〉及农村题材创作讨论会 强调要努力塑造社会主义新人形象》。

15日,《山东文学》第1期发表辛显令的《由生活走向创作——写〈喜迎门〉的感受》;丁振家的《努力揭示人物的心灵美——读两篇报告文学想到的》;王志强的《几篇描写爱情的小说漫评》。

《文学评论》第1期发表陈传才、杜元明的《也论文学创作的人道主义问题——与〈当代文学创作的人道主义潮流〉一文商榷》;以"关于王蒙创作的讨论"为总题,发表郑波光的《王蒙艺术追求初探》,蓝田玉的《王蒙近作一些值得注意的问题》;同期,发表肖云儒的《时代风云和命运纠葛——评一些中篇对人物命运的描写》;孙武臣的《五年来部分长篇小说述评》。

《北方文学》第1期发表林雨的《我写小说之前》(创作谈);李福亮的《憨中有美 旧里出新——读〈牛犊的婚事〉小记》;叶伯泉的《追求与信念——访舒群》;江南的《论舒群短篇小说的艺术风格》。

《龙沙》第1期发表关沫南的《关于短篇小说创作的几个问题》;胡万春的《谈主题思想的容量》;李伟的《创作要有正确思想作指导》;吕隽、纪津英的《创作要"进入角色"》。

《电影文学》第1期发表陈立德的《事实真相——关于电影剧本〈黄英姑〉的一封信》。

《朔方》第1期发表汪宗元的《试谈张武小说的艺术风格》;张晓林、张德明的《论〈卖血人〉》。

17日,《作品与争鸣》第1期发表本刊编辑部的《在新的一年里》;《为繁荣创作而发展批评》;居松的《一篇失败的作品》(讨论达理、邓刚的小说《白帆》);奚为的《白璧微瑕 不失佳品》(讨论达理、邓刚的小说《白帆》);以"关于短篇小说《这里有黄金》的通信"为总题,发表《中国作家协会致本刊编辑部的信》、《刘心武致郗仲绎的信 郗仲绎致刘心武的信》;同期,发表韩江的《园子兴废与创业之路——〈辘轳井〉主题得失随想》;艾民的《朝来重汲引 依旧得清冷——读短篇小说〈辘轳井〉》;张志新的《毛妹和少峰的爱情悲剧》(讨论江南、曹致佐的小说《心在坟墓里》);杨存良的《这个小说肯定有毒》(讨论江南、曹致佐的小说《心在坟墓里》);杨晓凡、左达的《关于"为什么只反自由化,不反特殊化"的问答》。

18日,《人民戏剧》第1期发表游默的《人民才是真正的强者——看北京人艺演出的〈谁是强者〉》;刘厚生的《〈买电视〉及其它》。

《光明日报》发表杨桂欣的《她遣春温上笔端——评丁玲的两本近作》;杨志杰的《一首优美动人的史诗——评蒋和森的长篇历史小说〈风萧萧〉》;丹晨的《陈

学昭和〈海天寸心〉》。

《词刊》第 1 期以"在株洲召开的歌词创作座谈会特辑"为总题,发表乔羽的《开幕词》,晓星的《贯彻中央指示精神,努力提高歌词质量》,《塞克同志给大会的贺信》,瞿希贤的《衷心的祝贺》,安静的《歌乡人民欢迎你们》,瞿琮的《谈谈歌词选材问题》,吴城的《多写些农民喜欢的短歌》,普烈的《发展词学,建设词学》,李焕之的《共同努力,用歌声振奋民族精神》,吴雪的《在闭幕式上的讲话》,田耘、羊川的《词坛春意浓》。

《新港》第 1 期发表万力的《希望在你们身上——在业余作者学习班上的谈话》;昆夫的《随着生活的脉搏跳动——〈新港〉一九八一年发表的小小说巡礼》。

20 日,《人民文学》第 1 期发表萧殷的《要善于从阴暗处看到光明》(书简)。

《社会科学》第 1 期发表吴世常的《台湾诗人丘逢甲的爱国诗》。

《学术研究》第 1 期发表吴文辉的《向着反映现实的深度突进——台湾省作家黄春明的小说创作初探》。

《瞭望》第 1 期发表郭客的《红楼何处海面东》。

21 日,《文学报》发表彦火的《香港文坛的盛会——香港《现代中国文学研讨会》侧记》。

25 日,《社会科学战线》第 1 期发表黄政枢的《荔枝蜜与红玛瑙——杨朔、刘白羽散文艺术比较》。

《武汉师范学院学报(哲学社会科学版)》第 1 期发表章子仲的《何其芳年谱》。

28 日,《文汇报》发表周扬的《为创造社会主义新文艺而奋斗》。

《光明日报》发表许南明的《诗情画意话〈乡情〉》;马威的《播撒精神文明的种子——评短篇小说〈金鹿儿〉》;滕福海的《求索勿知足,更上一层楼——对〈北极光〉的几点看法》。

31 日,《瞭望》第 5 期发表曹文轩的《台湾文学鸟瞰》。

本月,《工人创作》第 1 期发表史文熊的也谈《晚唱》;陆为龙的《同情与以情感人》(讨论 1981 年《工人创作》第 7 期孙颙的短篇小说《蓝蓝的天》)。

《文艺生活》第 1 期发表王驰的《发展群众文化　建设新式农村》;陈树立的《题材三谈》。

《艺丛》第 1 期发表白危的《忆李季》;杨江柱的《根据地·生死搏斗·飞天——谈

"作家要下去"》；柯原的《鲜血凝成樱花情——评长篇小说〈哗变的"皇军"〉》。

《四川文学》第1期发表殷白等的《创作要随着生活前进——小说〈山月不知心里事〉、〈钟声又响了〉笔谈》；杨仲的《执着地追求精神美——略谈刘俊民小说创作的一个特色》。

《江城》第1期发表左正的《向深处开掘——漫评许行的〈街头松〉》。

《芒种》第1期发表唐耀华的《在奔向四化的天蓝色车厢里——读中篇小说〈天蓝色的车厢〉给作者的信》。

《时代的报告》第1期发表迅华的《要用正确的观点描写爱情》；李文的《评叶文福的诗》；周宝珊的《描绘新时期的共产党人形象——读获奖小说〈三千万〉的札记》。

《作品》第1期发表刘伟林的《如何看待社会主义时期的悲剧》。

《芳草》第1期发表周忠厚的《"二为"和"二百"是新时期文艺的基本方针》；杨江柱的《偶然玩笑和必然灾难——〈读错乱〉》。

《安徽文学》第1期发表沈敏特的《批评不能靠臆测——与刘金同志商榷》；拙木的《老调子还没有唱完——敬答亦木同志》。

《河北文学》第1期发表孟伟哉、单学鹏的《关于〈这里通向世界〉的通信》；刘哲的《问题在哪里》（讨论"歌德"与"缺德"问题）；[捷克]普实克作、庄毅译的《关于田间的〈赶车传〉——记于捷克译本之后》；王畅的《真实性与倾向性》。

《春风》第1期发表林克胜的《重要的课题　可贵的探索——读小说〈生活的湍流〉的现实意义》。

《鸭绿江》第1期发表于铁的《创作要更健康更繁荣》；雷达、刘绍棠的《关于乡土文学的通信》；邵燕祥的《我把你的提问当作笔试》（创作谈）。

《唐山文艺》第1期以"张学梦作品讨论会"为总题，发表邹荻帆、田间、邵燕祥、张庆田、曼晴、蒋忆潮、刘绍本、崔光、田心、张学梦的发言；同期，发表关山的《乡土作家刘绍棠》。

《湘江文学》第1期以"关于文学创作如何塑造新人、反映四化建设的讨论"为总题，发表杨铁原的《应当为生产力的发展高歌——小说〈铃木摩托〉读后》，罗守让的《一曲劳动者心灵美和道德美的颂歌——评中篇小说〈山道弯弯〉》。

《广西民族学院学报》第1期发表文萍的《试析白先勇小说的结构艺术》。

《星星》第1期发表流沙河的《独步的狼——台湾现代诗人纪弦评介》。

本月，人民文学出版社出版朱寨的《从生活出发》，巴金的《创作回忆录》，冰心的《记事珠》。

浙江人民出版社出版蔡良骥的《文艺枝谈》，张颂南的《鲁迅美学思想浅探》。

上海文艺出版社出版叶圣陶的《叶圣陶论创作》。

浙江人民出版社出版浙江省文学学会编的《文学欣赏与评论》，[日]松井博光著、高鹏译的《黎明的文学——中国现实主义作家茅盾》。

广西人民出版社出版鲁非、凡尼的《闻一多作品欣赏》。

文化艺术出版社出版克莹、李颖编的《老舍的话剧艺术》。

天津人民出版社出版北京鲁迅博物馆鲁迅研究室编的《鲁迅研究资料(9)》。

2月

1日，《广州文艺》第2期发表易准的《晶莹透亮的心——读〈鸡鸣茅店月〉》；郑成伟的《情切切，意绵绵——台湾散文〈荷花·荷花〉欣赏》。

《上海文学》第2期发表王元化的《摹仿·作风·风格——〈文学风格论〉译本跋》；程德培的《别是一番滋味在心头——读汪曾祺的短篇近作》；牟志祥的《生命的海　艺术的海——读李瑛的〈南海〉组诗》。

《山西文学》第2期发表董大中的《赵树理与鲁迅》；潘俊桐的《别开生面的民间文艺课——回忆赵树理》；高捷的《读〈柳大翠一家的故事〉漫笔》；陈文信的《读〈零点〉的感想》。

《长江》第1期发表秦瘦鸥的《试论谴责小说——兼谈〈劫收日记〉的改作》。

《长春》第2期发表海南的《诗，要回响在人民心中》；孙里的《转折时期的生活之光——读〈长春〉近期农村题材小说》；常工的《新生活的甜蜜村歌——读李占学的近作》；苇子的《"复苏的土地"——谈陈玉坤近期的农村生活诗》。

《青春》第2期发表柯蓝的《关于散文写作》；费礼文的《浅谈反映工人生活作品的几个问题》；薛尔康的《美、感受与文字——记文井同志一席谈》。

《青年作家》第 2 期发表冯根胜的《揭示了青年人命运的重大课题——读〈禁果〉随感》；田闻一的《令人触目深思的艺术形象——读〈禁果〉》；史家健的《谈〈禁果〉的爱情悲剧》；李树森的《对〈禁果〉的一点看法》。

《草原》第 1 期发表孟和博彦的《充满山林气息的狩猎者之歌——评鄂温克族青年作家乌热尔图的短篇小说》。

《解放军文艺》第 2 期发表梅河子的《评叶文福近年来诗歌创作的政治倾向》。

《新疆文学》第 2 期发表沈凯的《怎样才能长期坚持业余创作》；姚泰和的《文学批评的地位及其它》。

3 日，《人民日报》发表王中青的《用艺术的武器推动现实的工作——重读赵树理的小说"锻炼锻炼"》；周申明的《"盯住"与"探头"——农村题材创作谈片》；张捐中的《动人的民族心声——少数民族获奖短篇小说简谈》。

《小说选刊》第 2 期发表雷达的《性格的力量——谈〈风吹唢呐声〉的人物描写》；邓友梅的《〈寻访"画儿韩"〉篇外缀语》；温小钰的《关于〈宝贝〉》。

《晋阳文艺》第 2 期发表宋达恩的《新花映日别样红——评长篇叙事诗〈虎穴少年〉》。

4 日，《文汇报》发表汤学智的《从创作自由谈起》；杰华的《把文学评论写得更"文学"些》。

5 日，《人民日报》发表陈原的《写在〈汉译世界学术名著丛书〉刊行之际》。

《飞天》第 2 期发表公刘的《我与唐诗》；《积极描写现实生活 努力塑造新人形象》；《一九八一年关于塑造社会主义新人的讨论》。

《广西文学》第 2 期发表张扬的《我写爱情题材》。

《山花》第 2 期发表大坎的《努力描写和培养时代的新人》；辰雨的《一出令人啼笑皆非的闹剧——评短篇小说〈当太阳落下〉》；罗强烈的《醇厚的乡土恋和人情美——读何士光的新作〈将进酒〉》；厄言的《生活的芳香——作协贵州分会讨论李宽定作品》；森林的《喜读〈山花〉小说专号》。

《长江文艺》第 2 期发表冯天瑜的《民族战争的悲壮剧——〈李自成〉第三卷几个单元读后札记》；曾卓的《第一课与第一步》（创作谈）。

《云岗》第 1 期以"关于《这里，有一条小路》的讨论"为总题，发表江山、碧渊的《一条值得探索的路》，石玉增的《这是一条危险的小路》。

《文汇月刊》第 2 期发表李元洛的《动人心弦的交响曲——读〈文汇月刊〉一九八一年的报告文学》。

《边疆文艺》第 2 期发表杨振昆的《诗歌,面临着突破》;丁一的《真实性与文学性》;李鉴钊的《在批评和自我批评中进步》;李丛中的《现代化与民族化》;李承源的《对少数民族文学创作的几点意见》。

《延河》第 2 期发表本刊记者的《正确总结〈创业史〉经验 更好地反映新时期农村生活——"《创业史》及农村题材创作学术讨论会"纪要》;李星的《莫伸小说创作的思想艺术特色》;贾平凹的《自在篇》。

《花溪》第 2 期发表行人的《现实生活将进一步作出回答》;雨煤的《回顾、展望、信心、力量——致花溪编辑部的一封信》。

《星火》第 2 期发表徐万明的《青春不老 诗情常新——访诗人公刘》;吴松亭等的《陈世旭小说创作笔谈》。

《海燕》第 2 期发表张福高的《让我们的文艺放射出时代的光彩——评〈海燕〉一九八一年的小说创作》;代一的《走马文苑赏诗花——谈〈海燕〉一九八一年发表的诗歌》;张天民的《创作随想录》。

《福建文学》第 2 期发表山风的《沿着正确方向 把文艺工作搞得更活跃》;草云的《开拓更加宽广的创作天地》;张默芸的《未婚妈妈的哀愁——读季季小说集〈涩果〉》。

《滹沱河畔》第 1 期发表青野的《努力塑造农村新人形象》;清泉的《顶着露珠的幼苗——喜读文学新人葛金平的小说》;宋平的《梨花一枝春带雨——读中篇小说〈风雨姻缘〉》。

7 日,《文艺报》第 2 期发表巴金的《团结起来,为文学的繁荣而努力工作——在中国作家协会理事会三届二次会议上的开幕词和闭幕词》;欧阳山的《坚定不移地执行"双百"方针——在中国作家协会理事会三届二次会议上的讲话》;刘白羽的《投身到大时代的洪流中去——在中国作家协会理事会三届二次会议上的讲话》;冯牧的《鼓起劲来,争取文学创作的更大繁荣——关于两年来中国作家协会会务工作的汇报》;《中共中央宣传部召开文学创作座谈会》;《全国农村文化艺术工作先进表彰大会在京举行》;《少数民族文学创作发奖大会在京举行》;沙汀的《漫谈评论工作》;刘剑青、秦兆阳、梅朵的《报告文学的现状与展望——〈人民文学〉〈当代〉〈文汇月刊〉编者答本刊记者问》;梁秉堃的《戏剧创作要反映现实矛盾——致友人的信〉;刘厚生的《看〈谁是强者?〉有感》;石方禹的《〈喜盈门〉的启示》;冯汉津的《当代欧美文学中的"反文学"》;田中全的《展示生活固有的亮色——谈刘富道的小说创作》。

《解放军报》发表吕远的《爱国情感的结晶　美好心灵的激光——谈〈长征〉副刊的部分诗歌》;胡惠玲的《春风扑面来——王群生的小说集〈彩色的夜〉读后》;江水的《唱给沂蒙山的歌——读长篇小说〈沂蒙山好〉》。

8日,《文汇报》发表林京耀的《我对人性论和人道主义的看法》。

《光明日报》发表敏泽的《道德的追求和历史的道德化——从〈晚霞消失的时候〉谈起》。

9日,《文汇报》发表史中兴的《眼泪化成彩虹和诗篇——评影片〈牧马人〉的思想意义》。

10日,《人民日报》发表仲呈祥的《理想·道路·人生观——关于塑造当代青年形象的一个重要问题》;马立诚的《两代人的共同职责——中篇小说〈职责〉读后》。

《小说林》第2期发表刘延年的《美丽青春的呼唤——读〈北极光〉兼议有关评论》;栾振国的《〈北极光〉艺术真实性之我见》;刘锡诚的《〈蒲柳人家〉的艺术特色》。

《山茶》第1期发表李丛中的《谈谈傣族新文学的发展问题》。

《北京文学》第2期发表谭谊的《对深入工农兵生活之管见——与刘心武同志商榷》;古远清、高进贤的《"穷且益坚,不坠青云之志"——读报告文学〈国际大师和他的妻子〉》。

《雨花》第2期发表陆建华、金实秋的《立足于现实生活之上的艺术——一九八一年第一期〈雨花〉短篇小说漫评》;吴亮的《关于爱情文学的对话——文学家与他友人的一场辩论》。

《奔流》第2期发表龚依群的《写农村,写农民,发展乡土文学》;京夫的《勿自弃,勿自封》(创作谈);秦兆阳的《〈在田野上,前进!〉再版题词》。

《读书》第2期发表李韦的《祖国啊,母亲!——评於梨华〈又见棕榈,又见棕榈〉》。

11日,《文汇报》发表张德明的《读者爱看文学性强的报告文学》。

《光明日报》发表王蕴明的《激情写正气　浓墨状风云——评新编历史剧〈成

兆才》;蔡毅的《自然朴素的山菊花——石英创作特色浅析》。

12日,《电影作品》以"关于电影剧本《甜泉》的讨论"为总题,发表傅基的《一部内涵丰富的作品——喜读电影剧本〈甜泉〉》,沙里的《读时似真 思则存伪——〈甜泉〉读后》,仲夏的《这是什么样的人性描写?——浅析〈甜泉〉中的卡斯洛·乔的形象》,杨名中的《电影树的探索花》,赵尔寰的《多了点"糖精" 少了点蜜——试评电影剧本〈甜泉〉》。

13日,《解放军报》发表龚彦的《评叶文福的"将军诗"及其它》。

15日,《山东文学》第2期发表王凤胜的《文艺家"尤须有进步的思想"》;王希坚的《诗歌——时代精神的艺术结晶》,杨树茂的《文学与爱情》。

《北方文学》第2期发表吴运刚的《评〈人妖之间〉的失实》;邓友梅的《我和生活手册》(创作谈);史圣美的《文坛游击五十年——访老作家罗烽同志》;李福亮的《一组历史的浮雕——读罗烽同志的旧作〈归来〉与〈横渡〉》。

《南风》第1期发表潜明滋的《革命传说中的幻想》。

《朔方》第2期发表何光汉的《"把每个细胞都化作音符"——读高深的诗歌新作》;杨致君的《一个新时期的革新闯将——〈龙种〉读后》。

《新港》第2期发表陈伟达的《在天津市文学艺术工作者第二次代表大会上的祝辞》;方纪的《天津市文艺工作者第二次代表大会开幕词》;李霁野的《走正路,出作品,出人才 努力攀登社会主义文艺新高峰——在天津市文学艺术工作者第二次代表大会上的报告》;孙犁的《天津市文学艺术工作者第二次代表大会闭幕词》;陈冰的《在中国作家协会天津分会第二次会员大会上的讲话》;《天津市文学艺术界联合会名誉主席、主席、副主席、委员名单》;《中国作家协会天津分会主席、副主席、理事名单》。

《山东教育学院学报》第1期发表王建新的《读梁凤仪的财经小说》。

16日,《文汇报》发表草明的《文如其人——〈密城的火焰〉和它的作者》。

17日,《人民日报》发表陈宝云的《文学要给社会前进以助力——也谈歌颂与暴露问题》;肖云儒的《写好新时期的农村生活》。

《作品与争鸣》第2期发表李英敏的《从人民生活中挖掘爱情的美——关于文艺作品中爱情描写的一点意见》;本刊记者的《提高社会责任感 正确描写爱情——记本刊召开的爱情题材作品座谈会》;西龙的《新的开拓 美的赞歌——赞冯骥才的中篇小说〈爱之上〉》;奚为的《爱情没有成为一种干扰——〈狐仙〉择

偶记〉爱情描写漫议》;戈平的《不健康的爱情描写——读小说〈"狐仙"择偶记〉有感》;添丞的《社会主义的新型妇女形象——谈〈因为我是女人〉中的辛海兰》;敏光的《她究竟是个什么样的人呢？——谈谈〈因为我是女人〉艺术描写的缺陷》;岑光的《让"维纳斯"闯进心扉吧——谈短篇小说〈维纳斯闯进门来〉》;阿兰的《维纳斯的魅力与美》(讨论映泉的小说《维纳斯闯进门来》);以"关于短篇小说〈辘轳井〉的讨论"为总题,发表胡德培的《尊重实际 尊重历史》,郑荣来的《基本成功但也有缺点——也谈〈辘轳井〉的得失》;以"关于文艺如何表现爱情的讨论"为总题,发表张炯的《从生活出发,揭示人的心灵美》,邹士明的《电影爱情表现浅议》;同期,发表单闻、肖汀的《提倡"写真实"会导致自然主义吗?》。

20日,《人民文学》第2期发表金哲的《要写出本民族的心灵美》(书简)。

《边塞》第1期发表刘宾的《坚持深入生活,作品才有民族特色——读中篇小说〈红柳〉》。

21日,《莽原》第1期发表杨飏的《文学创作的一个重要课题——关于社会主义新人的塑造》。

22日,《光明日报》发表张韧的《中篇小说形式问题刍议》。

《新文学史料》第1期发表周而复的《志洁行廉的战士——怀齐燕铭同志》;朱微明的《彭柏山创作〈战争与人民〉的艰苦过程》;孙瑞珍、李杨的《丁玲,是属于人民的》;胡光凡、李华盛的《周立波传略(上)》;阎纯德的《谢冰莹及其创作》;古继堂的《台湾文艺联盟——三十年代台湾作家的大本营》;华嘉的《香港人间书屋二三事》;曹聚仁的《我与我的世界(选载·五)》。

23日,《文汇报》发表黄药眠的《"形象思维"小议》。

25日,《文艺研究》第1期发表本刊记者的《努力提高电影质量,为建设社会主义精神文明作出贡献——记一九八一年全国故事片电影创作会议》;张骏祥的《谈谈电影质量、电影文学、电影评论问题》;彭立勋的《从西方美学和文艺思潮看"自我表现说"》;钱谷融的《对〈对文学中人与现实关系问题的一点意见〉的意见》。

《光明日报》发表王中青的《重新认识〈卖烟叶〉》。

28日,《剧本》第2期发表赵寻的《把文艺的灯火燃得更亮些——评话剧〈谁是强者〉》;李树声的《中国文联理论研究室座谈〈谁是强者〉》。

本月,《工人创作》第2期发表李祖良的《进一步繁荣职工文艺创作》;易工的

《写出比爱情更重大的社会问题——读〈金峰记〉》;杨匡汉的《历史呼喊新的诗情——对工业诗的若干思考》;易平、柏宁湘的《虚妄的追求》(讨论小说《晚霞消失的时候》)。

《四川文学》第2期发表饶曙光等的《关于小说〈近的云〉的讨论》。

《天山》第1期发表吕大中的《报告文学的真实与想象》;《积极开展批评与自我批评抵制资产阶级自由化倾向》。

《文艺》第1期发表汪曾祺的《小说笔谈》;钱立言的《试论刘绍棠小说的语言风格》;张棣的《访京华三位有特色作家》(汪曾祺、宗璞、林斤澜)。

《北方曲艺》第1期发表孙天彪的《描下农民本色,绘出乡村新貌——读中篇说唱〈孔雀开屏〉》。

《辽宁群众文艺》第2期发表李映的《生活多彩诗有情——读〈辽宁群众文艺〉一九八一年的诗》。

《电视文艺》第1期发表黄维钧的《着眼于写人——评〈龙的传人〉》;程世鉴的《朴实含蓄　真挚动人——记本刊〈新岸〉座谈会》;双白的《真诚的力量——读〈我该怎么办?〉》。

《红岩》第1期发表寒先艾的《〈鹤舞集〉序》;杨建业的《叶辛——自学成才的文坛新秀》。

《江城》第2期发表朱先树的《关于诗的象征意义与主题思想》;海南的《评朦胧古怪诗》。

《芒种》第2期发表陈子伶的《文艺方向与描写新人》;沈太慧的《文艺欣赏的共鸣与差异》;张启范的《短小·含蓄·深刻——读短篇小说〈无题〉》。

《戏剧艺术》第1期发表宗福先的《热烈地拥抱生活——〈路〉等三个话剧给我的启示》;蒋星煜的《历史剧的历史感和时代感——兼谈话剧〈李世民〉、昆剧〈唐太宗〉》。

《时代的报告》第2期发表张晓生的《试论〈讲话〉对解放思想的重大意义》;燕铭的《加强对小资产阶级思想的引导》;薛生的《诗人,你要洗一洗啊!》;肖愚的《〈明月初照人〉的倾向值得讨论》。

《作品》第2期发表吕彦竹的《自家酿的"苦酒"——评李剑的〈醉入花丛〉及〈谁酿的苦酒〉》;杨奎章的《开创文艺批评的新生面》;谢望新、李钟声的《奇妙的角度——读张雄辉的短篇小说》。

《芳草》第2期发表罗守让的《扑朔迷离的朦胧的美——评〈老人的歌〉》。

《河北文学》第2期发表陆荣椿的《党的文学与"自由的文学"》；刘京清的《塑造改革者形象》；于建的《她有一颗纯真的心——读铁凝的三篇近作》；尹世明的《战士的英姿　雄伟的山峰——评叙事诗〈山峰〉》；马杰的《梁斌挥泪写书——访梁斌和简介〈烽烟图〉》。

《河南戏剧》第1期以"关于《血溅乌纱》的讨论"为总题，发表兰纪先的《历史的回声》，张立云的《玉不琢不成器——对〈血溅乌纱〉的几点观感》。

《春风》第2期发表思久的《文学新人的新探索——漫评一九八一年〈春雨新花〉中的小说》。

《星星》第2期发表罗良德的《从"眼前有景道不得"谈起——评〈星星〉发表的部分反映农村生活的诗》；一洁的《中国的心事——评赵伟的〈北京抒情诗〉》；流沙河的《做梦的蝶》（介绍台湾诗人周梦蝶）。

《青年文学》创刊，第1期发表南云端的《一曲心灵美的赞歌》（讨论航鹰的小说《明姑娘》）；冉淮舟的《在文学的园林里》（讨论孙犁）。

《鸭绿江》第2期发表浩然的《深入生活和感受生活》；宝藏的《壮心健笔绘风云——马加长篇小说〈北国风云录〉前十八章读后》；陶金声的《要给人以信心和力量——评短篇小说〈转正〉》。

《新月》（季刊）创刊，《新月》编辑部编辑，第1期发表《发刊词》。

本月，河南人民出版社出版河南省纪念鲁迅诞生一百周年委员会编的《学习与纪念》，洪汛涛的《儿童·文学·作家》。

浙江人民出版社出版戴不凡的《戴不凡戏曲研究论文集》。

百花文艺出版社出版本社编的《孙犁作品评论集》。

安徽人民出版社出版本社编的《掌握好文艺批评的武器——文艺评论集》。

工人出版社出版北京市社会科学研究所北京文艺年鉴编辑部编的《北京文艺年鉴(1981)》。

四川少年儿童出版社出版陈子君的《儿童文学在探索中前进》。

少年儿童出版社出版《儿童文学研究》编辑部编的《儿童文学研究(第9辑)》。

上海文艺出版社出版王元化的《向着真实》，吴战垒的《文艺欣赏漫谈》，《文艺论丛(第14辑)》。

湖南人民出版社出版湖南师范学院中文系文艺理论教研室编的《文学理论

基础(下)》。

中国社会科学出版社出版张紫晨的《鲁迅诗解》,《文学评论》编辑部编的《文学评论丛刊(第11辑·现代文学专号)》。

山东人民出版社出版本社编的《文苑纵横谈(2)》。

3月

1日,《上海文学》第3期发表吴亮的《艺术与生活——一个"面向自我"的新艺术家和他友人的对话(三)》;周关东的《对〈文学家的智能结构〉的几点意见》。

《长春》第3期发表金河的《经常使自己面目一新》(创作谈);朱晶的《时代的浪花——读李玲修、乔迈报告文学新作》;叶根的《"哀音"与"灯火"——关于写阴暗面的断想》。

《山西文学》第3期发表郭政的《论赵树理作品中转变人物的意义》;岘垠的《"让老老少少都能看"——记赵树理在一次"拼刺刀"会上》。

《红旗》第5期发表顾骧的《文艺批评是促进文艺繁荣的一门科学》。

《青年作家》第3期以"关于《禁果》的讨论"为总题,发表吴野的《跟上前进中的生活——读〈禁果〉》,王齐志的《触及要害 引人深思——读〈禁果〉有感》,魏秋菊的《巧仙自食恶果》。

《青春》第3期发表陈登科的《是非经验之谈》(创作谈);徐怀中的《爬行者的足迹》(创作谈)。

《草原》第3期发表王铎的《在全区文学戏剧电影创作评奖发奖大会上的讲话》;潮洛濛的《再接再厉,奋勇前进——在全区文学戏剧电影创作评奖大会上的讲话》;本刊编辑部的《紧跟时代步伐,继续深入生活》;刘哲的《评杨啸儿童文学创作的特色》。

《解放军文艺》第3期发表马新义、范咏戈的《做奋发青年的歌赞者——王海鸰和她的短篇小说》;马威的《威武雄壮的战争活剧——胡可剧作略论》。

《新疆文学》第3期发表亚生·胡达拜尔地的《文艺工作者的神圣职责》；王玉胡的《略谈民族特色》；邢煦寰的《关于朱定近作的一点审美思考》；刘定中的《玲玲——值得肯定的典型形象》。

3日，《人民日报》发表陶钝的《大力促进曲艺的发展》；周扬的《〈何其芳文集〉序》；鲍霁的《刻意求工 别具一格——读吴伯箫的散文》；樊发稼的《金波儿童诗的艺术特色》。

《文汇报》发表李元洛的《扣人心弦的交响曲——读〈文汇月刊〉一九八一年的报告文学》。

《小说选刊》第3期发表行人的《要紧的在于自己的行动——〈乌纱巷春秋〉读后漫笔》。

《晋阳文艺》第3期发表降大任的《一篇别开生面的好小说——谈〈又是一出"打金枝"〉的艺术技巧》。

5日，《飞天》第3期发表武玉笑的《为进一步繁荣我省少数民族文学创作而奋斗》；志成的《内在的光芒——读〈蹩脚娘们〉》；余开伟的《不健康的创作倾向——评〈棉田明月夜〉》；《一九八一年以来关于部分中篇小说的讨论》。

《广西文学》第3期发表叶辛的《人物分析琐谈》。

《山花》第3期发表杨光汉的《〈野玫瑰与黑郡主〉探胜》；虹闻的《疑义相与析——关于〈降压灵〉的讨论》；胡孟雄的《读小说〈春〉》。

《长江文艺》第3期发表郑志的《到底恨什么？——评叶文福诗〈故宫，我恨你〉》；以"深刻反映农村生活 努力描写农村新人——关于短篇小说《新演诸葛》的评论"为总题，发表吉学沛的《新演诸葛》得失谈，丁永淮的《一个有鲜明性格的农民形象》，孟凡华的《独运新思演诸葛》，杉沐的《为农村新人讴歌——记农村业余作者楚良》。

《文汇月刊》第3期发表周介人的《典型地反映生活与反映典型的生活》。

《边疆文艺》第3期发表《忠胆碧血书情愫——韦建勇烈士和他的作品》；杨磊的《漫评近几年来云南儿童文学创作》；赵捷的《"艺术风格"随感录》；《我省少数民族文学创作喜获丰收 农村文化艺术工作取得显著成绩》。

《牡丹》第2期发表廖高群、简梧秋的《评〈再来一次"古文"运动〉》；朱先树的《也谈"表现自我"》。

《花溪》第3期发表李起超的《在那遥远的地方——青年作家何士光的

故事》。

《星火》第 3 期发表蒋天佐的《文艺创作的爱情题材漫话》；郭蔚球的《陈世旭小说创作笔谈》。

《延河》第 3 期发表小桥的《笔墨蹊径之外——〈三个不幸者〉读后》；王愚的《扎根在沃土中——王蓬的四篇小说读后》；京夫的《没有思索就没有文学》。

《福建文学》第 3 期发表耘之的《〈现代文学〉、白先勇和"放逐主题"》。

6 日，《泉城》3 月号专栏"初学写作者之友"发表艾芜的《练习写小说先从哪里开始》；艾斐的《细节的生命与生活的土壤》；草云的《你听得出人物走路的脚步声吗?》；徐传武的《让观察成为习惯》。

7 日，《文艺报》第 3 期发表丁玲的《五代同堂　振兴中华》；陈荒煤、袁文殊、钟惦棐、冯牧的《推进电影的革命现实主义主流——关于电影艺术新成就的对话》；陈骏涛的《评长篇小说〈沉重的翅膀〉》；《本刊召开座谈会讨论〈沉重的翅膀〉》；王先霈、陈湘生的《塑造社会主义新人形象关键在于发现》；洪明的《小议"自我表现"论》；丁永淮的《珍惜"精神的稀有元素"》；刘扬体的《不能走"鸳鸯蝴蝶派"的老路》；韦君宜的《〈爱与仇〉及其作者印象记》；金菁的《时代需要"抬头巧干"的创业者——读理由的报告文学〈希望在人间〉》；王纪人的《评几篇中篇小说的爱情描写》；舒諲、杨天喜的《历史风云人物塑造断想》；于晴的《读杨绛〈干校六记〉》；牟崇光的《来自人民，溶于人民——记作家刘知侠深入生活的片段》；世杰的《一心扑在农村文化艺术工作上的人们》；黎焰的《关于〈深入生活琐谈〉的琐谈——学习毛泽东文艺思想札记兼与蔡天心同志商榷》。

8 日，《光明日报》发表吴松亭的《陈世旭短篇小说创作琐谈》；公木的《〈心声集〉序》。

10 日，《小说林》第 3 期发表从维熙的《我的文学初步》；黄益庸、符钟涛、陈毕方的《关于〈光明屯纪事〉的通信》；刘春的《一篇引人深思的小说——读〈爷儿俩〉》；肖复兴的《歪歪扭扭的第一步》。

《北京文学》第 3 期发表蒋萌安的《带着海腥味的石子——母国政短篇小说创作漫评》。

《雨花》第 3 期发表《关于小说〈"狐仙"择偶记〉的来稿综述》。

《奔流》第 3 期发表钱光培、彭华生的《塑造多种多样的社会主义新人形象》；南丁的《〈乡音〉序》；段荃法的《泥土味及其它》；韩石山的《文学的第一步之前》

（创作谈）；张器友的《值得重视的诗篇——读李季的〈新烈女传〉》。

《津门文学论丛》第 4 期发表正谷的《孙犁对中国古典文学的见解和借鉴》。

《钟山》第 2 期发表张弦的《从两篇小说谈虚构》；赵本夫的《积累·发掘·构思——回顾〈卖驴〉的形成过程》；裴显生的《向生活的深处开掘——论张弦的小说创作》；黄政枢的《试谈几部中篇小说的结构艺术》；朱砂的《丹青难写是精神——介绍文学新人赵本夫和他的作品》。

《雪莲》第 1 期发表傅其三的《人情美与现实主义文学的典型创造——梁生宝形象探索》；范亦毫的《"不象戏的戏"——谈当代剧作结构的创新》。

11 日，《人民日报》发表杨荫隆、韩志君的《矛盾冲突和新人塑造》。

《文学报》发表王慧骐的《激情胜似黄河浪（访香港诗人黄河浪）》。

14 日，《解放军报》发表邢广域的《描绘出新人的美好心灵——读 1981 年军报部分报告文学随感》。

15 日，《山东文学》第 3 期发表于广礼的《略谈新时期社会主义新人形象的基本特征》；王忠林的《向生活的深度和广度开掘——读〈山东文学〉八一年的农村题材短篇小说》；沈祖芳的《文艺评论应成为"运动中的美学"》。

《文学评论》第 2 期发表吴秀明的《评近年来的历史小说创作》；董乃斌的《中华民族的一曲悲壮颂歌——评长篇历史小说〈金瓯缺〉（一、二）》；陈国屏的《评艾青近作的思想艺术特色》。

《北方文学》第 3 期发表王汶石的《我的自修》；孙钊的《也谈短篇小说长短问题——兼与雷加等同志商榷》。

《朔方》第 3 期发表达奇的《新的突破——试评几篇反映回族生活的小说》。

《新港》第 3 期发表黄泽新的《"使灵魂变得更加纯净和崇高"——读〈爱之上〉》；赵秀忠的《开拓新的内容 塑造新的农民——喜读〈东湖洼之晨〉》；知春的《小花一束献读者——"小小说专辑"漫笔》；王如青的《孙犁小说格调断想》。

《福建文学》第 3 期发表夏村的《脱尽败叶发新枝——学习胡乔木同志〈当前思想战线若干问题〉的一些体会》；刘登翰的《时代感和乡土气——读姚文泰的三个短篇》；柴海涛的《试论人物性格的复杂性》。

《冀东文艺》第 2 期发表张庆田的《创造社会主义新人谈》。

《复旦大学学报》第 2 期发表陆士清、王锦园的《试论聂华苓创作思想的发展》。

16日,《红旗》第6期发表陈播的《电影创作题材的新开掘——评影片〈牧马人〉》。

17日,《人民日报》发表刘梦溪的《他们在寻找人民——重读短篇小说〈月食〉》。

《作品与争鸣》第3期发表卜一的《湖,为什么有这么大的浮力》(讨论艾明之的小说《不沉的湖》);李杉的《"不沉的湖"在哪里?》(讨论艾明之的小说《不沉的湖》);刘绪源的《〈雨巷〉深处存疑端》;周尊攘的《朦胧〈雨巷〉景依稀》;梁建兴的《形象鲜明 讽刺真切——读贾平凹的小说〈晚唱〉》;于朝贵的《格调低沉 立意失真——评〈晚唱〉》;公刘的《现实主义必然是主流》;顾工的《一点订正和不解——致公刘同志》(讨论顾城的诗);顾工的《两代人——从诗的"不懂"谈起》;陈颙的《我们愿把欢笑和希望带给观众——摘自〈明月初照人〉导演工作小结》;严真的《关于话剧〈明月初照人〉的争论》;以"关于文艺如何表现爱情的讨论"为总题,发表苏叔阳的《文艺创作中"爱情问题之我见"》,郑国铨的《寻求真善美的统一》,马立诚的《略谈爱情婚姻与道德的关系》;同期,发表古华的《闲话芙蓉镇》;于向海、关芳的《划清资产阶级自由化的界限》;张成德的《关于赵树理派的几个问题》。

18日,《人民戏剧》第3期发表肖云儒的《追求史诗效果的得失——谈话剧〈巍巍昆仑〉》;颜振奋的《来自生活的笑声——喜剧〈龙飞凤舞〉观后》;汪培的《感人肺腑的淮剧〈母与子〉》。

《文汇报》发表王蒙的《王安忆的"这一站"和"下一站"》。

《光明日报》发表缪俊杰的《文艺创作要勇于和善于揭示社会矛盾》;胡源的《求索真理的颂歌——评广播剧〈求索〉》;唐先田的《也谈〈内当家〉的细节描写》。

20日,《人民文学》第3期发表金河的《与其冒烟,不如燃烧》(书简)。

《福建论坛》第2期发表包恒新、黄拔光的《台湾爱国诗人许南英及其创作》。

21日,《解放军报》发表童心的《领导标新二月花——写在〈牧马人〉、〈邻居〉等一批新片试映之后》;双戈的《培植军事文学新花的沃土——大型综合文学期刊〈昆仑〉创刊号评介》。

23日,《文汇报》发表成谷的《不该"遗忘"的角落——看〈被爱情遗忘的角落〉有感》。

24日,《人民日报》发表蹇先艾的《新的人物 新的气象——读何士光的短篇集〈故乡事〉》；李子云的《爱情为什么遗忘了这个角落？》(讨论张弦的小说《被爱情遗忘的角落》)；《西安部分评论工作者最近开会讨论贾平凹的近作》。

28日，《剧本》第3期发表露菲的《来自人民生活的创作——读〈虞棘剧作选〉》；魏明伦的《多存芝麻好打油——〈易胆大〉创作散记》；本刊记者的《进一步发展和繁荣歌剧事业——歌剧剧本讨论会情况报道》。

《解放军报》发表任达信的《〈牧马人〉散议》。

30日，《东方》第1期发表张同吾的《试论刘绍棠中篇小说的艺术特色》。

31日，《人民日报》发表郭志刚的《揭示矛盾和现实主义——简评一九八一年短篇小说评选获奖作品》；何孔周的《〈评戊戌喋血记〉中谭嗣同的形象塑造》；顾骧的《战争年代的农村风俗画——读长篇小说〈米河流向远方〉》。

本月，《工人创作》第3期发表徐昌霖的《一出八十年代的滑稽戏——参加〈三万元〉导演工作偶感》；吴欢章的《努力开掘工人生活的诗的矿藏》；冯永杰、唐明生的《探索者的脚印——谈工人季渺海的诗作》；滑富强的《真情来神——浅谈〈野猫〉》。

《艺丛》第2期发表徐迟的《〈海月明〉序》。

《四川文学》第3期发表仲呈祥的《"希望就在这一面"——作协四川分会文学创作讲习班学员小说创作专辑(一)评述》；以"关于小说《近的云》的讨论"为总题，发表刘健芬、杨烈的《人生，不是漂浮的云》，黎明德、苏祖斌的《〈近的云〉宣扬了存在主义思想》。

《辽宁群众文艺》第3期发表徐之的《构思精巧　小中见大》(讨论曲艺唱词写作)。

《江城》第3期发表张垣的《文艺的美学理想》，生力的《掐尖与"可秧长"——散文〈剪枝〉读后》；崔兴林的《但愿家风日日新——读小说〈家风〉》。

《芒种》第3期发表纪彬的《从爱情描写的"灾区"走出来》。

《时代的报告》第3期以"重新学习《在延安文艺座谈会上的讲话》"为总题，发表田间的《再读〈讲话〉》，钟寒的《到火热的生活中去》；同期，发表任安力的《话剧〈多么美的除夕夜〉观后》；本刊记者的《关于话剧〈明月初照人〉来稿综述》。

《作品》第3期发表李天平的《普通人中的先进典型——评〈柳暗花明〉中的周炳》。

《芳草》第3期发表杨江柱的《通过谁的眼睛？——谈小说的"视点"》；吴功

正的《略谈〈李自成〉》;朱璞的《喜读〈女大学生宿舍〉》;广柱的《平常中的不平常——读短篇小说〈渔家女的高跟鞋〉》。

《安徽大学学报(哲学社会科学版)》第 1 期发表王宗法的《关于当代文学的估价问题》。

《安徽文学》第 3 期发表亦木的《拐了弯儿的争论——再答拙木同志》;吴国琳、王新民的《究竟谁离真理更远?——答刘金同志》;王若望的《回答与说明》。

《河北文学》第 3 期发表谢景林的《情深·意浓·旨远——读韦野的〈春影集〉》;冯建勋的《真实·亲切·质朴——读短篇小说〈张二瞎子唱曲儿〉》。

《金城》第 1 期发表牟豪戎的《丁玲的文学创作道路(下)》;洪毅然的《关于所谓"意识流"创作方法》;吴又雄的《从意识流所想到的》;贾星的《"意识流"与现实主义文学的心理描写》;邵明的《借鉴"意识流"要注意民族特色》;康维安的《谈意识流的哲学基础》。

《春风》第 3 期发表毕及文的《文艺批评和论争不应再炒冷饭——人性问题琐议》;高峰的《要坚持文学的党性原则——重读〈党的组织和党的文学〉》。

《星星》第 3 期发表孟繁华的《遒劲·有力——读徐敬亚的诗〈长征,长征〉》;流沙河的《浴火的凤》(介绍台湾诗人余光中)。

《鸭绿江》第 3 期发表郑祥安的《褒贬清楚 爱憎分明——读韶华的短篇小说集〈你要小心〉》;陆文夫的《漫话小说创作》。

《海峡》第 1 期发表丁景堂、王铁仙的《在实事求是的道路上探索前进》;〔美〕葛浩文的《台湾乡土作家黄春明》。

《清明》第 1 期发表胡永年的《卓荦不群 别具一格——评张弦的"爱情小说"》。

《湘江文学》第 3 期发表王福湘的《生活·思考·追求——评韩少功近几年的小说创作》;以"关于文学创作如何塑造新人,反映四化建设的讨论"为总题,发表彭国安的《社会生活的形象反映》,谭谈的《在生活的矿井里掘进》,斯闻的《"闹市"竟临"死胡同"》,陆钊珑的《读〈三国〉的联想》,贺光鑫的《一事数番写》,韩复华的《泥土芳香,别具风格》;同期,发表李华盛、胡光凡的《也谈周立波的笔名》。

《新苑》第 1 期发表易洪斌的《"按照美的规律来塑造"——塑造社会主义新人形象美学谈》;李景峰的《乡情的礼赞——读刘绍棠的近作〈草莽〉》;孙里的《景美·情美·人更美——读中篇小说〈金喜鹊〉》。

《新文学论丛》第1期发表蔡美琴的《论陈映真的文学主张》；张默芸的《王拓和他的小说创作》；王晋民的《论台湾作家黄春明的小说》；卢菁光的《他在探求什么——台湾作家张系国散论》；温儒敏的《海外出版的两种中国现代文学史》。

本月，黑龙江人民出版社出版彭放编的《郭沫若谈创作》。

甘肃人民出版社出版甘肃省社会科学院文学研究室编的《关陇文学论丛(第一集)》。

北京出版社出版中国现代文学研究会、本社编的《中国现代文学研究丛刊(1981年第2辑)》。

人民文学出版社出版中国社会科学院文学研究所现代文学研究室编的《"两个口号"论争资料选编》。

陕西人民出版社出版《现代文艺论丛》编委会主编的《现代文艺论丛(第2辑)》。

天津人民出版社出版袁良骏编的《丁玲研究资料》。

江苏人民出版社出版卜仲康编的《秦淮专集》。

福建人民出版社出版孟广来、牛运清编的《柳青专集》。

山西人民出版社出版李国涛的《〈野草〉艺术谈》。

本季，《海峡》第1期发表[美]葛浩文的《台湾乡土作家黄春明的创作》。

4月

1日，《上海文学》第4期发表征农的《严峻时刻的爱憎与忧乐——〈征农诗词选〉序》；茹志鹃的《我想说一些什么——读〈巨兽〉以后》；冯能保的《创作·主题·概念》；张德林的《情理与善恶——也谈性格化并同陈思和同志商榷》；顾城的《关于〈西线轶事〉的轶事》。

《山西文学》第4期发表张成德的《〈汾水〉一九八一年获奖短篇小说漫评》；马烽的《〈庄稼观点〉序》；艾斐的《投入生活的"漩涡"——关于社会主义新人形象的塑造》。

《长春》第 4 期发表单复的《排水管吹不出夜曲》(创作谈);李士德的《学习赵树理的大众文艺观》;吴英俊的《文艺民族化问题随想》;述林的《一股火热的生活激流——读〈我们的刨床小组〉》。

《光明日报》发表刘士杰、刘叔明的《清新自然　意蕴深远——影片〈被爱情遗忘的角落〉观后》。

《红旗》第 7 期发表闻铧的《当前文艺创作需要注意的几个问题》。

《青年作家》第 4 期发表李家瑞的《谈〈禁果〉》。

《青春》第 4 期发表王蒙的《漫谈短篇小说的创作》;华凝的《耳目一新——喜读〈拉岱大桥〉》;以"关于小说《金灿灿的落叶》的讨论"为总题,发表郑彬的《深刻的哲理　生动的人物——读〈金灿灿的落叶〉》,钟金龙的《为败坏道德鸣锣开道——评小说〈金灿灿的落叶〉》。

《草原》第 4 期发表享邑的《写好人物的隐微之情——短篇小说〈石榴〉、〈扎彩〉小评》。

《萌芽》第 1 期发表严文井的《为了人间——致青年作者》;洁泯的《社会责任感和创作自由》。

《新疆文学》第 4 期发表周鉴铭的《"找到我"论》(创作谈);郭挺的《从悲剧的角度看〈香岛除夕〉》;艾光辉的《辛辣的笔触,善意的用心——谈〈靓女港仔碰车记〉的讽刺艺术》;王仲明的《为"无花果"作传——读文学传记〈林基路〉》;伏琥的《真实的生活,耀眼的光彩——〈窑洞户的一个傍晚〉读后》。

《解放军文艺》第 4 期发表杜鹏程的《抒人民之情——读安静的〈将军塞上曲〉》。

3 日,《小说选刊》第 4 期发表丹晨的《我看到了美——读〈明姑娘〉》;《一九八一年全国优秀短篇小说评选读者来信摘编》。

《电影艺术》第 4 期发表杜清源的《一股不可忽视的浊流——评电影创作中的庸俗化倾向》;邵牧君的《〈被爱情遗忘的角落〉四题》。

5 日,《人民日报》发表《抓紧落实知识分子政策》。

《飞天》第 4 期发表古华的《冷水泡茶慢慢饮》(创作谈);谢昌余的《我们这里的年轻人——简论 1981 年〈飞天〉部分小说中的青年形象》;《一九八一年关于文艺反映社会生活本质问题的论争》。

《光明日报》发表范咏戈的《从〈地上的长虹〉到〈西线轶事〉——谈徐怀中对

当代军事题材小说的艺术探索》;白烨的《热情讴歌中国农民的传统美德——评邹志安的小说创作》。

《广西文学》第4期发表何士光的《关于突破的自我反省》。

《山花》第4期发表王鸿儒的《试谈市侩主义在文学中的影响》;马凤起的《艺术中的相反相成——从傻大姐说起》;苏晓星的《热爱生活 赞美生活——读罗国凡短篇创作有感》;朱达成的《振聋发聩 新颖深刻——短篇小说〈沙基〉片谈》;李德谦的《真实才是基础——〈沙基〉读余我见》。

《长江文艺》第4期发表程克夷的《艺术构思 贵在独创——浅谈〈长江文艺〉几篇小说的构思艺术》。

《文汇月刊》第4期发表张抗抗的《我写〈北极光〉》;敏泽的《勇于为四化呼喊——评张洁〈沉重的翅膀〉》;梅朵的《评影片〈被爱情遗忘的角落〉》。

《陕西戏剧》第4期发表黄俊耀、米晞的《让这支红杏花开得更艳丽——谈眉户剧〈杏花村〉》。

《星火》第4期发表吴松亭的《他在文学的山道上奋力攀爬(上)——作家杨佩瑾访问记》;黄日星的《〈旋风〉艺术特色初探》。

《延河》第4期发表李培坤的《写出劳动者的内在美——读〈在田野上〉》;本刊记者的《记"笔耕"组贾平凹近作讨论会》;陈深的《把生活的井掘得更深——贾平凹小说创作直观录》;费秉勋的《贾平凹一九八一年小说创作一瞥》。

《海燕》第4期发表鲍文清的《静悄悄闪光的星——访女作家谌容》。

《滹沱河畔》第2期发表丁慨然的《对表现"现代的'自我'的"异议》(讨论《诗探索》创刊号顾城的《请听听我们的声音》)。

《边疆文艺》第4期发表王屏、谢红的《李钧龙小说中各民族妇女形象》;李曦的《中国当代文学研究会云南分会成立》。

《福建文学》第4期发表练文修的《坚持真实性和理想性的统一》;郭风的《在菲律宾马尼拉新潮文艺社座谈会上的发言》;钟本康的《写出人物性格的多样性和复杂性——评长篇小说〈黄毛丫头〉》;姚鼎生的《关于〈黄毛丫头〉的通信》;刘登翰的《矫情、自我和时代——读潘秋的诗》;陈志铭的《精妙的艺术构思——赏析〈乡场上〉》;刘蔚文的《台湾乡土作家王拓》。

7日,《人民日报》发表胡永年的《蕴含着启人深思的力量——读中篇小说〈洗礼〉》。

《文艺报》第4期发表石泉的《更多更好地反映工业战线的斗争生活》；草明等的《描写工业战线的变革和矛盾》；刘思谦的《蒋子龙的"开拓者"家族》；吴元迈的《关于艺术领域的人学的思考》；吴宗蕙的《苦难中觉醒——评韦君宜的小说〈洗礼〉》；易言的《评〈拨动〉及其他》；李元洛的《李瑛诗作艺术片论》；王岚的《真实些，更真实些》(讨论电视剧《新岸》)，李家耀的《漫谈滑稽戏》；石南的《写青年工人的主流——谈话剧〈快乐的单身汉〉及其作者》；王光明的《引人注目的"黎明散文诗丛书"》；宋遂良的《在人生道路上探索——读长篇小说〈求〉》；唐挚的《读〈明姑娘〉随感》；章仲锷的《于真挚处见深意——读王安忆的〈本次列车终点〉》；《一九八一年全国优秀短篇小说评选揭晓》；汶通的《〈花溪〉的新气象》；孟伟哉的《秦兆阳印象》；方顺景的《淘金者的奉献——陈祖芬和她的报告文学》；袁康、晓文的《一部违反真实的影片——评〈天云山传奇〉》。

8日，《文汇报》发表徐俊西的《用奋发向上的精神看待人生——从〈角落〉的讨论谈起》。

《北京文学》第4期发表刘绍棠的《几个不应忽视的问题——答读者问》。

《北方文学》第4期发表刘真的《自学小记》(创作谈)；龙音的《具有民族气节的革命作家——记萧军同志》；李家兴的《农民命运的交响诗——〈乡民〉读后》；舒群的《〈没有祖国的孩子〉序——〈舒群文集〉卷一》。

《雨花》第4期发表柳松的《实事才能求是——对一篇评论的评论》(讨论1982年《江苏青年》第2期孙乃昌的《评〈"狐仙"择偶记〉》)；槐真的《批评家应有的尺度——评〈"狐仙"择偶记〉》；郑乃藏的《谈文学作品中的爱情描写》。

《奔流》第4期发表穆木的《向生活的深处开掘》；成一的《有一株绿树》(创作谈)；牛青坡的《农村一代新人的艺术形象——谈〈征服〉中的南恒》。

《海鸥》第4期发表刘桓、王安东的《心灵美的探索——浅谈一九八一年〈海鸥〉小说中的人物描写》。

12日，《电影作品》第2期以"关于电影剧本《甜泉》的讨论"为总题，发表柴建华的《请珍重祖国的尊严》，曾晶中、王康平的《卡斯洛·乔这个"魔鬼"》，季元龙的《"将人的魂灵的深，显示于人"》。

《人民日报》发表艾青的《听远方的歌声——〈台湾诗选〉(第2集)序》。

14日，《人民日报》发表曾镇南的《文艺创作要有助于提高人们的精神境界》；刘宝毅的《广播剧是值得重视的艺术形式》。

15日,《小说林》第4期发表张天民的《我的探求》;魏雅华的《我与科幻小说》。

《山东文学》第4期发表苗得雨的《报告文学不能写真人假事》;缪俊杰的《生活是创作的母亲》;任乎先的《浅谈艺术的目的性》;罗守让、徐学俭的《关于〈水声〉的评论》。

《龙沙》第2期发表彭放的《春催桃李花满枝——〈龙沙〉1981年小说漫评》;关沫南的《关于短篇小说创作的几个问题》;蒋逢轩的《歌颂的"路子"》。

《朔方》第4期以"纪念《在延安文艺座谈会上的讲话》发表四十周年"为总题,发表石天的《〈讲话〉是哺育我们成长的乳浆》,张武的《多写为中国老百姓喜闻乐见的作品》,吴淮生的《一点回顾》;同期,发表石磊的《生活・感情・艺术——致〈大雪歌〉的作者》;肖冰的《真挚 朴实——评王庆同的散文》。

《新港》第4期发表陈冰的《发展马克思主义的文艺批评》;本刊记者的《为人民创造更多更好的精神食粮——记天津市文联、文化局召开文艺创作座谈会》;陈辽、胡若定的《改革洪流中飞出的浪花——读近年来反映工业改革的部分小说》;理由的《延长线》(创作谈)。

17日,《作品与争鸣》第4期发表姚虹的《从〈爱,是不能忘记的〉到〈美的结构〉》;肖云儒的《社会需要有美的精神结构》;饶曙光、李家瑞、王福湘的《小说〈近的云〉争论》;迪捷、鸣谷、王衡的《对〈同学〉的讨论》;林贤治的《一部振聋发聩的作品——试论长篇小说〈人啊,人!〉的思想和人物》;高林的《为"人"字号招魂——评〈人啊,人!〉》;刘燕光的《这样的厌世者值得宣扬吗?——评中篇小说〈火警〉》;何易、王野的《关于小诗〈诗〉的争论》;黄端旭、羽中、谭覃的《爱情题材讨论(三篇)》;秋泉的《关于〈北极光〉的讨论综述》;南岫的《关于〈小街〉结尾的争鸣综述》;肖铁的《什么是文艺批评的政治标准》。

18日,《解放军报》发表李炳银的《蓓蕾初放 风华正茂——读几位部队女作者的小说》;江明的《文艺评论获奖的启示》。

《光明日报》发表晋驼的《〈晋驼短篇选〉自序》;陈静的《读中篇小说〈洗礼〉》。

20日,《人民文学》第4期发表葛洛的《在一九八一年全国优秀短篇小说评选发奖大会上的祝词》;《一九八一年全国优秀短篇小说评选当选作品》;《一九八一年全国优秀短篇小说评选委员会名单》;以"工业题材创作座谈会发言选辑"为总题,发表蒋子龙的《要不断地超过自己》,张天民的《沿着自己的途径探索》,理由的《陌生与熟悉》,焦祖尧的《必须突破"车间文学"的框框》。

《文汇报》发表山大柏的《事业和爱情的冲突——读中篇小说〈爱之上〉想到的》。

《柳泉》第 2 期发表杨匡汉的《在崇高的领域里驰骋——读贺敬之诗歌札记》;孙光萱、尹在勤的《〈贺敬之和他的诗〉之一章》;宋遂良的《真假浪漫主义》;徐传武的《谈〈李自成〉的语言艺术》;凌汛的《刘琨文学浅论》。

《解放军报》发表本报评论员的《努力发展社会主义军事文学——祝贺军事题材文学创作座谈会的召开》;巴金的《在军事题材文学创作座谈会上的讲话》;刘白羽的《努力建设我国新的历史时期的社会主义军事文学——在军事题材文学创作座谈会上的发言》。

《湖南师院学报(哲学社会科学版)》第 2 期发表汪名凡的《革命现实主义的胜利——湖南作家群创作特色初探》。

《福建论坛》第 2 期发表包恒新、黄拔光、庄义仁的《台湾爱国诗人许南英及其创作》。

21 日,《人民日报》发表巴金的《在军事题材文学创作座谈会上的讲话》;刘白羽的《努力建设我国新的历史时期的社会主义军事文学——在军事题材文学创作座谈会上的发言(摘要)》。

22 日,《光明日报》发表曾镇南的《恩格斯与某些小说中的爱情理想主义——再谈〈北极光〉兼答滕福海同志》。

25 日,《文艺研究》第 2 期发表本刊编辑部的《写在〈讲话〉发表四十周年之际》;丁学良的《〈马克思主义与人道主义〉一文质疑》;陈瘦竹的《悲剧往何处去》;魏明伦的《转益多师是吾师——从我怎样写〈三扣门〉谈起》。

《当代文学思潮》创刊,当代文艺思潮杂志社编辑出版,第 1 期发表《我们须努力有所创见》;吴坚的《坚持用两分法观察文艺现象》;冯牧的《关于理论批评和文艺研究的一些随想》;王燎荧的《有关〈讲话〉的一个基本问题》;王蒙、刘心武的《就风格流派诸问题答〈当代文艺思潮〉编辑部问》;刘哲、苏晨、杨文林、李敬信的《文学期刊主编笔谈——答〈当代文艺思潮〉编辑部问》;支克坚的《中国新文学发展中的文学观念问题》;陈辽、杜书瀛、王云缦、程代熙的《就当代文学问题答〈当代文艺思潮〉编辑部问》;黄伟宗的《新时期以来中国小说艺术的发展》;刘锡诚的《山村风云与"山药蛋"派的出现——赵树理四十年代的小说》;朱立元的《力促文艺学的现代化》;洪毅然的《文艺学与美学——两者的关系及区别》;郭志刚的《试论孙犁的文艺批评》;阎纲的《函致〈创业史〉及农村题材创作讨论会》;肖云儒整理的《贾平凹作品讨论会记要》；流舟、李歌平、金晓明的《瀚海情怀　高原气派——试谈正在形成中的高原派文学》；刘清廉的《文学观念与道德观念》；李大耀、冯煜业的《在文科大学生心目中的当代文学》；瞿世镜的《"意识流"思潮概观》。

《社会科学战线》第2期发表冯为群的《水滴自有石穿日——重评康濯的中篇小说〈水滴石穿〉》。

27日，《文汇报》发表紫谷的《浅谈〈方舟〉的思想和艺术特色》。

28日，《人民日报》发表王若水的《文艺·政治·人民》。

《剧本》第4期发表方远的《饱含深情与哲理的〈红鼻子〉》。

29日，《光明日报》发表王昌定的《评中篇小说〈失去的，永远失去了〉》。

30日，《海南师专学报》第1期发表王春煜的《他用笔描绘时代的风云——访著名作家欧阳山》。

本月，《工人创作》第4期发表左弦的《理、味、细、趣、奇——评弹艺术技巧》；周梅夫的《美哉，夫妇魂——喜读杰宝的小说〈柜长夫妇〉》。

《文艺》第2期发表王昌定的《吹尽狂沙始到金——〈方纪小说集〉读后》。

《文艺生活》第4期发表《筹备成立中国群众文化学会》。

《四川文学》第4期发表仲呈祥的《乐遣春温上笔端——作协四川分会文学创作讲习班小说专辑（二）漫评》；《关于小说〈近的云〉的讨论（来稿摘登）》。

《安徽文学》第4期发表黄永厚的《馒头放碱问题——谈〈烟〉》；曾镇南的《祝兴义的短篇小说》；钱念孙的《人生哲理的可贵探索——读"拓荒者"的荒地〉》。

《江城》第4期发表高逸群的《略谈〈小院〉》。

《芒种》第4期发表孟伟哉的《生活·艺术·灵感——与文学讲习所几位青年同志的谈话》；木青的《不断学习　不断进取》；志伟、志远的《还是应该回到坚实的大地上来——评叶文福〈雁阵〉的错误倾向》。

《戏剧创作》第2期发表肖甲的《谈戏曲现代戏》；以"话剧《孙中山》笔谈"为总题，发表愚氓的《集中笔墨　深入开掘——评话剧〈孙中山〉》，李超的《先驱者的光辉形象》；同期，发表王兆一的《功夫全在"炼"字上——评王肯新作〈三放参姑娘〉》；张涂的《儿童戏剧的一朵新花——简评电视剧文学剧本〈捡废纸的孩子〉》；以"关于塑造社会主义新人形象问题讨论"为总题，发表吴英俊的《让更多的"新人"走上舞台》，高峰的《生活的丰富性与新人的多样性》，高山的《不能把社会主义新人和普通人混同起来》。

《作品》第 4 期发表本刊记者的《关于〈人啊，人!〉的成败得失——小说讨论会纪要》。

《芳草》第 4 期发表米得的《文艺与风俗》；卢今的《小中见大——谈〈赴宴〉和〈澡堂里的笑声〉的艺术构思》。

《河北文学》第 4 期发表张东焱的《从〈希望〉谈希望》；从维熙的《病榻絮语——读〈花市〉有感》；王健儒的《花娇心更美——浅评〈花市〉中蒋小玉形象的塑造》；罗守让的《艺术个性特色和追求》(讨论贾大山的小说《花市》)；刘振声的《评〈竞折腰〉》；顾传菁的《读孙犁的〈耕堂杂录〉》；安栋梁的《"老树着花无丑枝"——曼晴诗风初探》。

《河南戏剧》第 2 期发表李亦的《根深叶茂——评豫剧〈小白鞋说媒〉》；以"关于〈血溅乌纱〉的讨论"为总题，发表王景中的《〈血溅乌纱〉赞》，庆遂增的《要正确体现"古为今用"的原则——浅谈〈血溅乌纱〉中严天民的艺术形象》。

《春风》第 4 期发表栾昌大的《爱情描写中存在的一个问题》；吴英俊的《发人深省的报告〈三门李轶闻〉读后》。

《鸭绿江》第 4 期发表金河的《关于小说创作的几个问题》；李炳银的《关于〈大车店一夜〉的通信》；田禾君的《"真话"，还是错话？——评叶文福同志的〈到底写的谁〉》；陈祖基的《贵在写出新意——简评〈秋水〉》；李兴武的《这样的人物值得同情吗？——评短篇小说〈秋水〉》。

《湘江文学》第 4 期发表杨桂欣的《老诗人肖三》；韩少功的《难在不诱于时利》；以"关于文学创作如何塑造新人、反映四化的讨论"为总题，发表筱周、宏娟的《现代物质文明和社会主义新人——也谈〈铃木摩托〉的得失》，丁楠的《生活的启迪——评小说〈寻觅〉》。

《新地》第 2 期发表志云、朱伟的《驶向生活海洋的深处——记青年作家陈建功》；韩石山、王不天的《作家答〈新地〉编辑部问》。

《星星》第 4 期发表流沙河的《举螯的蟹》(介绍台湾诗人洛夫)。

《特区文学》第 1 期发表封祖盛的《陈映真的创作道路》；岑桑的《卖沙爹的歌吟者——评原甸的诗集〈香港风景线〉》。

本月，湖南人民出版社出版阎纲的《小说论集》。

江苏人民出版社出版陈鸣树的《鲁迅杂文札记》。

文化艺术出版社出版王景山的《鲁迅书信考释》。

北京大学出版社出版王瑶等的《北京大学纪念鲁迅百年诞辰论文集》，金开诚的《文艺心理学论稿》。

陕西人民出版社出版王燎荧主编的《毛泽东文艺思想基础》，钟敬文的《关于鲁迅的论考与回想》，程代熙的《艺术家的眼睛》。

吉林人民出版社出版吴天霖、高长春编注的《郭沫若文论选（1949—1978）》。

人民文学出版社出版老舍的《老舍生活与创作自述》，杜埃的《谈生活·创作和艺术规律》。

长江文艺出版社出版陈伯吹的《儿童文学简论》。

上海文艺出版社出版中国民间文艺研究会上海分会编的《民间文艺集刊（第二集）》。

解放军文艺社出版肖溪编的《军事题材小说创作谈》。

上海书店出版鲁迅等的《创作的经验》。

四川人民出版社出版四川省社会科学院文学研究所编的《时代·文艺·生活（纪念〈在延安文艺座谈会上的讲话〉发表四十周年）》。

云南人民出版社出版啸马、游友基的《文学欣赏漫谈》。

内蒙古人民出版社出版金紫千的《简明文学手册》。

5月

1日，《广州文艺》第5期以"纪念《在延安文艺座谈会上的讲话》发表四十周年"为总题，发表陈残云的《农村题材也是一朵花》，饶芃子的《"源"和"流"》，张雄辉的《坚实宽广之路》；同期，发表张绰的《反腐化变质斗争在作品中的反映——评短篇小说〈鬼符〉与〈冰冰〉》；蔡怀励的《悄悄拨动心弦的悲歌——读〈山羊角〉》；李钟声、谢望新的《在深沉的旋律中涌荡着浩歌——评岑桑的中短篇小说集〈躲藏着的春天〉》；丘峰的《"要从生活中来"——访青年作家王润滋》。

《上海文学》第5期发表郑伯农的《科学对待毛泽东同志的文艺思想》；蒋孔

阳的《立体的和交叉的——读刘心武〈立体交叉桥〉有感》；费秉勋的《贾平凹散文的美学探索》。

《山西文学》第5期发表张平的《我写〈祭妻〉的一些体会》；陈其安、冯勤学的《高尚的情操 热情的赞颂——评短篇小说〈深深的大山里〉》；周伯的《行为不美格调不高——〈深深的大山里〉读后》。

《长江》第2期发表刘纲纪的《用正确的态度学习〈讲话〉，推动社会主义文艺的发展》。

《陇苗》第5期发表吴坚的《谈谈农村社会主义精神文明的建设问题》。

《青年作家》第5期以"关于《禁果》的讨论"为总题，发表谌龙的《离婚也难》，刘大军的《应该离婚，不该偷情》，罗良德的《不幸之人，非法之果》，畅游的《用革命理想之光烛照现实——略谈〈禁果〉及其评论》；以"关于《不要让荷儿蒙支配了你》的讨论"为总题，发表陈启明的《寓教育于情理之中——浅谈〈不要让荷儿蒙支配了你〉》，胡剑的《法律不受荷儿蒙的支配》。

《青春》第5期发表高晓声的《自勉的话》（创作谈）；陆文夫的《对1981年"青春文学奖"获奖小说的技法分析》；任红举的《祝愿与期望——从〈青春〉获奖诗歌想到的》；以"关于短篇小说《金灿灿的落叶》的讨论"为总题，发表岑寂的《道德内容与审美评价》，胡若定的《知识差异与爱情鸿沟》，丁牛、新岸的《希望在于更新》，修森的《当落叶飘下的时候》。

《草原》第5期以"纪念《在延安文艺座谈会上的讲话》发表四十周年"为总题，发表周戈的《回忆往事 激励来者 总把春温凝笔端》，扎拉嘎胡的《延安遐想》，陈清漳的《年轻时期的内蒙古文工团》，张长弓的《点滴随想录》，冯苓植的《生活是源泉，人民是老师》，戈非的《草原欢迎我的采集》，王致钧的《重新学步，迎接文艺春天》，王磊的《诗歌应该是战斗的》，冯国仁的《要植根于生活的沃土里》，乔澍声的《迷恋·光明·信念》；同期，发表《民族团结》评论员的《花蕾初绽添春色——赞〈草原〉文学月刊培养民族新作者》。

《萌芽》第2期发表草明的《坚持文艺的工农兵方向》；张廷竹、方文、华滢、陆慧丽、评兵的《生活不是创作的源泉吗？——关于方文小说的通信所引起的讨论》。

《新疆文学》第5期发表丁子人的《坚持政治与艺术的统一，促进文艺创作的繁荣——学习毛泽东同志〈在延安文艺座谈会上的讲话〉札记》；姚泰和的《我区小说创作管见》。

《解放军文艺》第 5 期以"纪念《在延安文艺座谈会上的讲话》发表四十周年"为总题,发表陈沂的《坚定对党和社会主义的信念》,卫建林的《和新的群众的时代相结合》,王愿坚的《金色的路标》。

3 日,《小说选刊》第 5 期发表阎纲等的《一九八一年获奖短篇小说漫评》;本刊记者的《喜看百花争妍——记一九八一年全国优秀短篇小说评选活动》。

《光明日报》发表冯立三的《一个光彩夺目的佳人——评新编历史剧〈凤求凰〉》。

《电影艺术》第 5 期发表谭洛非的《一次值得研究的尝试——谈影片〈许茂和他的女儿们〉的改编》。

5 日,《人民日报》发表缪俊杰的《努力塑造社会主义新人形象——军事题材文学创作问题浅谈》;吴芝兰的《以情动人 发人深思——读短篇小说〈火红的云霞〉》;朱子南、秦兆基的《新疆人情风物美的勾勒——读碧野的〈在哈萨克牧场〉》。

《飞天》第 5 期发表王礼逊的《重学〈讲话〉札记》;陈建功的《从实招来》(创作谈);赵启强的《迂回缓慢的行进》(创作谈);《关于文学作品表现爱情问题的讨论》。

《个旧文艺》第 5 期发表山月、菊谭、旦克的《关于文学中爱情描写问题的争鸣(三篇)》。

《广西文学》第 5 期以"纪念《在延安文艺座谈会上的讲话》发表四十周年"为总题,发表林云的《一切从有利于人民出发》,向彤的《文艺应该比生活更高更美》,野果的《要震撼人心 更要振奋人心——学习毛泽东同志关于歌颂和暴露问题的讨论》,谢敏的《到新生活中去》。

《山花》第 5 期发表何积全的《努力塑造社会主义新人形象》;顾汶光的《关于〈天国恨〉的通信》;李德潜的《对〈沙基〉人物塑造的看法》,张灯的《也谈〈沙基〉的人物塑造》。

《长江文艺》第 5 期发表本刊评论员的《青春的光彩——读"青年文学专号"》;以"笔谈《大篷车》上"为总题,发表胡德培的《新人写新人》,熊开国的《心灵之火 性格之光》,刘炳泽的《发掘高尚、美好的心灵》,陈振堂的《新人赞歌》,张道清的《写得真 写得美》;同期,发表本刊记者的《努力反映新的农村生活——记农村题材创作座谈会》。

《四川文学》第 5 期发表马识途的《大力宣讲、认真研究毛泽东文艺思想》；张秀熟、沙汀、艾芜、叶石等的《〈讲话〉精神永放光芒》；邓仪中的《文艺创作要努力表现时代精神》；李庆信的《坚持典型化的创作原则》。

《边疆文艺》第 5 期发表玛拉沁夫的《短篇小说杂谈》；范道桂的《坚持无产阶级文学的党性原则》；张运贵的《努力表现新时代和新人物》。

《百泉》第 3 期发表周申明的《论〈漳河水〉的历史地位——〈讲话〉发表后叙事诗创作新评之一》；杨振熹的《曼晴和他的诗——〈曼晴诗选〉漫评》。

《牡丹》第 3 期发表许可权的《不能走回头路》(讨论 1981 年第 6 期《牡丹》董应周的《再来一次"古文"运动》)；张予林、郑书磊的《〈再来一次"古文"运动〉质疑》；赵书卿的《"再来一次'古文'运动"有必要》。

《星火》第 5 期发表吴松亭的《他在文学的山道上奋力攀登——作家杨佩瑾访问记》；帅焕文的《用理想照亮现实——评俞林近几年的创作》。

《延河》第 5 期发表李星的《评贾平凹的几篇小说近作》；冠勇的《染印着时代色泽的艺术花朵——也谈贾平凹近年的小说创作》；《壮大作者队伍　繁荣文学创作——〈延河〉编辑部召开青年业余作者创作座谈会》。

《海燕》第 5 期发表叶辛的《从自己身边写起》；王凡整理的《老舍先生谈文学语言问题——一九五七年春天一次讲话的记录》。

《福建文学》第 5 期发表李联明的《为有源头活水来——学习毛泽东同志的文艺源泉论》；许怀中的《文艺的民族性和世界性的辩证法——学习毛泽东同志关于文艺继承、借鉴论述的一点体会》；包恒新的《吴浊流在台湾反帝反封建文学中的地位》；以"关于《爱的正数与负数》的讨论"为总题，发表傅萍的《要写得真实一点，美一点》，罗传洲的《心灵暗影的潜望》。

6 日，《文学报》发表思钦的《台湾文学往哪里走？——台湾召开南北作家座谈会》。

7 日，《文艺报》第 5 期发表胡乔木的《当前思想战线的若干问题——一九八一年八月八日在中央宣传部召集的思想战线问题座谈会上的讲话》；魏易的《坚持和新的群众的时代相结合》；叶圣陶的《朱自清新选集序》；丁玲的《漫谈〈牧马人〉》；孙冶方的《介绍一本描写地下工作的好小说——欧阳文彬、费三金著〈在密密的书林里〉》；乔山、俞起的《略谈〈人啊，人！〉的得与失》；雨东的《一个值得注意的原则问题——安徽省文联所属期刊编辑部部分同志对〈时代的报告〉一九八二年第二期的一组文章及其〈本刊说明〉提出疑义》；周嘉华的《文学在建设精神文明中的作用》；陇生的《他们来自生活大地——记一九八一年全国优秀短篇小说获奖作者座谈会》；金丘的《为了社会主义精神文明——广播剧新作一瞥》；姚虹的《老调重弹：写出"这一个"的"怎样做"——读反映农村生活的短篇小说有感》；林钟美的《耕耘不懈的人——访老作家蹇先艾》；童庆炳的《评袁康、晓文的〈一部违反真实的影片〉》；京拙的《文学作品不是发泄私愤的场所——寄语〈春天的童话〉的作者》。

8日，《人物》第3期发表林志浩的《林语堂述评——兼谈他同鲁迅的关系》。

10日，《小说林》第10期发表王蒙的《漫话小说（续一）》。

《北京文学》第5期发表张志民等的《重新学习〈在延安文艺座谈会上的讲话〉》；陈建功等的《获奖青年作者谈创作体会》；张莉的《希望，寄托在永葆青春的革命精神中——读短篇小说〈希望之神〉》。

《雨花》第5期发表夏阳的《我们需要社会主义文艺》（讨论《在延安文艺座谈会上的讲话》）；刘敏的《一个真实的农民形象——谈〈年馔〉中的刘宝生》。

《奔流》第5期发表宋玉玺的《充分发挥社会主义文艺的能动作用》；于黑丁的《回忆与思念》（讨论《在延安文艺座谈会上的讲话》）；顾骧的《〈在延安文艺座谈会上的讲话〉的历史命运》；南丁、青勃、张有德、叶文玲、段荃法、张宇的《在〈在延安文艺座谈会上的讲话〉指引下前进》。

《钟山》第3期发表倪斌的《文艺必须民族化——读毛泽东同志关于文艺民族化论述札记》；谷传发的《蒋濮和她的新作〈温暖的五月夜〉》；丁柏铨、胡素华的《跳动着时代的脉搏——谈恽建新的短篇小说》；欧阳整理的《反封建的史诗　艺术的明珠——长篇叙事吴歌〈五姑娘〉讨论会纪要》。

《绿洲》第5辑发表沙平、曹海秀的《〈戈壁深处的钟声〉得失谈》。

12日，《人民日报》发表李定坤的《用新的笔触描写革命的历程——评长篇小说〈旋风〉》；放闻的《读〈周立波文集〉》。

13日，《光明日报》发表方顺景的《在民族化的道路上前进——评刘绍棠中篇小说的艺术特色》。

15日，《山东文学》第5期发表邓友梅的《谈短篇小说创作》。

《文学评论》第3期发表何西来、杜书瀛的《坚持毛泽东同志的文艺思想的科学原则》;金梅的《试论孙犁的美学理想和短篇小说》;孙绍振的《李季的艺术道路》;雷业洪的《贺敬之改造外来楼梯式问题初探》;夏康达的《蒋子龙创作论》;以"关于王蒙创作的讨论"为总题,发表刘绍棠的《我看王蒙的小说》,徐怀中的《追随着时代前进的步伐——致王蒙同志的信》,冯骥才的《王蒙找到了自己——记与英国人的一次对话》;同期;发表刘保瑞的《关于"文学是人学"问题》。

《北方文学》第 5 期发表叶伯泉、魏岩的《深刻反映社会主义的新时代——学习〈在延安文艺座谈会上的讲话〉》;蒋原伦的《由〈闯关东的汉子〉谈起》;韦健玮的《用激情点燃人们心中的火》;王贵的《农村新人列队来——读郑九蝉一九八一年小说有感》。

《齐鲁学刊》第 3 期发表刘普林的《谌容中篇小说艺术琐谈》;朱光灿的《回忆何其芳老师——访王清同志》。

《朔方》第 5 期以"纪念《在延安文艺座谈会上的讲话》发表四十周年"为总题,发表杨韧的《以〈讲话〉精神加强民间文学研究工作》,张贤亮的《深入生活与学习理论》,程造之的《作家要下去》;同期发表焦雨闻的《"盼望着每一个黎明"——谈谈王庆的诗歌创作》,纪过的《让更多的人才破土而出——从张贤亮谈起》。

《新港》第 5 期发表马献廷的《追求真理的道路——给友人的一封信》(讨论《在延安文艺座谈会上的讲话》);卫建林的《新的时代 新的责任》(讨论《在延安文艺座谈会上的讲话》);傅瑛的《情感·人物·语言风格——读〈白洋淀纪事〉》;王西彦的《自己的家园——〈两姊妹〉自序》;冉淮舟的《读〈叱咤风云〉》;哲明的《评长篇小说〈吉鸿昌〉》。

《福建文学》第 5 期发表包恒新的《吴浊流在台湾反帝反封建文学中的地位》。

16 日,《红旗》第 10 期以"纪念《在延安文艺座谈会上的讲话》发表四十周年"为总题,发表欧阳山的《想起毛泽东同志的这封信》,卫建林的《做群众的忠实代言人》,丁振海、李准的《关于歌颂与暴露》。

17 日,《文汇报》发表吴兴人的《污染心灵的赝品——略评〈春天的童话〉》。

《光明日报》发表梅白的《和小川相处的日子》(回忆郭小川)。

《作品与争鸣》第 5 期发表王平凡的《加强党的领导和贯彻"双百"方针》;肖铁的《生活源泉和创作头脑——学习〈讲话〉札记》;何同心的《热情地赞美新的生

活》(讨论陈朝璐的小说〈竹号声里〉);余见的《这不是劳动人民的"人性美"——也谈短篇小说〈竹号声里〉》;行人的《要紧的在于自己的行动——〈乌纱巷春秋〉读后漫笔》;奚为的《一幅令人失望的讽刺画——读〈乌纱巷春秋〉及其评论》;萧立军的《手术刀剖向何处——谈谈魏军的小说〈心声〉》;黎可的《值得怀疑的"手术刀"——评小说〈心声〉及其评论》;闻毅的《这是什么样的"心声"——对小说〈心声〉及其评论的意见》;萧赛的《跳出小说,按照戏写——〈许茂和他的女儿们〉改编漫议》;陶清林、思涛的《如何理解现实主义的几种提法》;田陆的《努力把握当代农民的思想脉络——读何士光的三篇小说》;华山的《关于"深入工农兵生活"提法的讨论》。

18日,《人民戏剧》第5期发表《周扬同志谈戏剧艺术革新》;方杰的《从概念出发还是从生活出发?》;王为民的《赞话剧〈松赞干布〉》。

《戏剧丛刊》第3期发表李庆成的《现代化和戏曲化的辩证统一——评七场现代喜剧〈红柳绿柳〉》。

《解放军报》发表丁国成的《美的礼赞——李瑛诗集〈我骄傲,我是一棵树〉读后》。

20日,《人民文学》第5期发表丁玲的《如何能获得创作自由》;周克芹等的《沿着〈讲话〉开创的道路继续前进》。

《边塞》第2期发表匡满的《开拓者的琴音——读李瑜的诗》;周政保的《倾情于心灵美的开拓——读中篇小说〈桃花溪〉的艺术追求》;王仲明的《正确地积极地开展文艺批评》。

《光明日报》发表冯立三、秦晋的《〈芙蓉镇〉人物谈》。

《瞭望》第5期发表曹文轩的《台湾文学鸟瞰》。

21日,《人民日报》发表冯牧的《重新学习和认真研究毛泽东同志的文艺思想》。

《莽原》第2期以"学习《在延安文艺座谈会上的讲话》"为总题,发表龚依群的《时代精神与革命现实主义》,黄培需的《关于歌颂与暴露问题》,春岩的《文学应当反映社会矛盾》;同期,发表吴祯的《台湾写实小说〈她未成年〉读后感》。

22日,《新文学史料》第2期发表胡寒生的《追忆杨刚》;萧乾的《杨刚与包贵思——一场奇特的中美友谊》;郑光迪的《怀念我的妈妈》(讨论杨刚);胡光凡、李华盛的《周立波传略(下)》。

《解放军报》发表黄柯的《关于坚持文学艺术社会主义方向的思考》。

23日,《人民日报》发表本报评论员的《坚持和发展毛泽东文艺思想》;胡绩伟的《我们都非常高兴》,郑伯农的《关于深入生活》。

《解放军报》发表《毛泽东同志给文艺界人士的十五封信(一九三九年——一九四九年)》;陈云的《关于党的文艺工作者的两个倾向问题》(该文系1943年3月的一篇讲话)。

24日,《文汇报》发表何音的《正确认识、处理文艺和生活的关系》。

25日,《陕西师大学报(哲学社会科学版)》第2期发表王志武的《如何看得懂极左思想对〈创业史〉的影响》。

《武汉师范学院学报(哲学社会科学版)》第3期发表文振庭的《已是山花烂漫时——〈在延安文艺座谈会上的讲话〉发表四十周年前夕重读赵树理的小说》;王敬文的《在〈讲话〉指引下中国民族新歌剧〈白毛女〉的诞生》。

26日,《光明日报》发表丁振海、李准的《"为人民大众的根本原则"也是文艺批评的根本标准——对毛泽东文艺思想的一个探讨》。

27日,《光明日报》发表杜鹏程的《门外谈诗——读毛锜诗集〈云帆集〉》;艾斐的《闪射内曜之光的新人群象——评成一的小说创作》;刘锡诚的《深刻些,再深刻些》(讨论小说创作)。

29日《解放军报》发表钟寒的《文学不是排泄秽物的污水管》(讨论小说《春天的童话》)。

本月,《工人创作》第5期发表任文焕的《打铁的作家》(讨论蒋子龙);李平的《民间文学和曲艺创作》。

《天山》第2期发表王殿的《她的文献生涯——访女作家黄宗英》。

《文艺生活》第5期以"学习《讲话》笔谈"为总题,发表徐运汉的《让文艺更好地为广大人民群众服务》,谌兆麟的《毛泽东文艺思想是一个科学体系》,王福湘的《不应从属于政治,也不能脱离政治》,罗守让的《加强党对文艺事业的领导》,龙长顺的《坚持文艺批评的两个标准》。

《艺丛》第3期发表李恺玲、廖超慧的《成长在群众斗争的沃壤里——访老作家康濯》;秦瘦鸥的《小说纵横谈》(三则);许志平的《谈〈九月菊〉人物形象的塑造》。

《文汇月刊》第5期发表洁泯的《重新学习——学习毛泽东文艺思想的笔

记》;顾骧的《和新时代的人民群众相结合》;周良沛的《严辰,一个严肃的诗人》、施昌东的《谈谈所谓"病态美"》。

《文谭》创刊,作协四川分会评论委员会、四川省社会科学院文学研究所、四川省文艺理论研究会共同筹办,《文谭》编辑部编辑,5月号发表省委宣传部供稿的《谭启龙同志和作家谈心》;以"毛泽东文艺思想讨论会论文摘要"为总题,发表唐正序、李益荪的《毛泽东同志对现实主义文艺理论的发展》,刘光的《论作家情感的改变和无产阶级世界观的确立》,石天河的《〈讲话〉与现实主义问题》,温靖邦的《不能回避矛盾》;同期,发表《周克芹答本刊问》;李士文的《榴红小说谈简》;竹亦青的《微笑地唱起了告别曲——读叶辛〈带露的玫瑰〉》;李庆信的《评〈高大夫攀亲〉》;冬昕的《努力反映现实生活的深刻变化——1982年3月〈四川文学〉读后》;《关于小说〈灵与肉〉的争鸣》;田原的《〈牧马人〉的得与失》;流沙河的《形式不重要吗?》。

《江淮文艺》第5期发表陈辽的《坚持、总结、发展——纪念〈在延安文艺座谈会上的讲话〉发表四十周年》;劳芜的《提倡通俗文艺作品、壮大业余创作力量》。

《芒种》第5期发表唐耀华的《在新的历史条件下——访公木》。

《时代的报告》第5期发表丁玲的《我的生平与创作》;丁实的《警惕"和平演变"》。

《芳草》第5期发表何国瑞的《寓我于物——谈倾向性与真实性的关系》;刘崇义的《齿轮、螺丝钉及文艺和政治的关系》。

《芙蓉》第3期发表康濯的《重新学习 继续实践——纪念〈在延安文艺座谈会上的讲话〉四十周年》;罗荪的《评论在发展——〈小说艺术探胜〉序》;何孔周的《瞧出了历史小说的将来——评〈戊戌喋血记〉》;宋遂良的《一曲悲壮的爱国主义之歌——评长篇历史小说〈戊戌喋血记〉》;凌宇的《阐扬民族精魂于历史风云之间——谈〈戊戌喋血记〉的艺术构思》;胡良桂的《向人物的灵魂深处开掘——试论〈戊戌喋血记〉中的慈禧》;何共淮的《从语言形象到视觉形象——浅谈电视剧〈山道弯弯〉》。

《安徽文学》第5期发表苏中的《文艺批评应该发展——学习〈在延安文艺座谈会上的讲话〉劄记》;高光渤的《读〈白手绢〉有感》;治芳的《在探索中前进——读孙中明的诗》。

《河北文学》第5期发表成志伟的《和新的群众结合 反映新的时代——学

习〈在延安文艺座谈会上的讲话〉的一点体会》;张庆田的《说梦》(讨论现实与创作想象问题)。

《春风》第5期以"纪念《在延安文艺座谈会上的讲话》发表四十周年"为总题,发表温杰的《重温〈讲话〉精神　促进文艺发展》,胡昭的《面向生活》,孙超的《三点启示》;同期,发表汤吉夫的《积累在平日　得之于一时——一篇小说的诞生》。

《唐山文艺》第2期发表王维玲的《管桦和〈将军河〉》。

《绿原》第5辑发表田间的《柯仲平片论》;刘斌的《新诗形式再谈》。

《湘江文学》第5期发表《发扬革命现实主义传统　促进我省文学创作的更大繁荣》(纪念《在延安文艺座谈会上的讲话》四十周年座谈会纪要);胡光凡的《胸中丘壑　笔底波澜——学习周立波短篇创作的结构艺术》。

《新月》第2期发表冯增烈的《写出回族的性格特色来——兼谈回回民族的心理结构》;汪宗元的《也谈回族文学的范围》;晨光的《谈谈如何搜集整理回族民间故事》;白崇人的《让回族文学之花更加绚丽多彩》。

《新疆民族文学》第2期发表张越的《草原鲜花放异香——读郝斯力汗和他的小说创作》。

《星星》第5期发表流沙河的《忧船的鼠》(介绍台湾诗人痖弦)。

本月,少年儿童出版社出版《儿童文学研究(第15辑)》。

长江文艺出版社出版吴调公的《文学分类的基本知识》。

上海文艺出版社出版张光年的《风雨文谈》。

上海书店出版张若英编的《中国新文学运动史资料》(影印本)。

四川少年儿童出版社出版《儿童文学概论》编写组编的《儿童文学概论》。

湖南少年儿童出版社出版蒋风的《儿童文学概论》。

湖南人民出版社出版全国毛泽东文艺思想研究会编的《毛泽东文艺思想研究(一)》,雷达的《小说艺术探胜》,周贻白的《周贻白戏剧论文选》。

江苏人民出版社出版王宗法、张器友编的《贺敬之专集》。

花城出版社出版艾青的《艾青谈诗》,雁翼的《诗的信仰》。

中国社会科学出版社出版中国社会科学院文学研究所《左联回忆录》编辑部编的《左联回忆录》。

北京出版社出版中国现代文学研究会、北京出版社编的《中国现代文学研究丛刊（1982年第1辑）》。

四川人民出版社出版邵伯周的《〈呐喊〉〈彷徨〉艺术特色探索》。

新华出版社出版冉欲达的《论情节》。

6月

1日，《上海文学》第6期发表钱谷融的《艺术的魅力——在一个会上的发言》；程德培的《此地无声胜有声——读林斤澜短篇近作的印象》。

《长春》第6期发表刘绍棠的《无主角戏·小说语言》；丁耶的《重视"提高"这个前提》（创作谈）；志林的《幽美的田园　闪光的心灵》；孙里的《溶进心灵的绿——读文牧的散文诗随想》；高洪波的《其志弥坚　其情愈笃——张志民和他近期的诗》。

《山西文学》第6期发表沈彭年的《老赵剪影》；郑里、谷怀的《爱情描写和深入生活》。

《青年作家》第5期以"关于《不要让荷儿蒙支配了你》的讨论"为总题，发表叶开元的《愚昧是犯罪的根源》，张其中的《怎能仅仅归罪于荷尔蒙》，王奇志的《何必荷尔蒙》。

《青春》第5期发表王维玲的《走向成功之路——记成名之作〈红岩〉的诞生》；秋实的《从一泓水看大海潮汐——喜读〈三十年河东　三十年河西〉》；石言、方全林的《士兵，不是绿色的机器人——〈女炊事班长〉读后》。

《草原》第6期发表云照光的《贾漫诗体小说〈野茫茫〉序》；张末的《当代英雄的热烈赞歌——兼评"大兵厂长"布尔固德》；马威的《新人形象塑造三题》；本刊记者的《大力开展文艺评论，为繁荣我区文学创作做出新贡献——内蒙古作家、文学评论工作者座谈纪要》。

《新疆文学》第6期发表朱定的《关于〈香岛除夕〉的创作》；陈艰的《人才一变起词章——关于朱定近作》。

《解放军文艺》第6期以"军事题材文学创作座谈会发言选登"为总题,发表峻青的《雄关似铁》,叶楠的《时代要求我们加倍努力》,杨佩瑾的《革命传统——心灵美的摇篮》,黄彦生的《感受与奢望》。

3日,《小说选刊》第6期发表刘梦溪的《他又有新的开掘——读蒋子龙的〈拜年〉》;王东满的《反映农村生活中的矛盾斗争——〈柳大翠一家的故事〉写作琐谈》;李叔德的《人·政策·地方特色——关于〈赔你一只金凤凰〉》。

《光明日报》发表刘燕光的《战斗唯物主义还是宗教信仰主义——评中篇小说〈晚霞消失的时候〉》。

《文学报》发表流泉的《采自海峡彼岸的一束朝花——评介〈台湾儿童短篇小说选〉》。

5日,《飞天》第6期发表《关于长篇小说〈人啊,人!〉的讨论》。

《广西文学》第6期发表颜运祯的《关于艺术地反映农村政策的随想》;彭会资、甘恒彩的《看似寻常却艰辛——读〈一双新式女鞋〉》。

《山花》第6期发表钟法的《细腻的笔触,生动的形象——关于小说〈晚年〉的通信》;王黔生的《也谈〈沙基〉》;秦家伦的《要正确地理解和描写爱情——短篇小说〈沙基〉小议》。

《长江文艺》第6期发表弓长的《田野的春晖——简评本期四篇农村题材小说》。

《边疆文艺》第6期发表王甸的《认识现代,表现现代》;溙川的《白族诗人赵星海的咏茶花诗》。

《花溪》第6期发表孙友善的《被吞噬的爱情——评布宁的短篇小说〈大乌鸦〉》。

《星火》第6期发表李炳银的《关于报告文学创作——与理由一夕谈》;阎纲的《小说的报告化》;冯健男的《不生造——学习鲁迅〈答北斗杂志社问〉》;彭兆春的《共产党人的浩然正气——读革命回忆录〈天山浩气〉》;江升端的《"去了解活生生的人"——读〈蛮荒〉有感》。

《延河》第6期发表《巴金谈文学创作——答上海文学研究所研究生问》;郭建模的《倾向性损害真实性吗?——与姚虹同志商榷》;曹彦的《一部"连大人也高兴念"的儿童文学作品——评〈针眼里逃出的生命〉》;白冠勇的《寓美于情趣之中——谈徐岳的儿童文学创作》;王蓬的《在生活和创作的道路上》(创作谈)。

《福建文学》第 6 期发表黄拔光的《台湾著名工人作家杨青矗》；谢冕、王光明的《"海的子民"的歌吟——论蔡其矫和他的诗》；赵自的《规律·框框·评论》（创作谈）；黄毓璜的《心灵美的创造——〈内当家〉李秋兰形象赏析》；以"关于《爱的正数和负数》的讨论"为总题，发表杨柳的《让我们的作品如生活一样绚丽多姿》，古远清的《谈谈〈爱的正数和负数〉的得与失》。

《滹沱河畔》第 3 期发表周哲民、刘其印整理的《让诗歌的革命传统发扬光大——曼晴诗歌讨论会纪要》；魏巍的《曼晴的诗——在"曼晴诗歌讨论会"上的发言》；王亚平的《初读曼晴的诗》；徐明的《我爱素洁的兰花——读〈曼晴诗选〉》；甄崇德的《来自战斗生活的诗篇——在曼晴诗歌讨论会上的发言》；宋垒的《曼晴的诗和民族化大众化》。

《文汇报》发表刘方荣的《〈红鼻子〉喜传佳音——访台湾剧作家姚一苇的母亲石小静》。

7 日，《文艺报》第 6 期发表理文的《一要坚持，二要发展——记毛泽东文艺思想讨论会》；以"发展军事题材文学创作"为总题，发表刘白羽的《努力建设我国新的历史时期的社会主义军事文学——在军事题材文学创作座谈会上的发言》，吴强的《深化英雄主义的主题》，苏策的《要提倡　更要提高》，菡子的《战地黄花分外香》，李斌奎的《要鼓励和允许探索》；同期，发表何西来的《在改造客观世界的同时不断改造主观世界——关于文艺工作者的世界观改造问题》；辛旭的《"十六年"无差别吗？——评〈时代的报告〉的"本刊说明"》；王愚的《广阔的生活视野——近年来文学创作题材的开拓》；孙冶方的《也评〈天云山传奇〉》；蒲晓的《对影片〈天云山传奇〉的一点异议》；宋遂良的《周立波和湖南作家群的崛起》；晓雪的《邵燕祥的诗》；晴帆的《应似飞鸿踏雪泥——读冰心〈三寄小读者〉》；郭志刚的《为真、善、美唱的一支歌——读从维熙〈远去的白帆〉》；路钊珑的《锐意发掘——评短篇小说〈"大篷车"上〉》；陆露的《为孩子们写"打仗的故事"——〈小小的铁流〉读后》；高洪波的《童心在他胸间跳动——记老作家严文井》；周介人的《失落与追寻——读王安忆小说集〈雨，沙沙沙〉札记》；《近两年全国剧本评奖揭晓》。

8 日，《文汇报》发表王元化的《关于文艺理论的若干问题》。

9 日，《人民日报》发表本报评论员的《努力表现新的生活和新的人物——学习毛泽东同志给文艺界人士的十五封信》；阳翰笙的《兴旺发达　后继有人》（在全国优秀剧本授奖大会上的讲话）；刘建昌的《稚嫩，但有自己的芬芳——简谈全国职工工业题材征文获奖作品》。

10日，《人文杂志》第3期发表雷业洪的《关于何其芳现代格律诗主张评价质疑——与许可、刘再复等同志商榷》。

《小说林》第6期发表高晓声的《水东流　不回头》（创作谈）；冉淮舟的《关于孙犁作品的通信》；张炯的《一朵芳香淡远的花》；郑万隆的《千万别把他关在门外》。

《文汇月刊》第6期发表夏衍的《关于国产影片质量问题答〈文汇月刊〉记者问》；敏泽的《愤慨之余》（讨论《花城》1981年第1期遇罗锦的《春天的童话》）。

《北京文学》第6期发表浩然的《往生活的深度和广度进发》；谭需生的《浓郁的"北京风味"》。

《光明日报》发表刘绍棠的《不要特殊　不要自大》；张慕苓的《〈内当家〉的人物形象塑造问题及其它》；孙洪强的《〈内当家〉是成功之作——对王永福同志"意见"的意见》；林文山的《讲几句"水烟袋"》（讨论王永福的《水烟袋·伤疤及其它》）。

《雨花》第6期发表董健、凌焕新的《火光·灯火·鲜花——〈雨花奖〉当选小说漫评》；严迪昌、唐再兴的《从昨天唱向明天——评〈雨花奖〉当选诗歌》；裴显生的《写时代风云　抒真情实感——〈雨花奖〉获奖散文、报告文学漫评》。

《奔流》第6期发表柯蓝、文秋的《长篇小说〈风满潇湘〉后记》。

《津门文学论丛》第5期发表伍晓明的《生活的浪涛在召唤》（讨论"深入生活"问题）；黄泽新的《繁荣社会主义文艺的必由之路——学习毛泽东同志关于"百花齐放、百家争鸣"方针的一些论述》。

《海鸥》第6期发表冯德英的《致文学青年朋友》；侯书良的《开拓孩子们智力的"金钥匙"——读纪宇同志的诗集〈五色草〉》。

《雪莲》第2期发表刘济平的《学习〈讲话〉精神　繁荣文艺事业》；刘佑的《"为人民服务"与"为工农兵服务"——重读〈在延安文艺座谈会上的讲话〉》；史百冰的《散文与诗意——读〈杨朔散文选〉》；马汝伟的《切莫以己度人——也说"朦胧"》。

10—16日，中国当代文学学会台港文学研究会、暨南大学中文系等单位联合发起的"首届台湾香港文学学术讨论会"在广州暨南大学举行。

12日，《电影作品》第3期以"关于电影剧本《甜泉》的讨论"为总题，发表王世德的《反映生活复杂性的美学原则》,文万荃、谢文三的《〈甜水谣〉真有如此魅力?》,陈建洛的《乔是一个成功的艺术形象》,李元林的《分裂的人物性格》。

13日,《解放军报》发表张西南的《他寻求着新的角度——读朱春雨的〈沙海的绿荫〉、〈深深的井〉》;张世武的《这是一条岔路——评短篇小说〈这里,有一条小路〉》。

15日,《山东文学》第6期发表翟德耀的《文学评论不能离开作品的实际——就〈内当家〉的批评同王永福同志商榷》;李先锋的《呼唤革命传统的佳作——读〈拜年〉》;张达的《浅谈冰雪花》;阎景江的《孩子们喜爱〈冰雪花〉》;邓友梅的《谈短篇小说创作》。

《北方文学》第6期发表阎纯德的《雷加的足迹》;张春宁的《在生活海洋的深处——评雷加的散文特写》;英罗、李准的《关于电影文学剧本〈荆轲传〉的通信》;于俊赋的《"铁的人物和血的战斗"——评长篇小说〈安图的后代〉》。

《龙沙》第3期发表程树榛的《生活是创作的唯一源泉——重新学习〈在延安文艺座谈会上的讲话〉》;江南的《略论世界观与文艺创作》;周而复的《寄希望于你们》;白永贵的《形象·凝炼·新颖——〈龙沙〉1981年诗歌漫谈》。

《朔方》第6期以"纪念《在延安文艺座谈会上的讲话》发表四十周年"为总题,发表衡彬的《坚持〈讲话〉的基本精神》、路展的《也要重视儿童文学创作》;同期,发表毛访秋的《漫步常乐镇——〈瓜王轶事〉的随笔》;吴音的《独具魅力的童话世界——浅谈中篇童话〈雁翅下的星光〉》;阿茂的《一曲英雄主义的赞歌——本刊编辑部召开座谈会讨论〈大雪歌〉》。

《新月》第3期发表汪宗元、张亚雄、李树江的《回族文学讨论专辑》。

《新港》第6期发表钱中文的《创作的才能向哪里发展》;肖云儒的《在现实和历史的交融中——谈赵熙的小说》;臧克家的《美丽的诗的品种——〈中国新时期儿童诗选〉序》。

《文学研究动态》第6期发表温儒敏的《台湾出版〈抗战时期沦陷地区文学史〉》。

16日,《人民日报》发表《〈文艺报〉发表文章 评〈时代的报告〉的"本刊说明"》。

17日,《作品与争鸣》6月号发表张笑天原作、安定缩写的《公开的"内参"》;林之丰的《八十年代大学生的剪影》;鄢晓源的《要注重文学作品的社会效果》;陈祖基的《贵在写出新意》;李兴武的《这样的人物值得同情吗?》;吉学霈的《〈新演诸葛〉得失谈》;丁永淮的《一个有鲜明性格的农民形象》,郑彬的《深刻的哲理 生动的人物》;钟金龙的《为败坏道德鸣锣开道》;刘宾的《〈香岛除夕〉是成功之作吗?》;郭澄的《陈白露"睡了"没有》;郁洁的《〈红莲苦〉诉的是什么苦?》;仁新的《对贾平凹近作的评论》;边切的《小说〈飞向远方〉引起争论》;王永宽的《小说〈维纳斯闯进门来〉》;刘南的《影片〈被爱情遗忘的角落〉的争论》;炎的《从呐喊到思索》;蔡毅的《怎样分析作品的艺术性》;艾民的《怎样分析作品中的人物形象》。

18日,《人民戏剧》第6期发表杜清源的《她在传播春天的气息——评话剧〈初春〉》;以"关于话剧民族化问题的讨论"为总题,发表赵铭彝的《不提民族化的口号为好》,谭霈生的《"话剧民族化"意味着什么?》。

20日,《人民文学》第6期发表张贤亮的《"人是靠头脑,也就是靠思想站着的"》(书简)。

《广西大学学报(哲学社会科学版)》第1期发表谭福开的《文艺为工农兵服务开拓了中国文学史册的新篇章》;向彤的《塑造新时代的新人形象》。

22日,《文汇报》发表梁永安的《让"我"投入新时代——谈文学的"自我表现"》;康濯的《还是要深入生活》;孙乃修的《不能轻易否定"自我表现"》。

23日,《文汇报》发表罗荪的《道路——〈方令孺散文集〉序》。

24日,《文汇报》发表许豪炯的《新一代水兵的动人形象——评中篇小说〈第三代水兵〉》。

《光明日报》发表秋实的《生活的洗礼和文学的反顾》(讨论话剧《骗子》、《谁是强者》)。

26日,《解放军报》发表罗君策的《我国农村巨大变化的折光——读1981年短篇小说评选获奖的农村题材作品》。

27日,《厦门日报》发表陈痕的《台湾剧作家姚一苇和话剧〈红鼻子〉》。

28日,《上海戏剧》第3期发表吕明的《评〈秦王李世民〉中的李世民形象》。

《东方》第2期发表肖荣、陈坚的《文艺创作的源泉和生命》;蒋子龙的《生活的诗——蒋子龙谈〈青灯〉》;辛迪的《折翼的酸辛 复活的喜悦——序〈复活的翅膀〉》;素风的《美好的心灵——谈〈追求〉中的爱情描写》。

《湛江文艺》第2期发表黄伟宗的《关于恢复革命浪漫主义的名誉——从马莉的诗谈起》;康章的《寻求生命的永恒——青年诗人洪三泰与他的诗集〈天

涯花〉》。

《文艺研究》第 3 期发表《周扬同志关于当前文艺问题的一些意见》;康濯的《努力描写社会主义新人》。

本月,《工人创作》第 6 期以"学习《在延安文艺座谈会上的讲话》"为总题发表张伟强的《坚持〈讲话〉精神,繁荣职工文艺创作——在工人业余作者座谈会上的发言》,郑祥安、许国良、董德兴的《工人作家也要深入生活——学习〈在延安文艺座谈会上的讲话〉》。

《文艺》第 3 期发表冉淮舟、刘绳的《论曼晴的诗》;木斧的《南南和胡子伯伯的遭遇——重读严文井童话〈南南和胡子伯伯〉》。

《文谭》6 月号发表沙汀的《覆江西上饶师专中文系七八级学生詹显华同志信》;刘心武的《小说语言之浅见》;吕进的《〈绿色的音符〉——傅天琳的处女作》;左孝本、王伟中的《简嘉和他的〈女炊事班长〉》;曹廷华的《〈近的云〉及其它——存在主义文学形象漫评》;苏克玲的《忧虑来自哪里?——读〈山月不知心里事〉后》;伍加伦、王锦厚的《解放以来李劼人研究简介》;刘世钰的《一个朴实无华的人——访李伏伽》;流沙河的《回头遥看现在》。

《四川文学》第 6 期发表巴金的《怀念方令孺同志》;陈朝红的《关于小说〈近的云〉讨论的断想》。

《北方曲艺》第 3 期发表任玉福的《为党的农村基层干部塑像——谈中篇通俗小说〈瓜熟蒂落〉中福才形象的塑造》。

《江城》第 6 期发表栾羽的《棱镜的折射——读小说〈黝黑的土地〉》。

《江淮文艺》第 6 期发表张纯道的《马克思主义美学思想的新发展》(讨论典型创造问题)。

《戏剧创作》第 3 期发表海伦的《要从儿童的心理出发——〈美丽泉〉、〈寒号鸟〉、〈武松打虎〉读后》;严武的《挖掘生活中的美——评独幕话剧〈卖豆腐的小伙子〉》;他山石的《碧海青天见丹心》;以"关于塑造社会主义新人形象问题的讨论"为总题,发表隗苃的《努力发掘社会主义新人的心灵美》,杨荫隆的《要写出新人的时代亮色》,孙超的《年年岁岁花相似,岁岁年年人不同》。

《作品》第 6 期发表易准的《评〈春天的童话〉的错误倾向——在一次座谈会上的发言》;黄树森的《〈铁冠图〉、〈永昌演义〉和〈李自成〉的比较——题材的内在规律之二:带有主观性》;《一部资产阶级思想腐蚀性的作品——小说〈春天的童话〉座谈会简讯》。

《芳草》第 6 期发表周迪荪的《春的气息,春的脚步——〈芳草〉八一年小说评奖巡礼》;熊开国的《真实、典型与文学幼稚病》;杨江柱的《不死鸟的再生——谈三篇小说前后呼应的人物形象》。

《芒种》第 6 期发表墨铸的《让矛盾撞击的火花照亮新人形象》;楚水的《〈牧马人〉给予创作上的启示》;东子今的《关于克服"自由化"倾向的思考——兼评〈时代的报告〉的"本刊说明"》。

《时代的报告》第 6 期发表温超藩的《走〈讲话〉指引的道路——谈梁斌的文学创作》;魏巍的《谈谈报告文学》;张晓生的《怎样发展社会主义军事文学》;胡乔木的《关于资产阶级自由化及其它》。

《安徽文学》第 6 期发表《对"十六年"提法的异议——本刊编辑部召开的一次座谈会发言纪要》。

《河北文学》第 6 期发表刘春风的《总结经验、振奋精神　促进我省文艺创作更大繁荣——在河北省文联四届二次全委会上的工作报告》;周申明、赵子平的《愿"希望之花"开得更新更美——评〈河北文学〉一九八一年获奖小说》;龚富忠的《服人以理　动人以情——张学梦诗歌创作特色漫评》。

《河南戏剧》第 3 期以"关于《血溅乌纱》的讨论"为总题,发表范华群的《谈〈血溅乌纱〉讨论中的几个问题》。

《青年文学》第 6 期发表柳青的《二十年的信仰和体会》;张孟良的《在赵树理同志的关怀下》;以"本刊召开《晚霞消失的时候》座谈会"为总题,发表何新的《晚霞象征着什么?》,何志云的《一个老红卫兵的启示录》,冯若赐的《大胆的探索有益的尝试》,俞建章的《艺术风格与艺术生命》,王军涛的《善必然战胜恶,革命必然战胜反动》,张志武的《启迪与借鉴》,礼平的《我写〈晚霞消失的时候〉的所思所想》,陈昊苏的《对青年作者要热情扶持》。

《鸭绿江》第 6 期发表田志伟的《来自作家独特的生活感受——喜读赵乐璞的〈异姓家族〉》;朱先树的《发掘和表现生活的诗意——李松涛的〈诗的脚印〉读后》;芳泽的《写生活中的"他"——评王松青的组诗〈写在醒了的乡村〉》。

《海峡》第 2 期发表张默芸的《沙漠奇葩——台湾女作家三毛的小说》;王家伦的《一朵清新明丽的花——郭风的散文诗艺术》。

《清明》第 2 期发表沈敏特的《美的深化——鲁彦周创作历史纵观》;丁毅信

的《我们又回到东埔来了——读中篇小说〈东埔记事〉》。

《湘江文学》第 6 期发表刘正的《祝社会主义文坛花开更旺——谈谈有关繁荣文艺创作的几个问题》；胡君靖的《略论童话的艺术手法》。

《新地》第 3 期发表汤吉夫、林文询的《作家答〈新地〉编辑部问》。

《新苑》第 2 期以"纪念毛主席《在延安文艺座谈会上的讲话》发表四十周年专辑"为总题，发表高叶的《在实践中努力改造主观世界》，丁仁堂的《文学与立场》。

《新剧作》第 3 期发表章力挥的《正义必然战胜邪恶——推荐京剧〈宝剑归鞘〉》。

《新文学论丛》第 2 期发表翁光宇的《试论黄春明小说的艺术特色》。

《星星》第 6 期发表流沙河的《哀叫的鸟》(介绍台湾诗人白萩)。

本月，人民文学出版社出版吴功正的《精湛的史诗艺术——论〈李自成〉第一、二卷》；张恨水的《写作生涯回忆》；[保加利亚]季米特洛夫著，杨燕杰、叶明珍译的《论文学、艺术和文化》。

北京出版社出版中国现代文学研究会编的《中国现代文学研究丛刊(1982年第 2 辑)》。

福建人民出版社出版黄中海、张能耿的《鲁迅书话》。

安徽人民出版社出版老舍的《老舍文艺评论集》。

四川人民出版社出版北京市鲁迅研究学会筹委会编的《鲁迅研究论文集——纪念鲁迅诞生一百周年特辑》。

天津人民出版社出版南开大学中文系鲁迅研究室编的《鲁迅创作艺术谈》。

湖南人民出版社出版陈漱渝的《鲁迅史实新探》，孙用编的《〈鲁迅全集〉校读记》。

长江文艺出版社出版石尚文、邓忠强的《〈野草〉浅析》，黄曼君的《论沙汀的现实主义创作》。

新疆人民出版社出版陈柏中、张越编的《新疆兄弟民族文学评论集》。

广西人民出版社出版胡仲实的《壮族文学概论》。

山东教育出版社出版泰安师专中文系现代文学教研组编的《现代小说选讲》。

浙江人民出版社出版戴不凡的《小说见闻录》。

江苏人民出版社出版海涛、金汉编的《艾青专集》。

上海书店出版田汉等的《三叶集》。

中国农业机械出版社出版郑洛的《怎样写散文》。

上海文艺出版社出版范钧宏的《戏曲编剧论集》。

红旗出版社出版《红旗》杂志文艺部编的《论文艺与群众》。

北京大学出版社出版张隆溪的《比较文学译文集》。

中国社会科学出版社出版孙玉石的《〈野草〉研究》,《文学评论》编辑部编的《文学评论丛刊(第二辑·当代作家评论专号之二)》,霍松林的《文艺学简论》。

百花文艺出版社出版何其芳的《一个平常的故事》。

江西人民出版社出版陈昌怡的《文学趣谈》。

文化艺术出版社出版牟钟秀编的《获奖小说创作谈(1978—1980)》、中国艺术研究院外国文艺研究所《马克思主义文艺理论研究》编辑部编的《马克思主义文艺理论研究(第一卷)》。

陕西人民出版社出版《马列文论百题》编辑委员会主编的《马列文论百题》。

7月

1日,《上海文学》第7期发表王蒙的《读〈绿夜〉》;吴亮的《张弦的团圆——评〈回黄转绿〉和〈银杏树〉》;孙光萱、吴欢章的《〈九叶集〉的思想和艺术》。

《长春》第7期发表方晴的《在历史发展的预约中探求——谈顾笑言的两部中篇小说》;李改的《雄鸡三唱中的县委书记形象——评报告文学〈闻鸡起舞者〉》。

《山西文学》第7期发表马烽的《我的第一篇小说》;林有光的《闪着光芒的〈星〉》;《山西小说在日本》。

《青年作家》第1期发表《关于〈不要让荷儿蒙支配了你〉的讨论》;薛尔康的《骆驼与鹰——访作家孙犁》;仲呈祥、陈培之的《识·胆·艺——访作家周克芹》。

《青春》第 7 期发表高缨的《一个难忘的夜晚——艾芜同志南行途中谈创作》。

《草原》第 7 期发表才音博彦的《喜看文学新人结队来——评〈草原〉一九八一年第十二期小说》；温小钰的《朴诚的艺术——〈猎场传奇〉读后》；潘仁山的《警钟一声，发人深省——评短篇小说〈河坡公寓 3 号〉》；鲁瞿的《一篇来自生活深处的力作——兼评小说〈公仆，我们在想什么〉》；牧丁的《诗的朴素美与群众化——读组诗〈哎，我心中的鲜桃树〉小记》；贾融的《蒙汉合作的科研新成果——评介〈蒙古族文学简史〉（汉文版）》；本刊记者的《充分发挥文艺轻骑兵的作用——中国作协内蒙古分会与本刊召开报告文学创作座谈会》。

《新疆文学》第 7 期发表光群的《反映新旧交替的时代——谈〈内当家〉〈峨眉〉〈爬满青藤的木屋〉三篇得奖小说》。

《解放军文艺》第 7 期以"学习陈云同志《关于党的文艺工作者的两个倾向问题》笔谈"为总题，发表凡屏的《学习笔记三则》，白文的《由"喝"硝酸甘油说到生活》，刘金的《蜗居对话录》。

《文学报》发表《首次台湾香港文学学术讨论会在穗闭幕》。

2 日，《诗探索》第 2 期发表汪景寿的《台湾白话诗的崛起》。

3 日，《小说选刊》第 7 期发表张韧的《小宿舍与大时代——读〈女大学生宿舍〉随感》；雨时、如月的《我们写〈蛮荒〉》。

《电影艺术》第 7 期发表洪志的《军事题材电影还是要提倡以写人为主——影片〈路漫漫〉观后感》；王朝闻的《了然于心——看〈牧马人〉有感》。

《晋阳文艺》第 7 期发表贾立业的《真实·生动·细腻·含蓄——评短篇小说〈就差那么一点〉》。

5 日，《飞天》第 7 期发表京夫的《道是无情却有情》（创作谈）；《一九八一年文艺理论研究概观》。

《个旧文艺》第 7 期发表张平治等的《关于文学中爱情描写问题的争鸣（六篇）》。

《长江文艺》第 7 期发表程克夷的《农民起义的画卷——读长篇历史小说〈九月菊〉》；杨书案的《也算文学准备》（创作谈）；以"笔谈《赔你一只金凤凰》"为总题，发表雷达的《家庭"窗口"中的农村变迁》，罗守让的《烘云托月的艺术》。

《太原文艺》第 4 期发表孙有田的《漫谈工业诗的创作》。

《广西文学》第 7 期发表周鉴铭的《对真善美的探索和追求》；龙燕平的《秦似杂文艺术特色初探》。

《山花》第 7 期发表何士光的《聆听生活的召唤》；熊易农的《新的步伐——喜读〈花溪〉近期的一些小说》；伊星的《心灵的感召——读短篇小说〈工蜂〉偶感》；王光明的《敲了一记警钟——短篇小说〈沙基〉读后》。

《边疆文艺》第 7 期发表张国庆的《谈作品"社会效果"的客观标准》。

《牡丹》第 7、8 月号合刊发表张志民的《说"神"》（创作谈）；航鹰的《博采生活的花蜜》（创作谈）；李恩清的《〈再来一次古文运动〉之我见》；包亚东的《学古者活似古者死》。

《花溪》第 7 期发表尹在勤的《美丽的灵魂——读李发模〈黑色的星星〉断想》；李德明、熊冬华的《到"四化"建设的生活中去》；余之的《基调、力量与"光明的尾巴"》。

《星火》第 7 期发表陈白尘的《从〈大风歌〉演出本谈起——兼答南昌江野芹同志》。

《延河》第 7 期发表《丁玲同志谈文学——答本刊记者问》；畅广元的《作家应该具有透视力——读贾平凹几篇近作的感受》；李健民的《探索中的深化与不足》；田奇的《谈我省几位青年诗人的诗》。

《陕西戏剧》第 7 期发表田涧菁的《新时期农村生活的赞歌——浅谈花鼓现代戏〈六斤县长〉》。

《福建文学》第 7 期发表练文修的《在探索的道路上——读刘小龙的诗》；俞元桂的《漫谈散文的生活广度和思想深度》；吴周文的《散文必须创艺术之新》；王家伦的《何为散文的人物描写》；以"关于《爱的正数和负数》的讨论"为总题，发表张玉钟的《技巧与真意之间》，刘思的《珍惜你的爱》。

7 日，《文艺报》第 7 期发表溪烟的《共产党员作家的党性问题》；冯牧等的《加强党性　发扬正气——首都部分文艺工作者座谈革命文艺家的职责》；潘旭澜的《五年来的报告文学》；以"长篇小说创作笔谈"为总题，发表谢永旺的《长篇小说方兴未艾》，蔡葵的《有了长足的进步》，杨桂欣的《长篇小说中的"文化大革命"》，吴松亭的《写出人物性格的丰富性》，陈美兰的《人们需要更能拨动心弦的音阶》；同期，发表盛英的《向现实深处探索——谈谌容的近作》；王炳根的《平凡中的不凡气质——评中篇小说〈射天狼〉》；吴宗蕙的《"红颜"为何多薄命？——读〈心祭〉》;晓蓉的《关于〈南方的岸〉的通信》;高国平的《"向着真实努力"——读〈向着真实〉》;刘孝学、崔龙弟的《徐开磊的散文》;薛宝琨的《执着地追求　严肃地探索——评王鸣录的相声创作》;林涵表的《关于湘剧〈百花公主〉、〈李白戏权贵〉的通讯》;以"关于现实主义问题的讨论"为总题,发表吴富恒、狄其聪的《现实主义和自然主义在真实性问题上的区别》,维永、小鸣整理的《关于"任何现象是否都能反映生活本质"问题》;同期,发表兴潮、珊人的《"我虽老而残,伏枥想千里"——记萧三同志》;文菲的《一种违反文艺常识的批评——评袁鹰、晓文的〈一部违反真实的影片〉》;《陈学昭同志来信》(摘录)。

8日,《解放军报》发表谢大光的《沙漠与大海的沉思——读〈晓星集〉随感》。

10日,《小说林》第7期发表张抗抗的《从读书到写书》;张林、黄益庸的《关于短篇小说的通信》;王治新的《〈金棒槌〉写作前后》;谢海泉的《我读〈松鼠〉》。

《文汇月刊》第7期发表冯骥才的《话说王蒙》;吴嘉的《邵燕祥印象》。

《北京文学》第7期发表杨世伟的《喜读邓友梅的新作〈那五〉》。

《雨花》第7期发表行人的《他身上同时潜伏着罪犯和英雄的因子——读短篇小说〈逆转〉》;邢念萱、李德成的《创作的歧途——也评〈狐仙择偶记〉》。

《奔流》第7期发表曾文渊的《"中岳留念　诗意无穷"——〈黑娃照相〉赏析》;何士光的《〈故乡事〉后记》。

《钟山》第4期发表思忖的《重在表现人在战争中的伦理道德——孟伟哉军事题材中短篇小说读后随感》;孟伟哉的《脱稿之后》;赤道的《访作家孟伟哉》;刘静生的《新来燕子啄春泥——简评储福金的小说创作》;李景峰的《为振兴中华的人作歌——长篇小说〈春天的呼唤〉读后》。

11日,《解放军报》发表李鹏青的《人民的军队人民爱——〈拥护咱们老百姓自己的军队〉读后》;骆飞的《小说中的诗意美》。

14日,《人民日报》发表傅钟的《学习·团结·深入生活——在全国文联第四届全体委员会第二次会议上的闭幕词》;谷斯范的《〈巴人杂文选〉跋》;《文艺评论集〈风雨文谈〉出版》(张光年著);《发扬话剧的战斗传统——首都戏剧界人士座谈话剧〈被控告的人〉》。

15日,《山东文学》第7期发表刘光裕的《关于人性和文学创作的几个问题》。

《文学评论》第4期发表吕林的《关于"两结合"创作方法的科学性问题——兼论现实主义、浪漫主义的原则和特征》;余斌的《对现实主义深化的探索》;任愫的《一阵清风　万里涛声——论李瑛诗的艺术风格》；段更新的《站在祖国、人民、时代面前》；丁罗男、孙惠柱的《话剧现代化和民族化的探索——上海工人文化宫话剧队的几个话剧观后》；以"文学创作中的人性和人道主义问题的讨论"为总题，发表王蒙的《"人性"断想》，刘锡诚的《谈新时期文学中的人道主义问题》。

《当代文学思潮》第2期发表谢冕的《历史的沉思——建国三十年诗歌创作的回顾》；孙光萱的《论近年来新诗创作中的现实主义发展趋势》；何西来的《历史行程的回顾与反省——论"反思文学"》；陆贵山的《谈新人形象的思想特色》；李幼苏的《关于王蒙创作讨论中几个问题的意见》；陈沂的《重新学习主席、总理、陈总有关文艺问题的讲话》；钱觉民的《"两结合"创作方法的复苏和发展》；高尔太的《现代美学与自然科学》；林同华的《美学、文艺思潮与社会思潮》；李连科的《漫谈文艺学、社会科学及其他》；章秀华的《方兴未艾的青年主题》；李安、向明的《略谈当前创作中关于爱情、婚姻问题的两种倾向》；张志忠的《文学反映生活角度的多样化和立体化》；柳嘉、李汉柱、苏辛群、斯群的《文学期刊主编笔谈——答〈当代文艺思潮〉编辑部问》；谢望新、马良春、张炯、杨匡汉、郑伯农、雷达的《就当代文学问题答〈当代文艺思潮〉编辑部问》；瞿世镜的《"意识流"思潮概观（之二）》。

《光明日报》发表刘俊民的《〈在同一地平线上〉的得与失》。

《特区文学》第4期发表田野的《唱一支共同的歌——记台湾旅美诗人秦松先生》。

16日，《红旗》第14期发表马献廷、方伯敬的《工业战线上的新人谱——蒋子龙作品新人形象琐议》。

17日，《作品与争鸣》第7期发表《希望文艺家都成为坚定的共产主义者》；王之宏的《评〈龙种〉——兼论社会主义改革家形象的塑造》；何西来的《爱情描写要有益于社会主义的精神文明》；居松的《〈春天的童话〉应当批评》；公刘的《申辩书——致〈作品与争鸣〉编辑部》（讨论顾工的《一点订正和不解》）；王永宽的《中篇小说〈噩梦〉及其评论》。

18日，《戏剧丛刊》第4期发表张相端的《在探索中开拓戏曲新路——〈红柳绿柳〉艺术初探》。

《朔方》第7期发表路展的《我是怎样喜欢上儿童文学的——兼谈童话〈雁翅

下的星光〉的写作》;陈文坚的《一个进攻型的新人形象——〈龙种〉初探》;江涌的《旨远·意新·情真——读杨森翔的风物志》。

《解放军报》发表彭清的《"咱们的中国"——闻一多的〈一句话〉读后》;曹积三的《不要在倒立中观察新一代青年——评中篇小说〈他就是他的倒影〉》。

《新港》第7期发表蒋子龙的《失败——作家最忠实的保姆》;滕云的《永远热爱　永远歌唱——评诗人鲁藜近作》;申文钟的《〈山鸣谷应〉的艺术特色》;王建儒的《读〈她,还是她〉漫笔》。

19日,《深圳特区报》发表曾敏之的《良好的开端——对台湾文学研究的一点感想》。

《学术研究》第4期发表杨玉峰的《略谈谷柳在香港发表的剧作》。

20日,《人民文学》第7期发表严文井的《关于〈晨梦〉》(书简)。

《文汇报》发表徐启华、花建的《令人遗憾的抉择——小说〈杜鹃啼归〉〈飞向远方〉读后》;何志云的《无法抹杀的现实生活信息——读〈杜鹃啼归〉〈飞向远方〉》。

《文史哲》第4期发表牟国胜的《论老舍创作的大众化道路》;舒乙的《谈老舍著作与北京城》。

《柳泉》第3期发表徐文斗、孔范今的《论〈创业史〉的叙述语言》;翟德耀的《发掘农村新人的心灵美——评王润滋短篇小说的创作特色》;丁建元的《烽火育歌手　沃土孕诗苗——苗得雨少年诗作浅读》。

21日,《人民日报》发表杨沫的《用文艺透视人们美丽的灵魂》;《时代的报告》重新刊登"本刊说明"以及与〈文艺报〉商榷的读者文章》。

22日,《光明日报》发表敏泽的《关于作家的审美理想》。

《解放军报》发表范咏戈的《打开军营与社会生活的通道——读小说〈母亲与遗像〉、〈彩色的鸟,在哪里飞徊?〉》。

25日,《社会科学战线》第3期发表卢善庆的《"五四"运动与台湾新文学运动的崛起》。

28日,《人民日报》发表丁玲的《〈杜烽剧作选〉序》。

《剧本》第7期发表赵寻的《谈工人戏剧创作的艺术特色》;张晶的《两年来小戏创作的成就和不足》。

《文谭》第3期发表流沙河的《不说凄凉更凄凉》。

29日,《文汇报》发表章仲锷的《刻苦自砺　不断探求——刘亚洲和他的历史小说》。

《光明日报》发表曾镇南的《评〈在同一地平线上〉》。

本月,《工人创作》第 7 期发表穆尼的《笑与生活——周正行剧作简论》;王永生的《评黄宣林的故事创作》。

《文艺生活》第 7 期发表胡代炜的《认识生活与反映生活——观电影〈牧马人〉所想起的》。

《艺丛》第 4 期发表张蜀君的《愿小鹰展翅高翔——王小鹰和她的小说创作》。

《文谭》7 月号发表汪曾祺、林斤澜、刘心武、何士光、孔捷生的《作家五人谈》;王维玲的《成名之作　源于勤奋——纪念〈红岩〉出版廿周年》;竹亦青的《心酿的酒浆——评周纲组诗〈大渡河情思〉》;李敬敏的《现实主义与文艺家的思想武装——与石天河同志商榷》;王若望的《〈人妖之间〉引起的争论》;孟辉、文舟的《要告诉人们什么？——评短篇小说〈一个杀人犯的最后十天〉》;刘万厦的《她,应该是一个探索者——评〈公开的"内参"〉中戈一兰的形象》;彭其云、安以仁的《〈公开的"内参"〉要告诉人们什么？》;《一些报刊批评小说〈春天的童话〉》。

《四川文学》第 7 期发表邓仪中、仲呈祥的《谭力,让我们一起思考》;吴野的《漫评克非的〈山河颂〉》。

《北方文学》第 7 期发表程树榛的《坚持,就是胜利》(创作谈);晓石的《他在生活的激流中——记作家韶华同志》;刘烈恒、张启范的《反映当代生活　激励人们前进——韶华短篇小说漫议》。

《辽宁群众文艺》第 7 期发表徐之的《整理传统曲艺作品小议》。

《江淮文艺》第 7 期发表许柏林的《现代戏的清香》(讨论戏剧《妈妈》、《幽兰吐芳》、《七十二行以外》、《春嫂》)。

《芒种》第 7 期发表郑国铨的《坚持和发展革命文艺的规律》;刘镇的《"搜天斡地觅诗情"》(创作谈);谢俊华的《赤子的深情　动人的歌吟——读于宗信台湾题材的诗》;赵增锴的《关于人物牺牲时的个性描写》;佟明光的《新星,升起在灿烂的星空——读〈青年与诗〉》;马秋芬的《读短篇小说〈小巷春意浓〉》;郭银星的《谈短篇小说〈弄假成真〉的结构》。

《陕西戏剧》第7期发表田润菁的《新时期农村生活的赞歌——浅谈花鼓现代戏〈六斤县长〉》。

《时代的报告》第7期发表本刊编者的《重新刊登〈本刊说明〉请读者评说》；并以此为总题，发表薛亮、方含笑的《一篇玩弄诡辩术的奇文——我们对〈文艺报〉〈原则〉一文的看法》，彭泽、严汝的《应当研究新情况新问题》，郑显国、文正的《实事求是地正视问题是新时期的优良作风——与雨东同志商榷》，梁军的《也和文艺报争鸣》。

《芳草》第7期发表刘崇顺的《也谈文艺和政治的"分"与"合"》。

《希望》第7期发表方仁念的《从〈角落〉到〈春前草〉——略评几篇小说关于妇女解放的描写》。

《芙蓉》第4期发表朱日复的《革命现实主义的胜利——评康濯的长篇小说〈水滴石穿〉》；张永如的《浓郁的时代气息 鲜明的人物性格——长篇小说〈玉树琼花〉人物谈》。

《安徽文学》第7期发表邵江天的《生活激流中的一朵浪花——读组诗〈生活之路〉》；唐先由的《埋藏于心底的亮光——〈墨荷〉散议》；韩照华的《尖锐·真实·新颖——〈知县街上〉赏析》；李晴的《"生活"与"深入"》。

《河北文学》第7期发表王健儒的《匠心发掘新意出——浅评小说〈微笑〉的艺术特点》；苗雨时的《汤吉夫和他的小说创作》。

《春风》第7期发表孙里的《抒写新旧交替时期农民的心曲——读青年作者王祁的小说》。

《鸭绿江》第7期发表陶洪的《新意不可忽视生活的真实——与陈祖基同志商榷》；沈泽宜的《也谈向蕙的形象——兼与李兴武同志商榷》。

《豫苑》第7期发表董志俊的《加强群众文化学术研究》。

《当代文学研究参考资料》第7期发表中国社科院文研所当代室编的《台湾地区的中国当代文学（一）》。

《星星》第7期发表流沙河的《孤吟的虎》（介绍台湾诗人杨牧）。

本月，中国青年出版社出版王朝闻的《文艺鉴赏指导（一）》。

中国人民大学出版社出版全国马列文艺论著研究会主编的《马列文论研究（第二集）》。

河南人民出版社出版余飘的《文学理论讲座》，杨志杰、雷业洪的《诗歌概论》。

山西人民出版社出版吴中杰的《鲁迅文艺思想论稿》。

江苏人民出版社出版王郊天等编的《新诗创作艺术谈》。

春风文艺出版社出版阿红的《漫谈诗的技巧》。

花城出版社出版陆文夫的《小说门外谈》。

长征出版社出版李庚长的《杂文写作琐谈》。

湖南人民出版社出版赵景深的《民间文学丛谈》。

山东人民出版社出版朱德发的《五四文学初探》。

人民文学出版社出版庄钟庆的《茅盾的创作历程》。

浙江人民出版社出版孙露茜、王凤伯编的《茹志鹃研究专集》。

百花文艺出版社出版林非的《现代六十家散文札记》。

8月

1日,《上海文学》第8期发表王安忆的《感受·理解·表达》(创作谈);以"关于当代文学创作问题的通信"为总题,发表冯骥才的《中国文学需要"现代派"!》,李陀的《"现代小说"不等于"现代派"》,刘心武的《需要冷静地思考》。

《长江》第3期发表鄢国培的《我写〈漩流〉》。

《山西文学》第8期发表梁斌的《我的第一篇小说》;王秋君、杨占平的《读〈几度元宵〉》;奋飞的《新的尝试——评徐捷的〈野心家〉》;戴光宗的《"山药蛋派"质疑》。

《青年作家》第8期以"关于《寄托》的讨论"为总题,发表韩磊、简红的《灰色的情调 朦胧的寄托》,聂德胜的《应当怎样面对生活》,李兴武、刘彦的《〈寄托〉的思想倾向值得肯定》,扶失的《〈寄托〉来自生活》。

《青春》第8期发表王若望的《议论作品里的"议论"》;曹松华的《邂逅秦邮谈创作——与老作家汪曾祺座谈侧记》。

《草原》第8期发表荣·苏赫的《〈骑兵之歌〉民族性格塑造初探》;胡德培的《"魔方"——生活与创作随笔》。

《萌芽》第8期以"生活不是创作的源泉吗?——关于方文小说的通信所引起的讨论"为总题,发表吴士余的《从理念出发——沙龙文学》,魏威的《也谈现代派文学》,谷梁的《现代派的小说脱离了现实吗?》,张蜀君的《"要读世间这部活书"》,《一个"古老又新鲜"的问题(来信来稿摘编)》。

《新疆文学》第8期发表沈贻炜的《他在诗的王国里开荒——读章德益近作》;刘长海的《来自生活的好诗——读安定一的〈准噶尔的圣诞节〉》。

3日,《电影艺术》第8期发表王忠全的《为什么感人不深?——谈影片〈牧马人〉的不足》;成无功的《典型应该是特定的——影片〈沙鸥〉异议》;刘士杰、刘淑明的《为沙鸥形象一辩》;赵成的《当代人与当代矛盾——看影片〈当代人〉所想到的》。

《晋阳文艺》第8期发表降大任的《军事题材的评书创作的可喜尝试——谈〈智取潞安府〉》。

《解放军报》发表《总政治部决定设立"中国人民解放军文艺奖"》;本报评论员的《发展和繁荣军事题材文艺创作的重要措施》。

4日,《人民日报》发表王蕴明、李准的《精神文明与戏曲舞台》;黄益庸的《集体英雄主义的赞歌——读短篇小说〈八百米深处〉》。

5日,《飞天》第8期发表叶文玲的《日积跬步致千里》(创作谈);张志清的《努力肩负精神文明建设的重任——〈飞天〉"新芽"小说漫评》;《部分小说争鸣中反映出来的关于当代青年形象塑造的问题》。

《广西文学》第8期发表杨戈的《执着地追求和表现美》;丘振声的《一幅富有时代色彩的历史画卷——长篇小说〈失去权力的将军〉读后》;敏歧的《沉思·哲理·诗情——〈广西文学〉1980—1981年获奖诗歌漫评》。

《长江文艺》第8期发表陈美兰的《夏日书简——〈"大篷车"上〉、〈啊,朋友〉读后致方方》。

《边疆文艺》第8期发表金荣光的《对美的执着追求——〈滇云揽胜记〉》;陈贤楷的《党的民族政策的颂歌——〈苦聪人的春天〉》;白崇人的《令人神往的南疆——浅谈散文集〈在深山密林中〉》。

《星火》第8期发表蔡葵、古华的《关于〈芙蓉镇〉的通信》;雨时、如月的《〈蛮荒〉的构思和创作》;黄方的《寻求催人向上的力量——谈雨时、如月的短篇小说》。

《延河》第 8 期发表李星的《总结经验 增强信心 为新的时代呐喊——〈延河〉诗歌创作座谈会纪要》;公刘的《西北望长安——寄语陕西中青年诗人》;杜鹏程的《〈我与文学〉前言》;安危译的《海伦·斯诺给丁玲的信》;高洪波的《〈翠笛引〉读感》。

《溪水》第 4 期发表董兴泉的《舒群是怎样走上文学道路的》。

《福建文学》第 8 期发表弓千的《"他心里装着老百姓"——喜读〈下棋看五步〉》;杨际兰的《传统美德的新光彩——〈乡土〉谈片》;以"关于《爱的正数与负数》的讨论"为总题,发表艾芝的《他们在作弄感情》,罗守让的《评〈爱的正数与负数〉的格调情趣》;同期,发表黄拔光的《台湾乡土文学和陈映真的作品》。

《解放军文艺》第 8 期发表刘白羽的《太阳花颂——〈法卡山一日〉序》;李斌奎的《写在〈天山行〉上映时》;思忖的《情满天山塑新人》;陆柱国的《读〈射天狼〉有感》。

《滹沱河畔》第 4 期发表贺立华的《情切理真 寓理于情——读孙犁的〈嘱咐〉》;虎胡的《努力反映迅速变革的新农村——河北省召开农村题材小说创作座谈会》。

6 日,《文汇报》发表本报评论员的《警惕精神糖弹》。

7 日,《文艺报》第 8 期发表钟枚的《总结经验 继往开来——记中国文联四届二次全委会》;沧涟的《投入人民建设新生活的斗争——中国作家协会工作会议在京举行》;《文艺工作者公约》;艾青的《民族文化与文化特性——在"亚洲作家讨论会"上的发言》;刘放桐的《存在主义与文学》;钟敬文的《民间文艺学生涯六十年》;辛治的《一个闪耀着共产主义思想光辉的新人——评影片〈天山行〉中的郑志桐》;方全林的《对军事题材小说创作的几点浅见》;李陀的《〈邻居〉创作的启示》;袁鹰的《散文探索二题》;傅活的《对生活真理的探索——尤凤伟和他的小说》;陆贵山的《真实性和典型性》;谢大光的《梅香暗动骨弥坚——访老作家曹靖华》;《关于影片〈天云山传奇〉的讨论来稿综述》;以"长篇小说创作笔谈"为总题,发表周介人的《长篇创作中的新探索》,王愚的《战线复杂的时代矛盾》,吴秀明的《向历史小说学点写人物的经验》,何振邦的《不要纯净化、模式化》,童庆炳的《既要有勇气 又要有诗情》;同期,发表关林的《分清是非 辨明真相——评〈时代的报告〉第七期的反批评》;李何林的《我不同意〈文艺报〉和〈文艺动态〉的解释》(讨论《文艺报》1982年第6期辛旭的《"十六年"无差别吗?》)。

10日,《小说林》第8期发表梁斌的《时代·思想·创作》(创作谈);黎汝清的《艺术构思断想》;马加的《〈杨朔文集〉序言》。

《北京文学》第8期发表张同吾的《生活中的思考和发现——读〈"工业气压"〉》。

《雨花》第8期发表梦花的《不是散文家的散文家——读陈白尘近年的散文》;金建陵的《读〈"天"灾不算祸〉》。

《奔流》第8期发表骆宾基的《由戈悟觉的作品而想到的》。

《海鸥》第8期发表左建明的《我攀过的那段小路》(创作谈);草云的《"诗人究竟不是一株草"——关于诗的札记》。

《读书》第8期发表温儒敏的《港台和海外学者的中西比较文学研究》。

11日,《人民日报》发表孙昌熙的《略论李广田散文的特色》;邓仪中、仲呈祥的《直面人生 开拓未来——从周克芹近作谈革命现实主义的几个问题》。

12日,《光明日报》发表何孔周的《真实·典型·倾向——也评〈在同一地平线上〉》;何志云的《"圆的"形象和"扁的"评价》(讨论张辛欣小说《在同一地平线上》)。

15日,《山东文学》第8期发表夏放的《漫谈〈崛起〉的结构和人物》;王永福的《再谈〈内当家〉的细节描写》。

《朔方》第8期发表吴江的《为人为文的楷模——学习毛泽东同志十五封信的一点体会》;孟伟哉的《要从道德与性格上来写人》;王湛的《为瓜王"这一个"喝彩——琐谈〈瓜王轶事〉的人物形象塑造》;可人的《质朴自然 格调高昂——读贾长厚的爱情诗》。

《解放军报》发表姚远方的《将军笔下的革命春秋——读杨成武同志的〈忆长征〉》。

《新港》第8期发表雷声宏的《关怀·教导·鞭策·鼓舞——读毛泽东同志给文艺界人士的十五封信》;楚学的《坚持党性原则 繁荣文艺创作——学习陈云同志讲话札记》;刘锡诚的《在重新执笔之后——读柳溪中篇小说有感》;刘真的《我就这样迈开了第一步》(创作谈)。

17日,《作品与争鸣》第8期发表本刊评论员的《文艺要用共产主义精神激励人民》;曹阳的《把种籽撒向沃土——给文学青年方文的一封信》;以"生活不是创作的源泉吗?——关于方文小说的通信所引起的讨论"为总题,发表张廷竹的《时代的生活是创作的源泉》,方文的《我不再写自己臆想的世界》,华滢的《前进的道路和挡路的石头》,陆慧丽的《我是一个人民的女儿》,评点的《〈春〉是一篇好作品》;同期,发表思文的《张洁的中篇小说〈方舟〉引起争鸣》;郭永涤的《夜曲神工——扎西达娃的〈归途小夜曲〉试析》;王既端的《抹上理想化的色彩之后——小说〈明姑娘〉的真实性问题浅议》。

18日,《人民日报》发表傅钟的《努力增强党性——陈云同志讲话读后》;吴松亭的《努力发掘生活的新意——谈反映民主革命时期生活的长篇小说》。

19日,《文汇报》发表胡平的《从"自我"走向生活——谈新诗的起飞》。

《光明日报》发表雪克的《光荣的责任——从革命历史题材作品创作所想到的》;张明吉的《谈杨朔散文的不足之处》;舒信波的《革命历史题材创作的新篇章——评长篇小说〈旋风〉的艺术特色》。

《解放军报》发表胡代炜的《〈玉树琼花〉的人物塑造》;刘佳的《忠实履行哨兵职责——致话剧〈哨位〉作者的信》。

20日,《人民文学》第8期发表王愿坚的《为革命战争传神》(创作谈);陆柱国的《在同一条战壕里》(创作谈);彭荆风的《真正了解才写得真实》(创作谈);冯骥才的《小说创作的一个新倾向》(书简)。

《边塞》第3期发表郭宝臣的《我们唱着往前走——读杨树诗作札记》。

《湛江文艺》第4期发表小路的《平易·真实·朴素·自然——读〈湛江文艺〉的一组爱情、婚姻小说》。

21日,《莽原》第3期发表齐树德的《爱情、道德及其它》;金芹的《文学与精神文明建设》;阎豫昌的《忠实于耕耘的布谷——评青勃的诗》;张赞昆的《多云的晴天——读中篇小说〈初晴〉》;傅鹏的《〈在深处〉的艺术特色》。

22日,《新文学史料》第3期发表梅志的《四十一年话沧桑》,姚雪垠的《学习追求五十年(九)》;刘朝兰的《"晚潮急"——怀杨朔》;杨玉玮的《杨朔的童年和青少年时期》。

24日,《文汇报》发表陈家懋的《一部违背历史真实的小说——评〈她的代号白牡丹〉》;石云的《要正确理解文艺创作的真实性——从对〈她的代号白牡丹〉的批评谈起》。

25日,《人民日报》发表胡采的《革命现实主义的几个问题》;闻一的《部分报刊陆续发表文章 就〈时代的报告〉的"本刊说明"展开争鸣》;张炯的《深情彩笔绘新人——读曾毓秋的短篇小说集〈三月清明〉》。

《文艺研究》第4期发表朱穆之的《努力满足人民群众对文化生活的需要》;吴冷西的《提高电视剧质量 开展电视剧评论》。

26日,《光明日报》发表蒋荫安的《希望的歌唱——简评母国政的短篇小说》;林友光的《乡情·画廊·山色——读〈李广田散文选〉》;章仲锷的《把焦距对准这样的新人——从〈三千万〉到〈耿耿难眠〉读后断想》。

《解放军报》发表赵士君、于勤恺的《讴歌正义战争中的英雄——长篇小说〈伏虎记〉读后》。

《文学报》发表曾敏之的《台湾文艺界近事》。

28日,《文谭》第4期发表流沙河的《短短的叙事诗》。

30日,《文学研究动态》第16期发表高鹏的《日本对台湾现代诗的评论》。

本月,《工人创作》第8期发表滑富强的《评〈业余中锋〉》。

《天山》第3期发表祁大慧的《历史的画卷——读王嵘中篇小说〈秘密使者〉》;郭挺的《探索者,向大地靠拢——读〈天山〉"这一代"的一组小说》;杨匡汉、杨匡满的《我能为社会主义歌唱——〈艾青传论〉片段》。

《文艺》第4期发表冯健男的《"啊,阳光"——读铁凝的短篇集〈夜路〉有感》。

《文艺生活》第8期发表龙长顺的《漫话乡土文学》。

《文汇月刊》第8期发表理由的《报告文学的遐想》;梅朵的《成功者的力量和勇敢者的道路》;蒋孔阳、刘心武的《关于小说〈立体交叉桥〉》。

《文谭》8月号发表周葱秀的《心灵美的赞歌——略论周克芹的短篇小说》;何士光的《我怎样走上写作道路的》;贺星寒的《寻找与发现》(创作谈);童恩正等的《关于科幻小说评论的一封信》;李兵的《容许欢乐,也容许忧虑》(讨论1982年6月号《文谭》苏克玲的《忧虑来自哪里》);袁永庆的《可信的,也是典型的——也谈〈公开的"内参"〉中戈一兰的形象》;曾祥麟的《随处都有浊流,警惕啊!——〈读公开的"内参"〉随想》;乐朋的《问题小说讨论综述》;陆建华的《魂萦梦绕故乡情——访作家汪曾祺》。

《四川文学》第8期发表袁阳的《应当反映出时代的色彩——评短篇小说〈山

沟轶事〉》；竹亦青的《在探索的道路上——漫谈雁宁的小说创作》。

《北方文学》第 8 期发表单复的《乡土文学的探索者——记马加同志》；谢万霖的《两部富有生命力的作品——读马加的小说〈开不败的花朵〉和〈北国风云录〉（前十八章）》。

《红岩》第 3 期发表曹廷华的《诗情流注的真实素描——〈陈翔鹤选集〉漫评》；沈太慧的《时代车轮的辙印——读〈李准小说选〉》；洪钟的《川江风暴的历史画——简评〈漩流〉和〈巴山月〉（上）》；葛艾的《问题小说与小说问题》。

《江城》第 8 期发表马跃埕的《良知的赞歌——谈〈老伴〉的社会效果》；栾羽的《以意为主，那就决不能真切——读赫历的〈老伴〉》。

《芒种》第 8 期发表李炳银的《思想、情感与作品的格调》；金河、晓凡的《友人谈诗》（讨论胡世宗的诗集《鸟儿们的歌》）；王龙章的《多亏了这个"包围圈"——读短篇小说〈甜甜的包围〉》。

《时代的报告》第 8 期发表余一卒的《兴师动众为何来？——初评〈文艺报〉的署名文章〈一个值得注意的原则问题〉》；徐夕明的《对〈文艺报〉批评〈本刊说明〉的异议》；高洁的《为什么要在"十六年"上大做文章？》；邓斌的《也谈十六年的差别问题——评〈文艺报〉今年六期辛旭文章》；豫林的《〈文艺报〉批评"十六年"的文章不能自圆其说》；尤真的《〈天山行〉的启示》。

《作品》第 8 期发表谢望新、李钟声的《生活摇篮唤起的创作激情——读伊始的短篇小说》。

《希望》第 8 期发表蔡毅的《寓讽刺于写实 寓歌颂于暴露——谌容的小说〈关于仔猪过冬问题〉试析》。

《安徽文学》第 8 期发表雷达的《蒋濮小说辨析》；毛志成的《文学六步谈》。

《河北文学》第 8 期发表雷达的《从苦闷到警醒——读单学鹏的〈这里通向世界〉》；张志民的《〈春的儿女〉序》；周哲民的《农村题材创作问题小议》；李满天的《应该怎样处理爱情描写问题》。

《河南戏剧》第 4 期发表高素芬的《来自生活的喜剧——豫剧〈朝阳沟内传〉观后》。

《春风》第 8 期发表杨荫隆的《〈魔鬼热布〉的得与失》；李景峰的《一束献给英雄们的花——兼评长篇小说〈带血的金达莱〉》。

《鸭绿江》第 8 期发表殷晋培的《一部引人入胜的小说——评陈玙长篇新著

〈夜幕下的哈尔滨〉》；晓凡的《生活与诗》(创作谈)；阎纲的《"文革"在作家的笔下——读〈洗礼〉所想到的》；王向峰的《简评〈妈妈,妈妈……〉》。

《湘江文学》第 8 期发表凌烟的《洞庭湖上的文学新帆——罗石贤小说读后》。

《新地》第 4 期发表郑义、徐刚的《作家答〈新地〉编辑部问》；周哲民的《民族尊严的赞歌——读〈向着初升的太阳〉》。

《新疆民族文学》第 3 期发表冉红的《在心灵的回音壁上——漫谈克里木震加诗歌的艺术特色》。

《星星》第 8 期发表流沙河的《跳跃的鹿》(介绍台湾诗人叶维廉)。

《特区文学》第 2 期发表雨纯的《经冬不枯 非春亦放——记香港散文作家彦火》。

本月,天津人民出版社出版鲍晶编的《鲁迅"国民性思想"讨论集》。

花山文艺出版社出版郑心伶的《鲁迅诗浅析》。

陕西人民出版社出版王瑶的《鲁迅与中国文学》。

上海文艺出版社出版李希凡的《一个伟大寻求者的心声》,洁泯的《人生的道路》,老舍的《老舍论创作》。

四川人民出版社出版吴奔星的《茅盾小说讲话》。

福建教育出版社出版卓如编的《闽中现代作家作品选评》。

中国社会科学出版社出版沈承宽等编的《张天翼研究资料》。

山西人民出版社出版王中青的《评论与回忆》。

广西人民出版社出版卢启元编的《冰心作品欣赏》,秦似主编、林士良等编写的《文笔精华》。

中国社会科学出版社出版陈荒煤的《回顾与探索》。

贵州人民出版社出版王永生主编的《中国现代文论选(第一册)》。

北京师范大学出版社出版钟敬文主编的《民间文艺学文丛》。

内蒙古人民出版社出版内蒙古九院校写作教研室等编的《写作技法举要》。

河南人民出版社出版理由的《文学这个灰姑娘》。

中国青年出版社出版辽宁大学中文系七七年级编的《文学描写辞典(小说部分)》。

宁夏人民出版社出版艾思奇的《论文化和艺术》。

9 月

1日,《上海文学》第9期发表王元化的《论知性的分析方法》;鲁枢元的《论文学艺术家的情绪记忆》;邵石的《"带头"及其他——读〈时代的报告〉第七期几篇文章的感想》。

《山西文学》第9期高晓声的《我的第一篇小说》;黄修己的《做局中人——回忆赵树理的一次讲话》;张赛周的《赵树理与诗歌》。

《光明日报》发表郑伯农的《要研究社会主义文艺生产的发展规律》。

《红旗》第17期发表本刊评论员的《落实知识分子政策的一个重大问题》。

《安徽师大学报(哲学社会科学版)》第3期发表李守鹏的《清新质朴的乡土文学——评刘绍棠近年来中篇小说的民族风格》。

《青春》第9期以"关于小说《拉岱大桥》的讨论"为总题,发表丁柏铨、周晓扬的《是玉,但有瑕疵》,泉林、肖平的《真实,才有力量,才有生命》,顾小虎的《读〈拉岱大桥〉》,高榆的《扭曲的形象》;同期,发表苏叶的《淡墨浓彩绘风情——谈〈新浴〉》。

《草原》第9期发表云照光的《形势·政治激情·轻骑兵——在内蒙古报告文学创作座谈会上的讲话》;敖德斯尔的《报告文学散论——在内蒙古报告文学创作座谈会上的发言》。

《萌芽》第9期发表秦兆阳的《要有一颗热情的心——致路遥同志》;杜宣的《生活的赞歌——王小鹰短篇小说集序》;秦牧的《文苑新秀的成长——王英琦散文集〈热土〉序》。

《新疆文学》第9期发表刘定中的《赞美新时期的边疆风貌——读"新疆好地方"专栏中的散文》;张莹的《朴实而隽永的乡村风景画——读短篇小说〈月映粉墙〉》;边谷的《"应该扫荡那些看不见的蛛丝"——〈我的一位邻居〉读后》。

3日,《小说选刊》第9期发表李清泉的《促人警醒的形象——评〈八百米深处〉》;喻杉的《〈女大学生宿舍〉及其他——致年轻朋友》。

《电影艺术》第9期发表叶小楠的《画中有诗 淡中有旨——〈邻居〉艺术浅析》;许朋乐的《也谈〈牧马人〉的不足》。

5日,《飞天》第9期发表魏钢焰的《散文浅探》;《关于"新的美学原则"问题的讨论》。

《广西文学》第9期发表恂如的《做"三等车"上的旅行者——读李纮的短篇小说集〈妻子来自乡间〉札记》;彭回贤、甘恒彩的《构思巧　笔法精——读〈双目失明的人〉》。

《长江文艺》第9期发表杉沐的《革命作家的重大主题》;姜弘的《向生活深处开掘——评〈长江文艺〉几篇小说》。

《山花》第9期发表黄邦君的《笋脱壳而成材——评王建平的诗歌创作》。

《边疆文艺》第9期发表王甸的《用艺术形象来记录时代的农村面貌》;杨振铎的《创作方法及其与世界观的关系》。

《百泉》第5期发表周哲民的《努力反映迅速变革的农村现实——河北省召开农村题材小说创作座谈会》;肖冰的《漫谈目前创作中的人性描写》。

《牡丹》第9—10月号发表董应周的《东方的魂哟！——再谈新诗体的发展方向》。

《星火》第9期发表胡德培的《满怀信心的探索——访姚雪垠同志》;以"关于短篇小说《万花筒》的讨论"为总题,发表黄日星的《读〈万花筒〉后的一点思索》、梁辰的《"万花筒"的观察家及其戏剧》、帅焕文的《思想境界不高　编造痕迹太露》、吴剑刃的《一个深刻的命题》。

《海燕》第9期发表丁玲的《关于文学创作》。

《福建文学》第9期发表鲁人的《到底"说明"了什么——评说〈时代的报告〉的"本刊说明"》;刘再复的《关于"文学任务"的思考》;以"关于《爱的正数与负数》的讨论为总题,发表刘人云的《荒唐信中巧寓针砭》、张煊的《要尊重人物的性格逻辑》、包恒新的《台湾退役军人的乡愁》。

7日,《文艺报》第9期发表王任重的《团结起来,谱写更多更好的共产主义凯歌——一九八二年六月二十四日在中共文联四届二次全委会议上的讲话》;《文学艺术在社会主义精神文明建设中的重要作用》;以"影片《一盘没有下完的棋》笔谈"为总题,发表夏衍的《无题的对话——〈一盘没有下完的棋〉观后》、叶圣陶的《及时佳作　中日共鉴》、冰心的《不要污染日本子孙万代的心灵》、林林的《我看〈一盘没有下完的棋〉》、袁鹰的《历史,谁也不应忘怀》;同期,发表崔道怡的《请看〈种包谷的老人〉》;黄泽新的《繁荣社会主义文艺的必由之路——学习毛泽东同志关于"双百"方针的一些论述》;唐挚的《是强者还是懦夫——评〈在同一地平线上〉的思想倾向》;刘锡诚的《文学与当代生活——谈新时期文学的社会作用》;谭霈生的《社会问题与艺术形象——话剧创作中的一个问题》;刘湛秋的《在追求的道路上——读路遥的中篇小说〈人生〉》;敏泽的《关于艺术反映生活本质问题的思考》;包立民的《根深叶更茂——访马烽》;徐柏容的《芦苇,会思想的芦苇——病中读〈丁香花下〉》;蔚明的《货郎赞——读黄苗子〈货郎集〉》。

9日,《光明日报》发表洁泯的《漫谈精神文明与文学》;阎纲的《中篇小说形式谈》。

10日,《小说林》第9期发表张笑天的《深入生活的核心是认识生活》。

《北京文学》第9期发表陈骏涛的《文学需要理想之光》;林斤澜的《蒲家庄杂感》;俞长江的《再谈现实主义文学与典型化》。

《雨花》第9期发表陈词的《自我审理与人生"全集"——读小说〈某作家全集序〉》。

《海南师专学报》第2期发表《宝岛上的盛会——中国现代文学研究会第二届学术讨论会纪实》;王瑶的《从现代文学的发展看〈讲话〉的历史意义》;唐弢的《从香港中国现代文学研究会谈到我的一点看法》;樊骏的《近年来的中国现代文学研究工作》;马良春的《由美国研究中国现代文学的一些情况想到的几个问题》;邢植朝的《对生活美的不断追求——试谈荷花淀派的艺术特色》;王春煜的《艺海奔腾见英姿——访秦牧》。

《海鸥》第9期发表刘富道的《小说从这里诞生》。

《雪莲》第3期发表胡万春的《论情节悬念与心理悬念》;王孙的《漫话真实性及其他》;戴建平的《也谈"不象戏的戏"——为范亦毫同志补论》。

15日,《人民日报》以"贯彻十二大精神 建设社会主义精神文明"为总题,发表冯牧的《开创社会主义文艺繁荣的新局面》,刘白羽的《用共产主义思想指导文艺实践》,周广仁的《要重视审美教育》,江晓天的《把最好的精神食粮贡献给人民》,草明的《努力树立马克思主义的世界观》,袁世海的《我们的责任重大》。

《山东文学》第4期发表李基凯的《作家的神圣职责》;于广礼的《存在主义及其影响》;孙昌熙的《一篇别开生面的传记——读马瑞芳同志的〈祖父〉》;任孚先的《坚实的脚步 可喜的收获——评牟崇光的短篇小说》。

《人民文学》第5期发表王蒙的《善良者的命运——谈张弦的小说创作》;丁

帆的《试论刘绍棠近年来作品的美学追求》；胡光凡的《写出色彩来　写出情调来——评古华小说创作的艺术特色》;《对于张洁创作的探讨》（座谈会发言）。

《钟山》第9期发表冯骥才的《作家要干预人的灵魂》；杨世伟的《讴歌生命的壮美——漫话冯骥才的小说创作》；王朝闻的《〈五姑娘〉赞》；雷达的《姜滇小说的艺术追求》；沈敏特的《自尊、自重与自强的呼唤——评张弦新作〈银杏树〉》。

《朔方》第9期发表金梅的《论现实主义文学应有"现实性"——并非小题大做》。

《新港》第9期发表《〈文艺工作者公约〉和天津市文联有关决议》；丹晨的《艺术的赝品和作家的责任——关于"公式化"问题的断想》；冯骥才、胡德培的《关于历史题材创作问题的通信》；徐刚的《创作生涯的摇篮》（创作谈）。

《冀东文艺》第9期发表张延的《通向"世界"的带头人——评中篇小说〈这里通向世界〉》。

《文学评论》第5期发表翁光宇的《台湾香港文学学术讨论会纪要》。

《编译参考》第9期发表张良泽的《战后的台湾文坛》。

16日,《文汇报》发表志今的《"明白人"的赞歌——评报告文学〈啊,龙!〉》。

《光明日报》发表刘淮的《成就与局限——也谈杨朔的散文》；刘哲的《评韩映山的短篇小说创作》。

17日,《作品与争鸣》第9期发表艾民的《敢正党风压邪气——喜读小说〈大漠风〉》；贺兴安的《妇女解放的一声深长的呼吁》；以"关于文艺表现婚外情问题的讨论"为总题，发表霄凌的《〈美的结构〉美吗？——兼析婚姻外的爱情》，肖燕的《我们的道德是服从人民根本利益的——从小说〈美的结构〉及有关评论谈起》；同期，发表张炯的《一九八一年的中国文学》。

18日,《词刊》第9期发表李名方的《为火热的生活放声歌唱——西彤歌词漫评及其他》。

20日,《人民文学》第9期发表严辰的《读〈新笋集〉》。

22日,《人民日报》以"贯彻十二大精神　建设社会主义精神文明"为总题，发表赵寻的《贯彻十二大精神　开创文艺新局面》，陶钝的《在十二大精神鼓舞下振兴曲艺》，于蓝的《我们的目标一定能实现》，刘开渠的《认真学习　勤于实践》。

《文汇报》发表袁鹰的《珊瑚：大海深处美的结晶——序赵丽宏诗集〈珊瑚〉》。

23日,《光明日报》发表任孚先的《探索通往人物心灵之路》。

《文学报》发表思钦的《台湾召开第四届盐分地带文艺营会议》。

25日,《武汉师范学院学报(哲学社会科学版)》第5期发表曾令甫的《聂华苓小传》;章子仲的《思乡的情怀,离奇的世相——初读聂华苓的几本小说》。

29日,《人民日报》发表张光年的《文艺界的光荣职责》;刘梦溪的《文学的思索》;彭定安的《内容充实 艺术新颖——评舒群近年的短篇小说创作》;王大兆的《"月光饼"香又脆——读台湾女作家琦君怀乡散文有感》。

本月,《工人创作》第9期发表周梅夫的《一束发着淡淡清香的鲜花——评〈工人创作〉近期小小说》;汪培的《社会主义新人及其他》。

《文汇月刊》第9期发表吴祖光的《他死在工作岗位上——痛悼金山同志》;牛汉的《荆棘和血液——谈绿原的诗》;绿原的《〈人之诗〉编后》;和谷的《贾平凹速写》。

《艺丛》第5期发表秦瘦鸥的《小说纵横谈(三则)》;沈文的《千树万树梨花开——长江文艺出版社中长篇小说丰收》;涂怀章、程广民的《〈铁魂〉的可喜收获》。

《文谭》9月号发表胡德培的《如泥土一般朴实——读高晓声关于陈奂生的三篇小说》;吴野等的《包川小说恳谈会》;畅游的《读周克芹的〈邱家桥首户〉》;姚定一的《怎样理解戈一兰的形象——与刘万厦、袁永庆等同志商榷》。

《四川文学》第9期发表李庆信的《向生活的深层掘进——火笛创作片谈》。

《当代文学研究丛刊》第3期发表刘锡庆的《新时期散文创作漫笔》;施仲彤的《小百花园里的新景象——四年来儿童文学创作述评》;张韧的《异军崛起 突飞猛进——简评四年来的中篇小说》;李复威的《论当代普通人形象塑造的历史发展及艺术地位》;蔺羡璧的《论"山西派"的艺术特色》;陈辽的《对三十年军事文学的回顾和思索》;张炯的《英雄人民和人民英雄的壮丽颂歌——读长篇小说〈东方〉》;曲本陆、关德富的《论〈昨天的战争〉的思想与艺术》;谢冕等的《颂歌的时代 时代的颂歌——〈中国新诗发展史〉第六章第一节》;徐文斗、孔范今的《论〈创业史〉的人物语言——〈柳青研究〉之一》;蒋守谦的《他在小说里也"寻求诗的意境"——读〈杨朔短篇小说选〉》;宋学知、姚善义的《谈刘澍德短篇小说的艺术风貌》;林希的《有魅力的诗篇——公刘艺术个性初探之一》;彭钟岷、彭辛岷的《拓荒者的足迹——评介科学幻想小说作家郑文光》;黄勇刹的《民歌三味》;盛英、克明的《扶犁人——记孙犁的生活与创作》;阎纯德的《柯岩及其创作》;杨占平等的

《访作家西戎》;白舒荣的《眺望大陆,心向祖国——记於梨华》。

《江城》第9期发表李炳银的《要不断追寻创作的个性》;凝寒的《沃土新枝——读金克义的诗札记》。

《江淮文艺》第9期发表刘云程的《写〈失荆轲〉的一些思考》。

《芒种》第9期发表庐湘的《漫议文艺评论的思想、才情、胆识和生活——致一位青年同志的信》;杨桂欣的《关于文艺批评的杂感》;佟明光的《多写精炼隽永的短诗——评〈原上草〉部分作品》。

《芳草》第9期发表尹均生的《文学的使命》。

《芙蓉》第5期发表陈望衡的《为了悲剧不重演——评长篇小说〈将军吟〉》;莫应丰的《逆水行舟115天——〈将军吟〉写作琐记》;冯健男的《从几位湖南作家看学习〈讲话〉的意义》。

《安徽文学》第9期发表《努力塑造新人　建设精神文明——记安徽省首次女作者、第二次青年作者创作会议》;毛志成的《文学六步谈(续一)》。

《河北文学》第9期发表汤吉夫的《创新絮语》;张志民的《从"市场"到"诗坛"》;刘毅的《试论刘章诗歌的艺术特色》;张树坡、常庚西、李玉昆、曹桂方、赵沫英的《七月小说专号作品选评》。

《星星》第9期发表吕进的《诗神永远年青——读方敬〈拾穗集〉》;沙河的《飞逃的鹤》(介绍台湾诗人罗门)。

《春风》第9期发表蒋巍的《被灌得眼睛发白以后——我怎样写起〈生活的湍流〉》。

《鸭绿江》第9期发表马畏安的《应当看到这是一个发展——对文艺为人民服务、为社会主义服务口号的一点理解》;阿红的《哲理诗,应是诗人生活的凝珠——西窗诗话》;赵乐璞的《人情练达即文章》(创作谈);王建儒的《一个发人深思的课题——读小说〈历史的位置〉》;武亦文的《紧跟生活的脚步——喜读〈历史的位置〉》。

《清明》第3期发表周云泥的《果真是"十六年"一贯制吗?——与〈时代的报告〉编者商榷》;季元龙的《前进吧,古老的小院——读〈没有门牌的小院〉》。

《湘江文学》第9期发表陈若海的《试论蒋牧良及其创作思想倾向》。

《新苑》第3期发表张抗抗的《从西子湖到北大荒》;叶文玲的《驽马十驾功不舍》。

本季,《海峡》第3期发表武治纯的《钟理和及其作品》;本刊编辑部的《台湾文学研究的新起点》;吉翔的《台湾文讯》;郭宝区的《香港诗人何达及其创作》。

《赣南师专学报(哲学社会科学版)》第3期发表伦海的《刘绍棠的"运河文学"》;万陆的《前进在现实主义航道上的桨声——评刘绍棠同志的中篇小说创作》。

本月,中国青年出版社出版周荫昌等的《文艺鉴赏指导(二)》。

中国人民大学出版社出版纪怀民等编著的《马克思主义文艺论著选讲》。

春风文艺出版社出版北京师范大学中文系文艺理论教研室编的《文学理论学习参考资料(下)》。

重庆出版社出版西南师范学院中文系写作教研室、重庆师范学院中文系写作教研室编的《写作格言轶事集锦》,[日]青木正儿著、隋树森译的《中国文学概说》。

河南人民出版社出版徐刚的《诗海泛舟》。

少年儿童出版社出版鲁兵的《教育儿童的文学》。

文化艺术出版社出版中共中央书记处研究室文化组编的《党和国家领导人论文艺》,中国文艺年鉴社编的《1981中国文艺年鉴》(总第一卷)。

广东人民出版社出版叶嘉莹的《王国维及其文学批评》。

北京出版社出版中国现代文学研究会、北京出版社编的《中国现代文学研究丛刊(1982年第3辑)》。

中国社会科学出版社出版中国当代文学研究会编的《当代文学研究丛刊(3)》,李宗英、张梦阳编的《六十年来鲁迅研究论文选》。

吉林人民出版社出版王中忱、尚侠编著的《丁玲生活与文学的道路》。

江苏人民出版社出版李存光的《巴金民主革命时期的文学道路》。

解放军文艺社出版孟广来、牛运清编的《刘白羽研究专集》。

福建人民出版社出版贾植芳等编的《闻捷专集》,孙昌熙主编,王延晞、李庶长执笔的《〈故事新编〉试析》。

中国戏剧出版社出版李健吾的《李健吾戏剧评论选》。

宁夏人民出版社出版宁夏人民出版社编的《爱国主义的赞歌——丁玲等评〈灵与肉〉》。

陕西人民出版社出版吕俊华的《论阿Q精神胜利法的哲理和心理内涵》,任访秋的《鲁迅散论》。

天津人民出版社出版王得后的《〈两地书〉研究》。

山东人民出版社出版查国华、杨美兰编的《茅盾论鲁迅》。

10月

1日,《广州文艺》第10期发表朱光天的《一支芦管在吹——读诗集〈芦荻抒情〉》。

《山西文学》第10期发表李满天的《我写第一篇小说的前前后后》;张成德的《吕梁明月在　战士幽情深——读束为散文有感》;曲润梅的《读新版〈太行风云〉》;艾斐的《对〈"山药蛋派"质疑〉的质疑》。

《长春》第10期发表陆文夫的《穷而后工》(创作谈);方晴的《笔挽时代写风云——读丁仁堂的长篇小说〈渔〉》;薛洪林的《他是嫩江生活的主人——回忆作家丁仁堂同志在大赉渔镇的生活》。

《陇苗》第10期发表闻益初的《农村群众文化工作问答》。

《青年作家》第10期发表翔发、谢诗鉴、高庆久、张裕芳、卓润民、徐伯荣的《关于〈寄托〉的讨论》;岳望春的《一瓢污染了的河水——评〈寄托〉》。

《青春》第10期以"寄希望于未来"为总题,发表叶圣陶的《爱好文艺是个好志向》,严文井的《如果》,罗荪的《学习·锻炼·提高》,张弦的《谈我的第一篇小说》,邓友梅的《习作三题》,从维熙的《说"愚"》。

《草原》第10期发表李可达的《一代新人的崛起——评〈钟声响了〉》;刘英建的《揭示草原牧民心灵深处的美——谈〈夏营地,草原上的人们〉中人物塑造》;陆石的《朴实·深情——读〈精神污染的牺牲者〉有感》;马逴英的《把笔触伸向人物的心灵中——〈她在心灵的土地上耕耘〉简评》。

《新疆文学》第10期发表周涛的《从生活的起点重新开始》(创作谈)。

《解放军文艺》第10期发表陆建华的《从〈我们播种爱情〉到〈西线轶事〉》。

3日,《小说选刊》第10期发表冯夏熊的《祭奠诗 赞美诗——评王中才的〈三角梅〉》;海波的《〈母亲与遗像〉发表后所想》;王扶的《寻取反映生活的新角度——读〈西郊一条街〉》;岑寂的《开掘生活中的美——〈第九个售货亭〉读后》;冬冠的《以心理描写见长——谈〈导演之家〉》。

《文汇报》发表《真实乎？虚假乎？——短篇小说〈沙基〉引起争论》。

《晋阳文艺》第10期发表关公的《精工妙笔绘心灵——评山东快书〈猪倌的对象〉》。

5日,《飞天》第10期发表晓凡的《后边的路短 前边的路长》（创作谈）；余斌的《从田园走向社会》；李文衡的《〈苦荞花〉的情节结构和主题》；《关于几个短篇小说的争论》。

《山花》第10期发表伊星的《在探求和创造中前进——王剑中篇小说漫评》；孙友善的《从荒诞派的影响谈起》。

《长江文艺》第10期发表冯牧的《关于总结经验问题——在一次会议上的发言片段》；丁希的《一个早该结案了的悬案》。

《龙沙》第5期发表王荣伟的《抒写一代青年人的情怀——评张亦峥同志的小说》；程树榛的《别情依依忆青春——〈大学时代〉重版后记》；白永贵的《文学创作应该激励人民前进——对当前小说创作有感》。

《边疆文艺》第10期发表廉正祥的《云南在他的心地上播下了美好的种子——喜读艾芜近作〈红艳艳的罂粟花〉和〈南行记新篇〉》；张布琼的《情满铜山——读笑非的小说〈铜山情〉》；一叶的《文学评论与评论文学》。

《星火》第10期发表吴松亭的《作家与时代——访骆宾基》；谢永旺的《经得住时间淘选的作品——重读〈夜走黄泥岗〉》；以"关于小说《万花筒》的讨论"为总题,发表吴海的《我读〈万花筒〉》,朱一强的《幻灭了后的人生追求和思想迷雾》。

《延河》第10期发表刘路、张国俊的《复苏的人 复苏的歌——峭石近期小说漫议》。

《海燕》第10期发表何士光的《生活、文学和我》；金平的《他在遥远的山乡——访青年作家何士光》。

《福建文学》第10期发表李炳银的《散文的容量》；张炯的《序曾毓秋同志的〈三月清朗〉》；以"关于《爱的正数与负数》的讨论"为总题,发表郭启宗的《不要忘记文艺的典型性》,罗良德的《从审美价值上来看》。

《滹沱河畔》第5期发表陈默、萧雷的《自有诗心如烈火——戴砚田诗作漫谈》；袁学骏的《抽刀断水水更流——读周玉海同志的八篇小说》。

6日，《人民日报》发表本报评论员的《创造生气勃勃的文艺繁荣新局面》；陈辽、胡若定的《工业题材短篇小说浅谈》。

7日，《文艺报》第10期发表《为开创社会主义文艺的新局面而奋斗》；张光年的《文艺界的光荣职责》；本刊记者的《用共产主义思想鼓舞人民——访出席中国共产党第十二次全国代表大会的部分文艺界代表》；李芃的《同志们万岁——读〈燕儿窝之夜〉》；扬子的《让希望之光撒满人间——读柯岩报告文学近作〈癌症≠死亡〉》；宋遂良的《丰富多彩的人物形象——谈近年来小说创作的人物塑造》；范伯群的《高晓声论》；洪明的《论一种艺术思潮》（讨论《新的美学原则在崛起》）；刘宁的《外国文学介绍中一些值得注意的问题》；李兴叶的《近年来银幕形象塑造的得失》；齐兰贞的《他有一颗火热的心——记杜埃》；马立诚的《力和美的礼赞——读罗达成的报告文学》；朱子奇的《怀抱理想　俯首耕耘——悼念吴伯箫同志》；《"茅盾文学奖"评选工作在积极进行中》。

《文汇报》发表曹锦清的《一个孤独的奋斗者形象——谈〈人生〉中的高加林》；梁永安的《可喜的农村新人形象——也谈高加林》；邱明正的《赞巧珍》。

10日，《小说林》第10期发表陶尔夫的《树木与树人——〈小说林〉一周年巡礼》；从维熙的《论联想（二）》；潘英达的《我认识的高晓声》。

《雨花》第10期发表包忠文的《文学要描写现实的改革和矛盾》；姚宝红的《捕捉人物心灵的美好感情——浅议小说〈迷〉》；古月的《于一瞥中见生活——谈〈生活的彩霞〉》。

《奔流》第10期发表本刊评论员的《在十二大旗帜下前进》；孙苏的《呼唤大手笔——读我省获奖短篇小说断想》；袁鹰的《〈韩少华散文选〉小序》。

12日，《文汇报》发表潘旭澜的《一部震撼人心灵的作品——读问彬的小说〈心祭〉》。

《电影作品》第5期发表于勤的《闪光耀彩的当家人——评〈内当家〉中李秋兰形象的塑造》。

13日，《人民日报》发表本报评论员的《发挥文艺在精神文明建设中的积极作用》。

《厦门日报》发表卢善庆的《啊！1895—1945年的台湾同胞——读钟肇政的

〈台湾人三部曲〉》。

15日,《山东文学》第10期发表尚涛的《漫议文学批评要实事求是——兼与王永福同志商榷》;刘真的《文学作品要注意细节描写》;王志强的《谈矫健短篇小说的创作特色》。

《文汇月刊》第10期以"报告文学讨论"为总题,发表陈祖芬的《一封没有写完的信》,肖复兴的《为普通人立传》;同期,发表韩少功的《莫应丰印象》。

《东方》第3期发表叶文玲的《乡情拨动心中弦——致〈青灯〉的读者》。

《电影文学》第10期发表杨荫隆、韩志君的《漫谈银幕上农村新人的形象》。

《当代文学思潮》第3期发表李丛中的《朦胧诗的命运》;张维安的《在文艺新潮中崛起的中国女作家群》;魏军、闻龙的《关于中国社会主义法制文学》;谢冕的《历史的沉思——建国三十年诗歌创作回顾(续)》;梁若梅的《试论台湾乡愁小说的源流》;陈自仁的《一个在文艺思想上迂回行进的评论家陈涌》;胡采的《要有一个新的健康的发展——学习〈在延安文艺座谈会上的讲话〉》;栾昌大的《毛泽东文艺思想与新中国文艺学》;西北师院中文系当代文艺调查组作、党鸿枢执笔的《新时期文艺与青年》;谢林的《当代文艺在农村青年中——陕西省安康县的调查》;周政保的《文艺评论的方法也要多样化》;叶新跃的《对当代青年命运的思索与探求》;杨耘的《从"禁区"到"闹区"的教训何在?》;刘慧英的《谈女作家的主题倾向》;董健的《关于中国当代文学史的分期问题》;王春元的《新时期文学的估价和外来影响》;瞿世镜的《"意识流"思潮概观(之三)》。

《光明日报》发表张晓林的《爱情描写中一个值得注意的问题》。

《朔方》第10期发表潘自强的《生活是不能回避的——试谈回族文学对宗教生活的描写》;何光汉的《"做击水的人,唱奋进的歌——评肖川的诗歌新作"》。

《新港》第10期发表雷达的《在探索的道路上——无若增小说印象》;京夫的《苹果落下地来之前》。

《暨南学报(哲学社会科学)》第4期发表翁光宇的《台湾乡土文学简论》;蔡美琴的《立足乡土,着力写实——试论王拓小说创作的特色》。

《福建日报》发表黄拔光的《台湾诗人对郑成功的歌颂》。

《当代文艺思潮》第3期发表梁若梅的《试论台湾乡愁小说的源流》;温儒敏的《台港比较文学研究述评》。

17日,《作品与争鸣》第10期发表本刊评论员的《新人塑造和社会主义精神文明》;杨志杰的《拭去灰尘　还其光辉——评短篇小说〈水声〉》;师予的《请尊重"家庭总理"——读〈黎明潮〉一得》;云千的《尊重,还是贬低？——读〈黎明潮〉有感》;陈鸿的《正视现实,才能改变现实——读〈女教师日记〉》;蒋翠林的《要真实,但不要忘记典型化——读〈女教师日记〉》;西龙的《立意不凡　开掘欠深——小说〈外面的世界〉艺术谈》;安国的《谈〈外面的世界〉艺术描写的得失》;李新生的《读〈万花筒〉杂感》;师焕文的《思想境界不高　编造痕迹太露》;沙雁的《这真是"生活的美"吗？——浅谈小说〈美的畅想〉》;《"问题小说"讨论综述》。

18日,《人民日报》发表夏衍的《〈蜗楼随笔〉自序》。

19日,《文汇报》发表任大星的《对儿童文学创作的浅见》;许祖馨的《一本出色的科学童话集——评〈孙悟空巧遇真"石猴"〉》;郑马的《"流行感冒"及其他——儿童文学小议四则》;刘元璋的《提倡教师为孩子们写作——读〈少年文艺〉"教师作品专辑"有感》;艾文的《多为学龄前儿童着想》。

20日,《人民日报》发表陈其五的《从老一辈人的过去获得力量——读柏山的长篇小说〈战争与人民〉》。

《柳泉》第4期发表任孚先的《试论知侠的军事题材短篇小说》;陈宝云的《前进的脚印——谈尤凤伟几年来的小说创作》;牛运清的《朴素·严肃·丰厚——漫话〈柳泉〉的地方特色》。

《津门文学论丛》第7期发表楚大江的《对心灵深处的探求——读〈心祭〉随想》;正谷的《读〈山鸣谷应〉札记》;王昌定的《为话剧〈彭大将军〉叫好》。

25日,《文艺研究》第5期发表冯牧的《谈加强和改进当前文艺评论问题》;冯至的《文如其人　人如其文——〈李广田文集〉序》;李岫、雷声宏的《关于李广田同志的一部重要遗著——〈文学论〉》;陈播的《谈谈革命历史题材电影创作问题》。

《文艺情况》第16期发表晓含的《台湾话剧史料略辑》。

26日,《文汇报》发表端木蕻良的《"从诸家得到营养"》;尤明的《革命现实主义与精神文明——读〈风雨文谈〉有感》。

27日,《人民日报》发表胡可的《在矛盾冲突中塑造社会主义新人——关于话剧〈宋指导员的日记〉的通信》。

28日,《文汇报》发表萧乾的《石萍为什么会变成这种人？》;陈子伶的《积极地现实地探索未来——评〈黎明潮〉及其他》;徐志祥的《从问题出发还是从形象出发——也评〈黎明潮〉》。

《兰州大学学报(哲学社会科学版)》第 4 期发表陈惠芬的《丁玲小说的心理描写》。

《文谭》第 6 期发表流沙河的《溶哀愁于物象》。

《武汉师范学院学报(哲学社会科学版)》第 5 期发表曾令甫的《聂华苓小传》；章子仲的《思乡的情怀　离奇的世相——初读聂华苓的几本小说》。

31 日,《文艺情况》第 17 期发表潘亚暾的《对台港文学的出版与评介的意见》。

本月,《文艺》第 5 期发表柳溪的《长篇〈功与罪〉创作记》。

《文艺生活》第 10 期发表徐运汉的《时代呼唤着众多新人的形象》。

《四川文学》第 10 期发表李敬敏的《热情,更要深刻地理解——浅谈陈朝璐作品的得与失》；李益荪的《深入生活才能正确反映生活——评〈山沟轶事〉》；唐早生的《〈山沟轶事〉得失浅议——兼谈对它的批评》；郭兰冰的《公正地看待当今的大学生》(讨论小说《山沟轶事》)；吴红的《要着眼于开掘心灵美——简评小说〈临邛的营生〉》。

《北方文学》第 10 期发表峻青的《学海无涯苦作舟——关于自修答〈北方文学〉编辑部》；秦牧的《序〈漠河的白夜〉》；陈伯吹的《〈小蜡船勇敢号〉序》；刘树声的《迎着风雨战斗——东北作家关沫南剪影》；弘弢的《血和火的诗——关沫南的短篇集〈雾暗霞明〉艺术谈》。

《北方曲艺》第 5 期发表王荣烈的《把握结构故事和设置人物的焦点——浅议通俗小说〈二侉子上任〉的主题表现》；刘子成的《出神入化　笔走风雷——浅谈中篇章回小说〈马半仙外传〉的艺术特色》。

《江城》第 10 期发表上官缨的《武侠小说源流考略》。

《芒种》第 10 期发表刘绍棠的《关于文学创作的断想》；庄敬的《话"排污"》。

《戏剧创作》第 5 期发表齐楚的《海兰江畔一枝春——喜看话剧〈春到海兰江〉》。

《时代的报告》第 10 期发表李蕤的《坚持和发展毛泽东文艺思想　促进文学的更大繁荣》。

《作品》第 10 期发表张维耿、黎运汉的《从〈三家巷〉看文学作品如何吸收方言土语》。

《芳草》第 10 期发表黄自华的《真实自然,栩栩如生——评池莉的短篇小说〈月儿好〉》;古远清的《美好心灵的赞歌——读〈月儿好〉》;吕万林的《美·风情·小院春秋——喜读〈小院人家〉》;《〈女大学生宿舍〉在读者中引起强烈反响》。

《安徽文学》第 10 期发表陈如鹏的《漫谈小小说》;毛志成的《文学六步谈(续完)》。

《河北文学》第 10 期发表任孚先的《深入生活漫议》;张孟良的《坎坷的路》(创作谈)。

《河南戏剧》第 5 期发表张立云的《引人入胜 发人深思——简评小戏〈软枣问案〉》;殷晓晖的《评现代戏〈小白鞋说媒〉》。

《春风》第 10 期发表甘铁生的《生活和感受 想象与推测——我怎样写〈人不是含羞草〉的?》;黎之的《新主题 新人物——对一部长篇小说原稿的意见》。

《星星》第 10 期发表公刘的《读〈对衰老的回答〉》;吕进的《余薇野的内部讽刺诗》;龙炘成的《新诗要有时代精神》;流沙河的《抗议的鸡》(读商禽的《火鸡》)。

《青年文学》第 5 期发表冯牧的《一曲动人心魄的新人赞歌》(讨论魏继新的小说《燕儿窝之夜》);铁凝的《我愿意发现她们》(《哦,香雪》创作谈)。

《新地》第 5 期发表焦祖尧的《作家答编辑部问》。

《新剧作》第 5 期以"塑造社会主义新人形象座谈会"为总题,发表本刊记者的《戏剧创作的新课题》,章力挥的《总结经验 塑造新人》,薛允璜的《优点·缺点·特点》,傅骏的《塑造具有艺术魅力的新人形象》,贺国甫的《探索新的艺术形式》,余雍和的《灵魂与血肉》,缪依杭的《从新道德中写新人》,卫明的《用共产主义思想照亮新人形象》。

《中国百科年鉴(1982)》发表王晋民的《台湾文学》。

《中国文学研究年鉴(1981)》发表王晋民的《台湾香港文学一瞥》。

本月,上海文艺出版社出版张天翼的《张天翼论创作》,吴重阳等编的《冰心论创作》,夏征农的《征农文艺散论集》,夏衍的《夏衍论创作》,钟敬文的《钟敬文民间文学论集(上)》。

中国戏剧出版社出版中国戏剧家协会研究室编的《戏剧剧目工作座谈会文集》。

中国社会科学出版社出版中国社会科学院文学研究所《中国文学研究年鉴》编辑委员会编的《中国文学研究年鉴(1981)》。

工人出版社出版缪俊杰的《文学艺术与新人塑造》。

天津人民出版社出版王士菁的《鲁迅的爱和憎》。

四川人民出版社出版中国戏剧家协会四川分会编的《四川省戏剧创作座谈会文集》。

重庆出版社出版吕进的《新诗的创作与鉴赏》。

青海人民出版社出版杨帆编的《我的经验——一个少数民族作家谈创作》。

浙江人民出版社出版骆寒超的《艾青论》。

陕西人民出版社出版冉淮舟的《论孙犁的文学道路》。

11 月

1日,《人民日报》发表邢贲思的《两个文明的建设和知识分子的作用》。

《上海文学》第11期发表韩少功的《文学创作的"二律背反"》;李振声的《艺术创作的主体与对象》;乌民光的《关于文艺社会作用问题的探讨》;徐缉熙的《作品的价值和文艺批评的标准》。

《山西文学》第11期发表束为的《初生儿——我的第一篇小说》;程继田的《略谈"山药蛋"派的现实主张和创作实践——与戴光宗同志商榷》;本刊记者的《我省现代文学研究上的一次盛会——赵树理学术讨论会纪实》;以"赵树理学术讨论会论文选登"为总题,发表罗谦怡的《赵树理创作思想初探》,王俊峰的《赵树理小说的民俗描写》。

《长江》第4期发表田野的《要珍爱我们的春天——读骆文同志诗集〈露水草〉》;毛志成的《别有洞天——谈〈第三代水兵〉的几点突破》。

《长春》第11期发表航鹰的《识珠·拾珠·串珠》(创作谈)。

《红旗》第21期以"学习十二大文件座谈会发言摘要"为总题,发表王蒙等人的发言。

《青春》第11期发表顾尔镡的《读"关于〈拉岱大桥〉的讨论"后的一点感想》。

《草原》第 11 期发表韦君宜的《不是序言》；牛澍雨的《我区工业战线上的动情礼赞——谈〈草原〉第九期的三篇工业题材的报告文学》；李可达的《一曲真善美的颂歌——评〈他扶着她，走在山水之间〉》；张凤翔的《人物·精神·哲理——读贾漫的报告文学〈雕塑家之春〉》。

《萌芽》第 11 期发表龚富忠的《努力探索当代青年的心灵美——读〈"天使"与"野马"〉、〈"梅花"天宝〉有感》。

《新疆文学》第 11 期发表邓友梅的《创作杂谈》；余开伟的《提倡豪放、刚健的诗风》；杨晓芬、周政保的《一座层叠着回忆与思考的"老桥"——读短篇小说〈老桥〉》；陈艰的《青春理想与市侩实际主义——读短篇小说〈老桥〉》。

2 日，《文汇报》发表征农的《我的文艺观——〈征农文艺散论集〉前言》。

3 日，《人民日报》发表《戏剧要用共产主义思想教育人民——首都戏剧界人士座谈开创话剧创作新局面问题纪要》。

《小说选刊》第 11 期发表于晴的《深度和容量——读〈种包谷的老人〉随想》；韩静霆的《注意反映独特的生活面——关于〈没有番号的部队〉》；张西南的《写好变革时期的新矛盾——读〈世界在他们眼前展开〉》；谢俊华的《他又有新的发现——〈天上有颗星星〉读后》。

《电影艺术》第 11 期发表张仲年的《试论〈小街〉的艺术探索》。

4 日，《光明日报》发表马畏安的《天地有正气——蒋子龙笔下的共产党员》；方顺景、牛志强的《从时代高度俯瞰人生——评〈燕儿窝之夜〉》。

5 日，《飞天》第 11 期发表刘真的《我的文学之路》；匡文立的《得之山水 ABC》（创作谈）；谢冕的《飞天的新生代——〈大学生诗苑〉述评》；《"问题小说"讨论综述》。

《广西文学》第 11 期发表李弦的《一篇小说的诞生》。

《山花》第 11 期发表谢冕的《从单一的美走出来》；吴双林的《美的客观性》；张万明的《感时寓情 深沉浓郁——简评戴明贤的三篇历史小说》；赵范奇的《向生活的深处开掘——评〈酒店里〉的人物塑造》。

《长江文艺》第 11 期发表任愫的《高扬起火红的诗歌》。

《边疆文艺》第 11 期发表本刊编辑部的《为社会主义精神文明建设 贡献更多的好作品——学习贯彻党的十二大精神》。

《百泉》第 6 期发表杜哲的《面对现实写新人——评〈白云升起的地方〉》。

《牡丹》第 11—12 月号发表王松尧的《构思是重要的——雷抒雁谈诗歌创作》。

《花溪》第 11 期发表罗强烈的《沉静得可以听见生活的脉冲——从〈种包谷的老人〉看何士光短篇新作的艺术特色》；践各的《雏凤清于老凤声——读〈告别演出〉》。

《星火》第 11 期发表孙武臣的《"我要好好写，认真写"——访女作家谌容》；西璘的《雨时、如月小说的思想艺术特色》；唐力的《理深情浓——〈暖色的光斑〉读后》；司马胡的《性格复杂的新人——试析〈风在巷道〉中的江沙》；以"关于短篇小说《万花筒》的讨论"为总题，发表刘国伟的《结婚，是拯救曾真的良药吗？》、陈静的《实事求是地看待曾真这个人物》。

《延河》第 11 期发表武柏索整理的《丁玲答问——和北京语言学院留学生的一次谈话》。

《海燕》第 11 期发表李国文的《真实·深刻·共鸣》；金河的《有希望的文学新人——邓刚及其小说创作》；朱天红的《中国人的品德和气质——读短篇小说〈月是仲秋明〉》。

《福建文学》第 11 期发表俞兆平的《明月溶情 雨花写意——刘溪杰诗作艺术特色的评析》；耘之的《海峡彼岸的声音——漫说三十年来的台湾诗坛》；魏拔的《时代要求我们再前进——编余随感》；潘旭澜的《长短·瞬间·剪辑——短篇小说杂谈》；陈纾的《巧妙地利用时间因素——短篇小说艺术构思谈片》；耘之的《海峡彼岸的声——漫说三十年来台湾诗坛》。

7 日，《文艺报》第 11 期发表《光荣的历史使命》（讨论学习十二大精神）；以"认真学习十二大文件　开创文艺工作新局面"为总题，发表周而复的《在共产主义的旗帜下》，陈沂的《重要的问题在于认真学习》，钟枚的《挑起建设精神文明的重担——文艺界学习座谈十二大文件情况综述》；同期，发表徐迟的《现代化与现代派》（转载）；理迪的《〈现代化与现代派〉一文质疑》；蔡师勇的《电影创新可以脱离群众吗？》；刘建军的《文学表现人性的几个问题》；中岳的《美的创造与艺术家的世界观——对当前少数作品创作失误的思考》（讨论《调动》、《在社会的档案里》、《失去的，永远失去了》、《晚霞消失的时候》、《在同一地平线上》、《春天的童话》）；王元化的《我和文艺批评》；莫伸的《谈谈作者的社会责任感》；吴祖光的《小评〈那五〉》；冯英子的《兰泽多芳草——读〈报岁兰〉随想》；江晓天的《读几部长篇历史小说》;冰心的《〈井上靖西域小说集〉序》;芦凌、唐华的《"写自己熟悉的生活!"——访吴强》。

10日,《人民日报》发表林默涵的《涧水尘不染　山花意自娇——忆柳青同志》;本报评论员的《要重视深入生活的问题》。

《小说林》第11期发表丰村的《从我写小说的失败谈起》;孟宪良的《生命的春天——记作家刘绍棠》;吕福田的《一个生动的"陪衬人"形象——评〈她跨进了这道门槛〉中的孔老太太》。

《文汇月刊》第11期以"报告文学讨论"为总题,发表韩静霆的《来啊,在鼓上跳舞》,谢望新的《真实的,更是文学的》;同期,发表吕剑的《邹荻帆速写》;叶辛的《王安忆和她的小说》。

《中国社会科学》第6期发表《〈太阳照在桑干河上〉的历史地位》。

《北京文学》第11期发表本刊记者的《把最好的精神食粮奉献给人民——记本刊召开的〈考验〉座谈会》;雷达的《邓友梅的市井小说》;周良沛的《有好的还是要说好——谈高伐林的〈三月录象〉》;宋建林的《革命英雄的赞歌——读〈第七红旗手〉》。

《雨花》第11期发表叶至诚的《得来不易的真理》(讨论《方之作品选》)。

《奔流》第11期发表肖云儒的《新的天地　新的高度》(讨论社会主义精神文明建设问题);杨飏的《敏锐地反映现实生活——读〈江轮之夜〉和〈女教师日记〉》;孙武臣的《展现五彩缤纷的时代画卷——五年来长篇小说创作题材的开拓》;朱德民的《外枯中膏　似淡实美——简评〈柳叶桃〉》。

《海鸥》第11期发表苗得雨的《关于诗的形式——创作生活回顾之一》;林之的《从大海撷来的风采——刘饶民海边儿歌的艺术特色》。

11日,《光明日报》发表心方的《文艺与社会主义精神文明建设》;邵牧君的《现代派和电影》。

15日,《山东文学》第11期发表萧涤非、王希坚、高兰、宋协周、赵耀堂的《为建设社会主义精神文明添砖加瓦——学习十二大报告笔谈》;杨匡汉的《诗风当随时代变》;孔孚的《谈谈我一组崂山诗的写作》;许岱的《浅谈〈海啸〉中"桃花岛"的艺术特色》;赵鹤翔的《〈声音〉艺术特色试探》;本刊记者的《本刊召开工业题材诗歌创作座谈会》。

《人民文学》第6期发表洁泯的《读〈冬天里的春天〉的随想》;韩瑞亭的《〈东

方〉在军事题材文学创作中的地位》;鲍霁的《中国当代散文的重要收获——论吴伯箫〈北极星〉的艺术成就》;潘旭澜的《〈红日〉艺术成就论辩》;钱中文的《论人性共同形态描写及其评价问题》;李春青的《浅谈美与善的关系问题——与方平同志商榷》。

《钟山》第6期发表潘英达的《炼狱·深情·真知——也谈高晓声的创作》;高行健的《谈小说观与小说技巧》;姜文、唐再兴的《从水乡沃土中汲取诗情——评农民作家徐朝夫的小说》;刘响、安凡的《在生活的平淡中努力求新——谈谈肖元生的短篇小说新作》。

《朔方》第11期发表朱红兵的《我们的历史任务》(讨论十二大精神);白崇人的《回族文学画廊里的动人人物——评马知遥小说的人物塑造》;井村的《展现回族人民生活中的美——简评〈小河弯弯〉》;王英志的《先道"人人意中所有"——诗歌"新意"一解》。

《新月》第4期发表马犁的《我对回族文学的几点粗浅想法》;常憬存的《谈谈回族文学的民族特色问题》。

《新港》第11期发表王林的《庄严的责任 广阔的天地》;闻一的《新的时期召唤新的文艺》;艾斐的《从创作的"能动性"到作品的"目标感"》;郑法清的《勤苦笔耕的丰硕成果——写在〈孙犁文集〉出版的时候》。

16日,《红旗》第22期发表中共中央编译局列宁斯大林著作编译室的《〈党的组织和党的出版物〉的中译文为什么需要修改?》;戚方的《党的事业·党的文艺工作·非党的文艺工作者》。

17日,《作品与争鸣》第11期发表李准的《一出尖锐提出问题的好戏——话剧〈哥儿们折腾记〉观后》;韦伟的《到底应该怎样对待"哥们儿"——看话剧〈哥儿们折腾记〉随感》;理由的《也谈真实性——对〈新闻作风与乐风〉的回答》;曾镇南的《怎样看待这种探索?——评〈杜鹃啼归〉及〈飞向远方〉》;艾湘的《关于中篇小说〈在同一地平线上〉的争论》;金禾整理的《部分小说争鸣中反映出来的关于当代青年形象塑造的问题》;戈平的《对影片〈牧马人〉的不同意见》。

《厦门日报》发表傅子玖的《绿漪》。

18日,《人民戏剧》第11期发表缪俊杰的《深刻揭示矛盾 努力塑造新人——从北京人艺的几出新戏想到的》。

《光明日报》发表王蒙的《对于当代新作的爱与知》。

《文学报》发表周孟贤的《回归吧,台湾》。

20日,《人民文学》第11期发表陈学昭的《我早期的读书与写作》;陈忠实的《深入生活浅议》。

《边塞》第4期发表骆寒超的《时代感、历史感、传统感——论艾青对诗坛的启迪意义》;王悦、褚远亮的《溪流无限,苦水有头——评文乐然中篇小说〈桃花溪〉》;柏桦的《神韵绰约的桃妹子——有感于〈桃花溪〉中桃妹子形象的艺术处理》;那家伦的《灵魂的深刻剥揭——读〈喀什噶尔的美女〉》。

21日,《莽原》第4期发表刘锡诚的《一条坚实的道路》(讨论张一弓的创作);刘思谦的《通向心灵的路——谈河南省得奖短篇小说的心理描写》。

22日,《新文学史料》第4期发表姚雪垠的《学习追求五十年(十)》。

23日,《文汇报》发表徐俊西的《共产主义思想和文学创作》。

24日,《人民日报》发表宋遂良的《周立波的创作道路》;雁行的《不同的人生道路——长篇小说〈同在蓝天下〉读后》;曾镇南的《评中篇小说〈燕儿窝之夜〉》;《〈人民文学〉、〈文艺报〉在京召开座谈会强调:要进一步繁荣报告文学创作》。

28日,《文谭》第7期发表流沙河的《一首诗的讨论》。

本月,《天山》第4期发表冉红的《浅谈儿童文学》;黄齐光的《现在需要战斗的作品》。

《文艺生活》第11期发表王驰的《文艺工作者的光荣责任——学习十二大文件的一点体会》;任理德的《旗帜与职责》(讨论十二大精神);《坚持共产主义旗帜 塑造社会主义新人——本刊编辑部戏剧创作座谈会发言摘要》。

《艺丛》第6期发表曾立慧的《金山为我释疑——关于〈放下你的鞭子〉》;邹元湘的《文艺要传播共产主义思想》;丘峰的《努力塑造好共产党员的形象——对近年来小说创作塑造共产党员形象的初探》;田野的《四十年与五十首——读曾卓诗集〈悬崖边的树〉》。

《文谭》11月号发表钟惦棐的《电影与精神文明》;吴野、李士文的《写真实与革命理想》;季元龙的《理想,扎根在生活中——读小说集〈彩色的夜〉断想》;余昌祥的《想象在报告文学中的运用》。

《四川文学》第11期发表本刊记者的《探索的足音——贺星寒小说座谈会纪要》。

《北方文学》第11期发表冯德英的《和业余作者谈谈心》(创作谈);肖英俊的

《一片冰心在玉壶——巴波印象散记》;秦兆阳的《列车上产生的序言》;史宝庆的《欣赏报告文学琐记二题》。

《辽宁群众文艺》第11期发表宫钦科的《新形式　新内容　新听众——曲艺艺术的革新和提高刻不容缓》。

《红岩》第4期发表谢扬青的《李劼人的文学创作活动》;艾芦的《〈死水微澜〉的现实主义成就》。

《江城》第11期发表武亦文的《人物心灵的探索,艺术创新的追求——谈赵正昆的小说创作》。

《芒种》第11期发表殷晋培的《新人和英雄人物》;郭因的《当代文学的必由之路——从抚摩伤痕到奋发前进》。

《时代的报告》第11期发表辛冶的《让它永远地鞭策自己——写在看了话剧〈彭大将军〉之后》。

《作品》第11期发表欧阳翎的《芦荻风格——读〈芦荻抒情〉》。

《芳草》第11期发表李蕤的《赶上时代的步伐》(讨论十二大精神);杨小岩的《作家的眼睛及其它》;米得的《人物创造的可贵经验——对几个人物形象的一点探索》;江晖的《滚动在社会主义轨道上——评短篇小说〈石磙,滚向远方〉》。

《芙蓉》第6期发表雷达的《再论〈芙蓉镇〉》;缪俊杰、何启治的《真实·严峻·和谐——论长篇小说〈芙蓉镇〉所追求的艺术境界》;王驰的《提高人们的文艺欣赏能力和鉴别能力》;姚雪垠的《关于革命现实主义的若干问题》。

《希望》第11期发表凌焕新的《毛线衣的妙用——〈被爱情遗忘的角落〉艺术构思谈片》。

《安徽文学》第11期发表梁长森的《他是一个男子汉——谈谈刘红贵这个形象》;田臣一的《美在情真　新在意深——读〈雪夜,一个公主的童话〉》;陈良运的《诗与童心》。

《唐山文艺》第6期发表田间的《震——读申身的〈战震曲〉》。

《春风》第11期发表晓剑的《并不是同情和怜悯——小说〈卖冰棍的姑娘〉的诞生》。

《星星》第11期发表钟文的《一片天蓝色的翎羽——评王尔碑的诗》;流沙河的《浪游的鱼》(介绍台湾诗人郑愁予)。

《鸭绿江》第11期发表陈深的《必须进行两条战线的斗争——也与〈时代的

报告〉的〈本刊说明〉商榷》。

《绿原》第 6 辑发表肖云儒的《柳青和新时期文学》。

《湘江文学》第 11 期以"贯彻党的十二大文件精神 开创社会主义文艺新局面"为总题,发表屈正中的《理想与希望》,王驰的《沿着十二大指引的道路前进》,谢璞的《让湖南文坛百花争艳》,欧阳敏的《为建设社会主义精神文明贡献力量》。

《诗探索》第 2 期发表汪景寿的《台湾白话诗的崛起》。

《文科教学》第 4 期发表吴士余的《台湾乡土文学摭谈》。

本月,江西人民出版社出版本社编的《文朋艺友》,缪俊杰的《鉴赏集》。

北京大学出版社出版北京大学中文系文艺理论教研室编的《文学理论学习资料》。

宁夏人民出版社出版郑伯农的《在文艺论争中》。

上海文艺出版社出版刘绶松的《刘绶松文学论集》。

漓江出版社出版戴启篁译的《列夫·托尔斯泰论创作》。

百花文艺出版社出版中国文联理论研究室编的《一九八一年文学艺术概评》。

吉林人民出版社出版刘绍棠的《乡土与创作》。

浙江人民出版社出版林焕平的《茅盾在香港和桂林的文学成就》。

人民文学出版社出版李元洛的《诗卷长留天地间——论郭小川的诗》。

上海人民出版社出版本社编的《文艺修养与鉴赏》。

福建人民出版社出版扬州师范学院中文系现代文学教研室的《〈野草〉赏析》。

12 月

1 日,《山西文学》第 12 期发表姚青苗的《我的第一篇小说》;李国涛的《再说

"山药蛋派"》。

《上海文学》第 12 期发表顾骧的《革命文艺历史经验的重要总结——关于社会主义文艺的总口号》；以"关于当代文学创作问题的通信"为总题，发表陈丹晨的《也谈现代派与中国文学——致冯骥才同志的信》，杨桂欣的《乔光朴和他同行的座谈》。

《长春》第 12 期发表蒋子龙的《谈"人"》；杨桂欣的《感慨系之于编文集》。

《红旗》第 23 期发表刘放桐的《萨特及其存在主义》。

《陇苗》第 12 期发表祝肇年的《提高唱词的文学性》。

《青年作家》第 12 期以"关于《一年只有十二天》的讨论"为总题，发表海粟的《对〈一年只有十二天〉的思考》，康健的《以真为本，以情动人》。

《草原》第 12 期发表郭超的《鄂尔多斯高原战斗历史的艺术再现——漫评云照光的电影文学创作》；张尚英的《对莠草和莠言的认识——读〈公仆，我们在想什么〉后的有感》。

《萌芽》第 12 期以"关于小说《野马滩》的讨论"为总题，发表朱小如的《不相一致而又始终一致》，唐代凌的《真情假意有无中》，谷正的《人物·技巧·美学价值》。

《新疆文学》第 12 期发表林斤澜的《箱底儿及其它》。

《解放军文艺》第 12 期发表杨世昌的《燃烧着烈火　滚着雷声——魏巍创作特色初探》。

3 日，《小说选刊》第 12 期发表谢云的《不让这样的悲剧重演——读〈心祭〉》；王中才的《美的思念——〈三角梅〉从原型到典型》；从维熙的《醉人的陈酿——〈在古师傅的小店里〉读后》；高晓声的《读〈墙〉小记》。

5 日，《飞天》第 12 期发表《近年来关于"共同美"问题的讨论》。

《山花》第 12 期发表阎纲的《再谈社会主义新人的塑造》；罗强烈的《捕捉生活中的诗——漫谈戴明贤的散文创作》；刘智祥的《简评寒星近两年的诗歌创作》，辰雨的《从平凡中挖掘美——评短篇小说〈遗留在西子湖畔的诗〉》；翟大炳的《关于文学中的妇女问题——谈〈方舟〉及其批评》。

《长江文艺》第 12 期发表蒋守谦的《短篇小说的结构美》；李元洛的《国士才情高士品——郭小川诗中的松竹的崇高美》。

《边疆文艺》第 12 期发表王甸的《必须对发表"评〈太阳花〉"一文进行严肃批

评》;闻平的《一篇有严重政治错误的诗评——评〈象太阳花一样热烈追求光明〉》;金重的《社会主义精神文明的建设与文艺的建设关系小议——学习党的十二大文件的一点体会》。

《星火》第12期发表万陆、周书文的《三年游击战的壮丽画卷——评罗旋新作〈梅〉》;周劭馨的《漫谈〈万花筒〉的得与失》;彭广丽的《寓意深刻 结构精巧——读〈一个女兵的来信〉有感》。

《海燕》第12期发表徐刚的《漫谈散文》;陈悦青的《追求生活中的庄严美——评短篇小说〈敬礼! 妈妈〉》。

《福建文学》第12期发表南帆的《近年小说形式漫谈》;张文苑的《长征精神万年长——读杨成武同志的〈忆长征〉》;蔡海滨的《他寻找自己——谈青禾的创作特色》;张默芸的《生活中,谁没有爱呢?——评李乔小说集〈恋歌〉》。

7日,《文艺报》第12期发表张光年的《报告文学随感录》;于建的《一马当先——〈人民文学〉、〈文艺报〉联合召开报告文学创作座谈会》;唐挚的《赞〈高山下的花环〉》;雷达、晓蓉的《坚持文学发展的正确道路——记关于现实主义和现代主义问题讨论会》;以"认真学习十二大文件 开创文艺工作新局面"为总题,发表杨沫的《往事与未来》,夏衍的《努力学习,做出新贡献》,玛拉沁夫的《新局面 新任务》,郑兴万的《十二大以后——东北文艺界见闻》;同期,发表陈涌的《现实主义问题》;邵燕祥的《读〈白色花〉》;王季思的《读马少波同志的历史剧》;范钧宏的《勇于探索 贵在创新——简评新编历史京剧〈大明魂〉》;李焕之的《开拓歌曲艺术的广阔境界》;张达的《歌曲应当"流行"》;李庆成的《看儿童剧观摩演出后的几点感想》。

8日,《人民日报》发表韩瑞亭的《军事题材文学创作的新收获——评中篇小说〈射天狼〉》。

9日,《光明日报》发表范咏戈的《为当代军人立传——评中篇小说〈高山下的花环〉》;方轸文的《具象的心理片段描写与现实主义——看话剧〈绝对信号〉所想到的》

《文汇月刊》第12期发表胡世宗的《枫叶经霜格外红——张志民印象》。

《北京文学》第12期发表王蒙的《关于塑造典型人物问题的一些探讨》;余飘的《典型艺术形象、典型化、典型性》。

《雨花》第12期发表卢同奇的《思考中的昨天、今天和明天——评张弦近年来的几个短篇小说》；陆建华的《生活的美与力——读汪曾祺的一组以江苏高邮为背景的小说》。

《奔流》第12期发表鲁枢元的《高高扬起你的风帆——致青年诗歌作者王中朝》；艾云的《革命军人的特殊禀赋——读〈第四等父亲〉断想》

《春风》第4期发表刘光裕、申安庆的《同丁玲同志见面》。

《海鸥》第12期发表冯中一、侯书良的《斑烂多彩　萋萋吐芳——读〈芳草集〉随感》；褚建民的《蒋子龙和他的青年朋友之间》；杨曾宪的《以共产主义思想指导文艺创作》。

《雪莲》第4期发表胡宗健的《晦涩不是朦胧美》。

《滹沱河畔》第6期发表周哲民的《起飞吧,河北省的文艺创作!——在省毛泽东文艺思想学习讨论会上的发言》；陈述之的《午休时刻不平静——读贾大山的小说〈午休〉》；夏昊的《坚实而宽阔的路——读赵新的〈北瓜嫂〉随笔》。

15日,《文汇报》发表史中兴的《富有时代特色的新人形象——读〈高山下的花环〉》。

《山东文学》第12期发表丁振家的《要以共产主义思想体系指导文艺创作》；《刘绍棠谈乡土文学》；邱勋的《战火中成长的一代少年——读〈"小鬼"的故事〉》；于友发的《用横笛吹出的民歌——试谈小说集〈双凤〉的语言》。

《云南群众文艺》第6期发表李荫厚的《评〈云南群众文艺〉近年来反映农村生活的剧本》。

《朔方》第12期发表邵燕祥的《谈诗片段》；黎平的《生活总是向前的——读短篇小说〈三代人〉》。

《新港》第12期发表段更新的《个人感受与时代情绪》；浩然的《成功的秘诀是持之以恒的刻苦努力》（创作谈）；金梅的《文学的崇高使命——〈孙犁的现实主义艺术论〉中的一节》；赵宝山的《读〈空心的孩子〉》。

16日,《人民日报》发表本报评论员的《祝长篇小说繁荣发展》；巴金的《祝贺与希望——在"茅盾文学奖"首届授奖大会上的讲话》；《首届"茅盾文学奖"获奖的六部长篇小说及其作者简介》；王愚的《努力表现处在时代运动中的人物——谈近几年来一些长篇小说的人物塑造》。

《文汇报》发表周而复的《真实是文艺的生命——〈柯蓝散文选集〉序》。

17日,《作品与争鸣》第12期发表安定的《关于〈现代小说技巧初探〉一书的通信及讨论》。

18日,《人民戏剧》第12期发表本刊记者的《对一出有争论的戏的探讨——话剧〈哥儿们折腾记〉座谈会侧记》。

20日,《人民文学》第12期发表本刊记者的《为开创报告文学创作的新局面而奋起》。

《阳关》第6期发表谢冕的《阳关,那里有新的生命——从敦煌文艺流派到新边塞诗》。

《福建论坛》第6期发表潘梦园的《一把剖开台湾现实的利刃——曾心仪和她的小说》。

中旬,《文谭》第8期发表流沙河的《隔海说诗之八:小小情趣五女图》(评余光中的《项圈》、《珍妮的辫子》、《小褐班》、《咪咪的眼睛》等)。

22日,《人民日报》发表王春元的《魏巍青山——评中篇小说〈高山下的花环〉》;本报评论员的《文艺创作的良好势头》;李炳银的《情真意切 动人心弦》;《首都经济界和文艺界同志座谈〈改革者〉时提出:文艺创作要努力反映当代生活》。

23日,《文汇报》发表方燕的《离休之前——谈长篇小说〈改革者〉中的陈春柱》。

《光明日报》发表冯立三的《揭示经济振兴时期的新矛盾——评长篇小说〈改革者〉》;梁衡的《当前散文创作的几个问题》。

《解放军报》发表杨运芳的《驾起理想的翅膀——读报告文学〈金银梦〉》。

25日,《文艺研究》第6期发表周扬的《学习和贯彻十二大精神》;唐弢的《西方影响与民族风格——中国现代文学发展的一个轮廓》;峻青的《理想的文学与文学的理想》;孙光萱的《谈谈政治抒情诗》。

《武汉师范学院学报(哲学社会科学版)》第6期发表章子仲的《〈相见时难〉的开拓——读王蒙作品札记之二》。

26日,《解放军报》发表黄国柱的《感染力从何而来——读〈高山下的花环〉》。

29日,《人民日报》发表康濯的《思想·生活·艺术》(讨论古华的小说《芙蓉镇》);吴秀明的《新时期历史小说巡礼》;童大林的《及时反映当前的变革生活——读长篇小说〈改革者〉》。

30日,《光明日报》发表李国文的《努力反映当代生活》;袁可嘉的《我所认识的西方现代派文学》。

本月,《文艺》第 6 期发表陈企霞的《人定胜天　党定胜天——舒群的小说〈美女陈情〉读后》;刘绍棠的《京西风味　乡土特色——浅评王凤梧的小说》。

《文艺生活》第 12 期发表沈端民的《在人物的行动中表现性格——略谈春姑的形象塑造》;王芳信的《简洁·通俗·个性化——谈〈春姑〉的语言特色》。

《文谭》12 月号发表谭兴国的《画出一代青年的灵魂来——读〈燕儿窝之夜〉》;贾万超的《谈谈〈玫瑰梦〉的创作》。

《四川文学》第 12 期发表吴野的《一条越走越宽的路——魏继新中短篇小说鸟瞰》;以"关于小说《临邛的营生》的讨论"为总题,发表罗强烈、洁之的《人的完善与生活的完善》,刘凡君的《引人深思的重大课题》,谢诗鉴的《一篇令人费解的作品》,康健的《是嘲弄,还是欣赏?》,丁扬的《不该鼓吹金钱的魔力》。

《北方文学》第 12 期发表刘树声的《憧憬黎明　歌唱春天——作家支援剪影》;王滋渊的《淡雅·凝练——谈支援同志的短篇小说》。

《北方曲艺》第 6 期发表张林的《心灵美的颂歌——〈卧牛屯新事〉评介》。

《百柳》第 6 期发表浩然的《〈浩然文集〉自序》。

《江城》第 12 期发表周良沛的《按照自己对生活的感受来表达——周良沛给刘湘平的信》;代一才的《泉水清清新意沁人——读短篇小说〈到泉水去的途中〉》。

《江淮文艺》第 12 期发表韩照华的《评阎振华的两篇小说》;李景涵的《也评阎振华的两篇小说》。

《芒种》第 12 期发表戴言的《漫谈工业题材创作》;刘镇的《"工业诗"走向成熟》;司马芳华的《从"噩梦"中醒来!——评〈梦魇〉的思想倾向及其他》。

《时代的报告》第 12 期发表辛冶的《闪耀出不同寻常的光彩——报告文学〈日本女八路〉漫话》;猛子的《在灵魂的战场上——〈将军决战岂止在战场〉评介》;犁耘的《剧场里为什么充满笑声?——打开〈宋指导员的日记〉便知端底》。

《作品》第 12 期发表张奥列的《抒写人物心灵之美——黄天源小说浅探》。

《芳草》第 12 期发表易竹贤的《写好社会主义新人》;袁符的《文学创作的广阔领域》;朱璞当代《给〈淘金〉作者的一封信》。

《安徽文学》第 12 期发表宿阳的《勇气和力量——读报告文学〈部长家里的枪声〉》;李壮鹰的《"否定自己"——关于作家塑造人物的断想》;《关于〈部长家的

枪声〉来信摘登》。

《河北文学》第12期发表艾菲的《从"写真实"向"真实性"的飞跃》。

《春风》第12期发表雁宁的《努力探索当代大学生的心灵——写〈她刚十八岁〉的点滴体会》；毕馥华的《新课题　新一代　新角度——读小说〈摸着天〉》。

《鸭绿江》第12期发表滕云的《在深入生活中学习社会》；黄国柱的《〈爸爸啊，爸爸……〉琐谈》；余三定的《卢果成是怎样一个人》。

《海峡》第4期发表封祖盛的《对台湾文学两大流派"合流"一说的质疑》；张默芸的《略论宋泽莱小说的讽刺艺术》。

《清明》第4期发表赵凯、吴章胜的《孩子们的崭新天地——评〈云海探奇〉、〈呦呦鹿鸣〉》。

《湘江文学》第12期以"贯彻党的十二大文件精神　开创社会主义文艺新局面"为总题，发表韩少功的《创作得失与作者性格》，张新奇的《一点感受》，童吟的《热情为社会主义新人塑像》。

《新地》第6期发表甘铁生、京夫的《作家答〈新地〉编辑部问》。

《新剧作》第6期发表陈沂的《争取戏剧创作的更大繁荣》；以"塑造社会主义新人形象座谈会"为总题，发表张石流的《山色扑面因新雨——谈淮剧〈母与子〉新人形象的塑造》，范华群的《谈〈甜酸苦辣〉中新人形象的塑造》，宋光祖的《要抓住时代特征》；以"戏曲现代戏论文选辑"为总题，发表章力挥的《让共产主义理想在戏曲现代戏舞台上闪光——提倡描写"第三种现实"》，沈尧的《现代生活与戏曲的抒情》；同期，发表徐檬丹的《创作弹词〈真情假意〉的一些体会》。

《特区文学》第4期发表田野的《唱一支共同的歌——记台湾旅美诗人秦松》。

《星星》第12期发表流沙河的《流泪的鲸》。

本月，中国民间文艺出版社出版《山茶》编辑部编的《傣族文学讨论会论文集》。

北京大学出版社出版叶朗的《中国小说美学》，宗白华的《宗白华美学文学译文选》。

解放军文艺社出版宋贤邦编的《魏巍研究专集》。

河北人民出版社出版李宗浩主编的《高士其及其作品选介》。

天津人民出版社出版王自立、陈子善编的《郁达夫研究资料》。

四川人民出版社出版丁玲的《我的生平与创作》，朱伯石的《写作和语言》。

中国青年出版社出版中国青年出版社编的《大写的人》。

北京出版社出版中国现代文学研究会、北京出版社编的《中国现代文学研究丛刊(1982年第4辑)》。

工人出版社出版北京市社会科学研究所北京文艺年鉴编辑部编的《北京文艺年鉴(1982)》。

湖南人民出版社出版中国民间文艺研究会研究部编的《民间文学论文选》。

花山出版社出版郭超的《小说的创作艺术》。

知识出版社出版洪钧的《小说创作放谈》。

福建人民出版社出版陈雷的《戏剧创作漫谈》。

花城出版社出版诗刊社编的《关于诗的诗》。

江西人民出版社出版楼适夷编的《创作的经验》。

安徽人民出版社出版崔道怡的《创作技巧谈》。

广西人民出版社出版陆地的《创作余谈》,刘保全、苏许仙编的《写作趣闻集》。

人民文学出版社出版[德]梅林著、张玉书等译的《论文学》。

本年

《广西民间文学丛刊》第5期发表曲辰人的《"改旧编新"不是民间文学必由之路》;过伟的《试论黄勇刹的民歌理论和民歌创作》;周万历、覃建真的《新的启发——谈壮族民歌的翻译整理》;顾颉刚、白寿彝、荣肇祖、杨堃、杨成志、罗致平、钟敬文的《建立民俗学及有关研究机构的倡议书》;叶大兵、穆烜、蒋风、王文宝的《为建立我国社会主义的新民俗学而努力》;《十二省市民俗学等工作者座谈会纪要》。

《广西民间文学丛刊》第6期发表《全面搜集慎重整理——蓝鸿恩同志在壮语速成班上关于整理民间文学问题的讲座》。

《广西民间文学丛刊》第 8 期发表苏长仙的《漫谈民间文学的翻译、整理和再创造》。

《文艺理论研究》第 1 期发表黄药眠的《关于创作上的几个理论问题》;《〈上海文学〉〈文艺理论研究〉编辑部联合召开关于当前文艺理论问题的座谈会》;庄临安、徐海鹰、夏志厚的《评〈晚霞消失的时候〉——兼评〈公开的情书〉〈人啊,人!〉》。

《文艺理论研究》第 2 期发表白烨整理的《当前若干文艺理论问题讨论综述》。

《文艺理论研究》第 3 期发表毛庆其、谭志图的《论我国文艺理论教材的历史发展》;高晓声的《谈谈有关陈奂生的几篇小说》;饶芃子的《我们是怎样教文艺理论课的》;叶纪彬的《论"写真实"和"写本质"》。

《江苏戏剧丛刊》第 1 期发表雪立的《为妇女说话　为农民说话——评六场话剧〈杨柳青青〉》;陈一冰的《〈寻儿记〉观后漫笔》;高歌的《读〈没想到〉所想到的》;禾青的《栩栩如生　入木三分——漫谈〈卖蟹〉的人物塑造和戏曲特色》;胡星的《为胸前挂钥匙的孩子们呼吁——评电视剧〈解脱〉》;王国荣的《美好的心灵——观电视剧〈一千零一票〉》。

《江苏戏剧丛刊》第 2 期发表李求实的《探讨几部尖锐题材影视作品的得失》;吴晓平的《愿更多的春燕飞来——评电视剧〈燕逐春风〉》;园青的《劳动生财　财茂路宽——小淮剧〈生财之道〉观后》。

《江苏戏剧丛刊》第 3 期发表殷虹的《反光镜里见真情——读电视剧本〈驾驶班的年轻人〉》;吕国梁的《农民在富——评淮剧〈回娘家〉》;雪立的《论禁戏与温吞水》;钟成的《"撞车"小议》。

《江苏戏剧丛刊》第 4 期发表陈言祜的《历史·历史人物·历史剧——读〈谭嗣同〉随感》;马明的《为了新苗能成大树——试谈淮剧〈没处到任〉的成就与不足》;甘竞存的《一网情深　柔中有刚——评〈柔情似水〉中的新人形象》;王振琳的《对提高戏曲现代戏质量的浅见》;包忠文的《做群众的忠实的代言人》;董健的《危险的"同路人"——一点杂感》。

《江苏戏剧丛刊》第 5 期发表金毅的《简论传统戏曲艺术的继承与推陈出新》;竹君的《否定之否定——论发表、演出〈宫闱劫〉之可行》;田土的《评新编历史剧〈谷城三会〉》。

《江苏戏剧丛刊》第 6 期发表戴晓泉的《医治心灵创伤的人——话剧〈月溶溶〉读后感》；好为、康美的《浅谈〈智赚周处〉的艺术特色》。

《文学评论丛刊》第 12 辑发表晓立的《夕阳残照、断壁颓垣——评白先勇的短篇小说》；王晋民的《评台湾作家陈映真的创作》。

《文学研究动态》第 16 期发表高鹏的《日本对台湾现代诗的评论》。

《中国文艺年鉴 1982》发表费万隆的《台湾省作家与作品》。

《中国百科年鉴 1982》发表王晋民的《一九八一年台湾文学特色》。

《中国文学研究年鉴 1982》发表王晋民的《台湾香港文学》。

《文艺情况》第 16 期发表晓含的《台湾话剧史料略辑》。

《人物》第 3 期发表林志浩的《林语堂述评——兼谈他同鲁迅的关系》。

《当代文学》第 1 期发表邝白曼的《美国爱荷华第三次"中国周末"侧记》；王晋民的《论张系国的短篇小说》；卢菁光的《独树一帜的台湾小说家张系国》。

《武汉师范学院学报（哲学社会科学版）》第 5 期发表曾令甫的《聂华苓小传》；章子仲的《思乡的情怀，离奇的世相——初读聂华苓的几本小说》。

《新文学论丛》第 1 期发表卢菁光的《他在探求什么——台湾作家张系国散论》。

《诗探索》第 2 期发表汪景寿的《台湾白话诗的崛起》。

《特区文学》第 2 期发表雨纯的《经冬不枯　非春亦放——记香港散文作家彦火》。

《特区文学》第 4 期发表田野的《唱一支共同的歌——记台湾旅美诗人秦松》。

《福建论坛》第 2 期发表包恒新、黄拔光、庄义仁的《台湾爱国诗人许南英及其创作》。

《江苏青年》第 1 期发表邱灵的《绵绵不绝的怀乡之情——读两篇台湾小说》。

《剧本》第 4 期发表方远的《饱含深情与哲理的〈红鼻子〉》。

《瞭望》第 1 期发表郭客的《红楼何处海面东》。

《瞭望》第 5 期发表曹文轩的《台湾文学鸟瞰》。

《名作欣赏》第 4 期发表张德明、张晓林的《黄炎子孙的生命活力——读台湾得奖报告文学〈捕虫记〉》。

《名作欣赏》第 6 期发表李元洛的《海外游子的恋歌——读余光中〈乡愁〉与〈乡愁四韵〉》。

《南宁师院(哲学社会科学版)学报》第 2 期发表撒忠民的《台湾作家吴浊流笔下的知识分子形象》。

《诗探索》第 2 期发表汪景寿的《台湾白话诗的崛起》。

《写作》第 2 期发表周姬昌的《炽烈的爱国心——读白少帆〈台湾归鸿〉诗三首》。

《文谭》第 6 期发表流沙河的《溶哀愁于物象》(评余光中的诗《乡愁》)。

《文艺理论译丛》第 2 期发表蓝海的《沉樱译〈网情的罪〉一书后》。

1983年

1983年

1月

1日,《上海文学》第1期发表巴金的《一封回信》(回复马德兰·桑契的信,讨论文学形式和西方化问题);蔡翔的《高加林和刘巧珍——〈人生〉人物谈》;吴亮的《自动的艺术,还是主动的艺术?——一个面向自我的新艺术家和他的友人的对话(四)》;曾镇南的《何士光笔下的梨花屯》。

《山东师大学报》第1期发表田川流的《向心灵深处开掘——谈王蒙的小说近作》;赵耀堂、周脉柱的《为我国革命战争雕刻巾帼英雄的群象——评〈山菊花〉(下)的三个女性形象》。

《吉林大学社会科学学报》第1期发表孙乃民的《评〈晚霞消失的时候〉的宗教倾向》。

《红旗》第1期发表梁大林的《开展文艺批评的几个问题》。

《草原》第1期发表周廷芳的《鄂温克族人民生活的真实写照——评乌热尔图的短篇小说创作》;滑国璋的《他写出了他的民族——谈谈乌热尔图作品的民族性格》;白贵的《隽永清新,赋情独深——读乌热尔图〈一个猎人的恳求〉》。

《滇池》第1期发表林斤澜的《留得青山在》(创作谈);刘心武的《小说创作中的几个内部规律问题》;周孜仁的《为时代的履历表填写一行注脚》(创作谈)。

《解放军文艺》第1期发表卫建林的《新人——社会主义新生活的创造者》;曾镇南的《评中篇小说〈高山下的花环〉》;钟汉的《以开创精神写开创者的形象》。

3日,《小说选刊》第1期发表肖德的《"黑羽毛"为什么出现了银丝?——评〈漆黑的羽毛〉》;寒溪的《善于反映生活中的矛盾——读〈八级钳工〉》。

《电影艺术》第1期发表任殷的《写当代生活是重要的课题》;徐如中的《从〈一盘没有下完的棋〉想到〈樱〉》;李希凡的《略论虎妞形象的再创造——〈骆驼祥子〉观后》;王行之的《与众不同——说说影片〈骆驼祥子〉的艺术得失》。

4日,《人民日报》发表社论《坚定不移地贯彻执行百花齐放、百家争鸣方针》。

5日,《人民日报》发表周扬的《发扬十二大精神》。

《飞天》第1期发表汪曾祺的《两栖杂述》(创作谈);《围绕〈时代的报告〉"本刊说明"的一场争论》。

《延河》第1期以"关于小说创作提高与突破的讨论"为总题,发表杜鹏程的《给京夫作品讨论会的一封信》,李星的《进入艺术创造的境界——京夫的小说创作及其启示》,薛瑞生的《好驴马不逐队行——由京夫的迂拙谈小说的创新》,《议论纷纷看突破——"笔耕"文学研究组京夫作品讨论会综述》。

《花溪》第1期发表蹇先艾的《"创作谈"外谈》;秦家伦的《贵州农村的"三部曲"——读〈在贵州道上〉〈风波〉和〈乡场上〉》。

《陕西戏剧》第1期以"努力提高戏曲现代戏的思想艺术质量"为总题,发表沈尧的《现代生活与戏曲的抒情》,陈芜的《真实可信的描写新人》,安葵的《辩证地认识和反映现实生活》,胡小孩的《戏曲与时代》,杨天喜的《艺术作品的时代感与生命力》,张晓斌的《反映新时代 塑造新人物——中国戏曲现代戏研究会(1982)年会暨戏曲现代戏剧本创作座谈会在我省举行》。

6日,《电影创作》第1期发表陈荒煤的《作家的历史责任——谈文学与电影》;汪洋的《欢迎作家与我们合作》;朱子奇的《长篇小说与电影》;杨沫的《自己动手 改编电影》;魏巍的《文学与电影是亲密的姊妹》;袁文殊的《电影文学之我见》。

《光明日报》发表贺敬之的《新时期的文艺要坚持民族性》。

《文学报》发表古继堂的《吴晟传(上)》。

7日,《文艺报》第1期发表王蒙的《生活呼唤着文学》;冯牧的《文学要和生活一同前进》;吴秀明的《三百万言写史诗——读〈李自成〉前三卷》;徐迟的《读周立波遗稿有感》;关林的《文学的提高和现代主义的呼声》;袁可嘉的《西方现代派文学三题》;王世德的《"意识流"辨析》;钟艺兵的《生活的魅力——谈首都舞台一批反映现实生活的话剧》;辛安的《哭李健吾伏案长逝》;《茅盾文学奖获奖作品名单》;《茅盾文学奖金委员会名单》。

9日,《解放军报》发表张宝明的《现代军事题材文学创作上的可喜突破——读〈高山下的花环〉》。

10日,《小说林》第1期发表李国文的《走创新之路》;张志民的《我是怎样开始写小说的》;曾镇南的《评〈相见时难〉》。

《北京文学》第1期发表丹晨的《悄悄地在前进——〈北京文学〉部分小说漫议》。

《东海》第1期发表高松年的《让文学为工业争光添彩》。

《电影文学》第1期发表本刊评论员的《电影创作的光荣使命》;以"开创社会主义电影创作的新局面——第三届电影文学年会发言汇编(二)"为总题,发表于彦夫的《电影剧本的文学性及其他》,郑雪来的《美学观和电影观》,王云缦的《两个值得重视的问题》,陈玙的《电影创作门外谈》,鲁琪的《谈谈提高电影剧本质量问题》,朱玛的《当代大学生对电影的思索》;同期,发表郭铁城、丁冰的《一个具有重大意义的主题——〈不该发生的故事〉读后感》。

《雨花》第1期发表黄毓璜的《艰辛的足迹——陆文夫作品简论》。

《读书》第1期发表周扬的《革命出版工作五十年》;聂绀弩的《〈诗刊〉的几首诗》;《惊险科幻小说答疑》。

11日,《人民日报》发表李连科的《近年来关于"马克思主义和人道主义"的讨论》。

12日,《人民日报》发表夏衍的《关于报告文学的一封信》。

13日,《光明日报》发表郑伯农的《民族化——社会主义文艺的必由之路》。

15日,《山东文学》第1期发表刘锡诚的《关于提高小说质量的思考》;崔道怡的《谈当前的短篇小说创作》;光群的《军事题材小说的新突破——读李存葆的小说〈高山下的花环〉》。

《文学评论》第1期发表何西来的《开创局面的共产党人形象》;王光明的《在诗中寻找新的"自己"——论邵燕祥和他的诗》;韩石山的《心中唱着一支妙曲——刘富道的小说艺术》。

《当代文艺思潮》第1期发表本刊编辑部的《以十二大精神为指针,开创文艺评论工作的新局面》;刘锡诚的《关于我国文学发展方向问题的辩难》;徐敬亚的《崛起的诗群——评我国诗歌的现代倾向》;李文衡的《关于非理性心理描写及其深化的文学潮流——兼谈新时期小说非理性心理描写趋向》;[美]菲尔·威廉斯的《一只有光明尾巴的现实主义"蝴蝶"》(讨论王蒙的小说《蝴蝶》),林斤澜、汪曾祺、邓友梅的《关于现阶段的文学——答〈当代文艺思潮〉编辑部问》;唐挚的《站在历史的高度把握真实》;伍晓明的《文学研究需要多种学派存在》;余斌的《景风小说印象》;余开伟的《试谈"新边塞诗派"的形成及其特征》;阎纲的《修改〈中国当代文学〉的意见》;唐金海、吴士余、齐传贤的《十七年小说评论的评论——小说评论中"左"的倾向基本特征初探》;冯健男的《深深扎根于生活土壤的花树》(讨论"荷花淀派")。

《齐鲁学刊》第 1 期发表陈剑晖、郭小东的《论心态小说的兴起与发展趋势》；邓承奇的《理想火花在生活中闪烁——略谈社会主义新人形象塑造中的一个问题》。

《钟山》第 1 期发表何西来的《探寻者的心踪——评王蒙近年来的创作》；荒煤的《月到中秋分外明——推荐电影文学剧本〈月到中秋〉》；吴调公的《心灵的探索　哲理的涵茹——从王安忆的〈墙基〉和〈流逝〉所想起的》。

《暨南学报(哲学社会科学)》第 1 期发表潘亚暾的《宋泽莱论》。

17 日，《文汇报》发表若水的《为人道主义辩护》。

《作品与争鸣》第 1 期发表梁永安的《可喜的农村新人形象——也谈高加林》；曹锦清的《一个孤独的奋斗者形象——谈〈人生〉中的高加林》；谢宏的《评〈人生〉中的高加林》；王福湘的《当前农村生活的新探索——喜读〈山月不知心里事〉》；苏克玲的《忧虑来自哪里？——读〈山月不知心里事〉后》。

18 日，《文汇报》发表严维的《一本值得一读的文学论集——读洁泯的〈人生的道路〉》。

《戏剧报》第 1 期发表刘川的《从生活的洪流出发——杂谈〈下里巴人〉》；郭汉城的《一颗美好的心灵——看〈苍岩月〉漫谈》。

19 日，《人民日报》发表冯牧的《作家要做改革的促进派》；陈仰民、何渊耀的《表现时代是文艺家的历史责任——兼评"表现自我"的创作主张》；方顺景的《有希望，便是光明——评母国政的短篇小说》；殷德其、张晓文的《文艺批评必须真切》。

20 日，《光明日报》发表贺兴安的《从凝视到发现——何士光短篇创作随想》。

《民间文学》第 1 期发表《贯彻十二大精神开创民间文学工作的新局面》；本刊记者的《如何为社会主义精神文明建设作贡献——〈民间文学〉〈民间文学论坛〉召开座谈会》。

《文学报》发表曾敏之的《杨逵与"草根文学"》。

23 日，《解放军报》发表张澄寰的《位卑未敢忘忧国——评中篇小说〈高山下的花环〉》；冯牧的《序〈爱与恨的边界〉》；思忖的《生活的情趣和军人的美学——读荣获"五四青年文学奖"的两篇部队小说》(刘富道的《直线加方块的韵律》、黄传会的《没有靶标的小岛》)。

25 日，《电影新作》第 1 期发表荒煤的《开辟新领域　塑造新形象——在上影厂创作人员读书班上的部分发言》；徐庄的《走向新时期观众的心灵》；张弦的《关于〈青春万岁〉改编的一封信》；钟惦棐的《电影文学要改弦更张》；邱明正的《电影文学性漫谈》；张成珊的《谈"电影的文学性"》；迟云的《在生活中，应该追求什么？——访作家鲁彦周》。

《收获》第1期发表周扬的《序〈于伶戏剧集〉》；刘白羽的《以群印象》。

《社会科学战线》第1期发表郭志刚的《孙犁现实主义创作的特征》；陈剑晖的《岭南小说风格试论》。

26日，《人民日报》发表何志云的《当代青年前进的足迹——"五四青年文学奖"获奖小说漫评》；韦君宜的《好作品从深厚的生活中来》；吴松亭的《〈人民在战斗〉的艺术特色》；杨桂欣的《努力反映当代生活中的矛盾和斗争》（讨论茅盾文学奖获奖小说）。

27日，《光明日报》发表古华的《浅谈小说语言的色彩情调》。

28日，《青年文学》第1期以"《人生》笔谈"为总题，发表唐挚的《漫谈〈人生〉中的高加林》，蒋萌安的《高家林悲剧的启示》，小间的《人生的一面镜子》。

31日，《文谭》第1期发表流沙河的《玄到尽头成笑话》（碧果诗《静物》）。

《吉林大学社会科学学报》第1期发表井继成的《略论台湾小说中的爱国主义精神》。

本月，《十月》第1期发表曾镇南的《挚爱与追求的精灵——谈戴晴的小说创作》；杨匡汉的《让大海歌唱一个故事——读艾青的〈四海之内皆兄弟〉》；岩冰的《感情之树常青——荒煤散文的抒情色彩》。

《山西大学学报（哲学社会科学版）》第1期发表（日）荻野修二作、高捷译的《读赵树理作品札记》。

《山西文学》第1期发表光群的《也谈赵树理创作的局限性》；李英儒的《息心下意毋躁忙——我的第一篇小说》。

《长春》第1期发表孟城的《理性和诗情的交融——读雷达文评的一些随想》。

《四川文学》第1期发表苏恒的《对周纲创作的片面观》。

《芒种》第1期发表傅墨的《讴歌开创新局面的创业者》；寒溪、邓荫柯的《个性·诗意·真实性——评厉风的诗集〈露珠和星星〉》。

《北方文学》第1期发表李福亮的《又闻子规啼月夜——鲁琪近几年作品赏析》。

《江城》第 1 期发表王昕紫的《漫话文艺批评的标准》；武亦文的《激烈的性格冲突——谈小说〈朝拜〉的人物描写》；代一才的《含蓄，但不真实——评短篇小说〈朝拜〉》；岫岩的《贾平凹小说创作的新转机——兼论〈朝拜〉的真实性问题》。

《作品》第 1 期发表郭小东、陈剑晖的《瑶家风情画——梵杨小说简评》。

《春风》第 1 期发表拾丁的《情致·现实·理想——致〈天职〉作者的信》。

《鹿鸣》第 1 期发表《白桦致李硕儒》、《李硕儒致白桦》。

《湘江文学》第 1 期发表朱光潜的《关于沈从文同志的文学成就历史将会重新评价》；余开伟的《鱼"防范"水的悲剧——评水运宪的短篇小说〈防范〉》。

《福建文学》第 1 期发表陈骏涛的《关于创作方法多样化问题的思考》；翁绳馨的《读〈拱桥那里〉断想》；耘之的《怯生生的眼睛和阴沉沉的悲剧——评丛甡的〈艳茉莉夫人〉》。

本月，上海文艺出版社出版本社编的《中国现代文艺资料丛刊(第 7 辑)》。

江苏人民出版社出版卜仲康编的《陈白尘专集》。

湖南少年儿童出版社出版本社编的《作家谈儿童文学》。

河南少年儿童出版社出版金燕玉编的《茅盾与儿童文学》。

山东人民出版社出版山东省艺术界联合会编的《文学评论集》；[日]山田敬三著，韩贞全、武殿勋译的《鲁迅世界》；冯中一的《诗歌艺术论析》。

吉林人民出版社出版本社编的《鲁迅研究论文集(纪念鲁迅诞辰一百周年)》。

宁夏人民出版社出版杜一白的《鲁迅思想论纲》。

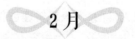

2月

1 日，《上海文学》第 2 期发表夏衍的《答友人书——漫谈当前文艺工作》；徐中玉的《有感——读陈云同志〈关于评弹〉》；钱念孙的《文学创作中"二律背反"的出路——谈韩少功的文学沉思》。

《长江》第 1 期发表陈美兰、田中全、胡绍华、吴柏森的《笔谈〈漩流〉》。

《红旗》第3期发表丁玲的《我读〈高山下的花环〉》；王友琴的《现实·理想·英雄——评〈高山下的花环〉》。

《草原》第2期发表魏泽民的《草原人们的幸福之路——读中篇小说〈蓝色的阿尔善河〉》；敖德斯尔的《〈骑兵之歌〉再版后记》。

《解放军文艺》第2期发表王炳根的《他在探索训练生活中的人——谈朱苏进和他的小说》。

2日，《人民日报》发表《中国文联召开理论批评工作座谈会》；冯牧、阎纲、刘锡诚的《大力发展文艺评论——〈中国当代文学评论丛书〉序》。

《滇池》第2期发表刘心武的《小说创作中的几个内部规律问题(创作谈·二)》。

3日，《小说选刊》第2期发表孙犁的《读铁凝的〈哦，香雪〉》；刘锡诚的《引人深思的人生旅程——评张一弓的〈考验〉》，王朝垠的《读吴若增的〈翡翠烟嘴〉》；姜天民的《理解青年 表现青年——〈第九个售货亭〉习作断想》。

《电影艺术》第2期以"'一九八二年故事片回顾座谈会'发言选登"为总题，发表袁文殊的《当代题材的突破》。

《光明日报》发表曾镇南的《为文艺批评一辩——兼论文艺批评的职能及其限度》；谌容的《从陆文婷到蒋筑英》；刘茵的《报告文学创作漫谈》。

《苏州大学学报》第1期发表罗时进的《杨朔散文古典文学渊源蠡测》。

5日，《飞天》第2期发表林斤澜的《难得自知》（创作谈）；何来的《这火是有希望的——为夏羊创作四十年而作》；《关于"两结合"问题的讨论概述》。

《边疆文艺》第2期发表李传锋的《牧童与少数民族文学——玛拉沁夫印象记》；张布琼的《鲜明的人物形象 浓郁的生活气息——试评李乔的长篇小说〈破晓的山野〉》。

《延河》第2期发表陈涌的《关于当前文学创作问题的几点意见》；以"关于小说创作提高与突破的讨论"为总题，发表陈深的《突破创新与作家的"自我"》，孙豹隐、陈孝英的《塑造艺术典型是小说创新的关键》，刘建军的《关于王吉呈的小说》。

《陕西戏剧》第2期以"努力提高戏曲现代戏的思想艺术质量"为总题，发表吴乾浩的《试论戏曲现代戏中的社会主义新人形象》，沈尧的《表现现代生活与戏曲的抒情（续）》，陈芜的《真实可信的描写新人（续）》。

《星火》第2期发表缪俊杰的《文艺要随着时代的潮流不断前进——关于文

艺开创新局面问题的思索》；周崇坡的《创作，感受和思索的结晶——张弦访问记》；刘国伟的《一枝红杏出墙来——喜读长篇小说〈漩涡〉》。

《文学报》发表古继堂的《吴晟传（下）》。

6日，《电影创作》第2期发表《巴金、陈荒煤谈小说〈寒夜〉的改编》。

7日，《人民日报》发表周扬的《怀念立波》。

《文艺报》第2期发表魏易的《到生活的激流中去开掘艺术宝藏》；王春元的《人性论和创作思想》；刘白羽的《谈〈高山下的花环〉》；沙汀的《谈〈芙蓉镇〉——和古华同志的一次谈话》；吴松亭的《有新鲜感的〈旋风〉》；刘梦溪的《道短说长——李纳小说偶谈》；李准的《现代化与现代派有着必然联系吗》；许世杰的《沧桑历尽大道直——访从维熙》；梅益的《悼念关露同志》。

9日，《人民日报》发表朱子南的《挖掘美　表现美——评陈祖芬的报告文学》；柳以真的《繁荣戏曲现代戏问题浅探》。

10日，《小说林》第2期发表林子的《忠实于生活》（创作谈）；滕云的《小说杂感》；谢海泉的《"我喜欢把笔触伸进人的心灵"——访青年女作家王安忆》。

《北京文学》第2期发表季红真的《传统的生活与文化铸造的性格——谈汪曾祺部分小说中的人物》；汪曾祺的《回到现实主义，回到民族传统》。

《东海》第2期发表骆寒超的《展示人的心灵美——评〈东海〉一九八二年的部分小说》。

《电影文学》第2期发表纪叶的《电影文学的生命力及其他》；高天红的《沿着自己开创的道路前进——风格与流派浅识》；以"开创社会主义电影创作的新局面——第三届电影文学年会发言汇编（三）"为总题，发表罗艺军的《精神文明·时代感·独创性》，陈登科的《再谈提高电影创作质量问题》，沈基宇的《对真实性问题的看法》，李虹宇的《到生活中去探索》，华而实的《报之以琼瑶》。

《雨花》第2期发表周桐淦的《别样深情的吟唱——读艾煊的散文集〈碧螺春汛〉和〈雨花集〉》；孟济元的《谐中寓庄　趣中见人——读〈漆黑的羽毛〉》；徐朝夫的《我的天——谈谈我的苦和乐》（创作谈）。

《读书》第2期发表方敬的《〈李广田文学评论选〉序》。

15日，《山东文学》第2期发表李希凡的《巍巍青山在召唤——读〈高山下的花环〉》；于音整理的《〈高山下的花环〉座谈纪要》；以"《高山下的花环》笔谈"为总题，发表丛正里的《我主要靠生活》，任孚先的《当代革命军人之魂》，陈宝云的

《因〈高山下的花环〉而想到的》。

《长安》第 2 期发表晓风的《开拓者家族的新篇章——蒋子龙的〈锅碗瓢盆交响曲〉》。

《南风》第 1 期发表贵州大学中文系民间文学教研组的《在十二大精神指引下开创民间文学工作新局面》。

17 日,《作品与争鸣》第 2 期发表陈骏涛的《谈高家林形象的现实主义深度——读〈人生〉札记》;王信的《〈人生〉中的爱情悲剧》;阎纲、路遥的《关于中篇小说〈人生〉的通信》;丁会发的《评〈今夜,他是个普通人〉》;苗雨时等的《一篇严肃的充满历史感的小说——读〈今夜,他是个普通人〉》;《关于中篇小说〈黎明潮〉的讨论》。

18 日,《文汇报》发表费孝通的《略论知识分子问题》。

《戏剧报》第 2 期发表徐闻莺、荣广润的《轻灵清新 引人深思——评话剧〈真情假意〉》;殷承滨的《浅评喜剧〈哥仨和媳妇们〉》;肖云儒的《问题和人生——评话剧〈女人的一生〉》;晓吟的《〈爱,在我们心里〉是有错误倾向的作品》。

20 日,《当代》第 1 期发表何孔周的《一本非常及时的书——评长篇小说〈改革者〉》;《长篇小说〈改革者〉座谈会在京举行》。

《花城》第 1 期发表黄树森的《评〈鬼城〉》;刘锡诚、谢永旺、张炯等的《文学在思考中进一步发展——在京部分文学评论家、编辑座谈小说创作》;岑桑的《显示出心灵的光彩来——读野曼的诗集〈爱的潜流〉》。

《福建论坛》第 1 期发表包恒新的《台湾乡土文学的历史发展及其现实主义批判精神》;清明的《白先勇的小说技巧》。

21 日,《人民日报》发表成思的《城南旧事》。

22 日,《新文学史料》第 1 期发表贾植芳的《覃子豪小传》。

24 日,《光明日报》发表邓仪中、仲呈祥的《"将无价值的撕破给人看"——评马识途的讽刺小说新作》;董学文的《也谈文艺批评的职能和限度》。

《解放军报》发表刘白羽的《序〈男儿女儿踏着硝烟〉》。

25 日,《文艺研究》第 1 期发表周巍峙的《努力开创戏剧创作新局面》;丁振海、李准的《关于现实和理想的结合——兼论社会主义文艺创作方法的几个问题》。

《人民日报》发表蔡美琴的《林海音和〈城南旧事〉》。

28日,《上海戏剧》第1期发表胡伟民等的《话剧〈母亲的歌〉七人谈》。

《华东师范大学学报(哲学社会科学版)》第1期发表宋耀良的《王蒙,金钥匙在哪里?——对王蒙近作的探索》。

本月,《人文杂志》第1期发表刘荣庆的《试论王老九的诗歌风格及其流派》。

《山西文学》第2期发表陈登科的《我的第一篇小说》;曲润梅的《严谨·深沉·和谐——评赵越的诗》;吕家乡的《话说"现代派"》。

《小说界》第1期以"关于存在主义答文学青年"为总题,发表陈骏涛的《存在主义与我国当前的文学创作》、王克千的《存在主义哲学》、罗大纲的《存在主义文学——读萨特的文学作品》;同期,发表晓渡的《一篇谈小说创作的好小说——读〈穷表姐〉》;刘绍棠的《〈烟村四五家〉创作后记》;胡采、邹志安的《胡采、邹志安关于〈探询〉的通信》。

《文谭》第2期发表流沙河的《两类反讽》(隔海说诗之十,痖弦《上校》、余光中《长城谣》)。

《四川文学》第2期发表吴红的《要有一个青翠苍郁的创作之林——记唐弢谈文学》;周克芹的《深情地领受人民的鞭策——在"茅盾文学奖"首届授奖大会上的发言》;敖忠的《努力表现生活中的矛盾和斗争——评陆大献的两部中篇小说》。

《红岩》第1期发表俞徒的《略论西方现代派对我国当代文学的影响》;吕进的《〈山杜鹃〉的结构艺术》。

《戏剧创作》第1期发表肖木的《揭示新的矛盾　反映新的生活》;以"《红杏出墙》笔谈"为总题,发表王兆一的《乡情·激情·可贵的情——〈红杏出墙〉读后感》,孙超的《小生产狭隘眼界的一个突出代表——试谈陈九叔形象塑造的典型意义》。

《江城》第2期发表高继才的《严峻的现实,光辉的未来——读小说〈朝拜〉》;黄宇的《探索中的失误——小说〈朝拜〉的特色与缺陷》。

《作品》第2期发表杨奎章的《秦牧散文风格的发展》。

《青海湖》第2期发表孟繁华的《在暗夜与黎明之间——评短篇小说〈黎明从这里开始〉》;钟法的《如豹头,似凤尾——〈我们是朋友〉艺术谈》;吴宝忠的《冰河上的浮雕——读短篇小说〈老渡工恰巴〉》。

《新剧作》第1期发表羽化的《颠倒的创作思想——评话剧〈爱,在我们心里〉》。

《福建文学》第2期发表孙绍振的《为人物性格设置环境》;黄拔光的《"小人物"的代言人——王祯和》;彦火的《香港文学一瞥——在暨南大学"台湾港澳文学研讨会"上的发言》。

《安徽大学学报(哲学社会科学版)》第1期发表黄裳裳、朱家信的《论陈映真的现实主义创作道路》。

本月,人民文学出版社出版朱光潜著、张隆溪译的《悲剧心理学——各种悲剧快感理论的批判研究》,本社编的《纪念鲁迅诞生一百周年文献资料集》。

湖南人民出版社出版鲁迅诞生一百周年纪念委员会学术活动组编的《纪念鲁迅诞生一百周年学术讨论会论文选》。

中央广播电视大学出版社出版刘锡庆等编的《写作论谭》。

上海文艺出版社出版巴金的《巴金论创作》。

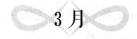

3月

1日,《人民日报》发表吴士余的《对塑造新时期军人形象的探索》。

《解放军文艺》第3期发表本刊评论员的《进一步解放思想,开创军事题材文学创作的新局面》;张志的《为开创军事题材文学新局面而努力》;雷达的《军营改革者的雄姿》。

2日,《滇池》第3期发表刘心武的《小说创作中的几个内部规律问题》(创作谈)。

3日,《小说选刊》第3期发表李清泉的《漫话〈这是一片神奇的土地〉》;黄国柱的《发掘较大的思想深度——〈筑成我们新的长城〉读后》。

《电影艺术》第3期以"'一九八二年故事片回顾座谈会'发言选登"为总题,发表黄宗江的《三度兴奋 三点感想》、李希凡的《面向现实 刻意求真》,韩小磊的《我们的心愿》;同期,发表罗艺军的《银幕向生活靠拢》;王新语的《思想·人物·美感——〈陈奂生上城〉导演回顾》。

5日,《飞天》第3期发表邓友梅的《在写作中断时期》;孟伟哉的《〈云雾草〉序》;卫中的《友谊的探索 微弱的信息——读〈下海的人们〉》;张明廉的《在如此平淡的生活面前——读〈庆瑞阳〉》;《一九八二年几个中篇小说的争论》。

《边疆文艺》第3期发表奋夏的《情趣洋溢的"创业"者之歌——读长篇小说〈密林〉》。

《延河》第3期以"关于小说创作提高与突破的讨论"为总题,发表王晓新的《力度·魅力·知识结构》,李健民的《思想与开掘——从京夫小说谈起》,京夫的《我创作情况的简单回顾》,吴肇荣的《这里有艺术家的巧思和笔致——谈王汶石的短篇小说创作艺术》,《大学生眼里的〈人生〉》,胡德培的《"纯属虚构"与"全部真实"——艺术规律探微》。

《花溪》第3期发表顾工的《诗·是一种合金》(创作谈);孔捷生的《变迁——关于小说形式的浅见》。

《陕西戏剧》第3期发表陈中宣的《话剧的创新——看〈绝对信号〉有感》;毕志刚的《一出适合时宜的好戏——评方言话剧〈计划计划〉》。

《星火》第3期发表刘锡诚的《时代·现实·新人》(讨论社会主义新人问题)。

6日,《电影创作》第3期发表明言的《作意好奇有新篇——电影文学剧本〈泥人常传奇〉读后》。

7日,《文艺报》第3期发表魏易的《文艺工作者要站在改革的前列》;周扬的《在首届茅盾文学奖授奖大会上的讲话》;张真的《看话剧〈唐太宗与魏征〉》;杨匡汉的《评一种现代诗论》;尹明耀的《也谈现代化与现代派》;赵德明的《今日拉丁美洲文学》;邵牧君的《西方现代派与电影》。

8日,《人民日报》发表王斌的《色彩丰富 韵味醇浓——读中篇小说〈黑骏马〉》;胡永年的《流逝的和留下的——读中篇小说〈流逝〉》;《首都文艺理论人士举行学术讨论会 探讨新时期文学与人性、人道主义问题》。

《文汇报》发表《马克思主义与人道主义的关系 周扬在全国纪念马克思逝世一百周年学术报告会上作了论述》。

10日,《小说林》第3期发表贾平凹的《无题》(创作谈);方顺景的《向着未来的微笑——评〈远去的白帆〉》。

《北京文学》第3期发表顾征南的《摆脱混乱——从有人说鲁迅先生的〈狂人日记〉是"意识流文学"想到的问题》；邓友梅的《扬长避短》(创作谈)。

《诗刊》第3期发表忆明珠的《"小花闲草"也要一片蓝天——沙白部分诗歌印象》。

《电影文学》第1期以"开创社会主义电影创作的新局面——第三届电影文学年会发言汇编(四)"为总题，发表张笑天的《也谈提高电影的质量问题》，毕必成的《马后炮》，蔡洪声的《电影漫谈》，顾象贤的《建设一支有质量的电影编辑队伍》。

《雨花》第3期发表乘清的《白璧之瑕——〈高山下的花环〉的几点不足》；顾小虎的《评董会平的小说创作》。

12日，《光明日报》发表本报评论员的《怎样认识知识分子的地位和作用》。

13日，《解放军报》发表王哲伟的《振聋发聩 气魄不凡——评中篇小说〈第三代开天人〉》。

15日，《文汇报》发表单木的《雨后映彩虹——读长篇小说〈彩虹坪〉》。

《山东文学》第3期发表黄泽新的《短而好的艺术——读孙犁短篇小说札记》；卢兰琪的《评高禄堂的作品》。

《长安》第3期发表王汶石的《关于〈陈赓大将〉》；王愚的《为一代新人塑象——略谈几部反映当代青年生活的小说》；薛迪之的《性格的魅力——简评〈厂长今年二十六〉》。

《文学评论》第2期发表刘思谦的《对建国以来农村题材小说的再认识》；陈孝英的《论王蒙小说的幽默风格》；黄子平的《"沉思的老树的精灵"——林斤澜近年小说初探》。

《当代文艺思潮》第2期发表张炯的《论社会主义文学的特征》；《为开创社会主义文艺新局面勇于争鸣——本刊编辑部与中国文联理论研究室在北京联合召开座谈会》；《努力推进社会主义文艺创新的健康发展——本刊编辑部在兰州召开关于当前文艺思潮与社会主义精神文明建设的讨论会》；陈辽的《论当代文艺思潮的特殊性》；陆士清的《现代主义和现实主义的消长——当代台湾文学思潮初探》；王愚的《长篇小说中的现实主义》；朱文华的《中国当代文学发展趋势和前景的预测》；朱玛的《当前电影创作的若干问题》；赵毅的《漫谈戏剧创作中的庸俗化倾向》；思宁的《当代艺术心理学管窥》；凌继尧的《文艺社会学漫说》；古远清的

《勇于探求真理的诗评家何其芳》;方汉文的《关于当代中国青年精神特征的思考》;沈源的《北大荒知青的昨天、今天和明天——读几篇知青题材小说》;陈惠芬的《三个青年女性的爱情和理想——〈雨,沙沙沙〉等三篇小说读后》;王新民的《上大学与"爱"的变异》;光群的《秦兆阳与文学新人》。

《钟山》第2期发表刘绍棠的《乡土文学和我的创作》;丁帆的《刘绍棠作品民族风格雏论》;余向学的《引人探索的意境——读〈流逝〉》;潘旭澜的《论〈芙蓉镇〉的人物塑造》;南帆的《风格:认识生活和认识自己的结晶——评刘心武的创作风格》;陈辽、方全林的《试论建国以来军事长篇小说创作》。

《文学研究动态》第3期发表《美籍学者林毓生批评"新批评"文学观》。

17日,《作品与争鸣》第3期发表本刊评论员的《努力开创社会主义文艺的新局面》;平涛的《何必匆忙定是非——与友人谈李陀近作》;蔡葵的《巴尔扎克还灵不灵?——评李陀最近的短篇小说》;白烨的《关于"典型环境中的典型人物"的讨论》;杜书瀛的《典型争论三题》;王平凡的《知音,良师和益友——谈何其芳同志贯彻党的知识分子政策》;天明的《关于传记作品的写作问题的探讨》。

20日,《解放军报》发表《解放军文艺》评论员的《进一步解放思想,开创军事题材文学创作的新局面》。

《民间文学》第3期发表中国民研会的《努力开创民间文学工作的新局面》。

《戏剧论丛》第1期发表本刊记者的《〈绝对信号〉与话剧形式创新》。

22日,《人民日报》发表邓仪中、仲呈祥的《塑造风姿多彩的典型人物——1982年全国优秀短篇小说获奖作品漫评》;陈骏涛的《对变革现实的深情呼唤——读中篇小说〈人生〉》。

《文汇报》发表刘锡诚的《清醒的现实主义——读一九八一—一九八二年得奖中篇小说》。

24日,《文汇报》发表缪俊杰的《面对现实 刻意求真——报告文学创作问题浅谈》;肖力军的《神奇土地上的英雄儿女——读梁晓声的〈这是一片神奇的土地〉》。

《光明日报》发表张韧的《文学在历史性的转变中前进——评第二届获奖的中篇小说》;刘绍棠的《关于小说民族化的浅见》,《发展报告文学创作 反映伟大的时代 〈时代的报告〉编辑部举行座谈会》。

25日,《电影新作》第2期发表本刊记者的《在勤奋探索中前进——1983年全国故事片创作会议侧记》；余倩的《电影的文学性和文学的电影性》；陆士清的《谈谈影片〈城南旧事〉的改编》；周介人的《朴素的宁静——〈人到中年〉风骨赞》；乔琦文的《"一支笔并写两面"——喜读〈喜队长〉》。

《银幕剧作》第2期发表陈述希的《清新隽永、引人深思——读电影文学剧本〈乡音〉》。

28日，《青年文学》第2期发表甘泉的《北大荒的呼唤——读〈抹不掉的声音〉》；雷达的《简论高家林的悲剧》；《孙犁、成一谈铁凝新作〈哦，香雪〉》。

29日，《人民日报》发表张光年的《社会主义文学的新进展——在四项文学评奖大会上的讲话》；刘锡诚的《更多地注意塑造当代人形象——1981—1982年全国优秀中篇小说获奖作品读后》。

《文汇报》发表陈兮的《〈女俘〉想说明什么？》；吴根福的《描写人性的动人作品》（讨论《女俘》）。

30日，《河南师大学报（社会科学版）》第2期发表杜云通的《赵树理小说人物描写琐谈》。

《阜阳师院学报（社会科学版）》第1期发表黄裳裳、朱家信的《意·趣·神·色——台湾小说〈将军族〉审美赏析》。

31日，《光明日报》发表韦实的《坚持和发展马克思主义文艺评论》。

本月，《十月》第2期发表朱寨的《文学的新时期》；滕云的《继承·借鉴·民族化——从王蒙的近作谈起》；本刊记者的《顺应时代要求　开拓创作新路——记北京长篇小说创作座谈会》。

《福建文学》第3期发表张默芸的《从玫瑰的自杀谈起》。

《文艺理论研究》第1期发表《当前文艺创作和理论的现代化、民族化问题——〈上海文学〉〈文艺理论研究〉两刊编辑部联合举行座谈纪要》；丹晨的《〈上海的早晨〉的艺术结构琐谈》；茹志鹃的《我创作上的甘苦》，吴亮的《王蒙小说思想漫评》。

《文谭》第3期发表流沙河的《气氛是宾不是主》（痖弦的《伞》）。

《长春》第3期发表关沫南的《和诗人李季在大庆》；张笑天的《〈张天民短篇小说集〉序言——不是序的序》。

《四川文学》第3期发表邓仪中、仲呈祥的《理想性格：丰富性与明确性的统一——关于塑造社会主义新人形象的思考》。

《扬州师院学报(社会科学版)》第 1 期发表周恩珍、杨九俊的《论〈许茂和他的女儿们〉的人物塑造》；浦伯良的《要尊重事实——对〈杨朔创作简论〉的几点意见》；吴周文的《要有实事求是的态度——答浦伯良同志》。

《江城》第 3 期发表皇甫涛的《〈朝拜〉的象征意义》；尤蕴石的《如何理解〈朝拜〉》。

《作品》第 3 期发表谢望新、李钟声的《动情的诗，力度的诗——读野曼的〈爱的潜流〉》；易准的《杨干华和他的小说》。

《河北大学学报(哲学社会科学版)》第 1 期发表陈望衡的《"写真实"与"写本质"》；徐文斗、孔范今的《论〈创业史〉的典型化——〈柳青创作论〉之一》。

《青海湖》第 3 期发表艾斐的《"二为"方向与艺术规律》。

《湘江文学》第 3 期发表胡德培的《评古华的创作道路》；邓克谋的《文艺创作应该大胆表现传统的伦理道德美——读〈品尝〉所想到的》。

《新疆民族文学》第 1 期发表玛拉沁夫的《关于民族文学创作和研究的几个问题》；邓美宣的《在精神文明建设中起积极作用——评穆罕默德·巴格拉西的小说创作》；王仲明的《评长篇小说〈理想之路〉》。

本季，《海峡》第 1 期发表庄明萱、黄重添的《闽南风情与台湾乡土文学》，武治纯的《台湾文坛老兵——杨逵及其创作》。

《艺谭》第 1 期发表徐永龄的《深深的民族哀痛——评台湾作家吴浊流的小说创作》。

本月，湖南人民出版社出版王元化的《王元化文学评论选》，荒煤的《荒煤文学评论选》，胡采的《胡采文学评论选》，洁泯的《洁泯文学评论选》，萧殷的《萧殷文学评论选》，冯牧的《冯牧文学评论选》，黄秋耘的《黄秋耘文学评论选》。

上海文艺出版社出版程代熙的《马克思主义与美学中的现实主义》，尹在勤、孙光萱的《论贺敬之的诗歌创作》，刘金的《马上随笔》。

陕西人民出版社出版陈寿朋的《高尔基美学思想论稿》，徐文斗、孔范今的《柳青创作论》。

甘肃人民出版社出版甘肃文艺评论学会编的《文艺评论选辑》，金梅的《文海求珠集》。

山东人民出版社出版本社编的《文苑纵横谈(6)》。

中国人民大学出版社出版中国人民大学中国语言文学系《文学论集》编辑组

编的《文学论集(第六辑)》。

知识出版社出版王朝闻的《再再探索》。

文化艺术出版社出版端木国贞的《试论恩格斯的典型学说——从〈创业史〉谈起》,中国艺术研究院戏曲研究所《戏曲研究》编辑部编的《戏曲研究(第7辑)》。

四川人民出版社出版潘述羊的《写作掌故杂谈》,巴金、老舍等的《文学回忆录》,谭兴国的《巴金的生平和创作》。

花山文艺出版社出版张海宽的《诗歌创作漫谈》。

宁夏人民出版社出版李健吾的《李健吾文学评论选》。

北京大学出版社出版杨周翰的《攻玉集》。

北京出版社出版中国现代文学研究会、北京出版社编的《中国现代文学研究丛刊(1983年第1辑)》。

人民文学出版社出版孙犁的《孙犁文论集》。

解放军文艺出版社出版何寅泰等编的《王愿坚研究专集》。

青海人民出版社出版丁尔纲的《茅盾作品浅论》。

花城出版社出版公刘的《诗人谈诗》。

少年儿童出版社出版《儿童文学研究》编辑部编辑的《儿童文学研究(第12辑)》。

4 月

1日,《上海文学》第4期发表程德培的《"蔡庄"的图画——读吴若增的短篇近作》;蔡翔的《什么是刘思佳性格》;彭亚非的《一种生活秩序的结束——王安忆〈B角〉引起的随想》;何镇邦的《邓友梅近作中的民俗美》。

《红旗》第7期发表章柏青的《一代中年知识分子的赞歌——彩色故事片〈人到中年〉观后》。

《剧坛》第 2 期发表丁扬忠的《探路——〈绝对信号〉及其他》。

《解放军文艺》第 4 期以"笔谈军事题材文学创作（一）"为总题，发表李心田的《更深地向生活中审视》，王世阁的《一定要清除"左"的思想影响》，韩静霆的《〈花环〉与"胆识"》，崔洪昌的《真实地再现部队矛盾斗争》；同期，发表佘树森的《通往"花环"的路——谈李存葆的报告文学创作》。

2 日，《河北师范大学学报（哲学社会科学版）》第 2 期发表倪宗武的《成功与失败的启示——浅议田汉同志五八年的两部剧作》。

3 日，《小说选刊》第 4 期发表阎纲等的《一九八二年获奖短篇小说漫评（一）》；本刊记者的《更上一层楼——一九八二年获奖短篇小说巡礼》。

《电影艺术》第 4 期以"'一九八二年故事片回顾座谈会'发言选登"为总题，发表马德波的《八二年电影面面观》，李兴叶的《试谈一九八二年故事片的缺失和不足》。

《时代的报告》第 4 期发表荒煤的《让事实说话——报告文学漫谈》；胡绩伟的《一个新闻工作者谈报告文学》；李庆宇的《第二届（1981—1982）全国优秀报告文学奖评选揭晓》。

5 日，《人民日报》发表丁玲的《浅谈"土"与"洋"》（系《延安文艺丛书》总序）；黄益庸的《悲壮的故事　瑰丽的青春——读短篇小说〈这是一片神奇的土地〉》。

《飞天》第 4 期发表野谷的《忆何其芳同志》；罗洛的《脚印》（创作谈）；李幼苏的《试评何来近期的诗作》；《关于贾平凹创作的讨论》。

《文汇报》发表何满子的《论浪漫主义》。

《江西师院学报》第 2 期发表汪木兰、周自成的《时代风云的"三部曲"——许茂思想性格变化简析》。

《花溪》第 4 期发表卢祖品的《文学的"提神"和"提神"的文学》；饶克勤的《点燃人们的心灵之火——评小说〈"白娘娘"坐阵〉》；白丁的《牢牢地把握主题——略谈〈雨天〉的情节提炼》。

《延河》第 2 期以"关于小说创作提高与突破的讨论"为总题，发表肖云儒的《在生活环境的典型化上下更多功夫》，王愚的《内向文学纵横谈——读几部中短篇小说新作有感》，冯日乾的《乡情与诗情——读马林帆的诗》。

《陕西戏剧》第 4 期发表吴乾浩的《试论戏曲现代戏中的社会主义新人形象（续）》。

《星火》第 4 期发表岑桑的《思想·感情·文采——谈谈王海玲的小说创作》。

7日，《文艺报》第 4 期发表《全国优秀新诗、报告文学、短篇小说、中篇小说获奖作品篇目》；云海的《中国作家协会四项文学评奖授奖大会在京举行》；胡承伟的《影片〈人到中年〉的现实主义魅力》；张成珊的《诱发观众的想象——谈影片〈城南旧事〉的艺术特色》；谢望新的《文学的三重奏——谈几位作家的中篇创作》；刘蓓蓓的《广阔的生活和时代的主题——中篇小说创作漫评》；叶鹏的《挽弓当挽强——从张一弓的小说创作谈起》；陈柏中的《献给祖国的赤诚的歌——评克里木·霍加的诗歌创作》；李炳银的《绿叶·黑墙·黄金——读刘心武同志的两篇小说》；严家炎的《历史的脚印，现实的启示——"五四"以来文学现代化问题断想》；缪俊杰的《关于文学创新问题的思考》；袁忠岳的《谈"表现自我"》；陈世雄的《互相斗争，又互相渗透——谈谈西方戏剧的现实主义和现代主义》；张德林的《评一种"新"的"小说学"》（讨论《十月》1982 年第 6 期李陀的《论"各式各样的小说"》）；徐中玉的《对高校文艺理论教材改革的建议》；刘士杰的《诗人冯至》。

《光明日报》发表郑雪来的《现代派电影研究的几个问题》。

10日，《小说林》第 4 期发表阿凤的《我所认识的孙犁》；赵则训的《逼真·传神·挥洒——读〈送阿姨〉札记》。

《北京文学》第 4 期发表《〈北京文学〉一九八二年优秀作品评选获奖作品篇目》；徐振辉的《刘绍棠小说语言风格管窥》。

《东海》第 4 期发表牧知的《时代精神与社会矛盾》（讨论小说《高山下的花环》）。

《电影文学》第 4 期以"开创社会主义电影创作的新局面——第三届电影文学年会发言汇编（五）"为总题，发表袁小平的《当电影创作的公仆》，丛深的《注意研究青年观众学》，吕宕的《艺术质量在于"人物"》，阎丰乐的《再谈熟悉新生活》。

《诗刊》第 4 期发表《中国作家协会第一届(1979—1982)全国优秀新诗（诗集）奖获奖作品名单》；《全国优秀新诗评奖委员会关于新诗评奖的几点说明》；白航的《我爱读这样的诗》；骆寒超的《评艾青〈归来的歌〉》。

《雨花》第 4 期发表严迪昌的《姜滇小说漫评》；吴亮的《文学家的胆与识》；华定谟的《〈处心积虑〉再辨》。

11日，《文汇报》发表王锐生的《我对"马克思主义的人道主义"的几点看法》。

《光明日报》发表《"马克思主义与人"学术讨论会传达邓力群讲话　讨论人道主义、人性论很有好处》。

12日,《人民日报》发表晓雪的《中国新诗发展的广阔道路——从全国第一届新诗(诗集)评奖谈起》;刘茵的《龙腾虎跃的时代画图》(讨论报告文学发展状况);胡代炜的《矛盾·新人及其他》。

《文汇报》发表白烨的《有偏颇的探索——评〈女俘〉的人性、人情描写》;汪雷的《〈女俘〉之己见》。

14日,《文汇报》发表范咏戈的《"碱水泉"中的人情——读短篇小说〈肖尔布拉克〉》。

15日,《南风》第2期发表李德明、熊冬华的《苗族文学研究的可喜收获——评〈苗族文学史〉》。

《文学研究动态》第4期发表《两位作家和文化大革命——老舍和陈若曦》(书讯)。

《编译参考》第4期发表湛彬的《台湾女作家林海音》。

17日,《解放军报》发表王安刚的《平凡而至高的奉献——评朱苏进的中篇小说〈引而不发〉》。

《作品与争鸣》第4期发表雷达的《生活的流动与心灵的悸动——〈啊,万松庄……〉读后》;路漠华的《革命人道主义的力量——谈〈女俘〉》;方顺景的《虚假无力的编造——评〈女俘〉》;王永宽的《一九八二年短篇小说争鸣述评》;兴玉的《我国当代文学中的人性、人道主义问题——〈文学评论〉等三刊编辑部召开的学术讨论会发言综述》。

《人民日报》发表《忆往事牵思姐妹情——访〈城南旧事〉作者林海音胞妹林燕珠》。

19日,《人民日报》发表范咏戈的《表现当代军人的理想和情操——一组军事题材小说读后的思考》。

20日,《北京大学学报(哲学社会科学版)》第2期发表黄子平的《从云到火——公刘新作初探》。

《当代》第2期发表郭志刚的《向耕耘者和劳动者们致敬——读〈当代〉两年来发表的报告文学有感》;张同吾的《进击者的性格——评〈厂长今年二十六〉》。

《花城》第2期发表郭小东、陈剑晖的《试谈岭南散文流派》。

21日,《光明日报》发表《记录时代的风云——获奖报告文学漫评》。

25日,《文艺研究》第2期发表冯骥才的《创作的体验》;夏康达的《谈冯骥才的创作》;祖慰的《我报告了他,他报告了我》(创作谈)。

26日,《人民日报》发表曹文渊的《作家的时代感和历史感——读张一弓的短篇小说》。

《光明日报》发表吴元迈的《关于文艺批评的随想》。

本月,《人文杂志》第2期发表段国超、张来斌的《从柳青提出的三个问题谈起》。

《山西大学学报(哲学社会科学版)》第2期发表高捷的《赵树理"问题小说"解——赵树理研究之一》;刘金笙的《"山药旦"派浅论》。

《山西文学》第4期发表祝文茂的《文学要积极地反映改革》;张贺琴的《时代春天的赞歌——读韩石山的小说集〈猪的喜剧〉》;郑义的《开阔的艺术视野——柯云路同志及其在艺术上的追求》。

《长春》第4期发表刘心武的《斜坡——创作随感录》;阎纲的《〈中外著名中篇小说选〉序》;方晴的《民族精神力量的深情呼唤——评长篇小说〈在黛色的波涛下〉》。

《四川文学》第4期发表常崇宜、张大放的《浅谈童恩正的科学幻想小说》;严肃的《在攻克"五难"的路上——读林贵祥的小说》。

《戏剧界》第2期发表丁道希的《现代戏的戏曲化与现代化》;曦许的《戏曲必须现代化》。

《作品》第4期发表郭小东的《论知青小说》。

《芒种》第4期发表张启范的《向生活深处开掘——读〈芒种〉一九八二年获奖小说随感》;郭因的《共产主义新人是审美的人》。

《安徽文学》第4期发表王若望的《提高"暴露"在文学中的地位》;田辰一的《人的尊严的礼赞——读〈海的女儿〉》。

《湘江文学》第4期发表包立民的《童心·诗情·画境——评蔡测海的散文特色及其小说创作》;李元洛的《他的诗,是一团不灭的火——读彭浩荡的诗》。

《福建文学》第4期发表郭风的《关于现实主义精神的一点想法》;尤廉、杨佩瑾、金筱玲的《对〈一个将军的遗嘱〉的评论》。

《台声》第2期发表武治纯的《绿水青山待我还——台湾文学中的回归

形象》。

《清明》第2期发表林非的《记陈若曦和她的丈夫——〈访美归来〉片断》。

《青年诗坛》第2期发表耘文的《真情的歌唱——读台湾女诗人的作品》。

《人文杂志》第2期发表段国超、张来斌的《从柳青提出的三个问题谈起》。

本月,上海文艺出版社出版本社编的《文艺论丛(第17辑)》。

陕西人民出版社出版阎庆生的《鲁迅杂文的艺术特质》。

甘肃人民出版社出版中国民间文艺研究会甘肃分会编的《花儿论集》。

四川人民出版社出版尹均生、杨如鹏的《报告文学纵横谈》。

江苏人民出版公刘的《诗路跋涉》。

长江文艺出版社出版涂怀章的《碧野的创作道路》。

解放军文艺出版社出版刘金庸等编的《徐怀中研究专集》。

山东人民出版社出版孟广来等编的《老舍研究论文集》。

湖南人民出版社出版罗荪的《罗荪文学评论选》。

山西人民出版社出版张炯的《文学真实与作家职责》,刘增杰等编的《抗日战争时期延安及各抗日民主根据地文学运动资料(上)》。

重庆出版社出版梁秉堃的《独幕剧写作漫谈》。

湖南教育出版社出版易健、王先霈编的《文学概论》。

5月

1日,《长江》第2期发表张韧的《校园沃土的文学新葩——谈汪洋的中篇小说创作》;吴秀明的《他有自己的声音——评杨书案的〈九月菊〉及其它》。

《草原》第5期发表张凤翔的《啼血而歌笔纵横——访诗人贾漫》;张廓的《长风·大漠·夕阳——诗体小说〈野茫茫〉漫步》;仲文的《沟通心灵的歌唱——漫论赵健雄的诗》;耕耘的《在诗的王国里探索、追求——读赵健雄的诗》。

《萌芽》第5期发表陆文夫的《〈小巷深处〉的回忆》;蒋子龙的《道是无情却有

情》(创作谈)。

《解放军文艺》第 5 期以"笔谈军事题材文学创作(二)"为总题,发表黎汝清的《解脱束缚　才有突破》,王中才的《要写出真实的英雄》,方南江的《揭示新人形象的时代印记》,黄传会的《把握当代青年军人的特征》,胡世宗的《以现实主义态度反映生活》,同期,发表黄国柱的《追随生活前进的足迹——一九八二年〈解放军文艺〉获奖小说述评》。

《文谭》第 4 期发表流沙河的《伞趣》(评余光中《雨伞》、《六把雨伞》)。

3 日,《小说选刊》第 5 期发表巴金的《文学创作的道路永无止境——在全国优秀新诗、报告文学、短篇小说、中篇小说获奖作品授奖大会上的讲话》;张光年的《社会主义文学的新进展——在四项文学评奖授奖大会上的讲话》;于晴等的《一九八二年获奖短篇小说漫评(二)》。

《文汇报》发表姜庆国的《为浪漫主义一辩——与何满子同志商榷》。

《时代的报告》第 5 期发表《大力发展报告文学　努力反映伟大时代——本刊编辑部邀请文艺界领导同志和部分报刊负责人举行座谈会》。

5 日,《飞天》第 5 期发表何海若的《何其芳琐忆》;张石山的《创作道路上的回顾》。

《边疆文艺》第 5 期发表黄尧的《〈生命近似值〉主题的确立》;张运贵的《试谈当代英雄形象的塑造》。

《延河》第 5 期发表胡采的《给"王老九诗社"的信》;赵俊贤的《生活潜流的开发及其审美价值——谈〈心祭〉和〈"白蹄"与骏马〉》;以"关于小说创作提高与突破的讨论"为总题,发表蒙万夫的《为文学的更高真实而努力——兼谈斯大林的"写真实"观点》,费秉勋的《浅论"生活"》。

《陕西戏剧》第 5 期发表吴乾浩的《试论戏曲现代戏中的社会主义新人形象(续)》。

《星火》第 5 期发表孙武臣的《"不能付给历史一张空白的答案"——访首届"茅盾文学奖"获奖者李国文》;吴松亭的《评〈人民在战斗〉》。

7 日,《文艺报》第 5 期发表巴金的《文学创作的道路永无止境——在全国四项文学评奖授奖大会上的讲话》;张光年的《社会主义文学的新进展——在全国四项文学评奖授奖大会上的讲话》;艾青等的《新诗的转机——新诗获奖者七人谈》;唐挚的《播火者的歌——读优秀报告文学纪感》;行人的《他们丢弃了女娲的

"草绳子"——漫谈 1982 年短篇小说中的人物塑造》;黄秋耘的《我所认识的韦君宜同志》;侣朋、天喜的《当代题材戏剧的时代感和深度》;王纪人的《中篇小说和电影的结亲》;谢冕的《通往成熟的道路》(讨论文学多样化问题)。

10 日,《人民日报》发表白烨的《执着而严肃的艺术追求——评路遥的小说创作》;秦歧的《也评长篇小说〈秦川儿女〉》。

《写作》第 3 期发表曹永慈的《讴歌为人民服务的献身精神——读短篇小说〈卖书的〉》;熊辉的《悲壮之美从何而来——读〈白云深处〉随想》。

《北京文学》第 5 期发表刘梦溪的《文学的艺术世界——〈北京文学〉1982 年小说漫评》。

《东海》第 5 期发表叶文玲的《做生活和人民的儿女——在浙江省青年文学创作会议上的发言》。

《电影文学》第 5 期以"开创社会主义电影创作的新局面——第三届电影文学年会发言汇编(二)"为总题,发表史超的《生活属于创造者》,孙穆的《不要好了伤疤忘了疼》,王影的《着眼于刻划人物性格》,张思勇的《对电影评论家的三点希望》,陈纬的《为了共同前进》。

《诗刊》第 5 期发表冯至的《还"乡"随笔——读十本诗集书后》;施边的《新诗史上的一次盛会》(讨论 1983 年全国新诗奖);戚方的《现代主义和天安门诗歌运动——对〈崛起的诗群〉质疑之一》;张炯的《我爱美的谷穗——读绿原〈西德拾穗录〉》。

《雨花》第 5 期发表陈辽的《用美学的、历史的标准来评奖作品——参加 1982 年〈雨花奖〉评奖工作后所想到的》。

《读书》第 5 期发表韦君宜的《我的心得》(讨论李子云的《净化人的心灵》);吴祖光的《"下不为例"的荒唐 为小说〈李清照〉而写》;韩林德的《高尔太〈论美〉读后》;卞之琳的《现代主义和现实主义不构成一对矛盾》。

12 日,《光明日报》发表赵成的《城市人民生活的风俗画——评邓友梅近年的五篇短篇小说》。

15 日,《山东文学》第 5 期发表张达的《注视着农民的心灵深处——读〈山东文学〉八二年几篇农村题材的小说》。

《长安》第 5 期发表雷达、彭加瑾的《传奇之笔 赤子之心——论〈陈赓大将〉形象塑造的艺术成就》。

《文学评论》第 3 期发表黄子平的《当代文学中的宏观研究》;曹辉的《关于"两结合"创作方法问题的不同意见》(来稿综述)。

《当代文艺思潮》第 3 期发表雪深的《对领导当代文艺运动的历史探索——学习〈党和国家领导人论文艺〉》;黄瑞旭的《大学生阅读文学作品现状浅析——北京大学、北京师范学院、北京工业学院的调查》;肖云儒、张守仁的《新时期文学的突破——论〈高山下的花环〉在当前创作上的意义》;缪俊杰的《发展还是排斥?——就现实主义问题与徐敬亚同志商榷》;周良沛的《殊途同归——读舒婷的几首诗有感》;高平的《罕见的否定·弯曲的倾向——读徐敬亚同志〈崛起的诗群〉笔记》;孙克恒的《新诗的传统与当代诗歌》;张明廉的《也谈我国文学的发展方向问题》;石天河的《当代文艺思潮中的现实主义问题再探讨》;艾斐的《论流派的竞"秀"与创作的发展》;李学娴的《当代文学中创作方法的研究应从实际出发》;刘长海的《爱拉的悲剧与钟雨的意中人——读〈爱,是不能忘记的〉》;亚之的《寻找戏剧新原则的信号——谈话剧〈绝对信号〉》;李伟的《形象与意蕴的隔膜——读高晓声几篇近作有感》;仲呈祥的《读〈一个在文艺思想上迂回行进的评论家陈涌〉有感》。

《苏州大学学报(哲学社会科学版)》第 2 期发表秦兆基的《论贺敬之的早期诗歌创作》。

《河北师院学报(哲学社会科学版)》第 2 期发表王亚平的《对当前诗歌创作的两点意见》。

《钟山》第 3 期发表谢冕、陈素琰的《采石者的欣慰——论林斤澜的创作》;《姜滇小说创作探讨》。

16 日,《红旗》第 10 期发表杨荫隆的《谈谈"深入生活"和"浅入生活"》。

17 日,《人民日报》发表魏天祥、谢武军的《扎根于爱国主义的追求——读长篇小说〈求〉》;朱晶的《报告文学的新开拓》。

《作品与争鸣》第 5 期发表肖汀的《农村生活变革的真实写照——读〈新翻的土地〉》;西亚的《巩大明值不值得同情?》;曾镇南的《也谈〈杂色〉》;张志刚的《惊险科幻小说的新探索——〈X3—案件〉读后》;蔡洪声的《一九八二年电影争鸣述评》;孟潜的《关于西方现代派文艺的讨论》。

19 日,《光明日报》发表何启治的《读中篇小说〈有意无意之间〉》。

20 日,《广西大学学报(哲学社会科学版)》第 1 期发表鲁原的《美的文学与文学的美——当代创作思潮漫论》。

《民间文学》第 5 期发表华积庆的《"愿做培花的泥土"——记钟敬文同志从事民间文学工作六十年座谈会》。

24 日,《人民日报》发表彭定安的《思想与诗情——评邵燕祥的几首长诗》;杜高的《谈谈指名道姓的文艺批评》。

《文汇报》发表郑伯农的《关于创作方法的几个问题——兼与何满子同志商榷》。

25 日,《电影新作》第 3 期以"《赤橙黄绿青蓝紫》笔谈"为总题,发表卢新华的《刘思佳——一个难忘的艺术形象》,东进生的《刘思佳的塑造有得有失》,桑双的《改编也要有所创造》,山骥的《现实主义的性格描写》;同期,发表傅珏英的《质朴的风格 生动的形象——电影文学剧本〈一路顺风〉读后》。

《武汉师范学院学报(哲学社会科学版)》第 3 期发表邹贤敏的《新人塑造和艺术规律》;章子仲的《年轻人与年轻人——读何其芳的两篇未完成的长篇小说》。

26 日,《光明日报》发表吴开晋的《阳光和心灵的色彩——读艾青的获奖诗集〈归来的歌〉》;尹在勤的《一朵幸福的沉静的小花——读田晓菲的〈绿叶上的小诗〉》。

《解放军报》发表曾镇南的《军事文学评论漫谈》;越民的《向现实深处探索——评短篇小说〈漆黑的羽毛〉》。

《文学报》发表汪澜的《情感丰富而细腻——读三位香港诗人的合集〈钢铍与丝竹〉中秦岭雪的诗》。

28 日,《青年文学》第 3 期发表雁宁的《开在石缝里的山花》(创作谈);以"青年获奖作者笔谈"为总题,发表航鹰的《讴歌人类的奋斗和理想》,铁凝的《山野的呼唤》,路遥的《不丧失普通劳动者的感觉》,赵继新的《一点启示》。

31 日,《文汇报》发表顾骧的《军事题材文学的人性描写》(讨论《女俘》)。

《文谭》第 5 期发表流沙河的《诡怪的意象——痖弦:〈短歌集〉》。

本月,《十月》第 3 期发表陈丹晨的《典型化——多样化》;周政保的《为严峻的生活奏起深沉有力的乐章——评张承志的小说创作》;曹禺、高行健、林兆华的《关于〈绝对信号〉的通信》。

《小说界》第 2 期发表廖沫沙的《读〈上海〉有感》;田海男的《一份珍贵的纪

念》(讨论田汉小说《上海》);张同的《一首普通人的赞歌——读孔捷生的中篇小说〈普通女工〉》。

《书林》第3期发表钱谷融的《〈论"文学是人学"〉发表的前前后后》。

《长春》第5期发表叶文玲的《清水电灯难得明》(创作谈);沈太慧的《三访周克芹》。

《四川文学》第5期发表松鹰的《漫谈周永年的小说创作》。

《华中师院学报(哲学社会科学版)》第3期发表华中师院《中国当代文学》编写组的《试论我国当代文学的发展道路——〈中国当代文学〉绪论》。

《红岩》第2期发表叶公觉的《试论何其芳散文风格的演变》。

《作品》第5期发表孔捷生的《关于〈普通女工〉的通信》;易准的《坎坷历尽春意浓——读孔捷生的中篇小说〈普通女工〉》。

《芒种》第5期发表丁国成的《以情成篇　心与理合——读王守勋的科学诗》;谢俊华的《魂兮,归来！——读〈穿风衣的人〉》。

《安徽文学》第5期发表张民权的《〈驴队的覆灭〉的艺术追求》。

《青海湖》第5期发表程东安的《李存葆的创作自白》。

《湘江文学》第5期发表刘炜的《莫应丰和"将军吟"》;吴泰昌的《也谈〈祸起萧墙〉——寄远方友人》。

《福建文学》第5期发表张炯的《〈森林,人在深邃幽远中〉序》;江雁心的《吉光片羽谈宗璞》;黄重添的《透过那新娘的倩影——读宋泽莱的〈岬角上的新娘〉》。

本月,四川人民出版社出版陈辽的《马克思恩格斯文艺思想初探》。

山东人民出版社出版本社编的《文艺纵横谈(7)》。

上海文艺出版社出版王元化的《文学沉思录》,田汉的《田汉论创作》,曹子西的《瞿秋白文学活动纪略》,中国民间文艺研究会上海分会编的《民间文艺集刊(第四集)》。

贵州人民出版社出版林钟美的《文学创作初探》。

江苏人民出版社出版王臻中、王长俊的《文学语言》,潘旭澜的《中国作家艺术散论》。

浙江人民出版社出版巴伟、虞阳编选的《中青年作家创作经验谈》,张仲浦、王荣初的《〈故事新编〉论析》。

河南人民出版社出版胡万春的《我怎样学习创作》。

人民文学出版社出版周良沛的《灵感的流云》。

春风文艺出版社出版李树谦编著的《春风化雨——周恩来领导文艺工作的实践》。

湖南人民出版社出版洁珉的《洁珉文学评论选》,黄秋耘的《黄秋耘文学评论选》。

中国社会科学出版社出版孙中田、查国华编的《茅盾研究资料》。

陕西人民出版社出版黄中模的《沁园春词话》,童炽昌的《鲁迅思想方法漫谈》。

文化艺术出版社出版中国艺术研究院戏曲研究所《戏曲研究》编辑部编的《戏曲研究(第9辑)》。

内蒙古人民出版社出版张锦贻的《儿童文学的体裁及其特征》。

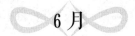

6月

1日,《上海文学》第6期发表乌民光的《关于文艺批评》;方玲的《对文艺评论家成才条件的思考》;宋耀良的《谈批评的有机性思想》;朱炳荪的《谈文学作品的启悟主题》。

《草原》第6期发表张锦贻的《她在探索青年人的心灵世界——试评赵淑芳的短篇小说》。

《滇池》第6期发表杨嘉谷的《从克钦山吹来的泥土芳香——评李雨必的〈野玫瑰与黑郡主〉》。

《解放军文艺》第6期发表李国涛的《"真正开始"预示着远大前程——读权延赤的小说》;刘绍棠的《一部引人入胜的长篇小说》(讨论柯兴的《使命与情网》);本刊记者的《中国作协在京召开军事题材文学评论座谈会》。

2日,《文汇报》发表谷泥的《生活现实和理想光辉》。

3日,《小说选刊》第6期发表蒋子龙等的《一九八二年全国优秀短篇小说奖获奖作者座谈会发言》。

《电影艺术》第6期发表东进生的《真切动人的影片〈人到中年〉》;汪流的《风姿独具——初探影片〈城南旧事〉和〈陈毅市长〉的艺术特色》。

《时代的报告》第6期发表雷达的《报告文学的勃兴与嬗变》。

5日,《飞天》第6期发表《关于部分农村题材小说的争鸣》。

《边疆文艺》第6期发表古远清的《晓雪的诗论——〈中国当代诗论〉之一节》。

《花溪》第6期发表晓晨的《"每个人都可以写小说"——访青年女作家王安忆》。

《延河》第6期发表胡采的《生活,这里是创作的基础》;路遥的《柳青的遗产》;以"关于小说创作提高与突破的讨论"为总题,发表谢望新的《历史会记住这些名字》。

《星火》第6期发表王愚、路遥的《谈获奖中篇小说〈人生〉的创作》。

7日,《文艺报》第6期发表李清泉的《短篇小说的年度纪事》;阎纲的《柳青五年祭》;谢永旺的《从〈龙种〉到〈河的子孙〉》;冯牧的《愿史铁生健步前进》;陈子伶的《寻求更多的社会典型——读几篇报告文学新作》;李基凯的《"我们的文艺要走自己的道路"——访林默涵》;刘心武的《让孩子的眼睛善于发现——〈儿童文学〉1982年获奖小说漫评》;刘再复的《评〈如意〉》;许春樵的《一部有严重缺陷的电影——评电影〈人到中年〉》;林芝的《要懂一点文学通史——兼评"崛起"的新观点、新方法》;王先霈的《〈现代小说技巧初探〉读后》;张辛欣的《必要的回答——对王春元同志批评文章的两点答复》。

《文汇报》发表魏威的《清谈与实干——读短篇小说〈围墙〉》。

10日,《小说林》第6期发表峻青的《削繁就简三春树——谈短篇小说的凝练功夫》;铁峰的《漫评鲁琪的短篇小说》。

《北京文学》第6期发表缪俊杰的《反映社会矛盾和新的美学追求》;高洁的《"阮郎风骨剧峥嵘"——访诗人阮章竞》;王蒙的《近几年的中短篇小说创作》。

《电影文学》第6期以"开创社会主义电影创作的新局面——第三届电影文学年会发言汇编(七)"为总题,发表王亚南的《历史绝不是温顺的小姑娘——谈历史题材创作中的主观随意性》,柏松的《历史剧创作要忠于史实》;同期,发表肖尹宪的《电影剧本文学性探源》。

《诗刊》第 6 期发表《1981—1982 年〈诗刊〉优秀作品、评论评奖获奖篇目》；鲁扬等的《部分获奖作品简评》；本刊编辑部的《评奖后言》；朱先树的《努力追求思想和艺术的统一——读杨山、木斧、王尔碑近年来的诗作》。

《读书》第 6 期发表王元化的《〈文学沉思录〉后记》；刘心武的《〈立体交叉桥〉德译本序》。

15 日，《山东文学》第 6 期发表解洛成的《从柳青的"扮演角色"谈起》。

《长安》第 6 期发表费秉勋的《当代志怪——吴若增〈脸皮招领启示〉》。

17 日，《作品与争鸣》第 6 期发表蔡毅的《以情动人——读〈这是一片神奇的土地〉有感》；谭昭的《评〈离离原上草〉》；施谭的《令人失望的〈鬼城〉》；禾宣的《对小说〈公仆，我们在想什么〉的争鸣》；金文的《关于几个话剧的争鸣综述》；春芳的《对小说〈相见时难〉的不同看法》。

18 日，《戏剧报》第 6 期发表肖云儒的《最新的生活登了台》；梁冰的《平反岗位上的新人形象——评扬剧现代戏〈三把刀〉》。

19 日，《光明日报》发表赖伯疆的《文艺批评不要媚俗》；顾骧的《文学与法制》。

20 日，《天津师大学报（社会科学版）》第 3 期发表金梅的《美在生活，美在思想，美在创造——孙犁的现实主义艺术论札记》。

《民间文学》第 6 期以"中国民间文艺研究会一九八三年工作会议特辑"为总题，发表延泽民的《民间文学工作者的光荣任务》，周巍峙的《文化部门要支持民间文学工作》，洛布桑的《编纂民间文学"集成"的重大意义》，赵寻的《民研会要有革命性专业性群众性》，华积庆的《中国民间文艺研究会举行第二届年会及一九八三年工作会议》。

《当代》第 3 期发表《一九八二年"〈当代〉文学奖"获奖作品篇目》；阎纲的《重读〈心祭〉》。

《戏剧论丛》第 2 期发表方杰的《从电影想到话剧的"突破"——创作问题漫谈》。

《花城》第 3 期发表周介人、晓江、余之的《创作与批评·作家与批评——上海部分文学刊物理论编辑笔谈》；沙均的《现实主义深化的一个重要课题——读近几年中篇小说随感》。

《郑州大学学报(哲学社会科学版)》第 2 期发表郑月蓉的《〈正红旗下〉的风格和语言》。

《黑龙江戏剧》改名《艺术新观》,第 3 期发表熊源伟的《八十年代的门槛上——评现代派戏剧》。

《福建论坛》第 3 期发表黄香山的《略论丘逢甲的诗》。

25 日,《上海师范学院学报(社会科学版)》第 2 期发表陈娟的《中国式老农民的艺术典型——试论老通宝、梁三老汉与许茂》;张以谦的《关于耶林写给丁玲的四封信》。

《文艺研究》第 3 期发表谢晋、石维坚的《拍摄场余音——〈天云山传奇〉导演片语》;黄健中的《人·美学·电影——〈如意〉导演杂感》;吴荫循的《镜头向着时代的新风貌——我拍〈春晖〉的想法》;罗慧生的《现代电影思潮转变的几个问题》;王蒙的《漫话几个作者和他们的作品》。

30 日,《光明日报》发表张友渔的《报告文学设计的法律问题》;何镇邦的《努力创造改革者的典型——评〈跋涉者〉》。

《文谭》第 6 期发表流沙河的《多情往往入迷——余光中:〈水晶牢〉〈橄榄核舟〉》。

本月,《人文杂志》第 3 期发表张长仓的《简谈文学创作事业的基本建设——纪念柳青逝世五周年》;孙豹隐的《试论路遥中篇小说的几个特色》。

《山西文学》第 6 期发表曲波的《卑中情——我的第一篇小说〈林海雪原〉》;冯池的《严肃思考 锐意创新——谈李锐的小说创作》。

《文艺理论研究》第 2 期发表潘旭澜的《〈论杜鹏程小说〉引言》。

《长春》第 6 期以"获奖作家笔谈"为总题,发表顾笑言的《表现时代精神是作家的神圣职责》,乔迈的《〈三门李轶闻〉》,李玲修的《在喜愧交加的时刻》,胡昭的《写内心最真切的感受》;同期,发表天弓的《反映新生活的转机——读〈你在想什么?〉》;李改的《一篇有生命力的报告文学佳作——重读〈三门李轶闻〉》;杜若的《道德与诗意的光辉——评〈足球教练的婚事〉》;吕剑的《〈山的恋歌〉读后》;本刊记者的《三月春风似剪刀——全国四项文学评奖授奖大会侧记》。

《扬州师院学报(社会科学版)》第 2 期发表唐再兴、李昌华的《试论高晓声的象征性小说》;冒炘、周溶泉的《邃美于谈 返璞归真——评徐开磊散文集〈雕塑家传奇〉》。

《江西师院学报(哲学社会科学版)》第 2 期发表汪木兰、周自成的《时代风云的"三部曲"——许茂思想性格变化简析》。

《芒种》第 6 期发表李准的《提高创作水平的关键是什么》；以"关于中篇小说《神奇的瞳孔》的讨论"为总题，发表辛晓征的《欣赏，不能离开联想——〈神奇的瞳孔〉浅议》，田志伟的《假如瞳孔没被毁掉》。

《戏剧学习》第 2 期发表高行健、林兆华的《〈绝对信号〉的艺术构思》。

《沈阳师范学院学报(哲学社会科学版)》第 2 期发表孙继国的《他在讴歌希望和光明——〈碧野近作〉读后》；栾俊林的《在血火相搏中闪光——评〈高山下的花环〉》。

《安徽文学》第 6 期发表钟友循的《评短篇小说〈强龙〉》。

《河北大学学报(哲学社会科学版)》第 2 期发表许来渠的《试论郭小川诗歌的形式美》。

《青海湖》第 6 期发表刘万庆、莫福山的《谈董牛小说的语言特点》。

《湘江文学》第 6 期发表王福湘的《从新生活的沃土中汲取力量——读本届获奖中篇小说的随想》；朱先树的《唱给新生活的欢乐的歌——读石太瑞诗印象》。

《福建文学》第 6 期发表曾镇南的《透过文学这个窗户》；庄明萱的《一束秀逸多采的三色堇》(评一组台湾作家的散文创作)。

《台声》第 3 期发表小林的《第二次台港文学学术讨论会在厦门举行》。

本季，《海峡》第 2 期发表张默芸的《点点滴滴尽乡情——评〈城南旧事〉》；吉翔的《台湾文讯》；盛美娣的《〈香港内外〉读后》。

本月，北京师范大学出版社出版[日]北冈正子著、何乃英译的《摩罗诗力说材源考》。

重庆出版社出版刘扬烈、刘健芬的《鲁迅诗歌简论》。

天津人民出版社出版孙昌熙等的《鲁迅文艺思想新探》。

长江文艺出版社出版李鸿然的《鲁迅与历史·文学及其他》。

广西人民出版社出版谭达先的《民间文学随笔》。

解放军文艺出版社出版胡可的《习剧笔记》。

花城出版社出版杨匡汉、刘福春编的《我和诗》。

春风文艺出版社出版谢冕的《共和国的星光》。

百花文艺出版社出版叶子铭的《茅盾漫评》,黄药眠的《迎新集》。

云南人民出版社出版李广田的《李广田文学评论选》。

北京出版社出版中国现代研究会、北京出版社编的《中国现代文学研究丛刊(1983年第二辑)》,刘锡庆、朱金顺的《写作通讯》。

湖南人民出版社出版全国毛泽东文艺思想研究会编的《毛泽东文艺思想研究(二)》。

中国戏剧出版社出版宋家玲的《怎样写广播剧》。

上海文艺出版社出版郭沫若的《郭沫若论创作》,吴功正的《文学风格七讲》。

陕西人民出版社出版王汶石的《亦云集》。

文化艺术出版社出版冯放的《论现实主义》。

江西人民出版社出版陈昌怡的《文学趣谈》。

中国文艺联合出版公司出版中国社会科学院外国文学研究所《文艺理论译丛》编辑委员会编的《文艺理论译丛(1)》。

7月

1日,《上海文学》第7期发表何新的《文学典型理论的几点再探讨》。

《红旗》第7期发表焦勇夫的《切实纠正文艺产品商品化的倾向》。

《草原》第7期发表杨匡汉的《需有穿透性的目光——读〈苦夏〉随想》;滑国璋、黎伦的《她掘出了人们心底的爱的清泉——读〈驼峰上的爱〉札记》;董宣荣的《他对爱的巡礼不仅仅在驼峰上——访中年作家冯苓植》;西日漠的《善和美的绿洲——读〈七岔犄角的公鹿〉》。

《萌芽》第7期发表郦国义的《他也是一只丑小鸭——读青年作者谭力的作品》。

《滇池》第7期发表茹志鹃的《也谈王安忆》。

《解放军文艺》第7期发表张文苑的《生命如火的军人形象——读短篇小说

〈爱情线·事业线·生命线〉》。

《钟山》第 4 期发表张超的《幻灭·离弃·认同》。

2 日,《新疆师范大学学报(社会科学版)》第 2 期发表丁子人的《"风雨如晦"三十年——台湾当代文学的探讨》。

3 日,《小说选刊》第 7 期发表曾镇南的《讽刺文学的上品——读〈围墙〉》;金河的《抓住人物的总体特征——谈〈不仅仅是留恋〉》;史铁生的《几回回梦里回延安——关于〈我的遥远的清平湾〉》。

《电影艺术》第 7 期发表谭霈生的《"舞台化"与"戏剧性"——探讨电影与戏剧的同异性》;许南明的《塑造多彩多姿的当代人形象》;丹晨的《评影片〈如意〉》,郑伯农的《关于〈如意〉的得失》。

《时代的报告》第 7 期发表刘剑青的《竞秀于报告文学之林》;萧乾的《报告文学小议》;曾敏芝的《关于〈鹰架上的夕阳〉》。

4 日,《光明日报》发表林默涵的《文艺商品化倾向亟待克服》。

5 日,《飞天》第 7 期发表臧小平整理的《围绕文艺评论问题的讨论》。

《边疆文艺》第 7 期发表缪俊杰的《用马克思主义观点研究当前文艺实践中的新经验新问题》。

《花溪》第 7 期发表夏文琦的《难忘的旅途——评短篇小说〈旅途即事〉》。

《星火》第 7 期发表谢冕的《个人情趣与时代精神》;杨佩瑾的《突破"五老峰"——谈革命历史题材创作的出新》。

6 日,《电影创作》第 7 期发表马林的《关于塑造青年共产主义者形象的思考》;林涵表的《论虚假对银幕形象的损害》;张华勋的《继续探索与思考——〈武林志〉的创作体会》;梁晓声的《浅谈电影与文学》。

7 日,《文艺报》第 7 期发表周扬的《正确评价一位当代的伟大作家》(讨论茅盾);刘思谦、孔凡青的《旧梦和新岸的辩证法——关于知青小说的回顾与思考》;仲呈祥的《可读与耐读——评叶辛的三部长篇小说创作》;阎纲的《为电影〈人到中年〉辩——对〈一部有严重缺陷的影片〉的反批评》;唐挚的《沁人心脾的政治抒情诗——〈夏衍剧作集〉序》;张思和的《深深植根于民族的土壤——与谢冕同志商榷》;苏群的《她憧憬着未来——青年作者方方印象》。

《光明日报》发表本报评论员的《批评应当成为文艺工作的正常程序》。

《文学报》发表士敏的《侯德健与〈龙的传人〉》。

10日,《小说林》第7期发表高晓声的《开拓眼界》(创作谈);金梅的《风格与个性、人格相统一——〈孙犁的现实主义艺术论〉中的一节》;栾振国的《一篇别开生面的小说——〈早霞谢别天幕〉》。

《写作》第4期发表周扬的《写作要注重"事信言文"——答〈写作〉杂志编者问》;于光远的《和青年同志谈谈学习问题——在天津的一次讲话》;陈卓乾的《自由联想——"意识流"的写作技巧之一》。

《东海》第7期发表煦冬的《耕耘者的歌——读短篇小说集〈他们正年轻〉》。

《电影文学》第7期以"开创社会主义电影创作的新局面——第三届电影文学年会发言汇编(续完)"为总题,发表饶趣的《当前编辑工作中的几个问题》,郭绍贵的《借鉴·生活·时代精神》,杨应章的《想到哪里说到哪里》,刘维华的《化"危机"为"生机"》,苏克玲的《一点感想》,纪叶的《活跃学术空气探讨艺术问题,创作出更多更好的电影作品——在第三届电影文学年会上的结束语》;同期,发表李贵仁的《爱国主义的颂歌——略谈电影文学剧本〈野女〉》。

《诗刊》第7期发表竹亦青的《拄着手杖,壮怀激烈——读李加建诗印象》;袁鹰的《辣椒·仙人掌·讽刺诗——评易和元的讽刺诗集〈热嘲集〉》。

《青春》青年文学丛刊创刊,由《青春》编辑部编辑出版,第1期以"雏凤清声——文学新人自述、专访、书简之一"为总题,发表梁晓声的《关于〈今夜有暴风雪〉的断想》,姜川的《新竹清嘉》(访问乔雪竹),华宇的《战士味儿》(记简嘉),《石冰和张抗抗的通信》,《就题材选择问题黄济人答本刊编者问》。

《雨花》第7期发表金燕玉的《她们心中的歌——江苏省青年女作者小说创作述评》;姚宝红的《她有一颗热爱孩子的心——读程玮小说集〈我和足球〉》;宣丽华的《在对照中剖露人物的本质——〈葬礼〉艺术谈》。

12日,《人民日报》发表曾达的《互相促进 共同提高——谈作家与评论家之间的关系》。

《文汇报》发表张炯的《也谈文学的现代化与"现代派"》。

14日,《光明日报》发表蒋子龙的《探索心灵的天地》;李庆宇的《保障报告文学作家的合法权益》;光群的《读〈围墙〉有感》。

《解放军报》发表阎连科、文群的《期待硕果累累的丰收——从〈长征〉副刊发表的两篇小小说谈起》(评方南江的《在故乡的边缘》、李本深的《丰碑》)。

15日,《山东文学》第7期发表王荣纲的《报告文学断想》。

《长安》第 7 期发表《寄希望于青年——著名作家萧军答本刊记者问》。

《文学评论》第 4 期发表思忖的《军人的美和美的军事文学》；沈敏特的《关于爱情题材的札记》；张超的《借欧美现代派之琴，唱中国流浪者之歌——论於梨华的创作》；王肇磊的《一部有特色的作家论——读〈论柳青的艺术观〉》。

《当代文艺思潮》第 4 期发表王宏、薛浩的《谈谈社会审美意识与新时期以来的文学创作》；吴黛英的《新时期"女性文学"漫谈》；张志忠的《奋战在经济改革的战线上——论近年小说中的工业干部形象》；陈柏中的《创造性追求的一个侧影——评王蒙反映兄弟民族生活的短篇小说》；晓雪的《我们应该举什么旗，走什么路？——同徐敬亚同志讨论几个问题》；李浩的《探索者的道路——与徐敬亚同志商榷》；弓戈的《去其自负，取其自信》（讨论徐敬亚的《崛起的诗群》）；吴亮的《"典型"的历史变迁》；胡垲的《用什么观点来评"新的美学原则"》。

《齐鲁学刊》第 4 期发表刘景清的《绘声绘色，娓娓动人——黄宗英散文的艺术特色》。

《钟山》第 4 期发表雷达的《论汪曾祺的小说》；缪俊杰的《矛盾·典型·生活——从近年来的中、短篇小说创作谈我国文学的创新与发展》；张超的《幻灭·离弃·认同——论於梨华的"自由选择"》；黄毓璜的《向深处掘进——读丁正泉小说随感》。

《暨南学报（哲学社会科学版）》第 3 期发表翁光宇的《试论黄春明小说思想内容的转变》。

17 日，《作品与争鸣》第 7 期发表洁泯的《平凡中的奇异——评〈没有钮扣的红衬衫〉》；成志伟的《赞赏之余的感想——读〈没有钮扣的红衬衫〉》；西龙的《人性、社会和文学的探索——读〈鬼城〉、〈白色的纸帆〉及其评论》；赵铁信的《关于报告文学真实性的讨论》；马畏安的《文学的事实和事实的文学——也谈报告文学的真实性问题》；戈平的《对影片〈都市里的村庄〉看法截然不同》；刘玉山的《一九八二年中篇小说争鸣述评》。

19 日，《人民日报》发表本报评论员的《新时期社会主义文艺的正确纲领——学习〈邓小平文选〉关于文艺问题的重要思想（一）》；金燕玉的《冲力与惰性——谈陆文夫的短篇小说〈围墙〉》；范伯群的《"信仰是我们的太阳"——评叶文玲的中篇小说〈父母官〉》；吴光华的《崇高的献身精神——读从维熙的长篇小说〈北国草〉》；贺兴安的《追寻人生的彩虹——鲁彦周的长篇小说〈彩虹坪〉读后》。

《光明日报》发表闻理的《繁荣和发展新时期文艺的指导方针——学习〈邓小平文选〉》。

20日,《人民文学》第4期发表何士光的《努力像生活一样深厚》。

《文史哲》第4期发表《论李瑛艺术风格的形成与演变》。

《辽宁师院学报(社会科学版)》第4期发表董兴泉的《独特的艺术风格——评舒群新作〈思忆〉〈少年CHEN女〉〈醒〉》。

21日,《光明日报》发表唐挚的《历史新时期文艺的重要指针——重温邓小平同志关于文艺的重要论述》。

25日,《武汉师范学院学报(哲学社会科学版)》第4期发表熊德彪的《革命军人人情美的礼赞——评〈高山下的花环〉》。

《电影新作》第4期发表张俊祥的《再谈电影文学与电影的文学价值》;以"工业题材影片笔谈"为总题,发表周介人的《把握它,超越它》,费礼文的《可喜的进展与不足》,张成珊的《一个薄弱的环节》,包放的《胆识·生活·表现》;同期,发表李平分的《当代军人形象初探》;李子云的《〈三个女记者〉读后》;边善基的《漫谈〈脚步〉的思想与艺术》。

《社会科学战线》第3期发表于丛扬的《包孕诗情的多彩形象——李瑛诗论之一》。

26日,《文汇报》发表《又一个成功的开拓者形象》(讨论蒋子龙的小说《悲剧比没有剧要好》);倪芝的《来自"三门李"的生动报告》;宋水毅的《改革者的灵魂洗涤——读短篇小说〈净化〉》。

28日,《光明日报》发表陆贵山的《哲学思潮与人性描写》;凤子的《时代的悲剧——看喜剧〈油漆未干〉》。

本月,《十月》第4期发表雷达的《敞开了青少年的心扉——读铁凝〈没有纽扣的红衬衫〉》;张抗抗的《峨眉山启示录》(创作谈)。

《山西大学学报(哲学社会科学版)》第3期发表孙育华的《马烽短篇小说的幽默感》;曲润梅的《西戎描写艺术琐谈》。

《山西文学》第7期发表西戎的《我迈出的第一步》;侯桂柱的《功夫不负有心人——蒲峻和他的小说》。

《书林》第4期发表刘彦钊的《中国小说的民族传统不应忽视——我对〈现代小说技巧初探〉的一点看法》;王纪人的《一本填补空白的书——读〈现代小说技

巧初探〉》。

《长春》第 7 期发表刘锡诚的《作家的爱与知》；峻青的《有情亦应有思——阎豫昌散文集〈东湖情思〉序》。

《江苏戏剧》第 7 期发表管和琼的《问题在哪里？——评〈路〉剧中两个人物形象》。

《作品》第 7 期发表岑桑的《率真如风，热情如火——韦丘诗集〈青春和爱情的故事〉代序》；王德昌的《东北解放战争的历史画卷——评介长篇小说〈高粱红了〉》。

《芒种》第 7 期以"关于中篇小说《神奇的瞳孔》的讨论"为总题，发表叶永烈的《科幻小说要有亮色》，田志伟的《"瞳孔"所给予的启示——也评小说〈神奇的瞳孔〉》。

《安徽文学》第 7 期发表王殿义、邑贝的《传凡人之奇　叙民风之美——评〈新安江上游的传说〉》。

《春风》第 7 期发表方晴的《乔迈的报告文学创作》。

《福建文学》第 7 期发表程序的《努力开创我省文学事业的新局面》；郭风的《在全省一九八二年文学评奖授奖大会上的致词》；张德林的《"自由联想""意识流"及其他》；阙丰龄的《层层深入、步步紧逼——析欧阳子〈最后一节课〉的艺术手法》。

《当代文学》第 1 期发表台湾文学研究会筹备组的《港台文学学术讨论会纪要》；曾敏之的《把台湾文学研究推进一步》；张默芸的《台湾新文学的开拓者——赖和创作简论》。

本月，山东人民出版社出版《文艺纵横谈(8)》。

人民文学出版社出版[意]葛兰西著、吕同六译的《论文学》。

上海文艺出版社出版王蒙的《漫话小说创作》。

中国社会科学出版社出版《文学评论》编辑部编的《文学评论丛刊(第十七辑·现代文学专号)》。

解放军文艺出版社出版李泱、李一娟编的《李瑛研究专集》。

宁夏人民出版社出版方铭编的《蒋光慈研究资料》。

浙江文艺出版社出版戴不凡的《百花集三编》，浙江鲁迅研究学会编的《鲁迅研究论文集》。

少年儿童出版社出版《儿童文学研究》编辑部编的《儿童文学研究(第 13

辑)》,郑尔康、盛巽昌编的《郑振铎和儿童文学》。

湖南人民出版社出版本社编的《鲁迅研究文丛(第8辑)》。

8月

1日,《上海文学》第8期发表王蒙的《漫话文学创作特性探讨中的一些思想方法问题》;韩少功的《从创作论到认识方法》。

《长江》第3期发表田中全的《抵近射击的重型武器——〈长江〉优秀中篇小说奖获奖作品漫笔》;刘纲纪的《读曾卓的〈悬崖边的树〉》;曹天成的《罪与非罪的界限——读短篇小说〈罪人〉》;黎杉的《献给战士的歌——读中篇小说〈爱的波涛〉》。

《红旗》第15期发表李准的《作家艺术家也要注重理论修养》。

《萌芽》第8期发表周良沛的《诗人的存在与作品的生命》;秦力的《时代风云的纪录——报告文学创作漫谈》。

《滇池》第8期发表《昆明市文协召开长篇小说〈野玫瑰与黑郡主〉座谈会》;楷模、寸木的《"我忠实于现实主义"——访苗族作家李必雨》。

《解放军文艺》第8期发表元辉的《沿着生活的主脉掘进——近几年来军事题材报告文学创作漫评》;杨金亭的《战地黄花分外香——读新时期军事题材诗歌漫记》;张志民的《依然是雕像的时代——〈雕像〉序》。

3日,《小说选刊》第8期发表雷达的《从生活中找语言——从〈红点颏儿〉的语言谈起》;韩瑞亭的《注意展示人物的精神世界——谈〈瞎老五〉的人物塑造》;丁隆炎的《写我的真情实感——关于〈冬夜〉》。

《电影艺术》第8期发表肖宏的《谈一部被"否定"的影片——〈土林探奇〉》。

《时代的报告》第8期发表方顺景的《是英雄,也是平凡的人——评〈千斤顶〉兼谈报告文学的英雄人物描写》。

4日,《光明日报》发表张拓的《评话剧〈爱,在我们心里〉的创作倾向》。

5日,《飞天》第8期发表周政保的《创作的"主见"及其他》;《近年来关于现实主义理论的探讨》。

《延河》第8期以"关于小说创作提高与突破的讨论"为总题,发表陈孝英的《突破创新与风格、流派、手法的多样化——从王蒙对意识流技巧的借鉴谈起》,李国涛的《看稿琐谈》,田奇的《写人物内心的暴风雨》;同期,发表张孝评的《献给故乡的痴情——闻频诗作印象》。

《陕西戏剧》第8期发表延柳的《更新换代是必然》。

《星火》第8期发表王敏之的《"事实未必曾有,人情倒是力求其真"——陆地谈革命历史题材的小说创作》;周劲馨的《革命历史长篇小说创作的新视野》。

6日,《电影创作》第8期发表陈荒煤的《〈边城〉改编漫谈》;赵绍义的《老干扶持新竹青——关于〈边城〉的改编及其他》;高云的《略论影片〈血,总是热的〉中罗心刚的银幕形象特征》。

7日,《文艺报》第8期发表田本相的《关于现、当代文学研究的关系》;袁良骏的《评夏志清〈中国现代小说史〉》;于铁的《马加和他的新作〈北国风云录〉》;《怎样评价电影〈人到中年〉》(来稿摘要);朱晶的《也谈技巧与文学观念的革新》;文致和的《关于现代派的两个问题——与尹明耀同志商榷》。

9日,《人民日报》发表本报评论员的《坚持开展文艺上的两条战线的斗争——学习〈邓小平文选〉关于文艺问题的重要思想(三)》;郭志刚的《心弦上的歌——读短篇小说〈我的遥远的清平湾〉》。

《文汇报》发表陈骏涛的《艺术魅力从何而来?——读张承志的〈黑骏马〉及其他》。

10日,《小说林》第8期发表叶辛的《笔记本和学习创作》(创作谈);京夫的《文章不是无情物——就〈娘〉的创作答友人》。

《北京文学》第8期发表李复威的《魂系中华——新时期文学民族性问题的思考》;杨纯光的《天涯何处无芳草——读小说〈大哉赵子谦〉》;彭亚非的《一种贫乏的民族性格的衰亡——评小说〈大哉赵子谦〉》。

《东海》第8期发表李遵进的《时代的真实报告——评李君旭的报告文学》。

《电影文学》第8期以"影片《人到中年》笔谈"为总题,发表陆柱国的《"盗仙草"》,宋江波的《〈人到中年〉的文学形象与银幕形象》,王云缦、张德明的《陆文婷形象的美学价值》,薛纯华的《漫谈〈人到中年〉的悲剧美》,段更新的《艰难困苦玉汝于成》,段昭的《生活和思想的潜流——评〈一部有严重缺陷的影片〉》。

《苏州大学学报(哲学社会科学版)》第3期发表朱子南的《他在写出那心灵的蓝天——记理由》。

《雨花》第8期发表高晓声的《作品总在表现作家》;张弦的《要写"我"的题材、"我"的人物》;海笑的《打破对创作个性的禁锢》;何孔周的《一种新的审美要求的求索者——从〈等风的帆〉和〈驼峰上的爱〉看冯苓植小说创作的艺术特色》。

《读书》第8期发表舒芜的《发奋的书:炼狱中的圣火》。

11日,《光明日报》发表王安刚的《一部探讨军人婚姻道德的佳作——评中篇小说〈旅人蕉〉》。

《文学报》发表蔡宗隽的《台湾籍妇女的动人形象——谈〈在黛色的波涛下〉的蔡涓涓》。

12日,《厦门日报》发表卢善庆的《台湾省新文学运动的向心性和聚和力——读〈台湾新文学运动简史〉》。

15日,《山东文学》第8期发表安如山的《对思考的批评和对批评的思考》。

《台湾研究集刊》创刊,厦门大学台湾研究所主办,内部发行。1987年改为公开发行。

《文学研究动态》第8期发表符的《国际华文作家集会讨论华文文艺——新加坡华文文艺营简介》。

16日,《人民日报》发表本报评论员的《加强文艺队伍的团结——学习〈邓小平文选〉关于文艺问题的重要思想(四)》。

《文汇报》发表侯琪的《它将记录一篇新的历史——读长篇小说〈花园街五号〉》。

《红旗》第16期发表阎纲的《文学中的知识分子》。

17日,《作品与争鸣》第8期发表王淑秧的《军事文学的又一可喜收获——读中篇小说〈引而不发〉》;添丞的《关于文学创作方法讨论的三个问题》。

18日,《光明日报》发表梁一孺的《关于文艺民族化范围的探讨——求教王朝闻同志》。

《戏剧报》第8期发表周培松的《关于话剧〈人生〉探索的对话》。

20日,《艺术新观》第4期发表王克豪的《浅谈现代剧作的结构》。

《天津师大学报(社会科学版)》第4期发表陈顺宣、王嘉良的《简论作为当代作家的赵树理》。

《当代》第 4 期发表季红真的《古老黄河的灵魂——评张贤亮的近作〈河的子孙〉》。

《花城》第 4 期发表李钟声的《读近年来反映特区生活的报告文学——兼与刘宾雁、理由同志商榷》。

《福建论坛》第 4 期发表黄拔光的《台湾抗日诗歌的爱国主义精神》。

23 日,《人民日报》发表荒煤的《向赵树理的创作方向迈进》。

25 日,《文艺研究》第 4 期发表王佐良的《中国新诗中的现代主义——一个回顾》;袁可嘉的《西方现代派诗与九叶诗人》;杜任之、孙凯飞的《人道主义争论不清的症结在哪里?》;陆梅林的《为马克思一辩——关于人道主义的考察片断》;叶林的《人本学是一门独立的科学》。

《文汇报》发表曲江的《血凝龙胆紫 花发象牙红——喜读李锐的〈龙胆紫〉集》。

28 日,《上海戏剧》第 4 期发表过传忠的《复杂、多义与鲜明、统一——谈话剧〈人生〉的改编》;李光一的《不和谐——评话剧〈人生〉》。

30 日,《人民日报》发表龙化龙的《人,应该有崇高的情操——读短篇小说〈肖尔布拉克〉》。

《文汇报》发表朱文华的《通俗文学纵横谈》。

《文艺报》第 8 期发表苏叔阳的《关于〈《香港小说选》的批评〉的反映》。

本月,《人文杂志》第 4 期发表雷敢、吕世民的《论杜鹏程小说中知识分子形象的塑造》。

《山西文学》第 8 期发表刘绍棠的《乡土文学与民族风格》。

《小说界》第 3 期发表沈敏特的《鲁彦周创作历史再探》。

《长春》第 8 期发表航鹰、王忠诚的《关于〈前妻〉的通信》;刘绍棠的《为友人作品写序》;孙里的《此间别蕴一支曲——读中篇小说〈五角十二面体〉》。

《四川文学》第 8 期发表吴溪的《远与近——从张洁小说的争论说开去》。

《红岩》第 3 期发表仲呈祥的《位置·价值·实质——评新时期部分小说中"探求人生道路"的青年形象系列》。

《作品》第 8 期发表陈残云的《读关振东的诗》;秦牧的《水乡画面,沙田风光——余松岩短篇小说集〈追月〉序》;张绰的《评邹月照的短篇小说》;王爱英的《也谈知青小说——兼与郭小东同志商榷》。

《芒种》第 8 期发表刘烈恒的《谈文学创作的历史感和时代感》;张启范的《恬

静·简洁·蕴藉——读〈夏夜,月儿弯弯〉》;以"关于中篇小说《神奇的瞳孔》的讨论"为总题,发表冯志、孙可的《花朵难治"狂躁症"——谈〈神奇的瞳孔〉的人物形象》,晋华的《也谈〈神奇的瞳孔〉》。

《安徽文学》第 8 期发表黎辉的《历史地、具体地反映生活——读〈为农民的父亲〉》。

《河北戏剧》第 8 期发表林克欢的《再现心理形象的大胆尝试——评〈绝对信号〉的剧作与演出》。

《湘江文学》第 8 期发表叶橹的《丰富多样　别具一格——读黄永玉的诗》。

《福建文学》第 8 期发表王光明的《关于现实主义和它的发展》;刘登翰的《追求思想和艺术的更臻成熟》;黄重添的《曾心仪小说的独特性》。

《特区文学》第 4 期发表彦火的《速写陈若曦》;梅子的《读陶然的〈香港内外〉》。

《青年诗坛》第 4 期发表翁光宇的《纪弦和他的〈一片槐树叶〉》。

本月,上海文艺出版社出版徐中玉的《鲁迅遗产探索》。

书目文献出版社出版唐弢等的《鲁迅著作版本丛谈》。

中国民间文艺出版社出版中国少数民族文学学会云南分会编的《云南少数民族文学论集(第二集)》。

山东人民出版社出版谷辅林的《郭沫若前期思想及创作》,朱德发等的《茅盾前期文学思想散论》。

湖南人民出版社出版李华盛、胡光凡编的《周立波研究资料》。

重庆出版社出版重庆出版社编的《作家在重庆》。

四川人民出版社出版张慧珠的《巴金创作论》。

陕西人民出版社出版胡采的《新时期文艺论集》。

江西人民出版社出版蒋天佐的《海沫文谈偶集》。

吉林人民出版社出版钱璞、盛广智编的《文学名篇欣赏》。

河南人民出版社出版叶元的《电影文学浅谈》。

花城出版社出版秦牧的《语林采英》。

江苏人民出版社出版刘静生、黄毓璜的《文苑探微》。

中央广播电视大学出版社出版刘叔成编的《文学概论四十讲》。

9 月

1日,《上海文学》第9期发表王爱英的《走自己的路——读陈村的〈蓝旗〉》;向义光的《〈黑骏马〉中的人生》;丹晨的《熊德兰和〈求〉》。

《光明日报》发表张同吾的《评长篇小说〈花园街五号〉》。

《红旗》第17期发表王子野的《艺术家们,要珍重人民的期望》。

《解放军文艺》第9期发表缪俊杰的《到生活中去发现和开掘美——谈中篇〈干杯,女兵们〉和成平的小说创作》。

3日,《小说选刊》第9期发表冯牧的《邓刚和他的〈阵痛〉》;于晴的《〈抢劫即将发生〉读后》。

《电影艺术》第9期发表雷达的《在挣脱"席勒化"的路上——评影片〈血,总是热的〉》。

《时代的报告》第9期发表曾镇南的《翱翔在文学与科学群山之间——论徐迟的报告文学》。

5日,《飞天》第9期发表张扬的《我是被"逼上梁山"的作家》;孙吉康、康文龙的《在现实主义的道路上开拓前进》。

《延河》第9期以"关于小说创作提高与突破的讨论"为总题,发表缪俊杰、何启治的《不断探索新的领域和寻求新的角度——关于小说创作的提高和突破问题的几点浅见》,阎纲的《以简代文——关于文学创作的通讯》,于伟国的《现实生活的剖视图——从京夫的几个短篇小说谈起》,王富仁的《文艺作品思想性高度的标尺》,吕世民、石秋凉的《谈沙石的散文近作》。

《花溪》第9期发表寒星的《诗,在探索中前进》;黄邦君的《在求索中迈进——读叶笛近年来的部分诗作》。

《星火》第9期发表周介人的《难题的探讨——给王安忆同志的信》;王安忆的《"难"的境界——复周介人同志的信》;刘国伟的《评长篇小说〈喂喂姑娘〉》。

6日,《人民日报》发表曾镇南的《评长篇小说〈花园街五号〉》。

《文汇报》发表白烨的《为当代文学研究辩白》。

7日,《文艺报》第9期发表贺敬之的《举旗・鼓劲・团结——1983年7月9

日在中国作协工作会议上的讲话摘要》;陈燊的《也谈现代派文学》;邓友梅的《犹记风华正茂时——影片〈青春万岁〉观后感》;童心的《青春的礼赞——记影片〈青春万岁〉座谈会》;唐挚的《一腔热血写新图——影片〈血,总是热的〉观后》;《怎样评价电影〈人到中年〉》(来稿摘要续登);舒需的《催人奋进的歌——评柯岩长诗〈中国式的回答〉》;戴志祺、萧立军的《梁晓声和他的北大荒小说创作》。

10日,《小说林》第9期发表李清泉的《以〈不仅仅是留恋〉为例》;徐塞的《从〈八月的乡村〉到〈第三代〉》。

《北京文学》第9期发表邓友梅的《略谈小说的功能与创新》;高进贤的《宝刀不老　励志图精——访作家杨沫》。

《东海》第9期发表徐夕明的《浅谈报告文学的几个问题》。

《电影文学》第9期发表马德波的《论电影艺术的人民性和时代精神》;亚马的《赵树理与电影》。

《雨花》第9期发表包忠文、胡友清的《再论文学要描写现实的改革和矛盾——谈文学观念的变革》。

《读书》第9期发表刘梦溪的《有感于当前的文艺批评》;叶子铭的《〈以群文艺论文集〉编辑随感》;辛笛的《〈辛笛诗稿〉自序》。

《团结报》发表王一泉的《台湾小说家陈映真发表演说分析大众消费社会下的台湾人》。

11日,《福建日报》发表林承璜的《三毛与她的作品》。

13日,《人民日报》发表《〈文艺报〉等报刊关于西方现代派文学与我国文学发展方向问题的讨论》。

15日,《文学评论》第5期发表谢冕的《仙人掌的诗情——论公刘的诗》;费振刚、方克强的《反思·回归·奋斗——近年知青题材小说漫评》;周桐淦的《失去的和缺少的——读〈听从时代的召唤〉致张一弓同志》;杨世伟的《美——在于真诚——读〈没有钮扣的红衬衫〉》;吴宗蕙的《一个独特的女性形象——评〈流逝〉中的欧阳端丽》;张建勇的《评台湾出版的〈中国现代文学研究丛刊〉》。

《当代文艺思潮》第5期发表周政保的《中国当代军事文学的长进与开拓——评近年来军事题材短、中篇小说的创作》;王炳根的《浅谈军事文学的现状和未来》;仲呈祥的《在反思历史和探求人生中走向成熟——新时期小说创作青年形象系列谈片》;陈惠芬的《广袤大地冷还热》(讨论王安忆的小说《冷土》);李贵仁的《邓友梅该走什么路?》；朱继君的《真情,不该流失在人心的沙漠里》(讨论舒婷的诗)；朱晓进的《对大跃进民歌的几点再认识》；梦真的《绝不能把他作为楷模推荐给人民——评小说〈灵与肉〉和影片〈牧马人〉中的许灵均形象》；夏中义的《从祥林嫂、莎菲女士到〈方舟〉》；於可训的《也谈高晓声的几篇小说——与李伟同志讨论》；高尔太的《美的追求与人的解放》；管卫中的《赵启强小说创作趋向辨寻》；金行健的《关于戏曲现代戏创作的思考》；谢冕的《丝绸路上新乐音——〈边塞新诗选〉序》；高戈的《"边塞诗"的出新与"新边塞诗派"》；马嘶的《谈文学刊物的特色》；陈绍伟的《关于文学报刊的随想》；周鹄昌的《谈当前编辑与作者的关系》；何火任的《开创当代文学研究新局面的基本建设》。

《钟山》第5期发表贾平凹的《山石、明月和美中的我——给一位朋友的信的摘录》(创作谈)；张志忠的《充满活力的溪流——试论贾平凹的创作道路》；刘梦溪的《论新时期文学及其发展》；张韧的《历史的反思与文学的时代精神——读第二届获奖的中篇小说有感》。

《文学报》发表莺莺的《台湾女作家三毛》。

《人民文学》发表斯钦的《"倒在血泊里的笔耕者"——台湾爱国作家钟理和》。

16日,《红旗》第18期发表杜高的《话剧创作应当用共产主义思想教育人民》。

17日,《作品与争鸣》第9期发表朱兵的《他永远是喀喇昆仑的兵——评〈兵车行〉的上官星形象》；之伟的《一篇有思想深度和艺术特色的小说——〈驴队的覆灭〉读后》；方顺景的《评〈驴队的覆灭〉》；章鉴的《幽默:混合色彩的幽默——读何新〈寻找被遗忘的世界〉》；王矢的《过分的夸张,就失去了它的真实》。

18日,《人民日报》发表白烨的《评铁凝的小说创作》。

20日,《四川师院学报(社会科学版)》第3期发表范昌灼的《杨朔散文的结构艺术》。

《辽宁师院学报(社会科学版)》第5期发表戴翼的《中国现代诗歌发展的基础、方向和道路——评徐敬亚同志〈崛起的诗群〉》；叶纪彬的《片面的论断　轻率的否定——就现实主义问题与徐敬亚同志商榷》。

《戏剧论丛》第3期发表褚伯承的《于伶剧作简论》。

《郑州大学学报(哲学社会科学版)》第3期发表孙荪、余非的《转变时期的李准》;杜田材的《李准语言风格述评》;陈继会的《新文学史上农村题材的两位开拓者——略论赵树理与鲁迅》。

21日,《光明日报》发表本报评论员的《文艺工作者认真树立共产主义世界观》。

22日,《光明日报》发表沈基宇的《银幕上的〈血,总是热的〉》。

25日,《解放军报》发表《邓力群在国务院学位委员会学科评议组第二次会议上讲话强调 努力清除各个思想领域的精神污染》。

《电影新作》第5期发表梅朵的《谈谈电影评论》;荒煤的《关于〈省委书记〉的改编及其他》;《历史的回顾 青春的赞歌——上海市中学生座谈影片〈青春万岁〉的发言摘编》;晓江的《电影学也是"人学"——观影六记》;任向阳的《〈脚步〉声中话新人》。

《武汉师范学院学报(哲学社会科学版)》第5期发表范际燕的《第四次文代会以来文学思潮鸟瞰》。

27日,《文汇报》发表若水的《南珊的哲学》。

28日,《文汇报》发表若水的《南珊的哲学》(续)。

《光明日报》发表王蒙的《比怀念更重要的——看〈青春万岁〉搬上银幕》。

30日,《河南师大学报(社会科学版)》第5期发表张晓菲的《追求·困惑·探索——访女作家叶文玲》;汝捷的《姚雪垠生平与著作简表》。

本月,《十月》第5期发表洁泯的《小说人物散记》。

《山西文学》第9期发表刘绍棠的《我的第一篇小说》。

《文艺理论研究》第3期发表南帆的《刘绍棠小说的独特风格和固定程式》。

《长春》第10期发表陆景林的《希望在田野上闪光——读雷思奇农村题材的诗》;古华的《读书"乱弹"》(创作谈)。

《四川文学》第9期发表江裕斌的《刻画丰富多样的人物性格——浅议戴善全的小说创作》;冯宪光的《文学真实性问题琐议》。

《华中师院学报(哲学社会科学版)》第5期发表张启社的《惨淡经营 独树一帜——张弦小说对爱情题材的开拓》。

《扬州师院学报(社会科学版)》第3期发表叶橹的《从何其芳的诗看"自我"》。

《沈阳师范学院学报(哲学社会科学版)》第9期发表彭其韵的《先抑后扬形

象鲜明——谈〈我的第一个上级〉的人物塑造》。

《作品》第9期发表林焕平、袁鼎生的《论现代派》。

《芒种》第9期以"关于中篇小说《神奇的瞳孔》的讨论"为总题,沈太慧的《"模糊哲学"及其他——读〈神奇的瞳孔〉的思索》,柴加林的《爱,不能给予叛徒》,鲁民、任达的《关于〈神奇的瞳孔〉讨论的来稿来信综述》。

《青海湖》第9期发表胡百顺的《关于写消极环境的一点探讨》。

《湘江文学》第9期发表陈湘生、何立伟的《当洞箫吹响的时候——于沙诗歌创作漫评》;毛瀚、钟法的《巧妙的比喻 鲜明的形象——关于小说〈尘土〉的通信》。

《福建文学》第9期发表高晓声的《漫谈小说创作》;蔡厚示的《春泥喷芳——读〈护花小集〉》;庄明萱的《此间别有洞天处》。

本季,《海峡》第3期发表欧阳子的《关于〈游园惊梦〉一剧》。

本月,人民文学出版社出版钟理和的《原乡人》,孙犁的《孙犁文论集》。

上海文艺出版社出版《文艺论丛(第18辑)》,以群、王永生等的《文学的基本原理》,陈瘦竹、沈蔚德的《论悲剧与喜剧》,以群的《以群文艺论文集》。

山东教育出版社出版李衍柱等的《文学概论》。

文化艺术出版社出版田丁等的《艺术典型新议》,冯健男的《创作要怎样才会好》,中国艺术研究院戏曲研究所《戏曲研究》编辑部编的《戏曲研究(第18辑)》。

山东人民出版社出版任孚先的《片羽集》。

江苏人民出版社出版严迪昌的《文学风格漫说》,刘金庸、房福贤编的《孙犁研究专集》。

人民日报出版社出版白润生编的《写作趣闻录》。

湖南人民出版社出版赵树理著、舒其惠编的《和青年作者谈创作》,王蒙等著、周鉴铭编的《走向文学之路》,阎纲的《小说论集》,吴秀明编的《历史小说评论选》。

安徽人民出版社出版叶进、姚平芳编的《中外艺坛漫步》。

中国文艺联合出版公司出版中国社会科学院文学研究所《中国文学研究年鉴》编辑委员会编的《中国文学研究年鉴(1982)》,王晋民的《台湾、香港文学一瞥》。

北京出版社出版中国现代研究会、北京出版社编的《中国现代文学研究丛刊

（1983年第2辑）》。

花城出版社出版岑桑的《美的追求》。

浙江人民出版社出版金葵编的《沙汀研究专集》。

中国戏剧出版社出版会林等编的《夏衍研究资料》，《戏剧论丛》编辑部编的《戏剧论丛（1983年第3辑）》。

天津人民出版社出版黄侯兴的《郭沫若的文学道路》。

宁夏人民出版社出版佟家桓的《老舍小说研究》。

少年儿童出版社出版《儿童文学研究》编辑部编的《儿童文学研究（第14辑）》。

福建人民出版社出版王晋民、邝白曼的《台湾与海外华人作家小传》。

10月

1日，《上海文学》第10期发表吴方的《文艺批评的"老化"》；刘润为的《得于阳与刚之美者——读〈风满潇湘〉》。

《红旗》第19期发表王愚的《开展文艺评论　促进创作繁荣——记陕西"笔耕"文学研究组的活动》。

《草原》第10期发表王笠耘的《小说创作十戒》（连载之一）；张长弓的《关于〈漠南魂〉——与文学朋友问答》；斑斓的《论〈漠南魂〉的"史诗"性开掘》。

《解放军文艺》第10期发表朱春雨、陈骏涛的《关于军事题材创作的通信》。

《暨南学报（哲学社会科学）》第3期发表翁光宇的《试论黄春明小说思想内容的转变》。

2日，《解放军报》发表吴芝兰的《一颗灿烂的星——读短篇小说〈兵车行〉》。

3日，《人民日报》发表顾骧的《文学评论要有一个大发展——从〈中国当代文学评论丛书〉的出版谈起》。

《小说选刊》第10期发表从维熙的《落墨有术　点石成金——谈〈渔翁之意〉

的题材开掘》;周政保的《星,从冰山升起——读〈兵车行〉》;孙苏的《令人警醒感奋的〈境界〉》;楚良的《爆发于生活的矛盾之中——关于〈抢劫即将发生〉》。

《电影艺术》第 10 期发表郑雪来的《现代电影观念探讨》;周传基的《电影之声 1982》。

5 日,《飞天》第 10 期发表钱觉民的《探索·追求·前进——简评匡文立文学创作特色》;陈超的《新的阻塞——谈当前的流行诗》;《一九八二年关于部分中篇小说争论的综述》。

《延河》第 10 期发表光群的《"现实"随笔——浅谈小说如何反映现实》;李星的《中篇小说〈小路〉印象》。

《星火》第 10 期发表王文迎的《从〈谁是最可爱的人〉到〈东方〉——记部队老作家魏巍》;本刊记者的《争取革命历史题材创作的新突破——革命历史题材创作讨论会纪要》;黄方的《革命历史长篇小说描写普通人形象的新收获》。

6 日,《电影创作》第 10 期发表孟伟哉等的《影片〈血,总是热的〉笔谈》。

《光明日报》发表李文斌的《催人奋进的青春曲——看电影〈青春万岁〉》;张西南的《展现变革时期军人的风貌——读中篇小说〈晚露〉》;李庆成的《一位别具一格的秀才——川剧〈巴山秀才〉观后漫笔》。

7 日,《文艺报》第 10 期发表贺敬之的《当前文艺的几个问题》;冯牧的《对于社会主义文艺旗帜问题的一个理解》;张光年的《为小木屋呼吁——黄宗英报告文学新作〈小木屋〉读后记》;荒煤的《沙汀近作〈木鱼山〉读后》;白梆材的《革命历史题材创作大有可为》;以"革命历史题材创作需要突破"为总题,发表舒信波的《要突破旧框框》,郭蔚球的《写好英雄人物》,杨佩瑾的《写出来打动人》,罗旋的《忌与求》,冯立三的《突破中的歧路》;同期,发表文椿的《让观众寻思品味而自得——从吴贻弓导演的影片谈起》;黎白的《一个高尚的人——悼萧殷同志》。

9 日,《解放军报》发表李伟的《建设有中国特色的社会主义文艺——学习〈邓小平文选〉的一些体会》。

10 日,《小说林》第 10 期发表胡德培的《唱一曲严峻的乡村牧歌——古华谈创作》;曾镇南的《清亮的生命之泉——读〈没有纽扣的红衬衫〉》;程平的《一篇不可多得的佳作——〈早霞谢别天幕〉漫评》。

《北京文学》第 10 期发表康式昭、李世凯的《在希望的田野上耕耘——读北京地区部分农村题材小说》;刘绍棠的《急起直追 迎头赶上》(讨论农村题材小说）。

《电影文学》第 10 期发表本刊评论员的《新时期与新的任务——纪念〈电影文学〉创刊二十五周年》。

《诗刊》第 10 期发表林希的《"新的，就是新的"吗？——评徐敬亚的一个观点》（原文误作"徐敬业"）；公刘的《田野音乐会上的歌手——推荐新人陈所巨，兼谈他以及一般农村作者的烦恼》；青勃的《田野上的蒲公英——苏金伞散论之一》。

《青春》青年文学丛刊第 2 期发表王蒙的《英勇悲壮的"知青"纪念碑——评〈今夜有暴风雪〉》；曾镇南的《评中篇小说〈今夜有暴风雪〉——兼谈现实主义创作方法中一个值得注意的问题》。

13 日，《光明日报》发表胡德培的《文学爱好者的良师益友——〈孙犁文论集〉读后》；郭小东的《在大潮涨落之间——读中篇小说〈今夜有暴风雪〉》。

15 日，《山东文学》第 10 期发表高玉琨的《林斤澜作品小议》。

《长安》第 10 期发表李星的《诗意　哲理　感情——谈李天芳的小说》。

《文学研究动态》第 10 期发表《陈若曦和她的小说》；许信的《中国诗歌在马来西亚》。

《暨南学报（哲学社会科学）》第 4 期发表陈绍群的《四十年代印尼妇女觉醒的形象——评印尼作家鲁吉娅的短篇小说集〈荒地〉》。

16 日，《红旗》第 20 期发表施友欣的《思想战线不能搞精神污染》。

17 日，《人民日报》发表何志云的《北大荒的脊梁——读短篇小说〈荒原作证〉》。

《作品与争鸣》第 10 期发表本刊评论员的《正确开展文艺领域的两条战线斗争——学习〈邓小平文选〉有关文艺问题的部分论述》；奚为的《立意新颖　魅力诱人——读中篇小说〈迷人的海〉》；平荒的《一场短兵相接的格斗——关于电影〈人到中年〉的争鸣》。

20 日，《艺术新观》第 5 期发表壬午的《小谈人・"人的情感"——读话剧〈将军的战场〉断想》。

《当代》第 5 期发表陆贵山的《从小溪流到大海洋——读严文井的童话》。

《光明日报》发表阎纲的《新人塑造之一例——读短篇小说〈抢劫即将发生〉》；沈敏特的《文学研究的当代性》。

《花城》第 5 期以"关于《历史将证明》的来稿选登"为总题，发表冼佩的《悲剧的性格和正剧的前景》，薄子涛的《探索与真实》，牧知的《真实描绘当代社会的格局》,魏珂的《不要忘记人物,尤其是"次要"人物》。

《福建论坛》第5期发表张默芸的《台湾女作家三毛创作简论》。

23日,《解放军报》发表刘白羽的《爱国热血在翻滚沸腾——谈〈在这片国土上〉》。

《人民日报》发表《王震在中国科学社会主义学会成立大会上指出 清醒认识当前思想理论战线形势 坚决防止和清除各种精神污染》。

24日,《人民日报》发表李基凯的《坚持塑造艺术典型》;郭汉城、章诏和的《一出风格独特的历史悲剧》;《吉林省部分文艺理论工作者举行座谈会 批评〈崛起的诗群〉提出的错误主张》。

25日,《人民日报》发表《王震在两个会议上传达邓小平同志的指示 高举马克思主义社会主义旗帜 防止和清除思想战线精神污染》;《中国文联召开毛泽东文艺思想学术讨论会 学习毛泽东思想 坚持社会主义文艺方向》。

《文艺研究》第5期发表冯牧的《关于社会主义文艺性质和提高创作质量问题》;刘梦溪的《新时期文学存在着,发展着》;蒋子龙的《从兵团到文坛》;何志云的《我的理解与困惑——致陈建功》;陈建功的《尝试与希望——答何志云》。

26日,《人民日报》发表《中共整党决心大信心足定能成功 精神污染违民心逆民意必须清除》。

29日,《人民日报》发表《部队诗歌创作座谈会在京举行》。

《光明日报》发表段若非的《评社会主义异化论》;房亚田的《警惕"科幻小说"中的精神污染》。

《华东师范大学学报(哲学社会科学版)》第5期发表傅书华的《王蒙没有藏金钥匙——与宋耀良同志商榷》。

《解放军报》发表《部队诗歌创作座谈会提出要高举社会主义文艺旗帜 决不让自由化思潮污染诗歌和读者心灵》。

30日,《解放军报》发表社论《抵制和清除精神污染 坚持四项基本原则》。

31日,《人民日报》发表《引导青年作家抵制错误思潮影响》;本报评论员的《高举社会主义文艺旗帜 坚决防止和清除精神污染》;邓仪中、仲呈祥的《清除精神污染 努力表现新人——从部分文学作品中的新人形象塑造谈起》。

《解放军报》以"抵制和清除精神污染 坚持四项基本原则"为总题,发表《首都党员文艺工作者坚决拥护党中央决策 更高地举起社会主义文艺旗帜 为抵制和消除精神污染而斗争》、《丁玲说社会主义的作家、艺术家不能以低劣的精神产品污染社会》《臧克家说中央提出清除精神污染非常及时　坚持党对文艺的领导　反对资产阶级自由化》。

《文艺情况》第17期发表潘亚暾的《对台港文学的出版与评介的意见》。

本月,《人文杂志》第5期发表康继贤的《杜鹏程蒋子龙工业小说初探》;冯天瑜的《揭露封建专制主义的艺术画卷——读长篇小说〈李自成〉札记》。

《山西文学》第10期发表张成德的《山村朝霞火样红——〈点燃朝霞的人〉读后》;蔡润田的《栾金彪形象塑造刍议》;林斤澜的《知难》。

《长春》第10期发表杨荫隆的《我国文艺必须坚持社会主义道路——评徐敬亚同志〈崛起的诗群〉》;高晓声的《注意反映农村生活的复杂性》。

《四川文学》第10期发表畅游的《朴素中蕴含着诗意——读王成功的小说》。

《安徽文学》第10期发表剑扬的《她为什么要出走?——读鲁彦周的〈隔膜〉》;余三定的《在充满悬念的故事里——读〈坦荡君子〉》。

《福建文学》第10期发表蒋子龙的《小说的灵魂在哪里?》;杨健民的《谈爱情描写的历史内容与社会意义》。

《青年诗坛》第5期发表翁光宇的《郑愁予的〈错误〉赏析》。

本月,陕西人民出版社出版王富仁的《鲁迅前期小说与俄罗斯文学》,邵伯周的《鲁迅思想与杂文艺术》,黄侯兴的《鲁迅历史观探索》,丁力的《诗歌创作与欣赏》。

花山文艺出版社出版周凡英的《〈故事新编〉新探》。

山东人民出版社出版王荣纲编的《报告文学研究资料选编》,李希凡的《京门剧谈》。

山西人民出版社出版杨志杰的《赵树理小说人物论》,刘增杰等编的《抗日战争时期延安及各抗日民主根据地文学运动资料(中、下)》。

广西人民出版社出版小全、太龙的《赵树理短篇小说欣赏》。

友谊出版公司出版郑子瑜的《诗论与诗纪》。

四川人民出版社出版碧野的《跋涉者的脚印》。

知识出版社出版阎纯德的《作家的足迹》。

宁夏人民出版社出版冯光廉、刘增人编的《王统照研究资料》。

重庆出版社出版王立道等编的《中外文学人物荟萃》。

长江文艺出版社出版十省十七院校编选、路德庆主编的《中短篇小说获奖作者创作经验谈》。

人民文学出版社出版彭华生、钱光培编的《新时期作家谈创作》。

湖南人民出版社出版茅盾著、叶雪芬编的《关于文艺修养》,丁玲等著、汪名凡编的《文学创作的准备》,湖南师范学院中文系文艺理论教研室编的《文学理论基础》,夏衍著、程宜编的《生活·题材·创作》。

文化艺术出版社出版北京市社会科学研究所文学研究室编的《创作与鉴赏》,刘心武的《同文学青年对话》。

中国文艺联合出版公司出版王蒙的《王蒙谈创作》。

花城出版社出版鲍昌的《一粟集》。

福建人民出版社出版《台湾香港文学论文选》(首届台湾香港文学学术讨论会论文集),封祖盛的《台湾小说主要流派初探》。

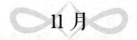

11月

1日,《光明日报》以"加强思想战线工作 抵制和清除精神污染"为总题,发表《向精神污染作斗争》、《抵制精神污染是关系党和国家命运的问题》、《文艺界自由化以"现代派"思潮为代表》。

《解放军报》发表新华社评论员的《向精神污染作斗争》。

《上海文学》第11期发表钱念孙的《文学现象的复杂性与理论认识的科学性——再谈文学创作中"二律背反"的出路》。

《长江》第4期发表徐学清、王东明的《严峻真实的历史画卷——读〈棋盘寨大事年纪〉》。

《滇池》第11期发表陆文夫的《看得细、想得深、写得严》(小说讲座)。

《解放军文艺》第11期发表李炳银的《"行将而立之年"——简嘉小说创作漫评》;孙葳、张永萱的《谈靳开来形象的塑造》。

2日,《人民日报》发表《要采取措施清除文化界的精神污染》。

3日,《小说选刊》第11期发表阎纲的《"树上的鸟儿成双对"——读〈树上的鸟儿〉》;殷晋培的《〈芦花虾〉和邓刚的海》。

《光明日报》发表杜高的《社会主义戏剧必须重视社会效果》。

《时代的报告》第11期发表刘梦溪的《报告文学创作三题》。

4日,《厦门日报》发表林承璜的《挑开纱幕,看台湾人民的苦难——台湾文学纵横谈》。

5日,《人民日报》发表施同的《科幻作品中的精神污染也应清理》;邢贲思的《异化问题和精神污染》。

《飞天》第11期发表魏珂的《〈风雪茫茫〉及其它——读牛正寰部分小说创作》;《关于部分电影剧作的争鸣》。

《边疆文艺》第11期发表郭思久的《注意作品的社会效果》。

《光明日报》发表《必须用马克思主义的观点 批判抽象的人性论、人道主义》。

《延河》第11期发表刘斌的《刁永泉和他的诗》。

6日,《人民日报》发表《周扬同志对新华社记者发表谈话 拥护整党决定和清除精神污染的决策 就发表论述"异化"和"人道主义"文章的错误做自我批评》。

《电影创作》第11期发表谢逢松的《关于现实题材的思索》。

7日,《文艺报》第11期发表礼谆、臻海的《非理性主义和〈崛起的诗群〉》;杨桂欣的《浅谈描写四化建设的长篇小说创作》;陈娟的《成长中的上海青年小说作者》;范咏戈的《彭荆风近作印象》;以"怎样表现变革中的农村生活"为总题,发表梅朵的《我读〈鲁班的子孙〉》,曾镇南的《也谈〈鲁班的子孙〉》;同期,发表阳翰笙的《从〈巴山秀才〉谈起》。

9日,《文汇报》发表段平的《"存在主义"的"自我"是条死胡同——评〈崛起的诗群〉》。

10日,《小说林》第11期发表韩文敏的《舒群一席谈》;李家兴的《时代·人物·品质》;周矢的《靠征服而存在——记青年作家贾平凹》。

《光明日报》发表曾镇南的《到生活的大海中塑造当代英雄——评长篇小说〈男人的风格〉》;傅正谷的《孙犁论诗歌创作》。

《写作》第6期发表邱胜威的《闲中着色,起止自在——汪曾祺小说艺术手法管窥》。

《北京文学》第11期发表张毓书的《柳·菊·草——读张宇小说三篇》;罗强

烈的《生活信仰和艺术光照——简评〈歌不足泣,望不当归〉》。

《东海》第 11 期发表肖荣的《漫谈文学作品的时代感》;以"学习《邓小平文选》"为总题,发表陈文锦的《"批评的武器一定不能丢"》,步柏寿的《精神产品贵在精神》。

《电影文学》第 11 期发表穆陶的《也谈历史题材电影剧作的虚构问题——兼与王亚南同志商榷》。

《苏州大学学报(哲学社会科学版)》第 4 期发表卜仲康的《新时期少数民族小说创作述评》。

《诗刊》第 11 期发表程代熙的《给徐敬亚的公开信》(讨论论文《崛起的诗群》);邹荻帆的《读诗札记》。

《雨花》第 11 期发表冯苓植的《个性、作品与百花齐放》;赵本夫的《我生长在界首》,陈椿年的《"文如其人"及其他》;吴亮的《并非难解之谜——评高晓声晚近的小说》。

11 日,《人民日报》发表《文艺界搞好整党学习要把自己摆进去》。

12 日,《人民日报》发表本报评论员的《清除精神污染也是一种思想解放》。

《光明日报》发表敏泽的《坚持思想和文学领域中的历史唯物主义原则》。

13 日,《解放军报》发表刘白羽的《坚持四项基本原则 清除精神污染——在中国文联座谈会上的发言》。

《人民日报》发表卫建林的《社会主义实践和所谓"社会主义的异化"》;胡垲的《正确对待西方现代主义美学原则》。

《文汇报》发表《提高认识 清除精神污染 对文艺领域中存在的资产阶级自由化倾向要有所警觉》。

14 日,《人民日报》发表舒信波的《谈近几年来革命历史题材小说的创作》。

《解放军报》发表林建公、咎瑞礼的《评社会主义异化论》。

15 日,《山东文学》第 11 期发表高玉琨的《一只欢唱的云雀——汪曾祺作品小议》。

《长安》第 11 期以"青年题材创作问题笔谈"为总题,发表王愚的《准确把握当代青年的精神历程》,雷成德的《关于塑造当代青年形象的两点认识》,郭琳的《写"对立"及其限制——从刘思佳、高加林说起》,文致和的《正确表现青年的人生探索》,林木的《关于爱情题材》,杨清波的《略谈作家的思想倾向》。

《文学评论》第 6 期发表贺兴安的《为着灿烂的社会主义文学事业——学习〈邓小平文选〉有关文艺问题的论述》；以"关于当前的文艺思潮的笔谈"为总题，发表邓绍基的《明显地表现了一种错误倾向》，中岳的《重要的是唯物史观》，杜书瀛的《说"朦胧"》，陶文鹏的《不能抛弃民族诗歌的艺术传统》，向远的《对新诗历史的不准确描述》，楼肇明的《"现代主义"无法全面概括新的"诗群"》，魏理的《现实主义与现代主义不能合流》，仲呈祥的《准确把握当代青年的审美信息》；同期，发表张炯的《新时期文学的历史特色》；孟伟哉的《从浪漫走向现实——读韦君宜小说有感》；滕云的《试读中篇小说的审美属性》；吴越的《"宏观"着眼 "微观"落笔——评陆文夫的〈美食家〉》；陈骏涛的《谁是花园街五号的主人——读长篇小说〈花园街五号〉断想》。

《齐鲁学刊》第 6 期发表吴周文的《他的整个心灵在燃烧——论巴金的散文近作》；曾欣的《草率断难成精品——评〈中国当代文学研究资料·秦牧专集〉》。

《学术论坛》第 6 期发表李人凡的《广西乡土文学建设浅见》。

《钟山》第 6 期发表张禹的《略谈鲁彦周作品中的几个妇女形象》；曾镇南的《上升的螺旋——再谈王安忆的小说》；王若望的《〈蓝屋〉的启示——程乃珊中篇新作〈蓝屋〉读后》。

《文学研究动态》第 11 期发表韩金英的《台湾〈中华现代文学大系〉简介》。

《青海师范学院学报（社会科学版）》第 4 期发表金起元的《浅谈林语堂》。

16 日，《人民日报》发表《建设精神文明 反对精神污染》。

《红旗》第 22 期以"干部理论学习"为总题，发表王锐生的《有没有抽象的人性》，师樵的《宣传抽象的人道主义为什么是错误的？》，靳辉明的《马克思是怎样使用"异化"概念的？》，先达的《为什么说"社会主义异化论"是错误的？》，钟集的《为什么不能用"异化"观点解释改革？》。

17 日，《作品与争鸣》第 11 期发表肖汀的《思想的成就和艺术的不足——略谈中篇小说〈历史将证明〉》；安国的《政治家、思想家、理论家——简评〈历史将证明〉中的方志远》；西龙的《两条战线斗争与"各打五十大板"——兼评〈历史将证明〉中梁锋形象的塑造》；杨沫的《一篇发人深思的小说——读短篇小说〈第八任总编〉》；史乘的《要写出改革者的光辉形象——试谈〈第八任总编〉中铁锤形象塑造的不足》；宵林的《这是什么样的挑战？——〈挑战〉读后》；秋泉的《文学创新、继承传统和新诗民族化问题探讨》；刘沙的《对〈血，总是热的〉的赞扬与批评》。

19日,《光明日报》发表丁振海、李准的《社会主义异化论和文艺领域的"异化热"》。

20日,《文汇报》发表马迅的《抽象的人道主义还是马克思主义》。

21日,《人民日报》发表辛敬良的《历史唯物主义和人道主义》(原载《哲学研究》1983年10期,有删节);李瑛的《党员作家的迫切任务》。

《光明日报》发表马迅的《异化问题和社会主义》。

22日,《人民日报》发表司马双的《从"食无毒"说到"崛起"》。

23日,《文汇报》发表冯凤的《科学幻想小说创作的歧途》。

24日,《光明日报》发表郑伯农的《在"崛起"的声浪面前——对一种文艺思潮的剖析》。

25日,《文汇报》发表纪煜的《再评小说〈人啊,人!〉》。

《收获》第6期发表黄源的《〈前方〉序》。

《电影新作》第6期发表叶小楠的《形象·性格·时代感——影片〈青春万岁〉观后》。

《晋阳学刊》第6期发表申双鱼的《赵树理在川底》。

29日,《文汇报》发表《阐明清除精神污染范围、政策、界限》。

《解放军报》发表《邓力群在全国文化厅局长会议和全国广播电视宣传工作会议上说 整党和清除精神污染都是为了搞好经济建设》;本报评论员的《抵制精神污染 活跃文化生活》。

30日,《广西日报》发表曾强的《从台湾现代主义文学的兴衰看现代主义》。

本月,《十月》第6期发表何西来等的《我看〈花园街五号〉》。

《山西文学》第11期发表熊玉莲的《耕耘在生活的沃土上——访作家西戎》。

《长春》第11期发表愚氓的《评〈崛起的诗群〉》。

《小说界》第4期发表陈丹晨的《心灵祭坛前的声音实录——〈巴金论创作〉读后》。

《华中师院学报(哲学社会科学版)》第6期发表孙子威的《略论社会主义新人形象的塑造》。

《红岩》第4期发表朱子奇的《高举社会主义诗歌的旗帜——祝贺重庆诗歌讨论会的召开》;吕进的《开创一代新诗风——重庆诗歌讨论会综述》;柯岩的《关于诗的对话——在西南师范学院的讲话》。

《作品》第11期发表秦牧的《痛悼革命文学战士萧殷》;韦丘的《萧殷教我当编辑》;龙乙的《评〈人啊,人!〉》;郭小东、黄汉忠、陈剑晖的《更以风霜育剑魂——评黄雨的讽刺诗》。

《芒种》第11期发表周兴华的《探索者的失误——评〈我写"瞳孔"〉及其他》。

《安徽文学》第11期发表方子昂的《谈〈彗星〉的情与理》。

《青海湖》第11期发表郭超的《时代·形象·激情——政治抒情诗的断想》。

《福建文学》第11期发表邹平的《再论现实主义精神和多样的创作方法》;季仲的《笔下新意在求索——读李海音的两篇小说》。

本月,上海文艺出版社出版上海师范学院中文系文艺理论教研室编的《文学理论争鸣辑要》。

农村读物出版社出版农村读物出版社编辑部编的《作家经验谈》。

湖南人民出版社出版茹志鹃的《漫谈我的创作经验》,白舒荣、何由的《白薇评传》,全国茅盾研究学会编的《茅盾研究论文选集》。

吉林人民出版社出版圣野的《诗的散步》。

北京出版社出版中国现代研究会、本社编的《中国现代文学研究丛刊(1983年第4辑)》。

河南人民出版社出版张献会、张来民编的《文学之路》。

北京大学出版社出版严家炎的《求实集——中国现代文学论集》。

百花文艺出版社出版曾华鹏、范伯群的《郁达夫评传》。

解放军文艺出版社出版庞守英编的《黎汝清研究专集》。

长江文艺出版社出版黄侯兴的《郭沫若历史剧研究》。

广西人民出版社出版张恩和的《郁达夫小说欣赏》。

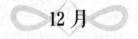

12月

1日,《光明日报》发表刘锡诚的《表现新的生活新的人物——关于报告文学的断想》;荒煤的《谁都愿意听取春天的呼唤——读长篇小说〈春天的呼唤〉》;王愚的《谈当前创作中的道德观念》;陈瑞生、徐小英的《剖析"社会主义异化论"》。

《红旗》第 23 期发表康濯的《高举社会主义文学的旗帜——近年来湖南文学创作的若干轨迹》;以"干部理论学习"为总题,发表若非的《国家发号施令就是"异化"吗?》,任维中的《说我国国家所有制的生产资料对劳动群众是一种"异己的力量"错在哪里?》。

《草原》第 12 期发表浩然的《杨啸和他的儿童文学创作——〈鹰的传奇三部曲〉序》;李树榕的《一束淡雅的小花——浅谈沙痕近期的短篇小说》。

《萌芽》第 12 期发表刘绪源的《庄严的思索,不息的追求——谈杨显惠的创作特色》。

《滇池》第 12 期发表张弦的《生活·思考·写作》(小说讲座)。

《解放军文艺》第 12 期发表《坚决防止和清除精神污染——驻京部队文艺工作者举行座谈》。

《散文》第 12 期发表赵元龄的《"工作才是幸福"——忆唐人先生在从化的二三事》。

3 日,《小说选刊》第 12 期发表孟伟哉的《美的与美中不足的——评〈有那样一排柏杨〉》;邓刚的《尽力写出"鲜味"来》(创作谈)。

《电影艺术》第 12 期发表童道明的《电影和文学》;陈剑雨的《从文学典型到银幕典型——陆文婷和"马列主义老太太"从小说到电影的比较研究》;王忠金的《改编贵在创造——兼评影片〈人到中年〉的改编》;袁文殊的《一部有积极的现实意义的影片——评〈不该发生的故事〉》;边善基的《社会主义的青春之歌——影片〈青春万岁〉漫评》;小鸥的《大杂院里的诗——我看〈夕照街〉》;高洁的《〈夕照街〉小议》。

《时代的报告》第 12 期发表赵园的《"有所追求的人们,我愿与之同行!"——读黄宗英的报告文学》。

5 日,《文汇报》发表吕英寰的《社会主义的本质与异化论》。

《人民日报》发表吴黎平的《异化问题研究中的方向错误》;董学文的《宝贵的启示——学习列宁对待现代派文艺的态度》;刘锡诚的《到人民的生活中吸取营养》。

《飞天》第 12 期发表陈德宏、龚龙泉的《浓郁的乡土气息　崭新的人物风貌——浩岭小说创作漫评》；陈自仁的《思考·发现·开掘——略谈柏原的小说创作》；《近年来关于创作中自觉性与非自觉性问题的讨论》。

《边疆文艺》第12期发表余嘉华的《寓庄于谐　发人深省——读〈波动的色彩〉》。

《当代文艺思潮》第6期发表郑伯农的《在"崛起"的声浪面前——对一种文艺思潮的剖析》；李文衡的《论崛起的"新诗学"——〈崛起的诗群〉艺术观初评》；杨匡汉的《新时期诗歌的若干审美特征》；应群的《话剧创新思潮初探》；陈耀庭的《试论近年文艺创作中的宗教问题》；高天白的《艺术长河中的浪花——武玉笑剧作剖析》；刘斌的《当代诗歌；窘困的根源在哪里?》；龙世辉的《关于古华和他的〈芙蓉镇〉》；李星的《小说评论园地的辛勤耕耘者——读雷达的现实主义小说评论》；谢林的《一个严重的事实——陕西省安康地区部分业余作者知识结构的调查》。

《延河》第12期发表李星的《诗歌要为新生活的前进贡献力量——〈延河〉户县诗歌讨论会纪要》；李国平的《跃动着的生活的新旋律——读成一〈家外的柳堤〉》。

《花溪》第12期发表乔梁的《向新的创作领域掘进——从三篇当代青年题材的小说谈起》。

《星火》第12期发表白栋材的《革命历史题材创作大有可为》；舒信波等的《革命历史题材创作需要突破》（笔谈）；俞林等的《高举社会主义文学旗帜　抵制和清除精神污染》；吴海的《写出生活的血肉——评小说〈抢劫即将发生〉》，陈俊山的《漫评〈鸡鸣店〉的"鸡风波"》。

《解放军报》发表《〈红旗〉杂志刊载的关于人道主义和"异化"等的问题解答》。

6日,《文汇报》发表士林的《失误在哪里——评张辛欣同志一些小说的创作倾向》。

《电影创作》第12期发表王心语的《从镜头的视角看电影的"文学性"》。

7日,《文艺报》第12期发表《鲜明的旗帜　广阔的道路》（社论）；杰理的《清除精神污染是文艺工作者的庄严职责——中国文联召开学习二中全会文件座谈会》；云海的《繁荣社会主义文学创作　抵制和清除精神污染——中国作协党组召开整党座谈会》；西南、扬子的《略谈近年小说创作中的共产党员形象》；胡采的

《给贾平凹同志的信》;李山的《异化是社会主义精神文明文艺的重大主题吗?》,童庆炳的《传统、生活和文学的创新——兼评谢冕同志的〈通往成熟的道路〉》。

8日,《光明日报》发表洁泯的《文艺批评面临的检验》;周艾若的《为时代鸣钟不已——读〈巴波小说选〉》;何若的《谈创作的"高速"与"多产"》。

10日,《人民日报》发表《党中央确定在农村不提清除精神污染口号》。

《小说林》第12期发表汪浙成、温小钰的《但愿能多点创作后劲》;朱寨的《走自己的路——对汪浙成、温小钰的一点了解》;栾振国的《党心仍有回天力——〈洪峰到达之前〉漫评》。

《北京文学》第12期发表王葆生的《文学要闪射革命理想的光华》。

《东海》第12期以"学习《邓小平文选》"为总题,发表舟夫的《文艺作品要对青年负责》、徐季子的《文学要给人以高尚的情操》;同期,发表骆寒超的《评〈旷野〉的倾向性》。

《诗刊》第12期发表《艾青谈清除精神污染》;《臧克家谈要站在清除精神污染斗争前列》;吕进的《开创一代新诗风——重庆诗歌讨论会综述》;郑伯农的《在"崛起"的声浪面前——对一种文艺思潮的剖析》;柯岩的《关于诗的对话——在西南师范学院的讲话》。

《读书》第12期发表吴亮的《两代人的延续 读〈迷人的海〉》;季红真的《汪曾祺小说中的哲学意识与审美态度》。

11日,《解放军报》发表沈亚威的《清除精神污染 多出文艺精品》;张雨生的《应该向哪里寻求信念——评中篇小说〈晚霞消失的时候〉》。

12日,《人民日报》发表范咏戈的《传播时代精神之火——读中篇报告文学〈在这片国土上〉》。

15日,《山东文学》第12期发表高玉琨的《一条宽广的路——邓友梅作品小议》。

《广西民族学院学报(社会科学版)》第2期发表黄全愈的《得而复失 失而复得——"意识流"纵横谈》。

《光明日报》发表许南明的《发人深省 催人奋起——推荐影片〈不该发生的故事〉》;行人的《在金钱面前——中篇小说〈市场角落的"皇帝"〉读后》。

《红旗》第24期发表林默涵的《清除精神污染与繁荣社会主义文艺》;冯牧的《道路必须坚持 旗帜必须鲜明》;以"干部理论学习"为总题,发表闻达的《什么是资产阶级人道主义?》,钟泉的《宣扬文艺"表现自我"错在哪里?》,文玉的《为什么我国的文艺不能走所谓现代派的道路?》。

《河北师院学报(哲学社会科学版)》第4期发表刘维俊的《一九五八年民歌的辨正》。

《文学研究动态》第12期发表符的《欧洲华人学会及〈欧华学报〉》。

17日,《作品与争鸣》第12期发表引玉的《旧规范解决不了新矛盾——读〈鲁班的子孙〉》;缪俊杰的《需要真实,也需要美——致中篇小说〈历史将证明〉的作者》;郑晓铜的《评路野和他的"悲歌"》;本刊记者的《近年来我国文学中的人性、人道主义问题——中国社会科学院文学研究所当代文学研究室座谈纪要》;秋泉的《关于诗的本质和"表现自我"问题——〈崛起的诗群〉讨论概述之二》。

18日,《戏剧报》第12期发表颜振奋的《对〈十五桩离婚案的调查剖析〉的剖析》。

20日,《人民日报》发表蒋南翔的《清除精神污染和建立第三梯队》。

《当代》第6期发表何孔周的《评〈钢锉将军〉》;雷达的《现实感与历史感的沟通——关于〈在困难的日子里〉和〈有意无意之间〉的联想》;李福亮的《真实、力量和美——读〈最后一个渔佬儿〉》。

《花城》第6期发表刘建军、陈深、余斌、王愚、肖云儒的《当代文学与文学的当代性——西北地区文学评论家五人谈》;周道清的《已经形成"岭南散文流派"吗?——与郭小东、陈剑晖同志商榷》。

《福建论坛》第6期发表耘之的《论黄春明小说的人物世界》。

22日,《光明日报》发表晓雪的《正确的方向　广阔的道路——重新学习毛泽东文艺思想的一点体会》;丁玲的《读〈蒋勋诗集〉》。

25日,《上海师范学院学报(社会科学版)》第4期发表胡凌芝的《深沉·朴素·自然——论赵树理创作的美和生命力》。

《光明日报》发表林默涵的《关于人道主义及其他》。

26日,《人民日报》发表林默涵的《毛泽东文艺思想引导文明继续前进》;赵寻的《真实·朴素·动人——评话剧〈火热的心〉》;陈白尘的《湖边风雨忆故人——〈蒋牧良选集〉代序》。

28日,《光明日报》发表施友欣的《清除精神污染是思想战线整党的重要内容》。

本月,《人文杂志》第6期发表郭琦的《忆石鲁》。

《山西文学》第 12 期发表李准的《就〈点燃朝霞的人〉致青年作家王东满》；钟源的《向生活的纵深开掘——致长篇小说〈跋涉者〉的作者》。

《文艺理论研究》第 4 期发表吴松亭的《谌容创作论》。

《长春》第 12 期发表公木的《生活·政治·大众化——重读〈在延安文艺座谈会上的讲话〉》；冯骥才、胡德培的《关于中篇小说的通信》。

《扬州师院学报（社会科学版）》第 4 期发表潘旭澜的《谈〈保卫延安〉的艺术构思》；吴加才、张炳嘉的《论秦牧散文新作的艺术特色》；郭小东、陈剑晖的《论紫风散文的艺术个性》。

《江海学刊》第 6 期发表范伯群的《"延伸"与"开拓"——论高晓声的近作》；夏春豪的《高晓声创作风格试论》。

《作品》第 12 期发表本刊记者的《作协广东分会讨论西方现代派和异化问题》；谢望新的《人格，一棵独立支持的大树——读陈残云散文集〈异国乡情〉随想》。

《芒种》第 12 期发表单复的《读〈木青短篇小说选〉》。

《安徽文学》第 12 期发表邵江天的《半世歌诗老更成——贺羡泉诗评》。

《河北大学学报（哲学社会科学版）》第 4 期发表王献忠的《赵树理小说的结构艺术》。

《河南戏剧》第 6 期发表本刊评论员的《清除精神污染 繁荣戏剧创作》；黄培需的《赞美你，软硬不吃、六亲不认的人——谈话剧〈劳资科长〉》。

《聊城师范学院学报（哲学社会科学版）》第 4 期发表孙慎之的《新的文学观和严正的文学批评——读李广田的文学评论著作》。

《新剧作》第 12 期发表黄汶的《谈"作为人的马克思"——话剧〈马克思"秘史"的创作思想漫议〉》。

《福建文学》第 12 期发表《加强学习，站在清除精神污染斗争前列》；曾镇南的《也谈创作方法多样化问题》；鲁彦周的《〈炊烟升起的地方〉序》。

《台声》第 6 期发表叶虹的《东吟诗社——台湾早期的诗人组织》；丁玲的《蒋勋诗集序》。

《青年诗坛》第 6 期发表翁光宇的《余光中的〈白玉苦瓜〉赏析》。

《文艺情况》第 17 期发表潘亚暾的《对台港文学的出版与评介的意见》。

本季，《海峡》第 4 期发表白先勇的《白先勇谈小说技巧》。

本月，花城出版社出版刘锡诚的《小说与现实》，艾青的《艾青论诗》。

文化艺术出版社出版鲁歌的《毛泽东诗词论稿》,李准、丁振海的《毛泽东文艺思想新论》。

浙江人民出版社出版丁茂远编的《陈学昭研究专集》。

福建人民出版社出版陈纾、余水清编的《杜鹏程研究专集》。

百花文艺出版社出版曾镇南的《泥土与蒺藜》。

中国社会科学出版社出版中国当代文学研究会编的《当代文学研究丛刊(4)》。

陕西人民出版社出版傅庚生的《中国文学欣赏举隅》。

中国曲艺出版社出版《陈云同志关于评弹的谈话和通信》编辑小组编的《陈云同志关于评弹的谈话和通信》。

重庆出版社出版谭兴国的《写作技巧探微》。

本年

《山西师院学报(哲学社会科学版)》第1期发表艾斐的《论革命现实主义文学的内涵本义》。

《文艺评论通讯》第1期发表郭廓的《创造美的意境 揭示美的心灵——谈工业题材诗歌》;颖慧、晶南的《深情 深刻 深邃——评李存葆的中篇小说〈高山下的花环〉》;赵连起的《道是无情却有情——读〈芦花滩〉》;姚奇的《春的歌手——浅谈张玲同志的几篇小说》;杨树茂的《冷静的反思与热情的呼唤——评梁兴晨的两篇小说》;傅冰的《沂蒙儿女心灵美的赞歌——知侠中短篇小说琐谈》;王凤莲的《探索与追求——读〈谌容小说选〉》;于清才的《杨朔散文艺术初探》;李安林的《无根的一代 有根的文学——试论白先勇对祖国文学艺术传统的继承》。

《文艺评论通讯》第2期发表李希凡的《我是怎样和戏剧"结缘"的——〈京门剧谈〉序言》;安冈的《理想·文学·新人》;于清才的《英雄未必都如钢——评〈高

山下的花环〉中的赵蒙生的形象》;张达的《年轻的朋友,请倾听你心头的声音!——读短篇小说〈声音〉》;陈毛美的《意浓情切——〈雨濛濛〉艺术浅谈》;郏瑢的《谈王蒙小说的新探索》;周岩、于丛扬、吴开晋的《士兵行列里的歌手——谈李瑛反映部队生活的诗》。

《文艺评论通讯》第3期发表杨曾宪的《把"写真实"摆到恰当的位置上——评两种关于"写真实"的理论》;李丕显的《〈高山下的花环〉艺术谈》;刘爱民的《脚踏在故乡的土地上——浅谈王润滋短篇小说的地方特色》;栾文通的《试谈尹世林笔下的农村人物》;赧然的《评刘世海的〈保姆〉》;纪涛的《深刻的矛盾冲突,感人的艺术形象——评短篇小说〈清水店主〉》;任孚先的《朴实、真切、感人——王火短篇小说集序》;王宗法的《待我来补黄山谣——严阵创作概观》。

《文艺评论通讯》第4期发表牛明通的《〈振兴之歌〉"后记"——兼谈关于政治抒情诗的创作问题》;姚奇的《一个有希望的文学新人——再谈四海和他的小说创作》;张辉的《扎根于生活沃土的花和刺——读张维芳的讽刺诗》;张铮的《情怀真切 诗意联翩——高建国散文作品断评》;吴开晋的《一首情文并茂的诗——读李安林近年的小说》。

《北京师院学报(社会科学版)》第2期发表林斤澜的《对话一例》;杨续先的《短篇小说的新探索——评林斤澜近几年的小说创作》。

《北京师院学报(社会科学版)》第3期发表杨桂欣的《我论〈太阳照在桑干河上〉》。

《北京师院学报(社会科学版)》第4期发表张弦的《我的路和我的小说》;吴宗蕙的《张弦小说中的女性形象》。

《江苏戏剧丛刊》第8期发表周正章的《评历史剧批评中的"歪曲历史"说》。

《学术研究(内部文稿)》第3期发表郭小东的《评〈民间文学整理中值得注意的若干问题〉》。

《黔南师专学报》第2期发表潘亚暾的《钟肇政及其〈鲁冰花〉》。

图书在版编目(CIP)数据

中国当代文学批评史料编年.第四卷,1977—1983/吴俊总主编;李丹本卷主编.—上海:华东师范大学出版社,2016.5
ISBN 978-7-5675-5252-4

Ⅰ.①中… Ⅱ.①吴…②李… Ⅲ.①中国文学－文学批评史－1977-1983 Ⅳ.①I206.7

中国版本图书馆 CIP 数据核字(2016)第 113936 号

中国当代文学批评史料编年
第四卷:1977—1983

总主编	吴　俊
总校阅	黄　静　肖　进　李　丹
本卷主编	李　丹
策划编辑	王　焰
项目编辑	庞　坚
特约审读	洪昱珩
装帧设计	崔　楚

出版发行	华东师范大学出版社
社　　址	上海市中山北路 3663 号　邮编 200062
网　　址	www.ecnupress.com.cn
电　　话	021-60821666　行政传真 021-62572105
客服电话	021-62865537　门市(邮购)电话 021-62869887
地　　址	上海市中山北路 3663 号华东师范大学校内先锋路口
网　　店	http://hdsdcbs.tmall.com

印 刷 者	上海中华商务联合印刷有限公司
开　　本	787×1092　16 开
印　　张	29.75
插　　页	4
字　　数	477 千字
版　　次	2017 年 10 月第 1 版
印　　次	2017 年 10 月第 1 次
书　　号	ISBN 978-7-5675-5252-4/I·1532
定　　价	146.00 元

出版人　王　焰

(如发现本版图书有印订质量问题,请寄回本社客服中心调换或电话 021-62865537 联系)